Jane Watt

Vrouwe van Llyn

the house of books

2004/25111/R

Oorspronkelijke titel
Kaleidoscope
Copyright © 2004 by Jane Watt
Copyright voor het Nederlandse taalgebied © 2004 by The House of Books,
Vianen/Antwerpen

Vertaling
Marjet Schumacher
Omslagontwerp
Julie Bergen
Omslagillustratie
Lina Levy/Thomas Schlück GmbH
Foto auteur
Privé-collectie auteur
Zetwerk
Matzet, Soest

ISBN 90 443 1130 1
D/2004/8899/132
NUR 343

Voor John

Een woord van dank

Graag wil ik de vele mensen bedanken die geholpen hebben bij de tot-standkoming van dit boek. Allereerst de kroniekschrijvers die de algehele maansverduistering hebben beschreven die in de nacht van 2 januari van het jaar 1200 plaatsvond, wat voor een schrijver een onweerstaanbaar en indrukwekkend tafereel belooft.

Professor Anthony Carr van Bangor University in Noord-Wales, voor het feit dat hij me zijn artikelen over Llywelyn Fawr heeft gestuurd en voor zijn gulle en onschatbare steun in het bevestigen van historische feiten en het verklaren van het middeleeuwse Welshe erfrecht.

Dr. Eric Thornton, die mij medisch advies gaf over kindersterfte aan tuberculose.

Bijzonder dank aan mijn agent, Carol Blake, van Blake Friedmann Literary Agency, die een onbekende auteur met zoveel vertrouwen en enthousiasme hebben ontvangen.

Mijn familie voor hun liefde en steun.

En ten slotte, maar zeker niet in de laatste plaats, mijn man John, wiens liefde, aanmoediging en onvoorwaardelijke vertrouwen in mij ervoor gezorgd hebben dat dit boek van een idee naar werkelijkheid is overgegaan.

Caleidoscoop: kijker die een oneindige verscheidenheid aan felgekleurde en telkens afwisselende patronen voortbrengt.

'Er zijn bepaalde dingen die men alleen kan bereiken door een opzettelijke sprong in tegengestelde richting. Men moet naar het buitenland gaan teneinde het thuis terug te vinden dat men was verloren.'

FRANZ KAFKA (1883-1924)

I

Juni 1998, het schiereiland Llyn

Vol verwachting zat Nell te wiebelen op haar stoel. Ze had tot dusverre enorm van hun reis genoten, maar de terugkeer naar hier, naar haar geboortegrond, dat was waar het allemaal om begonnen was – voor haar, althans. Ze keek naar haar echtgenoot, die met een geconcentreerde blik op zijn gezicht de vaak gevaarlijke bochten op het smalle landweggetje nam.

'Het kasteel doemt straks ineens uit het niets op,' zei ze, gretig om zich heen kijkend. 'Een kenmerk van de kastelen in Wales is dat ze de bewoners een onbelemmerd uitzicht boden op de omgeving, terwijl de nietsvermoedende passant niet eens wist dat ze er stonden, totdat hij er letterlijk op stuitte. Het was niet van een van de prinsen, maar het was wel hooggeplaatste adel.'

Grant keek even naar haar. 'Mijn voornaamste angst is dat Boer Biet op zijn grote tractor ineens na de volgende bocht uit het niets opdoemt. Er is nergens ruimte om uit te wijken op deze weg,' zei hij bruusk. Desondanks speelde er een glimlach om zijn lippen; hij wist dat ze heel graag naar Wales toe wilde, en toch had ze de afgelopen paar weken zonder mopperen toegegeven aan zijn fascinatie voor Engelse dorpjes en het Engelse platteland.

Als ze eerlijk was, moest Nell toegeven dat ze er zelf ook van had genoten. Ze had haar eigen land nooit echt verkend, maar zich altijd beperkt tot buitenlandse reizen. Toch had Groot-Brittannië heel veel te bieden – het was een prachtig land met vele eeuwen geschiedenis, dacht Nell met de waardering van iemand die jarenlang in het buitenland heeft gewoond.

'Is dat het?' vroeg Grant.

Nell keek op van de wegenkaart die ze zat te bestuderen. 'Ja, goed gezien,' antwoordde ze.

Grant parkeerde de auto in de berm. 'Wil je ernaartoe?'

Ze schudde haar hoofd. 'Nee, laten we maar naar het dorp rijden en een hotel zoeken. We gaan er morgen wel heen. Trouwens,' voegde ze er met een blik op haar horloge aan toe, 'het zal zo wel dichtgaan, en dan hebben we niet genoeg tijd om het fatsoenlijk te bekijken.'

Nell dirigeerde hem naar een pension in het hart van het dorp. 'Wacht jij hier maar, dan ga ik vragen of ze nog een kamer hebben. Ben zo terug.'

Ze hield zich aan haar woord, en niet lang daarna zag hij haar energiek en met een stralend gezicht de trap af komen. Toen hij uit de auto stapte, was ze al bezig de koffers uit de achterbak te tillen.

'We hebben de mooiste kamer gekregen, met het mooiste uitzicht,' zei ze opgewonden. 'Het heeft natuurlijk inmiddels andere eigenaars, maar ik heb uitgelegd dat ik een verloren ziel ben die na lange jaren van ballingschap is teruggekeerd op Welshe bodem, je weet wel, een beetje op het gemoed gewerkt. Het is waarschijnlijk ook een pré dat ik Welsh spreek – weliswaar niet meer zo vlot, maar het was wel effectief.'

Ze lachte, blij als een kind, en was alweer de trap op en de deur door, nog voordat Grant de auto op slot had kunnen doen. Glimlachend liep hij achter haar aan. Er waren maar weinig mensen die Nell iets konden weigeren als ze in deze stemming verkeerde.

Ze had gelijk, het was een mooie kamer. Veel groter dan ze tot nu toe hadden gehad, en met een ruime badkamer, in plaats van het gebruikelijke, benauwde hokje.

'Moet je zien wat een uitzicht,' riep ze vanuit de riante erker.

Hij ging bij haar staan en knikte goedkeurend. Ze konden het hele dorp overzien, en vanuit het andere raam hadden ze bovendien een onbelemmerd uitzicht op het oude kasteel.

'Als je uit dit raam kijkt, is het net of er maar twee gebouwen zijn,' zei hij.

Nell sloeg haar armen om zijn nek. 'O Grant, je zult het hier heerlijk vinden. We gaan straks wel even naar de pub om te zien hoeveel mensen ik nog herken. Er zal beslist ook familie van me zijn. Ik heb niet gezegd dat we zouden komen, want ik wilde ze verrassen. Bovendien zouden ze zich verplicht hebben gevoeld om ons logeerruimte aan te bieden, en dat zou een beetje onpraktisch zijn geweest.' Ze was haast buiten adem van opwinding, en Grant kon zich niet herinneren dat hij haar ooit zo enthousiast had gezien.

'Ik ben benieuwd of ze je herkennen. Per slot van rekening was je pas tien toen je wegging,' zei hij.

'Ja, maar ik ben nog wel eens terug geweest!' Ze zweeg even. 'Nou ja één keer, toen ik een jaar of vijftien was, dus dat is alweer tien jaar geleden.'

Aangezien het hartje zomer was en de dagen lang, was het nog licht toen ze op weg gingen naar de pub. Halverwege het dorpsplein liet Nell Grants hand los en rende een oudere dame tegemoet, die in hun richting liep.

'Mrs. Little,' riep ze. 'Hoe gaat het met u? Kent u me nog, Nell Griffiths, de dochter van Margaret.'

De oude dame was bijna een hoofd kleiner dan Nell, en toen ze naar haar opkeek, brak er een glimlach van herkenning door op haar gezicht. 'Nell, nee maar, volwassen en wel.'

Nell omhelsde haar en lachte. 'U ziet er goed uit, Mrs. Little. En hoe is het met Mr. Little, net zo goed als met u?'

'Ach, je weet hoe dat gaat, hij is slecht ter been.' Ze tilde haar tas op. 'Ik heb een paar biertjes voor hem gehaald bij Dai. Niet de oude Dai, die is dood, maar zijn zoon. Misschien ken je hem nog wel, want hij moet bij jou in de klas hebben gezeten. Hij heeft de pub overgenomen toen het te zwaar werd voor zijn vader, en ook na diens dood is hij er gewoon mee doorgegaan.' Ze keek naar Grant, die verbijsterd stond te luisteren naar het in rad Welsh gevoerde gesprek.

'Zeg eens, Nellie, ga je me niet voorstellen aan die knappe en buitengewoon geduldige jongeman daar?'

Nell grijnsde schaapachtig. 'Neem me niet kwalijk, Mrs. Little. Mag ik u voorstellen aan mijn geweldige echtgenoot, Grant. O, en hij komt uit Nieuw-Zeeland, dus hij spreekt geen Welsh.' Lachend wendde ze zich tot Grant. 'Mrs. Little heeft mij, en bijna alle andere inwoners van het dorp, ter wereld helpen brengen!'

Mrs. Little schudde Grant de hand en zei in het Engels: 'Ze was altijd al een brutaaltje. Aangenaam kennis te maken. Ik weet zeker dat u het hier prettig zult vinden.' Ze wendde zich weer tot Nell. 'Ik vond het zo erg toen ik het hoorde van je moeder. Hoe gaat het nu met je?'

Nells glimlach vervaagde, de pijn was nog vers. 'Dank u wel, het was een vreselijke schok, maar ik red het wel.'

De oude dame legde een hand op Nells wang. 'Je lijkt sprekend op haar. Ik weet zeker dat ze heel trots op je was.' Ze hield haar tas weer in de lucht. 'Ik moest maar weer eens verder gaan, voordat Mr. Little de politie belt om me te zoeken. Zijn jullie op weg naar de pub? Je oom Gwilym is daar ook. Weet hij wel dat je er bent? Hij heeft niets gezegd.'

Nell schudde haar hoofd. 'We wilden iedereen verrassen, en we wisten ook niet precies wanneer we in Wales zouden arriveren, dus we dachten dat we er maar gewoon op goed geluk naartoe moesten gaan in de hoop dat er iemand van de familie zou zijn.'

'O, ik geloof dat ze allemaal wel zullen komen, zeker als ze horen dat jij er bent,' antwoordde Mrs. Little lachend. 'Nou, liefje, ga maar gauw. Ik zal je vast en zeker nog wel zien.'

'Natuurlijk,' zei Nell, en ze kuste haar op de wang. 'We komen bij u en Mr. Little op bezoek, en dan breng ik foto's van mama mee.'

Vol genegenheid keek Nell de oudere dame na, toen deze langzaam het dorpsplein overstak. 'Een verbazingwekkende persoonlijkheid, of eigenlijk zijn ze dat allebei. Ik weet zeker dat ze al ver in de tachtig zijn. Weet je dat ze zelfs mijn moeder nog heeft gehaald.' Ze keek op naar haar man en greep zijn hand. 'Kom op, tijd om de familie te ontmoeten!'

Zoals in dorpspubs gebruikelijk is, keek iedereen op toen ze binnenkwamen, om zich vervolgens meteen weer tot hun gesprekspartners te wenden. Terwijl Nell en Grant naar de bar liepen, fluisterde hij tegen haar: 'Ze spreken allemaal Welsh!'

'Natuurlijk,' antwoordde Nell. 'Het is de voertaal in deze streek.'

Terwijl Nell de drankjes bestelde, keek Grant om zich heen. De pub verschilde niet wezenlijk van andere pubs die hij in Engeland had gezien. Er waren twee gelagkamers, allebei klein en knus, met houten plafondbalken. De muren waren van steen, net als de meeste andere gebouwen in het dorpje. Er was een open haard, maar er brandde geen vuur, aangezien het een warme zomeravond was – de deuren stonden wijd open om de zachte avondlucht binnen te laten. Het waren echter vooral de mensen die Grants aandacht trokken, ogenschijnlijk een mengeling van drie generaties, de jongeren diep in gesprek met ouderen. Het was niet iets wat hij dagelijks zag.

Nell stoorde hem in zijn overpeinzingen. 'Oom Gwilym is daar,' zei ze, wijzend naar het aangrenzende vertrek. 'Kom mee, tijd om kennis te maken,' grijnsde ze.

Bij de deur bleef ze staan. 'Daar zit hij.' Ze knikte in de richting van een groepje mannen aan de andere kant van de ruimte. 'Hij zit met zijn rug naar ons toe, die met dat blauwe hemd.'

De andere mannen keken op toen ze dichterbij kwam.

'Hallo oom Gwilym,' zei ze zacht.

Gwilym draaide zich om, en toen hij Nell zag, trok er een verscheidenheid aan emoties over zijn gezicht. Hij werd lijkbleek, zijn ogen eerst groot en verschrikt, toen vol ongeloof, en daarna herkende hij haar.

'Nell! Kleine Nellie!' riep hij lachend uit. 'Allemachtig, meid, je liet me schrikken. Je lijkt als twee druppels water op je moeder toen ze jong was. Kom hier en groet je ouwe oom eens fatsoenlijk.'

Hij trok haar naar zich toe en omhelsde haar stevig – iets waar Nell gelukkig al op had gerekend, zodat ze haar wijnglas met gestrekte arm van zich afhield.

'Oom Gwilym, straks gaat die wijn over mijn kleren in plaats van in mijn mond,' lachte ze.

'Ach, meissie, wat ben ik blij je te zien.' Met één arm om haar schouders, wendde hij zich tot Grant. 'Jij bent zeker Nells man. Welkom, jongen, welkom.' Vervolgens greep hij Grants hand in zijn reusachtige knuist en zwengelde hem op en neer. 'Ga zitten, jullie.'

Hij draaide zich om en schreeuwde in de richting van de bar: 'Dai, breng nog eens een rondje drank hier, we hebben wat te vieren. Margarets dochter is eindelijk thuisgekomen.'

De volgende dag werd Nell omringd door haar familie, die zich had verzameld in het huis van oom Gwilym. Grant keek toe terwijl ze de afschuwelijke dagen na het auto-ongeluk dat haar moeder en stiefvader het leven had gekost opnieuw beleefde. Ze praatte erover met haar familie zoals ze er met hem, naar hij wist, nooit over zou kunnen praten. De tranen vloeiden en maakten plaats voor lachsalvo's toen er jeugdherinneringen werden opgehaald. Het was de juiste beslissing geweest om hierheen te gaan, dacht hij. Hij ontdekte een heel nieuwe kant van Nell, haar 'Welshe' kant, naar hij aannam. Haar familie, ooms, tantes en talloze neven en nichten waren goede mensen, en een zeer hecht clubje. Ze had hen nu echt nodig, en hij werd overvallen door schaamte toen hij bedacht hoe fel hij zich tegen het ondernemen van deze reis had verzet, en een gevoel van droefheid omdat hij haar niet kon geven wat zij haar gaven.

'Vind je ons een beetje te druk met zijn allen, Grant?' Hij had niet gezien dat Nells tante Margie naast hem was komen staan. Abrupt staakte hij zijn overpeinzingen, en hij glimlachte innemend naar haar. 'Helemaal niet. Ik stond juist te bedenken dat het heerlijk is om Nell weer eens echt te zien lachen.'

'Het arme kind, ze heeft het er zo moeilijk mee gehad,' zei tante Margie.

'Het moet voor u ook moeilijk zijn geweest,' zei Grant zacht.

'Ja, je hebt gelijk. We hadden Margaret niet meer gezien sinds ze hier is weggegaan. Vijftien jaar, weet je. O, we hielden wel contact, brieven en telefoontjes, en ik denk dat ze gelukkig was met haar nieuwe leven – hoewel Margaret het nooit zou toegeven als dat niet het geval was.' Ze lachte triest. 'Het was afschuwelijk om zo ver weg te zijn toen we het hoorden. We voelden ons zo hulpeloos omdat we niets konden doen om Nell met de begrafenis te helpen. We hebben hier wel een herdenkingsdienst gehouden, maar dat is niet hetzelfde als echt afscheid nemen.' Ze veegde een traan weg en gaf Grant een klopje op zijn hand. 'Bedankt dat je haar bij ons terug hebt gebracht.'

'Het was Nells eigen beslissing – ere wie ere toekomt. Haar behoefte om hier te zijn was veel groter dan mijn twijfels.'

Hij zag haar gezicht betrekken en voegde er snel aan toe: 'Ik dacht dat ze meer tijd nodig had om het te verwerken, voordat ze alles opnieuw zou moeten doormaken. Ik weet nu echter dat ik het mis had, dat het verwerken hier begint, bij de mensen die haar moeder net zo liefhadden als zijzelf. Ze had de behoefte om haar verdriet te delen, en dat kon alleen hier, met jullie allemaal. Dus eigenlijk ben ik degene die júllie zou moeten bedanken.'

Ze hief haar gezicht naar hem op en kuste hem op zijn wang. 'Je bent een goede jongen, en een goede man voor onze Nell,' zei ze.

'Dus je hebt tante Margie toegevoegd aan je lijst van aanbidsters!' Nell lachte terwijl ze zich bij hen voegde bij het raam. Ze gaf Grant een biertje en zei tegen haar tante: 'Hij pakt iedereen in met zijn zilveren tong.'

'Een knap uiterlijk en een zilveren tong, een zeer gevaarlijke combinatie,' zei tante Margie terwijl ze haar best deed om serieus te kijken. Vervolgens barstten Nell en zij in lachen uit, na een korte aarzeling gevolgd door Grant.

De luchtige sfeer was zeer welkom na de emotie van de afgelopen uren. Ze voegden zich bij de rest van de familie, en al snel wisselden Nells ooms en Grant rugbyverhalen uit, en manieren waarop ze Wales of de All Blacks zouden coachen om de teams weer op topniveau te krijgen. Nell kreeg er nooit genoeg van om naar Grant te kijken, meestal met een tikje jaloezie. Hij zat zo goed in zijn vel, dat de mensen om hem heen zich als vanzelf ook ontspanden. Zowel mannen als vrouwen voelden zich tot hem aangetrokken. Vrouwen om de voor de hand liggende reden: hij was knap – met blond haar dat nonchalant over zijn voorhoofd hing, blauwe ogen die altijd leken te lachen, en een onweerstaanbare glimlach. Alhoewel ze hem het afgelopen half jaar bar weinig reden tot glimlachen had gegeven. Een knap uiterlijk is echter slechts bijzaak, en dat was dan ook niet de reden waarom hij overal waar hij ging werd geaccepteerd. Hij was gewoon altijd zo ontspannen, niets leek hem van zijn stuk te brengen. Moet je hem nou zien, dacht ze. Ik heb hem weggehaald uit zijn vertrouwde omgeving en hem neergepoot in een vreemd land waar nauwelijks Engels wordt gesproken, en daar staat hij dan, met een publiek van mensen die hij nog maar net kent, en die allemaal aan zijn lippen hangen. Hij zit goed in zijn vel, ja dat is het, zei ze tegen zichzelf, dat is Grant ten voeten uit, een man die goed in zijn vel zit. Terwijl ik me juist altijd een vreemde voel in mijn eigen lijf, alsof ik niet in de hand heb wat er met me gebeurt.

'Nog altijd een dagdromer, Nellie?' Ze keek op naar haar neef Gareth, speelkameraadje en vertrouweling uit haar jeugd. 'Het is een prima vent, je man. Je had hem veel eerder mee naar huis moeten nemen. Ik mag hem wel,' merkte hij op.

'Dus je vindt het niet erg dat hij je verslagen heeft,' zei ze lachend. Toen ze klein waren had Gareth altijd volgehouden dat hij met Nell ging trouwen als hij groot was, zeer tot vermaak van de hele familie.

'Nu even serieus,' vervolgde ze. 'Ik wil dat iedereen weet hoe enorm ik het waardeer dat er al de hele dag Engels wordt gesproken zodat Grant zich meer op zijn gemak voelt.'

Gareth keek haar aan met een ondeugende glans in zijn gitzwarte ogen. 'Nou,' zei hij quasi-onschuldig. 'Eigenlijk doen we dat niet omwille van Grant. We wisten niet zeker of jij nog wel Welsh zou verstaan en spreken!'

'Dus zo zit dat,' antwoordde zij op dezelfde toon. 'Ik denk dat je zult moeten toegeven dat jullie je hebben vergist.'

Samenzweerderig boog hij zich naar haar toe. 'Ik moet zeggen dat we het niet helemaal bij het verkeerde eind hebben gehad, want je hebt per slot van rekening wel een beetje een raar accent!'

Samen kregen ze de slappe lach, totdat een bulderende stem hen tot de orde riep.

'Zeg, wat zitten jullie daar te smoezen met zijn tweeën – en nog wel in het Welsh!' Oom Gwilym keek hen streng aan vanonder zijn borstelige wenkbrauwen. 'Waar zijn jullie manieren? We hebben iemand die uitsluitend Engels spreekt in ons midden!' donderde hij. Hij wendde zich tot Grant. 'Ik moet me verontschuldigen voor mijn zoon en mijn nichtje. Als die samen zijn, bestaat de rest van de wereld eenvoudig niet. Dat was al zo toen ze klein waren.' Zijn zogenaamde woede had inmiddels plaatsgemaakt voor een toegeeflijke glimlach.

'Maakt u zich om mij maar geen zorgen,' antwoordde Grant. 'Ik vind het Welsh een prachtige taal om naar te luisteren, en het is weer eens wat anders om het op gemoedelijke toon gesproken te horen worden in plaats van in razernij.'

'Hij bedoelt,' verklaarde Nellie bij het zien van de vragende blik van haar oom, 'dat ik hem altijd uitscheld in het Welsh als hij me boos maakt! En Gareth en ik zijn heus de kwaadsten niet,' zei ze berispend.

'Dat weet ik nog zo net niet,' merkte tante Margie op toen ze een enorme schaal met hapjes op tafel zette. 'Wat dacht je van die keer met kerst, toen jullie je oom Gwilym dronken hebben gevoerd – in de kerk, nota bene.'

Bij deze opmerking barstten Gareth en Nell in lachen uit.

'Het was bij de kerstviering voor de kinderen in de kerk,' legde Nell uit, 'en de pastoor –'

'Pastoor Thomas,' viel Gareth haar in de rede.

'Ja, pastoor Thomas,' ging Nell verder. 'Het was nog een jonge pastoor, en hij vond dat hij de ouders die hielpen met de organisatie op een drankje moest trakteren.

Lachend pakte Gareth een worstenbroodje. 'Aangezien hij zelf geen drinker was, besloot hij rum-cola's te serveren, die hij uitdeelde alsof het gewone cola was, terwijl het in feite bijna pure rum was! Steeds als pa zijn glas leeg had, gaven we hem meteen een nieuwe.'

'Oom Gwilym dronk ieder glas dat we hem gaven achter elkaar leeg, en aan het eind van het feest kon hij niet meer op zijn benen staan,' bracht Nell hikkend van het lachen uit.

Grant keek naar Gareth en Nell. Ze zijn echt een twee-eenheid, dacht hij, en voor het eerst voelde hij een steek van jaloezie. Hij wendde zich tot tante Margie. 'En wat gebeurde er toen?' vroeg hij.

'Nou, Grant, omdat Gwilym zelfs de sleutel niet meer in het portierslot van de auto kon krijgen, heeft pastoor Thomas iemand gestuurd om mij te halen.'

'Ik zal tante Margies gezicht nooit vergeten,' zei Nell, haar ogen glanzend bij de herinnering. 'Toen ze oom Gwilym met een onnozele grijns op zijn gezicht laveloos tegen de muur zag hangen, griste ze de sleutels uit zijn zak en greep Gareth en mij bij de hand. "Kom mee, kinderen," zei ze, en sleurde ons mee naar de auto. "Maar Mrs. Griffiths," riep pastoor Thomas, "en uw man dan?"' Nell keek vol genegenheid naar haar tante en vervolgde: 'Met opgeheven hoofd en zonder zich zelfs maar om te draaien zei tante Margie: "Dat is mijn man niet." Vervolgens duwde ze ons tweeën in de auto, startte de motor en zette de auto prompt in zijn achteruit! Pastoor Thomas was intussen de wanhoop nabij en boog zijn gezicht naar het raampje van de auto. "Mrs. Griffiths, u kunt toch wel autorijden, hoop ik," vroeg hij smekend. "Ik kan het leren, eerwaarde," zei tante Margie, en met die woorden stuiterden we hortend en stotend de straat uit.'

Gareth keek naar zijn vader en zei: 'Terwijl pa achter ons aan strompelde!'

Gareth en Nell vielen tegen elkaar aan en lachten tot de tranen over hun wangen stroomden. Grant bekeek het hele gezelschap, deze familie van Nell, zijn schoonfamilie, en merkte dat hij enigszins geschokt was. Iedereen lachte, en tante Margie klopte een trots grijnzende oom Gwilym op zijn hand, alsof er zojuist verslag was gedaan van een of andere heldendaad die hij had verricht. Uiteindelijk werkte hun lachen zo aanstekelijk, dat hij maar meedeed.

Later die avond zaten Nell en Grant opgekruld op de bank in hun hotelkamer televisie te kijken. Grant speelde met Nells haar en zei: 'Ik vond het heel gezellig vandaag. Je familie is erg aardig. Ze houden erg veel van je.'

'Ja,' antwoordde ze. 'Dat realiseer ik me eigenlijk nu pas – en ook hoeveel ik van hen hou. Het is net alsof ik maar een paar weken weg ben geweest, en geen jaren.'

'Gareth en jij lijken een erg hechte band te hebben,' zei hij zacht.

Glimlachend zei Nell: 'Dat is ook zo, dat is altijd al zo geweest.' Bij het horen van de ondertoon in zijn stem, draaide ze haar hoofd en keek naar hem op.

'Je bent toch niet jaloers, hè?' plaagde ze.

'Nee, natuurlijk niet, per slot van rekening is hij je neef.' Toch was aan de blik op zijn gezicht te zien dat hij zelf niet helemaal overtuigd was.

'O, Grant, we zijn samen opgegroeid, we gingen nota bene zelfs samen in bad! Hij is als een broer voor me, en ik hou van hem als van een broer en speelkameraadje. Terwijl jij –' Ze duwde speels tegen zijn borst en kuste hem lang en teder. 'Kom mee,' fluisterde ze. 'We gaan naar bed.'

De volgende dag besloten Nell en Grant het oude kasteel te gaan verkennen. Grant was dol op oude gebouwen en ontfutselde Nell alle informatie die ze had, van historische feiten tot plaatselijke folklore. Het was een behoorlijke klim heuvelopwaarts naar de buitenste muur, en toen ze op de binnenplaats kwamen, wees Nell aan hoe de gebouwen in elkaar hadden gezeten en waar ze voor werden gebruikt.

'Als kind kwam ik hier zo vaak, niet alleen met school, maar ook in mijn eentje,' vertelde ze. 'Ik deed altijd net alsof ik een prinses was, en ik had hordes denkbeeldige vriendinnen die ik hier dan ontmoette.' Ze lachte. 'Niet dat dit ooit een koninklijk kasteel is geweest, maar het was wel van een edelman die vrij hooggeplaatst bleek te zijn, en het is een paar honderd jaar in dezelfde familie gebleven. Onze geschiedenisleraar op school heeft nog onderzoek naar hen gedaan, en zelfs een boekje uitgegeven over de familie en de geschiedenis van het dorp. Het is best aardig, de bibliotheek heeft er wel een exemplaar van, als je belangstelling hebt.'

Grant scheurde zijn blik los van de grote toren. 'O, je weet wel dat ik niet zo'n lezer ben, vertel jij me de interessantste dingen maar,' zei hij afwezig.

'Nou,' antwoordde Nell, 'ze zeggen dat een van hen piraat was in de Middeleeuwen, en dat hij ervoor heeft gezorgd dat ze zo bijzonder rijk en machtig werden. Een positie die ze een aantal eeuwen hebben bekleed. Er is niet veel bekend over wat er na het jaar 1400 met hen is gebeurd, dus niemand weet of ze zijn uitgestorven of dat ze hun fortuin zijn kwijtgeraakt of wat dan ook. Er wordt beweerd dat ze betrokken waren bij de opstand van Glyn Dwr en dat ze zo alles zijn kwijtgeraakt. Hun afstammelingen zouden best nog in het dorp kunnen wonen, zich totaal onbewust van hun roemrijke verleden.'

Grant greep haar hand. 'Kom op, laten we gaan kijken wat voor uitzicht die ouwe zwartbaard destijds vanaf zijn toren had.'

Hijgend van de inspanning bereikte Nell de top, waar ze steun zocht bij de kantelen en naar het omringende land keek. Lieve hemel, het was nog steeds adembenemend. Ze keek over de groene, zacht glooiende vallei naar de bergen die in de verte beschermend oprezen. Onwillekeurig haalde ze diep adem bij deze aanblik en de gevoelens die het geheel in haar binnenste losmaakte – het was alsof dit land het diepste van haar ziel opeiste.

'Pff, wat een klim,' hijgde Grant toen ook hij bovenkwam. 'Maar beslist de moeite waard,' zei hij goedkeurend. Hij legde zijn handen aan weerskanten van Nell op de muur en wreef met zijn neus tegen haar achterhoofd. 'Oké, maak me eens wegwijs in het landschap.'

'Nou, daar beneden kun je het dorp zien. Daar is de pub, aan de overkant van het plein. Het huis van oom Gwilym en tante Margie is daar, met dat nieuwe rode dak.' Ze wees naar rechts. 'En kijk, zie je daar dat beekje, aan deze kant van het plein, dat moet je naar links volgen tot in dat bosachtige gebied. Daar is de bron van de beek, een plek die we Rhaeadr-Du noemen, hetgeen zwarte waterval betekent. Vraag me niet waarom, want er is geen waterval, en de beek verdwijnt gewoon onder de grond! Nou, en recht voor ons uit kun je nog net in de verte de bergen van Snowdonia zien. We hebben geluk dat het zo'n heldere dag is, want normaal gesproken heb je niet zo'n panoramisch uitzicht.'

Ze draaide zich om en keek hem aan, haar ogen glanzend. Ze sloeg haar armen om zijn nek en zei: 'Ik ben zo blij dat we hier samen zijn. Nu kun je er eindelijk een idee van krijgen wie ik ben.'

Hij streek een losse haarlok uit zijn gezicht. 'Ik had het voor geen goud willen missen. Het is adembenemend, werkelijk waar.'

Hij bleef nog een paar minuten over haar hoofd staan kijken, genietend van het uitzicht, en kuste haar toen op het puntje van haar neus. 'Kom mee, snoes, we gaan ergens iets eten. Ik ben uitgehongerd van al die lichaamsbeweging en al die plaatselijke oudheid.'

Hij draaide zich om en begon voorzichtig aan de afdaling langs de moderne trap, terwijl Nell achterbleef en neerkeek op de tuin rond het kasteel, de speelplaats uit haar jeugd. Ooit kende ze elke steen, en had ze haar fantasie hier de vrije loop gelaten. Ze hield zielsveel van deze plek, en als ze in Nieuw-Zeeland was, waren het deze oude gebouwen die ze voor zich zag als ze aan thuis dacht. Thuis, dacht ze, wat heb ik het gemist. Met een zucht dacht ze aan haar man. Hij vond het hier weliswaar prettig, maar was dat genoeg? Ze keek op toen haar gedachten werden verstoord door een beweging beneden. Ze kon niet ontdekken wat het was, maar ze had het gevoel dat er iets niet klopte. Nell draaide zich om en liep de trap af, terwijl ze links en rechts om zich heen keek. De binnenplaats werd aan haar gezicht onttrokken toen ze beneden kwam, aangezien deze schuilging achter een deel van de torenmuur. Er was enige commotie aan de andere kant, luide stemmen en het klepperen van paardenhoeven. Een gebiedende mannenstem bulderde: 'Owain, zorg dat iedereen gereed is voor vertrek, ik kom over een paar minuten.'

Toen Nell om de muur heen liep, kreeg ze de schrik van haar leven. De eigenaar van de stem kwam recht op haar af. Hij was een lange, opvallende persoonlijkheid, maar waar Nell zo van geschrokken was, was zijn kleding. Hij was tot in detail gekleed als een man uit de Middeleeuwen, tot en met zijn haardracht en het zwaard aan zijn heup. Toen ze eenmaal over de eerste schrik heen was, begreep Nell dat er een of andere voorstelling of een historisch schouwspel aan de gang moest zijn. Glimlachend trad ze de man tegemoet, met de bedoeling hem ernaar te vragen. De woorden bevroren op haar tong toen hij naar haar keek, of eigenlijk, zo leek het, door haar heen keek. Zijn blik was onmiskenbaar op haar gericht, zijn grijze ogen hadden de kleur van de oceaan op een bewolkte dag, en waren even ondoorgrondelijk. Er was echter geen enkele aanwijzing dat hij haar zag, het was alsof ze niet bestond. Vlug sprong Nell opzij, uit angst dat hij anders recht tegen haar aan zou zijn gebotst. Ze slikte een vloek in en keek hem boos na toen hij door de deur verdween. Op dat moment kreeg haar temperament de overhand. Hoe durfde hij zo onbeschoft te zijn, dacht ze woedend, en ondanks een vaag gevoel van onbehaaglijkheid ging ze hem achterna, terwijl ze in gedachten al een verontwaardigde preek voorbereidde. Maar toen kreeg ze een tweede schok, aangezien hij nergens meer te bekennen was. Ze keek de hele toren rond en speurde de trap naar boven af, maar er was nergens een spoor. Hij kon niet teruggegaan zijn zonder haar te passeren, want er was maar één in- en uitgang. Plotseling kreeg ze het koud toen ze zich realiseerde dat ze hem een deur open had zien doen. Met een ruk draaide ze zich om en staarde naar de kale deuropening in de bouwvallige muur. Ze had kunnen zweren dat ze daar een deur had gezien, maar dat was onmogelijk. Ze rende naar de binnenplaats en tuurde ingespannen of ze ergens een teken zag van de man of de paarden die ze had gehoord, maar afgezien van een paar toeristen die er rondliepen, was er niets te zien.

'Nell! Nell! Is alles goed?' Ze werd zich bewust van Grants stem, en ze richtte haar blik op zijn bezorgde gezicht. Hij hield haar bij de schouders vast en keek haar onderzoekend aan. 'Wat is er gebeurd? Je ziet eruit alsof je door de duivel op de hielen wordt gezeten. Je ziet zo wit als een doek,' zei hij.

Ze keek naar hem op, haar blauwe ogen groot en een beetje verwilderd. 'Waar zijn ze?' vroeg ze ademloos.

'Wie?' vroeg Grant op zijn beurt.

'De mensen in die historische klederdracht, de paarden.' Aarzelend zei ze: 'Je moet ze toch gezien hebben.'

'Nell, ik weet niet waar je het over hebt,' zei Grant zacht. 'Ik dacht dat je vlak achter me liep, maar toen ik je nergens zag, ben ik teruggelopen om je te zoeken, en toen kwam je net aanrennen. Wat is er in vredesnaam aan de hand?' Grant begon zich nu echt zorgen te maken over Nells gedrag, maar toen glimlachte ze zwakjes naar hem.

'Niets, echt, er is niets,' antwoordde ze met geforceerde vrolijkheid. 'Ik dacht dat er ergens een soort voorstelling aan de gang was, en je weet hoe verzot ik ben op alles wat met toneel te maken heeft. Ik wilde niets missen.' Ze lachte even. 'Het zal wel wishful thinking zijn geweest. Kom mee, dan gaan we ergens een hapje eten.'

Ze maakte al aanstalten om het kasteelterrein te verlaten. Grant aarzelde. Hij zag dat ze duidelijk geschokt was, maar hij kende haar goed genoeg om te weten dat ze er er niet meer over wilde praten. Met een schouderophalen liep hij achter haar aan. Hij nam geen genoegen met haar verklaring, maar hij zou haar niet onder druk zetten.

Toen ze het dorp bereikten, wierp Nell een nerveuze blik achterom naar de heuvel, maar ze zag niets bijzonders, en alles was zoals het moest zijn. Ze huiverde onwillekeurig. 'Schiet op, lieverd, het wordt koud.' Ze stak haar arm door de zijne en versnelde haar pas.

Later op de avond gingen Nell en Grant iets drinken met Nells familie.

Ze hadden juist met een van de plaatselijke boeren afgesproken dat ze de volgende dag twee van zijn paarden mee mochten nemen, toen het gesprek op hun wederwaardigheden van de afgelopen dag kwam.

'Zo jongeman,' zei George, de boer, tegen Grant. 'Dus je hebt je verdiept in onze plaatselijke geschiedenis.' Hij keek naar Grants uitdrukkingloze gezicht en vervolgde: 'Jullie zijn in het kasteel geweest?'

Grant knikte.

'Ooit van een piraat geweest, weet je.' Het blozende gezicht van de man brak in een brede grijns.

'Ja, dat heeft Nell verteld,' antwoordde Grant.

'O, dat zal best, ja. En heeft onze Nellie je ook voorgesteld aan zijn familieleden?' voegde Gareth er eveneens grijnzend aan toe. 'Toen we nog klein waren, bleef ze soms urenlang weg, en dan kwam ze terug vol verhalen over adellijke dames en heren.'

Hij stond op het punt om er uitgebreid over uit te weiden, maar de blik op Nells gezicht vertelde hem dat hij beter een ander onderwerp kon aansnijden. Ondanks het feit dat ze elkaar jarenlang niet hadden gezien, had Gareth echter nog steeds een heel hechte band met Nell, en hij liet zich niet zo makkelijk afschepen als Grant.

Zijn kans kwam later die avond, toen Nell naar het toilet ging. Hij bood aan het volgende rondje te gaan halen, en hij wachtte aan het eind van de bar, vlak bij de toiletten. Toen Nell weer naar buiten kwam, strekte hij loom zijn grote arm uit en ving haar bij haar middel.

'Help me even met de drankjes, Nell,' zei hij.

Nell knikte en leunde naast hem op de bar. De caféhouder keek in hun richting. 'Ik kom zo bij je, Gareth,' riep hij.

'Dat is prima, Dai, doe maar rustig aan,' antwoordde Gareth. Vervolgens wendde hij zich tot Nell.

'Zo, ga je het me nog vertellen, of hoe zit dat?' vroeg hij zacht. Hij had in het Welsh gesproken, zijn moedertaal, maar ze antwoordde in het Engels om de intieme sfeer uit hun kinderjaren te verdrijven.

'Wat moet ik je vertellen?'

'Doe niet zo onnozel, Nell Griffiths. Je weet verdomd goed wat ik bedoel.' Hij zweeg even en keek haar strak aan. 'Je hebt het tegen mij hoor. Vergeet niet dat ik de enige was die enig geloof hechtte aan je verhalen, terwijl de rest je er altijd om uitlachte.' Glimlachend trok hij even aan haar haren. 'Mijn nichtje de heks,' zei hij met een zacht lachje. 'Vertel het nou maar, meisje.'

Nell aarzelde en begon toen in haar moedertaal op te biechten. 'Nou ja, er was iets, maar ik weet niet precies wat ik nou eigenlijk heb gezien,' zei ze vaag.

Gareth sloeg zijn armen over elkaar en hield vragend zijn hoofd scheef. Nell keek naar de plek waar Grant zat, en zag dat hij diep in een gesprek verwikkeld was, waarop ze zich weer tot haar neef wendde.

'Oké, oké. Ik heb een man gezien, heel even maar. Een minuut, niet langer.' Nell keek naar hem op. 'Niets tegen Grant zeggen, hoor. Er is niets meer gebeurd sinds ik hier ben vertrokken, in al die jaren niet. Ik dacht dat ik eroverheen was gegroeid, of ik had mezelf ervan overtuigd dat het niet meer was dan een rijke, kinderlijke fantasie. En nu begint het weer opnieuw, net terwijl ik eraan gewend was om normaal te zijn.' Ze trok een quasi-pruilend gezichtje, en Gareth schoot in de lach.

'O, Nell, jij bent niet bestemd om normaal te zijn,' zei hij. Terwijl Nell ook in de lach schoot, had ze plotseling het gevoel dat dit tafereel zich al eerder had afgespeeld, als een déjà vu. Ze voelde een overweldigende behoefte hem te omhelzen, troost te zoeken in zijn armen. Voordat ze zich echter kon bewegen, zag ze dat Gareths verloofde de pub binnen was gekomen en aandachtig naar hen keek. Ze zwaaide naar haar, zodat Gareth zich omdraaide, en het intieme moment was voorbij.

'Hallo liefje,' zei hij luid. 'Wat kan ik voor je bestellen?'

'Het gebruikelijke recept, alsjeblieft,' antwoordde Ceri. 'Zal ik deze meenemen?'

Ze pakte twee van de glazen die Dai al had ingeschonken, en met een innemende glimlach liep ze naar de plek waar de anderen zaten.

Nell pakte haar eigen glas en dat van Grant. 'De rest kun jij wel dragen,' zei ze tegen Gareth, en ze liep achter Ceri aan.

Voorzichtig tilde Nell Grants arm van zich af en stapte uit bed. Ze haalde een glas water en keek neer op het slapende lichaam van haar man, glimlachend om de manier waarop zijn lange, blonde wimpers schaduwen maakten op zijn wangen. Zijn gezicht, zo vrij van zorgen, straalde een haast kinderlijke onschuld uit. Ze bracht het glas naar haar lippen en liep naar het raam. Het was een prachtige, heldere zomernacht met een hemel vol sterren. Nell keek ernaar en bedacht hoe vreemd het was. Ze waren zo fel, zo sprankelend, zo dichtbij dat ze het gevoel had dat ze haar hand uit kon steken en ze aan kon raken. Het was moeilijk te geloven dat ze miljoenen werelden ver weg waren en al lang dood. Ze zette het raam wijd open en zoog haar longen vol avondlucht. Ze keek naar de fonkelende lichtjes van het dorp, naar de donkere vormen van de heuvels erachter. Ze had heel sterk het gevoel dat ze hier thuishoorde, op deze plek, in dit land; een zelfde soort gevoel als ze eerder die dag in het kasteel had gehad. Bij de gedachte aan het kasteel betrok haar gezicht, en ze richtte haar blik op de ruïne op de heuvel. Badend in het heldere licht van de volle maan bood het een droom-achtige aanblik. Ze vroeg zich af, en niet voor het eerst, waarom het zo'n aantrekkingskracht op haar uitoefende. Het krassen van een uil rukte haar uit haar overpeinzingen, en ze volgde zijn vlucht langs de hemel totdat het dier in het duister van de bomen verdween. Glimlachend deed ze het raam dicht en liep weer terug naar het bed.

2

Grant en Nell haalden twee paarden op bij George en zetten koers naar de bossen. Onderweg kletste Nell honderduit, en ze wees op bezienswaardigheden of geliefde plekken uit haar jeugd, waarbij ze iedere plek tot leven wekte met boeiende verhalen of plaatselijke roddels.

Grant grijnsde. 'Je weet het wel te brengen,' zei hij. Nell grijnsde terug en ging verder met haar rondleiding.

Toen ze dieper het bos binnendrongen, veranderde het pad in een smal paadje, zodat ze gedwongen waren om achter elkaar te rijden. Nell ging voorop, en terwijl haar paard zorgvuldig zijn weg zocht, ging er plotseling een rilling door haar heen, alsof de temperatuur een paar graden was gedaald. Ze keek naar boven, maar de lucht was nog steeds wolkeloos en helderblauw. Ingespannen tuurde ze omhoog, boven de bomen uit, die haar ineens het gevoel gaven dat ze opgesloten zat. Voor het eerst voelde ze zich onzeker.

'Weet je, Grant, ik denk dat ik misschien ergens verkeerd ben gereden. Ik kan me niet herinneren dat het bos zo dicht was.'

Ze verwachtte een of andere gevatte opmerking van haar echtgenoot, en toen het stil bleef, draaide ze zich om in haar zadel om met hem te praten. Bij deze beweging begon haar paard echter ineens te steigeren, en omdat ze niet in evenwicht was, viel ze eraf. Ze kwam met een klap op de grond terecht en bleef daar een paar seconden naar adem happend liggen. Ze was zich bewust van een stem die tegen haar praatte, maar deze leek van heel ver weg te komen. Er werd een hand uitgestoken om haar overeind te helpen, maar toen ze op het punt stond de hare erin te leggen, hield ze stil. Wat zei hij nou? De nevel in haar hoofd trok op en ze verstond hem duidelijk.

'Jezus, Elen! Ben je gewond?'

Ze herkende de stem niet. 'Grant?' fluisterde ze, zo zacht dat niemand het hoorde. Toen keek ze op, en ze verstijfde van schrik. Het was de man van het kasteel. Ze kon zich niet vergissen, want zijn gezicht stond in haar geheugen gegrift. Hij had haar hand gepakt, en zijn grijze ogen namen haar bezorgd op. Ze trok haar hand weg alsof ze zich had gebrand. Zoekend naar Grant keek ze om zich heen, en haar schrik werd nog groter. De man was niet alleen, maar in het gezelschap van meerdere mannen, allemaal op dezelfde manier gekleed. Ze deden verwoede pogingen om hun geagiteerde paarden te kalmeren, die hun hoofd in hun nek gooiden en nerveus met hun ogen rolden. 'Wat mankeren die beesten?' mopperde de man, waarop hij zich omdraaide en weer tegen Nell begon te praten.

'Elen, ben je gewond? Kun je staan?'

'Wie bent u?' vroeg ze. Haar toon was scherp, in de hoop zo de opkomende paniek te verhullen. 'Wat doen jullie hier, en,' ze keek wanhopig om zich heen, 'waar is mijn man?'

Haar eerste vraag had al een verbijsterde frons op het gezicht van de man opgeleverd, maar bij haar laatste vraag sperde hij zijn ogen wijd open van ongeloof. Een van de andere mannen was intussen bij hen komen staan, en sprak op scherpe toon bij het horen van haar woorden.

'Maar mevrouw, hij probeert u zijn hand te bieden.' Hij legde zijn eigen hand op de schouder van de andere man en wendde zich op zachtere toon tot hem: 'Wat is het probleem hier, Rhys?'

Rhys schudde met zijn hoofd. 'Ze heeft een flinke val gemaakt, ze moet haar hoofd hebben gestoten.' Het was meer een vraag dan een constatering, aangezien hij totaal van zijn stuk was gebracht door haar uitbarsting. 'Hoe het ook zij, Owain,' vervolgde hij, 'we moeten gaan rijden, voordat het donker wordt.'

Met die woorden wendde hij zich naar zijn reisgenoten. 'Alice, kom je mevrouw eens helpen.'

Een vrouw, ook in middeleeuwse kleren, werd van haar paard af geholpen, en haastte zich naar Nell toe. Toen de vrouw dichterbij kwam, keek Nell haar met een vlammende blik aan. 'Blijf uit mijn buurt,' gilde ze. 'Jullie allemaal, blijf uit mijn buurt.'

De vrouw bleef stokstijf staan. 'Milady, toe nou.' Ze sprak op klagende toon terwijl ze achterdochtig naar Rhys keek, alsof hij verantwoordelijk was voor de toestand waarin haar meesteres verkeerde.

'Ik heb er genoeg van,' zei Rhys, die niet de moeite nam om zijn irritatie te verhullen. Met grote passen beende hij naar Nell toe, greep haar bij de armen en hees haar overeind. 'Geen flauwekul meer, Elen, we hebben geen tijd voor deze spelletjes.' Hij liet zijn stem dalen. 'En ik zou het prettig vinden als je je wat behoorlijker zou willen gedragen.'

Zijn ogen stonden koel, maar Nell keek niet meer naar hem. Owain legde een kalmerende hand op Rhys' arm. 'Niet zo haastig, Rhys. Kijk eens naar haar gezicht.'

Nells gezicht was asgrauw, er glinsterden druppeltjes zweet op haar bovenlip en ze ademde moeizaam. Toen ze haar ogen in wanhoop naar Rhys opsloeg, voelde hij zijn irritatie wegsijpelen. De blik in zijn ogen, die even tevoren nog zo koel was geweest, werd nu zachter. Onwillekeurig had hij met haar te doen. Hij bewoog langzaam en rustig, alsof hij een in de val gelopen dier benaderde. Haar vingers kromden en strekten zich krampachtig in de vouwen van haar gewaad, waar ze vol ongeloof naar staarde.

'Wat gebeurt er toch,' fluisterde ze, en ze slikte om te voorkomen dat er een snik uit haar keel zou ontsnappen.

'Kom maar, meisje,' zei hij op overredende toon. 'Ik zal je geen kwaad doen. We moeten je alleen thuis zien te krijgen.'

Voorzichtig sloeg hij zijn arm om haar schouders, in de verwachting dat ze wel weer terug zou deinzen, maar ze verroerde zich niet. Hij voelde haar lichaam trillen nu de schok haar langzaam in zijn greep kreeg. Hij bracht haar naar de plek waar de mannen en paarden verzameld waren. Tegen Owain zei hij: 'Ze is niet in staat om zelf te rijden, ik neem haar op mijn paard.'

Moeiteloos tilde hij haar in het zadel en sprong hij achter haar op de rug van het dier. Alle anderen waren al opgestegen, en met het onbereden paard aan de teugels ging Owain de groep voor door het bos.

Iedereen had zo zijn eigen gedachten over het incident, terwijl ze in stilte voortreden. Fronsend keek Rhys naar de gestalte voor hem, verontrust door haar uitbarsting. Hij zou echter nog veel meer verontrust zijn als hij had geweten wat er door het hoofd van zijn echtgenote ging.

Nell hield zich zo krampachtig vast aan de voorste zadelboog, dat haar ringen in haar vingers sneden en witte striemen maakten. Ze staarde naar de vreemde, met edelstenen bezette ring die de plaats had ingenomen van haar normale verlovings- en trouwring, en probeerde uit alle macht te begrijpen wat er gebeurde. Terwijl ze door de bossen reden, voerde ze inwendig allerlei theorieën aan, die ze stuk voor stuk verwierp. Het draaide allemaal om haar eigen uiterlijk. Ze was gekleed zoals een rijke, adellijke vrouw in de Middeleeuwen gekleed zou zijn geweest, de juwelen, het gewaad, de mantel en, ze bracht haar hand naar haar hoofd, de sluier. Ze trok aan een van de vlechten en hield deze in haar hand. Voor de materiële zaken zou ze nog wel een verklaring hebben kunnen vinden, maar niet voor haar haren, want hoe konden korte blonde lokken veranderen in de dikke, lange, weelderige bruine haren die ze nu in haar hand hield.

Ze haalde diep adem en tilde haar hoofd op om te zien waar ze naartoe gingen. Ze kwamen aan de rand van het bos, en plotseling bracht ze haperend uit: 'Godallemachtig!'

Een stem bij haar oor zei: 'En, Elen, bevalt je nieuwe huis je?'

Ongelovig staarde ze voor zich uit, want daar stond het kasteel. Er was geen twijfel over mogelijk, daar stond het kasteel in al zijn pracht, volledig in ere hersteld, zodat het eruitzag als toen het nog maar pas was gebouwd.

'Hoe hebben ze dat voor elkaar gekregen?' vroeg ze zich hardop af.

'We hebben in Wales net zulke uitstekende metselaars als in Engeland,' zei Rhys geamuseerd.

'Nee, ik bedoel,' ze wachtte even en keek om zich heen, 'waar is iedereen?'

'Maak je geen zorgen, ze zullen je allemaal luidkeels begroeten als we binnen zijn.'

'Maar het dorp, wat is er met het dorp gebeurd?' Ze draaide zich om en keek Rhys aan, maar zag enkel verwarring. Vervolgens keek ze weer naar de kleine verzameling ronde hutjes die her en der verspreid stonden, en naar het smalle pad dat naar de poort van het kasteel leidde.

Niet lang daarna bereikten ze hun bestemming, en toen ze de binnenplaats opreden, ontvouwde zich een ogenschijnlijk immense chaos voor Nells ogen. Overal waren mensen, honden blaften, en kakelende kippen renden ertussendoor. Het was allemaal te veel voor haar, en ze bleef met stomheid geslagen zitten, terwijl Rhys en de anderen afstegen. De mensen dromden allemaal om Rhys heen en bestookten hem met vragen, terwijl ze haar met schaamteloze nieuwsgierigheid aanstaarden.

Rhys hief zijn armen om hen tot stilte te manen, legde de honden met één woord het zwijgen op en wendde zich naar haar. Hij bood haar zijn hand en hielp haar afstijgen. 'Ik denk dat het tijd is om je huishouding te ontmoeten,' zei hij met een glimlach.

'Ik...' begon ze, maar hield toen op, niet wetend hoe ze moest reageren. Ze keek om zich heen, naar de mensen die zich op de binnenplaats hadden verzameld. Uit hun verschillende tenues kon ze opmaken welke rang ze bekleedden, van de staljongen tot de vrienden en volgelingen van Rhys. Hoe hadden ze het gedaan, en waarom?

Ze draaide zich om naar Rhys en vroeg verwonderd: 'Dit alles is voor mij?'

Verwachtingsvol keek ze hem aan, hem in stilte dwingend de waarheid te vertellen, en hopend dat Grant met een brede grijns op zijn gezicht te voorschijn zou komen.

'Uiteraard,' antwoordde hij hoffelijk. 'Het gebeurt niet elke dag dat ik een kersverse bruid mee naar huis neem.'

Het was het perfecte, correcte antwoord, maar helemaal niet wat ze wilde horen. De glimlachende gezichten verstrakten bij haar stilzwijgen, haar onbeweeglijkheid. Op dat moment wist ze dat ze zou gaan lachen, het was gewoon zo absurd, alles wat er was gebeurd, wat er nog steeds gebeurde. Ze voelde het opborrelen vanuit haar maag, tot het haar schouders bereikte en ontsnapte, al was het geen lachen, maar een verstikt snikken. Ze wist niet meer wat ze moest denken, had het hele scala aan emoties doorlopen; schok, angst, woede, paniek, ongeloof, en het enige wat ze nu nog kon doen was huilen.

'Het spijt me,' fluisterde ze, terwijl ze haar best deed de tranen terug te dringen. Ze bleven echter komen, en ze huilde alsof ze probeerde deze nachtmerrie weg te spoelen.

Ze hoorde Rhys binnensmonds vloeken, en toen tilde hij haar in zijn armen. 'Ik breng haar naar de bovenkamer,' zei hij tegen Owain. 'Kun jij?'

'Laat het maar aan mij over,' zei Owain tegen hem. Rhys beende ervandoor en liet het aan Owain over om de huishouding naar de grote zaal te loodsen, waar hij vertelde over de valpartij en de rest.

Nell werd over de binnenplaats naar de toren in de westhoek gedragen. Rhys beklom de stenen treden naar de tweede verdieping en liep door een voorkamer naar een slaapvertrek. Ze verstijfde toen hij naar het bed liep. 'O God, nee,' dacht ze. Hij voelde haar lichaam star worden en klemde zijn kaken op elkaar terwijl hij een vloek onderdrukte. Hij veranderde van richting en zette haar neer op de zittekist.

'Je kamermeisjes zullen zich over je ontfermen, ik ben zo terug.' Met een kort knikje verliet hij het vertrek, haar achterlatend met Alice, die tegelijk met haar en nog een andere vrouw was gearriveerd.

De twee vrouwen bleven een seconde lang bewegingloos staan, en kwamen toen plotseling in actie. Alice ging naast Nell zitten en hielp haar uit haar mantel.

'Toe, liefje, maak jezelf niet zo van streek,' sprak ze moederlijk. De andere vrouw bracht een aardewerken kom met water en begon Nells gezicht te wassen. De koele waslap voelde prettig op haar pijnlijke ogen, ze bracht haar hand omhoog om hem op zijn plaats te houden en leunde achterover in de kussens.

'Nou madame, u weet wel hoe u uw entree moet maken,' hoorde ze een van hen zeggen, 'er zal nog weken over worden gesproken.'

Nell liet de lap zakken en keek naar haar, een knap, donkerharig meisje van ongeveer dezelfde leeftijd als zijzelf, dat haar blik met lichte, groene ogen beantwoordde. Nee, ze bedoelde het niet onaardig, besloot Nell. Ze antwoordde met een flauwe glimlach.

'Ja, ik denk het ook. Hoe heet je?'

'Gwladys, milady,' antwoordde ze, en ze maakte een revérence.

Nell keek van Gwladys naar Alice. 'Waarom bedek jij je haar op een andere manier?' zei ze, zonder erbij na te denken. Ze had de vraag aan Gwladys gesteld, wier haar slechts door een dunne sluier werd bedekt, in plaats van door de sluier en kap die Alice en zij droegen.

'Dit is in Wales gebruikelijk, milady,' antwoordde Gwladys.

Nell glimlachte, in de veronderstelling dat dit correct was. Ze begon haar kap los te maken, bijgestaan door Gwladys, die honderduit babbelde, hetgeen haar boze blikken van Alice opleverde.

'Zal ik u helpen met uw kleding voor het diner? Het zal zo wel klaar zijn, Ceredwyn is er al de hele dag mee bezig.'

'Ik zal milady wel helpen,' kwam Alice tussenbeide, terwijl ze koppig haar eigen kap strakker vastmaakte.

De gedachte om naar de grote zaal te gaan en iedereen weer onder ogen te moeten komen, en dan vooral Rhys, vervulde Nell met angst.

'Nee, ik kan het niet,' zei ze paniekerig. Bij het zien van de uitdrukking op hun gezicht, voegde ze eraan toe: 'Ik ben bang dat ik me nog steeds verzwakt voel door de val. Zouden jullie me willen excuseren bij...' Ze zweeg even. 'Bij iedereen.'

Alice keek opgelucht, ze had geen zin om de maaltijd te gebruiken met de, in haar ogen, goddeloze Welshmannen. Gwladys zag er echter buitengewoon teleurgesteld uit.

'Uiteraard moet jij gewoon gaan eten, Gwladys,' zei Nell, en ze werd beloond met een stralende glimlach van het meisje. Ze aarzelde en vroeg toen: 'Ben je hier al lang?' in een poging meer te weten te komen.

'Mijn vader was in dienst bij Rhys' vader, dus toen uw huwelijk werd gearrangeerd, heeft Lord Rhys mij aangenomen als kamenier, aangezien ik Frans spreek.'

Het was een nieuwe schok voor Nell om tot de ontdekking te komen dat ze in het Frans converseerden, en dit nota bene al sinds ze in deze nachtmerrie was beland. Ze moest alleen zijn om na te kunnen denken.

'Je kunt gaan, Gwladys, en neem Alice mee, zij moet zich onder de mensen begeven, ook al doe ik dat niet.'

'O, milady, ik denk dat ik beter hier kan blijven,' zei Alice vlug.

'Nee Alice, ik moet rusten – alleen,' zei Nell zeer beslist.

'Uitstekend, madame,' antwoordde de oudere vrouw stijfjes. 'Maar u moet wel iets eten, het is een lange reis geweest. Ik zal een bediende naar boven sturen met een dienblad voor u.' Ze wendde zich tot Gwladys en zei: 'Kom, laat jij me maar eens zien hoe jullie hier souperen.' Met een laatste verwijtende blik op haar meesteres volgde ze Gwladys de kamer uit, en Nell bleef alleen achter.

Nell slaakte een zucht en wreef met haar handen over haar gezicht. 'Oké meisje,' zei ze hardop. 'Eens even kijken wat we hier precies hebben.' Ze stond op en keek de kamer rond. Het was een slaapkamer in, naar ze veronderstelde, middeleeuwse stijl. In een van de muren was een open haard, maar er brandde geen vuur omdat het een warme zomeravond was. De houten vloer was bedekt met verse biezen en kruiden, er hingen tapijten aan de stenen muren, maar het was het bed dat de kamer domineerde. Ze bekeek het aandachtig: een groot hemelbed met een zwaar houten frame. Ze voelde aan het matras en ontdekte tot haar verbazing dat het met veren gevuld was, terwijl ze bedacht dat stro authentieker zou zijn geweest. Met haar vingers raakte ze de lakens aan en streek over de sprei van bont. Om het bed hingen linnen draperieën, die opengeschoven waren. Op de grond lagen een paar strozakken waarop, naar ze vermoedde, de schildknapen van Rhys sliepen. Ze schrok onwillekeurig van de gedachte dat Rhys hier sliep, en keerde zich abrupt van het bed af. Ze bekeek de rest van de kamer en zag kasten voor kleding en een paar houten haakjes waaraan wat kledingstukken van Rhys waren opgehangen. Ze liep naar het raam en bestudeerde het uitzicht, alles badend in een vurig rode gloed van de ondergaande zon. Ze stond op dezelfde plaats als gisteren en keek naar hetzelfde landschap, dat nu zowel een vertrouwde als een vreemde aanblik bood. De donker wordende silhouetten van de bergen in de verte waren onveranderd, en ook de dichterbij gelegen heuvels waren hetzelfde gebleven, maar er waren geen wegen, geen elektriciteitskabels en geen huizen. De bossen strekten zich een stuk verder uit dan ze ooit had gezien, en bedekten de plek waar het dorpsplein zou moeten zijn. Ze leunde met haar hoofd tegen de koele, stenen muur. 'Jezus Christus,' fluisterde ze, en ze zakte neer op het zitje in de vensternis.

Nadat Rhys Elen alleen had gelaten, trof hij Owain staand bij de haard in de grote zaal aan. Hij pakte de beker wijn die hem werd voorgehouden, en reageerde op Owains opgetrokken wenkbrauwen met een hoofdknik. Hij bracht de beker wijn naar zijn lippen en sloeg ruim de helft ervan in één teug achterover.

'En, hoe maakt ze het?' vroeg Owain.

'Ik weet het werkelijk niet. Ze lijkt oprecht verward, maar...' hij liet zijn stem wegsterven in een onuitgesproken vraag.

'Wat, denk je dat ze misschien een spelletje speelt? Ze heeft een flinke val gemaakt, en jij weet net zo goed als ik, Rhys, dat een klap op het hoofd dergelijk gedrag kan veroorzaken. We hebben het op het slagveld vaak genoeg gezien.'

'Je bent er als de kippen bij om het voor haar op te nemen, Owain. Naar ik me kan herinneren, was je haar op de bruiloft niet zo goed gezind,' merkte Rhys droog op.

Owain bewoog ongemakkelijk heen en weer. 'Toen was ze niet zo,' hij zocht naar het woord, 'kwetsbaar als ze nu lijkt. Of bang,' voegde hij er na een korte stilte aan toe.

Humeurig staarde Rhys in zijn wijn. 'Daar heb je gelijk in, Owain. Kwetsbaar is niet het woord dat ik zou willen gebruiken om de vrouw te omschrijven die ik heb gehuwd.' Hij maakte een grimas bij de herinnering. 'Ze heeft er geen geheim van gemaakt dat dit huwelijk niet naar haar zin was.'

'Ja, ze was een beetje koel, zullen we maar zeggen,' stemde Owain in. Toen keek hij Rhys scherp aan. 'Ze heeft je niet afgewezen, is het wel?'

Rhys dronk zijn wijn op en schonk hun bekers opnieuw vol. Hoofdschuddend zei hij: 'Daar is ze te welopgevoed voor. Nee, we hebben onze plicht gedaan, maar ik had net zo goed met die tafelpoot het bed kunnen delen, zo passief was ze. En nu deed ze net alsof ik haar zou gaan verkrachten!'

Met een klap zette hij de beker op tafel, zodat de wijn over de rand spatte en de andere aanwezigen in de grote zaal nerveus naar hem keken.

'Christus nog aan toe, Owain, wat wil ze nou bereiken? Weet je, ik denk dat ik een verschrikkelijke fout heb gemaakt door in te stemmen met dit huwelijk. Ik had nooit naar die vrouwen moeten luisteren! Ik mag dan wel erfgenamen nodig hebben, maar wie weet in wat voor wespennest ik me heb gestoken.'

Owain zette zijn beker iets zachtzinniger neer en ging dichter bij Rhys staan, zachtjes pratend, zodat niemand anders het kon horen.

'Wacht nou eens even, Rhys, voordat je naar alle kanten gaat uithalen. Laten we dit eens wat nader bekijken. Je zegt dat ze gisteravond onverschillig was,' zei hij, zorgvuldig zijn woorden kiezend, 'maar je kreeg niet de indruk dat er sprake was van misleiding of bedrog?'

Rhys schudde nauwelijks merkbaar zijn hoofd, en Owain ging verder. 'Problemen met haar geestelijke vermogens?'

'Wat wil je nou eigenlijk zeggen, Owain, denk je dat haar familie me opzettelijk heeft misleid? Mijn God, het wordt steeds erger!'

Owain hief zijn handen om hem tot bedaren te brengen. 'Nee, iets dergelijks wil ik helemaal niet suggereren. Ik hou alleen rekening met de mogelijkheid dat ze misschien wil dat je denkt dat ze zwak van geest is, in de hoop dat je haar terug zult sturen.'

Rhys pakte zijn beker en nam een slok. 'Nee, naar aanleiding van het weinige wat ik tot nu toe van haar heb gezien, denk ik niet dat ze een dergelijk ingewikkeld plan zou overwegen. Om te beginnen zou het een averechtse uitwerking kunnen hebben, maar ik geloof echt dat als ze tegen haar stiefvader in opstand had willen komen, ze het hele huwelijk niet zou hebben laten plaatsvinden.'

'In dat geval moet je concluderen dat dit oprecht was, dat ze een flinke val heeft gemaakt, en dat haar hoofd waarschijnlijk een klap heeft gehad.'

Rhys knikte instemmend en Owain ging verder. 'Dus dat verklaart haar gedrag. Als ze echt geen enkele herinnering heeft aan wie wij zijn, of aan de bruiloft, dan is het logisch dat ze bang en verward is om hier te zijn.'

'Misschien wel,' gaf Rhys met tegenzin toe. Toen herinnerde hij zich iets, en zijn ogen lichtten op. 'Maar ze vroeg naar haar man?'

'Misschien denkt ze dat haar eerste man nog leeft. Als dat zo is, bedenk je dan eens wat voor indruk dit alles op haar moet maken, ze kan zien dat we Welsh zijn.' Hij liet zijn stem wegsterven en spreidde zijn armen ter verduidelijking. Grensovervallen waren schering en inslag, en het gebeurde wel eens dat er vrouwen werden meegenomen, zelfs als ze van adel waren.

Rhys staarde nadenkend in de haard en schopte een dood twijgje terug in de lege ruimte. Met een schaapachtige grijns keek hij Owain aan. 'Geen wonder dat ze in paniek raakte toen ik haar naar mijn slaapkamer bracht.'

Owain hief instemmend zijn beker en grijnsde op zijn beurt. 'Een nacht goed slapen is waarschijnlijk het enige wat ze nodig heeft, en dan is ze weer de oude,' zei hij.

'O, dat weet ik niet,' zei Rhys met een brede glimlach. 'Misschien geef ik wel de voorkeur aan deze Elen boven de vrouw met wie ik ben getrouwd! Ja, Gwladys,' zei hij, zich wendend tot de jonge vrouw die aan zijn zijde verscheen.

'Neem me niet kwalijk, milord, uw vrouw voelt zich nog steeds niet goed en stuurt haar verontschuldigingen, maar ze zal zich niet bij u voegen voor het diner.' Ze keek nerveus van Rhys naar Owain, bang dat ze een uitbrander zou krijgen vanwege deze boodschap. 'Alice maakt een dienblad voor haar klaar,' voegde ze eraan toe.

'Dank je, Gwladys,' zei hij, en hij stuurde haar weg. Hij wendde zich tot Owain en zei: 'Ik denk dat ik dat dienblad zelf naar boven ga brengen. Het is misschien wel verstandig om haar onder vier ogen te spreken en te zien wat voor moeilijkheden me te wachten staan.' Hij draaide zich al om, en voegde er toen aan toe: 'Het lijkt me ook beter als ik vannacht hier slaap, wil je dat voor me regelen? Stuur iemand om me te halen als de maaltijd wordt opgediend.' Hij ontbood de bediende met het dienblad en begaf zich naar de toren.

Nell zuchtte en liep van het zitje in de vensternis terug naar de kamer. Haar blik bleef op een klein tafeltje rusten, en ze liep ernaartoe. Met haar vingers raakte ze de voorwerpen aan die erop lagen: een haarborstel, houten kam, verscheidene flesjes die verschillende parfums bleken te bevatten. Toen kreeg ze haar eigen spiegelbeeld in het oog in het gepolijste metaal dat als spiegel diende, en bleef als aan de grond genageld staan. Ze hield een kaars dichterbij, en wachtte alleen even om wrang naar de vlam te kijken. Zorgvuldig bekeek ze haar gezicht. Het is voller, dacht ze, maar het is onmiskenbaar van mij. Haar ogen waren dezelfde kleur blauw, maar op haar neusrug zat geen bobbel op de plaats waar ze hem als kind had gebroken. Haar mond zag er groter uit, de lippen misschien voller. Ze deed een stap achteruit om zichzelf in haar volle lengte te kunnen bekijken. Het dieprode gewaad viel soepel en benadrukte haar rondingen. Ze streek met haar handen langs haar lichaam naar beneden, en omvatte toen haar borsten. Ik geloof dat deze groter zijn, dacht ze met een glimlach. Ze bracht haar handen naar achteren, maakte het lijfje los en liet het gewaad op de grond vallen. Ze glipte uit haar schoenen en stapte uit de jurk. Nadat ze zich van het linnen ondergoed en de kousen had ontdaan, inspecteerde ze haar naakte lichaam. Op haar heup zat een donkere vlek, een beginnende blauwe plek, waar ze voorzichtig op drukte. Ze maakte de vlecht los, pakte de borstel en begon haar haren te borstelen, gefascineerd door de lengte ervan – tot over haar heupen, bijna lang genoeg om op te zitten. Bij elke borstelslag dacht op een tamelijk afstandelijke manier na over de gebeurtenissen van die middag. Ze praatte tegen haar spiegelbeeld: 'Tja, je ziet er niet uit alsof je krankzinnig bent, of aan de drugs. Het heeft er alle schijn van dat ik in de Middeleeuwen ben beland, maar hoe?' Ze zuchtte. 'En waarom? En wat is er gebeurd met –' Plotseling zag ze vanuit haar ooghoek iets bewegen. Met een ruk draaide ze zich om, en zag Rhys in de deuropening staan. Ze liet de borstel vallen en greep een handdoek van het dichtstbijzijnde haakje, waarbij ze een flesje parfum omvergooide, dat met een klap op de grond viel.

'Shit!' vloekte ze, en ze trok de handdoek strak om haar naakte lichaam heen. 'Hoe lang sta je daar al?' vroeg ze, haar wangen gloeiend van schaamte.

'Ik wilde je niet laten schrikken,' antwoordde Rhys op effen toon terwijl hij de kamer binnenstapte en het dienblad neerzette. 'Hoewel het maar goed is dat ik het dienblad zelf ben komen brengen. Ik heb wat te eten en te drinken voor je meegenomen, aangezien je je niet in staat voelde om de maaltijd met ons te gebruiken.' Zijn toon was behoedzaam, en hij koos zijn woorden met zorg. 'Ik zal een peignoir voor je zoeken om aan te trekken,' zei hij, en hij deed een stap in haar richting, zodat ze achteruit deinsde, haar ogen waakzaam.

Hij wees op de kisten die deel uitmaakten van haar bagage. 'In welke moet ik zoeken?' vroeg hij.

Nell aarzelde en begon toen haperend te praten. 'Ik weet het niet, ik heb ze niet ingepakt,' zei ze zwakjes.

'Natuurlijk niet,' zei hij, en hij dwong zichzelf om opgewekt te klinken. 'Dan is er maar één manier om erachter te komen,' en hij gooide twee kisten open, waarna hij er triomfantelijk een peignoir uit trok. 'Hier, je zult je meer op je gemak voelen als je dit aanhebt.'

Hij reikte achter haar langs en drapeerde de zachte, wollen peignoir om haar schouders. Ze wriemelde zich erin, en liet de handdoek pas vallen toen de peignoir stevig om haar lichaam zat. Met zijn hand losjes op haar schouder loodste hij haar zachtjes naar de zittekist.

'Hier.' Hij overhandigde haar een beker wijn. 'Je ziet eruit alsof je dit nodig hebt.'

'Meer dan je denkt,' zei ze vermoeid. Ze nam een slok en begon onmiddellijk hevig te hoesten toen de kruidige drank haar keel in vuur en vlam zette, zodat haar ogen ervan traanden.

'O, dat had ik niet verwacht,' zei ze tussen twee hoestbuien door. Wat natuurlijk waar was, aangezien ze in de veronderstelling verkeerde de koude, fruitige wijn te zullen proeven waaraan ze gewend was.

'Ho, voorzichtig,' zei Rhys, die zijn lachen onderdrukte. 'Hier, we verdunnen het een beetje,´ en hij vulde haar beker bij met water.

'Probeer wat te eten,' moedigde hij aan terwijl hij haar een honingwafel gaf. Deze smaakte verrassend lekker, en ze pakte zelf een tweede. De wijn begon zijn werk te doen, en ze voelde zich meer en meer ontspannen. Nadat ze haar beker leeg had gedronken, hield ze hem voor zich uit, zodat hij bijgevuld kon worden.

'Dit keer neem ik het puur.' Bij het zien van Rhys' verbaasde blik voegde ze eraan toe: 'Zonder water erin.'

Ze keek om zich heen, de beker in haar handen geklemd, niet wetend wat ze moest zeggen. Er waren zoveel vragen die ze wilde stellen, maar hoe ze dat moest doen zonder de indruk te wekken dat ze compleet gestoord was, was een dilemma waar ze mee worstelde. Uiteindelijk was het Rhys die de stilte verbrak.

'Elen, ik heb lang genoeg in de deuropening gestaan om te zien dat je werkelijk niet weet waar je bent.' Hij wilde nog meer zeggen, maar Nell viel hem in de rede.

'O, ik weet wel waar ik ben, ik weet alleen niet hoe ik hier ben gekomen.'

'Ken je deze plek?' vroeg hij verbaasd.

'Ja, ik ben hier als kind wel eens geweest,' antwoordde ze naar waarheid.

'Natuurlijk,' zei hij glimlachend. 'Je grootmoeder heeft je één of twee keer meegenomen hierheen toen ze mijn moeder bezocht. Ik moet bekennen dat ik op een leeftijd was waarop kleine meisjes me niet zoveel interesseerden als steekspellessen.' Hij keek haar onderzoekend aan. 'Dus je herinnert het je nog. Toen je in de spiegel naar jezelf stond te kijken, leek het alleen net alsof je het niet helemaal zeker wist.'

Nell aarzelde, en speurde zijn gezicht af op zoek naar een aanwijzing over hoe ze moest antwoorden. Toen ze in zijn grijze ogen keek, besloot ze dat ze het beste maar gewoon de waarheid kon vertellen, of in ieder geval zoveel waarheid als ze dacht dat hij zou begrijpen.

'Ja en nee. Ik heb verschillende herinneringen aan deze plek, en ze lijken geen van alle te kloppen met de situatie waarin ik me nu bevind.' Ze zweeg even en zei toen plotseling: 'Mag ik je een paar vragen stellen?'

'Vraag maar raak,' antwoordde hij.

'Waarom sta je erop om Frans te spreken?'

Hij was van zijn stuk gebracht, en dacht in eerste instantie dat ze een nieuwe reden zocht om ruzie te maken. 'Nou,' antwoordde hij koeltjes, 'toen we elkaar voor het eerst ontmoetten, toonde je niet de minste neiging om Welsh te spreken. Ik dacht dat je de taal misschien niet vloeiend sprak, of dat je er simpelweg voor had gekozen het te vergeten.' Hij keek haar strak aan, niet wetend of hij haar wilde provoceren of niet.

'Ik denk dat we het allebei prettiger vinden om onze moedertaal te spreken, denk je niet?' vroeg ze, in het Welsh dit keer. 'Tenzij je liever Engels zou willen spreken,' voegde ze er met een ondeugend glimlachje aan toe.

Rhys wist niet wat hem meer verbaasde, het feit dat ze de Engelse taal suggereerde, of de glimlach die haar gezicht deed oplichten. Het was alsof de zon tevoorschijn was gekomen, en hij voelde zich aangetrokken door de warmte die ervan uitging. Hij beantwoordde de glimlach, opgelucht vanwege de vriendschappelijke manier waarop alles ging.

'Engels? Hoe komt het in vredesnaam dat je die barbaarse taal beheerst?' vroeg hij met een lachje.

'Alice is Engelse van geboorte, en zij zorgt al voor me sinds we naar Engeland zijn gegaan.' Ze hield abrupt op met praten. Hoe weet ik dat, dacht ze fronsend.

Rhys, die de gemoedelijke sfeer niet wilde kwijtraken, vulde hun bekers bij en zei luchtig: 'Je zit werkelijk vol verrassingen. Wat wilde je nog meer vragen?'

'O, het doet er niet toe,' zei ze zacht.

'Als het belangrijk voor je is, dan doet het er wel toe. Kom maar op, ik ben heel moeilijk te shockeren.'

Ze keek hem aan, de rokerige vlammen van de kaarsen weerspiegeld in haar grote blauwe ogen, waardoor ze een haast etherische uitstraling kreeg. 'Welk jaar is het?' vroeg ze ten slotte. Ze zag aan zijn gezicht dat hij daar totaal niet op voorbereid was, en ze beet op haar lip. Toch bleven haar ogen onafgebroken op zijn gezicht gericht.

Hij ademde hoorbaar uit en zei toen: 'Ik neem het terug, het is wél mogelijk om mij te shockeren.' Hij hield haar blik gevangen. 'Het is het jaar onzes Heren elfhonderdachtennegentig,' vertelde hij, terwijl hij onderzoekend naar haar gezicht keek om haar reactie te zien. Er flakkerde even iets op in haar ogen, maar hij kon er zijn vinger niet op leggen. 'Weet je echt niet welk jaar het is?' vroeg hij bezorgd.

Ze dronk haar wijn en zei toen: 'Ik wist gewoon niet precies wanneer in achtennegentig. Het is allemaal een beetje vaag.' Ze kon moeilijk zeggen dat het het juiste jaartal was, maar de verkeerde eeuw. Ze sloeg haar ogen neer om aan zijn onderzoekende blik te ontkomen. Rhys keek naar haar gebogen hoofd, probeerde zich neer te leggen bij de situatie waarin hij zich bevond. Hier stond de vrouw met wie hij twee dagen geleden was getrouwd, en toch had hij vanavond het gevoel dat ze een compleet ander persoon was. Aangezien zijn tijd beperkt was, had hij Elen enkel kort ontmoet bij hun verloving een paar maanden daarvoor, en hij had haar niet meer gezien tot hun trouwdag. Daarom wist hij niet wie de echte Elen was, de koele, gereserveerde, die hem met vage minachting had behandeld, of deze verwarde, kwetsbare maar hartelijke vrouw die naast hem zat. Hij had geen twijfels over de vraag wie van de twee zijn voorkeur genoot. Zachtjes legde hij een vinger onder haar kin en tilde haar hoofd op.

'Het is de eenentwintigste dag van juni,' zei hij met een glimlach. 'Twee dagen geleden ben je mijn vrouw geworden.' Vanuit de onberedeneerbare behoefte om haar gerust te stellen, voegde hij eraan toe: 'Een verbintenis die mij zeer veel genoegen doet. Ik ben Rhys ab Idwal, en Coed Celli heet je welkom.' Beleefd boog hij zijn hoofd. Hij zag de herkenning in haar ogen. 'Weet je het nu weer?' vroeg hij.

Nell klikte zwijgend, het was dezelfde datum, de zomerzonnewende, en aangezien ieder schoolkind de oude naam voor de streek kende, wist ze dat het ook dezelfde plaats was.

De opluchting was duidelijk op zijn gezicht af te lezen, en terwijl hij haar hand in de zijne nam, zei hij: 'Ik denk dat het het beste is dat je een nacht goed uitrust en pas morgen iedereen ontmoet, dus ik zal je afwezigheid in de grote zaal toestaan. Maar je zou wel iets voedzamers moeten eten dan die wafels. Zal ik een blad met eten voor je naar boven laten brengen zodra het wordt opgediend?'

Nell hoorde opnieuw de woorden 'je afwezigheid toestaan,' en het besef van wie en wat ze was geworden, drong in alle hevigheid tot haar door. Ze zou zich zorgen hebben moeten maken, maar als ze naar deze man keek, voelde ze slechts kalmte en een overweldigend gevoel van vertrouwen.

Glimlachend zei ze: 'Ja, ik ben opeens zo hongerig. En ik heb beslist iets nodig om deze wijn mee te absorberen.' Ze lachte en zwaaide met de lege beker.

'Dat is dan geregeld,' zei hij zacht, en hij bracht haar hand naar zijn lippen. Toen, niet wetend waarom, boog hij zich voorover en drukte een kus op haar voorhoofd. Nell slaakte een lichte zucht onder de aanraking van zijn lippen, en hun blikken ontmoetten elkaar. Plotseling, maar o zo voorzichtig, was zijn mond op de hare, en hij kuste haar zachtjes. Haar lippen weken uiteen en zijn tong verkende langzaam haar mond terwijl hij haar in zijn armen trok. Er klonk een kuchje uit de deuropening, en Nell sprong schuldbewust bij hem vandaan. Rhys draaide zich langzaam om met een lome glimlach op zijn gezicht.

'Ja, Owain?'

Owain stond breed te grijnzen, met pretlichtjes in zijn groene ogen. 'Ik kom alleen even zeggen dat het eten zo wordt opgediend, en dat we wachten op je aanwezigheid.'

Rhys knikte. 'Ik kom er zo aan,' zei hij, hetgeen voor Owain het teken was om zich terug te trekken. Hij wendde zich weer tot zijn vrouw en zei: 'Ik moet gaan, want ze zullen het eten niet opdienen voordat ik er ben, en ik kan mijn mannen niet laten uithongeren. Jouw maaltijd zal boven worden gebracht.'

Hij stond op en ging met tegenzin weg. Owain was niet ver gegaan, maar stond in de voorkamer te wachten, nonchalant tegen de muur geleund.

'Heeft iedereen het zo druk dat je je de moeite hebt moeten getroosten om me persoonlijk te komen halen?' zei Rhys droog.

'O, het was geen enkele moeite, kan ik je verzekeren,' antwoordde Owain, niet in staat zijn grijns te onderdrukken. 'Je hebt in ieder geval het ijs gebroken, of moet ik zeggen waarlijk gesmolten!' zei hij lachend.

Rhys grijnsde terug. 'Nog nooit een vrouw ontmoet die ik niet kon verleiden,' zei hij oneerbiedig. 'Kom, ik ben half uitgehongerd en moet dringend mijn honger stillen – één waarbij je me tenminste niet kunt storen.'

Maar terwijl hij achter Owain aan de trap afliep, vervaagde zijn grijns. Hij zou het nooit toegeven tegenover Owain, maar hij had zich bij Elen niet zo op zijn gemak gevoeld. Hij was niet van plan geweest haar te kussen, was zich er zelfs niet van bewust geweest dat hij dat wilde totdat hij het deed. Het was bijna alsof hij er geen controle over had, en Rhys moest altijd alles onder controle hebben. Vastberaden onderdrukte hij de gevoelens die ze in hem had gewekt, het laatste wat hij nodig had, waren complicaties.

Nell zat een poosje onbeweeglijk nadat Rhys was vertrokken, van slag door de kus, of eigenlijk meer door haar eigen reactie erop. Ze had het gevoel gehad alsof ze van grote hoogte naar beneden viel, en niets kon doen om haar val te stoppen. 'Waar ben ik mee bezig?' dacht ze hardop. 'Iemand kussen die waarschijnlijk al achthonderd jaar dood is!' Ze bracht haar handen naar haar mond, voelde nog steeds de aanraking van zijn lippen op de hare. 'Niet dood, o nee, beslist niet dood,' zei ze. Ze reikte naar de wijn, maakte een grimas, en schonk zichzelf in plaats daarvan een beetje water in. De vloeistof was koel toen ze hem doorslikte, en had een enigszins ophelderende uitwerking op haar verwarde geest. En als deze mensen niet dood zijn, dacht ze, ben ík dan dood, ben ik dood in mijn eigen tijd? Met ontzetting stelde ze zich Grant voor die naar haar toe rende nadat ze van haar paard was gevallen, haar slappe lichaam optilde, zijn afschuwelijke constatering dat ze op slag dood was. Hij zal er kapot van zijn, dacht ze, en haar ogen vulden zich met tranen terwijl ze zich zijn bedroefde gezicht voorstelde. Bij de gedachte aan haar eigen levenloze lichaam, rolden de tranen naar beneden. 'Hij denkt dat ik dood ben, en ik ben een andere man aan het kussen!' fluisterde ze huilend. 'Het spijt me Grant, alles is goed met me. Ik wou dat ik je kon laten weten dat ik nog leef.' Snikkend streek ze de zware lokken uit haar gezicht. Plotseling greep ze een handvol haar vast en staarde ernaar zoals ze had gedaan als toen ze het voor het eerst zag. Haar hersens draaiden op volle toeren en ze haastte zich naar de metalen spiegel, waar ze aandachtig naar haar spiegelbeeld staarde. 'Maar jij bent niet dood, is het wel?' zei ze hardop. 'De echte Elen, zo denkt iedereen hier, leeft gewoon nog. Dus leef ik ook? Ik bedoel, jij? Zit jij in mijn lichaam, net zoals ik in het jouwe zit?' Ze haalde diep adem en dacht snel na. 'Mijn God, is dat het? Allemachtig, hoe reageert zij dan op het feit dat ze daar is gedumpt? Voor haar is het veel erger, ik weet in ieder geval nog vaag hoe men in het verleden leefde. Zij zal geen idee hebben over het leven in de toekomst. En Grant, wat zal ze tegen hem zeggen. Hij zal denken dat ik gek geworden ben, en tante Margie en oom Gwilym ook. Ze zullen mij – haar – in een inrichting laten opnemen!' Nell ijsbeerde heen en weer, handenwringend, overmand door paniek voor twee. Plotseling hoorde ze Gareths woorden van de avond tevoren weer. *Mijn nichtje de heks.* Stel je voor zeg, dacht ze verward. Ik heb Rhys die stomme vragen gesteld! Straks denken ze dat ik een heks ben. Gaan heksen hier op de brandstapel, of is dat later? Ze keek neer op haar handen en zag ze trillen. 'Hou daarmee op, Nellie Griffiths,' zei ze hardop. Ze dwong zichzelf om lang en diep adem te halen, in blinde paniek raken zou haar geen goed doen. Ze schonk nog iets te drinken voor zichzelf in en dronk er langzaam van, totdat haar ademhaling en haar hartslag rustiger werden.

De avondlucht was afgekoeld, en ze liep naar het raam om de luiken te sluiten. Ze staarde omhoog naar de enorme hoeveelheid sterren, helder sprankelend in de nu donkere hemel. Minder dan vierentwintig uur geleden had ze omhoog gekeken en precies hetzelfde gezien, alleen was ze nu acht eeuwen teruggegaan in de tijd. Ze was niet langer Nell in 1998, getrouwd met Grant en op bezoek in Wales, haar geboortegrond, maar Elen in 1198, net getrouwd met Rhys en thuisgekomen in Wales. 'Thuis,' fluisterde ze. 'Is dat het?' Dit kasteel had altijd al aantrekkingskracht op haar uitgeoefend, had het haar nu uiteindelijk gevangen? Ze draaide zich om en keek de kamer in, nam de stenen vloer op, de kaarsen die aan de muren hingen, de vlammen die in de immense open haard knetterden, en onwillekeurig ging er een plotselinge rilling van opwinding door haar heen. Ik weet niet welke krachten me hier hebben gebracht, of hoe lang het zal duren, maar mag ik deze kans door mijn vingers laten glippen? dacht ze, haar armen om haar lichaam heen geslagen. Grant zou zich wel een poosje redden, redeneerde ze, nu ze ervan overtuigd was dat haar andere ik in 1998 niet dood was. En Elen? Tja, ze zou er gewoon maar het beste van moeten maken.

Nell sloot de luiken en liep terug naar de haard, en terwijl ze dit deed, realiseerde ze zich dat ze nodig naar de wc moest. Ze keek de kamer rond en tuurde naar binnen in een zijkamertje, hetgeen slechts een opslagkamer annex kleerkast bleek te zijn. Toen deed ze haar ogen dicht en probeerde zich de indeling van het gebouw zoals zij het kende voor de geest te halen. *Als ik me niet vergis, zou het geheime kabinet hier ergens moeten zijn.* Ze zocht naar een opening in de muur, dacht diep na, en tastte hem toen af met haar hand. Toen ze bij een van de dikke wandtapijten kwam, voelde ze het meegeven onder haar aanraking. Ze trok het tapijt opzij en vond een deuropening waar koude lucht doorheen kwam. Ze pakte een kaars uit een houder en verdween in de ruimte in de dikke muur, de kaars opgeheven om in het halfduister te kunnen zien. Links van haar was een trap die zowel naar boven als naar beneden voerde. *Nee maar, geheime gangen!* Ze sloeg rechtsaf, liep door een korte, rechthoekige gang en vond het privaat. Ze trok haar neus op vanwege de stank, hoewel deze niet zo erg was als ze had verwacht, en tuurde uiterst voorzichtig door het gat naar beneden. Haar nood was echter te hoog voor verder uitstel, en ze had geen andere keus dan te gaan zitten.

Bij haar terugkeer in de slaapkamer trof ze Alice en Gwladys aan, die waren teruggekomen met een dienblad vol voedsel.

'Alstublieft, madame,' zei Gwladys. 'Hoe voelt u zich nu?' vroeg ze.

'Veel beter, dank je, Gwladys, en buitengewoon hongerig.'

Ze zag Alice kijken naar het gebroken parfumflesje en de kleren die op de grond lagen. 'Ik was een beetje onvoorzichtig toen ik me uitkleedde,' zei ze, zonder de moeite te nemen om nader te verklaren hoe ze daar kwamen of waarom ze slechts in een peignoir gekleed was, met haar haren los. Ze gaf de kaars aan Gwladys, om deze weer aan de muur te bevestigen, en ze bekeek wat er op het dienblad stond.

'Ziet er heerlijk uit, heb jij lekker gegeten, Alice?' vroeg ze.

Alice aarzelde en moest toen toegeven dat ze niets aan te merken had op de kwaliteit van het eten. Nell glimlachte bij zichzelf, aangezien ze een vrij aardig idee had van de hoeveelheid moeite die het haar kostte om dat te erkennen.

Nell nam een stukje vlees en stopte het aarzelend in haar mond. Om de een of andere reden verwachtte ze dat het flauw zou smaken, maar tot haar verrukking bleek het malse rundvlees te zijn klaargemaakt in een heerlijke, pittig gekruide saus. Met smaak at ze de rest op, en richtte haar aandacht vervolgens op de stukken vis, die al even lekker bleken te zijn.

'Wat is dit geweldig lekker, ongelooflijk. Het is zo smakelijk!' riep ze opgewekt uit.

'Lord Rhys brengt vele verschillende soorten voedsel en specerijen mee van zijn reizen,' zei Gwladys trots en op zangerige toon. 'Ik zou durven zeggen dat onze keukens beter bevoorraad zijn dan uw Engelse keukens, madame.'

'Míjn Engelse keukens, waarom zeg je dat, Gwladys?' vroeg ze in het Welsh, lachend bij het zien van Gwladys' verbijsterde gezicht.

'Mijn mevrouw is Welsh,' zei Alice zelfvoldaan, om er vervolgens bij wijze van verklaring aan toe te voegen: 'Toen haar vader stierf, is haar moeder met een Normandiër getrouwd, en daardoor is ze in Engeland komen wonen.' Ze benadrukte het woord 'Normandiër'.

Nell zuchtte inwendig, dankbaar voor de informatie, maar wat vertoonde Elens leven veel gelijkenis met het hare. Ze ving Alices afkeurende blik op en richtte zich weer in het Frans tot Gwladys.

'Maar we zullen in het Frans blijven praten, aangezien Alice geen Welsh spreekt.'

Ze schoof het dienblad van zich af. Ze voelde zich erg vermoeid en zou graag een uitgebreid en warm bad hebben willen nemen. Ze besloot dat dit niet praktisch zou zijn onder de gegeven omstandigheden, maar desalniettemin moest ze het vuil van de reis van zich af wassen voordat ze naar bed ging. Toen dat eenmaal gedaan was, trok ze schoon ondergoed aan en stapte in het immense bed. Terwijl ze ging liggen, vroeg ze zich af of ze hier nog steeds zou zijn als ze wakker werd, of dat ze dan weer terug zou zijn in haar eigen tijdperk. Toen werd ze overmand door de stress en de emoties van het gebeurde, en het duurde niet lang voordat ze in een diepe en verrassend zorgeloze slaap viel.

Gwladys en Alice sloten de gordijnen om het bed en hielden zich bezig met het opruimen van de slordig neergegooide kleren van hun meesteres, en vervolgens met het uitpakken van haar bezittingen en het opbergen ervan in haar nieuwe huis. Tijdens het werk vertelden ze elkaar wat over zichzelf, en dat was het begin van een ongedwongen vriendschap. Gwladys moest toegeven dat ze verbaasd was over Alices afkeer van de Normandiërs en haar hardnekkige volhouden dat ze Engelse was. Gwladys beschouwde alle mensen in Engeland altijd als Engelsen, maar Alice was heel fel in het onderscheid, en benadrukte het feit dat de Franse taal voor haar net zo vreemd was als voor Gwladys. Alhoewel Gwladys toegaf dat de Normandische veroveraars de Engelsen van hun land hadden beroofd, vond ze dit diep vanbinnen wel min of meer rechtvaardig. Want de Engelsen waren immers binnengevallen in het land van haar voorvaderen en hadden het van hen, de rechtmatige eigenaars van Groot-Brittannië, afgenomen.

De twee vrouwen staakten hun gesprek bij de binnenkomst van Rhys, en keken elkaar licht verrast aan. Met een blik op de gesloten gordijnen zei hij: 'Slaapt jullie meesteres?'

'Ja, milord,' antwoordde Gwladys. 'Ze was erg moe na de reis en haar val...' Haar stem stierf weg.

Rhys werd niet vergezeld door zijn schildknapen, dus ze wist niet zeker of hij was gekomen om zich ter ruste te begeven of niet. Rhys zag haar vragende blik. 'Ik wilde alleen even kijken of alles goed was,' zei hij.

Hij liep naar het bed, schoof de gordijnen opzij en keek neer op zijn slapende vrouw. Hij ergerde zich aan het feit dat hij het nodig had gevonden om zijn aanwezigheid in zijn eigen slaapkamer te verklaren. Bovendien voelde hij zich ook enigszins bedrogen omdat ze in staat was om te slapen. Hij was teruggekomen in een opwelling, en had niet echt bedacht wat hij zou gaan doen als hij hier eenmaal was. Terwijl hij op haar neerkeek, en de dekens op het ritme van haar ademhaling zachtjes op en neer zag gaan, strekte hij zijn arm en nam een losse haarlok in zijn hand. Had ze verwacht dat hij terug zou komen, had ze gewild dat hij dat zou doen, vroeg hij zich humeurig af. Hij bracht het haar naar zijn lippen, denkend aan de manier waarop ze zijn kus had verwelkomd, en voelde de plotselinge behoefte haar wakker te maken. In plaats daarvan rechtte hij zijn rug en draaide zich weer om naar de kamer.

'Ik zal haar laten rusten en vanavond in de grote zaal slapen. Als er problemen zijn, dan weten jullie waar ik ben.' Met een kort knikje beende hij de kamer uit.

'Ik heb het idee dat dit een interessant huwelijk zal worden,' merkte Gwladys met haar buitengewone opmerkzaamheid op.

3

Nell werd wakker op het moment dat de eerste zonnestralen zichtbaar werden aan de horizon. Ze bleef een poosje stil liggen, haar ogen gesloten, terwijl ze luisterde naar de roep van de verschillende vogels, die allemaal hun eigen lied zongen, en reikte toen automatisch naar Grant. Zodra ze merkte dat het bed leeg was, ging ze met een frons rechtop zitten, en de gebeurtenissen van de avond tevoren kwamen langzaam weer terug. Ze voelde aan de gesloten, linnen gordijnen en stak vervolgens haar hoofd door de opening. In het schemerige licht kon ze de slapende gestaltes van Gwladys en Alice ontwaren. Dus ze was nog steeds hier. Behoedzaam, om de twee vrouwen niet wakker te maken, sloeg ze een peignoir om zich heen en trippelde zachtjes naar het raam. Ze deed de luiken open en keek naar buiten, waar ze alles langzaam tot leven zag komen.

'Hoe voel je je vanmorgen, liefje?'

Opgeschrikt bewoog ze even toen ze zag dat Alice naast haar stond. 'Veel beter, dank je, Alice. Een nacht goed slapen heeft wonderen verricht,' fluisterde ze terug.

'Wat kan ik voor u halen? Ik weet zeker dat ik dat jonge ding wakker kan maken en naar de keuken kan sturen om te laten weten dat u wakker bent en gereed om het ontbijt te gebruiken,' zei de oudere vrouw stijfjes, met een knikje naar Gwladys.

'Alice,' zei Nell ietwat lijzig en pakte Alices hand. 'Weet je, ik zou heel graag een bad willen nemen, denk je dat dat zou kunnen?'

'Maar natuurlijk, liefje,' antwoordde Alice moederlijk. 'Je bent de vrouw des huizes nu. Je kunt alles krijgen wat je wilt. Voor zover redelijk,' voegde ze er na een korte stilte aan toe. 'Kom, Gwladys,' riep ze naar de slapende vrouw. 'Mijn mevrouw heeft verzorging nodig.'

Gwladys geeuwde en rekte zich uit, zag toen dat zowel Alice als Elen al uit bed was, en sprong schuldbewust op, verontschuldigingen stamelend.

'Maak je niet druk, Gwladys,' zei Nell glimlachend. 'Ik was erg vroeg wakker, maar als je nu een paar dingen voor me zou willen regelen? Alice zal uitleggen wat ik wil.'

Nell liet hen gaan om voor het bad en voedsel te zorgen, en draaide zich terug naar het raam. Ze keek over de binnenplaats naar de grote zaal, en vroeg zich af of Rhys wakker was. Waarschijnlijk wel, dacht ze, alle anderen lijken al op te zijn. Sinds zonsopkomst leek de gemeenschap een eigen leven te zijn gaan leiden, de herder in de weiden buiten de kasteelmuren, de mensen en zelfs de dieren binnen de muren, ze leken allemaal een doel te hebben. Ze zuchtte, had zij hier ook een doel? Na een laatste blik op het tafereel beneden draaide ze zich weer om naar de kamer, net op tijd om te zien hoe twee jonge mannen een grote, houten tobbe binnenbrachten.

'Neemt u me niet kwalijk, milady, Gwladys heeft gezegd dat u dit nodig zou hebben.'

Ze keek naar de twee jongens, ze waren jong, een jaar of dertien, veertien schatte ze, allebei met donker haar en donkere, bijna zwarte ogen. Allebei keken ze haar aan op dezelfde directe, ongegeneerde manier waarop de rest van Rhys' huishouding haar bij haar aankomst had aangekeken. Ze kon, net als bij Gwladys, echter zien dat er niets brutaals aan was, en bij het zien van hun brede, vriendelijke gezichten moest ze wel glimlachen.

'Lord Rhys gebruikt de tobbe normaal gesproken buiten als het warm is, maar we dachten dat u liever wat meer privacy zou willen hebben, aangezien u hier nieuw bent,' vervolgde dezelfde jongen opgewekt.

'Dank je wel, hoor,' zei Nell lachend. 'Ik denk dat je misschien wel gelijk hebt.' Na een korte aarzeling vroeg ze: 'Is mijn man al wakker?'

'Jazeker, milady, hij staat altijd vroeg op, en op dit moment is hij bezig met de voorbereidingen voor zijn volgende bootreis.'

'Gaat hij weg?' vroeg ze, niet in staat de teleurstelling uit haar stem te weren.

'Maakt u zich geen zorgen, milady, dat duurt nog een paar dagen. Hij heeft nog tijd genoeg om u het reilen en zeilen hier te laten zien.'

'Natuurlijk,' antwoordde ze. 'Hoe heten jullie?'

Opnieuw was het dezelfde jongen die antwoord gaf. 'Ik ben Merfyn en dit is Idris.' Zijn metgezel knikte.

'Ben jij de woordvoerder, Merfyn?' zei ze geamuseerd.

'Hij is niet zo'n prater, maar hij heeft een scherpe blik.' Idris' glimlach werd zo mogelijk nog breder. Merfyn stak zijn hoofd buiten de deur en meldde dat het water eraan kwam, en met nog een vlug knikken van hun hoofd verdwenen de beide jongens weer even plotseling als ze waren gekomen.

Nell lachte bij zichzelf, hoofdschuddend. Jut en Jul, dacht ze. Ze zat nog steeds te grinniken toen er een paar bedienden binnenkwamen, gewapend met ketels stomend water, gevolgd door Gwladys en Alice met haar ontbijt.

'Ik zie dat u de tweeling hebt ontmoet?' zei Gwladys. Bij het zien van Nells vragende gezicht voegde ze eraan toe: 'Ze zijn niet echt een tweeling, maar ze zijn hier allebei geboren, een paar dagen na elkaar. Sindsdien zijn ze onafscheidelijk. Als je de ene kwajongen ziet, dan weet je dat de andere ook in de buurt is,' zei ze lachend.

Terwijl het water in de tobbe afkoelde, at Nell de kaaswafels die ze voor haar hadden meegebracht. De beker bier liet ze echter staan, aangezien ze liever water dronk, dat die ochtend vers uit de put was gehaald. Waar ze nog het allermeeste naar verlangde was een kop thee, maar dat was uiteraard onmogelijk.

Toen het bad klaar was, speldde Alice Nells haar hoog op haar hoofd vast, zodat het niet nat zou worden, waarop ze zich met veel genoegen in het warme, met lavendel geparfumeerde water liet zakken, en haar hoofd tegen de gewatteerde doek liet rusten.

Ze lag er nog niet lang in, toen Alice de zeep en een waslap pakte en haar krachtig begon te wassen.

'Kom, liefje,' zei ze met haar zachte accent uit Warwickshire, 'je heer en echtgenoot zal je willen zien.'

Nells woorden van protest tegen het feit dat ze gewassen werd, stierven op haar tong, en ze liet Alice gedwee haar gang gaan terwijl haar gedachten naar Rhys gingen. Ze mocht dan wel bereid zijn om deze unieke kans die haar werd geboden met beide handen aan te grijpen, maar het feit dat ze een echtgenoot had, maakte alles een stuk gecompliceerder, want vroeg of laat zou hij beslist met haar willen slapen. Het verontrustende was, dat ze dat vooruitzicht helemaal niet zo onaangenaam vond. Ze bloosde bij de gedachte, en ze werd nog roder toen ze zich opnieuw Grants gezicht voor de geest haalde.

Alice hield een handdoek op, en gehoorzaam stapte ze uit de tobbe om zich door haar te laten afdrogen.

'Gwaldys, kun jij iets geschikts uitkiezen wat ik kan dragen?' vroeg ze, en ze voegde eraan toe: 'Maar wel iets leuks.'

Aangezien ze geen flauw idee had welke jurk acceptabel was voor welke gelegenheid, vond ze het beter om dit aan het meisje over te laten.

'Ik heb uw kleren hier klaargelegd, milady,' zei Gwladys tegen haar, wijzend op de plek waar ze lagen.

Ze kleedden haar in een naturel linnen hemd, blauwe kousen, een eenvoudige blauwe jurk met een fijn, zilverkleurig borduursel langs de hals, polsen en zoom, en een ceintuur om haar middel. Om het geheel te completeren trok ze een paar zachtleren schoenen aan. Haar haren werden zo krachtig geborsteld dat ze Alice boos aankeek, en vervolgens in twee lange vlechten gevlochten. Een dunne sluier werd op zijn plaats gehouden door een eenvoudige hoofdband. Ze besloot alleen haar trouwring en één andere ring te dragen, en smoorde de protesten van de andere twee vrouwen. Ze mocht het dan wel leuk vinden om eruit te zien als een middeleeuwse, adellijke dame, maar ze was geen liefhebster van de zware ringen aan elke vinger, zoals de mode dat voorschreef, en deed ze dan ook niet om.

'Welk parfum gaat u opdoen?' vroeg Gwladys. 'Lord Rhys heeft een paar heel exotische soorten voor u meegebracht van het vasteland.'

Dus dat was de reden waarom er zoveel damesartikelen in een mannenslaapkamer stonden, hij had de moeite genomen om de kamer voor haar in gereedheid te brengen.

Ze koos een vrij licht parfum, ging toen staan en streek haar rok glad. 'Goed, het wordt tijd dat ik mijn huishouding goedemorgen ga wensen,' zei ze met meer zelfvertrouwen dan ze voelde.

Ze liep naar buiten, in het felle zonlicht, stak de binnenplaats over en beklom de houten buitentrap naar de tweede verdieping van het gebouw, waar de grote zaal gelegen was. Bij de ingang bleef ze staan wachten tot haar ogen gewend waren aan het donker binnen. Ze zag Rhys over een tafel gebogen staan, die bezaaid was met perkamentrollen. Hij was druk bezig er een af te rollen om deze plat op het oppervlak vast te maken. Owain was bij hem, evenals enkele andere mannen die gisteren deel uit hadden gemaakt van zijn gevolg. Verder herkende ze niemand. Alsof hij haar aanwezigheid voelde, keek Rhys op, en toen hij haar in de deuropening zag staan, gebaarde hij dat ze binnen moest komen.

'Elen,' zei hij glimlachend. 'Ik neem aan dat je goed hebt geslapen?' Hij kwam achter de tafel vandaan om haar te begroeten toen ze in zijn richting liep.

'Verbazingwekkend goed,' antwoordde ze terwijl hij haar hand nam en er vluchtig met zijn lippen overheen streek. 'Maar laat me je niet van je werk houden.' Ze knikte naar de tafel en gebaarde naar de stukken perkament, waarop routekaarten en zeekaarten afgebeeld waren.

'Bepaalde onderbrekingen zijn altijd welkom,' zei hij hoffelijk. 'Kom, dan kun je de anderen ontmoeten. Owain ken je al, en Einion en Madog kun je je waarschijnlijk ook nog wel herinneren.' Hij zag haar knikken en vervolgde: 'Dit is Trefor, mijn kapitein, Gruffudd, Maredudd en Tomas.' Ze bogen allemaal beleefd hun hoofd ter begroeting.

'Merfyn vertelde dat je weggaat,' zei ze.

'O, heeft hij dat gezegd?' vroeg Rhys lachend. 'Als je ooit iets wilt weten over wat hier allemaal gebeurt, moet je het gewoon aan de tweeling vragen! Hun ontgaat nooit iets, en ze maken nergens een geheim van! Maar hij heeft gelijk, ik ga weer een reis naar het vasteland maken. Alhoewel je je geen zorgen hoeft te maken; ik zal niet lang wegblijven, en er zal hier goed voor je worden gezorgd.'

Hij wachtte op haar reactie, net als de anderen. De geruchtenmolen draaide op volle toeren sinds haar aankomst.

'Waar ga je naartoe?' vroeg ze met oprechte belangstelling.

Hij nodigde haar beleefd uit om bij de tafel te komen zitten, en ging verder met zijn besprekingen. Ze was gefascineerd door de kaarten van het vasteland en de verschillende landen waarin het was verdeeld. Zo vertrouwd voor haar tafelgenoten, maar slechts vaag bekend voor Nell. Niet voor de eerste keer wenste ze dat ze beter had opgelet tijdens de geschiedenislessen, en hetzelfde gold voor aardrijkskunde.

Rhys en Trefor waren aan het bespreken hoe ze zijn schip in Londen zouden opwachten om de lading Engelse wol aan boord te brengen, toen Rhys merkte dat zijn vrouw geboeid zat te luisteren.

'De eindbestemming van de wol,' zo legde Rhys haar uit, 'zijn de Vlaamse weverijen. Kom, ik zal het je laten zien.' Hij gebaarde dat ze dichter bij de tafel moest komen zitten. 'We varen hiervandaan,' zei hij, wijzend op de kaart, 'en steken het Kanaal over naar de haven van Damme. Vervolgens worden de goederen stroomopwaarts gebracht naar Brugge, dat is maar een klein stukje, minder dan een mijl. De stad is gestaag gegroeid in de loop der jaren, en ik vind dat de markten daar veel meer te bieden hebben dan een aantal van de meer traditionele plaatsen. Dus we leveren onze lading af en kopen allerlei goederen om het schip mee te laden voor de terugreis.' Hij glimlachte toen Nell enthousiast knikte en wendde zich toen weer tot Trefor.

Terwijl de mannen mogelijke windrichtingen en tijdschema's bespraken, dwaalden Nells gedachten af, en ze keek om zich heen. Het was een grote zaal die kenmerkend was voor het tijdperk. Er was een estrade aan het ene eind, en langs een muur stond een aantal schragentafels, die voor de avondmaaltijd werden gebruikt. Het houten plafond was hoog en steunde op stenen pilaren, die de ruimte in gangen verdeelden, zodat er aan de zijkanten kleine kamertjes ontstonden, waar, naar ze vermoedde, mensen konden slapen. Er was in een van de muren een open haard ingebouwd, die er nauwelijks anders uitzag dan de overblijfselen in de ruïne waaraan ze gewend was. De muur boven de haard was versierd met verschillende wapenschilden, die ze met belangstelling bekeek. Ze wendde zich tot Rhys om te vragen wat de betekenis ervan was, maar toen ze zag dat hij diep in een gesprek was verwikkeld, vervolgde ze haar nauwkeurige onderzoek van de ruimte. De zaal werd goed verlicht door grote ramen, waardoor het zonlicht naar binnen stroomde. Ze was altijd dol geweest op de boogramen, en was verbaasd over het grote aantal ervan. Het waren er vijf in totaal, twee in de muur waarin de open haard was gebouwd, en twee in de muur ertegenover, elk met een zitje met kussens in de vensternis. Het vijfde was een enorm raam in de muur tegenover de estrade, naast de ingang naar de zaal. Er hing een schitterend, enigszins oriëntaals ogend wandtapijt aan de muur aan de kant van de binnenplaats.

Opeens werd ze zich ervan bewust dat Rhys tegen haar sprak, en ze draaide zich om met een blik van pure betovering in haar ogen, die hem een warme glimlach ontlokte.

'Het is zo'n prachtige zaal, en zo licht,' merkte Nell op.

'Mijn vader had een hekel aan sombere ruimtes, dus hij heeft ervoor gezorgd dat er heel veel ramen zijn. Zelfs op koude avonden deed hij met tegenzin de luiken dicht.'

'Waar heeft hij die vandaan?' vroeg ze, wijzend op het wandtapijt.

'O, dat is mijn inbreng, evenals alle andere tamelijk ongebruikelijke versieringen die je hier ziet,' vertelde hij met een brede zwaai van zijn arm.

Natuurlijk, dat was wat er niet klopte. Siervoorwerpen die niet ongebruikelijk hadden geleken, waren in feite, gezien de tijd, totaal niet op hun plaats. In haar eigen tijd hadden mensen allerlei spullen in huis, uit allerlei culturen en stijlen, maar hier was het beslist ongewoon om oosterse en zelfs Afrikaanse voorwerpen te zien.

'Dus zoals ik al zei toen je zo in gedachten verzonken was,' zei Rhys, 'de markten waar we naartoe gaan, worden slechts enkele keren per jaar gehouden, en daarom moet ik nu gaan. Als er iets is wat ik voor je moet kopen, laat het me dan weten.'

Rhys vroeg het niet uit een oprecht verlangen haar te plezieren, maar meer om ervoor te zorgen dat ze zich bewust was van het unieke feit dat hij toegang had tot bijna alles wat er te krijgen was. Er waren maar weinig mensen die in deze positie verkeerden, inclusief de hoogste adel, dacht hij tevreden, of zijn eigen prins, en de familie van Elen al helemaal niet. Rhys was trots op wat hij had bereikt. Zijn vader was beloond voor diensten die

hij had bewezen aan Owain Gwynedd, de heerser uit die tijd, en voor aan-
houdende trouw aan de kleinzoon, Llywelyn, in diens strijd tegen zijn
ooms om het bezit van het grondgebied. Helaas was zijn vader gestorven
voordat hij had kunnen zien hoe Llywelyn vier jaar geleden zijn oom Dafydd had verslagen en diens grondgebied in oostelijk Gwynedd in bezit had
genomen. Rhys had zijn horizon echter tot ver buiten Wales verbreed. Hij
was een soort koopman geworden, al was dit nogal ongebruikelijk voor
een Welshman, en was erin geslaagd zijn vader tevreden te stellen door te
doen alsof hij de geldschieter en eigenaar van de schepen was. Als hij toevallig aan boord was wanneer een van de schepen uitvoer, dan was het alleen om toe te geven aan zijn aangeboren liefde voor de zee, en uit zijn hang
naar avontuur. Aangezien het fortuin van de familie dankzij hem aanzien-
lijk was toegenomen, koos iedereen ervoor het feit te negeren dat de rijkdom die ze genoten te danken was aan zijn actieve betrokkenheid bij de
handel en zijn scherpe zakeninstinct.

Van dit alles had Nell geen flauw benul, en ze had evenmin enige afkeer
van de handel. Langzaam begon het haar te dagen dat hij de 'piraat' moest
zijn uit de plaatselijke legende, en ze onderdrukte een glimlach.

Rhys was zich op zijn beurt niet bewust van de gedachten die er in zijn
vrouw omgingen, en hij besloot gewoontegetrouw de touwtjes in handen
te nemen. Voor de mannen was hij het toonbeeld van een goede en toegeeflijke echtgenoot. Aan zijn vrouw wilde hij laten zien dat ze een goede
partij had getrouwd, en een man had die haar veel meer kon geven dan ze
ooit had durven hopen.

In antwoord op zijn aanbod van goederen van overzee zei ze: 'Dank je,
maar ik weet niet zo goed wat ik zou willen hebben of zou kunnen gebruiken.'

'Je bent de eerste vrouw die ik dat hoor zeggen!' zei hij lachend, waarop
ook zijn metgezellen in de lach schoten. 'Heb je de stoffen in de kleerkast
al gezien?' Toen ze haar hoofd schudde, vervolgde hij: 'Ik heb verschillende soorten meegebracht van mijn laatste reis, omdat ik niet wist wat je
mooi zou vinden. Kijk er eens naar, en laat me dan weten of er bepaalde
soorten zijn waar je meer van zou willen hebben. Ik zal ook het flesje parfum vervangen dat gisteravond kapot is gevallen.'

Hij had spijt van zijn laatste opmerking, aangezien haar gezicht betrok
bij de herinnering. Bijna onmiddellijk was hij boos op zichzelf omdat hij er
spijt van had. Hij voelde zich niet op zijn gemak onder de gevoelens die ze
in hem los scheen te maken, en die hem overspoelden, oncontroleerbaar
als de golven. Zijn onbehaaglijkheid werd verlicht door de komst van een
man in de grote zaal.

'Alun, eindelijk!' sprak hij toen de man dichterbij kwam. 'Elen, dit is Alun, mijn rentmeester. Ik heb hem gevraagd je wegwijs te maken in het besturen van de huishouding, je de boeken te laten zien, en dat soort dingen.'

Alun boog beleefd zijn hoofd. Het was Nell duidelijk dat Rhys verwachtte dat zij de touwtjes in handen zou nemen, maar aangezien ze geen idee had hoe ze dat moest doen, sprak ze tegen hen allebei.

'Het lijkt me beter als ik Alun gewoon assisteer bij zijn bezigheden totdat ik wat meer vertrouwd ben geraakt met alles. Als Alun hiermee instemt, uiteraard.'

Alun was het hartgrondig met haar eens. Hij was eraan gewend geraakt in zijn eentje de scepter te zwaaien, met slechts Owains korte bezoekjes tijdens de afwezigheid van Rhys, en hij was niet van plan om de teugels uit handen te geven. Het feit dat Nell zich ondergeschikt aan hem maakte, had haar onbedoeld een bijzondere bondgenoot opgeleverd.

'Zoals je wilt, Elen, het is jouw beslissing,' zei Rhys nors, en hij keerde zich weer naar de tafel.

'Zo Alun,' zei Nell opgewekt. 'Waar beginnen we mee?' Als ze enigszins gekwetst was omdat Rhys haar wegstuurde, want ze was gewoon weggestuurd, dan zou ze dat niet laten blijken.

'Ik denk dat we in de voorraadkamers beginnen,' antwoordde Alun terwijl ze naar de deur liepen. Wat hij verder nog wilde zeggen, werd ruw afgekapt door een kreet van Nell, die zich op een van de honden had gestort en het dier aan zijn nekvel de grote zaal uit sleepte. Ze duwde het beest naar buiten en wendde zich weer naar Alun.

'We moeten dit op laten ruimen,' zei ze, zichtbaar walgend.

'Pardon, madame, ik begrijp het niet,' zei Alun verward.

'Dit!' zei ze fel, en hij zag haar wijzen naar de uitwerpselen van de hond, tussen de biezen op de vloer. Gefrustreerd door zijn ogenschijnlijke gebrek aan daadkracht, kreeg ze een jonge bediende in het oog, die haar met open mond aan staarde.

'Jij daar, kom hier,' gebood ze. 'Ruim dit op en maak de vloer schoon.'

'Maar madame, we hebben gisteren nog de vloer geschrobd en de biezen vervangen,' protesteerde hij.

'Ruim deze vuiligheid alsjeblieft nu op, en in het vervolg doen de honden hun behoefte buiten.' Ze had op kalme toon gesproken, maar de arme jongen begreep dat verder tegenstribbelen niet alleen zinloos, maar ook een vergissing zou zijn. Al mompelend tegen zichzelf verdween hij om een schep en een bezem te halen.

'Zullen we verdergaan, Alun,' zei ze. Ze pakte haar rokken bij elkaar en liep met elegante pasjes de grote zaal uit, met de rentmeester, die zijn hoofd schudde, op haar hielen.

Tijdens de woordenwisseling had Rhys slechts heel even opgekeken, en zijn aandacht vervolgens weer op de papieren die voor hem lagen gericht. Te oordelen naar de stand van Rhys' kaak, besloot Owain in eerste instantie dat het verstandig zou zijn om zijn commentaar voor zich te houden. Maar hij zag het trekje rond Rhys' ene mondhoek en wist dat hij zijn uiterste best deed om niet in lachen uit te barsten. Owain ving zijn blik, en ze grijnsden allebei.

Wat hij ook moge zeggen, dit huwelijk zal in ieder geval interessant worden, dacht Owain, die hiermee onbewust de woorden van Gwladys herhaalde van de avond ervoor.

Alun nam Nell eerst mee naar de keuken, die op de begane grond gelegen was, naast het gebouw met de grote zaal. Er waren twee grote open haarden, waar al overheerlijke geuren uit opstegen. Nell keek verrukt om zich heen; afgaand op de schamele ruïnes van deze kant van het kasteel, had ze zich dit nooit kunnen voorstellen. Hoewel het een drukte van belang was, hing er een uitnodigende, huiselijke sfeer, en ze had er graag nog wat langer willen blijven. Maar Alun had een schema waaraan hij zich moest houden. Hij stelde haar voor aan de kokkin, Ceredwyn, die tevens zijn vrouw was, en samen lieten ze haar het reilen en zeilen van het kasteel zien. Eerst wezen ze haar de voorraadkamers op de verdieping onder de grote zaal, waar allerlei soorten gedroogd voedsel en kruiden waren opgeslagen, en waar de oogst van de landerijen buiten de kasteelmuren werd bewaard. Belangstellend keek ze naar de plaatsen waar vlees en vis werden opgehangen om te drogen, en gezouten om ze te conserveren. Ze was zeer onder de indruk van de hoeveelheid verschillende wijnen, van Poitou, Gascogne of Guienne tot de lichtere Duitse wijnen. Alun en Ceredwyn waren goede praters, en via hen kwam ze een heleboel te weten over haar man, over zijn werk en zijn levensstijl. Ze stelde gretig vragen over alles, zodat Alun later tegen zijn vrouw opmerkte dat ze extreem beschermd moest zijn geweest in Engeland, omdat ze niets bleek te weten over wat er bij de huishouding kwam kijken. Hij zei het echter op zo'n manier dat zijn vrouw kon zien dat hij behoorlijk ingenomen was met de nieuwe kasteelvrouwe.

Nell veroorzaakte die ochtend in feite overal opschudding. Met haar open en vriendelijke houding, zelfs tegenover de laagste bedienden, en met haar kinderlijke verwondering over alles, stal ze heel wat harten. Ze schonk zelfs aandacht aan de dieren die naast de keuken waren vastgebonden, hoewel ze haar best deed om niet te denken aan het feit dat ze bestemd waren voor de slacht.

Ze was absoluut gefascineerd. Ze greep elke gelegenheid aan om de realiteit van de situatie op de proef te stellen, maar ze was er nu grondig van overtuigd dat dit geen illusie was, dat ze hier in levenden lijve was, in het begin van de dertiende eeuw. Terwijl de ochtend verstreek, keek en luisterde ze, en verdiepte ze zich in de wereld waarin ze zich nu bevond.

Tegen de tijd dat ze bij de stallen kwamen, had Nell het erg warm, en ze keek omhoog, naar de zon die recht boven hen stond. Ze keerde zich naar Alun en zei: 'Het moet tijd zijn voor een versnapering, ik voel me erg hongerig, en ik weet zeker dat de mannen ook honger hebben.' Ze knikte in de richting van de grote zaal.

Alun keek haar een paar seconden aan en zei toen: 'We eten hier pas 's avonds, milady.' Toen hij zag dat haar gezicht een heel klein beetje betrok, voegde hij eraan toe: 'Maar ik weet dat u gewend bent om halverwege de dag te eten, en dat het moeilijk voor u zal zijn om daaraan te wennen, dus als u weer naar de grote zaal gaat, dan zal ik iets regelen.' Haar glimlach was voldoende beloning voor hem, en hij haastte zich naar de keuken.

Toen ze terugkwam in de grote zaal, zag ze dat Rhys en de anderen het papierwerk voor een pauze aan de kant hadden geschoven. Ze voegde zich bij hen en vertelde enthousiast over wat ze had gedaan en wat ze had gezien.

'De voorraadkamers zijn zo goed gevuld,' riep ze uit. 'Zoveel verschillende kruiden, reis je naar de Oost voor de handel?' vroeg ze aan Rhys.

Ze zag de geamuseerde uitdrukking op hun gezichten, en ze was onmiddellijk op haar hoede.

'Het spijt me, ik zal wel vreselijk naïef klinken, maar ik heb gewoon nog nooit de kans gehad om,' ze zocht naar de juiste woorden, 'er zo nauw bij betrokken te zijn.'

'In het geheel niet,' zei Rhys beleefd. 'Maar om je vraag te beantwoorden: wij gaan niet naar de Oost, de Oost komt naar ons. De Italiaanse kooplui verhandelen en importeren allerlei zaken uit de Oost, en die kopen wij in Brugge, waar de Italianen goed vertegenwoordigd zijn, en meer van dat soort plaatsen, waar wij op onze beurt onze eigen lading verhandelen. Zoals ik al eerder heb gezegd, deze markten worden slechts een paar keer per jaar gehouden, en daarom moet ik je al zo snel alleen laten.' Hij schonk haar een verontschuldigende glimlach en gaf haar een tot de rand gevulde beker. Ze nipte er aarzelend aan.

'O, het is mede,' zei ze met hernieuwde opwinding. Ze nam nog een slok. 'Mmm, precies zoals wij het ook maken, ik heb me altijd afgevraagd of het recept dat wij hadden authentiek was.' Ze bloosde bij het zien van de uitdrukking op hun gezicht, en ze realiseerde zich plotseling hoe vreemd haar woorden moesten hebben geklonken. Verder onbehagen werd haar bespaard door de binnenkomst van een bediende die een blad met voedsel droeg. Rhys trok vragend een wenkbrauw omhoog, en Nell haalde even haar schouders op.

'Ik dacht niet dat ik zou kunnen wachten tot de avond, dus ik heb om een versnapering gevraagd. Ik hoop dat je er geen bezwaar tegen hebt. Er is genoeg voor ons allemaal.' Ze keek de kring met mannen rond, die gretig knikten en hompen versgebakken brood en stukken kaas voor zichzelf pakten.

Owain kwam naar haar toe en zei tussen twee happen door: 'Dit is een zeldzame traktatie voor ons, en niemand zal er bezwaar tegen hebben als je net zolang de tijd neemt om je aan onze gebruiken aan te passen als je wilt. Alice heeft Ceredwyn duidelijk instructies gegeven.' Bij het zien van Nells vragende blik, verklaarde hij: 'In tegenstelling tot de Engelsen, eten we hier eigenlijk geen brood.'

Ze kon zien dat hij oprecht probeerde vriendelijk te zijn, en toen haar ogen de zijne ontmoetten, riep ze uit: 'Ben jij familie van Gwladys, je hebt precies dezelfde ogen.'

'Heel opmerkzaam van je. Ze stamt van een verre tak van mijn familie, dus ja, ik ben aan haar verwant. Hoewel niet zo nauw als aan Rhys.'

'Ben jij familie van Rhys?' vroeg ze verbaasd.

Owain knikte en nam een grote slok mede. 'We zijn neven, nou ja, achterneven eigenlijk. Mijn moeder en zijn vader waren neef en nicht. Ik werd als jongen naar het huishouden van zijn vader gestuurd, en dus zijn we samen opgegroeid.'

Nell knikte. Het was heel gebruikelijk dat adellijke jongetjes in een ander huishouden grootgebracht werden, zoveel wist ze wel. Op deze manier waren er heel wat bondgenootschappen en banden gesmeed.

'Jullie lijken uiterlijk niet veel op elkaar,' merkte ze op.

'Nee, Rhys heeft pech gehad!' zei hij spitsvondig, en ze lachten allebei hardop.

'Is dit een onderonsje, of mogen we allemaal meelachen?' kwam Rhys plotseling kil tussenbeide.

Nell zette haar beker neer. 'Ik kan maar beter gaan, jullie hebben werk te doen, en ik moet mijn ronde afmaken,' zei ze, en ze vluchtte haast de zaal uit.

'Waarom deed je dat nou?' informeerde Owain geërgerd.

'Ik weet niet wat je bedoelt,' antwoordde Rhys koel.

'Ja, dat weet je best. Ze doet oprecht haar best, Rhys, en jij bent zo veranderlijk als het weer tegen haar, het arme kind weet niet hoe ze het heeft,' zei hij boos.

'Ik kan me niet herinneren dat ik je om advies heb gevraagd over hoe ik me moet gedragen binnen het huwelijk,' zei Rhys, met een dreigende ondertoon in zijn stem.

'Dat zou je misschien wel moeten doen,' antwoordde Owain, en hij beende terug naar de tafel.

Rhys staarde humeurig in zijn beker. Hij wist dat Owain gelijk had, en wist niet waarom hij zich op die manier had gedragen tegen haar. Er was gewoon iets aan haar wat hem zenuwachtig maakte. Hij verdrong de gedachte naar de achtergrond en voegde zich weer bij de anderen.

Nell was in de kleine kamer naast hun slaapkamer de rollen stof aan het bekijken die Rhys tijdens zijn reizen had aangeschaft. Ze had Elens kleren ook al bekeken, grimassend bij het zien van de onmogelijke, zware gewaden en onderkleding die ze zou moeten dragen. Ze had de kleren van Rhys gezien, en was tot de conclusie gekomen dat deze er veel comfortabeler uitzagen. Ik kan me moeilijk als man kleden, dacht ze terwijl ze druk bezig was de stoffen op stapels te sorteren – speciale gelegenheden, dagelijks gebruik, reizen, en een stapel met alles wat ze foeilelijk vond. Deze zou ze aan haar meiden geven. Ondertussen dacht ze na over de dag, een glimlach om haar lippen. Iedereen was zo vriendelijk en tolerant geweest, helemaal niet zoals ze had gedacht dat ze zouden zijn. In plaats van onverschillig en vijandig tegenover haar eigenaardigheden te staan, leken ze deze te hebben geaccepteerd, hadden ze haar genomen zoals ze was, en als ze dachten dat haar vragen een weerspiegeling waren van haar onwetendheid, dan lieten ze dit niet merken, maar gaven ze haar antwoord met de ernst en beleefdheid die haar positie vereiste. Ze vroeg zich af wat er in het omgekeerde geval zou gebeuren, als een van hun tijdgenoten plotseling in haar tijd terechtkwam, hoe zouden de mensen dan reageren? Wetend dat men in de twintigste eeuw geneigd was om alles en iedereen die anders leek belachelijk te maken, hoopte ze dat de echte Elen het net zo goed deed als zij. Ondanks alle dingen die ze niet begreep met betrekking tot haar eigen bizarre situatie, was het feit dat ze zich hier op haar gemak voelde het voornaamste, het overweldigende gevoel van thuis te horen in dit tijdperk.

Ze keek op toen Gwladys haar hoofd om de deur stak. 'O Gwladys, wat een stoffen! Hebben we onze eigen naaister hier?' vroeg ze.

'Ja, Catrin, milady. Maar ze is er niet op het moment. Haar moeder is ziek geworden, en Lord Rhys heeft haar verlof gegeven om haar te gaan bezoeken.' Ze zweeg even. 'Wilt u haar laten halen? Het is maar twee dagen rijden hiervandaan.'

'Nee, dat is niet nodig,' zei Nell haastig. 'Ik wilde eigenlijk alleen wat advies over de hoeveelheid stof die nodig zou zijn om kleren te maken.' Ze hield een lap diep hemelsblauwe stof voor zich. 'Is dit geen prachtige kleur?'

'Maar madame, die is perfect voor u, uw ogen hebben bijna precies dezelfde kleur!' riep Gwladys opgetogen uit. 'Hier zouden we één heel fraaie japon uit kunnen halen,' vervolgde Gwladys, terwijl ze het dure, blauwe materiaal tussen haar vingers nam. Ze richtte haar aandacht op een fijner soort linnen en zei: 'Maar hier kunnen we wel twee eenvoudige jurken uit halen.'

'Gwladys, je bent een ware bron van informatie. Met jouw hulp kunnen we door deze rollen heen gaan, wegdoen wat ik niet wil hebben, en alles min of meer in gereedheid brengen voor als Catrin terugkomt,' zei Nell waarderend.

Gwladys keek haar meesteres stralend aan en zei toen, bij nadere nabeschouwing: 'We moeten Alice eigenlijk ook om advies vragen, ik wil niet dat ze het gevoel krijgt dat ik me haar taken toe-eigen.'

Nell glimlachte. 'Ik ben blij dat je zo voorkomend bent. Ga haar maar halen, dan kunnen we aan de slag.'

Enige uren later, toen Alice Nells haar stond te doen voordat ze naar beneden zouden gaan voor het diner, was de euforie die Nell eerder had gevoeld vervlogen, terwijl ze piekerde over het feit dat ze Rhys gezelschap zou moeten houden, en zich afvroeg in wat voor stemming hij zou zijn. Het weinige wat ze van hem wist, was genoeg om haar nerveus te maken. Zonder enige inspanning van haar kant had ze het grootste deel van de huishouding voor zich weten te winnen, afgezien van de pastoor die zogenaamd was gearriveerd om de volgende ochtend vroeg de mis op te dragen, maar ze had horen mopperen dat hij steeds langer en vaker bleef plakken. Een sombere verschijning; zijn kille, zwarte ogen zagen ontucht in de meest onschuldige handelingen, hetgeen meer zei over hem dan over de mensen die hij berispte. Hij vertoonde geen gelijkenis met de pastoor uit haar jeugd, met zijn twinkelende blauwe ogen en zijn vriendelijke glimlach. Nee, bij de kennismaking met broeder Thomas had ze een koude rilling gevoeld, en een sterk en akelig voorgevoel gekregen. Ze was blij geweest toen hij haar gezelschap had verlaten.

'Kom, liefje, je kunt niet nog een avond afwezig zijn in de grote hal.' De zachte, vleiende stem van Alice verstoorde haar overpeinzingen.

Nell glimlachte naar de oudere vrouw, en bedacht dat als deze de verandering in haar meesteres sinds hun aankomst hier had opgemerkt, ze dit goed had weten te verbergen.

'Sorry, Alice, ik zat met de bomen te praten.' De opmerking werd ontvangen met een fronsende blik van Alice, die dergelijke heidense taal afkeurde.

Nell, die niet gewend was aan de lange rokken, aarzelde even boven aan de trap, voordat ze voorzichtig naar beneden ging. Toen ze eenmaal vaste grond onder de voeten had, rechtte ze haar schouders en liep vastberaden naar de grote zaal. Eens zien wiens afkeuring ik het eerste krijg, die van mijn pastoor, of die van mijn man, dacht ze spottend.

Toen ze de grote zaal binnenkwam, werd ze begroet door Owain. 'Lady Elen, wat een verkwikkende aanblik voor vermoeide ogen,' zei hij, haar een lachje ontlokkend met zijn onmiskenbare vleierij. 'Je zult voorlopig genoegen moeten nemen met mijn gezelschap,' vervolgde hij. 'Een van Rhys' paarden is kreupel geworden, en hij is in de stallen. Zal ik iets te drinken voor je halen?'

Ze knikte en zei: 'Ik weet zeker dat je gezelschap me heel goed zal bevallen, milord Owain,' en toen was het zijn beurt om te lachen om haar poging tot koketterie. Ze gingen nog een paar minuten door met deze plagerijen totdat Nell zich volkomen op haar gemak voelde.

'En hoe was de rest van je dag, ben je klaar om de teugels van Alun over te nemen?' informeerde Owain.

'O nee, nog niet,' antwoordde ze haastig. 'Het zal wel een poosje duren voordat ik echt wegwijs ben. Ik had me niet gerealiseerd dat er zoveel kamers en gebouwen waren.' Want uiteraard hadden de eeuwen alle sporen uitgewist van de houten gebouwen en een flink aantal van de stenen gebouwen.

Ze keek naar leden van de huishouding, die achter elkaar binnenkwamen en haar allemaal vriendelijk toeknikten toen ze haar passeerden. Ze wasten hun handen in de waskom die in een alkoof bij de ingang van de grote zaal was ingebouwd, en zochten vervolgens de plek op waar ze moesten eten. Tot Nells verbazing waren er niet genoeg van de lange tafels klaargezet voor het diner om plaats te bieden aan de voltallige huishouding, en het leek vanzelfsprekend dat de minder hooggeplaatste leden in groepjes van drie op de grond gingen zitten rond een gezamenlijk blad met voedsel.

'Iedereen is zo vriendelijk tegen me geweest,' zei ze tegen Owain. 'Ik heb echt zo'n heerlijke dag gehad, een die ik nooit zal vergeten, wat er ook gebeurt.'

Owain keek haar scherp aan. 'Wat denk je dat er zou kunnen gebeuren?' vroeg hij.

Verward probeerde Nell te bedenken wat ze moest zeggen om zich in te dekken.

'O, niets, ik –' Ze liet haar stem wegsterven en zei toen impulsief: 'Was dit huwelijk niet naar de zin van Rhys?'

Owain was totaal niet voorbereid op haar directe vraag, en hij nam een slok van zijn wijn terwijl hij nadacht over zijn antwoord. Als het hem vóór de bruiloft was gevraagd, zou hij in alle eerlijkheid hebben kunnen antwoorden dat het Rhys helemaal niets kon schelen. Hij wist dat het tijd werd dat hij een vrouw nam, en zijn moeder en Elens grootmoeder hadden hem weten te overtuigen dat dit een goede partij zou zijn. Goed, ze zou geen grote bruidsschat meebrengen, maar dat was niet noodzakelijk voor Rhys. Ze bracht een goede, oude, dynastieke familienaam uit Wales mee, en haar Engelse stieffamilie behoorde tot de periferie van de Engelse, koninklijke kringen, hetgeen nuttig zou kunnen zijn of misschien ook niet, aangezien ze aanhangers van John bleken te zijn, en niemand precies wist hoe dat uit zou kunnen pakken. Hoe dan ook, het huwelijk zou Rhys geen kwaad doen, en de plotselinge dood van zijn moeder nam het besluit voor hem – hij had een hechte band met haar gehad, en als zij het huwelijk had gewild, dan zou hij het doen voor haar.

Nell interpreteerde zijn langdurige zwijgen verkeerd, raakte voorzichtig zijn arm aan en zei zacht: 'Het spijt me, ik had het recht niet om je zo in verlegenheid te brengen. Je hoeft geen antwoord te geven.' Bedroefd wendde ze haar blik af, de glans van haar dag was er voor een deel af.

'Nee, Elen, ik was alleen aan het denken, herinnerde me –' hakkelde Owain. En toen sprak hij naar waarheid: 'Je lijkt gewoon zo anders hier dan je eerst was.'

Ze beet op haar lip, niet wetend wat ze moest zeggen, misschien vond de andere Elen het verschrikkelijk om verkocht te worden als een stuk vlees, bedacht ze. Maar al leek Owain nog zo ruimdenkend, ze dacht niet dat hij zich raad zou weten met dergelijke openhartigheid, dus besloot ze om terug te keren naar het luchthartige schertsen.

'Het zal wel komen doordat mijn Welshe bloed nu de vrije teugel heeft – en uiteraard stam ik af van Nest,' lachte ze koket. Owain lachte terug, opgelucht dat ze zich niet zwaar beledigd voelde, en antwoordde ook met een kwinkslag voordat hij serieus opmerkte: 'Het is een goed huwelijk Elen; Rhys heeft veel aan zijn hoofd op het moment, en –' Hij hield abrupt op met praten en zijn gezichtsuitdrukking veranderde. 'Daar komt je echtgenoot juist aan.'

Ze draaide zich om en zag Rhys in hun richting lopen. Hij knikte kort naar Owain en richtte het woord tot Nell. 'Elen, er komt niemand anders meer op dit uur, en je had het diner niet uit moeten stellen omwille van mij. Als we ze niet gauw iets te eten geven, hebben we straks een opstand van dronkaards,' zei hij, gebarend naar de op stoelen gezeten leden van de huishouding. 'Kom, laten we gaan zitten.' Hij pakte haar arm en leidde haar in de richting van de estrade. Hij had opgewekt maar geforceerd gesproken, en opnieuw vroeg ze zich af wat ze had gedaan waardoor hij van streek was.

Hij was echter buitengewoon beleefd en zelfs vriendelijk tijdens de maaltijd, waarbij hij de beste stukjes vlees voor haar uitzocht op hun gezamenlijke, houten bord, en uitleg gaf bij ieder gerecht dat bereid was met kruiden die haar wellicht onbekend waren. Het was een verrassend intieme aangelegenheid, en Nell merkte dat ze dienovereenkomstig reageerde, en zijn manier van praten en handelen op vergelijkbare wijze beantwoordde. Alles bij elkaar verliep de avond heel amicaal, en toen de maaltijd afgelopen was, stelde hij haar formeel voor aan iedereen, waardoor Nell het warme gevoel kreeg dat ze hier helemaal thuis was, iets wat ze nog nooit eerder had ervaren. Als ze zich een oplichter voelde, dan was dat slechts heel even, en ze ging weer zitten om van de rest van de avond te genieten met een gevoel van vertrouwdheid en verwondering.

De avond vorderde en ging over in de nacht, en ze merkte dat ze onderdrukt zat te gapen. Toen Rhys dit merkte, stond hij op en kondigde aan dat het tijd was om naar bed te gaan. Hij wenste iedereen welterusten en pakte zijn vrouw bij de hand, en ze verlieten de grote zaal om naar hun slaapkamer te gaan. Daar aangekomen liep Rhys naar het dienblad dat klaarstond met wafels en een kan mede, daar neergezet voor het geval hij behoefte had aan iets te eten en te drinken. Automatisch schonk hij voor hen allebei een beker vol. Nell wilde eigenlijk niets meer drinken, maar nam de beker aan om het moment van naar bed gaan uit te stellen. Niet op haar gemak ging ze bij de open haard staan, haar beker vastklemmend alsof het een reddingsboei was. Rhys was op de zittekist gaan zitten en zat met zo'n ontspannen, je zou haast kunnen zeggen zelfvoldane, uitdrukking op zijn gezicht naar haar te kijken, dat er een vleug van irritatie opflakkerde in haar binnenste, en ze bijna de inhoud van haar beker over hem heen gooide. Veranderlijk als de wind, hoorde ze haar moeder zeggen, terwijl de vlam weer even snel doofde als hij was ontbrand.

'Rhys, als ik me niet gedraag zoals je zou willen, zeg het me dan alsjeblieft,' zei ze ernstig.

'Integendeel, liefste, ik zat juist te denken dat je je bewonderenswaardig hebt gedragen vanavond. Waarom vraag je dat?' antwoordde hij.

'Ik heb het idee dat ik je teleurstel, en ik weet niet goed hoe ik daar verandering in moet brengen.' Ze wachtte even voordat ze vervolgde: 'Misschien heb ik andere gewoontes, die ik niet zou hebben als ik hier al mijn jaren had doorgebracht.' Ze was ingenomen met haar opmerking. Deze zou haar eigenaardige gedrag en haar onwetendheid kunnen verklaren, en hem tegelijkertijd de mogelijkheid bieden om haar te laten weten hoe hij wilde dat ze zich zou gedragen.

Rhys slikte een gevatte opmerking in en bedwong uit alle macht de onverklaarbare neiging om deze vrouw uit de weg te gaan.

'Elen, kom eens hier zitten.' Hij klopte op de plek naast zich, en ze deed wat haar werd gevraagd. Hij wendde zich naar haar, en opnieuw viel het constant veranderende grijs van zijn ogen haar op.

'Je stelt me niet teleur, en als ik die indruk heb gewekt, dan bied ik mijn excuses aan. Ik ben het namelijk eens met mijn moeder, moge God haar vergeven, dat dit een goed huwelijk zal zijn voor ons beiden. We kunnen er iets van maken, maar de eerste stap is dat we moeten proberen vrienden te worden.' Hij keek haar verwachtingsvol aan, en ze knikte instemmend. Hij hief zijn beker. 'Op de vriendschap dan maar,' en zijn gezicht brak in een innemende glimlach, die ze warm beantwoordde terwijl ze met haar beker tegen de zijne klonk.

Ze dronken en praatten nog wat, voornamelijk over hem, hetgeen haar genoegen deed. Ze kon niet zeggen wanneer het gesprek een intiemere toon kreeg, plotseling realiseerde ze zich dat hij dichter bij haar was gaan zitten, zo dichtbij dat hun benen elkaar raakten. Zijn arm lag nonchalant op de rugleuning van de zittekist, zijn hand hing neerwaarts, met de vingers een haarbreedte van haar wang verwijderd. Ze voelde dat haar hart sneller ging kloppen, en toen ze opkeek, boorden haar ogen zich in de zijne. Ze wist dat ze haar blik af moest wenden, zich moest bewegen of iets moest doen om de betovering te verbreken, maar ze was niet bij machte iets te doen.

'Je bent een buitengewoon mooie vrouw,' hoorde ze hem zeggen. Ze voelde dat hij de lege beker uit haar hand nam, en vervolgens zijn hand uitstrekte om haar sluier los te maken. Ze voelde hoe zijn handen de vlecht uit haar haren haalden, en hoe zijn vingers het los woelden, voordat ze zich naar haar gezicht en hals bewogen, onafgebroken strelend en liefkozend. Zijn hand rustte op haar achterhoofd, en zachtjes bracht hij het naar zich toe en liet hij zijn mond op de hare zakken. Hij voelde een lichte rilling door haar lichaam gaan, voelde haar bijna met hem versmelten. Zijn handen klemden zich steviger om haar heen terwijl hij haar kuste, nog heftiger dit keer. Het effect op Nell was opzwepend. Opnieuw had ze het gevoel dat ze in een enorme diepte viel, ze kon het bloed horen gonzen in haar oren, en een hevig verlangen stroomde door elke vezel van haar lichaam. Hij kuste haar hals en haar schouders, terwijl zijn vingers behendig de veters van haar lijfje losmaakten. Ze viel met steeds grotere snelheid, en haar ademhaling ging hortend terwijl ze uit alle macht probeerde de situatie weer meester te worden.

'Nee!' schreeuwde ze, en ze maakte zich abrupt van hem los.

Rhys staarde haar aan, zijn niets ziende ogen stonden in één klap weer scherp, en de pupillen vernauwden zich tot speldenknopjes terwijl gedwarsboomd verlangen onmiddellijk werd gevolgd door woede.

'Jezus Christus, Elen!' vloekte hij. Hij keek naar haar, naar haar verwarde haren, naar haar zwoegende boezem terwijl haar longen zich gretig vulden met de grote happen lucht waar ze naar snakten, naar haar saffierblauwe ogen, groot en verschrikt.

'Ik kan het niet,' zei ze gekweld.

Hij greep haar bij de schouders. 'Ik zal je niet dwingen, maar speel geen spelletjes met me, Elen. Jij begeerde mij net zozeer als ik jou, dat heb ik niet verkeerd begrepen!'

'Ja. Nee. God, het spijt me.' Ze deed wanhopig haar best zichzelf in de hand te houden. 'Alsjeblieft, ik kan het niet, ik moet het niet doen,' zei ze, op de rand van tranen.

'Wat bedoel je in vredesnaam?' zei Rhys, enigszins gekalmeerd nu zijn woede begon af te nemen.

'Het is verkeerd,' riep ze uit. 'Het ligt aan mij, ik ben –' Haar stem stokte, wat moest ze zeggen, hem vertellen dat ze elders al een echtgenoot had – hoe kon ze uitleggen wat ze niet wist. Maar tot haar verbazing was zijn gezicht opgeklaard en was er zelfs een zweempje van een meelevende glimlach.

'Je had het me moeten vertellen, dat verklaart alles,' zei hij.

'Is dat zo?' vroeg ze, met stomheid geslagen.

'Maar natuurlijk, je veranderlijke stemmingen, en deze geschiedenis,' zijn arm beschreef een zwaai door de kamer. 'Je hoeft je niet te generen, ik begrijp het heus, weet je. Je kunt niet met vijf zussen onder één dak wonen, zonder het een en ander te weten te komen over vrouwen. Mijn jongste zusje was het ergste, ze was in de dagen voorafgaand aan haar vloeiing onmogelijk in de omgang.' Hij slaakte een zucht van verlichting terwijl hij nog iets te drinken inschonk. Hij kon niet ontkennen dat hij teleurgesteld was dat hij vanavond niet met haar zou kunnen slapen, maar hij kende in ieder geval de reden.

Plotseling begon het Nell te dagen waar hij het over had. O God, hij denkt dat ik ongesteld ben, dacht ze. Ze voelde haar wangen rood worden van oprechte schaamte, maar voelde toen ook opluchting vanwege de extra tijd die ze voor zichzelf had gekocht.

'Je ziet er uitgeput uit, ga jij maar naar bed, ik kom er zo aan. Wil je dat je hofdames je komen verzorgen?' vroeg hij.

'Nee, ik red me wel.' Ze ging staan, nog steeds trillend, nog steeds verward door de plotselinge verandering in hem. Ze keek hem over haar schouder aan. 'Slaap jij hier ook?' vroeg ze ontzet.

'Elen, ik zei dat ik je niet zou dwingen, en dat zal ik ook niet doen, maar ik zal de tongen ook niet in beweging brengen door gescheiden van jou te slapen.'

'Natuurlijk niet, het spijt me,' zei ze mat.

Ze liep bij hem vandaan en kleedde zich, met haar rug naar hem toe, tot op haar hemd uit, om vervolgens in het grote bed te klimmen. Rhys voegde zich al snel bij haar, en na haar goedenacht te hebben gewenst, doofde hij de kaarsen die aan het hoofdeinde waren bevestigd.

Nells hoofd tolde van de vele gedachten. Zich scherp bewust van zijn lichaam naast het hare, kon ze de kracht van de uitwerking die hij op haar had niet vergeten; ze had nog nooit een dergelijke kracht gevoeld. Ze was teruggedeinsd, niet vanwege een gebrek aan begeerte – daar had hij gelijk in, ze had hem begeerd – maar slechts vanwege haar angst om de controle te verliezen. Ze dwong zichzelf aan Grant te denken, aan haar andere leven, en ze wist diep vanbinnen dat ze zich van Rhys had losgerukt omdat ze voelde dat er geen weg terug meer was als ze dat niet had gedaan. Of ze echt de keus had om hier te zijn, kon ze niet zeggen, of ze daadwerkelijk terugkon, wist ze niet, maar ze gaf er in dit stadium beslist de voorkeur aan om alle mogelijkheden open te houden, en als ze met Rhys de liefde zou hebben bedreven, zou ze beslist het gevoel hebben gehad dat ze die mogelijkheden had uitgesloten. Ze vroeg niet langer hoe het kwam dat ze hier was, maar waarom, waarom, waarom! Met deze brandende vragen in haar achterhoofd viel Nell uiteindelijk in een lichte en onrustige slaap.

's Morgens werd ze eerder wakker dan Rhys, en ze ging snel naar het privaat. Met opgetrokken neus bedacht ze dat het niet de ergste plonsdoos was die ze had gebruikt. Toen ze terugkwam was Rhys wakker en had hij de gordijnen rond het bed opengetrokken. Alice en Gwladys en Rhys' schildknapen waren er, bezig dingen voor hen klaar te maken. Ze was blij met hun aanwezigheid, aangezien deze eventuele onbeholpenheid tussen hen voorkwam. Terwijl ze zaten te ontbijten, vroeg ze hem wanneer hij van plan was op reis te gaan.

'Nou, ik was plan overmorgen te vertrekken, maar ik zou het wel een paar dagen kunnen uitstellen als je dat zou willen.'

'Nee, ik zal je schema niet in de war sturen,' antwoordde ze haastig, denkend dat het beter zou zijn als hij onmiddellijk vertrok. 'Maar ik zou wel graag de omgeving willen bekijken en de streek een beetje leren kennen. Is er iemand die je kunt missen om mijn gids te zijn?'

Rhys dacht even na en glimlachte toen breed. 'Ik ken iemand die daar geknipt voor is. Ik zal de paarden vast klaar gaan maken, terwijl jij je in gereedheid brengt. Als we bijtijds vertrekken, kunnen we een heleboel doen,' zei hij met jongensachtig enthousiasme.

'Neem jij me mee? O, Rhys, ik wil je tijd niet in beslag nemen,' zei Nell.

'Trefor kan de voorbereidingen wel afronden. Iets als dit heb ik in geen jaren meer gedaan,' antwoordde hij.

'Iets als wat?' vroeg ze.

'Ongeoorloofd afwezig zijn,' zei hij met een lach.

Binnen het uur reden ze van het kasteelterrein af, vergezeld door de 'tweeling', Merfyn en Idris. Het was een zeldzaam pleziertje voor hen, en ze waren zich welbewust van het feit dat Rhys hen op de proef wilde stellen met deze korte tocht, dus ze waren erop gebrand om zichzelf te bewijzen. Aangezien het gezelschap niet ver van Rhys' land zou afdwalen, was het niet waarschijnlijk dat ze moeilijkheden zouden ondervinden, hoewel alle drie de mannen, zoals gewoonlijk, hun zwaard en dolk bij zich hadden.

Tijdens het rijden bleef Rhys dicht bij zijn vrouw, om haar op een bepaalde vogel of bloem te wijzen die hem boeide, en ze begon een geheel nieuwe kant van hem te ontdekken. Onderweg passeerden ze boeren die vol respect het hoofd bogen. Rhys kende al hun namen en hun gezinnen, en vroeg hier en daar naar een bepaald gezinslid. Nell begon zich te oriënteren en kon punten in het landschap onderscheiden die haar bekend voorkwamen. Toen ze de rivier volgden, dieper het bos in, stelde ze hem vragen over zijn familie en zijn jeugd. Hij kwam tot de ontdekking dat hij zichzelf aan haar blootgaf met een gemak dat hij niet eerder had gekend. Ze plaagde hem toen hij schaamteloos uitweidde over een aantal van zijn wapenfeiten, en hij was verrast en niet ontstemd door haar buitengewone inzicht.

'Zo, nu weet je alles over mij, maar ik weet verrassend weinig over jou,' zei hij met een lachje.

'Er valt niet veel meer te weten dan je moeder en mijn grootmoeder je al hebben verteld,' zei ze, nu ze te weten was gekomen dat de twee oude vrouwen dit huwelijk hadden gepland.

'O, ik ken de grote lijnen wel; je vader is gestorven toen je negen was, je moeder is hertrouwd, en je werd meegenomen naar Engeland. Je eerste man is tijdens een kruistocht gestorven, en toen ben je met mij getrouwd.' Hij had ieder feit op zijn vingers afgeteld, alsof hij ze uit zijn hoofd had geleerd, waardoor ze in de lach schoot.

'Maar,' vervolgde hij, 'ik weet niets over jóu.'

'Tja, dat is voor jou een vraag en voor mij een weet,' zei ze schalks, en ze spoorde haar paard aan tot een snelle galop. Binnen een paar seconden had hij haar ingehaald, en hij trok aan de teugels van haar paard om haar af te remmen.

'Kun je een stukje lopen?' vroeg hij.

'Natuurlijk kan ik dat,' antwoordde ze verontwaardigd.

'Geen ontspannen slenteren, maar meer een stevige wandeling,' zei hij. 'Ik zou je een van mijn onbetwiste lievelingsplekjes willen laten zien.'

'Laat maar zien, cowboy,' zei ze. Bij het zien van zijn wezenloze blik voegde ze eraan toe: 'Je zult misschien tot de ontdekking komen dat ik soms vreemde uitdrukkingen gebruik.'

Ze liet zich door hem van haar paard af helpen, waarop hij de paarden naar een kleine open plek tussen de bomen leidde. Hij haalde de bepakking van zijn paard, nam er een wijnzak uit en gooide deze naar Merfyn en Idris, die hij opdroeg om bij de paarden te blijven. Vervolgens pakte hij Nells hand en leidde haar tussen de bomen door, waar een klein paadje liep. Het was een fikse wandeling tegen een steile helling op, waarbij ze gehinderd werden door boomwortels en laaghangende takken. Keer op keer struikelde Nell, zodat ze binnensmonds maar stevig vloekte.

'Ik dacht dat je zei dat je het wel aankon,' plaagde Rhys terwijl hij haar overeind hielp.

'Het zijn die verdomde rokken, misschien zou ik er niet zoveel moeite mee hebben als ik gekleed was zoals jij,' antwoordde ze.

'Misschien had ik tegen je moeten zeggen dat je jachtkleding moest aantrekken. Hier, geef me je mantel, en aangezien niemand ons hier kan zien, mag je ook je rokken zover mogelijk ophijsen,' zei hij.

Ze gaf hem haar mantel, hees toen haar rokken op en stopte ze in de gordel die om haar middel hing, zodat haar benen vrij waren. Ze vervolgden hun weg over de heuvel heen, en toen een steile helling af. Ongeveer een kwartier later kwamen ze tussen de bomen vandaan op een grote open plek met een tapijt van wilde bloemen, die een bedwelmende geur verspreidden. Ze keek om zich heen; ze waren omgeven door hoge, met bomen bedekte heuvels, tegenover hen stroomde de rivier, die werd gevoed door een gordijn van water dat langs zwarte, op graniet lijkende rotsen naar beneden viel, waardoor de waterval er donker uitzag.

'Rhaeadr-Du,' fluisterde ze vol ontzag.

'Je kent het?' vroeg hij, verrast en enigszins teleurgesteld.

'Ik had ervan gehoord, maar ik had nooit gedacht dat ik het zou zien.' Ze wendde zich naar hem, haar ogen glanzend van geluk en opwinding. 'Rhys, het is prachtig, dank je wel dat je me hierheen hebt gebracht.'

'Het genoegen is geheel aan mij,' antwoordde hij, terwijl hij zich realiseerde dat hij het meende. 'Het is volkomen beschut, niemand kan tussen die bomen door kijken, en er is maar één in- en uitgang.'

'Die door de tweeling wordt bewaakt,' zei ze lachend. 'Ik ga met mijn voeten in het water,' zei ze, en nadat ze haar schoenen en kousen uit had gedaan, holde ze naar de waterkant, haar rokken nog steeds opgehesen.

Rhys raapte haar her en der verspreide spullen op en liep een klein stukje achter haar aan, om vervolgens hun mantels uit te spreiden en de resterende wijn en spijzen uit te pakken. Hij ging naar haar zitten kijken terwijl ze met haar voeten door het water plonsde. Het duurde niet lang voordat ze terugkwam en zich bij hem voegde voor een picknick. Nadat ze zich te goed hadden gedaan aan kippenpoten, met kaas gevulde wafels (waar Nell al snel een voorkeur voor had ontwikkeld) en mede, gingen ze op hun rug liggen, en slechts af en toe zeiden ze iets. Stilte vormde niet langer een probleem, terwijl ze daar lagen en de betoverende schoonheid van de plek indronken.

De zon stond al laag aan de hemel toen ze zich klaarmaakten om terug te gaan. Vlak voordat ze het grote pad bereikten waar de tweeling wachtte, pakte hij haar bij de arm.

'Je kunt je kleding beter een beetje fatsoeneren,' grijnsde hij.

Nell keek omlaag naar haar opgehesen rokken en grijnsde terug. Ze liet ze weer zakken, schikte haar sluier en deed haar mantel om. Naar hem opkijkend zei ze: 'Rhys, als jij weg bent, mag ik hier dan naartoe gaan? Ik zal ervoor zorgen dat ik een escorte heb, en ik zal Gwladys met me meenemen.' De smekende blik in haar ogen was zo onweerstaanbaar dat hij geen reden zag om het haar te weigeren.

Toen ze tussen de bomen vandaan kwamen, troffen ze Merfyn en Idris in waakzame toestand aan, met de hand op het gevest van hun zwaard.

'O, milord, u bent het,' zei Merfyn.

'Wie heb je dan nog meer doorgelaten?' vroeg Rhys op milde toon.

'Niemand, milord, we hebben streng de wacht gehouden. We werden alleen een beetje ongerust omdat u zo lang wegbleef. We waren juist aan het overleggen of we moesten gaan kijken of alles in orde was, toen u terugkwam.'

Hij keek naar Nells blozende gezicht, en in een totale misinterpretatie van de situatie knipoogde hij naar Idris terwijl ze hun paarden bestegen.

Toen Rhys en Nell een eindje voor hen uit waren gereden, leunde Rhys dicht naar haar toe en zei zachtjes: 'Nou, echtgenote van me, je bent hier nog maar een paar dagen, en toch geloof ik dat je al meer voer voor de geruchtenmolen hebt opgeleverd dan mijn moeder in haar hele leven!'

'O jee,' zei Nell, toen ze begreep waar hij op doelde.

'Niets o jee,' schimpte hij. 'Het werd tijd dat er weer eens wat leven in de brouwerij kwam. Ze zijn zo gewend geraakt aan mijn zeemansmanieren, dat niemand er nog van opkijkt. Toen ik naar Engeland ging om een vrouw op te halen, had ik niet kunnen vermoeden dat ik zo'n verrukkelijke buit mee terug zou nemen.'

En luid schaterend van het lachen, gooide hij zijn hoofd achterover. Hij voelde zich intens gelukkig, het soort euforie dat geen enkel verband houdt met een of andere reden. Desondanks voelde hij de spanning wegvloeien die zich in de afgelopen paar dagen had opgebouwd, en na een zijdelingse blik op Nell had hij werkelijk het idee dat dit huwelijk gunstig zou kunnen uitpakken. Het was daarom met een oprecht gevoel van spijt, dat hij aan zijn naderende reis dacht.

De middag voordat Rhys vertrok, arriveerde er een klein gevolg dat een jonge vrouw vergezelde. Nell was met Ceredwyn de moestuin aan het inspecteren, waar ze bepaalde kruiden herkende en naar planten vroeg die ze niet helemaal kon plaatsen, toen ze hen met veel hoefgeklepper binnen hoorde komen en toekeek terwijl Rhys de vrouw met duidelijke genegenheid omhelsde.

'O, Elen, daar ben je,' zei hij toen ze dichterbij kwam. 'Dit is mijn nichtje, Gwenllian, de dochter van mijn zuster. Ik heb haar gevraagd hier te komen om je gezelschap te houden terwijl ik weg ben.'

Nell richtte zich tot de andere vrouw om haar te begroeten, en was geschokt toen ze zag dat haar ogen heel even vijandig oplichtten. Hoewel

Gwenllian beleefd glimlachte en haar welkom heette in de familie, was die korte flits genoeg om Nell waakzaam te maken.

'Je gebruikelijke kamer is voor je in gereedheid gebracht, liefje,' zei Rhys tegen zijn nichtje, en wendde zich toen tot Nell. 'Gwenllian vervult vaak de rol van gastvrouwe als ik een feest geef, een taak die ze, daar ben ik van overtuigd, met genoegen zal afstaan nu ik een echtgenote heb.'

'Je weet dat ik het altijd prettig vind om te helpen, oompje,' zei Gwenllian met een strakke, suikerzoete glimlach.

'Zal ik je naar je kamer vergezellen en je helpen met uitpakken?' vroeg Nell.

'Dank je, maar dat zal niet nodig zijn,' antwoordde Gwenllian gladjes. Bij het zien van de opgetrokken wenkbrauw van haar oom, zei ze haastig: 'Ik heb het al zo vaak gedaan, dat ik er niet lang mee bezig zal zijn. Ik zal me dadelijk bij jullie voegen.' Op die manier verzachtte ze de weigering, zodat Rhys haar een toegeeflijke glimlach schonk.

'Je hebt niet verteld dat ik gezelschap zou krijgen,' zei Nell voorzichtig toen Gwenllian was vertrokken.

'Heb ik dat niet verteld? Eerlijk gezegd was het Gwenllians idee. Voor onze bruiloft heeft ze al aangeboden om hier te komen logeren om je te helpen je draai te vinden, en ik dacht dat je wel blij zou zijn met wat vrouwelijk gezelschap, vooral omdat ik je al zo snel moest verlaten.'

'Ja, je hebt gelijk, ik weet zeker dat ze behulpzaam zal zijn,' zei Nell zacht. 'Hoe oud is ze?'

'Vorige maand achttien geworden,' antwoordde hij. 'Slechts een paar jaar jonger dan jij.'

'En niet getrouwd of verloofd?' Nell was verbaasd, ze dacht dat de meeste meisjes uitgehuwelijkt werden als ze een jaar of vijftien waren, uiteindelijk was dit al haar tweede huwelijk.

'Nee, ze is de jongste dochter en een beetje verwend, vooral door haar vader. Hij heeft haar een paar jaar geleden de krankzinnige belofte gedaan dat ze haar eigen man mocht kiezen, en tot dusverre is er nog geen man geweest die aan haar hoge eisen voldeed.' Hij schudde zijn hoofd, lachend bij de herinnering.

'Dus ze heeft hier de rol van gastvrouwe vervuld wanneer dat nodig was,' besloot Nell, die de situatie waarmee ze werd geconfronteerd maar al te goed doorgrondde.

'Ach, ze geniet ervan, en het is een goede ervaring voor haar voor wanneer ze uiteindelijk gaat trouwen. Niet dat ik veel thuis ben geweest. Ze is echter altijd heel charmant, ik weet zeker dat jullie het heel goed zullen kunnen vinden samen,' zei Rhys opgewekt. Wat hem betrof, zou hij weg-gaan en alles goed geregeld achterlaten, precies zoals hij het wilde.

Terwijl ze terugliepen naar de grote zaal, had Nell echter heel andere gedachten, en ze deelde het vertrouwen van Rhys niet.

Tijdens het diner die avond had ze de kans om Gwenllian te observeren. Ze had een klassiek gezicht, hoge jukbeenderen, een lange, slanke neus, haar haar was lichtbruin of donkerblond, afhankelijk van hoe je het bekeek. Ze had een bijna Romeins uiterlijk, waarschijnlijk greep het terug naar de tijd dat die hier waren, dacht Nell. Maar in het alleszins aantrekkelijk gezicht waren de ogen teleurstellend. Ze waren donkerbruin, de kleur waarin geen pupillen te zien waren, langwerpig en amandelvormig, maar niet schuin omhoog, zoals de ogen van een kat, maar heel recht in het gezicht. Sluwe ogen, en bovendien ogen die je vertelden dat de eigenares niet te vertrouwen was. Gwenllian had zich de hele avond voorbeeldig gedragen, haar enige misstap was het feit dat ze op haar tantes stoel was gaan zitten, waar ze met geloofwaardige elegantie om lachte, om vervolgens haar rechtmatige plaats in te nemen aan de andere kant van Rhys. Op ieder ander gebied had ze zich zo gedragen dat ze haar tante overtrof. Ze droeg een fluwelen japon, elke vinger was getooid met een ring, en ze liet haar haren los hangen, hetgeen ze ook mocht doen, aangezien ze nog maagd was. Ze hield hof alsof ze de koningin was, en ze gaf de bedienden voortdurend bevelen. Wanneer deze weifelend naar hun meesteres keken, glimlachte Nell berustend, hetgeen in haar voordeel werkte, omdat ze erin slaagde kalme waardigheid uit te stralen, tegenover Gwenllians vastberadenheid om de boventoon te voeren. Inwendig ziedde ze echter van woede. Ik heb je heus wel door, jongedame, dacht ze. Maar je zult niet de reactie uitlokken die je verwacht. Ik krijg je nog wel, geloof me, ik krijg je nog wel. Van deze strijdlustige gedachten had niemand in de grote zaal het geringste vermoeden, terwijl ze rustig van haar wijn nipte en beleefde gesprekken voerde. Slechts één keer oefende ze, resoluut, haar macht als Rhys' echtgenote uit. Toen ze er niet meer tegen kon, stond ze abrupt op, en maakte ze een eind aan de avond door te verkondigen dat ze allemaal moesten gaan slapen, aangezien Rhys de volgende morgen vroeg zou vertrekken, en omdat Gwenllian natuurlijk wel moe zou zijn na haar lange reis, zodat het onvergeeflijk zou zijn haar nog langer op te houden. Gwenllian kon niets anders doen dan naar bed gaan. Rhys, die met zijn vrouw naar hun eigen slaapkamer liep, zou verbaasd zijn geweest als hij de tevreden glimlach op het gezicht van zijn echtgenote had kunnen zien.

De volgende ochtend verliep in niets minder dan een georganiseerde chaos terwijl Rhys zich klaarmaakte om te vertrekken. Al snel was iedereen klaar. Nell stond bij de kasteelpoort in de schaduw van de donjon, en hield de afscheidsbeker vast waar hij uit moest drinken, met Gwenllian aan haar zijde. Rhys zat al op zijn paard, maar steeg af om de beker van haar aan te nemen. Hij nam een slok en gaf hem toen terug, terwijl hij haar hand kuste. Impulsief reikte Nell omhoog en kuste hem warm op beide wangen.

'Kom veilig terug,' fluisterde ze.

Hij zag de belofte in haar ogen en zei zacht: 'Madame, daar kunt u op rekenen.'

Met één snelle beweging zat hij vervolgens weer op zijn paard, en galoppeerde over de ophaalbrug. Nell bleef nog een poosje staan, voelde de prikkeling van zijn snor nog steeds op haar vingers, bracht toen de beker naar haar mond, en liet haar tong heimelijk langs de rand glijden terwijl ze dronk.

Toen ze terugliep naar de binnenplaats kwam Owain naast haar lopen.

'Wat lijkt het stil nu,' zei ze.

'Ja, het is altijd net of er een orkaan door het huis raast als Rhys thuis is,' zei hij met een lachje. Hij wachtte even en zei toen: 'Elen, ik vrees dat ik vandaag ook moet vertrekken. Mijn vrouw verwacht me.'

'Je hebt niet verteld dat je een vrouw hebt, Owain,' zei Nell verrast.

'Je hebt er nooit naar gevraagd,' zei hij gevat. 'Ik heb erover nagedacht om haar hier mee naartoe te nemen om jou te ontmoeten, maar aangezien je nu vrouwelijk gezelschap hebt, zal ik het voor een andere keer bewaren.'

'Ja, ik bof maar weer,' antwoordde ze, kijkend naar Gwenllians rug.

Owain volgde haar blik. 'Ik kan nog wel een paar dagen blijven, als je wilt –'

'Bij wijze van versterking?' viel Nell hem in de rede. Owain keek haar vlug aan, en Nell vervolgde: 'Ze hoopte haar rol van invalster een permanenter karakter te geven, nietwaar?'

Owain hield haar blik vast en glimlachte toen. 'Er ontgaat jou niet veel, is het wel, Elen?'

'O, je zou versteld staan van wat ik weet. Maar ik zag de uitdrukking op haar gezicht toen Rhys wegging, en ik weet dat jij het ook hebt gezien.'

'Ik zou dit waarschijnlijk niet moeten zeggen, maar wees op je hoede,' zei hij ernstig.

Nell dacht na over zijn woorden en besloot toen dat, aangezien de echte Elen hier niet was, zij maar voor haar moest spreken. 'Maak je geen zorgen, Owain, het is míjn huis, míjn man, en ik zal ervoor zorgen dat dat zo blijft,' antwoordde ze al even ernstig, om vervolgens naar hem te glimlachen. 'Kom, er zijn nog een paar alledaagse zaken die ik met je door moet nemen, en dan kun je terugkeren naar je geduldige vrouw, die ik graag zal ontmoeten als alles wat rustiger is.'

Een paar uur later was Owain klaar om te vertrekken, en hij wendde zich tot Nell voordat hij zijn paard besteeg. 'Normaal gesproken kom ik om de twee weken een paar dagen logeren als Rhys weg is, maar als je me ergens voor nodig hebt, voor wat dan ook, dan moet je gewoon een boodschap sturen. Ik woon op slechts een dag rijden van hier.'

'Dank je, Owain, het betekent heel veel voor me om te weten dat ik je steun heb.' Ze hief haar hand op en zwaaide hem uit. Toen het geluid van paardenhoeven wegstierf, rechtte Nell resoluut haar schouders. De strijd kan beginnen, dacht ze opgewekt, en ze liep naar de grote zaal.

4

Alleen achtergelaten, zakte Nell weg in een toestand van apathie. Gwen-llian bleek van de hele huishouding de enige te zijn die Nell het gevoel gaf dat ze niet welkom was. Nell was echter niet van plan daar iets tegen te doen. Het is niet mijn strijd, dacht ze vermoeid. Ze liet het bestieren van de huishouding aan Alun over, terwijl zij haar energie gebruikte om erachter te komen hoe ze terug zou kunnen gaan naar haar eigen tijd. Haar gedrag werd beslist als eigenaardig gezien, want ze hield zich urenlang bezig met het inspecteren van bepaalde gedeelten van de stenen gebouwen, maar voor Nell was het allemaal heel logisch. Ze had elke steen van de kasteel-ruïne uit haar jeugd gekend, en door zich te concentreren op die stenen hoopte ze de connectie met haar oude leven te vinden, zoals ze ooit de aan-trekkingskracht van dit leven had gevoeld.

Op de begane grond van de toren onder haar slaapkamer was de kapel. Ze vond het een zeer spirituele plaats, en vroeg zich af of hier de sleutel tot haar hachelijke situatie te vinden was. Want was het niet hier geweest dat ze Rhys voor het eerst had gezien, die dag dat Grant en zij het kasteel hadden bezocht? Ze zuchtte; in werkelijkheid was dat slechts ruim een week gele-den, maar in wezen waren er vele mensenlevens verstreken. 'Waarom kan ik het niet zien? Ik zie niets en niemand. Waarom kan ik niet terugkijken in mijn wereld zoals ik ooit in deze wereld heb kunnen kijken?' fluisterde ze tegen de zwijgende muren, terwijl er tranen van frustratie in haar ogen op-welden. Maar er kwam geen antwoord, en de muren leken haar in te slui-ten. Nadat ze een besluit had genomen, verliet ze de kapel en haastte zich naar de stallen.

'Zadel een paard voor me, alsjeblieft,' zei ze tegen de verbaasde staljon-gen. 'Ik wil gaan rijden.'

'Hoeveel paarden?' vroeg de jongen, verward.

'Eén, natuurlijk,' zei Nell scherp.

'Maar madame, u kunt niet alleen gaan!' zei hij. 'Ik zal Alun halen,' ver-volgde hij, en hij probeerde om Nell heen te lopen.

'Daar komt niets van in,' antwoordde Nell met stemverheffing. 'Doe gewoon wat ik je zeg.' De stemmingen die haar dagen hier bepaalden, schommelden wild heen en weer tussen totale kalmte en blinde paniek, en het was paniek die opnieuw de kop opstak, want nu ze haar besluit had genomen, kon ze aan niets anders meer denken dan aan ontsnappen.

De staljongen bleef besluiteloos staan. Hij wist dat hij zijn meesteres niet alleen mocht laten gaan, Lord Rhys zou woedend op hem zijn. Desalniettemin zag de dame tegenover hem eruit alsof ze hem zou slaan als hij haar orders niet uitvoerde. Hij werd gered uit deze lastige situatie door het gekletter van paardenhoeven op de ophaalbrug, en er brak een dankbare glimlach door op zijn gezicht toen hij zag wie de ruiter was.

'O, milord Owain is zojuist gearriveerd,' zei hij opgelucht.

Nell draaide zich om terwijl Owain afsteeg en op haar toe kwam lopen. Het verbaasde hem echter te worden begroet met een boos, beschuldigend gezicht, in plaats van met een uitnodigende glimlach.

'Ben ik hier een gevangene?' wilde Nell weten.

'Een gevangene? Niet dat ik weet,' zei hij, van zijn stuk gebracht door haar toon.

'Waarom weigert deze jongen me dan een paard te geven?' zei ze boos.

Owain keek neer op de jonge Cadwgan en trok in een stille vraag zijn wenkbrauwen op.

'Lady Elen wilde alleen gaan, milord,' zei hij kalm, maar met een opstandige ondertoon in zijn stem.

'Dank je, Cadwgan, we zullen je roepen als we je nodig hebben,' zei Owain, en de jongen rende er dankbaar vandoor.

'Dus ik ben een gevangene hier,' zei Nell, terwijl er een lichte hysterie in haar stem kroop.

Owain pakte haar arm en trok haar bij de klapperende oren van de nieuwsgierige omstanders vandaan.

'Elen, alsjeblieft, kalmeer een beetje. Je bent vrij om te gaan en te staan waar je wilt. Als je wilt gaan rijden, dan mag dat, maar niet zonder escorte, dat weet je,' zei hij, verbaasd door haar houding. Terugdenkend aan de dag dat ze haar voor het eerst hier hadden gebracht, en haar merkwaardige gedrag, begon hij spijt te krijgen dat hij uitgerekend vandaag was gekomen.

'Ik moet alleen...' Ze aarzelde, zich afvragend hoe ze haar wanhopige behoefte om iets vertrouwds te zien kon uitleggen, iets waar ze zich verbonden mee voelde.

Owain zag de stille smeekbede in haar ogen en gaf toe. 'Goed, Elen, als je wilt gaan rijden, dan neem ik je wel mee.'

Niet lang daarna reden ze samen de kasteelpoort uit, en Elen voelde zich onmiddellijk minder zwaarmoedig toen ze het kasteelterrein verlieten. Ze reden in stilte, en Elen concentreerde zich op het landschap. Ze begon zich te ontspannen terwijl ze voortreden, want toen ze eenmaal de verwachting om de beelden van een moderne beschaving te zullen zien had losgelaten, werd haar omgeving weer vertrouwd voor haar.

'Zullen we door de bossen rijden,' stelde ze voor.

'Zoals je wilt, Elen, maar slechts een klein eindje,' antwoordde Owain. Aangezien hij al helemaal vanaf zijn eigen landgoed hierheen was komen rijden, zou hij veel liever in een comfortabele zetel hebben gezeten met een beker bier, maar hij was bereid om haar nog heel even haar zin te geven.

'Waar ben ik van het paard gevallen?' vroeg ze plotseling.

Owain aarzelde even. 'Niet ver hiervandaan. Wil je erheen?' zei hij vriendelijk. 'Kom, we gaan wat sneller rijden,' vervolgde hij het zien van haar knikje. 'Dan zijn we er zo.'

Toen ze de plek bereikten, liet Nell haar paard langzaam een rondje lopen. Ze wist niet precies wat ze verwachtte dat er zou gebeuren, maar ze had zich vastgeklampt aan de wanhopige gedachte dat als ze teruggreep naar dezelfde plek in de bossen, ze misschien terug zou worden gestuurd naar haar eigen tijd, naar haar eigen familie, naar Grant. Owain, die weliswaar van zijn stuk was gebracht door haar gedrag, wachtte geduldig. Hij begreep dat ze een innerlijke strijd leverde, en aangezien hij medelijden met haar had, was hij bereid haar even de tijd te gunnen. Na een poosje kwam Nell weer naar hem toe.

'Laten we teruggaan,' zei ze op berustende toon.

Terwijl ze langzaam terugreden, boog Owain zich naar haar toe en raakte even haar arm aan. 'Mis je je familie zo erg?' vroeg hij zacht.

Hij klonk zo oprecht dat Nell wel had willen huilen, en ze knikte somber.

'Niemand zal het je kwalijk nemen als je een beetje heimwee hebt,' vervolgde hij vriendelijk. 'Maar, Elen, het is me opgevallen dat je je nauwelijks met de huishouding hebt beziggehouden. Misschien zou je het leven hier makkelijker vinden als je dat wel deed.' Hij wachtte tot ze zou antwoorden, maar ging verder toen ze bleef zwijgen. 'Ik weet zeker dat Rhys er geen bezwaar tegen zou hebben als je een bezoek bracht aan je familie, ik kan er met hem over praten als hij terugkomt, als je wilt. Tot die tijd kun je misschien schrijven, en hun laten weten dat je het goed maakt.'

Nell keek naar hem, haar ogen gevuld met tranen. 'Het is het niet weten, begrijp je,' zei ze verdrietig. 'Dat is het allermoeilijkste.'

Owain had geen idee wat ze bedoelde, maar hij kon voelen dat ze een soort innerlijke somberheid met zich meedroeg, en hij vond dat hij op zijn minst moest proberen haar te helpen zich aan te passen aan dit nieuwe huwelijk.

'Elen, Rhys kan een goede echtgenoot zijn als je bereid bent hem de kans te geven,' zei hij, en hij was verrast bij het zien van de schrik in haar ogen terwijl ze de tranen weg knipperde. 'Je bent toch niet bang voor zijn terugkeer, is het wel?' vroeg hij, zich plotseling afvragend wat er gaande was tussen die twee, en of hij Rhys wel zo goed kende als hij dacht.

'Nee,' zei ze met een geforceerde glimlach. 'Nee, ik ben niet bang voor hem.' Want dat was een deel van het probleem, ze twijfelde er niet aan dat Rhys een goede echtgenoot zou zijn. En terwijl een deel van haar blij was met zijn afwezigheid, was er een ander, hardnekkiger deel dat ernaar verlangde hem weer te zien, en dat vol afgrijzen bedacht dat ze er misschien niet meer zou zijn als hij terugkwam.

'Ik weet zeker dat hij goed voor me zal zijn, Owain. Vergeef me mijn gemoedstoestand, alsjeblieft, ik weet niet wat me mankeert,' zei ze.

'Het zal wel overgaan,' antwoordde hij, 'en daar kun je zelf aan bijdragen door een aantal taken van Alun over te nemen. Het is een rijk landgoed, en Rhys doet goede zaken. Je bent scherp van geest, Elen, je zult het interessant vinden.'

Nell dacht na over wat hij zei, en ze wist dat hij gelijk had, al was het niet vanwege de redenen die hij zelf aanvoerde. Als ze zich meer ging bezighouden met het leven hier, dan zou het makkelijker zijn, ze zou misschien zelfs nog iets kunnen leren, en hopelijk zou ze dan niet meer constant op het randje van tranen zijn. Opgebeurd schonk ze Rhys' vriend een oprechte glimlach.

'Dank je, Owain, je hebt me weer tot rede gebracht. Ik denk dat er van nu af aan een aantal veranderingen zal komen op Coed Celli. Ik moet echter beginnen met een goede gastvrouw te zijn en ervoor te zorgen dat je iets te eten en te drinken krijgt, en een stoel in plaats van een zadel. Kom, we doen wie het eerste thuis is,' zei ze met een grijns, en ze spoorde haar paard aan tot een galop.

'We maken nog wel een goede vrouw van je,' zei Owain lachend, waarop hij zijn paard de sporen gaf om haar te volgen.

Nell hield woord en gebruikte de weken die daarop volgden om zoveel mogelijk te leren, zodat ze zich niet meer zo'n vreemde eend in de bijt zou voelen. Als ze zich er echt toe zette, pikte ze gemakkelijk dingen op, en naarmate ze zich meer op haar gemak voelde, had ze al snel voldoende zelfvertrouwen om de meeste taken van Alun over te nemen. Haar dagen waren gevuld, maar er was veel minder stress. Lichamelijk was ze veel meer in beweging, maar ze hoefde zich niet te haasten om op een bepaalde tijd op een bepaalde plaats te zijn, en aangezien er geen noodzaak was om haar week in te delen van maandag tot vrijdag, verloren de weekenden hun betekenis. Zoals in de aard van de mens besloten ligt, geloofde ze echter nog steeds dat haar tijdperk superieur was aan die uit vroeger tijden, en zo nu en dan moest ze zichzelf een halt toeroepen als ze merkte dat ze neerbuigend deed tegen deze of gene. Nooit was dit meer aan de orde dan in het gezelschap van Gwenllian, alhoewel Nell zeker wist dat ze Gwenllian ook niet aardig zou hebben gevonden als ze uit hetzelfde tijdperk afkomstig was geweest als zijzelf. Ze was opmerkzaam genoeg om zich te realiseren dat Gwenllians aanvankelijke afkeer van haar simpelweg te maken had gehad met het feit dat ze de vrouw van Rhys was, maar het was inmiddels meer iets persoonlijks geworden, en Gwenllian schepte er groot genoegen in om Nell in verlegenheid te brengen wanneer ze fouten maakte of geen kennis bleek te hebben van de meest simpele dingen. Nell paste zich echter snel aan, en zeer tot haar eigen verbazing bleek ze een instinctieve kennis te hebben van sommige aspecten van haar nieuwe leven. Naarmate ze zich meer op haar gemak voelde in haar rol, straalde ze meer vertrouwen uit, en weigerde ze zich te laten intimideren door het nichtje van haar man, totdat Gwenllians vijandigheid voor iedereen duidelijk zichtbaar werd. Ze probeerde constant alles tegen te spreken wat Nell zei en deed, en het was zo erg dat Nell er uiteindelijk zelfs voor zorgde dat haar ontmoetingen met Catrin, de naaister, 'Gwenllian-vrij' waren, een uitdrukking die Gwladys en Alice regelmatig waren gaan bezigen, zeer tot Nells vermaak. De situatie werd nog lastiger voor Nell door het feit dat ze absoluut niets gemeen had met de jongere vrouw, wier ongefundeerde meningen, in tegenstelling tot de rest van de huishouding, blijk gaven van haar onwetendheid – een houding waarin ze geen verandering leek te willen brengen. Al Nells pogingen om vriendschap te sluiten werden afgewezen, maar aangezien ze Gwenllian niet kon vragen te vertrekken, moest ze leren haar te tolereren. Afgezien van een gevoel van verantwoordelijkheid tegenover de andere Elen, om ervoor te zorgen dat haar positie als kasteelvrouwe niet werd ondermijnd, ging Nell zelf nooit een conflict uit de weg, en naarmate haar zelfvertrouwen toenam, hadden Gwenllians opmerkingen steeds minder effect. Het personeel begon Nell te raadplegen alvorens Gwenllians orders uit te voeren, zeer tot woede van de jongere vrouw. De eerste indruk die de huishouding had gekregen van haar nieuwe meesteres als een overbeschermde en naïeve vrouw, verdween al snel, en langzaam maar zeker was er respect voor haar ontstaan. Ze had de tijd genomen om te leren hoe ze alles deden, en Alun was vooral onder de indruk van haar boekhoudkwaliteiten. Wat Nell betrof, toen het onwennige er eenmaal af was, begon ze er plezier in te krijgen om de boel te runnen, en algauw kreeg ze een vaste routine. Ze hield van de directheid van alles, en van de hechte manier waarop het leven en de natuur met elkaar verweven waren. Hoewel deze mensen een bepaalde krijgshaftigheid hadden, was het leven boerser dan ze had gedacht. Ze ploegden en oogstten, en Nell leerde algauw dat er van sprokkelen, jagen en vissen alleen sprake was wanneer de gelegenheid zich voordeed en het land het toeliet. Alles had een functie: ze was gefascineerd door de manier waarop ze een rijke zalf of een zoet ruikende zeep maakten in de doordringend geurende pannen met kokend vet of wol. Maar het was niet alleen de manier van leven die totaal anders was, ook de dieren hadden andere kenmerken dan de dieren die Nell gewend was, hoewel ze tot haar verrassing constateerde dat de tamme geiten enige gelijkenis vertoonden met de 'wilde geiten' uit Snowdonia, die als vlekjes in het landschap uit haar jeugd waren geweest. Om de een of andere reden was ze echter vooral verrukt door de in groten getale rondrennende rode eekhoorns, en de totale afwezigheid van de grijze soort. Ze was vaak in de weer met stukjes voedsel in een poging de diertjes tam te maken, maar deze bleven hardnekkig wild.

Nell had samen met Ceredwyn in de voorraadkamer hun voorraden bekeken, en zat nu op een van de werkbanken in de keuken van de hete kaaswafels te eten, die net uit de stenen oven kwamen.

'Ik dacht al dat ik u hier zou aantreffen,' zei Alun opgewekt toen hij binnenkwam.

'Waar anders,' antwoordde Nell, en ze lachte toen Ceredwyn haar een tikje op haar vingers gaf op het moment dat ze haar hand uitstak om nog een wafel te pakken. Ze bracht meer en meer tijd door in de warme, uitnodigende keuken, kletsend met de bedienden, en bovendien gaf ze er de voorkeur aan om zelf een tussendoortje te bereiden in plaats van een van hen daartoe opdracht te geven. Ze wist dat Gwenllian en sommigen van Rhys' volgelingen dit afkeurden, maar het kon haar niets schelen. Ze voelde zich meer thuis bij deze nuchtere leden van Rhys' huishouding die haar, soms verbijsterende, manier van doen niet veroordeelden maar accepteerden, en altijd enthousiast familieroddels met haar deelden of haar moppen vertelden, vaak van het soort dat broeder Thomas beslist niet zou hebben goedgekeurd. Ze waardeerden het feit dat ze niet geschokt leek te zijn door hun wat grovere taalgebruik, en sloten haar al snel in hun hart.

'Zo, wat kan ik voor je doen, Alun, dat je zo dringend naar me op zoek was?' vroeg ze hartelijk.

'Ik sta op het punt mijn ronde te gaan maken langs de horigen en de bijdragen te innen die ze aan Lord Rhys verschuldigd zijn. Ik dacht dat u me misschien zou willen vergezellen. U heeft ze nog niet ontmoet, en het is belangrijk dat ze hun nieuwe meesteres leren kennen,' zei hij, om er vervolgens met een knipoog naar zijn vrouw aan toe te voegen: 'Ik weet zeker dat er meer dan voldoende voedsel is om mee toe te kunnen.'

Nell zag de blik die ze wisselden en glimlachte meesmuilend. Welshe huizen stonden open voor iedereen, en reizigers hoefden niet te vragen om gastvrijheid of te wachten tot deze hun werd aangeboden. Ze hoefden slechts aan te kloppen, en dan werden ze als gast welkom geheten aan tafel, en kregen een bed voor de nacht. Ze had de reputatie om een tikje geobsedeerd te zijn wanneer het ging om het op peil houden van de voorraden zodat er genoeg was om ieder willekeurig aantal monden te kunnen voeden, en ze kon het Ceredwyn niet kwalijk nemen dat ze haar zo nu en dan weg wilde hebben uit de keuken. Ze sprong van de bank af en veegde de kruimels van haar rok.

'Ik zou het enig vinden om je te vergezellen,' zei ze tegen Alun. 'Laat me weten wanneer je klaar bent om te vertrekken.'

Tijdens hun rondgang over het land van Rhys was Nell verheugd dat Alun haar had gevraagd om hem te vergezellen. De boeren hadden recht op een stukje land, maar ze waren niet vrij, en ze waren Rhys, als hun heer, diverse bijdragen verschuldigd. Alun hield van elke familie nauwkeurig bij wat de verwachte opbrengst van hun stukje land was, om zo de hoogte van de verschuldigde bijdrage op een eerlijke manier vast te stellen. In de meeste gevallen werd de oogst of het dier bereidwillig afgestaan, in de wetenschap dat ze in ruil daarvoor de bescherming en de gerechtigheid van Rhys genoten. Terwijl Alun de oogst inspecteerde, vragen stelde aan de mannen die de zorg droegen voor de veestapel, of luisterde naar eventuele problemen die waren ontstaan, ging Nells belangstelling uit naar de mensen, en steeg ze van haar paard af om hun piepkleine boerenbedrijfjes te bekijken. Blij te zien dat de nieuwe kasteelvrouwe zoveel belangstelling voor hen toonde, nodigden ze haar enthousiast uit in hun eenvoudige woningen, en drongen ze erop aan dat ze iets at en dronk. Ze was verbaasd, maar opgelucht dat ze niet in armoede bleken te leven, en in feite zelfs ruim voorzien bleken te zijn van bessen, fruit en groenten. Ze hadden verse vis en vertelden haar, na enig aandringen, dat ze ook konden beschikken over vlees – varkens, gevogelte of wild. Alles bij elkaar concludeerde Nell dat ze een gezond dieet hadden, dat ver boven de standaard lag van dat van sommige bevolkingsgroepen in de moderne maatschappij.

Maar met al deze belangstelling waren vertragingen onvermijdelijk, en Alun begon er gestrest uit te zien naarmate hij verder achter raakte op zijn zorgvuldig opgestelde schema. Als madame erop staat iedereen te vragen of hij wel gelukkig is, dan zijn we hier nog tegen de tijd dat de volgende bijdragen geïnd moeten worden, dacht hij bij zichzelf.

'We moeten echt verder,' sprak Nell resoluut tegen een jonge moeder, toen ze zag dat Aluns wangen roder en roder werden. Nadat ze de mollige baby in de armen van de vrouw had teruggelegd, wuifde ze hen opgewekt gedag en ging ze weer op haar paard zitten.

'Waar nu heen, Alun,' zei ze vriendelijk, terwijl ze hem volgde naar hun volgende bestemming. Om hem tegemoet te komen treuzelde ze niet, en ze rondden hun werk af zonder de tijd die Alun hun had gesteld al te veel te overschrijden.

Later die avond, alleen in haar slaapkamer, dacht ze met plezier terug aan de gebeurtenissen van die dag. Nu ze zich zo op haar bezigheden had gestort, maakte ze aantekeningen van het verloop van elke dag en wat ze had gedaan, om ze soms in positieve, soms in negatieve zin te vergelijken met wat ze anders misschien zou hebben gedaan. Terwijl ze voorbereidingen trof om over de horige boeren te schrijven die ze vandaag had ontmoet, realiseerde ze zich met een schok dat ze gedurende de dag niet één keer aan haar oude leven had gedacht. Ze had niet over het land gestaard en zich afgevraagd wat Grant aan het doen was, of hij nog in Wales was, zelfs. Ze schonk iets te drinken in voor zichzelf, en in de stilte van de nacht voelde ze plotseling een steek van jaloezie, vermengd met angst. Wat als hij teruggegaan was naar Nieuw-Zeeland met Elen, en haar niet miste, maar gelukkig was met Elen? Wat als niemand haar miste, als Elen met succes in haar leven was gestapt? Het was allemaal goed en wel dat ze genoot van haar tijd hier, maar als Grant en Elen Wales hadden verlaten, zou zij dan haar oude leven nog terug kunnen krijgen? Ze maakte haar vlechten los en schudde haar haren uit. God, wil ik het wel terug? dacht ze met een zucht. Was het echt beter dan dit? Daar kon ze geen antwoord op geven, en nadat ze haar drinken op had, ging ze met tegenzin naar bed. Wat er ook gebeurde in haar oude leven, ze moest bij het krieken van de dag opstaan in dít leven, en daar zou geen enkele filosofische gedachte verandering in brengen.

Op een dag was Nell bezig met het bekijken van Rhys' verzameling boeken, dolblij dat ze de kans had om de prachtige, geïllumineerde manuscripten te lezen die binnenkort verloren zouden gaan in de geschiedenis. Ze was vooral in haar schik met zijn verzameling wetenschappelijke boeken, die allerhande informatie bevatten, hetzij van kruidkundige, astronomische of medische aard, en ze las delen eruit voor aan Owain, die een van zijn gebruikelijke bezoekjes aflegde, en er zeer door geamuseerd was.

'Werkelijk, Elen,' zei Gwenllian bits. 'Denk je dat de belangstelling voor dat lezen gepast is als vrouw van Rhys? Ik vind het eerder een geschikt tijdverdrijf voor geleerden en monniken,' besloot ze met een hatelijk lachje.

'Eerlijk gezegd, Elen, stond ik juist op het punt om te zeggen dat lezen iets is wat je gemeen hebt met Rhys,' kwam Owain tussenbeide, met een donkere blik op Gwenllian. 'Hij is erg trots op zijn verzameling boeken, en ze zijn een bron van vreugde voor hem.'

'Ach, milord Owain, het is geen verrassing dat u Elen aanmoedigt,' antwoordde Gwenllian sluw. 'Ik weet zeker dat mijn oom het interessant zal vinden te horen hoe attent u bent geweest tijdens zijn afwezigheid.' Met een hatelijke blik op hen beiden, stormde ze hoofdschuddend de kamer uit.

Owain en Nell keken elkaar aan en barstten toen in lachen uit.

'Heb ik iets verkeerds gezegd?' wist Owain tussen de lachbuien door uit te brengen.

'We moeten niet lachen,' zei Nell, die al snel weer ernstig werd. Gwenllian, zo wist ze, zou elke gelegenheid aangrijpen om haar zwart te maken, en Nell had geen geheim gemaakt van het feit dat ze van Owains bezoekjes genoot. Ze begroette hem altijd ongedwongen, met een kus op beide wangen, niet vanwege enige seksuele aantrekkingskracht tussen hen, maar omdat hij zulk prettig gezelschap was en, na het gesprek in het bos, een goede vriend was gebleken. Want hoezeer ze ook genoot van het leven dat ze opgedrongen had gekregen, ze miste wel degelijk delen van haar vroegere leven. Uiteraard waren er de voor de hand liggende technische ongemakken, maar deze vormden meer momenten van frustratie dan een werkelijk gevoel van verlies. Hoewel ze moest toegeven dat ze er heel anders over zou denken als ze geen bedienden had om voor haar te koken en te wassen. Maar, o, wat miste ze haar vrienden, mensen bij wie ze zich kon ontspannen, bij wie ze niet uit hoefde te kijken met wat ze zei voor het geval haar woorden verwezen naar iets uit een ander tijdperk. Vanzelfsprekend kon ze hiervoor bij Owain niet helemaal terecht, maar hij voorzag voor een deel in haar behoefte. En als ze zich toch een keer versprak, dan leek hij er makkelijk overheen te stappen; misschien was het een bewijs van de kracht van haar persoonlijkheid dat hij het zo makkelijk van zich af zette, ook al bevreemdde het hem. Hij was niet zo intelligent als Rhys, maar hij had een scherpe geest en een droge humor die haar aanspraken. Desondanks was Rhys nooit echt weg uit haar gedachten. Als ze zijn persoonlijke eigendommen zag, dan zag ze in gedachten hoe hij deze voorwerpen gebruikte. De boeken vertelden haar dat hij ruimdenkend en nieuwsgierig van geest was, en ze merkte dat ze het gesprek steeds vaker zo draaide dat het over hem ging. Ze gebruikte Owain om zijn verleden voor haar in te vullen, en via Owain kwam ze meer te weten over het kind, de jongen en de man die Rhys was.

Ze begon uit te kijken naar zijn terugkeer, en als ze zag dat Owain haar veelbetekenend aankeek, dan veranderde ze vlug van onderwerp en stelde ze indringende vragen over hemzelf, en de vrouw met wie hij pas een jaar getrouwd was.

'Er zijn nog geen kinderen, maar ze is jong, dus we hebben tijd genoeg,' vertelde hij haar met een air van onverschilligheid, waaruit ze voor zichzelf afleidde dat hij weliswaar op zijn vrouw gesteld was, maar dat er geen sprake was van een hartstochtelijke relatie.

'Waarom heeft Rhys geen jongere bruid uitgezocht?' vroeg ze plotseling.

Owain haalde zijn schouders op. 'Jonge meisjes kunnen hem kennelijk niet bekoren. Hij heeft altijd vrouwen gekozen die wat ouder waren, zekerder van zichzelf.'

'Heeft hij kinderen?' vroeg ze zacht.

'Ja, maar niet hier. Om de een of andere reden heeft hij altijd overzeese verhoudingen, misschien omdat hij zelden lang genoeg thuis is.' Hij had spijt van zijn laatste opmerking toen hij de blik in haar ogen zag. 'Maar ik weet zeker dat hij in het vervolg veel meer thuis zal zijn,' voegde hij er haastig aan toe. 'Zeg eens,' vroeg hij, van onderwerp veranderend, 'met welke nieuwtjes van het hof van de prins kan ik je interesseren?'

Nells gezicht lichtte op, ze was altijd wel te porren om over prins Llywelyn te praten, ook al kostte het haar moeite de politieke situatie te begrijpen, aangezien hier in haar rudimentaire geschiedenislessen nooit aandacht voor was geweest.

'Hoe lang denk je dat hij aan zijn kant van de Conwy zal blijven?' vroeg ze. 'Je hebt gezegd dat hij denkt dat hij de prins van heel Gwynedd is, terwijl zijn neef nog steeds in deze contreien regeert,' zei ze, nog altijd verbijsterd door de complexiteit van het geheel.

'O, jij bent te lang uit Wales weggeweest. Ik leg het nog wel een keer uit, dus luister goed,' plaagde Owain. 'Alhoewel het land verdeeld kan worden, geldt dit niet voor de titel. Llywelyns oom Dafydd werd erkend als heerser over heel Gwynedd, maar hij had niet het hele gebied in zijn bezit. Zijn broer Rhodri voerde het gezag over het westen, hoewel, in werkelijkheid alleen over Ynys Môn. Het gevolg was, dat toen Llywelyn met de hulp van zijn neven Gruffudd en Maredudd Dafydd versloeg, hij weliswaar slechts het gezag over de Perfeddwlad heeft verkregen, maar dat hij in naam ook Dafydds heerschappij over heel Gwynedd heeft overgenomen.'

'En Gruffudd neemt er genoegen mee dat hij enkel het westen in handen heeft, zonder de titel van prins?' vroeg ze.

Owain haalde zijn schouders op. 'Ik denk zelfs niet dat hij die nog veel langer zal hebben,' mompelde hij, en hij nam een slok mede.

'Hebben Rhys en jij dan onder Gruffudd gestreden of onder Llywelyn?' vroeg ze terwijl ze de stukjes van de puzzel in elkaar begon te passen.

'Ik stond aan Llywelyns kant,' antwoordde hij. 'Gruffudd mag dan technisch gezien wel mijn opperheer zijn, maar ik ben trouw aan Llywelyn,' vervolgde hij heftig.

'En Rhys?' drong ze aan.

'O, ik betwijfel of hij Llywelyn meer dan twee keer heeft ontmoet,' antwoordde hij met een wrange glimlach.

'Dus Rhys geeft zijn diensten aan Gruffudd,' zei ze.

Owain spreidde zijn armen wijd, in een allesomvattend gebaar. 'Rhys heeft de middelen om de diensten van wie dan ook te weígeren,' zei hij.

Nell was van haar stuk gebracht toen de betekenis van zijn woorden tot haar doordrong. Aangezien ze nog geen enkel ander huis had gezien, en ze het vergeleek met haar vroegere levensstandaard, had ze niet in de gaten gehad dat dit een buitengewoon rijk huishouden was, of dat Rhys datgene wat zijn rijkdom hem kon brengen ten volle benutte.

'Je bedoelt dat Rhys er de voorkeur aan geeft om helemaal niet te vechten?' vroeg ze verbluft, de implicaties glashelder.

'Hij is op zee vaak genoeg door het oog van de naald gekropen om te bewijzen dat hij geen lafaard is,' zei Owain op milde, berispende toon. 'Maar het zijn niet alleen zijn verhoudingen met vrouwen waar hij zich liever buiten onze landsgrenzen mee bezighoudt. Hoewel dat niet lang meer zo zal zijn, wed ik. Hij staat op het punt tot de ontdekking te komen dat Llywelyn een partij is geworden waarmee rekening dient te worden gehouden. Hij is van plan om heel Gwynedd te verenigen onder zijn alleenheerschappij en verwacht de steun van ál zijn lords.'

En die zal hij krijgen, dacht ze. Ze kende maar een paar feiten over prins Llywelyn, maar dit was er een van.

Op een dag in juli kwam Owain onverwachts aanrijden. Toen hij de grote zaal binnenkwam, stond Nell op om hem te begroeten.

'Owain, wat een verrassing! Geen slecht nieuws, hoop ik?' zei ze. Bij het zien van de grimmige blik op zijn gezicht gebaarde ze naar een van de bedienden dat hij wat mede moest halen.

'Die hoerenzonen,' sputterde hij. 'Ik kom rechtstreeks van het hof van Llywelyn,' vervolgde hij nadat hij een grote slok mede had genomen.

'Wat heeft hij gedaan?' vroeg ze, verontrust door Owains ongenoegen.

'Niet Llywelyn. De Breos, Mortimer, John.' Hij spuwde de laatste naam bijna uit.

Hoewel Nell hooguit vaag wist wie De Breos en Mortimer waren, kon John maar één man zijn.

'Wat hebben ze gedaan?' vroeg ze, angstig plotseling.

'Wat hebben ze níet gedaan. Ze eigenen zich al jarenlang steeds meer Welsh land toe. Ze zullen niet rusten voordat ze ieder spoor van Welsh gezag hebben uitgewist. En die stomme smeerlap van een Gwenwynwyn heeft hun macht zojuist waarschijnlijk vergroot.'

Er was een ader zichtbaar op zijn slaap, kloppend van woede, en Nell had zijn groene ogen nog nooit zo koud gezien.

'Ik begrijp het niet,' zei ze. 'En ga alsjeblieft zitten, Owain, je maakt me duizelig met je geijsbeer.'

Owain ging op het randje van de stoel zitten, nog steeds rusteloos, maar voldoende gekalmeerd om haar te vertellen wat hij wist.

'Het lijkt te zijn begonnen toen De Breos de neef van Gwenwynwyn, Trahaiarn, aan de staart van een paard heeft laten vastbinden, hem door Brecon heeft gesleept en hem vervolgens heeft onthoofd. Gwenwynwyn zwoer wraak en bestormde Painscastle. Arrogant als hij nu eenmaal is, weigerde hij echter om andere leiders om hulp te vragen, hoewel hij wel beschikte over een krijgsmacht uit Gwynedd. De Engelsen lieten Gruffudd vrij, de zoon van Lord Rhys, in een poging de crisis te bezweren, maar Gwenwynwyn wilde niet naar rede luisteren. Het gevolg was dat de Engelsen een alliantie smeedden met de mannen van Deheubarth, en ze vielen Gwenwynwyn en zijn mannen aan. Die hadden geen schijn van kans, er zijn meer dan drieëneenhalfduizend Welshmannen afgeslacht, onder wie mijn neefje. Gwenwynwyn heeft het echter overleefd,' zei hij bitter.

Nell was met stomheid geslagen. Ze voelde zich misselijk worden terwijl ze zich probeerde een beeld te vormen van een slagveld van die omvang. 'Zijn arme neef, ik neem aan dat Gwenwynwyn het gevoel had dat hij geen andere keus had dan zijn dood te wreken,' zei ze zacht.

Owain snoof minachtend. 'Het was geen bloedend hart vanwege Trahaiarn dat hem ertoe aan heeft gezet. In feite hebben de Engelsen Gwenwynwyn waarschijnlijk een dienst bewezen door hem te verwijderen. Nee, hij handelde om zijn macht te vergroten, puur en simpel. Hij ziet zichzelf als de natuurlijke heerser van Wales, nou, kijk maar eens waar dat hem heeft gebracht.'

Nell dronk met grote slokken terwijl ze in zich opnam wat Owain haar had verteld. Toen kwam er een herinnering naar boven, en ze fluisterde: 'De Breos, is dat William De Breos?'

'Zeker, de wreedste schoft die ooit heeft bestaan.'

'En koning John vocht aan zijn kant?' vroeg ze oprecht geschokt.

Owain schudde zijn hoofd. 'Hij is te sluw om open kaart te spelen, maar hij zal er wel achter zitten, geloof me. Dankzij zijn schijnhuwelijk zijn zijn belangen in Wales te groot voor hem om er niet bij betrokken te zijn.' Hij hield abrupt op met praten en keek haar vreemd aan. 'Koning? Je noemde hem koning. Wat heb je gehoord?' vroeg hij achterdochtig.

'Niets, ik –' Ze was in de war en probeerde na te denken. Was hij nog geen koning? God, ze was altijd hopeloos geweest in jaartallen. Ze raapte haar gedachten bijeen en sprak op vlakke toon. 'Het is geen geheim dat dat de titel is die hij begeert. En aangezien Richard nooit in Engeland is om hem in te tomen, gedraagt hij zich alsof hij de titel al draagt, zoals deze slachtpartij bewijst.'

'Daar heb je gelijk in, meisje. De Breos is niet bang voor Richards wraak, niet nu hij de steun heeft van John en de hulp van de opperrechter van Engeland. Maar God verhoede dat John ooit de Engelse kroon zal winnen, want ik vrees dat hij zijn belangstelling niet zal beperken tot het zuiden als het zover komt.'

Hij schonk nog een beker mede voor zichzelf in en dronk er humeurig van. 'Heb je al iets van je familie gehoord?' vroeg hij plotseling.

Nell schrok op toen hij over haar familie begon, maar realiseerde zich toen dat hij Elens familie bedoelde, en schudde haar hoofd. Bij het zien van de achterdochtige uitdrukking op zijn gezicht zei ze: 'Waarom vraag je dat, denk je dat zij erbij betrokken zijn?'

Owain haalde zijn schouders op. 'Zou je stiefvader niet graag nauwere banden met De Breos willen aanknopen?'

Nell deed haar uiterste best om dit alles onder ogen te zien. Het was niet langer de prentenboekversie van het leven in de Middeleeuwen, maar plotseling heel echt en heel meedogenloos, en opnieuw raakte ze in verwarring en zocht naar woorden om hem te antwoorden.

'Ik weet het niet,' zei ze, volstrekt naar waarheid, en met een licht haperen van haar stem.

'Nee, waarschijnlijk niet,' gaf hij toe. 'Het spijt me, Elen, het maakt me alleen zo kwaad dat we hulpeloos moeten staan toekijken terwijl de Engelsen steeds dieper doordringen op ons grondgebied. Ik had het niet op jou af moeten reageren.'

Hij zakte achterover in de zetel, plotseling vermoeid. 'Llywelyn wil Rhys zien,' zei hij, terwijl hij met zijn handen door zijn haar streek. 'Wordt hij nog steeds volgende maand terug verwacht?'

'Voor zover ik weet wel,' antwoordde ze. 'Wat wil hij van hem?'

'Zoals ik al eerder zei, hij heeft zijn zinnen gezet op de rest van Gwynedd,' zei hij, oplettend naar haar kijkend.

Niet op haar gemak onder zijn doordringende blik veranderde Nell van onderwerp en ze vroeg hem hoe lang hij van plan was te blijven.

'Alleen vannacht, tenzij er natuurlijk problemen zijn die ik voor je moet oplossen,' antwoordde hij.

'Nee, alles is behoorlijk goed onder controle,' zei ze.

'Daar ben ik van overtuigd,' zei hij, en hij keek geamuseerd toe terwijl een bediende een hond, die op het punt stond zijn behoefte te doen, oppakte en haastig mee naar buiten nam.

Nell weigerde genoegen te nemen met minder dan het allerhoogste niveau van hygiëne, en had koppig voet bij stuk gehouden, met als resultaat dat de vloeren en werkoppervlakken, met name in de keuken, grondig schoon gehouden werden, en dat zelfs de dieren gewend raakten aan hun zindelijkheidstraining.

De vlammende woede die Owain bij zijn aankomst had verteerd, was afgekoeld, echter klaar om weer op te vlammen wanneer deze effectief kon worden aangewend, zonder het te verspillen door tegen een zaal vol vrouwen en bedienden te tieren. Daarom kon hij Nell nu met een ondeugende blik in zijn ogen aankijken.

'Ik was eigenlijk van plan om morgenvroeg meteen te vertrekken, maar als je wilt dat ik je naar Rhaeadr-Du vergezel, dan sta ik tot je beschikking.'

Nell lachte hardop, blij dat de spanning was verdwenen. Van alle eigenaardige dingen die Nell deed, verbaasde niets de mensen meer dan het feit dat ze sinds het vertrek van Rhys op elke mooie dag naar de open plek was gegaan die hij haar had laten zien, om in de rivier te gaan baden. Ze was niet van plan om haar persoonlijke hygiëne te laten versloffen, en aangezien ze geen extra werk wilde creëren door elke dag een bad te verlangen, had ze geprofiteerd van deze warme zomer en was ze naar de rivier gegaan, zeer tot ontsteltenis van Gwladys. Nell nam een klein gevolg mee dat achterbleef en de ingang bewaakte, en aangezien Alice te oud was voor een dergelijke stevige wandeling, was het Gwladys die haar meesteres de hele weg moest vergezellen. Af en toe was het zelfs gelukt om haar over te halen ook in het water te gaan, hoewel Nell haar niet langer dwong, en zich beperkte tot actief aanmoedigen – hetgeen soms werkte, maar meestal niet. Nell was van de plek gaan houden, en het was een soort heiligdom voor haar geworden. Het leven in het kasteel bood niet veel privacy, maar hier voelde ze zich helemaal bevrijd. Misschien was het de eenzaamheid, de intense stilte die er heerste, waar het zachte kabbelen van het water en de roep van de vogels de enige geluiden waren, als een soort baarmoeder in de natuur. Of misschien was het omdat er geen herinneringen aan haar vorige leven aan verbonden waren, omdat de open plek in die tijd allang door de eeuwen was begraven. Wat de reden ook was, ze keerde altijd terug van haar uitstapjes met het gevoel dat ze vanbinnen en vanbuiten gelouterd was. Ze legde zich neer bij de roddels die erdoor ontstonden, omdat ze wist dat er geen kwade bedoelingen achter staken, en ze verdroeg Owains plagerijen goedmoedig. Ze antwoordde dan ook met een vleugje humor op Owains opmerking.

'Nou, milord Owain, misschien zou je me inderdaad moeten vergezellen. Het zou nuttig voor je kunnen zijn om de geneugten van een dagelijkse zwempartij te ondervinden, in plaats van ze te verwerpen!'

'Bij nader inzien,' reageerde hij snel, 'heb ik thuis nog veel werk te doen, dus ik moet toch maar vroeg vertrekken.'

'O, Owain, wat ben je toch goed voor me,' zei ze met een lach, en impulsief greep ze zijn hand.

'Ik sta tot uw beschikking, madame,' antwoordde hij, en hij bracht haar hand naar zijn lippen, zijn ogen twinkelend.

Het was slechts een kortstondig moment, en het ging niet verder dan de grenzen van de vriendschap. Geen van tweeën had echter gezien dat Gwenllian de grote zaal binnen was gekomen, en hen had gadegeslagen met een berekenende blik in haar wraakzuchtige ogen. Zonder een woord te zeggen draaide ze zich om en vertrok even stilletjes als ze was binnengekomen.

Eind augustus keerde Rhys terug. Hij was eerder dan verwacht, aangezien Owain hem had opgewacht toen zijn schip in Londen binnenliep, om hem te waarschuwen dat Llywelyn van plan was om naar Llyn te reizen en Rhys een bezoek te brengen. Rhys' schip zou voor onderhoud teruggebracht worden naar de haven aan de oostkust van het schiereiland Llyn, en hij was van plan geweest om mee terug te varen. Op Owains aandringen liet hij het lossen en thuisbrengen van het schip echter aan Trefor over, terwijl hij zelf met Owain over land de reis aanvaardde.

Bij zijn thuiskomst kreeg hij te horen dat Elen in Rhaeadr-Du was. Of het nieuwsgierigheid was, de openlijke afkeuring van zijn nichtje, of de geamuseerde blik op Owains gezicht, hij wist het niet, maar er was iets wat hem deed beslissen erheen te rijden, in plaats van te wachten tot ze terugkwam. Toen hij de open plek bereikte, zag hij Gwladys daar in haar eentje zitten. Zwijgend liep hij naar haar toe, zodat ze opschrok.

'Milord, wanneer bent u teruggekeerd?' vroeg ze, en ze sprong op.

'Zojuist, Gwladys. Waar is je meesteres?' zei hij kalm.

Gwladys knikte in de richting van de rivier, en hij kon het achterhoofd van zijn vrouw precies boven het water uit zien steken, haar haren als een wolk om haar heen drijvend.

'Je kunt gaan, Gwladys. Rhodri zal je thuisbrengen,' zei hij tegen haar.

'Maar milord, ik kan milady niet alleen laten,' zei ze, vol afschuw bij die gedachte.

Rhys raapte haar mantel op, legde deze om haar schouders en loodste haar naar de uitgang.

'Ik zei dat je kunt gaan, Gwladys,' zei hij op vriendelijke, doch ferme toon. 'Rhodri staat een eindje verder op het pad te wachten om je te helpen.'

'Uitstekend, milord,' antwoordde ze nukkig, en ze liep weg terwijl ze verwijtende blikken over haar schouder bleef werpen totdat ze uit het zicht verdwenen was.

Rhys keek naar Nell, die uit het water opstond, zich niet bewust van zijn aanwezigheid, haar zongebruinde, naakte lichaam glinsterend in het zonlicht. Ze rekte zich uit en zwom loom naar de waterval, waar ze onder ging staan met gekromde rug en het gezicht opgeheven naar het zachtjes vallende water, zodat het aan alle kanten over haar heen stroomde. Rhys ontdeed zich ook van zijn kleren en glipte zachtjes het water in. Toen hij tot vlak bij haar was gezwommen, werd ze zich bewust van het feit dat ze niet langer alleen was, en keerde ze haar gezicht naar hem toe. Hij haalde scherp adem bij de aanblik die ze bood: het lange haar dat los langs haar heen viel, één borst verborg en de andere onthulde, de blauwe ogen die hem peinzend opnamen met een mengeling van brutaliteit en verlegenheid, noch uitnodigend, noch afwijzend, een toonbeeld van zowel wellust als onschuld. Hij kwam langzaam overeind, en ze stapte onder het vallende water vandaan. Zwijgend strekte ze haar handen uit, raakte zijn borst en schouders aan, voelde de goed ontwikkelde spieren, gevormd door het jarenlange hanteren van een groot zwaard, en zag zijn benen, sterk geworden door een leven in het zadel.

'Ben je echt, of ben je een schepsel uit de rivier dat me komt verleiden?' vroeg ze zacht.

Voorzichtig streek hij de natte haren uit haar gezicht toen ze dicht bij hem kwam.

'Als ik een schepsel ben, dan ben jij beslist de godin van de rivier, en ik geef bereidwillig toe aan de verleiding,' zei hij met hese stem, en hij boog zich voorover om haar te kussen.

Haar armen sloten zich om zijn nek toen ze omhoog reikte om zijn kus te ontvangen. Hij verstevigde zijn omhelzing en tilde haar van de grond, waarop ze haar benen om hem heen sloeg terwijl hij haar, zonder een woord te zeggen, terugdroeg naar de oever.

Nadat ze waren gaan liggen op een bed van bloemen, leunde hij op één elleboog en keek op haar neer. 'Je bent echt heel mooi,' zei hij, de contouren van haar gezicht met één vinger volgend.

Hij kuste haar hals, om vervolgens één borst te omvatten, en ze kreunde zachtjes toen ze de hitte van zijn tong op haar tepel voelde, terwijl zijn hand langzaam haar lichaam verkende. Haar hele wezen stond in vuur en vlam toen iedere zenuw reageerde op zijn aanraking, en op dat moment wist ze dat dit voorbestemd was. Hij hield haar blik gevangen terwijl hij zich boven op haar liet zakken, de pupillen van zijn ogen groot, zodat er geen spoortje grijs meer te zien was. Ze snakte even naar adem bij zijn eerste stoot, en ontspande zich vervolgens om hem te ontvangen. Toen ze in zijn ogen keek, in die grote, zwarte poelen, had ze niet langer het gevoel dat ze omhoog keek, maar naar beneden, tot diep in de kern van zijn wezen. Terwijl hij ritmisch in haar bewoog, werd ze bevangen door het vertrouwde gevoel dat ze viel, alleen dit keer verzette ze zich er niet tegen, maar verwelkomde het, gaf ze zich er aan over, liet zichzelf steeds dieper vallen, en steeds sneller, terwijl de tijd werd samengedrukt en twee zielen door de eeuwen raasden om eindelijk verenigd te worden. Ze voelde, meer dan ze hoorde, dat ze het uitschreeuwde toen ze werd overspoeld door golven van lichamelijke en emotionele sensaties. Ze voelde dat zijn lichaam verstijfde toen hij, met gekromde rug, stilhield, een moment dat een eeuwigheid leek te duren, voordat ook hij huiverde na deze ontlading, en ze allebei hijgend van uitputting bleven liggen.

Hij verplaatste zijn gewicht, maar hield haar dicht tegen zich aan in een innige omhelzing. Badend in het zweet bleef ze met haar hoofd op zijn borst liggen, luisterend naar het snelle kloppen van zijn hart. Ondersteboven door de heftige emoties, waren ze allebei niet in staat iets te zeggen. Langzaam nam hun ademhaling weer het normale ritme aan.

'Christus, Elen,' zei Rhys ten slotte, een lichte hapering in zijn stem. 'Ik heb hier de afgelopen weken vaak aan gedacht, maar ik had me nooit voorgesteld dat het zo –' Zijn stem stierf weg.

Ze ging rechtop zitten en keek hem aan. 'Dat geldt voor mij ook,' zei ze zacht, en met een verlegen glimlach.

'Heb je een wijnzak? Ik heb behoefte aan drank,' zei hij, haar schouder strelend.

'Natuurlijk,' zei ze, en ze stond op om hem te halen. Ze voelde zich nog steeds een beetje wankel, en nam een flinke slok voordat ze de zak aan Rhys overhandigde. Hij dronk er met grote teugen uit, om hem vervolgens weer aan haar te geven. Uiteindelijk stond hij op.

'Het lijkt me beter als we dit even weghalen,' zei hij, terwijl hij gras en bloemblaadjes van haar lichaam af plukte.

Ze renden naar de rivier en sprongen erin, en Rhys lachte om haar kreten toen ze in aanraking kwam met het ijskoude water. Ze spetterden en zaten elkaar achterna als een stel kinderen, totdat ook het laatste restje emotionele spanning van hen afgleed. Toen ze terugkwamen op de oever, spreidde Rhys hun mantels uit, zodat ze konden zitten en opdrogen in de zon, zonder dat ze weer onder het gras kwamen te zitten. Hij haalde een houten kam tevoorschijn en kamde zijn haren, voordat hij zijn aandacht op het haar van zijn vrouw richtte. Ze zat met haar rug naar hem toe terwijl hij de kam door haar lange lokken heen werkte, en voorzichtig de klitten ontwarde, totdat hij ongehinderd van de haarwortels tot de punten kon kammen, waarbij hij keek hoe haar haren terugvielen in hun natuurlijke krullen. Terwijl hij bezig was, zei ze zacht: 'Ik stond vroeger bekend als Nell.'

Rhys stopte met kammen omdat hij aanvoelde dat haar woorden een diepere betekenis hadden. 'Wil je graag dat ik je zo noem?' vroeg hij al even zacht.

Ze draaide zich om en keek hem aan. 'Nee, nu ben ik Elen,' zei ze langzaam. Toen ze omhoog reikte om hem te kussen, hoorde ze, zachtjes maar onmiskenbaar, een deur achter zich dichtgaan.

5

In de dagen die volgden, waren Rhys en Elen onafscheidelijk, en de verandering in hen kon niemand ontgaan. Rhys was blij omdat ze het bestieren van de huishouding zo goed had overgenomen; hij luisterde met belangstelling toen ze hem vertelde over het relatief kleine aantal veranderingen dat ze had ingevoerd. Sommige vond hij goed, andere vond hij een beetje eigenaardig, maar hij onthield zich van plagende opmerkingen. Nell luisterde op haar beurt geboeid toen hij haar vertelde over zijn reizen, en ze bestookte hem met vragen over de landen die hij had bezocht, waarvan sommige haar volkomen nieuw en onbekend in de oren klonken omdat landsgrenzen en namen anders waren. De markten kwamen in zijn verhalen tot leven, zodat ze de verscheidenheid aan stemmen en talen die met elkaar wedijverden bijna kon horen.

'Je bent een geweldige verteller,' zei ze op een dag tegen hem.

'Ik heb een geweldige toehoorder,' antwoordde hij met twinkelende ogen.

Ze hield van zijn ogen, en kon er altijd zijn stemming in aflezen. Nog nooit had ze zoveel tinten grijs gezien. Als hij ergens over piekerde, dan werden ze het sombere grijs van een stormachtige zee; als ze de liefde bedreven, dan waren ze bijna zwart; als hij over oude wapenfeiten in verre oorden praatte, dan kregen ze de kleur van nevel in de vroege ochtend, voordat de zon de kans heeft om deze weg te branden; en als hij boos was, glansden ze hard als staal, een blik die ze slechts één keer had gezien en die, naar ze hoopte, nooit op haar gericht zou worden. Maar nu stonden er zilveren pretlichtjes in, en toen ze met hem mee lachte, besefte ze niet dat ze, ondanks de korte periode die was verstreken, bezig was verliefd te worden op haar charismatische echtgenoot, terwijl haar oude leven verder naar de achtergrond verdween.

De enige zure appel in deze gelukkige dagen was Gwenllian, die geen aanstalten maakte om te vertrekken. Haar pogingen om Rhys alleen te treffen waren zinloos, en hij was zo betoverd door Elen, dat ze haar tong strikt in bedwang moest houden in zijn aanwezigheid.

Op de dag dat prins Llywelyn op bezoek zou komen, werd Elen in beslag genomen door de voorbereidingen. Ze was vreselijk opgewonden omdat ze hem zou ontmoeten, en ze wilde dat alles perfect was. De vloeren werden geschrobd tot ze blonken, en in elk vertrek werden verse biezen neergelegd. Ze bezocht de keuken zo vaak dat Ceredwyn haar de toegang praktisch verbood, nadat ze haar voor de zoveelste keer had verzekerd dat ze echt wel genoeg voedsel hadden om Llywelyns voltallige gevolg te eten te geven.

'Dit is niet de eerste belangrijke gast voor wie ik heb gekookt, milady,' zei Ceredwyn, die probeerde streng te zijn, hetgeen jammerlijk mislukte toen ze Elens gespannen gezicht zag. 'Als het u gerust kan stellen, dan zullen we alles nog wel een keer doornemen,' zei ze met een berustende glimlach.

'Dank je, Ceredwyn. Het is niet dat ik niet op je inzicht vertrouw, maar ik wil Rhys niet teleurstellen,' zei Elen, terwijl ze links en rechts van alles proefde.

De meeste van de geurige gerechten waren buitengewoon scherp en pittig, een smaak waar Elen inmiddels aan gewend was, en stonden bol van de specerijen, kruiden en andere aroma's, die hetzij plaatselijk in overvloed aanwezig waren, hetzij dankzij Rhys' koopmanschap. Ceredwyn had een bijzondere gave voor het creëren van buitengewoon ingewikkelde gerechten, en Elen beschouwde haar meer als kunstenares dan als kokkin. Ze hadden vleesgerechten van rund, hert, wild zwijn en haas, evenals verse karper en steur uit de kasteelvijver. Iets wat Elen bijzonder lekker vond, was een gerecht dat ze custard noemden, maar dat in feite bestond uit kalfsvlees dat op smaak was gebracht met kruiden, peper, kaneel, kruidnagel, foelie, saffraan, wijn, gember en, tot slot, eieren. Tevreden over de smakelijke gerechten richtte ze haar aandacht op de zoete lekkernijen en de vruchten die klaarstonden om te worden geserveerd, hetzij op zichzelf, hetzij verwerkt in taarten, koekjes, puddingen en wat dies meer zij. De wijnen waren geselecteerd; de hipocras werd ter plekke gemengd toen ze met Ceredwyn stond te praten. Geen wonder dat hij zo pittig is, dacht ze, terwijl ze keek naar de kaneel, gember, nootmuskaat en tot slot de peper die aan de wijn werden toegevoegd.

'Het ziet er allemaal geweldig uit, Ceredwyn,' zei ze enthousiast. 'We zullen ervoor zorgen dat dit diner het beste amusement oplevert dat ze in deze contreien in tijden hebben gezien!'

Impulsief drukte ze een kus op de wang van de verbaasde kokkin, voordat ze eindelijk de keuken verliet om hen ongehinderd door te laten gaan met de voorbereidingen.

Llywelyn werd pas halverwege de middag verwacht, en Elen gunde zichzelf de luxe van een warm bad voordat ze zich klaar moest gaan maken. Terwijl ze lag te weken in het geparfumeerde water, kwam Rhys binnen. Hij schonk iets te drinken in en ging bij het raam staan, niet op zijn gemak.

'Je hebt je erg veel moeite getroost voor het bezoek van Llywelyn,' zei hij.

'Uiteraard!' riep ze opgewekt uit. 'Ik kan nog steeds niet geloven dat ik hem echt ga ontmoeten.'

Rhys begon door de kamer te ijsberen. 'Ik heb je toch verteld dat Owain bij hem zal zijn?' vroeg hij overdreven nonchalant.

Elen hield op met zichzelf inzepen en keek naar hem. Ze gebaarde naar haar kamermeisjes dat ze zich terug moesten trekken, en wachtte tot ze alleen was met Rhys voordat ze sprak.

'Ja, dat heb je verteld. Het zal prettig zijn hem weer te zien.'

'Is hij vaak op bezoek geweest toen ik weg was?' vroeg hij zacht.

Ze keek naar zijn gebogen hoofd, zijn aandacht op zijn beker gericht. 'Volgens zijn gebruikelijke schema,' zei ze met vaste stem.

Rhys keek op van zijn beker, zijn gezicht was ondoorgrondelijk. 'Nam hij zijn vrouw mee?'

'Doet hij dat anders altijd?' vroeg zij op haar beurt, haar toon behoedzaam.

'Ik dacht dat hij haar misschien zou meebrengen om jou gezelschap te houden terwijl hij zijn taken uitvoerde,' zei hij. Ook hij was uiterst behoedzaam, onwillig om haar ronduit te confronteren.

'Dat was hij wel van plan, maar omdat Gwenllian zo attent was om te komen logeren, begreep hij wel dat ik al genoeg gezelschap had,' antwoordde ze luchtig, hoewel ze er niet in slaagde het vleugje sarcasme uit haar stem te weren. Hoewel ze uiterlijk kalm leek, draaiden haar hersens op volle toeren. Gwenllian zat hier achter, zonder twijfel, maar ze wist niet precies wat haar eigen positie zou zijn als Rhys de lasterpraat van zijn nichtje geloofde. God, ze weet haar momenten wel te kiezen, dacht Elen boos, waarom uitgerekend vandaag. Wat Gwenllian betrof was dit echter een perfecte timing.

De uitdrukking op het gezicht van Rhys veranderde niet toen hij zei: 'En heeft Gwenllian je gezelschap gehouden terwijl Owain hier was?'

Elen wist dat ze hier een eind aan moest maken, en ze besloot de koe bij de horens te vatten, zelfs al deed Rhys dit niet.

'Ik vergezelde Owain, en soms voegde Gwenllian zich bij ons, maar meestal zagen we haar pas weer bij het diner.' Ze aarzelde slechts heel even en vervolgde toen: 'Ze heeft zichzelf wijsgemaakt dat we een verhouding hebben.'

Rhys was van zijn stuk gebracht door haar directheid en nam haar zwijgend op voordat hij vroeg: 'En is dat zo?'

'Wat denk jij?' zei ze kalm, terwijl ze zijn blik gevangen hield. Rhys was de eerste die zijn blik afwendde.

'Nee,' zei hij uiteindelijk. Hij schonk iets te drinken voor haar in en liep in haar richting. 'Ik vertrouw Owain, en ik weet dat hij me nooit zou compromitteren,' zei hij, en hij overhandigde haar de beker.

Ze werd overspoeld door opluchting terwijl ze dronk, en dacht toen na over zijn opmerking.

'Ik begrijp dat je Owain vertrouwt,' zei ze zacht. Ze keek naar hem op. 'Vertrouw je mij?'

Hij keek haar uitdrukkingsloos aan, en ze begon met water te spetteren, zachtjes in eerste instantie. 'Vertrouw je mij niet?' ging ze verder, terwijl ze harder begon te spetteren, zodat zijn tuniek nat werd.

'Elen,' zei hij, het water van zich af vegend, 'wat bezielt je.'

Toen zag hij dat haar mondhoeken omhoog begonnen te krullen terwijl een nog veel grotere plens water de voorkant van zijn tuniek doornat maakte. Hij ging buiten haar bereik staan en zei: 'Natuurlijk vertrouw ik je.' De manier waarop ze naar hem keek, deed hem echter beseffen dat hij haar zou beledigen als hij haar iets anders dan de waarheid vertelde.

'Luister, ik zal eerlijk zijn, Elen. Als ik een gerucht had opgevangen voordat ik thuiskwam, dan zou ik nog steeds hebben geweten dat Owain mijn vertrouwen niet zou beschamen.' Hij aarzelde, zoekend naar de juiste woorden. 'Toen kende ik jou nog niet, maar dat was vóór Rhaeadr-Du.' Hij ging dicht bij haar staan, pakte haar hand. 'Het spijt me als je dacht dat ik aan je twijfelde, maar als ik niet had gezegd wat me dwarszat, zou het aan me zijn blijven knagen. Ik moest het uitgesproken hebben voordat zij kwamen, begrijp je wel?' Zijn ogen speurden haar gezicht af, zoekend naar begrip.

'Kom hier,' zei ze zacht. Toen hij zich vooroverboog om haar te kussen, trok ze hem uit evenwicht, en met een verraste kreet viel hij bij haar in de tobbe, zodat water en mede in het rond spatten. Nadat ze waren opgehouden met lachen, zei ze: 'Ik zou je nooit ontrouw zijn, Rhys, je betekent te veel voor me.'

Hij nam haar gezicht tussen zijn handen en kuste het water van haar oogleden. 'Omschrijf "te veel",' zei hij.

'Ik geef heel veel om je,' antwoordde ze tussen twee kussen door.

'Hoeveel,' drong hij met omfloerste stem aan.

'Ik denk dat je dat wel weet.' Haar stem was nauwelijks meer dan een fluistering.

Hij speelde met een verdwaalde krul die aan de haarspelden was ontsnapt en keek in haar ogen. 'Ik wil het je horen zeggen.'

Ze staarde hem aan, niet in staat haar blik af te wenden, en niet in staat haar gevoelens nog langer te ontkennen. 'Ik hou van je,' zei ze hees, en hij trok haar in zijn armen, waardoor er nog meer water over de vloer ging.

'O, Elen,' zei hij. Ze kreeg de kans niet om te ontdekken of hij op dezelfde manier zou antwoorden, want ze werden gestoord door een klop op de deur.

Rhys liep soppend door de kamer en deed de deur open. 'Ja, Rhodri?' zei hij tegen zijn schildknaap, die naar de toestand keek waarin Rhys verkeerde, en probeerde om langs hem heen de slaapkamer in te kijken.

'Neem me niet kwalijk, milord, maar prins Llywelyn en Lord Owain zijn zojuist gearriveerd,' zei hij.

'Dank je, Rhodri. Breng ze naar de grote zaal en zorg ervoor dat ze goed verzorgd worden. Ik kom zo beneden,' zei hij tegen hem.

'Komt hij uitgerekend te vroeg,' zei hij tegen Elen terwijl hij zijn natte kleren begon uit te trekken. 'Ze zijn kennelijk onderweg nergens op verzet gestuit. Waar waren we ook alweer gebleven?' vervolgde hij, en hij lachte om de uitdrukking van protest op haar gezicht. 'Maak je geen zorgen, ik zal hem niet tegen me in het harnas jagen door hem te lang te laten wachten, maar ik ga ook niet onmiddellijk voor hem opdraven als een van zijn lakeien.' Op zijn gemak droogde hij zich vervolgens af, en aangezien Elen inmiddels uit bad was en in een peignoir gewikkeld, riep hij zijn schildknapen binnen om hem te helpen met aankleden.

'Laten we maar eens gaan horen wat hij van me wil,' zei hij, toen hij klaar was om te gaan. 'Ik weet niet hoe lang het gaat duren, maar ik zal het wel laten weten wanneer we klaar zijn.'

'Ik zal die tijd nodig hebben om deze troep op te ruimen voordat ik mezelf fatsoenlijk kan kleden voor een ontmoeting met een prins,' zei Elen een tikje nerveus.

'Je bent zo al fatsoenlijk genoeg om hem te ontmoeten,' zei Rhys hoffelijk. 'Niet dat ik het zou toestaan!' voegde hij er met een lachje aan toe, om haar vervolgens op het voorhoofd te kussen en met grote passen de kamer uit te lopen.

Elen ging in de vensternis zitten terwijl Alice en Gwladys zorg droegen voor het weghalen van de tobbe en het dweilen van de vloer.

'Waar is Lady Gwenllian?' vroeg ze.

'In haar kamer aan het rusten,' antwoordde Gwladys. 'Ze zei dat ze zich niet goed voelde, maar dat u zich geen zorgen hoefde te maken, omdat ze zeker wist dat ze wel in staat zou zijn u vanavond te assisteren.'

Elen glimlachte gespannen, niet verbaasd dat Gwenllian ervoor had gekozen uit haar buurt te blijven. Ze besloot om het uit haar hoofd te zetten, in de wetenschap dat Gwenllian haar toch niet lang zou kunnen ontwijken.

'Hebben jullie de prins gezien, dames?' vroeg ze.

'O, ja. Hij was heel hoffelijk, heel anders dan ik had verwacht dat hij zou zijn,' antwoordde Alice met gematigd enthousiasme.

'En wat had je verwacht?' wilde Gwladys weten.

'Dames, toe nou,' kwam Elen tussenbeide. 'Ik wilde alleen weten hoe hij eruitziet.'

'Knap, sterk,' zei Gwladys dromerig.

Elen lachte bij het zien van haar gezicht. 'Nou, dan kunnen we er maar beter voor zorgen dat ik passend gekleed ben om zo'n geweldig schepsel te ontmoeten!'

Ze ging voor de spiegel zitten, en Alice begon de spelden uit haar haar te halen.

'Ik denk dat ik mijn haar vanavond zo wil dragen. O, niet precies zo, Alice! Maar ik wil het opgestoken dragen.'

Elen was heel trots op haar haar, en hoewel ze wist dat alleen haar echtgenoot het los mocht zien, frustreerde het haar dat het altijd in twee sobere vlechten werd gevlochten. De stoom van het bad had de natuurlijke krullen erin teruggebracht, die haar gezicht zacht omlijstten. Ze schoof Alices bezwaren terzijde en instrueerde haar kamermeisjes hoe ze het moesten kappen.

'O, milady,' zei Gwenllian toen het klaar was. 'Het ziet er beeldig uit.'

Elen aanschouwde hun werk en was tevreden over het resultaat. Het haar was losjes en in gedeelten boven op haar hoofd vastgestoken, en ze had een paar strengen omlaag getrokken, die rond haar gezicht krulden en langs haar rug naar beneden hingen. Het geheel gaf haar een ingetogen uiterlijk, en zag er los genoeg uit om de indruk te wekken dat met het weghalen van slechts één speld het allemaal naar beneden zou vallen. Zich onderwerpend aan de gewoonten bedekte ze haar hoofd uiteraard met een sluier, maar ze koos dit keer een ragfijne, op zijn plaats gehouden door een band van fonkelende saffieren. Ze had uitvoerig nagedacht over welke japon ze zou dragen. In overeenstemming met de gebruiken van het tijdperk bezat ze japonnen in een grote verscheidenheid van kleuren en schakeringen, van lichtgeel tot heldergroen; van diep bordeaux- tot fel robijnrood; een koel ijsblauw of een verleidelijk hemelsblauw. Haar ogen gleden naar de japon die op haar bed was neergelegd – ja, die was perfect. Hij was gemaakt van het luxe, hemelsblauwe materiaal dat ze had gevonden tijdens haar eerste dagen hier. Ze had er intensief met Catrin aan gewerkt, en had het laten knippen in een nauwsluitender model dan gebruikelijk was. Het lijfje omsloot haar bovenlichaam met veters en oogjes, en de rokken accentueerden sensueel haar lichaamsrondingen als ze liep. De halsuitsnijding was lager dan normaal, niet zo laag dat haar decolleté zichtbaar was, maar laag genoeg om de aandacht te vestigen op de zachte zwelling aan de bovenkant van haar borsten. Ze had Rhys niet in verlegenheid gebracht door zich openlijk uitdagend te kleden, en het tegendeel was zelfs waar, de verrukkelijke subtiliteit van het geheel riep een onbewust aura van sensualiteit op, onder het uiterlijk van een koele en beheerste adellijke vrouw.

'O, liefje, je ziet er beeldschoon uit,' prees Alice.

Gwladys was naar de deur gelopen in reactie op een zacht klopje, en knikte instemmend toen ze terugkwam in het vertrek. 'Mijnheer uw echtgenoot laat weten dat u zich bij hem mag voegen in de grote zaal,' zei ze, en ze was in eerste instantie verrast toen Elen ging zitten, om vervolgens te glimlachen om de opmerking van haar meesteres.

'Ik denk dat we maar even wachten totdat Lady Gwenllian daar is gearriveerd,' zei Elen. Vanavond, dacht ze, zou Gwenllian haar niet uit het voetlicht manoeuvreren.

Ongeveer tien minuten later stond ze stil bij de ingang naar de grote zaal. Nog nooit had ze de zaal zo vol gezien, want sinds Rhys thuis was, was ook de huishouding in voltallige bezetting aanwezig, nu nog eens aangevuld met Llewelyn en zijn gevolg. Ze ontwaarde Rhys aan het andere eind van de zaal, waar hij stond te praten met Owain en, naar ze veronderstelde, Llywelyn. Hij was veel jonger dan ze had verwacht, maar zij was dan ook afgegaan op de herinnering aan zijn standbeeld dat op het Conwy Square van de twintigste eeuw stond. Hij was knap op een arrogante manier, maar, zo zag haar bevooroordeelde oog, niet zo knap als Rhys.

Als door een soort zesde zintuig keek Rhys opeens in haar richting, en zag haar daar staan. Er brak een brede glimlach door op zijn gezicht, en hij kwam vlug op haar af. Ze liep langzaam in zijn richting, zich bewust van het feit dat er een stilte was gevallen, en dat alle ogen op haar gericht waren.

'Elen,' zei Rhys toen hij bij haar was. Hij pakte haar handen en kuste ze allebei. 'Je ziet er adembenemend uit,' zei hij, terwijl hij haar handen omdraaide en met zijn neus over de palmen wreef. 'Kom, ik zal je aan Llywelyn voorstellen.'

Hij loodste haar terug naar de groep mannen met wie hij had staan praten, en zei vol trots tegen Llywelyn: 'Mag ik even voorstellen, mijn vrouw, Lady Elen.'

Elen maakte een diepe revérence. 'Uwe hoogheid,' zei ze met gebogen hoofd.

Llywelyn pakte haar hand en hielp haar overeind. 'Noem me maar Llywelyn, alsjeblieft,' zei hij terwijl hij ter begroeting haar hand kuste.

Ze keek hem aan en zag in de twinkelende ogen een groot gevoel voor humor ondanks zijn strenge uiterlijk.

'Ik meen dat je reeds goed bevriend bent met Lord Owain,' vervolgde Llywelyn.

Elen aarzelde eerst even, maar wist dat het zowel dwaas als onnodig zou zijn om zich tegenover Owain ineens anders te gedragen. Glimlachend zei ze: 'Natuurlijk. Owain, wat leuk om je weer te zien.' Ze begroette hem op haar gebruikelijke manier, met een kus op elke wang.

Gwenllian keek tijdens deze begroeting aandachtig naar Rhys, en was teleurgesteld toen hij niet meer dan milde belangstelling toonde.

'Ik heb gehoord dat je oorspronkelijk uit Wales komt,' zei Llywelyn tegen Elen, die een beker mede in ontvangst nam van een bediende.

'Ja,' antwoordde ze. 'Mijn moeders tweede huwelijk heeft me naar Engeland gebracht, en mijn eerste huwelijk heeft me daar gehouden.'

'En hoe voel je je nu je weer thuis bent?' vroeg hij.

Ze dacht even na. 'Dankbaar,' verzuchtte ze, zodat Llywelyn in de lach schoot en instemmend zijn beker hief.

'Ik begrijp dat je nog niet zo lang getrouwd bent met Rhys?' Hij leidde haar een eindje bij de rest van het gezelschap vandaan, en ging door met beleefd converseren, totdat ze zich bij hem volkomen op haar gemak voelde. Toen ze eenmaal over haar eerste vrees heen was, vond ze hem een vriendelijke en hoffelijke man, die de indruk wekte oprecht geïnteresseerd te zijn in wat ze te zeggen had.

'Je bent jonger dan ik me had voorgesteld,' zei ze.

'Ik weet niet zeker of ik dat als compliment moet opvatten of niet,' antwoordde hij grinnikend.

'O, vat het toch vooral als compliment op, dat is zoveel leuker dan er aanstoot aan te nemen, vind je niet?' plaagde ze. 'Wat ik bedoel, is dat hoewel Owain me verhalen heeft verteld over je wapenfeiten, hij je nooit daadwerkelijk heeft beschreven. Typisch een man, om datgene weg te laten wat wij vrouwen het belangrijkste vinden.' Ze krulde haar mondhoeken in een spottende grimas, en Llywelyn schaterde het uit. Hij genoot met volle teugen van het gezelschap van deze vrouw, die hem de ontspanning bezorgde waar hij behoefte aan had na de inspanningen van de afgelopen uren.

'Ik moet bekennen dat ikzelf gebukt ging onder een vergelijkbare misvatting. Mij was verteld dat ik je wellicht een beetje vreemd zou vinden, maar ik was niet voorbereid op het feit dat je zo verfrissend zou zijn.'

Elen keek hem met opgetrokken wenkbrauwen aan. 'Ik vind het vleiend om te denken dat jullie de hele middag over mij hebben gesproken,' zei ze schertsend.

'Nee, helaas,' reageerde Llywelyn op dezelfde flirterige manier. 'Het is mij verteld voordat ik hier arriveerde.'

'Aha,' knikte ze veelbetekenend. 'De roddelkoning in eigen persoon,' zei ze, gebarend naar Owain.

'De enige echte. Hoewel ik met alle plezier een middag pratend over jou zou doorbrengen,' zei hij, terwijl hij dichter bij haar ging staan, 'moet ik bekennen dat ik ook met alle plezier eens met je zou gaan zwemmen.' Hij lachte terwijl het tot haar doordrong welke informatie Owain hem precies had gegeven.

'Milord Llywelyn, probeert u soms met mij te flirten?' zei ze met een glimlach.

'Proberen? Ik hoopte eigenlijk dat ik erin slaagde,' antwoordde hij, en ze barstten allebei in lachen uit. 'Aangezien die beeldschone ogen van jou echter steeds afdwalen naar je echtgenoot zodra ze de kans krijgen,' vervolgde hij, 'vrees ik dat ik mijn nederlaag onder ogen moet zien en in plaats daarvan genoegen moet nemen met je uitstekende conversatiekunst.'

Rhys had hen nauwgezet gadegeslagen vanaf de andere kant van de zaal, zodat Owain in zijn oor fluisterde: 'Pas op, Rhys, de manier waarop je naar Elen kijkt, zou aanleiding voor ons kunnen zijn om te denken dat je verliefd bent op je vrouw!'

Rhys schonk hem een scheve glimlach en zei toen: 'Ze lijkt Llywelyn voor zich gewonnen te hebben, denk je niet?'

'Voor zover Llywelyn een mooie vrouw zal toestaan om zijn aandacht van zijn doel af te leiden,' antwoordde Owain droog, om er vervolgens serieus aan toe te voegen: 'Wat ga je doen?'

Rhys rukte zijn blik los van Elen en wendde zich tot Owain. 'Heb ik een keus?'

Er gleed een geïrriteerde blik over Owains gezicht. 'Waar het eigenlijk om draait Rhys, wíl je een keus?'

Rhys nam een grote slok. 'Nee, ik ben het toevallig grotendeels met Llywelyn eens.'

Een nieuw lachsalvo bij de haard zorgde ervoor dat de meeste hoofden in die richting werden gedraaid. 'Ik denk dat het tijd wordt dat ik mijn vrouw ga opeisen,' zei Rhys, en hij ging zich bij Elen en Llywelyn voegen.

Het diner was een groot succes, en het was al laat toen de avond ten einde kwam. Toen Rhys en Elen hun slaapkamer binnenkwamen, waren er geen kamermeisjes en schildknapen. Toen Elen de deur voorzichtig dichtdeed, zei ze: 'Ik heb tegen hen gezegd dat we hun hulp vanavond niet meer nodig zouden hebben.' Ondanks het late uur verkeerde ze nog in een roes, en was ze nog niet aan slapen toe. Zoals gewoonlijk rukte ze haar sluier af, die ze hinderlijk vond om te dragen, terwijl Rhys op een stoel neerzonk en zijn laarzen uit schopte. Elen had erg weinig gedronken gedurende de avond, en schonk nu een grote beker wijn uit Poitou voor zichzelf in, een wijn waar Rhys een enorme voorraad van had, en die op haar aandringen voor Llywelyns bezoek tevoorschijn was gehaald, zeer tot ergernis van Rhys. Terwijl ze dronk, wiegde ze heen en weer op een melodie die onafgebroken door haar hoofd bleef spelen, een uit haar vorige leven, langzaam en sensueel. Rhys kon de melodie niet horen, maar voelde instinctief de strekking ervan toen hij keek hoe ze bewoog, terwijl ze soepel om hem heen danste.

'Je was betoverend vanavond,' zei hij.

Elen hield op met bewegen en ging toen schrijlings op zijn schoot zitten, met haar gezicht naar hem toe, zich onbewust van het effect dat dit op hem zou kunnen hebben.

'Vond je?' vroeg ze verheugd.

'Je hebt Llywelyn in ieder geval betoverd,' zei hij.

Haar gezicht betrok. 'Is dat een probleem?' vroeg ze, denkend aan hun gesprek eerder op de dag.

Rhys glimlachte vol genegenheid. 'In het geheel niet, dat verzeker ik je. Hij wist dat je de nacht in mijn slaapkamer zou doorbrengen.'

'Wat wilde hij?' vroeg ze op de voor haar kenmerkende, directe manier.

'Meteen terzake komen, dat is mijn meisje,' zei hij lachend. 'Hij wil mij, mijn onvoorwaardelijke trouw, en meer in geldelijke dan in lichamelijke zin, durf ik te wedden.'

'Denk je dat hij alleen op je geld uit is?' zei ze verbaasd.

'Oorlogen zijn duur, en hoewel ik niet denk dat het hem veel moeite zal kosten om de rest van Gwynedd in te nemen, niet met alle steun die hij geniet, ben ik ervan overtuigd dat hij zich niet zal beperken tot deze kant van de grens.'

'Dat kun je hem ook niet kwalijk nemen, vooral niet na de val van Gwenwynwyn,' zei ze ernstig.

Rhys trok zijn wenkbrauwen op. 'Ik had me niet gerealiseerd dat je zo politiek georiënteerd was.'

Ze haalde haar schouders op. 'Eerlijk gezegd ben ik dat ook niet altijd geweest, maar mijn omstandigheden zijn anders nu. En in het huidige klimaat hebben we geen van allen veel keus.' Ze dacht even na. 'Maar laat je niet misleiden, Llywelyn is volledig op de hoogte van je bekwaamheid op het slagveld, of moet ik schip zeggen. Ik moet wel de enige persoon in die zaal zijn geweest die niet precies wist hoeveel keer je door het oog van de naald bent gekropen,' zei ze met een licht verwijtende ondertoon. 'Ik heb me nooit gerealiseerd hoe gevaarlijk het daar precies is.' Ze keek hem aan, plotseling bang voor wat er allemaal had kunnen gebeuren.

'Nou, je hoeft je niet op te winden, ik bén er toch? Ik ben niet kapot te krijgen, geloof me,' zei hij luchtig. 'Dus jij denkt dat het Llywelyn zuiver om mijn kwaliteiten als soldaat te doen is?'

Elen nam een slokje wijn, proefde er met smaak van en zei toen nadenkend: 'Nee, zo eenvoudig is het niet. Zoals je zei, heeft hij zijn aanhang uitgebreid, en jij bent verdacht geweest vanwege je afwezigheid. Hij kent je familie via je vader, dus ik geloof dat hij in eerste instantie is gekomen om zich ervan te verzekeren dat hij op je diensten kon rekenen zoals hij eens op die van je vader kon rekenen. Toen hij hier eenmaal was, heeft hij zich natuurlijk gerealiseerd hoezeer je de rijkdom van je familie hebt vergroot.'

Rhys nam de beker uit haar handen en dronk de resterende wijn op. 'Hierbij ongetwijfeld geholpen door het feit dat jij mijn beste wijnen liet schenken,' zei hij met een glimlach.

Elen stond op om de beker bij te vullen. 'Wat ga je doen?' vroeg ze, naar hem kijkend terwijl hij inschonk.

'Wat betreft Llywelyn bedoel je?' vroeg hij.

'Het gaat om meer dan alleen Llywelyn,' zei ze bedaard.

Hij keek haar gedurende een paar lange seconden aan. 'Elen, het simpele feit dat ik niet betrokken wenste te worden bij alle onderlinge machtsspelletjes, betekent niet dat ik niet om Wales geef. Ik ben echter van mening dat het vergieten van Welsh bloed niet de manier is om de Engelsen buiten de deur te houden. Bovendien doe ik zaken met een grote verscheidenheid aan mensen, ik kan iemand niet simpelweg vanwege zijn afkomst haten.'

'Er is niemand die zegt dat je dat moet doen,' zei ze op effen toon. 'Maar het gaat niet alleen om Llywelyn die Gwynedd onder zijn heerschappij wil verenigen, en dat weet je best. Rhys, de Engelsen nemen steeds meer Welsh grondgebied in, en we zijn hier niet van gevrijwaard. Jij zit jezelf nou wel op de borst te slaan omdat je nog nooit een zwaard hebt getrokken tegen een landgenoot, maar het standpunt dat je inneemt, zaait net zoveel tweedracht, en kan net zo verwoestend zijn.' Ze stopte en haalde adem, omdat ze wist dat ze het risico liep te emotioneel te worden.

'Als je niet met ons bent, dan ben je tegen ons, is dat het? Dat moet een heel gesprek zijn geweest dat je met Llywelyn hebt gehad; één avond in zijn gezelschap en je bent bereid om de wereld te veranderen,' zei Rhys sarcastisch.

Elen ontstak in gefrustreerde woede. 'Denk je dat het Llywelyn is die hier spreekt, dat ik niet intelligent genoeg ben om zelf te denken? Nou, zo doorzichtig is hij niet, en voor alle duidelijkheid, zo onnozel ben ik ook niet.' Ze keek hem boos aan, en er verscheen een kleur van opwinding in haar hals.

'Je hebt natuurlijk gelijk, op beide onderdelen,' zei Rhys, die haar onverstoorbaar aankeek. 'Elen, ik wil geen ruzie met je maken. Dat is niet nodig. Als je me had laten uitspreken, dan zou je hebben geweten dat ik het met je eens ben. Ze zullen niet stoppen, tenzij wij ze een halt toe roepen. Als we in het verleden niet zo druk bezig waren geweest met onderling ruziemaken, dan zou er nu misschien geen Engeland zijn. Ik geloof dat het tijd is dat we ervoor zorgen dat de Normandiërs niet af kunnen maken wat de Engelsen zijn begonnen. Maar eerst moeten we Llywelyn op de plek installeren waar hij wettelijk gezien thuishoort.'

Elen keek hem aan, verrast maar verheugd. 'Heb je dit ook tegen Llywelyn gezegd?' vroeg ze.

Rhys schudde zijn hoofd. 'Nog niet. We gaan morgenochtend verder met de besprekingen.' Hij grijnsde. 'Het kan geen kwaad hem een poosje te laten wachten.'

Ze grijnsde terug, een beetje schaapachtig. 'Het spijt me, ik liet me een beetje meeslepen.'

'Je hoeft je niet te verontschuldigen voor je overtuigingen, Elen. Als iedereen zo geestdriftig was als jij, dan zouden Gwynedd, Powys en zelfs Engeland geen schijn van kans maken. Genoeg gepraat voor één dag.' Hij stak zijn hand uit en ging wat zachter praten. 'Kom hier.'

Ze glimlachte en liet de wijnbekers onaangeroerd staan, om gehoorzaam bij hem te gaan zitten.

'Ik heb nog nooit iemand gekend zoals jij,' zei hij, haar gezicht en haar hals strelend. 'Je manier van praten, je manier van denken. Er zijn momenten waarop ik het gevoel heb dat je de inhoud van mijn hoofd hebt gepakt en flink door elkaar hebt geschud, om vervolgens alles weer terug te doen, waarna ik snakkend naar adem achterblijf.'

'Dus het is mijn geest die je aantrekkelijk vindt,' zei ze.

'Je geest mag me dan intrigeren, maar je lichaam... Er zijn vanavond momenten geweest, dat ik het moeilijk vond om van je af te blijven,' zei Rhys, die zijn handen langs haar lichaam naar beneden liet glijden. 'Vooral toen je naar me keek zoals je nu doet,' vervolgde hij.

'En hoe kijk ik nu naar je,' zei Elen, terwijl ze haar hand in zijn tuniek liet glijden.

'Met de ogen van een verleidster,' antwoordde hij. Zijn ademhaling was duidelijk hoorbaar toen haar lange nagels patronen tekenden op zijn lichaam, en haar lippen zijn hals bedekten met zachte, vlinderachtige kussen. Hij maakte de veters van haar lijfje los, maar stopte toen hij het van haar schouders wilde laten glijden. 'Je draagt geen hemd!' riep hij uit.

'Ik draag helemaal niets. Het zou de lijn van mijn jurk hebben bedorven,' mompelde ze.

Hij kreunde. 'Het is maar goed dat ik niet eerder wist dat je hieronder naakt was, want anders zou ik me beslist niet hebben kunnen beheersen.'

Hij tilde haar op en droeg haar naar het bed. Rhys was de eerste die zijn kleren uit had, en toen hij naakt op het bed lag, nam Elen de tijd om haar japon uit te trekken en haar haren langzaam los te maken. Ten slotte kon hij het niet langer verdragen, en trok hij haar boven op zich. Terwijl ze zich over hem boog, pakte ze zijn handen en hield ze vast op het kussen boven zijn hoofd. 'Ontspan je, mijn echtgenoot, want vanavond ga ík met jou de liefde bedrijven,' fluisterde ze, en hij kreunde zacht toen ze de daad bij het woord voegde.

De volgende morgen had Rhys in de bovenkamer een privé-ontmoeting met Llywelyn, dus ging Elen in de bloementuin zitten. Ze zat te spelen met een van de kittens uit de stal die ze had geadopteerd, toen het diertje plotseling zijn klauwen in Elens knieën sloeg, zoals het altijd deed wanneer er iemand naderde. Elen keek op en zag Gwenllian in haar richting komen.

'Kom, Titiana,' zei ze terwijl ze het poesje neerzette. 'Daar is iemand met nog scherpere nageltjes dan jij.

Goedemorgen, Gwenllian, ik hoop dat je je goed voelt na zo'n late avond,' zei ze met ijzingwekkende beleefdheid.

'Uitstekend, dank je, Elen, en ik moet zeggen dat ik opgelucht ben om te zien dat je vandaag wat fatsoenlijker gekleed bent,' antwoordde Gwenllian, op dezelfde wijze.

'Neem me niet kwalijk?' zei Elen, oprecht verbijsterd door haar opmerking.

'Eerlijk, wat dacht je gisteravond wel niet, in die japon, en dan je haar!' Ze stopte, alsof ze er geen woorden voor had.

'Wat kan het je in vredesnaam schelen hoe ik er gisteravond uitzag?' wilde Elen weten, van haar stuk gebracht door deze plotselinge aanval.

'Het probleem, mijn lieve tante,' zei Gwenllian, haar stem een en al vijandigheid, 'is dat je je haar had opgestoken als een of andere hoer, en je japon, wel, die liet erg weinig aan de verbeelding over. Ik durf niet te denken aan wat Llywelyn ervan moet hebben gedacht.'

Elen voelde zich ijskoud worden en wist niet of ze haar een klap moest geven of dat ze in lachen uit zou barsten. Het leek haar verstandig om het laatste te kiezen. 'Ik vind het schokkend dat je weet hoe een hoer zichzelf opdoft, want daar heb ik beslist geen idee van. Maar je zou echt moeten leren om je teugels wat te laten vieren, Gwenllian, er was slechts een klein stukje van mijn hals te zien, ik heb niet naakt voor hem op de tafel gedanst.'

'Nou, dat had je net zo goed wel kunnen doen, zoals je jezelf aan hem opdrong,' zei Gwenllian hatelijk. 'Lord Owain is niet goed genoeg meer voor je, neem ik aan. Hoe durf je Rhys zo te behandelen,' besloot ze venijnig.

Elen zat doodstil, alle vreugde die ze had gevoeld was nu vervlogen. Kil staarde ze Gwenllian aan. 'Rhys kan zijn eigen boontjes wel doppen, Gwenllian,' zei ze, haar stem gevaarlijk laag. 'Als hij moeite heeft met de manier waarop ik me gedraag tegenover andere mannen, dan komt hij zelf wel naar me toe. Maar ik kan je verzekeren dat hij meer dan tevreden is met de manier waarop ik met hem omga.' Ze glimlachte fijntjes toen ze zag dat Gwenllian ineenkromp vanwege het suggestieve karakter van haar laatste opmerking. 'Dus ik stel voor,' vervolgde Elen, 'dat je ophoudt me te beoordelen volgens de maatstaven van je eigen kleinzielige verdorven geest.'

Er verschenen twee vurige vlekken op Gwenllians wangen. 'Hoe durf je,' sputterde ze.

'Nee, hoe durf jíj, Gwenllian,' viel Elen haar in de rede. Ze wachtte even om haar woede de baas te worden, omdat ze wist dat ze fouten zou begaan als ze haar zelfbeheersing verloor. 'Je bent geobsedeerd door mijn liefdesleven, en dat is heel ongezond,' vervolgde ze. 'Zoek een echtgenoot, een minnaar. Zorg hoe dan ook dat je je eigen liefde vindt, want hier ben je niet aan het goede adres.' De waarschuwing was duidelijk, en terwijl de twee vrouwen elkaar aanstaarden, wist Gwenllian dat ze de strijd had verloren, en Elen, op haar beurt, wist dat Gwenllian een vijand voor het leven zou blijven.

'Wat is hier aan de hand.' De stem van Rhys weerklonk, en beide vrouwen keken geschrokken op, aangezien geen van beiden hem had horen aankomen.

Elen glimlachte naar hem, ieder spoortje woede uit haar ogen verdwenen. 'Gwenllian vertelde me zojuist dat ze graag weer naar huis wil, en dat het haar bedoeling is om ons vandaag te verlaten. Nietwaar, liefje?'

Gwenllian knikte en wendde zich toen tot Rhys: 'Maar ik kan wel langer blijven, als u dat graag wilt, oom.'

'Ik denk dat we lang genoeg misbruik hebben gemaakt van je goedheid. Zodra Llywelyn is vertrokken, zal ik alles voor je vertrek in orde maken,' zei Rhys tegen haar. Hij wierp een vlugge blik op Elen, die dankbaar constateerde dat hij de situatie had doorzien. 'Elen, liefste, Llywelyn zal weldra vertrekken, en hij wil je nog even spreken voordat hij gaat. Hij wacht op je in de grote zaal.'

Zonder Gwenllian nog een blik waardig te keuren, verliet Elen hen beiden.

Minder dan een uur later was Llywelyn klaar om te vertrekken. Hij pakte Elens hand en zei: 'Lady Elen, het is me een genoegen geweest je te leren kennen, en ik verheug me op je aanwezigheid samen met Lord Rhys binnenkort aan mijn hof.'

'Het zal me een grote eer zijn, milord,' prevelde ze toen hij haar hand kuste.

Het was, naar het zich voor een buitenstaander liet aanzien, een buitengewoon hoffelijk afscheid, maar toen hun ogen elkaar ontmoetten, was daar een wederzijdse, geamuseerde glans in te bespeuren. Want hoewel Elen haar positie met succes tegenover Gwenllian had verdedigd, had ze aan die ontmoeting desalniettemin een knagend gevoel van twijfel overgehouden dat ze Llywelyn misschien wel beledigd had. Toen hij eerder op de dag met haar had gesproken, had ze van de gelegenheid gebruikgemaakt om het hem te vragen, en het antwoord gekregen dat ze wilde horen.

Vandaar dat Llywelyn, toen hij zijn rug rechtte nadat hij haar hand had gekust, er ook nog aan toevoegde: 'Ik hoop ten stelligste dat ik, wanneer wij elkaar de volgende keer zullen ontmoeten, dezelfde begroeting zal krijgen als die welke Lord Owain altijd ten deel valt.'

6

Oktober 1198

'Mag ik niet met je mee naar Londen?' zei Elen klaaglijk.

Rhys keek haar geërgerd aan. 'Elen, het is gewoon niet praktisch. Ik heb veel te veel zaken die mijn aandacht vragen, en ik zal helemaal geen tijd met jou kunnen doorbrengen.' Hij pakte de brief die die ochtend was gearriveerd. 'Ik begrijp niet waarom je je grootmoeders uitnodiging niet accepteert. Je had altijd zo'n hechte band met haar.'

Dat is nou juist het probleem, dacht Elen. Ze zal beslist merken dat ik anders ben dan haar kleindochter.

'Ik wilde Londen gewoon graag zien,' zei ze zacht.

'En gebeurt ook wel, dat beloof ik,' antwoordde Rhys. 'We zullen erheen gaan wanneer ik al mijn aandacht aan jou kan wijden, en ik je alle plekken kan laten zien die je zo graag wilt zien.' Hij keek naar haar gebogen hoofd. 'Elen, kijk me aan,' zei hij, en hij wachtte tot ze haar hoofd ophief voordat hij verderging. 'Ik zal niet lang weg zijn, drie weken, een maand hooguit, en het is een mooie gelegenheid voor jou om er een poosje tussenuit te gaan. Afgezien van ons korte verblijf bij Owain en Ceinwyn, ben je sinds je komst hier nergens anders meer geweest.'

Hij wachtte even toen ze bleef zwijgen, en keek naar haar terwijl ze de stof van haar gewaad beurtelings vastgreep en weer losliet, een kenmerkend trekje dat hij had leren kennen als een bewijs van haar nervositeit.

'Je hoeft je geen zorgen te maken over de reis, die duurt hooguit twee dagen, ik zal je overnachting regelen, en je zult een uitstekend escorte krijgen. Bovendien zal ik Trefor meesturen als bevelhebber, hij is de beste soldaat die ik heb, en hij zal je met zijn leven beschermen.' Hij omvatte haar kin met zijn hand: 'Dus geen protesten meer?'

Alhoewel Trefor er niet zo blij mee zal zijn dat hij een reisje naar Londen misloopt, dacht hij. Het was echter Elens welzijn dat er toe deed, en de glimlach die ze hem nu schonk, was voldoende om ieder schuldgevoel jegens Trefor uit te bannen.

'Je hebt gelijk, Rhys, ik moet mijn grootmoeder gaan opzoeken. Ik zal meteen schrijven om haar te laten weten wanneer ik denk te zullen arriveren.'

Rhys liep weg om alles van hun afzonderlijke reis te gaan regelen, zodat Elen in alle rust de brief van haar grootmoeder kon beantwoorden, en nadenken over wat het bezoek haar zou brengen.

In de eenzaamheid van de bovenkamer maakte Elen de brief aan haar grootmoeder af, om vervolgens een boek onder de plooien van haar gewaad vandaan te laten glijden. Ze legde het open bij een gemarkeerde pagina, en ging zitten peinzen over wat ze had geschreven. In het begin had ze alleen maar een verslag bijgehouden van het dagelijks leven hier, maar haar notities waren algauw een soort reddingslijn voor haar geworden, de enige plek waar ze haar diepste gevoelens en gedachten kon onthullen – en haar angsten. Nooit was dit meer het geval geweest dan vandaag, nu die ellendige brief van haar grootmoeder was gekomen. Tot dusverre had ze nog niemand ontmoet van haar familie, of de mensen die Elen voorheen hadden gekend, en ze verheugde zich niet op de complicaties of, erger nog, de gevaren die dit bezoek met zich mee zou kunnen brengen. Zuchtend stond ze op en schoof het kussen van het zitje in de vensternis opzij, wrikte een steen los, en liet haar dagboek in de uitsparing glijden. Want ze had niet alleen elke steen in de ruïne uit haar kinderjaren gekend, maar ook veel van de gaten in het metselwerk, plekken die niemand hier zou weten te vinden. Nadat ze zich ervan had verzekerd dat ze alles weer op de juiste plaats terug had gelegd, ondertekende en verzegelde ze haar brief, en ontbood ze de bedienden om hem te laten verzenden en hun instructies te geven over het pakken van haar spullen.

Binnen een week was Elen klaar voor vertrek. In de beslotenheid van de bovenkamer nam ze afscheid van Rhys.

'En wanneer vertrek jij?' vroeg Elen, terwijl ze aan de broche friemelde waarmee haar mantel sloot.

'Zodra Merfyn en Idris terugkeren, en ik weet dat jij veilig bent aangekomen,' antwoordde Rhys.

Ze keek hem van opzij aan. 'Je stelt wel veel vertrouwen in hen; heb je eraan gedacht dat ze misschien wel langer over de terugreis zullen doen dan noodzakelijk. Je weet hoe ze zijn.'

'O, ik denk dat de belofte van een reisje naar Londen hun reis misschien wel zal bespoedigen!' zei hij met een grijns.

Elen trok haar wenkbrauwen op. 'Neem je ze met je mee?' Ze was oprecht verbaasd.

'Het wordt tijd dat ze uitvliegen. Ze hebben gevraagd of ze mee mogen op het schip dat in maart vertrekt, en ik ben van plan om ze te laten gaan. Deze reis zal een goede maatstaf voor me zijn om te zien of ze eraan toe zijn. Wat denk jij?'

Elen dacht er een paar minuten over na. 'Het zal waarschijnlijk een geweldige ervaring voor hen zijn. Hoewel ik niet zeker weet of ik hetzelfde kan zeggen over degene die hen onder zijn hoede krijgt,' zei ze met een lachje. Een beweging beneden ving haar aandacht. 'Het lijkt erop dat iedereen klaar is voor vertrek, en de paarden worden onrustig. Ik kan maar beter gaan.'

Ze ging naar hem toe en sloeg haar armen om zijn nek. 'Dit is de eerste keer dat we gescheiden worden sinds – je weet wel,' mompelde ze, terwijl hij haar stevig omhelsde.

'Ik zal je missen,' zei hij.

Ze kuste hem langdurig. 'Dat is je geraden.'

Eenmaal op de binnenplaats gekomen, hielp hij haar op haar paard. 'Goede reis,' zei hij.

'Jij ook, mijn echtgenoot.' Toen wendde ze haar paard en reed de poort uit, achterom kijkend vanaf de andere kant van de ophaalbrug om hem een kushandje te geven.

De reis verliep heel plezierig, en als Trefor al teleurgesteld was omdat hij deze saaie reis moest ondernemen, in plaats van de opwinding van Londen te ervaren, liet hij hiervan niets aan Elen blijken. Hij was, verrassend genoeg, buitengewoon goed gezelschap, en in combinatie met haar verwondering over het zeer veranderlijke landschap waar ze doorheen reden, had Elen nauwelijks tijd om aan de naderende ontmoeting te denken.

Het was laat in de middag op de dag dat ze uiteindelijk arriveerden bij het huis van haar grootmoeder, een kleine heerlijkheid in noordelijk Powys. Toen ze de binnenzaal binnenkwamen, werd ze enthousiast begroet door een oudere dame.

'Lady Elen, wat heerlijk om u weer te zien. Ik hoop dat u niet al te vermoeid bent na de reis?' Ze nam Elens mantel aan en ging verder zonder een antwoord af te wachten, hetgeen een opluchting was voor Elen, die geen idee had wie ze was. 'Uw grootmoeder wacht op u in haar kamer.'

Ze nam Elen mee door de binnenzaal, voorbij het scherm achter de estrade, totdat ze bij een deur kwamen die toegang gaf tot een grote slaapkamer. Toen ze naar binnen gingen, zag Elen een oudere dame bij het raam staan, met haar kaarsrechte rug naar hen toegekeerd.

'Lady Elen is er, milady,' zei de kamenier.

'Dank je, Cristin. Je kunt gaan, ik wil alleen zijn met mijn kleindochter.'

De deur ging zachtjes dicht, en ze waren alleen. Toen pas draaide de vrouw zich om. Ieder spoortje nervositeit verdween, en er brak een glimlach van herkenning door op Elens gezicht.

'Oma!' riep ze uit.

Een tedere glimlach plooide haar grootmoeders gezicht. 'Och, kindje, je weet nog wie ik ben,' zei ze.

Elen haastte zich naar haar toe, greep haar handen vast. 'Natuurlijk weet ik dat nog, u bent immers nauwelijks veranderd sinds ik –' Ze hield abrupt op met praten, plotseling verward, en trok zich terug in haar mantel van behoedzaamheid.

'Je hoeft je niet te verstoppen,' zei haar grootmoeder vriendelijk. 'Ik ben degene die jij je herinnert, net zoals jij degene bent die ik hoopte te vinden, mijn kleine Nellie.'

Elens ogen werden groot van verbazing, en ze voelde de tranen branden bij het horen van die vertrouwde naam.

'Ik begrijp het niet,' zei ze.

'Geen van ons begrijpt het helemaal,' antwoordde haar grootmoeder raadselachtig. 'Kom, ga zitten en drink wat terwijl ik je vertel wat ik weet.'

Ze gingen bij de haard zitten. Elen was dankbaar voor de warmte van de vlammen omdat ze het plotseling koud had gekregen. Ze pakte de wijn aan en leunde achterover om te luisteren.

'Ik was heel goed bevriend met de moeder van Rhys en ging haar regelmatig bezoeken op Coed Celli,' begon haar grootmoeder. 'Toen mijn Elen klein was, nam ik haar wel eens mee. Bij een van die gelegenheden liep ik alleen in de tuin, en zag ik haar de stallen in gaan. Ik haastte me erheen, uit angst dat ze geraakt zou worden door de hoef van een paard. Toen ik binnenkwam, zag ik haar in de andere hoek, alleen was het alsof een dunne sluier ons scheidde. Naarmate ik dichterbij kwam, voelde ik dat het een ander meisje was. Ik was niet zo heel erg geschokt, ik had dit wel vaker meegemaakt, sinds ik een kind was, dat ik vreemde mensen zag van wie ik al snel begreep dat ze van, of in, een andere tijd waren. Dit was echter de eerste keer dat ikzelf, op mijn beurt, ook was gezien.'

Elen glimlachte. 'Ik herinner me die ontmoeting.'

'Dat hoopte ik al. Je leek zo precies op mijn Elen, dat ik niet kon geloven dat zij het niet was, totdat je begon te praten, natuurlijk! Je was verrukkelijk, vertelde me alles over jezelf. Het intrigeerde me dat je geen angst scheen te kennen, en je op je gemak leek te voelen in mijn wereld. En zoals je weet hebben we elkaar sindsdien diverse keren ontmoet. De laatste keer dat ik je zag, was je zo verdrietig. Je vader was het jaar daarvoor gestorven, en je moeder ging hertrouwen en zou je meenemen, ver hiervandaan.' Ze hield op met praten en keek naar Elen, wier ogen wazig waren geworden bij de herinnering. 'Ik wilde je zo graag helpen, maar kon niets doen. Ik kon slechts toekijken toen je vertrok, en denken aan mijn eigen kleindochter.'

'Onze levens lijken wel hetzelfde pad te hebben gevolgd,' zei Elen.

Haar grootmoeder knikte. 'Ik geloof dat daardoor het probleem is ontstaan.'

Elen keek haar aan. 'Welk probleem?' vroeg ze.

Haar grootmoeder aarzelde, en vroeg zich af hoeveel ze zou begrijpen. 'Wat weet je van de oude overtuigingen?' vroeg ze ten slotte.

'Wat, de oude godsdiensten? Nou, ik heb er wel eens wat over gelezen, maar niet veel,' zei Elen, die onrustig om zich heen keek. 'Ik dacht dat het gevaarlijk was om erover te praten,' zei ze zacht.

Haar grootmoeder lachte. 'We zijn een stuk ruimdenkender dan jullie geschiedenis wil doen geloven. En we staan een stuk dichter bij onze heidense voorouders dan je zou hebben gedacht,' zei ze op licht verwijtende toon, waar Elen met een knikje van haar hoofd op reageerde. 'Zo, Elen. Ik mag je wel Elen noemen, nietwaar? Dat maakt het makkelijker voor me,' zei ze, en ze glimlachte toen Elen knikte. 'Het gaat er eigenlijk om hoe ruimdenkend jij kunt zijn.'

Elen spreidde haar armen. 'Wat kan ik anders zijn?'

'Ja, je hebt een aantal langgekoesterde overtuigingen moeten opschorten, dat is goed. Dan moet je ook begrijpen dat er nog steeds mensen zijn die, net als onze voorouders, geloven dat tijd geen duidelijk afgebakende eenrichtingsweg is, maar meer een serie parallelle werelden en een plek waar de doden naartoe gaan en de ongeborenen wachten.'

'We sterven met de stervenden,
Zie, ze vertrekken en we gaan met hen mee.
We worden geboren met de doden,
Zie, ze keren terug, en nemen ons met zich mee,'

citeerde Elen. Bij het zien van haar grootmoeders vragende blik, verklaarde ze: 'Het is geschreven door een dichter, T.S. Eliot. Het heeft nu een nieuwe betekenis voor me.'

'Dat geeft het heel goed weer, onze voorouders en onze afstammelingen zijn constant bij ons,' zei haar grootmoeder met een glimlach. 'Vertel eens, Elen, wanneer is het gebeurd, of wat gebeurde er toen je hier terechtkwam.'

Elen vertelde haar alles over de reis naar haar geboortegrond met Grant, van haar ervaring op het kasteelterrein en de noodlottige rit door de bossen.

'Ik begrijp het; je was dus op dezelfde plek als mijn kleindochter toen zij voor het eerst met Rhys naar haar nieuwe huis ging,' zei de oudere vrouw, en ze keek nadenkend.

'Is dat van betekenis?' vroeg Elen, die begon te begrijpen wat haar grootmoeder dacht. Ze voelde zich een beetje ongemakkelijk. 'Bent u een... Ik bedoel, beoefent u... ' hakkelde ze, niet goed wetend wat ze moest zeggen.

Haar grootmoeder gniffelde een beetje. 'Ik sta open voor vele overtuigingen, kind. Maar er is er één in het bijzonder waar ik meer waarde aan hecht.' Ze dacht even na, de handen ineengeklemd vlak bij haar mond. 'Ik geloof dat alles een ziel heeft, een geest, hoe je het ook wilt noemen. Je weet wel, de kern die ons onderscheidt van alle anderen. Wanneer we sterven, verlaat deze het lichaam om naar een soort "andere" wereld te gaan, die echter nog steeds een heel echte wereld is, waar deze kan blijven, of wachten om terug te keren in een ander lichaam.'

'U bedoelt reïncarnatie?' zei Elen.

'Bij gebrek aan een beter woord. Maar we zijn niet precies hetzelfde wanneer we terugkeren. Hoe zou dat ook kunnen, verschillende tijdperken produceren verschillende maatschappijen met verschillende denkwijzen. Dus onze ziel moet aangepast worden aan het tijdperk in kwestie. Begrijp je?'

'Ik denk het,' zei Elen langzaam. 'Ik kan me herinneren dat ik mijn moeder ooit eens heb gevraagd in welk tijdperk ze graag zou willen leven, en dat ze antwoordde dat ze niet in een ander tijdperk zou willen zijn dan dat waar ze op dat moment was. Ik benijdde haar, omdat ze een vrouw van haar tijd was. Terwijl ik me altijd een vreemde voelde.'

Haar grootmoeder gaf haar een klopje op haar hand. 'Ik denk dat dat komt omdat het ook echt zo was. Laat me het verder uitleggen. De tijd is niet zoals we denken. Wat honderd jaar zou kunnen zijn voor jou, zou ergens anders slechts vijf minuten kunnen zijn. De laatste keer dat ik jou zag, bijvoorbeeld, was er meer dan een jaar verstreken in jouw wereld, maar slechts een dag in de mijne. Om te kunnen accepteren waar je nu bent, Elen, moet je accepteren dat de tijd tweezijdig van aard is. Dus probeer je de zielen voor te stellen die op zoek zijn naar hun nieuwe lichaam. Levens zijn uitgestippeld, en zoals je al opmerkte lijken het jouwe en dat van Elen onderling gespiegeld te zijn, parallel te lopen als het ware.'

'Dus u denkt dat er een soort vergissing in het spel was, en dat we het verkeerde leven hebben gekregen?' Elen nam een grote slok van haar wijn; het was allemaal zo onwerkelijk, of niet?

'Mijn Elen was ook een kind dat niet gelukkig was in haar tijdperk,' zei haar grootmoeder vriendelijk.

Er klonk een klop op de deur, en er kwam een bediende binnen om aan te kondigen dat het diner geserveerd kon worden. Terwijl ze opstonden wendde Elen zich tot de oudere vrouw. 'Ik weet niet hoe ik u moet noemen,' zei ze verlegen.

'Wel, je mag me grootmoeder noemen, maar waarom noem je me geen Angharad,' zei ze met een glimlach.

Elen stak een arm door de hare. 'Ik ben zo blij dat ik je ben komen opzoeken, Angharad.'

Het diner was een buitengewoon ontspannen aangelegenheid; Angharad was heel informeel tegen haar huishouding, en Elen koesterde zich in de warme sfeer en had zich nog nooit zo op haar gemak gevoeld. Die nacht sliep ze nauwelijks, en bleef nadenken over hun gesprek. Als de theorie op waarheid berustte, dan zou dat een heleboel dingen verklaren, niet alleen haar huidige situatie, maar haar hele leven tot nu toe. Ze was van mening geweest dat ze op de een of andere manier terug was gevallen in een vorig leven, maar het was waarschijnlijk correcter om te zeggen dat ze was teruggekeerd naar het voor haar bestemde leven. Pas in de kleine uurtjes viel ze in een onrustige slaap, die werd verstoord door dromen over verloren zielen en lege lichamen.

De volgende ochtend probeerde een zwak zonnetje zich door de wolken heen te breken. Aangezien het was opgehouden met regenen, wandelden Elen en haar grootmoeder door de kleine tuin.

'Ik heb veel nagedacht over onze gesprekken,' zei Elen. 'Ik geloof dat ik het eens ben met je verklaring van wat er is gebeurd, en tot op zekere hoogte denk ik dat ik weet hoe. Zoals we weten, hebben mijn leven en dat van Elen hetzelfde pad gevolgd; we zijn allebei als kind uit Wales weggehaald, en allebei teruggekeerd na een afwezigheid van een aantal jaren. We waren toevallig allebei in de bossen op dezelfde dag van dezelfde maand, en we reden precies tegelijkertijd langs exact dezelfde plek in die bossen, waardoor er een soort deur werd geopend die toegang gaf tot een verbindingsweg. Uiteraard ga ik er hierbij vanuit dat jouw Elen nu mijn leven leeft. Wat ik echter nog niet kan verklaren is hoe jij het wist, want het lijkt alsof het allemaal per toeval is gebeurd.'

Ze stopten en gingen op een bankje zitten.

'Ik wist het niet,' antwoordde haar grootmoeder. Bij het zien van Elens ongelovige blik vervolgde ze: 'Elen, ik kan niet in de toekomst kijken. Mijn ervaringen hebben me hier en daar een glimp van andere wereld gegund, maar alleen omdat ik gevoeliger ben voor de verschillende dimensies die ons omringen.' Ze pakte Elens hand. 'De vader van mijn Elen was mijn enige kind, en toen hij stierf, was zij alles wat ik had. Ik wilde zo graag dat ze gelukkig was, maar ze verlangde altijd naar een leven dat ze niet kon hebben. Ze hunkerde ernaar om te reizen, te studeren, om haar eigen lot in handen te hebben, en dat zou nooit hebben gekund, vooral niet als vrouw van een Normandische ridder. Toen ze weduwe werd, heb ik aangedrongen op het huwelijk met Rhys, omdat ik dacht dat het makkelijker voor haar zou zijn in Wales, waar wij vrouwen meer rechten hebben, en een beetje meer vrijheid krijgen. En Rhys is bereisd, hij is gewend aan andere culturen, en is kortom niet zo kortzichtig als een aantal van zijn leeftijdgenoten, en ik hoopte dat hij wat meer begrip zou hebben voor haar rusteloosheid en iets van wat er ontbrak aan haar leven zou kunnen toevoegen.' Ze wachtte even en ging toen verder: 'Ik dacht vaak aan jou, en hoewel ik ervan overtuigd was dat mijn theorie klopte, dacht ik niet dat er iets aan te doen viel. Toen ik enkele verhalen hoorde over jouw gedrag toen je op Coed Celli arriveerde, durfde ik bijna niet te geloven dat het onmogelijke was gebeurd, en uiteindelijk moest ik mijn nieuwsgierigheid wel bevredigen en je hier uitnodigen.'

'En toen wist je het,' zei Elen met een glimlach.

'In werkelijkheid denk ik dat ik het al eerder wist. Mijn Elen zou niet op een uitnodiging hebben gewacht. Ik moet zeggen dat je je bewonderenswaardig goed hebt aangepast. Mis je je oude leven?'

'Het zou een leugen zijn als ik zei dat het niet zo was,' antwoordde Elen naar waarheid. 'Ik mis mijn familie, ik was nog maar net met ze herenigd toen ik alweer zo wreed uit hun midden werd gerukt. Ik voel verdriet omdat ik Grant kwijt ben geraakt, en ik voel me zo schuldig alsof ik ontrouw ben. Maar ik voel ook weleens een steek van jaloezie als ik denk aan hem met de andere Elen. En ik begrijp niet waarom ik niet achterom kan kijken, in die andere tijd. Als ik maar kon zien dat ze het goed maken!'

Haar grootmoeder spreidde haar armen, ten teken dat zij het ook niet wist. 'Ik begrijp het ook niet. Je hebt zelfs geen glimp gezien, geen woord gehoord?' zei ze, en Elen schudde haar hoofd. 'Misschien was de doorgang dan slechts eenmalig geopend, om jullie allebei naar je bestemming terug te laten keren. Alleen de tijd kent daar het antwoord op. Maar zeg eens, Elen, wil je graag teruggaan?'

'Nee, alles bij elkaar genomen denk ik dat ik hier gelukkiger ben dan ik zou zijn geweest als ik daar was gebleven. Ik blijf me echter steeds afvragen of het feit dat ik hier ben een doel heeft; ben ik voorbestemd om iets te doen? Ik probeer me uit alle macht te herinneren wat er rond deze tijd zou moeten gebeuren.' Ze keek naar haar grootmoeder, alsof ze hoopte dat die het antwoord zou weten.

'Och, kind, er is geen "waarom". Jij en Elen zijn twee zijden van hetzelfde muntstuk. Ik ben het met je eens dat het het toeval was dat je hier heeft gebracht, maar niet om de geschiedenis te veranderen. Er is een vergissing rechtgezet, niets meer en niets minder. Iets anders moet je niet denken.'

Elen trok haar mantel strakker om zich heen. De zon was verdwenen, en er was een koude wind opgestoken. Ze keek omhoog naar de donkere wolken, het zou zo weer gaan regenen.

'Ik heb ergens gelezen dat de geschiedenis nooit dood is, omdat ze zich blijft herhalen,' zei ze.

'En waarom denk je dat de geschiedenis zich herhaalt?' vroeg haar grootmoeder.

'Omdat we nooit leren?'

'Denk je van niet? Er zijn een paar buitengewoon harde lessen geweest.'

Elen fronste haar voorhoofd terwijl ze nadacht, toen klaarde haar gezicht op, en glimlachte ze begrijpend. 'Omdat we het niet onthouden,' zei ze triomfantelijk.

'Precies,' zei haar grootmoeder, verheugd over de vorderingen van haar leerling.

'Nou, toeval of niet,' zei Elen, die nog even terugging naar hun eerdere conversatie. 'Het is geen toeval dat ik hier kwam op dat bepaalde punt in Elens leven. Rhys had nog niet de kans gehad om de vrouw die hij had getrouwd te leren kennen, en één ding dat ik, los van al het andere, wel zeker weet, is dat ik degene ben voor wie hij bestemd is. Dat betekent niet dat ik nooit van Grant heb gehouden, of minder van hem hou. Maar ik ben bang dat als ik nu de keuze had, ik Rhys net zomin zou kunnen verlaten als ik mijn hart uit mijn borst zou kunnen rukken.'

Toen haar grootmoeder naar Elen keek, was ze zich bewust van een warme gloed die haar omhulde, en impulsief omhelsde ze de jongere vrouw, omdat ze het gevoel had dat ze deel uitmaakte van iets heel unieks.

De volgende twee weken vlogen voorbij, en het was een enorme opluchting voor Elen om voor het eerst vrijuit te kunnen praten. Ze was een gretige leerling terwijl haar grootmoeder haar verleden voor haar invulde en haar de fijnere nuances bijbracht van het leven in de Middeleeuwen, door haar vragen beknopt en zonder oordelen te beantwoorden. Een paar dagen voordat Elen zou vertrekken, kwam haar grootmoeder opgewonden haar kamer binnen.

'Liefje, je stiefbroer is zojuist gearriveerd. Kom, we moeten hem gaan begroeten.'

Elen keek haar gealarmeerd aan. 'Maar dat kan ik niet! Ik bedoel, ik zal niet weten wat ik moet zeggen.'

Haar grootmoeder lachte. 'Dat vind ik moeilijk te geloven. Kijk maar niet zo verschrikt, Richard is een aardige man, en ik kan je verzekeren dat je niet om gespreksstof verlegen zult zitten.'

'Je wist dat hij zou komen en je hebt het me niet verteld,' zei Elen beschuldigend.

'Nou ja, ik dacht dat hij misschien zou komen, maar ik zag geen reden om je onnodig ongerust te maken,' antwoordde haar grootmoeder luchtig. Ze greep Elen bij de arm en sleepte haar naar de binnenzaal, zonder haar de kans te geven om nog te protesteren.

Terwijl Elen haar met tegenzin volgde naar de binnenzaal, bedacht ze dat ze hierop niet was voorbereid, en ze was zelfs behoorlijk boos op haar grootmoeder omdat die haar ermee overviel. Ze mocht dan wel bezig zijn het verlies van haar eigen familie te verwerken, maar dat betekende niet dat ze bereid was om een nieuwe familie te krijgen, een familie waarmee ze geen binding had.

Richard stond dicht bij het vuur, er steeg stoom op uit zijn natte kleren. Toen de twee vrouwen binnenkwamen, beende hij met grote passen in hun richting.

'Lady Angharad, wat heerlijk om u weer te zien,' zei hij opgewekt.

'Lord Richard,' antwoordde ze, en ze stak haar hand uit om zijn kus in ontvangst te nemen. 'U heeft kennelijk een natte reis gehad.'

'Regent het hier altijd zo hard?' vroeg hij met een lach. 'Er was geen wolkje aan de lucht toen ik Wigmore verliet.' Hij wendde zich tot Elen. 'Elen, je ziet er walgelijk goed uit.' Hij kuste haar hand en omsloot haar toen in een stevige omhelzing, zodat ze totaal overrompeld naar adem hapte. 'Wel, ik moet zeggen dat de Welshe lucht je goed lijkt te doen,' vervolgde hij goedkeurend toen hij haar uiteindelijk losliet.

Vervolgens stak hij energiek van wal met een amusant verslag van zijn reis. Elen glimlachte; haar grootmoeder had gelijk, ze hoefde zich niet druk te maken over wat ze moest zeggen. Richard had haar, afgezien van de eerste begroeting, geen kans gegeven om iets te zeggen. Zijn gestage woordenstroom gaf haar wel de gelegenheid om hem taxerend op te nemen. Hij was lang, bijna twee meter, met een hoofd vol dik blond haar en blauwe ogen. Hij zag er meer Saksisch dan Normandisch uit, hetgeen waarschijnlijk betekende dat hij ergens in de familie Saksische voorouders had.

'Als je me zou willen excuseren, Richard,' hoorde ze haar grootmoeder zeggen. 'Er zijn enkele zaken die mijn aandacht opeisen. Ik weet zeker dat Elen en jij een heleboel hebben bij te praten,' en ze stevende de zaal uit.

'Je ziet er echt goed uit, Elen,' zei Richard, rustiger nu. 'Ik wist niet zeker of papa er verstandig aan deed om je met een Welshman te laten trouwen, maar ik moet toegeven dat ik het mis had. Dit huwelijk bevalt je kennelijk goed.'

Elen glimlachte verlegen naar hem. 'Ja, inderdaad.' Ze probeerde van onderwerp te veranderen. 'Richard, wat brengt jou zo ver van Tamsworth?' vroeg ze.

Zijn gezicht betrok enigszins. 'We hoeven toch niet zo formeel te doen, of vind je het niet gepast om me Dickon te noemen. Als je me Richard noemt, kijk ik om me heen of ik mijn vader ergens zie!' zei hij, terwijl hij zich theatraal omdraaide.

'Ik begrijp wat je bedoelt,' zei ze. 'Maar je hebt mijn vraag nog steeds niet beantwoord. Waarom was je in Wigmore?' Ze vroeg het alleen uit nieuwsgierigheid en zijn reactie verbaasde haar.

'Ik moest gewoon een boodschap doen voor papa,' zei hij vaag. 'Waar is Rhys eigenlijk, ik had verwacht hem hier met jou aan te zullen treffen.'

'Hij is voor zaken in Londen,' antwoordde ze verstrooid. Ze dacht terug aan het gesprek dat ze in juli met Owain had gehad, en in het bijzonder aan wat hij had gezegd over haar stiefvader.

'Was je op bezoek bij William de Breos?' vroeg ze plotseling.

'Jezus, Elen, nog altijd even scherp. Wales heeft je beslist niet afgestompt. Het was Mortimer, om precies te zijn.'

Er gleed een schaduw over haar gezicht, en hij vervolgde haastig: 'Ik ben niet mijn vader, dat weet je. Maar als zijn zoon ben ik bepaalde dingen aan hem verplicht, en bovendien,' hij grijnsde samenzweerderig naar haar, 'gaf deze boodschap me de gelegenheid jou op te zoeken.'

'Niet bepaald op je route!' zei ze, zijn grijns beantwoordend.

'Ach ja,' zei hij grinnikend. 'Nou, kom, ik ben hier maar één nacht, en ik wil alles weten over je nieuwe huis.'

Niet in staat de steeds dikker wordende lagen van het politieke leven te doorgronden, was Elen meer dan bereid het gesprek op een onderwerp te brengen waar ze graag over sprak, en waar ze zich waarschijnlijk niet bij zou verspreken. Ze praatten tot laat in de avond, en het speet haar oprecht om hem de volgende dag te zien vertrekken. Ze had het gevoel dat ze echt een band met haar stiefbroer had, alsof ze hem werkelijk al vele jaren kende, en dacht beschaamd terug aan haar aanvankelijke tegenzin om hem te ontmoeten. Voordat hij wegging, had ze hem laten beloven dat hij haar en Rhys op Coed Celli zou komen opzoeken, waarop hij met een lachje had geantwoord dat hij dat zou doen zodra het weer de reis over de bergpassen aanvaardbaarder voor hem maakte.

'Langzaam, langzaam,' zei haar grootmoeder toen ze hem uitzwaaiden, 'worden de draden van je nieuwe leven tot een geheel verweven.'

En wat voor een patroon wordt er gevormd, dacht Elen met een zucht.

7

Rhys keerde begin december terug naar huis, en werd begroet op de gebruikelijke, chaotische manier. Elen had al twee weken vol ongeduld op hem zitten wachten, en zou hem graag met een beetje meer privacy verwelkomd hebben. Ze ging echter op in de algehele vrolijkheid, vooral toen hij van zijn paard sprong zodra hij de binnenplaats op reed, met twee passen bij haar was, haar van de grond tilde en in het rond zwaaide tot ze duizelig was.

'O, ik heb je zo gemist,' zei hij lachend. 'Ik heb iets voor je.' Hij leidde haar naar de paarden, waar er één tussen stond zonder ruiter of bagage. 'Hoe vind je haar?' vroeg hij, de neus van de merrie strelend.

Elen keek naar het sierlijke dier, ze was honingkleurig maar met een vreemde, donkere tekening op haar neus, als een web.

'Ze is prachtig,' zei Elen, die haar ook streelde. 'Is ze voor mij?'

'Ja, ik ging naar de paardenmarkt, en toen ik haar zag, wist ik dat jij haar moest hebben.'

'Ze ziet er heel tenger uit, zal ze zich wel weten te redden op het land hier?' zei Elen, terwijl ze weifelend naar de fijne benen van het paard keek.

'Laat je niet misleiden door haar uiterlijk, ze is een kruising tussen een Arabier en een Welsh Mountain; ze heeft een tenger uiterlijk, maar is zo sterk en stevig op de benen als een volbloed Welsh.' Hij keek haar zijdelings aan. 'Zou ik ooit riskeren om je ergens anders op te laten rijden?'

'Nee,' zei ze, plotseling verlegen. Ze streelde de eigenaardige tekening op de neus van het paard.

Rhys ging dichter bij haar staan, en zei zacht: 'Ze deed me aan jou denken, tenger aan de buitenkant, maar vanbinnen sterk als staal.' Ook hij streelde de neus van het paard. 'En ze onderscheidt zich van de anderen.'

Elen voelde een lichte rilling door de merrie gaan, en drukte een kus op het paard terwijl ze haar overdroeg aan de staljongen.

'Ik zal haar Penelope noemen,' zei ze tegen Rhys. 'Dank je wel. Ik vind haar prachtig. Maar kom, we moeten je op laten frissen, en dan kan ik je de voorbereidingen voor Kerstmis laten zien.'

Elens eerste kerst met Rhys was fantastisch. Hoewel het geen witte kerst was, was het bitter koud, maar dit voegde juist iets toe aan de algehele opwinding. De grote zaal was versierd met hulst, de besjes helderrood in het kaarslicht, en er was maretak rond de deuropeningen gehangen. In de haard brandden onafgebroken de bulderende vlammen, en er werd een extra komfoor binnengebracht voor nog meer warmte. Het eten was rijk en overvloedig, de bisschopswijn warm en kruidig, en het vermaak het leukste dat ze ooit had meegemaakt. Ze wisselden hun geschenken uit, en ze was verrukt over het hare, een luxueuze mantel gevoerd met vossenbont, die er niet alleen warm uitzag, maar ook daadwerkelijk bescherming bood tegen de strenge winterwind. Elen gaf Rhys een zwartleren zadel, dat ze had gekocht tijdens haar bezoek aan haar grootmoeder, en niet gekozen zou kunnen hebben zonder Trefors hulp. Trefor wist precies van welke stijl en van welk formaat paard Rhys hield, en het zadel paste perfect. Rhys was er heel blij mee, vooral omdat hij op de paardenmarkt een glanzende zwarte hengst voor zichzelf had gekocht.

Opeens herinnerde ze zich Grants gezicht toen ze tijdens hun eerste kerst samen de cadeautjes openmaakten. Resoluut onderdrukte ze deze gedachten. Maar 's nachts glipte ze uit bed en deed de luiken open om naar de sterren te staren. 'Vrolijk kerstfeest allemaal, waar jullie ook zijn,' fluisterde ze. Vervolgens, met een blik op Rhys, die zelfs in zijn slaap leek te glimlachen, sloot ze de koude nacht buiten en kroop weer naast hem in bed. Toen ze zich dicht tegen hem aan nestelde, bewoog hij en trok haar in een omhelzing. En vrolijk kerstfeest voor jou, mijn lief, dacht ze terwijl ze zich bij hem voegde in dromenland.

Er kwam veel te snel weer een eind aan de feestelijkheden, want Rhys zou direct na nieuwjaar naar Llywelyns hof reizen. Owain en zijn mannen arriveerden om zich bij Rhys te voegen, en nu waren ze allemaal verzameld op de binnenplaats, klaar voor vertrek. Elen hield de afscheidsbeker op terwijl ze hen ongerust gadesloeg. Rhys had haar verteld dat Llywelyn een nieuw offensief voorbereidde, alhoewel hij geen idee had wanneer of waar. Toen Elen hem zijn paard zag bestijgen, was ze even aangedaan, denkend aan de littekens op zijn lichaam van andere veldslagen, terwijl ze zich met misselijkmakende angst de drieëneenhalfduizend mannen herinnerde die in Zuid-Wales waren afgeslacht. Met uiterste beheersing wist ze te voorkomen dat ze het uit zou schreeuwen en Rhys zou smeken om niet te gaan, maar veilig bij haar te blijven. Rhys zat op zijn paard alsof hij er deel van uitmaakte, magnifiek beest, knappe man. Zijn krachtige gezicht stond ernstig terwijl hij met Owain praatte, en zijn ogen hielden constant de bedrijvigheid in de gaten om ervoor te zorgen dat er niets over het hoofd werd gezien. Beide mannen reden naar Elen toe voor de afscheidsbeker. Ze overhandigde hem eerst aan Owain, die hem grijnzend aannam. Zijn koperkleurige haar glansde in de winterzon en zijn groene ogen twinkelden bij de gedachte aan wat er ging komen.

'Goede reis, Owain,' zei Elen. 'Het is niet de beste tijd van het jaar om door de bergen te trekken.'

'Je hoeft je geen zorgen te maken, deze paarden zijn zo betrouwbaar alsof we ervoor hadden gekozen om op berggeiten te rijden!'

Hij dreef zijn paard opzij zodat Rhys kon komen om de beker te nemen. Toen Elen deze aan hem overhandigde, voelde ze haar keel samenknijpen van de inspanning om haar emoties te bedwingen.

'Wees voorzichtig, mijn lief,' was het enige dat ze durfde te zeggen.

Rhys pakte de beker en hield zijn ogen op haar gericht terwijl hij dronk. 'Dat is wel mijn bedoeling,' zei hij toen hij haar de beker teruggaf. 'Zo makkelijk kom je niet van me af,' vervolgde hij in een poging tot opgewektheid.

De mannen reden de poort uit en de ophaalbrug over, met Rhys in de achterhoede. Eenmaal aan de overkant draaide hij zich om en zwaaide nog een laatste keer naar haar. Hij zag haar beverige glimlach en kletterde impulsief terug over de ophaalbrug, boog zich voorover en tilde haar in één zwaai bij zich op het paard. Toen kuste hij haar alsof ze alleen en in de slaapkamer waren. In draf reed hij naar een stijgblok en zette haar zachtjes weer neer. Met een knipoog en een grijns was hij verdwenen, zodat ze ademloos achterbleef. Er was geen woord gezegd, er waren ook geen woorden nodig, en Elen stond met haar handen voor haar mond geslagen, niet zeker wetend of ze lachte of huilde. Hij zal ongedeerd blijven, zei ze tegen zichzelf, ieder spoor van ongerustheid verdwenen nu, daar ben ik zeker van.

Pas tegen het eind van januari, ontving ze een brief van Rhys. 'Llywelyn heeft Mold Castle veroverd,' zei ze tegen de mensen om haar heen en ze juichten bij dit nieuws. Ze las verder: 'Gelukkig lijkt het kasteel te zijn gevallen zonder een groot verlies van levens aan onze kant.'

'Ze zeggen dat een Welshman een Engelsman nooit kan beschrijven, omdat ze zo gewend zijn hun rug te zien terwijl ze zich terugtrekken!'

schertste Merfyn, zodat er in de grote zaal nog meer gelachen en gejuicht werd. 'Wat schrijft Lord Rhys nog meer?'

'Wel, hij was niet bij Mold, maar hij was betrokken bij een slag bij Arfon.' Elens ogen gleden vlug over de pagina heen en weer. 'Llywelyn heeft twee keer op één dag gezegevierd. Hij is nu zelfs prins van Gwynedd, het resultaat van Arfon is dat zijn neef Gruffudd het klooster in is gegaan, bij de cisterciënzers in Aberconwy. Ongetwijfeld met een duwtje in de rug van Llywelyn.'

Ze glimlachte met glanzende ogen naar haar huishouding. Rhys' brief was informatief, maar bevatte slechts de kale feiten. Tussen de regels door lezend, had ze echter het gevoel dat Rhys zichzelf ruimschoots had onderscheiden op het slagveld, en dat hij, belangrijker nog, ongedeerd was.

'Zegt hij wanneer hij terugkomt?' vroeg Merfyn.

'Hij weet niet zeker wanneer hij thuis zal kunnen komen, aangezien ze terugkeren naar Llywelyns hof zodra alles veilig is,' zei ze, net zo teleurgesteld als haar huishouding. Ze keek naar Merfyn en Idris. 'Maak je geen zorgen, hij zal het niet vergeten,' zei ze tegen hen, doelend op datgene wat hun gedachten beheerste, dat hij, zoals beloofd, op tijd terug zou zijn om hun reis te regelen. Ze kwam aan het eind van de brief, en een zachte blos kleurde haar wangen.

'Ik denk dat de rest alleen voor milady is,' zei Gwladys, en geleidelijk verdween iedereen met een veelbetekenende glimlach.

Elen zuchtte toen ze het perkament op haar schoot legde, het wachten op zelfs maar het minste beetje nieuws was ongelooflijk frustrerend geweest. Gewend als ze was aan beelden van de laatste stand van zaken die rechtstreeks tot in haar huiskamer werden gezonden, aan het oppakken van de krant of de telefoon, had ze dit nog nooit zo intens gemist als deze afgelopen maand. Met niets anders te doen dan zich zorgen te maken en zich het ergste voor te stellen, had ze op hete kolen gezeten, inwendig ziedend vanwege de tekortkomingen en de gevaren van dit leven dat ze gedwongen werd te leiden. Toen de boodschapper was gearriveerd, had ze zich met een mengeling van angst en opwinding op de brief gestort, dankbaar dat Rhys eraan had gedacht om haar te schrijven en gerust te stellen, maar ook boos omdat hij ten strijde was getrokken. Nadat ze de intieme slotregels van de brief nog een keer had gelezen, legde ze een hand op haar hevig bonzende hart. Waar het ook aan ontbreekt in dit tijdperk, dacht ze, het wordt dubbel en dwars goedgemaakt met intense hartstocht!

Het was begin maart toen Rhys en Owain terugkeerden, ongedeerd, en gelukkig met alle mannen. Toen de drukte en het feest ter ere van hun thuiskomst eenmaal waren weggeëbd, waren Rhys en Elen eindelijk alleen in de bovenkamer. Ze kleedde hem langzaam uit, kuste de pijn van elke blauwe plek weg, en slaakte een bezorgde kreet bij het zien van een diepe snee in zijn bovenarm. Rhys sloot zijn ogen en ging op zijn rug liggen, om zich tevreden te koesteren in de sensualiteit van haar troostende zorg, en om de zachte streling van haar haren te voelen die over hem heen golfden terwijl ze zijn hele lichaam controleerde. Ze kuste zijn hals en hij reikte omhoog, streelde haar rug en toen haar borsten.

'Elen,' zei hij met zachte stem, 'het is zondag.'

Ze keek op hem neer, hield haar haren met één hand naar achteren. 'Vind je dat bezwaarlijk?' vroeg ze zacht, terwijl haar blauwe ogen hem nauwlettend gadesloegen. Zijzelf zou geen last van haar geweten krijgen als ze de geboden van de kerk negeerden, en het waren vooral vele verboden op het gebied van seks, maar zij was niet van deze tijd, Rhys wel.

'Nee, mijn ziel is toch al verloren,' zei hij, knabbelend aan haar vinger.

'De mijne ook, verloren in de jouwe.' En ze bedekte zijn mond met de hare, zodat praten onmogelijk zou worden.

Tot grote vreugde van Merfyn en Idris liet Rhys er geen gras over groeien om te regelen dat ze mee mochten met het schip waarover Trefor in Rhys' plaats het gezag zou voeren, en beide jongens wisten dat hij een strenge leermeester zou zijn. Het schip had aan de kust van Llyn gelegen voor winteronderhoud, en ze zouden daar aan boord gaan, naar Londen varen, waar ze een deel van de Welshe vracht uit zouden laden, een lading Engelse wol oppikken en naar het vasteland varen. Het schip lag voor anker in een kleine havenstad, een paar mijl ten zuiden van Criccieth. Rhys had daar een huis, en Elen had net zolang gesmeekt totdat hij het goed vond dat ze hen naar de haven vergezelde. Rhys had haar gewaarschuwd dat het huis heel eenvoudig was, maar ze was er niet op voorbereid geweest hóe eenvoudig, en opnieuw werd ze zich ervan bewust hoe weelderig haar huis met Rhys was. Het baarde haar echter geen al te grote zorgen, aangezien ze er slechts een week zouden blijven, en ze helemaal verrukt was van het leven in deze zeehaven.

De eerste keer dat ze Rhys' schip zag, was ze overdonderd door de aanblik ervan. Ze wist niet wat ze moest verwachten, maar had een beeld in haar hoofd van een zeilschip vergelijkbaar met iets uit 'The Onedin Line'. Dit was iets heel anders, en had qua vorm zelfs veel weg van een vikingschip. Het was een stevige constructie, en Rhys legde haar uit hoe gestoomde spanten plank voor plank aan het kale geraamte werden vastgepend. Toen ze wees op de grote dwarsspanten die door de zijkanten van de romp staken, glimlachte hij verheugd om haar belangstelling, en hij vertelde dat dit verstevigingsspanten waren, om het geraamte vast te zetten aan de planken en om buigen en bewegen van de afgewerkte romp te voorkomen.

Elen bracht elke dag in de haven door, waar ze met Rhys arriveerde of hem later ontmoette. De zeelui raakten eraan gewend haar daar te zien, en ontwikkelden zelfs de gewoonte om haar met een korte hoofdknik te begroeten. Ze was verbaasd toen ze ontdekte dat Rhys een flink aantal Engelse zeelui in dienst had, maar zoals hij benadrukte, dit waren de beste zeelieden, en hij vond het niet tegenstrijdig om de Engelsen op het ene gebied te bevechten, en ze op het andere gebied in dienst te nemen. Toen ze erachter kwamen dat Elen Engels sprak, kon ze zelfs rekenen op een soort norse goedkeuring. Tot nu toe had Elen alle activiteiten vanaf de wal gadegeslagen. Zeelieden zijn een bijgelovig volkje, en dit was waarschijnlijk een deel van de reden, zo peinsde ze, waarom het schip qua stijl zoveel gelijkenis vertoonde met veel oudere schepen, want als de traditionele ideeën werkten, waarom zouden ze dan hun leven wagen met het uitproberen van nieuwe modellen. Hun bijgelovigheid strekte zich uiteraard ook tot haar uit, want hoewel schepen altijd als vrouwelijk worden gezien, wordt er aangenomen dat het ongeluk brengt om een vrouw aan boord te hebben.

Maar op de laatste middag kwam Rhys de loopplank af om haar te begroeten, met de woorden: 'Je staat zo verlangend te kijken, hoe zou je het vinden om aan boord te komen?'

Elens ogen glansden. 'O, Rhys, mag dat? Ik zou heel graag van dichtbij een kijkje willen nemen.'

'De kust is veilig. Trefor is de enige die er is, en het maakt hem niets uit wie er aan boord komt, als je maar vriendelijk bent!'

Hij stak haar zijn hand toe, en terwijl ze haar rokken optilde, liep ze achter hem aan het schip op. Het was al geladen met de vracht die er in Londen af zou gaan. Ze had toegekeken terwijl dierenhuiden, kazen, honden en haviken aan boord waren gebracht, en kon zich moeilijk voorstellen dat de hele bemanning in zo'n kleine ruimte paste, evenals de vracht die ze tijdens alle etappes van de reis zouden vervoeren. Ze beklom de toren op de boeg, en bewonderde de uitstekende positie die de beide torens innamen voor zowel de aanval als de verdediging.

'Zal Trefor het redden? Ik bedoel, als ze aangevallen worden door piraten of iets dergelijks?' vroeg ze bezorgd.

'Trefor is de beste soldaat die ik ken. Ik had in Arfon niet zonder hem gekund; elke keer dat ik keek, was hij bezig me rugdekking te geven, terwijl hij er zelf ook nog een heel stel doodde.' Hij keek naar Elen. 'Je weet dat hij een van mijn beste mannen is, en ook nog eens door en door loyaal. Je zou hem eens moeten zien onderhandelen,' zei hij lachend. 'Ik weet zeker dat hij op deze reis zonder mijn bemoeienis meer winst voor me zal maken.'

Elen rekte haar hals om naar de top van de enkele mast te kijken, terwijl ze zich de mannen voorstelde die in de touwringen omhoogklommen om de positie van het grote, vierkante zeil te veranderen.

'Het wordt een prachtige zonsondergang,' zei Rhys in haar oor terwijl hij zijn armen om haar middel liet glijden.

Ze keek naar de horizon in de gloed van de laatste, heldere zonnestralen, en leunde achterover in zijn armen. 'Zou je graag met hen meegaan?' vroeg ze zacht.

Hij was even stil. 'Ik geloof het niet,' zei hij langzaam.

'Maar je mist de zee,' zei ze.

'Zij was mijn eerste liefde, daar ben ik een man geworden. Maar ze is een jaloerse maîtresse.' Hij aarzelde voordat hij verderging. 'En ik heb het gevoel dat ik niet langer een maîtresse nodig heb.'

Elen hield haar adem in.

'Ik hou van je, Elen.' Het was zo eenvoudig gezegd, zonder ophef, gewoon een simpele constatering van een feit. Toen zijn armen zich steviger om haar heen sloten, en ze de lucht zagen vervagen van vurig rood naar de eerste koele avondtinten, wist ze dat ze nog nooit zo gelukkig was geweest.

8

April 1199

Dickon logeerde al ongeveer een week bij Rhys en Elen. Hij en Rhys konden heel goed met elkaar opschieten, en waren vaak diep in gesprek verwikkeld over verschillende onderwerpen. Dickon was niet zo belezen als Rhys, maar hij koesterde een grote belangstelling voor de astrologie, waarbij zijn ideeën op één lijn lagen met de populaire Arabische teksten die spraken van een direct verband tussen de beweging van de sterren en gebeurtenissen op aarde. Zoals bij veel van zijn leeftijdgenoten, was deze overtuiging niet in het minst tegenstrijdig met zijn vertrouwen in God. Hij kon heel vurig over het onderwerp worden, en Rhys was soms opzettelijk traag van begrip om een heftige reactie van zijn zwager uit te lokken, iets wat Dickon al snel doorhad, zodat hij Rhys' grijns goedmoedig beantwoordde. Het was tijdens een van deze discussies dat Dickon zich tot Elen richtte.

'Je bent onnatuurlijk stil vandaag, Elen. Wat denk jij, beheersen de sterren zowel de bovennatuurlijke als de natuurlijke wereld?'

Elen keek op van haar borduurwerk, en dacht zorgvuldig na voordat ze antwoord gaf. Ze had een veel hechtere band met Dickon gekregen, maar ze had hem nooit aanleiding gegeven te denken dat de minieme verschillen in haar, vergeleken met het jonge meisje dat hij ooit had gekend, een andere achtergrond hadden dan het feit dat ze terug was in Wales, waar het platteland en het huwelijk haar zoveel meer vrijheid gaven. Het was ook een geluk dat hij zo´n tien jaar ouder was dan zij, zodat hij geen al te hechte band met een kind van zijn vaders tweede vrouw kon hebben gehad. Ze had er echter voor gewaakt te zeer betrokken te raken bij dit onderwerp, want ongeacht hoeveel deze twee mannen van haar hielden, zelfs zij zouden met stomheid geslagen zijn geweest over haar astrologische kennis. Bovendien was het leuk om hier te zijn, waar het mysterie van de hemelen nog enigszins overheerste. Daarom ontweek ze de vraag behoedzaam door te zeggen: 'Ik denk dat onze voorouders de sterren heel uitgebreid hebben bestudeerd. Ik zou de grote stenen bij Salisbury wel graag willen zien, was dat niet een soort tempel?'

Dickon had Stonehenge bezocht en stond op het punt vol enthousiasme over zijn favoriete onderwerp te beginnen, toen er een boodschapper voor hem kwam. Het perkament droeg het zegel van zijn vader, en hij opende het welgemoed, in de verwachting dat het slechts instructies zou bevatten met betrekking tot een of andere zaak die zijn vader hem wilde laten afhandelen. Zijn gezicht werd echter asgrauw toen hij de inhoud las.

'Dickon, wat is er in 's hemelsnaam? Is er iets met je vader gebeurd?' vroeg Elen, ontzet door zijn onbeweeglijkheid. Dickon keek op en gaf de brief toen aan Rhys met de woorden: 'De koning is dood.'

'En John heeft nu de Engelse troon in handen,' zei Rhys terwijl hij de boodschap vluchtig doorlas. Heer, sta ons bij, dacht hij bij zichzelf.

Dickon herstelde zich vlug. 'Zoals je begrijpt, Rhys, wil mijn vader dat ik onmiddellijk naar huis terugkeer. Engeland en Normandië hebben Johns recht om te regeren erkend, maar dat zal niet zo makkelijk gaan met de andere gebieden. Philip van Frankrijk heeft zich, uiteraard, uitgesproken voor Arthur. Mijn vader vindt dat ik naar Normandië moet gaan om aanwezig te zijn wanneer John tot hertog wordt uitgeroepen, en dan bij hem te blijven totdat hij zijn bezittingen veilig heeft gesteld en in staat is naar Engeland over te steken.' Hij stond op. 'Als je me zou willen excuseren, dan kan ik maar beter gaan om mijn mannen het nieuws vertellen en hun te instrueren om morgenochtend vroeg klaar te staan voor vertrek.'

Nadat hij hen had verlaten, schonk Elen twee bekers wijn in en gaf er een aan Rhys.

'Owain heeft ooit gezegd dat als John koning werd, dit weinig goeds voor Wales zou betekenen. Te oordelen naar de uitdrukking op je gezicht, vermoed ik dat je het met hem eens bent,' zei ze.

'Kijk naar wat er al in het zuiden is gebeurd. Hij heeft het grootste van de Marcher-heerschappijen in bezit, en daar stopt zijn belangstelling niet. Het is algemeen bekend dat hij Maelgwyn in Deheubarth steunt, en nu staat de koninklijke schatkist tot zijn beschikking.' Somber nam Rhys een slok, meer hoefde hij niet te zeggen.

'Ik vraag me af of Owain het weet, is hij bij Llywelyn?' vroeg ze.

'Nee, hij is op zijn eigen landgoed. Ik zal een boodschap sturen, uiteindelijk zouden wij het ook nog niet hebben geweten als Dickon hier niet was geweest.'

De volgende ochtend liepen Rhys en Elen met Dickon naar de binnenplaats, waar zijn mannen verzameld waren, klaar voor vertrek.

'Wel, Dickon, het lijkt erop dat je steun in moeilijke tijden niet voor niets is geweest. Je hebt de koning die je wilde,' zei Rhys.

Dickon draaide zich om en keek hem ernstig aan. 'Ik steun John niet in alles, Rhys, maar Richard was nooit in Engeland, hij gebruikte het land alleen om zijn onophoudelijke kruistochten te financieren. Hij mag dan een van de grootste soldaten van alle christenen zijn geweest, Engeland heeft behoefte aan een koning die haar belangen behartigt. John zal geen afwezige koning zijn, hij zal nauw betrokken willen zijn bij het koninkrijk, en dat is wat we nodig hebben.'

'En precies wat wij níet nodig hebben,' zei Rhys.

'Ik denk niet dat het uit zal pakken zoals jij vreest, Rhys. John zal de macht die hij na zo lang wachten heeft weten te vergaren door niets laten bedreigen. Hij zal de invloed van de De Breos' en de Mortimers en dat soort lieden willen inperken.'

Nadat hij zijn zegje had gedaan, wendde hij zich naar Elen om haar te omhelzen. 'Pas goed op jezelf, Elen. Het spijt me dat ik dit bezoek vroegtijdig moet afbreken, maar ik zal bericht sturen zodra ik in Engeland ben teruggekeerd.'

Elen omhelsde hem op haar beurt en mompelde dezelfde wensen.

Dickon besteeg zijn paard en keek neer op zijn zus en zwager. 'Pas goed op mijn zuster,' zei hij tegen Rhys.

'Dat doe ik altijd,' antwoordde Rhys, met een koele ondertoon in zijn stem.

Toen Dickon en zijn mannen wegreden, slaakte Elen een zucht. 'Je gelooft niet wat hij over John zegt, is het wel?'

'Nee, maar ik denk dat Dickon het wél gelooft,' antwoordde Rhys.

Elen staarde naar het in de verte verdwijnende stof van de paarden. In haar hart wilde ze niets liever dan Dickon geloven, maar diep vanbinnen wist ze dat Rhys gelijk had, en dat er donkere tijden in het verschiet lagen. En net zoals iedereen om haar heen kon ze alleen maar afwachten.

Mei 1199

Rhys keek geamuseerd naar Elen, die van de hete bessendrank nipte die ze, toen ze hier haar intrede deed, meteen aan Ceredwyn had geleerd.

'Ik begrijp niet hoe je dat spul kunt drinken. Weet je zeker dat je niet liever een beker mede hebt?' zei hij.

Elen blies in de hete vloeistof voordat ze nog een slokje nam. 'Je zou het eens moeten proberen, misschien zou je verbaasd staan van jezelf en het lekker vinden. Bovendien denk ik dat het beter voor me is dan altijd maar wijn of mede drinken.'

'Maar dat is alles wat je de laatste week hebt gedronken. Ben je ziek?' zei hij een tikje bezorgd.

Ze keek om zich heen, er was niemand binnen gehoorsafstand, en ze waren alleen bij de haard. 'Niet ziek,' zei ze, en toen kon ze een grijns niet meer bedwingen.

'Ben je in verwachting?' vroeg Rhys, terwijl er een brede glimlach op zijn knappe gezicht doorbrak toen ze instemmend knikte. 'Weet je het zeker?' vroeg hij.

'Vorige week is mijn vloeiing voor de tweede keer uitgebleven,' antwoordde ze.

'O, mijn liefste,' zei hij, en binnen één tel was hij aan haar zijde. 'Dit is het beste nieuws dat ik in lange tijd heb gehoord.'

'Dus je bent blij?'

'Blij! Ik ben verrukt, waarom denk je dat het anders zou zijn.' Hij legde zijn hand op haar buik. 'Als het een meisje is, hoop ik dat ze op haar moeder lijkt,' zei hij teder.

'Vreemd dat je direct aan een meisje denkt, waarom niet aan een zoon?' vroeg ze geamuseerd.

'Ik heb geen zonen, ik schijn aanleg te hebben om meisjes te krijgen.'

Rhys praatte nauwelijks over zijn kinderen die bij hun moeders in het buitenland woonden, hetgeen de reden was waarom Elen niet zeker wist of hij blij zou zijn met haar zwangerschap. Ze voelde een steek van jaloezie omdat dit voor hem niet de eerste keer was, maar één blik op zijn stralende gezicht leerde haar dat hij echt graag haar kind wilde, hun kind.

Rhys fronste zijn voorhoofd. 'Maar ik begrijp nog steeds niet waarom je de wijn laat staan,' zei hij.

Aangezien Elen geen behoefte voelde om uit te weiden over de gevaren van alcohol, haalde ze slechts haar schouders op en zei: 'Ik heb het idee dat ik er misselijk van word,' in de wetenschap dat hij daar niet aan zou twijfelen.

'Ik kan niet wachten om het aan iedereen te vertellen, vooral aan Owain. We zullen ze uitnodigen om een weekend te komen jagen, en dan kunnen we het vertellen,' zei Rhys.

Elen legde een hand op zijn arm om te voorkomen dat hij het luidkeels aan iedereen in de zaal zou gaan vertellen. 'Laten we het voorlopig nog onder ons houden, lief, tot er in ieder geval nog een maand is verstreken en de baby wat steviger in mijn schoot zit.' Ze wachtte even. 'Bovendien wil Ceinwyn wanhopig graag een baby, en ik wil haar niet onnodig van streek maken.'

Rhys kuste haar teder. 'Zoals je wilt, dan wachten we nog een maand. Wanneer denk je dat het geboren zal worden?'

'Volgens mijn berekeningen zou het eind januari moeten zijn. Een nieuw leven voor een nieuwe eeuw,' antwoordde Elen met een glimlach.

'Pas op, mijn lief, je klinkt haast sentimenteel,' zei hij met een zacht lachje, terwijl hij zijn voorhoofd teder tegen het hare drukte in een tijdloos gebaar tussen geliefden.

'Wel, koning John heeft niet veel tijd nodig gehad om de plannen te ontvouwen die hij met Wales voor ogen heeft,' zei Rhys tegen Owain terwijl hij toekeek hoe deze zijn zwaard losgespte en een beker mede aanvaardde.

'Ik kan niet geloven dat Maelgwyn zo dwaas kon zijn,' zei Owain, die een slok uit zijn beker nam.

'Wat heeft hij nou weer gedaan?' vroeg Elen terwijl ze naar hen toe liep. Ze begroette Owain op haar gebruikelijke manier en herhaalde toen haar vraag.

'Koning John heeft bij Koninklijk Besluit Ceredigion en Emlyn toegewezen aan Maelgwyn. In ruil heeft Maelgwyn alle rechten over Cardigan Castle aan de Engelse troon overgedragen.'

Elen was geschokt. 'Was dat niet zijn vaders favoriete residentie?' Via Rhys was ze bekend geraakt met de heersende dynastieën, aangezien hij, net als de meeste Welshmannen van zijn tijd, veel belang hechtte aan familiebanden.

'Wel, daarmee heeft hij zijn kansen om Deheubarth enige werkelijke macht te geven verknald,' zei ze terloops, zodat de mannen een meesmuilende glimlach uitwisselden vanwege haar botheid, en de sfeer wat luchtiger werd.

'Zo, Elen, hoe gaat het?' vroeg Owain, doelend op de lichte zwelling die zich begon te vormen. 'Ik had Ceinwyn mee willen nemen, maar ze voelt zich de laatste tijd niet zo goed,' vervolgde hij, niet helemaal op zijn gemak omdat hij alleen was gekomen.

'Ik begrijp het, Owain. Het moet moeilijk voor haar zijn,' zei Elen hartelijk, aangezien ze zich maar al te goed kon voorstellen hoe Owains vrouw zou hebben gereageerd op het vooruitzicht van dit bezoek. 'Ze heeft tijd nodig, dat is alles.'

Owain knikte kort en was dankbaar toen Rhys het gesprek weer op de lopende zaken bracht. Al was hij nog zo dol op zijn vrouw en op Elen, hij voelde zich ongemakkelijk wanneer er vrouwenproblemen werden besproken. Elen liet de twee mannen verder discussiëren en trok zich terug in de bovenkamer. Ze was van plan om haar broer te schrijven en te informeren of hij meer inzicht had in de bedoelingen van de Engelse koning.

November 1199

Elen luisterde naar de hevige regen die op de keien kletterde terwijl ze toekeek hoe een bediende meer hout op het vuur stapelde. Ze verschoof in haar stoel in een poging een comfortabeler houding te vinden, iets wat ze steeds moeilijker vond. Ze sprong verschrikt op toen Rhys plotseling via de gang achter het wandtapijt hun slaapkamer binnenkwam.

'Moet je echt daarlangs naar binnen sluipen,' zei ze boos.

'Het is de kortste route, maar desondanks ben ik doorweekt,' antwoordde hij opgewekt.

De trap die vanaf deze doorgang omhoog voerde, kwam uit op de kantelen, die, als je ze naar de andere kant volgde, naar een andere trap leidde, die je naar beneden bracht naar een verborgen ingang van een gastenvertrek, helemaal aan het eind van het gebouw waarin de grote zaal gehuisvest was. Ze hadden altijd plezier over het feit dat Rhys' vader deze daar had laten maken om een dame te kunnen bezoeken zonder door alle andere vertrekken te lopen, en zo de rendez-vous geheim te houden, althans, zo dacht hij. Rhys had het gastenvertrek de laatste tijd als studeerkamer gebruikt om Elen de tijd en de ruimte te geven nu haar bevalling naderde. Als hij tot laat doorwerkte, gebruikte hij de route over de kantelen om te voorkomen dat hij mensen zou storen die in andere kamers of in de grote zaal lagen te slapen, of als het weer zo slecht was als vanavond, omdat deze route korter was en een beetje meer beschut dan die over de open binnenplaats. Hij zag meteen dat Elen vanavond in een prikkelbare stemming was.

'Het spijt me, liefje, het moet frustrerend zijn om hier opgesloten te zitten. Hopelijk is het morgen mooi weer, en kun je je buitenshuis wagen.'

'Betuttel me niet,' snauwde ze, om er onmiddellijk spijt van te hebben. 'Nee, het spijt me. Ik moet mijn slechte humeur niet op jou afreageren. Ik kan alleen de gedachte niet verdragen dat het nog drie maanden duurt,' en ze spreidde haar handen over haar uitpuilende buik. Ze kromp ineen. 'Oef, ik geloof dat ze daarbinnen tegen een bal aan het schoppen zijn. Zo is het al de hele dag!'

Rhys kwam naar haar toe. 'Denk je nog steeds dat je een tweeling verwacht?' vroeg hij.

'Ik weet het zeker. Kijk eens hoe dik ik ben!'

Hij leek nog steeds niet overtuigd, dus Elen pakte zijn hand en legde deze resoluut op haar buik. Met haar hand over de zijne om hem te leiden, legde ze uit: 'Hier is een hoofd, kun je het voelen?'

Hij knikte glimlachend, en zei vervolgde: 'Beweeg nu eens hierheen, dan kun je een arm voelen.' Bij het zien van zijn knikje, bewoog ze naar een andere kant en zei: 'En hier kun je nog een hoofd voelen.'

Rhys voelde uiterst geconcentreerd; toen lichtte zijn gezicht op en hij glimlachte breed. 'Ja, je hebt gelijk! O! Ik voelde een schop,' en hij hield zijn hand daar, in vervoering gebracht door wat hij ervoer.

Het intieme moment werd verstoord door een klop op de deur, en een van Rhys' schildknapen kwam binnen. 'Neem me niet kwalijk, milord, maar er is een boodschapper voor Lady Elen gearriveerd.'

'Laat hem binnenkomen, Huw,' zei Rhys.

Een jonge man, helemaal doorweekt, werd binnengebracht.

'Maar Sion, wat brengt jou hier?' vroeg Elen terwijl hij boog en haar het perkament overhandigde. 'Sion maakt deel uit van de huishouding van mijn grootmoeder,' legde ze Rhys uit.

Er was iets aan de manier waarop Sion daar stond, het hoofd gebogen, haar blik ontwijkend, waardoor er alarmbellen in haar hoofd gingen rinkelen, en ze verbrak met trillende handen het zegel op het perkament. Ze las vlug en keek toen op naar Rhys, haar ogen gevuld met tranen. 'Mijn grootmoeder is dood,' zei ze.

'Huw, neem Sion mee, geef hem eten en drinken en zoek een stel droge kleren voor hem,' zei Rhys kortaf tegen zijn schildknaap. 'Dank je, Sion, voor het maken van deze reis in dit verschrikkelijke weer. Huw zal voor je zorgen,' zei hij tegen de jonge boodschapper. De twee jongens vertrokken, en Rhys richtte zijn aandacht weer op Elen. Hij schonk een beker kruidenwijn voor haar in en gaf deze aan haar.

'Ik sta erop dat je dit drinkt, je hebt een schok gehad, mijn lief.'

Ze nam de beker aan en dronk, dankbaar voor de warmte en de geurigheid ervan. In het voorbije jaar sinds Elen haar grootmoeder voor het eerst had ontmoet, had ze haar vaak bezocht, en haar op Coed Celli te logeren gehad. Ze kon niet geloven dat haar enige echte bondgenoot, iemand die werkelijk alles van haar wist, haar al zo snel ontnomen was, en bovendien in een tijd dat ze haar juist het hardste nodig had.

'Ze verheugde zich er zo op om overgrootmoeder te worden,' zei ze met gebroken stem. Ze bedekte haar gezicht met haar handen, niet in staat om de tranenvloed te bedwingen. Rhys ging naar haar toe en nam haar in zijn armen, streelde haar rug, kuste haar hoofd en maakte kalmerende geluidjes. Uiteindelijk nam het snikken af, en ging ze rechtop zitten om haar neus te snuiten.

'Ze was alleen verkouden, althans, dat dachten ze. Maar ze werd ongelofelijk zwak en stierf binnen veertien dagen,' vertelde ze hem snuffend. 'De begrafenis zal inmiddels al geweest zijn, hoewel ik er toch niet naartoe had kunnen gaan. Ik ga naar de kapel,' zei ze, en ze ging staan. Ze verdween door de doorgang en nam de trap naar beneden, naar de kapel onder hun slaapkamer.

Rhys pakte de brief en las hem in stilte door, en bekeek toen de inhoud van de doos die erbij hoorde. Hij dicteerde een brief, en tevreden over wat hij had geschreven, ondertekende en verzegelde hij de brief en regelde de verzending ervan.

Op dat moment keerde Elen terug in de slaapkamer, verrast hem daar nog steeds wachtend op haar aan te treffen.

'Ik dacht dat ik je maar gezelschap moest houden en vanavond maar hier met je moest eten,' zei Rhys terwijl hij haar naar haar stoel hielp.

'Dat is niet nodig, ik kom wel naar de grote zaal,' antwoordde ze met een glimlach. 'Ik zit hier al dagen opgesloten, en moet onder de mensen zijn, juist vanavond. Ik wil gelach horen, luide conversatie en muziek!' Ze legde haar hand beschermend op haar buik. 'En deze twee kleintjes ook.'

'Het regent nog steeds heel hard,' zei Rhys, die betwijfelde of ze zich wel buitenshuis moest wagen.

'Ik zal heus niet smelten,' antwoordde ze op een toon die een einde maakte aan elke discussie. 'Heb ik iets gekregen van mijn grootmoeder?' vroeg ze zacht.

'Ja, een heel groot deel van haar juwelen,' antwoordde hij, terwijl hij haar een aantal van de sieraden liet zien. 'Kennelijk had je vaders neef een hoge dunk van haar, en was hij bereid haar laatste wensen te uit te voeren.'

'Omdat zijn eigen ouders overleden zijn, speelde ze een heel grote rol in zijn leven,' zei Elen nadenkend. 'Ik ben blij dat ik iets door te geven heb,' zei ze, met één hand haar buik strelend, en met de andere hand een van de sieraden betastend. Haar grootmoeder was haar laatste, en enige, connectie met haar vorige leven. Deze kleintjes verbonden haar onlosmakelijk met dít leven, en ze zou als moeder niet tekortschieten. Ze haalde diep adem en kuste haar echtgenoot. 'Nu ben ik klaar voor het diner, laten we naar de grote zaal gaan.'

Het nieuwe jaar kwam snel, en naarmate Elens tijd naderde, werd ze alsmaar angstiger voor de feitelijke geboorte. De koude realiteit van het leven in dit tijdperk beangstigde haar. Het enige waar ze aan kon denken, was hoe primitief de medische wetenschap was, dat ze geen effectieve pijnstillers zou hebben, en hoeveel vrouwen er stierven tijdens het baren. Opnieuw wenste ze dat ze zich niets meer van haar vorige leven kon herinneren, waar alle mogelijke technologie beschikbaar was om het proces van baby's ter wereld brengen te vergemakkelijken. Voor haar niet de schone, steriele omgeving van een ziekenhuiszaal, bijgestaan door een zelfverzekerde medische staf met allerlei middelen bij de hand om de pijn weg te nemen of hen allemaal in leven te houden. Onafgebroken peinzend over dergelijke dingen, voelde ze zich angstig en intens alleen. Ze kon er met niemand over praten, en ze miste haar grootmoeder heel erg. Gedurende de hele zwangerschap had ze erop gerekend dat zij haar door de beproeving heen zou slepen, en nu bracht haar dood niet alleen enorm veel verdriet, maar ook een haast ziekelijke angst. Het werd nog erger gemaakt door de aanwezigheid van Gwenllian. Rhys was zich niet bewust van de ware vijandschap tussen de twee vrouwen, en had oprecht gedacht dat het voor Elen nuttig zou zijn om haar om zich heen te hebben.

Tijdens de kerstdagen had Elen haar angsten naar de achtergrond gedrongen, en ze slaagde er zelfs in om te genieten van de nieuwjaarsfestiviteiten. Ze was zich scherp bewust van de overgang naar het jaar 1200, de nieuwe eeuw. In haar herinnering was dit een van de meest gedenkwaardige eeuwen, en het deed haar plezier het begin ervan mee te maken. De euforie duurde niet lang, en op twee januari begonnen haar weeën. Het was bitter koud, maar een wolkeloze blauwe hemel had er een werkelijk prachtige winterdag van gemaakt. Rhys vergezelde haar over de binnenplaats, toen ze plotseling hijgde en zijn arm vastgreep terwijl er een pijnscheut door haar heen ging.

'Elen, wat is er?' riep Rhys uit.

'Ik denk dat het is begonnen,' zei ze, haar buik omklemmend. 'Maar dat kan niet, het is te vroeg!' riep ze paniekerig, terwijl al haar angsten op slag terugkeerden.

'Kom, we moeten je binnen zien te krijgen,' zei hij, en ondanks haar omvang tilde hij haar moeiteloos op en beklom vlug de trap naar hun slaapkamer, in stilte dankbaar dat hij de vroedvrouw al voor Kerstmis had gevraagd bij hen te komen. Toen hij hun kamer binnenkwam, kwamen de dames onmiddellijk in actie.

Terwijl Rhys haar neerzette, zei hij: 'Je bent in goede handen nu, alles komt goed, mijn lief.'

Hij draaide zich om en wilde weglopen, maar Elen greep zijn arm. 'Je gaat niet weg, je kunt me niet alleen laten,' zei ze, met een paniekerige ondertoon in haar stem.

'Elen, ik kan niet blijven, ik heb hier niets te zoeken.'

'Maar je zei dat je bij me zou zijn,' fluisterde ze.

'En dat ben ik. Ik ben aan de overkant, in de grote zaal. Gwenllian zal me laten weten wat er gebeurt.' Terwijl hij sprak, maakte hij haar vingers los, niet in staat naar haar angstige gezicht te kijken. Toen hij de kamer ontvluchtte, had hij het beklemmende gevoel dat hij haar in de steek liet, dat hij haar alleen liet om de confrontatie aan te gaan met iets wat ze misschien niet in haar eentje aankon.

De weeën bleven de hele middag komen, en tegen de tijd dat de dag goed en wel was overgegaan in de nacht, waren de pijnen al een aantal uren heel hevig. Elen had nog nooit dergelijke pijn gekend; op het moment dat de ene wee vervaagde, stak de andere de kop op, golf na golf van vernietigende pijn die haar overspoelde. Haar lichaam baadde in het zweet, en haar ogen konden nauwelijks iets onderscheiden. Haar hele wezen was op de volgende aanval gericht. Als er een korte adempauze was, dan schoof de vroedvrouw haar hand diep bij haar naar binnen, om een of ander honingzalfje aan te brengen dat geacht werd te helpen. Elen was nu te zwak om te protesteren, zich niet langer bewust van de relatief geringe hoeveelheid pijn die de vroedvrouw veroorzaakte. Haar ademhaling kwam in korte stoten terwijl haar lichaam zich voorbereidde op de volgende golf. O God, help me, dacht ze verwilderd, dit hou ik niet veel langer vol. Ze kon zien dat de vrouwen verontruste blikken uitwisselden toen de vroedvrouw iets tegen hen mompelde. Waarom komen ze er niet uit, wilde ze vragen, maar haar handen omklemden de randen van de baarkruk, en ze gilde toen haar lichaam opnieuw door pijn werd verscheurd. Waar was Rhys, ze had hem nodig, ze kon het niet in haar eentje.

'Haal Rhys,' hijgde ze toen de pijn begon te zakken.

Gwenllian kwam dichterbij. 'Je weet dat we dat niet kunnen doen, Elen, een man hoort niet bij een geboorte aanwezig te zijn.'

Mijn God, ze geniet hiervan, dacht Elen. Ze greep Gwenllian bij de hals van haar japon en zei met opeengeklemde tanden, ieder woord een krachtsinspanning: 'Haal mijn man, jij huichelachtig kreng.'

Gwenllian keek naar haar met samengeknepen, fonkelende ogen. 'Nee,' zei ze dicht bij Elens oor, zodat de andere vrouwen het niet konden horen, en vervolgens rukte ze zich los uit Elens greep, en terwijl ze ging staan, zag Elen de vage glinstering van een triomfantelijke glimlach.

Ze wil hem niet gaan halen, lieve God, sta me bij, jammerde Elen in zichzelf. Ze gilde toen er weer een pijnscheut kwam, en ze schreeuwde Rhys' naam met alle kracht die ze over had. Toen wist ze dat ze de pijn niet meer kon verdragen, ze was te moe, te moe om te denken, te moe om zich ergens om te bekommeren, ze wilde het gewoon allemaal achter zich laten, en terwijl ze de duisternis verwelkomde die over haar neerdaalde, voelde ze de pijn wegglijden. Langzaam deed ze haar ogen open en keek neer op het tafereel in haar slaapkamer. Ze kon zichzelf ineengezakt op de kruk zien zitten, haar onderhemd aan haar bezwete lichaam geplakt. De vroedvrouw was wanhopig in de weer tussen haar benen, en Gwladys en Alice probeerden haar aan het praten te krijgen. Maar ze wilde niet praten, ze wilde op deze rustige, pijnloze plaats blijven.

Rhys was al een paar keer naar de bovenkamer geweest, om steeds van Gwenllian te horen te krijgen dat alles in orde was en dat hij zich geen zorgen hoefde te maken. Maar hij kon geen rust vinden, en ijsbeerde als een gekooid dier door de grote zaal. Om hem heen waren mensen opgewonden aan het praten over de vreemde gebeurtenissen rond de maan, en er was een constante stroom van hen naar de top van de toren. Niet in staat om hun gekwebbel nog langer aan te horen, greep Rhys een wijnfles en beende door de grote zaal naar zijn studeervertrek aan het eind. Daarvandaan beklom hij de trap naar de eenzaamheid van dat deel van de kantelen. Hij keek omhoog naar de hemel en bestudeerde de vorderingen van een volledige maansverduistering. Hij dronk uit de wijnfles omdat hij behoefte had aan de troost die deze bood bij elke schreeuw vanuit de bovenkamer die in de stille avondlucht doordrong. Hij keek naar de volle maan, die bloedrood aan de heldere hemel hing, en stralen als vuur uitzond.

'Allemachtig, laat dit geen slecht voorteken zijn,' zei hij hardop, terwijl zich ondanks de kou zweetdruppels op zijn bovenlip vormden.

Hij wist niet hoe lang hij daar stond, als gehypnotiseerd door de maan, maar plotseling voelde hij meer dan dat hij hoorde dat zijn naam weerklonk in een enkele, angstige kreet. Het leek van diep uit zijn binnenste te komen. Zijn nekharen gingen recht overeind staan.

'Elen! O, lieve heer, Elen!' schreeuwde hij uit, en hij liet de fles vallen, rende over de kantelen, de trap af, en stormde via de doorgang de slaapkamer binnen. Hij aanschouwde het tafereel dat erger was dan zijn wildste dromen, en toen hij de paniek op de gezichten van de vrouwen zag, werd hij bevangen door angst.

Na de schok van Rhys' verschijning uit het niets, begon de vroedvrouw tegen zijn aanwezigheid te protesteren, terwijl Gwladys zich praktisch op hem stortte.

'O, milord, Godzijdank dat u er bent. Milady, ze – we kunnen geen reactie uit haar krijgen,' zei ze, en begon te huilen.

Rhys stormde langs haar heen en ging naar Elen toe. Ze was zo wit, alsof alle bloed uit haar was weggevloeid, en onwillekeurig kwam het beeld van de bloedrode maan bij hem boven. Ongeduldig onderdrukte hij zijn bijgeloof.

'Wat gebeurt hier, waarom helpen jullie haar niet?' wilde hij weten.

'De baby's doen er te lang over, ze heeft het opgegeven, milord,' zei de vroedvrouw.

'O nee, dat heeft ze niet, ze zou het nooit opgeven,' zei hij resoluut. Hij knielde voor Elen neer, nam haar hand zacht tussen zijn handen en zei: 'Elen, Elen mijn liefste. Ik ben er nu, praat tegen me.' Ze keek hem aan met niets ziende ogen, haar hoofd een dood gewicht in zijn handen. Hij kon haar ademhaling heel vaag bespeuren, en vechtend tegen de golf van paniek greep hij haar bij de schouders en schudde haar door elkaar.

'Elen! Je geeft het niet op, de baby's hebben je nodig, ík heb je nodig,' schreeuwde hij gekweld. 'Kom bij me terug.'

Elen keek van boven toe. 'Rhys, je bent gekomen,' fluisterde ze. Toen ze zijn paniek zag, wilde ze haar hand naar hem uitsteken, hem aanraken, hem vertellen dat hij het wel zou redden. Ze hief haar hand op, en plotseling hapte ze naar adem toen de pijn haar opnieuw overmande, en ze weer terug was tussen het braaksel, het slijm en de pijn, Christus, de pijn. Ze keek Rhys nu recht aan en zag voor het eerst echte angst in zijn ogen.

'O, Godzijdank,' fluisterde hij, 'ik dacht dat ik je kwijt was.'

'Ik kan het niet alleen, Rhys, je moet me helpen.' Ze sprak hortend, en tranen vermengden zich met het zweet dat langs haar gezicht stroomde.

'Ik zal alles doen, zeg het maar.'

'Ik moet opstaan.' De pijn was afgenomen, en ze werd zich bewust van een groeiende kramp in haar benen. Hij hielp haar overeind, met zijn handen onder haar oksels.

'Leun maar tegen me aan,' zei hij, en ze liet haar verhitte voorhoofd in zijn koele hals rusten, terwijl haar handen zich om zijn bovenarmen klemden. Ze liepen een paar passen, en ze voelde het leven in haar benen terugvloeien. Plotseling beet ze in zijn schouder, en hij voelde haar nagels door zijn tuniek heen in zijn armen klauwen. Ze liet zich in hurkzit vallen terwijl de felste pijn tot nu toe haar verscheurde.

'Breng haar terug naar de kruk, milord,' beval de vroedvrouw. 'Leg haar nu op haar zij, terwijl ik haar onderzoek.' Ze tilde Elens hemd op en duwde haar hand tussen haar benen. 'Ik kan het hoofdje voelen. Eindelijk, madame. Hou vol, het duurt nu niet lang meer.'

Rhys stond achter Elen en bracht zijn handen omlaag, zodat ze zich daaraan kon vasthouden.

'Nu persen, madame, persen!' zei de vroedvrouw.

Rhys klemde zijn kaken op elkaar terwijl Elens greep zich verstevigde als een bankschroef, en ze uit alle macht perste. Precies op het moment dat ze dacht dat ze echt in tweeën zou worden gescheurd, voelde ze het losbreken en naar buiten glijden. De opluchting was enorm, en ze zonk achterover, zwaar hijgend.

Ze tuurde naar beneden en zag Gwladys en de vroedvrouw koortsachtig werken. 'Wat is er mis?' vroeg ze angstig.

'Rustig maar, madame, we moeten de navelstreng doorknippen. Nu even niet meer persen, gewoon diep ademhalen totdat ik het zeg.'

De vroedvrouw wendde zich naar Gwladys en overhandigde haar de baby. 'Hou hem daar stevig vast, hij heeft de tweede baby met zich meegesleept, maar zijn navelstreng zit klem om de nek van de tweede. Hou hem stevig vast.'

Gwladys keek toe terwijl de vroedvrouw haar vinger onder de navelstreng haakte en deze behendig over het kleine, uitstekende hoofdje liet glijden. Terwijl ze dit deed, slaakte de baby die Gwladys in haar armen hield een gezonde kreet.

'Neem hem mee en maak hem schoon,' zei de vroedvrouw tegen Gwladys, en ze richtte haar aandacht weer op Elen.

'Nou, madame, nog één keer flink persen.'

Met een laatste pijnuitbarsting werd de tweede baby de wereld in geduwd. Hij bleef echter heel stil liggen, en Rhys keek hulpeloos toe terwijl de vroedvrouw het kleine hoofdje en handje masseerde, die er allebei heel grauw uitzagen. Toen veranderde de kleur langzaam in roze, en het kleine hoopje bewoog en slaakte een klein, jammerend kreetje. Plotseling realiseerde Rhys zich dat hij al die tijd zijn adem in had gehouden, en hij ademde met een vreugdekreet van verlichting uit.

Toen de vroedvrouw het kind optilde en hem schoonmaakte, zei ze opgewekt: 'Het is maar goed dat hij aan het duimen was, want anders zou de navelstreng hem beslist hebben gewurgd. En nu, milord, heeft u twee gezonde zonen!'

Elen slaakte een plotselinge kreet. 'Mijn God, niet nog een,' zei ze.

'Nee, madame, het is enkel de nageboorte die er nog uit moet. Nog even geduld, het is bijna voorbij.' Ze werkte met Elen totdat alles was uitgedreven.

Terwijl zij de boel opruimde, ging Rhys naar Elen toe en nam haar in zijn armen, het bloed en het slijm negerend. 'Ik kan het niet geloven,' zei hij, zo trots als een pauw. 'Je hebt me niet één, maar twee zonen geschonken!'

'Mag ik ze zien,' zei ze met een vermoeide glimlach.

'Zodra we je hebben opgefrist,' zei de vroedvrouw resoluut nu ze de touwtjes weer in handen had. 'Milord, als u ons nu alleen zou willen laten. U kunt terugkomen nadat Lady Elen in bed is gestopt,' en ze loodste Rhys de slaapkamer uit, die blij was het tafereel achter zich te kunnen laten.

Toen hij later de kamer binnenkwam, was de rommel weggeveegd en waren er schone, zoetgeurende biezen op de vloer gestrooid. Elen zat rechtop in bed en zag er stralend uit, alle herinneringen aan de beproeving waren vergeten. Er lagen twee strak ingebakerde bundeltjes naast haar. Hij schoof de gordijnen opzij en keek neer op de twee piepkleine roze gezichtjes, terwijl twee paar ernstige ogen hem aanstaarden.

'Zijn ze niet prachtig,' zei Elen vol verwondering. 'Kijk eens naar hun perfecte vingertjes, hun tenen.'

Rhys was verbaasd door de tegenstrijdige emoties die hij voelde, en toen hij Elens blik ontmoette, vulden zijn ogen zich met tranen.

'Ik dacht dat ik je kwijt was,' zei hij bars.

'Zo makkelijk kom je niet van me af,' antwoordde zij al even geëmotioneerd. Vervolgens drukte ze hem dicht tegen zich aan terwijl hij zachtjes in haar armen huilde.

9

Juli 1200

Elen gaf Hywel terug aan de min en maakte zichzelf weer toonbaar. Ze had de baby's zelf willen voeden, maar had niet genoeg melk voor twee, en met tegenzin had ze een min in dienst genomen. Het had heel goed uitgepakt, en ze was heel erg gesteld geraakt op Bronwyn, dus ondanks het feit dat de jongens bijna gespeend waren, had ze besloten haar als voltijds kindermeisje aan te houden. Elen keek neer op Hywel en Dafydd, die samen in hun wiegje lagen, en dankte de hemel dat het welvarende, gezonde jongens waren. Ze had haar grootmoeder ooit verteld dat ze Rhys niet zou kunnen verlaten, maar lieve Heer, er was niets op aarde dat haar zou kunnen bewegen haar jongens in de steek te laten. Ze betastte het kristal dat ze boven hen had opgehangen; beide jongens waren dol op de kleuren die het verspreidde als het in het zonlicht heen en weer zwaaide, en ze strekten altijd gefascineerd hun mollige handjes uit naar de strepen gekleurd licht. Ze zuchtte omdat ze haar bezoekers niet langer kon laten wachten, en wendde zich van haar baby's af.

'Je weet waar ik ben, Bronwyn, als je me nodig hebt,' zei ze bij het verlaten van het vertrek.

Toen ze bij de grote zaal kwam, aarzelde ze voordat ze naar binnen ging, en ordende haar gedachten. Ze had niet verbaasder kunnen reageren toen ze had gehoord dat Owain en Ceinwyn zojuist waren gearriveerd. Ze had Owains vrouw niet meer gezien sinds ze ongeveer zes maanden zwanger was, en wist dat de jonge vrouw het moeilijk had gevonden te zien hoe Elens zwangerschap vorderde, terwijl zij er in de drie jaar dat ze getrouwd was niet in was geslaagd om zwanger te raken. Ceinwyn had zelfs de doopplechtigheid niet bijgewoond, ook al was Owain peetvader, onder het voorwendsel dat ze ziek was. Desalniettemin was Elen dol op haar, en ze wilde haar nu niet kwetsen met een onnadenkende opmerking, vooral omdat ze wist wat voor inspanning het voor haar moest zijn geweest om vandaag te komen. Ze twijfelde er niet aan dat het Owain was die op het bezoek had aangedrongen, en Ceinwyn zou alles doen om hem te plezieren. Daarom haalde Elen diep adem en ze haastte zich de grote zaal binnen.

'Wat een verrassing, het is heerlijk om jullie beiden te zien,' zei ze, hen om de beurt begroetend, in de hoop dat ze heel natuurlijk klonk.

'Ik hoop dat je het niet erg vindt dat we onaangekondigd zijn komen opdagen,' zei Owain, die haar begroeting beantwoordde.

'Natuurlijk niet, jullie zijn altijd welkom hier, dat weet je. Maar ik dacht dat je aan Llywelyns hof zou zijn, Rhys is er de afgelopen maand ook geweest.'

'Er waren wat zaken die mijn aandacht vroegen, maar ik ben nu op weg naar Aber. Ceinwyn hoopt je gezelschap te houden tijdens mijn afwezigheid.' Owain keek naar zijn vrouw, in verlegenheid gebracht door haar stilzwijgen. 'Is het niet, mijn lief?'

'Ja, het leek me de hoogste tijd dat ik naar die baby's van jullie kwam kijken,' wist Ceinwyn uiteindelijk met geforceerde vrolijkheid uit te brengen. 'Ik had al eerder willen komen, maar... nou ja, je weet hoe het is.'

Elen glimlachte naar haar. 'Ik ben heel blij dat je nu gekomen bent, ik heb behoefte aan goed gezelschap. Het lijkt hier altijd zo leeg als Rhys weg is.'

'Waar zijn de baby's?' vroeg Ceinwyn timide, nog niet helemaal zeker of ze ze wel of niet wilde zien.

'Ze doen hun ochtendslaapje. Bronwyn zal ze beneden brengen zodra ze wakker worden. Dus laten we profiteren van de rust nu het nog kan! Owain, je blijft toch wel een poosje om me op de hoogte te brengen van het laatste nieuws, hoop ik?'

Elen leidde hen naar de haard, waar een bediende verfrissingen voor hen had klaargezet.

'Voor jou heb ik altijd tijd, Elen,' zei Owain met een lachje. 'Bovendien wil ik mijn peetzonen zien voordat ik ga.'

Hij gespte zijn schede los, nam een beker mede en ging op een stoel zitten.

'Ik begrijp dat Llywelyn zijn hof op Aber volledig heeft geïnstalleerd?' zei Elen.

'Ja, na Gruffudds dood was elke vorm van oppositie tegen Llywelyns inname van Gwynedd snel afgehandeld, en we hebben er niet lang over gedaan om hem op Aber te installeren,' zei Owain triomfantelijk, glimlachend bij de herinnering.

'Dus Llywelyns ster rijst beslist,' zei Elen terwijl ze een stille toost op hem dronk.

'Er zullen vele veranderingen zijn onder zijn heerschappij, die door velen verwelkomd zullen worden, en zoals altijd door weinigen zullen worden bestreden,' vertelde Owain. Ze praatten nog even verder over de prins, totdat hij vroeg: 'Heeft je broer je alweer bezocht?'

'Nee, hij heeft het erg druk gehad de afgelopen maanden. Koning John heeft door de binnenlanden gereisd, en Dickon was daar ook bij,' zei ze waakzaam, omdat ze nooit precies wist waar Owains interesse voor haar stieffamilie vandaan kwam.

'Dus John toont veel meer belangstelling voor Engeland dan Richard ooit heeft gedaan,' merkte hij terloops op.

'We waren ons er allemaal van bewust dat dat het geval zou zijn, Owain,' zei Elen, die van onderwerp wilde veranderen. Die kans werd haar geboden toen Bronwyn en het jonge kindermeisje met de baby's de grote zaal binnenkwamen. 'Kijk eens, daar zijn ze. Kom maar eens kijken hoeveel ze gegroeid zijn.'

Owain pakte een van de kinderen. 'Wie van de twee heb ik vast,' vroeg hij, en lachte toen de baby zijn snor greep.

'Die grote gespierde bruut is Hywel,' zei Elen, eveneens lachend. 'Hij is als eerste geboren.' Ze pakte de tweede baby van Bronwyn aan. 'En dit kleine poppetje is Dafydd,' zei ze, terwijl ze hem knuffelde toen hij zijn tandvlees kwijlend over haar kin wreef.

'Ze zijn prachtig,' zei Ceinwyn zacht en heel oprecht. 'Hoe hou je ze uit elkaar?'

Elen veegde haar kin af en zette Dafydd neer op haar schoot. 'Hywel is groter dan Dafydd, al vanaf de geboorte,' vertelde ze Ceinwyn. 'Hoewel Dafydd wel inloopt. Dafydds ogen zijn donkerder, maar ze hebben zulke verschillende persoonlijkheden dat het heel makkelijk is om te zeggen wie wie is. Hywel is veel luidruchtiger, zoals je hoort! Hij is in alles het eerste, hij kon ruim een maand eerder los zitten dan Dafydd.' Ze wiegde Dafydd op haar knie heen en weer. 'Maar je ligt niet ver achter, hè, schatje,' kirde ze tegen hem.

'Nou, ik moest maar eens gaan,' zei Owain, en hij gaf Hywel weer terug aan het kindermeisje. 'Nee, blijf maar zitten, Elen. Nog een boodschap voor Rhys?'

'Alleen dat zijn vrouw en kinderen hem missen,' zei ze toen hij haar ten afscheid kuste en Dafydd over zijn hoofd aaide.

'Ik kom zo terug,' zei Ceinwyn, en ze volgde haar echtgenoot naar buiten om afscheid van hem te nemen.

Toen ze terugkwam in de grote zaal, trof ze een tafereel aan dat pijn deed aan haar hart. De kinderen zaten op de grond, en Elen zat op haar knieën naar hen toe gebogen, op hun hoogte, en hield hun allebei een wafel voor. Elen keek op toen ze Ceinwyn dichterbij hoorde komen, en zag dat de glimlach op Ceinwyns gezicht de pijn in haar ogen niet kon verhullen. Ze ging staan, veegde de kruimels van haar jurk en stopte een losse streng haar terug onder haar sluier.

Ze liep naar de tafel en zei: 'Ik heb Alun gevraagd een fles van Rhys' beste wijn boven te brengen. Ik denk dat we die wel verdienen.'

Ze gaf Ceinwyn een beker, ging tegenover haar zitten en nam een slok. Elen begon over koetjes en kalfjes te praten, totdat haar aandacht werd getrokken door een kreet van Dafydd. De vrouwen keken naar Hywel, die Dafydds wafel probeerde af te pakken, en lachten toen Dafydd deze buiten het bereik van zijn broer hield, zijn onderlip naar voren gestoken als blijk van zijn vastberadenheid om niet toe te geven.

'Elen,' zei Ceinwyn ten slotte, 'je hoeft het onderwerp niet zo te omzeilen, we kunnen best over jullie jongens praten.'

'Ik kan me zo goed voorstellen hoe moeilijk het moet zijn voor jou, en ik wil geen verkeerde opmerkingen maken,' zei Elen oprecht, dankbaar dat het onderwerp bespreekbaar was gemaakt.

'We zijn nu al een poosje bevriend, en ik heb je nog nooit zo gespannen gezien. Niets zeggen kan net zo erg zijn,' zei Ceinwyn zacht.

'Ik weet het, maar –' begon Elen, maar hield op met praten toen Ceinwyn haar in de rede viel.

'Elen, ik zal eerlijk zijn. Toen ik hoorde dat je in verwachting was, was ik blij voor je, eerlijk waar. Maar toen je een tweeling kreeg, was ik zo vreselijk jaloers. Het spijt me, maar het leek zo oneerlijk.' Ze haalde diep adem en beet op haar lip.

'Dat ik twee kinderen kreeg?' zei Elen begrijpend.

Ceinwyn knikte en tilde Hywel op. 'Maar ze zijn zo schattig dat ik niet anders dan blij voor je kan zijn. Ik geef toe dat ik mijn bezoek aan jullie steeds heb uitgesteld, vooral na Annora's opmerkingen.'

'Wat heeft ze dan gezegd?' vroeg Elen scherp. Ze had Owains zuster ontmoet, en de manier waarop deze Ceinwyn constant kleineerde heel onaangenaam gevonden.

'Ach, je weet toch dat ze een maand eerder dan jij een kind heeft gekregen? Toen we er plichtsgetrouw op bezoek gingen, en ze de baby liet zien, vroeg ze ten overstaan van alle aanwezigen in de grote zaal of het me verdrietig maakte dat zij wel kinderen kon krijgen en ik niet.' Ceinwyn glimlachte beverig en nam een slok om de pijn te maskeren.

'Wat een kreng! Ze zou haar medelijden voor zichzelf moeten bewaren, gevangen in dat erbarmelijke huwelijk,' zei Elen verhit.

Ceinwyn lachte even. 'Dat is waar. Weet je dat ik echt geloof dat als een engel me de kans bood een kind te krijgen, op voorwaarde dat ik een man zoals zij zou moeten hebben, ik ervoor zou kiezen kinderloos te blijven!'

Elen boog zich naar haar toe en gaf een kneepje in haar arm. 'Ik ben zo blij dat je bent gekomen. Ik heb de gesprekken met jou gemist,' zei Elen oprecht.

Nu ze zich niet meer zo ongemakkelijk voelden, waren ze in staat hun oude vriendschap weer op te pakken.

Zodra het weer warmer werd, hervatte Elen haar bezoekjes aan Rhaeadr-Du, en ze wist Ceinwyn over te halen om ook mee te gaan. Ze nam de baby's mee, om hen kennis te laten maken met de rivier, en Ceinwyn voegde zich met tegenzin bij haar in het water, zodat beide baby's tegelijk konden baden. Ze genoten van het water alsof ze eenden waren, schopten met hun beentjes en spetterden met hun kleine, mollige handjes, onafgebroken kirrend en lachend. Terwijl Elen Ceinwyn met Dafydd gadesloeg, wenste ze dat er een manier was om haar te kunnen helpen.

Later die avond had Elen haar kamermeisjes weggestuurd, zodat Ceinwyn en zij alleen konden zijn in de bovenkamer.

'Ceinwyn, komt je vloeiing regelmatig?' vroeg Elen zacht.

Ceinwyn lachte bitter. 'O ja, ik sla er nooit een over. Een manier van de natuur om me eraan te herinneren dat ik opnieuw heb gefaald.'

'Wees niet zo hard voor jezelf, liefje, de fout ligt niet noodzakelijk bij jou,' zei Elen.

'Nee? Owain heeft kinderen bij andere vrouwen verwekt, dus de fout ligt duidelijk bij mij,' antwoordde ze, terwijl ze driftig aan een losse draad van haar jurk plukte.

'Ja, maar dat was enkele jaren geleden,' hield Elen vol. 'Er kan sindsdien iets met hem zijn gebeurd.'

'Werkelijk? Waarom heeft zijn maîtresse dan vorig jaar alweer een kind gebaard?' zei Ceinwyn verbitterd.

Elen was geschokt, ze had niet geweten dat Owain een maîtresse had, laat staan dat hij kinderen bij haar had. Ze had er spijt van dat ze dit gesprek was begonnen, maar bedacht dat ze niets te verliezen had door het voort te zetten.

'Ceinwyn, het spijt me. Ik wist het werkelijk niet.' Ze dacht even na, en probeerde zich uit alle macht alle biologische informatie te herinneren die ze in haar vorige leven had vergaard. 'Toen ik vroeg of je vloeiing regelmatig kwam, bedoelde ik of de cyclus altijd hetzelfde aantal dagen duurt.'

'Met een verschil van een dag of twee. Waarom?'

'Tijdens mijn huwelijk met mijn eerste man, hoorde ik sommige vrouwen praten over een bepaalde periode tijdens de cyclus wanneer een vrouw zwanger kan raken, en alleen dan. Dus als je buiten deze periode met je man slaapt, dan raak je niet in verwachting,' zei Elen zorgvuldig, in een poging zoveel mogelijk van haar kennis over te dragen, en toch vaag te blijven klinken.

Ceinwyn toonde een sprankje belangstelling. 'Wanneer is die periode?'

'Ik geloof dat ze zeiden veertien dagen voor de bloeding, maar er zijn ook voortekenen die aangeven dat de tijd rijp is.'

'Wat voor voortekenen?'

'Mag ik openhartig spreken?' zei Elen, en bij Ceinwyns instemming ging ze in op de details van de vruchtbaarheid voor zover zij die kende.

Ceinwyn luisterde gretig en zei ten slotte: 'Het is waarschijnlijk gewoon oudewijvenpraat.'

'Dat zou kunnen, maar het kan geen kwaad om het te proberen, nietwaar?' zei Elen. 'Er is ook nog iets anders,' vervolgde Elen giechelend. 'Kom eens mee naar de spiegel.'

Ceinwyn gehoorzaamde en ging voor de spiegel zitten, terwijl Elen achter haar kwam staan.

'Nou niet lachen,' zei Elen, en met haar hand trok ze een denkbeeldige lijn over Ceinwyns gezicht. 'Als je zorgvuldig naar de twee helften van je gezicht kijkt, zul je zien dat ze niet precies hetzelfde zijn.' Ze fronste en tuurde ingespannen naar haar vriendin. 'In feite zijn ze bij jou heel verschillend, Ceinwyn! Dat is me nooit eerder opgevallen!' riep ze uit.

'O, ik wist het wel,' antwoordde Ceinwyn, op haar beurt giechelend. Beide vrouwen waren een beetje dronken van de wijn. 'Kijk,' vervolgde ze, terwijl ze haar handen op elkaar legde. 'Zie je, de ene is veel kleiner dan de andere. Het is hetzelfde met mijn voeten.'

'En je ogen en neus en oren,' zei Elen, die ze om de beurt aanwees.

'Hoe het ook zij, wat wou je zeggen?' vroeg Ceinwyn, die opzij ging om te voorkomen dat Elens hand haar oog uit zou steken.

Elen keek haar een seconde lang wezenloos aan. 'O ja,' zei ze toen ze het zich herinnerde. 'Nou, kennelijk lijken je gelaatstrekken meer op elkaar op de dagen dat je het vruchtbaarst bent. Het is waar! Het is waar!' riep ze toen Ceinwyn in lachen uitbarstte en nog een beker wijn voor hen inschonk.

'Ik kan niet wachten om Owains reactie te zien wanneer ik mezelf op-meet en vervolgens in bed het initiatief neem,' zei ze, waarop beide vrou-wen zo hard begonnen te lachen dat het aan de overkant van de binnen-plaats te horen was.

Twee weken later keerden Rhys en Owain terug van Aber, en Elen nam met een knipoog afscheid van Ceinwyn toen deze met Owain vertrok.

De passie tussen Rhys en Elen was niet afgenomen, en het feit dat ze twee maanden gescheiden waren geweest, had deze enkel aangewakkerd. Ze lagen in bed nadat ze een middag lang de liefde hadden bedreven, ter-wijl Elen met haar vingers door de haren op zijn borst streek.

'Je hebt me niet verteld dat Owain een maîtresse heeft,' zei ze terloops.

'Heb ik dat niet verteld? Ik dacht dat je het wel had vermoed,' antwoord-de hij slaperig.

'Wist je dat ze vorig jaar een kind heeft gekregen?'

'Ja, zijn eerste dochter. Owain was verrukt. Maar waarom deze plotse-linge belangstelling?' vroeg hij.

'Ik was behoorlijk geschokt toen Ceinwyn het me vertelde, het doet haar veel verdriet. Het zou prettig zijn geweest als ik het had geweten, Rhys, dan zou ik haar niet met mijn onnadenkende opmerkingen hebben gekwetst,' zei ze.

'Jij onnadenkend? Nooit!' zei hij, en hij trok aan haar haren.

'Ik meen het, Rhys. Ik hou erg veel van Ceinwyn, en ik vind dat ze een be-tere behandeling verdient.'

Rhys steunde nu op één elleboog, geheel perplex door Elens houding. 'Het laatste waar ik het vanmiddag over wil hebben, is Owain en Ceinwyn, maar als je het echt wilt weten, dan ben ik toevallig van mening dat Owain haar heel goed behandelt. Hij heeft bij allerlei gelegenheden rekening met haar gehouden, en ze komt niets te kort. Niets zou hem meer plezieren dan wanneer ze in verwachting zou raken, maar hij heeft haar niet afgedankt omdat het niet lukt, iets waar hij wel alle recht toe heeft.' Hij leunde achter-over ten teken dat de zaak hiermee ten einde was.

Elen stapte uit bed, geïrriteerd om redenen die ze voor zichzelf nog niet wilde toegeven, en schonk een beker mede voor elk van hen in.

'Nou, ik neem aan dat hij volgens de Welshe wet al erfgenamen heeft, dus is het niet dringend met Ceinwyn,' zei Elen zacht, aangezien het haar beter leek om het onderwerp te laten rusten. Hoewel ze zich ten volle be-wust was van het feit dat ontrouw van de man niet alleen acceptabel, maar ook onvermijdelijk werd gevonden, vond ze het toch verontrustend wanneer het zo dicht bij huis kwam, en ze had de moed niet om Rhys die ene vraag te stellen, omdat ze niet wist of ze het antwoord erop wel aankon.

Rhys kwam achter haar staan, kuste haar schouders en liet zijn armen om haar middel glijden. Hij ademde diep haar geur in. 'Mmm, ik heb je gemist,' mompelde hij.

Elen draaide zich om en keek hem aan. 'Is dat zo?' zei ze, zonder erin te slagen de lichte scherpte uit haar toon te weren.

Hij knikte naar de gekreukte lakens. 'Ik denk dat ik wel heb bewezen hoeveel.' Onderzoekend keek hij naar haar gezicht. 'Ik neem aan dat jij mij ook hebt gemist.'

Ze ontspande zich en glimlachte. 'Wat denk je? Kom, laten we ons aankleden en naar onze zoons gaan kijken,' zei ze, waarmee ze het gesprek op veiliger terrein bracht.

'Ja, ik neem aan dat we inmiddels wel weer voor genoeg schandalen hebben gezorgd. Broeder Thomas zal een week lang op zijn knieën liggen om voor onze zieltjes te bidden!' zei Rhys bulderend van het lachen.

De pastoor berispte hen onophoudelijk vanwege hun openlijke genegenheid voor elkaar. Hij benadrukte op het gebied van seksueel gedrag ijverig de leer van de kerk, en probeerde de verplichte onthouding op de vele verboden dagen af te dwingen. Eén keer probeerde hij hun de communie te weigeren omdat hij meende (en terecht) dat ze voor de mis met elkaar de liefde hadden bedreven. Hij krabbelde echter terug toen hij werd geconfronteerd met Rhys' razernij, en had sindsdien zijn tong in bedwang weten te houden in hun aanwezigheid.

Elens glimlach vervaagde. De beperkingen die de kerk oplegde, konden haar geen zier schelen, aangezien ze was grootgebracht in een tijdperk dat er niet veel waarde aan hechtte en waarin men al helemaal geen angst voor de pastoor kende. Desalniettemin had de man iets wat haar koude rillingen bezorgde. 'Laten we maar niet over hem praten,' zei ze huiverend.

'Amen,' zei Rhys, die zijn beker hief en de wijn in één teug opdronk.

De tafels voor het diner werden in de grote zaal neergezet, toen Huw naar Rhys en Elen toe kwam, die bij de haard zaten.

'Neem me niet kwalijk, milord, Lord Richard is zojuist gearriveerd,' zei hij.

Rhys en Elen keken elkaar verbaasd aan. 'Verwachtte jij je broer?' vroeg hij haar.

'Nee, alhoewel zijn timing feilloos is,' antwoordde ze, waarop ze een bediende ontbood. 'Kun je ervoor zorgen dat er een extra plaats op de estrade wordt gedekt,' instrueerde ze.

Ze stonden allebei op toen Dickon met grote passen de zaal binnenkwam. Hij gooide zijn mantel over een stoel en gespte zijn schede los.

'Dickon, wat brengt jou hier?' vroeg Elen terwijl ze hem omhelsde.

'Ik vond dat het tijd werd om die neven van mij weer een bezoekje te brengen,' zei hij, terwijl hij een beker mede aanpakte.

'Ze zitten in de kinderkamer te eten. Hun kindermeisje zal hen beneden brengen zodra ze klaar zijn,' zei Elen.

'Zo, was je voor zaken in deze contreien?' vroeg Rhys, die niet kon geloven dat Dickon het in zijn hoofd had gekregen om helemaal vanuit Warwickshire hierheen te reizen, alleen om twee kinderen te zien.

'Nee, ik had behoefte aan een andere omgeving. Ik neem aan dat dat geen probleem is?' antwoordde Dickon op zijn hoede.

'Absoluut niet,' zei Elen. 'We zien je toch al niet vaak, dus je bent altijd welkom als je wel een keer kans ziet om weg te komen.' Ze kon zien dat hij behoefte had om te praten, en voelde aan dat hij haar alleen wilde spreken. Daarom stak ze haar arm door de zijne en zei: 'Kom, we wachten niet tot Bronwyn beneden komt, we gaan naar boven om naar de jongens te kijken. Je hebt ze sinds hun doop niet meer gezien.' Ze wierp Rhys een blik toe om hem duidelijk te maken dat ze wilde dat hij in de grote zaal bleef.

'Gaan jullie maar, ik moet nog een paar brieven schrijven. Ik zie jullie bij het diner,' zei hij.

De tweeling was juist klaar met eten toen Dickon en Elen de kinderkamer binnenkwamen, en Elen hielp Bronwyn om hen schoon te maken. Vervolgens gaf ze Dafydd aan Dickon en ging ze zitten met Hywel op haar schoot.

'En, wat vind je? Zijn mijn zoons geen knappe kereltjes geworden?'

'Ach, ik weet het niet, daarvoor lijken ze een beetje te veel op Rhys,' antwoordde Dickon met een lach.

'Ja, er is niet veel van mij bij, nietwaar?' zei ze pruilend. Bij het zien van Dickons onbehaaglijkheid, stuurde ze de kindermeisjes weg.

'Zo, wat is er gebeurd?' vroeg ze zodra ze alleen waren.

'Kan ik mijn zuster niet bezoeken zonder dat ze denkt dat er iets aan de hand is?'

Elen wachtte zwijgend, haar helderblauwe ogen boorden zich diep in de zijne. Dickon wendde zijn blik af en sprak tegen Dafydds kruin.

'William de Breos heeft mijn vader een paar dagen geleden een bezoek gebracht,' zei hij ten slotte.

Elen verstijfde. 'Hij is erg actief de laatste tijd,' zei ze kalm.

'De koning heeft hem een volmacht gegeven om zoveel mogelijk grondgebied van de Welshe heersers te veroveren, ongeacht met welke middelen,' zei hij verbitterd. Hij keek naar haar. 'Eerlijk, Elen, ik ben het hier niet mee eens, ik wil dat je dat weet.'

Elen zette beide baby's op de grond en gaf ze elk iets om mee te spelen. Ze pakte Dickons hand. 'Dat weet ik wel, Dickon, maar je bent niet helemaal hierheen gekomen om me dat te vertellen. Ik denk niet dat we in onmiddellijk gevaar verkeren. Vooral aangezien koning John de heerschappij van Llywelyn over diens grondgebied in september jongstleden officieel heeft bekrachtigd. Maar aan de andere kant heeft hij ook Gwenwynwyn onder zijn hoede genomen,' zei ze met een vleugje sarcasme. 'Ga je me nu de ware reden voor je bezoek nog vertellen?'

Dickon haalde diep adem en zei toen: 'Sinds John op de troon zit, hebben papa's ambities een vlucht genomen. Hij heeft enige tijd aan het hof van de koning doorgebracht, maar wil graag op intiemere voet met hem komen. Hij denkt dat hij dit het beste kan bereiken door te proberen De Breos voor zich te winnen, die het oor van de koning heeft.'

Hij stond op en schonk een beker mede voor zichzelf in, maar Elen schudde haar hoofd toen hij er haar een aanbood. Hij nam een slok en vervolgde toen: 'Rhys heeft tijd doorgebracht aan Llywelyns hof, nietwaar? Vooral sinds Llywelyn heerser is geworden over heel Gwynedd,' zei hij ongemakkelijk.

'Je weet dat dat zo is, Dickon, want ik heb het je geschreven. Ik hoop dat dat geen vergissing was van mijn kant,' antwoordde Elen, zich opeens bewust van de gevaren die schuilgingen onder de oppervlakte van de meest onschuldige handelingen. De lelijke kant van dit leven kwam opnieuw boven, en er werd weer een laag afgerukt, zodat ze haar broer kwetsbaar en onzeker gadesloeg.

'De koning is zich bewust geworden van Llywelyns ambities, en overweegt het met hem op een akkoordje te gooien bij wijze van tegenwicht voor Gwenwynwyn. Hij zal uiteraard zeker willen weten dat een dergelijke actie noodzakelijk is,' zei Dickon, terwijl hij onder haar doordringende blik onrustig heen en weer schoof.

'Ik begrijp het,' zei ze kortaf.

Hij aarzelde voordat hij verderging. 'William de Breos is zeer invloedrijk, en papa gelooft dat hij je zou kunnen helpen. Kijk bijvoorbeeld naar wat er is gebeurd met het landgoed van je grootmoeder.'

Elens ogen schoten vuur toen ze zijn opmerking begreep. 'En in ruil voor zijn hulp verraad ik mijn man en mijn land,' zei ze wrang. 'Jouw bronnen van informatie zijn niet echt betrouwbaar, Dickon, anders zou je weten dat mijn grootmoeder geen landgoed had. Mijn vader was het enige overlevende kind, en toen hij stierf was er geen directe erfgenaam meer om mijn grootvaders landgoed te erven, want onder de Welshe wet kon ik niet erven. Na het overlijden van mijn grootvader ging alles naar mijn vaders neef. Grootmoeder bleef met zijn goedvinden op het landgoed wonen, en toen zij stierf, heeft hij alles overgenomen, zoals zijn recht was. Hij heeft haar wensen echter uitgevoerd, en haar juwelen aan mij afgestaan. Ik heb dus het weinige gekregen waar ik recht op had.' Ze stak haar hand uit en keek hem ijzig aan. 'Nu wil ik wel iets drinken.'

Dickon schonk de mede voor haar in, die ze in stilte aanvaardde.

'Je hebt dit nooit uitgelegd,' zei hij beschuldigend. 'En ik zou je nooit vragen om Rhys te verraden, maar er zou op andere gebieden een heleboel hulp voor hem tegenover kunnen staan als hij die nodig mocht hebben.' Hij stopte, hakkelend onder haar stalen blik.

Elen stond op, liep naar het raam, en tuurde naar de bergen in de verte, alsof ze die om hulp wilde smeken. Ze overdacht haar woorden zorgvuldig en keerde zich toen weer naar hem toe. 'Dickon, ik hou van je als van een broer, maar je moet begrijpen dat ik geen loyaliteit jegens je vader koester. En ik heb beslist geen behoefte om loyaliteit te betuigen aan mensen als De Breos.' Ze spuwde de laatste woorden haast uit. 'Ze gooien onze mensen van hun land af, dood of levend, dat kan ze niet veel schelen. Geloof je nou echt dat Rhys op beloftes en steekpenningen van hem zou ingaan? Nou, dan vergis je je, zijn liefde ligt elders.'

'Evenals de jouwe, begrijp ik,' zei Dickon op effen toon. Hij kwam naar haar toe. 'Elen, ik zei al meteen dat ik het hier niet mee eens ben. Het zijn mijn vaders ambities, niet de mijne.'

'Maar jij bent bereid zijn boodschap over te brengen.' Ze sprongen allebei op bij het horen van Rhys' stem, ze hadden hem geen van tweeën horen binnenkomen.

'Rhys, laat me het uitleggen,' begon Dickon.

'Dat hoeft niet. Ik geloof dat je je antwoord al hebt gehad. Elen spreekt namens mij, wat dit betreft.' Hij bukte zich en tilde de beide baby's op, die kirrend van plezier naar hem toe waren gekropen. Hij kuste ze allebei en gaf ze aan de kindermeisjes, die hem naar binnen waren gevolgd.

'Het diner is klaar. Voor de jongens is het tijd om te slapen, dus we zullen ze in bed laten stoppen,' zei Rhys effen, alsof de gespannen conversatie niet had plaatsgevonden.

'Ik zal helpen ze in te stoppen,' zei Elen. 'Ik kom er zo aan.'

Toen Rhys en Dickon de kinderkamer verlieten, greep Dickon Rhys bij de arm. 'Ik ben hier niet gekomen om problemen te veroorzaken, Rhys. Ik heb tegen mijn vader gezegd dat hij de verkeerde weg is ingeslagen, maar ik voelde het ook als mijn plicht tegenover Elen om haar de vraag voor te leggen.'

'Ken je haar echt zo slecht?' vroeg Rhys.

'Niet meer. Maar je moet begrijpen dat ze nooit zo hartstochtelijk is geweest over dit soort aangelegenheden.'

'En dus dacht je dat de Engelse tactiek van verdeel en heers even goed zou werken buiten de politieke arena als daarbinnen. Ik zal je een goede raad geven, Dickon. Llywelyn is zich welbewust van de reden waarom John het met hem op een akkoordje wil gooien, maar je zult er goed aan doen te bedenken wie nu precies wie zal gebruiken,' zei Rhys.

'Ik ben niet de vijand, Rhys,' zei Dickon zacht tegen hem.

Rhys staarde hem lange tijd aan en zei ten slotte: 'Elen heeft een zeer hechte band met je, en ik heb geen behoefte daar verandering in aan te brengen. Maar als je hier welkom wilt blijven, dan stel ik voor dat je precies aanwijst wie de vijanden zijn. Het zou ook verstandig zijn te onthouden dat Elen mijn vrouw is, en Wales haar thuis. Dwing haar niet om te kiezen, want jij zult aan het kortste eind trekken, Dickon.'

De waarschuwing was duidelijk, en in stilte vervloekte Dickon zijn vader, De Breos en koning John omdat ze hem in deze positie hadden gebracht.

10

September 1201

'Moet je echt gaan? Je bent nog maar net teruggekeerd van je reis naar Engeland met Llywelyn,' zei Elen, duidelijk geïrriteerd.

'Ja, nou, verdrag of geen verdrag, het was allesbehalve aangenaam om toe te moeten zien hoe Llywelyn trouw zwoer aan de Engelse koning,' zei Rhys sarcastisch. 'En dit is evenmin een plezierreisje. Er ligt een vriendin op sterven, en ze heeft me gevraagd te komen. Ik ga het haar niet weigeren.' Ook Rhys werd boos, en er zou niet veel voor nodig zijn om hun discussie te doen ontbranden.

'Natuurlijk is het een vriendín voor wie je zo opdraaft. Hoeveel meer van die sletten van je zullen met hun vingers knippen terwijl je daar bent,' antwoordde Elen woedend.

'Ik heb er genoeg van,' bulderde Rhys. 'Ik ben niet op aarde verschenen op de dag dat wij elkaar hebben ontmoet, en ik ben niet van plan mensen te verloochenen of in de steek te laten die ik al kende toen jij het alfabet nog moest leren. Ik heb een verleden, dat hebben we allemaal, maar dat is waar het blijft, in het verleden. Allemachtig, Elen, ik ben Engeland niet meer uit geweest sinds vlak na ons huwelijk.'

'Misschien niet, maar je bent vaak genoeg van huis geweest,' zei ze beschuldigend.

'Wat bedoel je daarmee?' vroeg hij, zijn stem nu gevaarlijk kalm.

'Wel, je verwacht loyaliteit van mij tijdens je afwezigheid,' zei ze, en ze reikte naar de wijnkan. Hij greep haar pols, zodat de kan met een klap op de grond viel.

'Ik verwacht loyaliteit omdat ik je vertrouw. En ik verwacht dat jij míj vertrouwt. Wil je zeggen dat ik het in beide gevallen mis heb?' zei hij kil. Hij zag haar ineenkrimpen van pijn, en verslapte onmiddellijk zijn greep.

'Je weet dat je me kunt vertrouwen,' zei ze, over haar pols wrijvend. Vervolgens liet ze haar schouders hangen, en haar ogen vulden zich met tranen. 'Maar jij gaat terug naar een leven waarvan ik geen deel uitmaakte, en ik ben bang... en jaloers,' besloot ze zacht, waarmee ze doordrong tot de kern van haar angst. Want Elen was zelf verbaasd over haar reactie op zijn aankondiging dat hij op bezoek zou gaan bij een voormalige geliefde. Jaloezie was nooit een factor geweest in haar vorige relaties, maar daarin had ze dan ook op gelijke voet gestaan met haar partners: beide partijen hadden ex-geliefden, die ze in sommige gevallen kenden, en over wie ze zich geen zorgen maakten. Maar hier voelde ze zich in het nadeel, nooit eerder had ze zich zo afhankelijk van iemand gevoeld.

Rhys zag de verdrietige uitdrukking op haar gezicht en trok haar tegen zich aan, wetend wat een moeite het haar had gekost om dat toe te geven.

'O, Elen, mijn lief, wat moet ik toch met jou?' Hij drukte een kus op haar kruin en hield haar toen een eindje van zich af, zodat hij haar recht in het gezicht kon kijken. 'Cecily is nu niet meer dan een vriendin voor me, maar ik ben het haar verschuldigd aan haar verzoek te voldoen. Dat begrijp je toch, nietwaar?' Toen ze knikte, vervolgde hij: 'Ik zal niet tegen je liegen, ik ga ook bij Veronique en Anne op bezoek, maar alleen om mijn dochters te zien.' Hij veegde haar stille tranen weg. 'Ik hou van jou en alleen van jou. Ik vraag je me te vertrouwen.'

Het bleef lange tijd stil, en al die tijd bleven zijn ogen op haar gezicht rusten.

'Ik vertrouw je, Rhys,' zei ze uiteindelijk, en realiseerde zich pas later dat ze het meende.

Rhys was een maand weg, en op de dag dat hij terug zou keren, wachtte Elen hem met gemengde gevoelens op. Hij had geschreven dat Cecily dicht bij de dood was geweest toen hij arriveerde, maar dat hij nog een paar dagen met haar had kunnen doorbrengen voordat ze stierf. Hij schreef ook dat hij Cecily's dochter mee terug zou nemen, en dat hij het uit zou leggen wanneer hij thuiskwam. Dit was de reden waarom ze met angst en beven afwachtte. De blaffende honden kondigden zijn thuiskomst aan, en ze stond in de grote zaal met Hywel en Dafydd aan de hand, haar ogen op de deuropening gericht. Rhys kwam binnenstormen, en op zijn gezicht brak een brede glimlach door bij het zien van zijn vrouw en zonen.

'Papa, papa,' riepen de jongens in koor, en Elen liet hen los, waarna ze lachend naar hem toe waggelden. Rhys bukte zich en tilde hen allebei op om ze te overladen met kussen.

'En hebben mijn zonen me gemist?' vroeg hij lachend.

'Heel erg, net als hun mama,' zei Elen, die in haar eigen huis nooit boog voor de conventie en hem innig op de mond kuste. Toen zag ze een jong meisje, dat aarzelend bij de deur stond. 'Dit moet Isabelle zijn,' zei Elen vriendelijk. 'Kom hier, kind, er is niets om bang voor te zijn.'

Isabelle keek onzeker naar Rhys. 'Isabelle, dit is mijn vrouw, Lady Elen,' zei Rhys in het Frans, zodat Elen zich zou realiseren dat het kind uiteraard geen Welsh sprak.

Ze ging naar haar toe, sloeg haar arm om de schouders van het meisje, en nam haar mee naar de haard.

'Vergeef me mijn slechte manieren, Isabelle,' zei ze in het Frans tegen haar. 'Lord Rhys heeft je mijn naam verteld, en deze twee luidruchtige jongens zijn onze zoons, Hywel en Dafydd.'

Rhys had ze beiden op de grond gezet, en Isabelle glimlachte verlegen toen twee paar mollige handjes naar haar jurk werden uitgestrekt. Ze was een heel knap meisje, een jaar of elf, dacht Elen, met een olijfkleurige huid, donker haar en donkere, trieste ogen. Elen constateerde ook opgelucht dat ze geen enkele gelijkenis vertoonde met Rhys. Ze had medelijden met dit kind, dat haar moeder had verloren en was weggerukt van alles wat vertrouwd was, om in een vreemd land te worden neergepoot, omgeven door vreemden.

Ze had Alice laten komen, die evenveel over het kind wist als Elen. 'Alice, kun jij Isabelle onder je hoede nemen. Ik weet zeker dat ze honger zal hebben na de reis, en behoefte heeft aan een bad.'

Zich tot Isabelle wendend, zei ze: 'Dit is Alice. Zij zal voor je zorgen en je alles laten zien. We praten later wel, als je uitgerust bent.'

Ze glimlachte terwijl Alice Isabelle meevoerde, haar bemoederend zoals ze met Elen altijd had gedaan. Toen Rhys naar haar toe kwam, zei ze: 'Ik geloof dat jij ook behoefte hebt aan een bad!'

'Huw is het op dit moment aan het klaarmaken,' zei hij glimlachend, blij om thuis te zijn. 'Kom, dan kunnen we praten terwijl ik me was.'

'Ze is niet van jou, of wel?' zei Elen terwijl ze zijn rug inzeepte.

'Nee, Cecily had haar al toen we elkaar leerden kennen. Cecily en ik hebben samen nooit een kind gekregen,' antwoordde hij, om even te wachten voordat hij verderging. 'Ik dacht dat je haar misschien zou kunnen gebruiken als kamermeisje. Gwladys gaat binnenkort trouwen, en je hebt nog niemand gevonden om haar plaats in te nemen, nietwaar?'

Elen liep om hem heen en keek hem aan. 'Je hebt hier goed over nagedacht. En is het wel gepast dat zij mijn kamermeisje wordt?' Ze was verrast, ze had er helemaal op gerekend dat hij Isabelle onder zijn voogdij zou stellen.

Rhys keek haar langdurig aan. 'Cecily is weduwe geworden toen Isabelle nog heel klein was. Ze kon geen hulp krijgen van haar eigen familie of die van haar man, dus heeft ze in haar onderhoud voorzien op de enige manier die ze kende.' De schok stond duidelijk in Elens ogen te lezen, en hij zei zacht: 'Cecily was geen gewone hoer, maar ze had een select groepje mannen die haar respecteerden omdat ze een fatsoenlijke, eerlijke vrouw was.'

Elen sloeg haar ogen neer, boos op zichzelf omdat ze zo snel haar oordeel klaar had gehad. 'Ik begrijp nog steeds niet waarom je haar hier hebt gebracht,' zei ze.

Rhys zuchtte en nam een slok. 'Cecily heeft Isabelle afgeschermd van het leven dat ze noodgedwongen leidde. Ik heb haar ontmoet omdat ik toevallig een keer onaangekondigd op de stoep stond. Nu Cecily er niet meer is, heeft ze niemand meer, en zou ze waarschijnlijk in een van de bordelen zijn geëindigd. Je begrijpt wel wat voor aantrekkingskracht ze op bepaalde mannen zou uitoefenen.' Elen knikte. 'Dus daarom heb ik haar meegenomen,' vervolgde Rhys. 'Omdat een vriendin het me vroeg, en omdat ik het kan. Ik vraag je me hierin te steunen.'

Elen dacht aan dat trieste kind, en aan wat haar had kunnen overkomen. 'Ik zou het niet anders willen,' zei ze. 'Alice kan haar onder haar hoede nemen, en ik zal haar zoveel mogelijk dicht bij me houden. Wie weet kunnen we over een aantal jaren nog een goed huwelijk voor haar sluiten.'

'Nu weet ik weer waarom ik zoveel van je hou,' zei Rhys met een tedere glimlach, om vervolgens te lachen toen Elen zich behendig buiten zijn bereik hield, aangezien ze niet van plan was bij hem in het water te belanden.

Eind september 1202

Rhys en Elen wandelden door de tuinen van Dickons landgoed in Tamworth.

'Deze plek is veranderd sinds ik hier kwam om met je te trouwen,' zei Rhys.

'Ja, Dickon heeft heel veel gedaan sinds zijn vader is gestorven. Daartoe heeft hij nooit echt de kans gehad toen zijn ouweheer nog leefde,' antwoordde Elen, die afwezig de uitgebloeide bloemen verwijderde uit een struik.

'Hij heeft veel meer land in beheer dan zijn vader had, sinds hem dat district in Herefordshire is toegekend, en is daardoor een stuk welgestelder,' zei Rhys.

'Koning John kan royaal zijn, vooral tegenover degenen die hem geen schade kunnen berokkenen,' antwoordde ze sarcastisch.

Het beviel haar niet dat Dickon zijn groeiende fortuin te danken had aan de welwillendheid van de Engelse koning. De macht van de koning, en ook van de vorstenhuizen in Wales zelf, bezorgde haar koude rillingen, omdat ze wist dat deze vrij waren om te geven of alles te nemen, inclusief iemands leven. Ze had lange tijd tegenstrijdige opvattingen over vrijheid gekoesterd. Er waren momenten dat ze zich ongelooflijk vrij voelde vergeleken met haar vorige leven, waarin ze veroordeeld was tot een werkplek, op de klok werken en andere vormen van controle. Op andere momenten was ze zich er scherp van bewust hoe onzeker het bestaan hier was, hoe een onnadenkende opmerking of handeling alles met een klap in elkaar kon doen storten. Het was soms net koorddansen, en hoewel ze er in de loop der jaren beter in was geworden, verlangde ze nu en dan naar de ongedwongenheid en de ongecompliceerdheid van haar vroegere wereld.

Rhys besloot van onderwerp te veranderen, omdat hij zijn vrouw niet van streek wilde maken tijdens hun eerste reis samen. 'Denk je dat Catherine een goede echtgenote zal zijn?' vroeg hij.

'Ik hoop het,' antwoordde ze, en ze liet haar arm door de zijne glijden terwijl ze terugliepen in de richting van het huis. 'Ik moet toegeven dat ik verbaasd was toen Dickon het huwelijk aankondigde. Ze is erg rustig vergeleken bij hem, hoewel ik vermoed dat dat een goede zaak is.' Ze lachte en zei toen ernstig: 'Maar ze heeft een zekere sereniteit over zich.'

'Het klinkt alsof ze jouw goedkeuring heeft,' plaagde hij.

'Ja, ik vind haar echt aardig.' Ze gaf een kneepje in zijn arm. 'Ik hoop dat ze net zo gelukkig worden als wij. En ik ben zo blij dat je met me mee kon gaan naar deze bruiloft. Ik dacht dat je misschien nog steeds je handen vol zou hebben aan Llywelyns invasie van het land van Gwenwynwyn.'

'Dat zou het geval zijn geweest als Fitzwarin zich er niet in had gemengd. Ik geloof dat de Engelsen ons dit keer een dienst hebben bewezen,' zei Rhys onwillig. 'Hoe het ook zij, het lijkt erop dat Dickon thuis is,' zei hij bij het geluid van kletterende paardenhoeven op de keien, en ze haastten zich naar de grote zaal.

Toen ze binnenkwamen, maakte Dickon zich los uit een groep gasten en kwam naar hen toe. 'Elen, Rhys, mijn verontschuldigingen omdat ik er niet was toen jullie arriveerden. Ik neem aan dat jullie goed verzorgd zijn?' zei hij terwijl hij hen begroette.

'Uitstekend,' zei Elen. 'En wat een uitzicht vanuit het raam in onze kamer, je moet ons wel de beste kamer van het hele huis hebben gegeven.'

'Niets is goed genoeg voor mijn lievelingszus,' zei hij, en hij sloeg zijn arm om haar heen.

'Ik ben je enige zus,' kaatste ze lachend terug.

Tijdens het diner die avond ging het gesprek aanvankelijk uitsluitend over de zege van koning John op Mirebeau. De maand tevoren had hij Arthur, zijn neef en rivaal in de strijd om de troon, gevangengenomen. Zodra het diner was afgelopen, veranderde de avond in een behoorlijk rommelige aangelegenheid, aangezien alle gasten die de volgende dag Dickons huwelijk zouden bijwonen waren gearriveerd. Zelfs Rhys begon zich te ontspannen, want ondanks zijn vele reizen voelde hij zich niet op zijn gemak te midden van zoveel Engelsen. Hij had slechts een klein gevolg meegenomen, aangezien het niet verstandig zou zijn geweest met een grote groep Welshmannen door Engeland te reizen, en hoewel het zijn beste zwaardvechters waren, voelde hij zich toch kwetsbaar.

'Dus ik begrijp dat de familie van je bruid hier al langer woont dan de jouwe, Richard?'

Elen draaide zich om en keek naar degene die had gesproken, want bijna alle jeugdvrienden van haar broer noemden hem bij zijn vertrouwde naam, Dickon.

'Integendeel, we zijn hier met hertog William gekomen. We hebben keizerin Matilda echter wel gesteund tijdens de burgeroorlog, en daarvoor heeft haar zoon ons rijkelijk beloond,' antwoordde Dickon. 'Lord Guy de Brun is een nieuwkomer in deze contreien,' zei hij tegen Elen, om haar zo bij het gesprek te betrekken, 'vandaar dat hij veel belangstelling heeft voor de meer gevestigde families.'

'Ik geloof niet dat je me hebt voorgesteld aan dit charmante wezentje,' zei Guy, die haar met zijn lichtblauwe ogen van top tot teen opnam. Hij was een knappe, blonde man, maar kwam te zelfverzekerd over, op het arrogante af.

'Mijn zus, Elen,' zei Dickon tegen hem.

'Ach, de Welshe tak van de familie,' zei Guy toen hij haar hand naar zijn lippen bracht.

'Dus lang niet zo bruikbaar,' klonk Rhys' stem vanachter Elens rug.

'U moet Richards zwager zijn,' zei Guy gladjes, niet van zijn stuk gebracht door de toon in Rhys' stem.

'Als Lord Guy zo geïnteresseerd is in de familiegeschiedenis, zou hij eens met Alice moeten praten, nietwaar,' zei Elen tegen Dickon, waarmee ze het gesprek wegloodste van een mogelijk breekpunt.

'Alice is Elens kamermeisje, maar ze zorgde vroeger voor ons allebei toen we nog klein waren,' legde Dickon aan Guy uit. 'Ze is Engelse, en bracht ons altijd in herinnering dat haar familie belangrijk was in Tamworth voordat wij, Normandiërs, kwamen.'

'Nu vertelt ze dezelfde verhaaltjes voor het slapengaan aan mijn kinderen,' zei Elen. 'Dat Tamworth ooit een grote, Saksische stad was.' Dickon deed met haar mee, zodat ze in koor zeiden: 'Gesticht door Ethelflaeda in het jaar des Heren negenhonderdenzestien,' waarop ze in lachen uitbarstten.

'Ik ben zo blij dat je Alice hebt meegenomen,' zei Dickon tegen Elen, terwijl hij hun bekers bijvulde.

'Niets zou haar tegen hebben kunnen houden,' antwoordde Elen, die de wijn aanpakte.

'Je kinderen boffen erg met zo'n mooie moeder,' zei Guy, die dicht bij haar kwam staan. Elen keek om zich heen, maar Rhys had zich naar de andere kant van de zaal begeven, niet van plan om meer tijd in Guy de Bruns gezelschap door te brengen dan noodzakelijk was, en Dickons aandacht was opgeëist door een andere gast. Dus was ze alleen met hem.

'U bent erg galant,' antwoordde ze beleefd.

'Ik ben alleen eerlijk. Ik hoop dat je man je ten volle waardeert,' zei hij, terwijl hij haar praktisch met zijn ogen uitkleedde.

Elen deed een stap achteruit en botste bijna tegen een kleine jongen op, die pal achter haar stond.

'Och, Nicholas, ik had je niet gezien.' Ze schonk overdreven veel aandacht aan hem, zoals ze altijd deed. Ze was erg dol op Dickons zes jaar oude zoontje. Hij was weliswaar onwettig, maar Dickon had hem sinds zijn geboorte als zijn zoon erkend, en hij was dan ook vaak op Tamworth te vinden.

'Tante Elen,' fluisterde hij verlegen. 'Isabelle wil mijn nieuwe pony zien.'

Elen bukte zich tot ze op zijn hoogte was, hetgeen ze met alle kinderen deed. 'Natuurlijk mag ze die zien. Denk je dat ik ook moet komen?'

Nicholas' gezicht lichtte op. 'O ja, alstublieft,' zei hij opgewonden.

Elen pakte zijn hand en wendde zich tot Guy. 'Neem me niet kwalijk, Lord Guy, maar mijn neefje heeft iets belangrijks dat hij me wil laten zien,' en ze vluchtte praktisch de zaal uit, dankbaar om aan zijn vleierij en zijn doordringende blik te kunnen ontsnappen.

Elen slaakte de vereiste bewonderende kreten bij het zien van Nicholas' pony, en toen ze naar Isabelle keek, bedacht ze dat het jonge meisje in het afgelopen jaar enorm was opgebloeid, en een genot was om in de buurt te hebben. Ze glimlachte bij zichzelf om Nicholas' openlijke adoratie voor Isabelle. Op een bepaalde manier waren ze allebei buitenstaanders, en dit had hen waarschijnlijk nader tot elkaar gebracht. Ze liet hen in de stallen achter, spelend met de kat en haar nestje kittens.

Toen ze zich weer naar de grote zaal begaf, dook Guy de Brun ineens voor haar op.

'Ga je nu alweer terug? Hemel, jij bent ongeduldig,' zei hij, enigszins wankel op zijn benen. 'Ik moest toch wat tijd laten verstrijken voordat ik ook vertrok, want ik wilde geen argwaan wekken,' vervolgde hij op overdreven luide fluistertoon.

'Ik heb geen idee waar u het over hebt,' zei Elen.

'Doe maar niet zo gereserveerd, liefje,' antwoordde hij, en hij trok haar in een omsloten tuin. 'Ik begreep de boodschap heus wel toen je de grote zaal verliet.'

'Doe niet zo belachelijk,' zei ze, en ze probeerde langs hem te komen, maar hij hief zijn arm en versperde haar de weg. Ze dacht vlug na. 'Ik ben weggegaan om naar de pony van mijn neefje te gaan kijken. Als u denkt dat het om een andere reden was, dan ben ik bang dat u zich vergist.' Ze sprak op kalme toon, maar haar hart bonsde.

Guy kwam dichter bij haar staan, en ze kon de verschaalde alcohol in zijn adem ruiken. Zijn lichte ogen waren bijna ondoorschijnend toen hij naar haar keek.

'O, ik vergis me niet, madame. Ik heb je de hele avond gadegeslagen.' Zijn hand greep haar borst vast. 'Ik durf te wedden dat je niet kunt wachten om een echte man tussen je dijen te voelen.'

'Dan verdoe ik hier mijn tijd,' antwoordde ze, en ze sloeg zijn hand weg.

Hij drukte haar tegen de muur en bracht zijn gezicht dicht bij het hare. 'Ik ben niet gewend dat vrouwen nee tegen me zeggen, en ik zal het me verdomme zeker niet door een Welshe slet laten zeggen,' zei hij, zijn stem zacht en boos.

Elen voelde een withete woede door haar lichaam razen, en ze vergat heel even waar ze was. Haar hoofd schoot met een ruk omhoog, en de blik die ze hem toewierp, deed hem enigszins achteruit deinzen, plotseling op zijn hoede. In de ogen die zich in de zijne boorden, stond iets te lezen wat hij niet herkende. Hoe kon hij ook, het was immers geen blik van deze tijd, zelfs niet van een tijd voor de zijne, maar een blik die rechtstreeks afkomstig was uit een tijd die nog moest komen.

Elen voelde de kortstondige verandering in hem en greep haar kans, wetend dat deze weer voorbij zou gaan. 'Ik geloof dat dit gesprek ten einde is, Lord Guy,' zei ze ijzig, en toen hij zijn arm bewoog om haar erdoor te laten, verliet ze vlug de tuin.

Guy bleef daar nog even staan, zijn lust omgeslagen in razernij, en stormde toen achter Elen aan. Onderweg liep hij Isabelle letterlijk tegen het lijf. 'Kijk uit waar je loopt, wil je?' schreeuwde hij.

'Het spijt me, milord,' zei Isabelle.

Guy keek naar haar donkere, ernstige ogen, de onschuld op haar gezicht, en om zijn mond verscheen een flauwe glimlach.

Elen probeerde tot bedaren te komen voordat ze naar de grote zaal terugkeerde. Ze was boos op zichzelf omdat ze niet genoeg op haar hoede was geweest, bij iemand als hij nota bene. Ze was altijd zo voorzichtig; dat verdomde temperament van haar, dat moest ze leren beheersen. Toen ze terugkwam in de grote zaal, schonk ze een beker wijn voor zichzelf in om te kalmeren.

'Daar ben je, mijn lief, waar ben je geweest?' zei Rhys toen hij haar zag.

'Bij Nicholas' pony wezen kijken,' antwoordde ze effen.

'Is alles in orde?' vroeg hij. 'Je ziet er wat verhit uit.'

'Alles is prima, ik ben gewoon te snel teruggelopen.'

Ze kon hem niet vertellen wat er was gebeurd, en Dickon evenmin. Dickon zou Guy de Brun misschien willen afstraffen, maar Rhys zou hem zeker vermoorden, en hij was hopeloos in de minderheid. En wat was er nou werkelijk gebeurd, zei ze berispend tegen zichzelf. Een dronken man had geprobeerd haar te versieren, niets meer, iets waar ze al vaker korte metten mee had gemaakt, net als nu. Terwijl ze dronk, bedacht ze met een wrange glimlach dat ze al echt in dit tijdperk was geïntegreerd als ze zich gedroeg alsof haar 'eer' bezoedeld was.

Na een poosje zag ze Guy de zaal binnenkomen, en ze wendde haar blik af om oogcontact te vermijden. Een paar minuten later voelde ze dat er aan haar jurk werd getrokken, en toen ze omlaag keek, zag ze Nicholas angstig naar haar opkijken.

'Tante Elen, Isabelle huilt. Ik denk dat ze zich pijn heeft gedaan,' zei hij zachtjes.

Elen pakte hem bij de hand en glipte ongemerkt weg. Ze trof Isabelle weggedoken in een hoekje van de stal aan, en het kind keek verschrikt op toen Elen naderde.

'Isabelle, wat is er gebeurd?' vroeg Elen gealarmeerd bij het zien van het betraande gezichtje, de verwarde haren en de gescheurde kleren.

'O, milady,' huilde Isabelle, terwijl ze zich in Elens armen stortte. 'Ik kon hem niet tegenhouden, ik heb het geprobeerd, maar hij wilde niet luisteren.'

Elen nam Isabelles gezicht tussen haar handen, veegde de tranen weg en streek haar haren uit haar gezicht. 'Stil maar, liefje. Je bent veilig nu. Haal maar even diep adem, en vertel het me dan vanaf het begin.' Ze sprak op zachte toon om het meisje gerust te stellen.

Elen keek neer op het gescheurde lijfje en zag een donkerder wordende blauwe plek op de ontluikende borstjes, en zag vervolgens met een misselijkmakend gevoel de onmiskenbare afdruk van tanden. Ze beet op haar eigen onderlip totdat ze bloed proefde, ze moest kalm blijven ter wille van Isabelle.

'Wie heeft dit bij je gedaan? Je kunt het me vertellen, er is niets om bang voor te zijn,' zei ze vriendelijk.

Isabelle keek haar aan met reusachtige, verschrikte ogen, en zei toen met een nauwelijks hoorbaar stemmetje: 'Lord Guy. Ik botste tegen hem op, en eerst was hij boos, maar daarna zei hij dat hij de pony wilde zien waar hij zoveel over had gehoord. Nicholas was al weg, maar ik dacht niet dat hij het erg zou vinden als ik Lord Guy meenam naar de stallen.' Ze keek naar Elen om te zien of ze iets verkeerds had gedaan.

'Ga door,' zei Elen.

'Toen we daar kwamen, begon hij me te kussen. Ik probeerde hem weg te duwen, ik zei tegen hem dat het verkeerd was, maar hij wilde niet luisteren. Hij bleef maar aan mijn kleren trekken, en hij trok mijn rok omhoog en toen... en toen...' Ze barstte in tranen uit, niet in staat om verder te praten.

Elen hield haar stevig vast. 'Sst, kindje, je bent veilig nu. Je hebt niets verkeerd gedaan, dat moet je geloven.' Ze ging door met sussen totdat het snikken bedaarde.

Plotseling dacht Elen aan Nicholas, en ze wendde zich tot de kleine jongen met de grote ogen. 'Nicholas, ga Alice halen. Niet met iemand anders praten, ga direct naar Alice,' zei ze tegen hem, en hij maakte zich snel uit de voeten.

Minuten later kwam Alice haastig binnen rennen. 'Milady, wat scheelt er? Ik kon weinig zinnigs uit de jongen krijgen. O!' Ze haalde scherp adem toen ze Isabelle zag, en Elen vertelde haar in het kort wat er gebeurd was.

'Neem haar mee naar mijn kamer, maak haar schoon, en verzorg haar blauwe plekken. En hou Nicholas bij je, ik wil niet dat hij nu al naar zijn vader toe rent.'

Alice knikte zwijgend en nam Isabelle in haar armen. 'Kom, schaapje, oude Alice zal voor je zorgen,' zei ze, en ze loodste beide kinderen naar buiten.

Elen dacht diep na, nu moest ze het aan Dickon en Rhys vertellen. Maar ze moest voorzichtig te werk gaan. Ze besloot om het Dickon als eerste te vertellen, hij zou misschien nadenken voordat hij handelde, in tegenstelling tot Rhys. Ze streek haar sluier glad en veegde het stro van haar jurk. Diep ademhalend ging ze terug naar de grote zaal.

Toen ze binnenkwam, hoorde ze gelach en een mannenstem die luidkeels zei: 'Zo, Guy, waar was jij ineens gebleven? Zeker een gewillige meid gevonden!'

'Ik heb nog nooit een meid ontmoet die dat niet was,' klonk de stem van Guy.

Elen keek naar de haard, waar met een groep vrienden stond de lachen. Hij gedroeg zich alsof hij zich van de prins geen kwaad wist, en er knapte iets in Elen. In haar blinde razernij zag ze alleen hem nog, ze zag hoe hij zich naar haar toe keerde en met een triomfantelijke glimlach zijn beker wijn hief, en toen verloor ze alle zelfbeheersing. Ze beende naar hem toe en sloeg de beker uit zijn hand. Hij had met het ene been gekruist over het andere gestaan, en begon te wankelen. Hij zou zijn evenwicht wel weer hervonden hebben, als Elen haar arm niet naar achteren had getrokken en hem vol in het gezicht had gestompt, al haar gewicht achter haar uitgestoken arm. Guy sloeg met een klap tegen de grond en greep instinctief naar zijn zwaard. De woede had Elens zintuigen echter op scherp gezet, en ze had het al vast, de punt tegen zijn keel gedrukt.

'Jij schoft, dacht je dat je een makkelijker slachtoffer had gevonden? Een die geen nee kon zeggen.' Ze spuwde naar hem. 'Heb je ervan genoten, voelde je je een echte man? Mijn God, ze is pas twaalf jaar oud!' Haar ogen waren vol minachting, en hij werd bleek toen hij voelde hoe scherp de kling was.

Tijdens dit alles was iedereen stil geworden van verbijstering, en toen spraken Dickon en Rhys tegelijk. 'Elen!'

'Ben je gek geworden?' vroeg Dickon vol afgrijzen.

Het geluid van hun stemmen bracht Elen bij haar positieven, en ze draaide zich om, terwijl ze het zwaard liet vallen. 'Hij heeft Isabelle verkracht,' zei ze vlak, beroofd van alle vechtlust.

'Hoe bedoel je?' wilde Dickon weten.

'Verkracht, Dickon, dat woord ken je vast wel,' zei ze koud.

Guy herstelde zichzelf. 'Verkracht? Het was een gewillig dienstmeisje,' zei hij, om vervolgens ineen te krimpen toen Rhys hem bij de keel greep.

Dickon legde een kalmerende hand op Rhys' schouder. 'Neem Elen mee naar jullie kamer,' zei hij zacht, en vervolgens krachtiger toen Rhys zijn greep verstevigde. 'Dit is mijn huis, Rhys, en ik sta erop dat je mij dit laat afhandelen.'

Rhys liet Guy los en keerde zich naar Dickon, zijn ogen fonkelend van woede.

'Je vrouw heeft je nodig,' zei Dickon met klem.

Rhys knikte kort, en met een laatste vlammende blik op Guy de Brun nam hij Elen mee de grote zaal uit.

Rhys staarde neer op de slapende Isabelle.

'Ik heb haar een slaapmiddel gegeven, milord,' zei Alice.

Rhys nam niet de moeite om antwoord te geven maar wendde zich tot Elen, en nam haar mee naar het zitje in de vensternis.

'Ik wil precies weten wat er is gebeurd,' zei hij op zachte toon.

Dus Elen vertelde hem het verhaal zoals Isabelle het haar had verteld.

'Ik wil alles weten, Elen.'

'Dat is alles,' zei ze.

'Nee, dat is het niet. Je zei dat hij een makkelijker slachtoffer had gevonden. Makkelijker dan jij?' Hij keek haar recht in de ogen. 'Verberg geen dingen voor me.'

Ze zuchtte en vertelde hem over de ontmoeting die ze had gehad met Guy, alhoewel ze de beledigingen wijselijk wegliet. Rhys ging abrupt staan nadat ze klaar was, en gespte zijn zwaard om.

'Rhys, waar ga je heen?' vroeg ze angstig.

'Afmaken wat Dickon me heeft belet,' zei hij. 'Je moet je hand laten verzorgen,' voegde hij eraan toe.

Elen keek hem ongerust na, zich nu pas bewust van wat ze had gedaan en wat de gevolgen zouden kunnen zijn. Wrijvend over haar pijnlijke hand, die nu al gezwollen was en blauw werd van de kneuzingen, bedacht ze grimmig, in tegenstelling tot haar eerdere mening, hoe weinig ze was geïntegreerd in de wereld waarin ze nu leefde. Met een blik op de slapende Isabelle stak haar woede weer de kop op. 'Schoft!' zei ze fel. 'Ik heb geen spijt van wat ik heb gedaan, en de gevolgen kunnen me niet verdommen!'

Rhys stond al snel oog in oog met Dickon. 'Aan de kant, Dickon,' gromde hij.

Maar Dickon hield voet bij stuk. 'Je zult dat zwaard moeten gebruiken als je erlangs wilt,' zei hij.

'Denk niet dat ik dat niet zal doen. Die schoft heeft eerst Elen aangevallen.'

Dickon balde zijn vuisten. 'Maar hij heeft geen succes gehad,' zei Dickon, die zichzelf dwong om kalm te blijven.

'O, en dat maakt het minder erg, nietwaar?'

'Nee, natuurlijk niet, maar als jij hem hier ter plekke doorboort, verandert er ook niets,' zei Dickon, die wanhopig probeerde hem tot rede te brengen.

Rhys keek hem aan. 'Waarom bescherm je hem?' vroeg hij.

'Dat doe ik niet, ze is mijn zus, verdomme. Maar ik bescherm jou. Allemachtig, denk toch na, man. Als jij De Brun nu aan je zwaard rijgt, hoeveel zwaarden denk je dat er dan op je keel zullen worden gezet? Ik kan ze intomen zolang je hier bent, maar hoe lang denk je dat je het zult volhouden als je eenmaal vertrekt? Denk je echt dat je helemaal door Engeland zult kunnen reizen en Wales veilig zult kunnen bereiken? En het is niet alleen jouw leven dat je op het spel zet.'

Rhys klemde zijn handen open en dicht, maar wist zijn woede langzaam maar zeker onder controle te krijgen toen hij inzag dat Dickon gelijk had.

'Zoals je wilt, maar het spijt me, Dickon, ik zal het niet op kunnen brengen om samen met hem een huwelijksfeest bij te wonen,' zei hij.

'Dat hoeft ook niet, hij is zich al aan het klaarmaken om te vertrekken. Hij beseft dat hij hier niet langer welkom is.'

Daar moest Rhys genoegen mee nemen, maar hij zou het niet vergeten en ook niet vergeven. De Brun zou hiervoor boeten, het was slechts een kwestie van tijd.

II

November 1203

In het jaar dat volgde op Dickons huwelijk, leidde de heerschappij van de Engelse koning tot onvrede in bepaalde delen van Engeland. Prins Llywelyn, die zich scherp bewust was van deze situatie, had zijn lords bijeengeroepen, en Rhys bracht steeds meer tijd door aan Llywelyns hof. Vanwege zijn veelvuldige afwezigheid besloot Elen de uitnodiging van haar schoonzus te aanvaarden om Tamworth te bezoeken. Catherine was een paar maanden daarvoor bevallen, en hoewel het onrustig was in Engeland, werd de veiligheid van reizigers er niet bedreigd. Desalniettemin vergezelden Rhys' mannen haar tot aan de grens, waar Dickons mannen haar zouden ontmoeten om haar naar Dickons landgoed te escorteren, waar zij en de jongens nu verbleven.

'Jullie hebben er geen gras over laten groeien,' zei Elen tegen Catherine terwijl ze haar kleine nichtje knuffelde.

'Ik denk dat ik in verwachting moet zijn geraakt tijdens mijn huwelijksnacht,' antwoordde Catherine met een zacht lachje. 'Ik heb het geluk dat ik Richard meteen een kind kon schenken, al was het maar een meisje.'

Elen vond het amusant dat Catherine erop stond haar man bij zijn formele naam te noemen, alhoewel ze zelf niet van plan was deze gewoonte over te nemen.

'Ik kan me niet voorstellen dat Dickon teleurgesteld zou zijn met een dochter. Ze is zo mooi,' kirde Elen.

'O, dat is hij ook niet,' zei Catherine stellig.

'En wat vinden jullie van je kleine nichtje?' vroeg Elen aan Hywel en Dafydd.

Ze keken allebei aandachtig naar de gapende baby. 'Ze heeft geen tanden!' riep Hywel uit, zodat de beide vrouwen in de lach schoten.

'Zouden jullie graag een zusje willen?' vroeg Catherine hun. De twee jongens keken elkaar aan voordat ze zich weer naar haar keerden en ernstig hun hoofd schudden.

Elen gaf de baby terug aan haar schoonzusje, en op dat moment stormde Nicholas naar binnen.

'Tante Elen, Edmund vertelde dat u er was,' zei hij, en hij rende naar haar toe. Hij hield stil toen hij zag dat zijn stiefmoeder de baby in haar wiegje legde, en legde zijn vinger tegen zijn lippen, om vervolgens overdreven zachtjes naar Elen toe te sluipen.

'Heeft u Isabelle meegebracht?' vroeg hij toen Elen hem stevig omhelsde.

'Nee, lieverd, ze kon niet komen,' antwoordde Elen zacht. 'Maar ik heb Hywel en Dafydd meegebracht om met je te spelen.'

Nicholas bekeek zijn neefjes bedachtzaam, want hoewel hij ruim drie jaar ouder was, konden ze met zijn tweeën een beetje overheersend zijn.

'Kom mee, Nicholas, dan gaan we naar buiten,' zei Dafydd tegen hem, en hij beantwoordde hun grijns terwijl ze met zijn drieën naar buiten renden.

'Hun Frans is erg goed,' merkte Catherine op.

'Ja, Alice heeft er nooit echt aan kunnen wennen om Welsh te spreken, en daarom spreekt ze altijd Frans met hen,' legde Elen uit. 'En hoe gaat het met Dickon?'

'Kijk zelf maar, ik geloof dat hij er juist aankomt,' zei Catherine, en ze wierp Elen een bezorgde blik toe. 'Praat met hem, Elen,' zei ze zacht toen Dickon, met de drie jongens in zijn kielzog, de grote zaal betrad.

'Ik durf te beweren dat deze drie meer chaos veroorzaken dan een heel leger!' zei hij lachend. 'Nou wegwezen jullie, zodat de dames nog iets langer van hun rust kunnen genieten. En hou op met Edmund te plagen,' riep hij hen achterna toen ze krijsend de binnenplaats op renden.

'Ach, mijn lieve Catherine,' zei hij, terwijl hij zijn vrouw kuste met onmiskenbare genegenheid. 'Hoe gaat het met mijn kleine Anne,' zei hij, terwijl hij in de wieg tuurde.

'Absoluut verrukkelijk,' zei Elen, die hem omhelsde. Ze constateerde geschokt hoe vermoeid hij eruitzag, en kon zien dat hij onder zijn vrolijke uiterlijk gebukt ging onder zorgen.

Pas later die avond kreeg ze de kans om met hem te praten. Catherine was vroeg naar bed gegaan, aangezien ze sinds de bevalling nog steeds niet de oude was, en ze waren alleen in de grote zaal.

'Je ziet er moe uit, Dickon, waarom ga je niet naar bed,' zei ze zacht.

'Ik slaap slecht de laatste tijd, en dan stoor ik Catherine alleen maar.' Hij streek met zijn hand door zijn haren en zei toen, in reactie op haar onderzoekende blik: 'Het leven is niet makkelijk geweest. John vraagt steeds meer geld om het leger dat hij hoopt op te richten mee te financieren. Hij is geobsedeerd door het idee om ten strijde te trekken tegen Philip van Frankrijk om het grondgebied terug te winnen dat hij heeft verloren.'

'Hoe moeilijk is het voor jou?' vroeg ze bezorgd.

'Laten we maar zeggen dat de prijs hoog is voor zijn vrijgevigheid in het verleden,' antwoordde hij droog. 'Het is een geluk dat ik het landgoed in Normandië heb; ik hoop alleen dat John het kleine beetje dat er nog over is van het hertogdom zal weten te behouden. Maar met de trouweloosheid die de Normandische barons de afgelopen maanden aan de dag hebben gelegd –' De rest sprak hij niet uit.

'Je klinkt gedesillusioneerd,' drong ze aan.

Dickon nam een slok. 'Ik ben niet de enige, er is een groeiend aantal stemmen dat bezorgdheid uitspreekt. O, ik weet het niet meer, Elen. Ik geloof werkelijk dat hij een groot koning kan zijn, maar hij heeft wel een gave om vijanden te maken, of vijanden te zien die er niet zijn.'

Hij viel stil, en Elen wist niet wat ze moest zeggen om hem te troosten.

'Ik had geen idee dat de zaken er zo voor stonden,' zei ze, meer tegen zichzelf, omdat ze werkelijk niet had geweten hoe beladen Johns heerschappij feitelijk was.

'Hoe kon je ook?' zei hij, terwijl hij triest naar haar glimlachte. 'Hoe het ook zij, je bent hier niet gekomen om mijn zorgen aan te horen. Kijk maar niet zo bezorgd, Elen, het zijn slechts kleine problemen van voorbijgaande aard.'

Ze beantwoordde zijn glimlach. 'Je lijkt gelukkig met Catherine. Was je niet teleurgesteld dat je een dochter kreeg?'

'In het geheel niet,' zei hij beslist. 'Ze is prachtig, net als haar moeder. We krijgen heus nog wel zonen, en in de tussentijd ga ik genieten van mijn kleine meid.' Hij keek naar Elen. 'Weet je, Catherine is een verbazingwekkende vrouw. Wat er ook gebeurt, wat voor chaos het ook moge zijn, ze aanvaardt het allemaal zo rustig. Ik heb haar nog nooit haar stem horen verheffen.'

'Ze klinkt als een heilige!' zei Elen met een lachje. 'Dus daarin lijkt ze beslist niet op jou. Of mij!'

'Nee, inderdaad,' zei hij. 'Maar verander alsjeblieft nooit, Elen, we houden allemaal van je zoals je bent. Hoe is het met Rhys?'

'Druk. Hij reist niet veel meer met zijn schepen, maar dat weerhoudt hem er niet van tot op de dag van vertrek overal bij betrokken te zijn, en dan wacht hij vol ongeduld op hun terugkeer!' Lachend schudde ze haar hoofd.

'Hij heeft beslist niet Catherines manier van doen. Daarnaast is hij de laatste tijd zoveel bij Llywelyn, dat ik soms het gevoel heb dat ik hem nauwelijks zie.'

'Breng jij dan niet ook tijd door aan Llywelyns hof?' vroeg hij.

Ze knikte. 'Ja, af en toe, maar ik ben liever thuis. Als ik de jongens meeneem, dan let ik constant op wat ze aan het uitspoken zijn, maar als ik ze niet meeneem mis ik ze te veel. Hoe het ook zij, we brengen dit jaar de kerst door op Aber. In feite ga ik er rechtstreeks naartoe wanneer ik jullie verlaat – met de jongens,' grimaste ze.

'We verkeren maar in hoge kringen,' zei hij plagend.

'Wij allebei,' antwoordde ze. 'En wat aanvaarden we het makkelijk,' zei ze dromerig, denkend aan hoezeer haar leven was veranderd en hoe ze zich daaraan had aangepast.

Haar maand op Tamworth vloog voorbij, en het was al snel tijd voor haar om terug te keren naar Wales. Ze verheugde zich erop weer bij Rhys te zijn, en was bezig hem een brief te schrijven om haar escorte in Wales te regelen, toen Dickon binnenkwam.

'Elen, ik heb wat verplichtingen in Chester, dus ik kan tot daar met je mee reizen. Je kunt een dag met mij in Chester doorbrengen, en dan zal ik je naar de grens begeleiden. Hoe klinkt dat?'

Ze schonk hem een brede glimlach. 'Dat klinkt geweldig, Dickon. Ik ben Rhys juist aan het schrijven. Wanneer denk je dat hij zijn mannen moet sturen?'

'Nou, als we hier op zondag weggaan, zou ik denken dat ik je op woensdag zou kunnen overdragen,' zei hij.

'Zo klinkt het alsof ik een onderdeel van Rhys' lading ben,' zei ze.

'Heel kostbare lading,' antwoordde hij, en hij kuste haar op haar wang.

De dag voordat ze zouden vertrekken, kwam er een boodschap voor Dickon. Hij keek bezorgd toen hij het zegel van de koning zag, en las hem vlug.

'De koning is terug in Engeland en wil me zo snel mogelijk zien,' zei hij.

'O.' Elen was teleurgesteld.

'Maak je geen zorgen, Elen, het zal onze plannen niet veranderen. Ik moet nog steeds naar Chester.' Hij keek weer naar het perkament en zei: 'John heeft zijn hof niet ver van de route die we zullen nemen, dus als je een kleine omweg niet bezwaarlijk vindt, kunnen we hem gaan opzoeken en daarna onze weg vervolgen.' Hij keek haar verwachtingsvol aan.

'Nee, ik heb er helemaal geen bezwaar tegen, maar word je niet geacht te blijven?' vroeg ze, wetend hoe lang Rhys normaal gesproken wegbleef wanneer hij door Llywelyn was ontboden.

Dickon schudde zijn hoofd. 'Nee, ik ben niet ontboden om aanwezig te zijn aan het hof, hij wil me gewoon spreken. En maak je geen zorgen over de jongens, ik zal Hugh vragen om ze bezig te houden, er is een rivier in de buurt, als ik het me goed herinner. Het zou niet zo lang hoeven duren.' Hopelijk, dacht hij. Hij wilde Elen meenemen, omdat het hem, indien nodig, het excuus verschafte om te vertrekken.

Toen ze de binnenplaats opreden van het kasteel waar koning John verbleef, kondigde Dickon zijn komst aan, en nam Elen toen mee naar de grote zaal om daar te wachten. Ze kregen wijn aangeboden, en Dickon kreeg te horen dat de koning hem weldra zou ontvangen.

'Is hij hier in de zaal?' vroeg Elen zacht.

Dickon knikte naar een groep mannen aan het andere eind van de zaal, en Elen volgde zijn blik. Er was geen twijfel mogelijk over wie de koning was, maar Elen kon niet ophouden met staren, zo verbaasd was ze door wat ze zag. Ze wist niet was ze had verwacht, maar alle verhalen over koning John waren stevig in haar geheugen geprent, en ze was niet voorbereid op deze ogenschijnlijk innemende man. Hij lachte om iets wat een van de mannen zei, zodat zijn niet onaantrekkelijke gezicht oplichtte. Een van de honden waardoor hij werd omringd, blafte bij het gelach van zijn meester, en John bukte zich om de hond te kriebelen en aan te halen, hetgeen de andere honden deed wedijveren om zijn aandacht. Elen voelde zich niet op haar gemak, ze zou het logischer hebben gevonden als hij het stuurse, piekerende wezen was geweest dat in de geschiedenisboeken werd afgeschilderd.

Dickon onderbrak haar gedachten. 'Elen, de koning kan me nu ontvangen,' zei hij.

'Kan ik in de tuin wachten?' vroeg ze, aangezien ze de zaal wilde verlaten.

'Natuurlijk,' antwoordde hij. 'Ik zal je komen halen zodra ik klaar ben.' Elen trok haar mantel dichter om zich heen om de kou buiten te sluiten, maar verwelkomde de frisse lucht na de benauwende geuren in de grote zaal. Ze ging op een bank zitten en keek hoe twee spreeuwen om een worm vochten. Ze keek op en glimlachte toen er een jong, donkerharig meisje aankwam.

'Goedemorgen,' zei Elen beleefd.

Het jonge meisje glimlachte verlegen terug.

'Jij trotseert de koude lucht ook, zie ik,' vervolgde Elen, in een poging een gesprek aan te knopen.

Het jonge meisje ging naast haar zitten. 'Bent u hier om mijn vader te zien?' vroeg ze.

Elen bestudeerde haar aandachtiger en kon de gelijkenis zien. 'Jij bent de dochter van de koning,' zei ze.

Het meisje knikte. 'Mijn naam is Joanna,' zei ze, zichzelf plechtig voorstellend.

'Ik ben Elen,' antwoordde Elen even ernstig. 'Om antwoord te geven op je vraag, nee, ik ben niet hier om de koning te zien, maar mijn broer wel. Ik zit op hem te wachten, en daarna zullen we onze reis hervatten. Ik hoop dat ik hier niet ongewenst ben?' Ze gebaarde naar de tuin.

'Helemaal niet,' zei Joanna. 'Waar gaat de reis naartoe?'

'Mijn broer heeft verplichtingen in Chester, en ik ben op weg naar mijn thuis in Wales,' antwoordde Elen.

Joanna's ogen werden groot. 'Bent u getrouwd met een man uit Wales?'

'Ja, en hij is getrouwd met een vrouw uit Wales!' zei Elen, die het niet kon laten haar een beetje te plagen.

'U bent Welsh! Maar uw broer...' zei Joanna verrast.

'Hij is eigenlijk mijn stiefbroer, en hij is niet Welsh,' zei Elen haastig.

Joanna's gezicht ontspande zich in een verontschuldigende glimlach, die heel erg op die van haar vader leek. 'Nou, ik moet gaan, Lady Elen, het was een genoegen u te ontmoeten, en ik hoop dat u een plezierige reis naar huis hebt,' zei ze met gemaakte beleefdheid.

'Als je ooit in Wales bent, ben je meer dan welkom om me een bezoek te brengen,' zei Elen, en ze lachte bij zichzelf vanwege de uitdrukking op Joanna's gezicht. Ik had net zo goed een bezoekje aan de maan kunnen voorstellen, dacht ze. Het jonge meisje verdween even snel als ze was gekomen, en Elen was opnieuw alleen, diep in gedachten verzonken.

'Heeft u gevonden wat u zocht?' zei een zware stem zachtjes bij haar oor. Elen draaide zich om en zag koning John pal achter zich staan.

'Uwe hoogheid, ik...' stamelde ze, volkomen van de wijs gebracht. Ze wilde opstaan, maar hij gebaarde dat ze moest blijven zitten, en liep achter de bank langs.

'Vergeef me, het was niet mijn bedoeling u aan het schrikken te maken,' zei hij zacht, een glimlach dansend om zijn lippen. 'U bekeek me echter zo kritisch in de grote zaal, dat ik nieuwsgierig was naar wat u zocht.'

'Ik... ehm,' hakkelde ze. 'U bent anders dan ik me had voorgesteld,' zei ze ten slotte.

'O?' zei hij geamuseerd. 'En hoe had u zich voorgesteld dat ik zou zijn?' Zijn ogen leken zich recht in de hare te boren, en ze was niet in staat haar blik af te wenden, de aantrekkingskracht van de man was overweldigend.

'Niet zo benaderbaar,' wist ze uit te brengen, verward door de tegenstrijdige emoties die ze voelde.

'Ik kan u verzekeren dat ik zeer benaderbaar kan zijn,' zei hij met omfloerste stem, terwijl hij dichter naar haar toe schoof.

'Uwe hoogheid, ik zie dat u mijn zus heeft ontmoet,' zei Dickon, die naderbij kwam, en Elen was opgelucht dat de vreemde betovering werd verbroken.

'Nou, we zijn niet officieel aan elkaar voorgesteld,' zei John koeltjes.

Nadat ze aan elkaar waren voorgesteld, voelde Elen dat ze beefde toen John haar hand kuste.

'Ik zie dat u een man heeft die met smart wacht op uw terugkeer,' zei hij tegen haar terwijl hij met zijn vinger haar trouwring aanraakte, kennelijk genietend van het effect dat hij op haar had.

'Ja, mijn broer vergezelt me terug naar –'

'Naar Chester,' kwam Dickon tussenbeide.

John glimlachte, nog steeds charmant, maar de geamuseerde blik was uit zijn ogen verdwenen. 'Dan heb je een lange reis voor de boeg. Ik zal je niet ophouden, Richard, maar ik hoop dat je je verrukkelijke zus nog een keer mee zult brengen.' Hij wachtte even en voegde er toen op bijtende toon aan toe: 'Als je meer tijd hebt.'

Dickon boog en Elen maakte een revérence toen hij gebaarde dat ze konden gaan, en ze begaven zich naar hun paarden.

Ze reden in stilte, totdat ze uit het zicht van het kasteel waren, en Hywel en Dafydd hadden opgehaald.

'Misschien zou hij niet zoveel moeite hebben met regeren als al zijn baronnen vrouwen waren,' zei Dickon een tikje sarcastisch. 'Je bent niet de eerste vrouw die zo gecharmeerd van hem is.'

'Ik vond hem tamelijk afschrikwekkend,' zei Elen. 'Ik heb nog nooit iemand zo snel zien omslaan, hij ging binnen een seconde van verleiding naar achterdocht.' Ze dacht even na. 'Waarom weerhield je me ervan te zeggen dat ik naar Wales ga?' vroeg ze.

'Waarom denk je? Hij zou meer over je hebben willen weten, en het zou niet lang hebben geduurd voordat hij had ontdekt dat ik de vrouw van een van Llywelyns directe vertrouwelingen had meegenomen naar zijn hof!'

Elen keek bedenkelijk. 'Nou, afschrikwekkend of niet, ik geloof nog steeds niet dat hij de reputatie verdient die hij nu heeft,' zei ze.

'Nee, dat is ook zo,' stemde Dickon in. 'Hij is geen demon, alleen een man die te veel demonen bij zich draagt.'

'Je bewondert hem nog steeds, nietwaar,' merkte Elen op.

Dickon draaide zich in zijn zadel om en keek haar aan. 'Ja, inderdaad. Ik geloof dat hij grote plannen heeft voor dit land. Hij heeft het intellect van zijn vader geërfd, maar ik denk dat je tot de ontdekking zult komen dat hij beter onderlegd is dan hij. Hij is zo geïnteresseerd in onze geschiedenis en hij houdt van de wet en geniet echt van het reizen door het land om zijn oordeel over de mensen te vellen. Hij heeft me ooit verteld dat hij van plan is om ervoor te zorgen dat meer en meer mensen leren lezen en schrijven! Let op mijn woorden, hij kan een grotere koning zijn dan Richard ooit is geweest, of ooit had kunnen zijn, als hij maar uit de schaduw van de soldaat kan stappen die zijn broer op hem heeft geworpen.'

Elen kon de pijn in zijn ogen aflezen, hij wilde zo graag zijn vertrouwen in John behouden, maar was ook bang voor diens labiele karakter.

'Je bedoelt dat als hij een minder goede soldaat is, hij zijn kwaliteiten als heerser wel op andere manieren zal bewijzen. Maar zijn gewoonte om zich intensief te bemoeien met de gang van zaken zal toch wel enige ergernis veroorzaken?' zei ze.

'Nou, zoals je weet heeft hij de baronnen al behoorlijk tegen zich in het harnas gejaagd. Uiteraard zien ze in dat de privileges die ze tot nu toe hebben genoten in gevaar dreigen te komen door Johns directe manier van regeren, dus het is geen wonder dat ze tegenstribbelen nu een en ander aan banden wordt gelegd,' vertelde Dickon.

Er ging een rilling door Elen heen, ze wist precies wat het resultaat van hun onvrede zou zijn. 'Wat wilde hij van jou?' vroeg ze.

Dickon haalde zijn schouders op. 'Niks nieuws, gewoon meer van hetzelfde, geld, loyaliteit. Ik zweer dat zijn eigen onzekerheid nog eens zijn ondergang zal worden, in plaats van een veronderstelde opstand. Maar laten we niet praten over dingen waar we niets aan kunnen doen,' zei hij. 'Ik weet dat je altijd heel erg geniet van het reizen door het land, dus laten we dat niet bederven.'

Ze reden in stilte voort, en Elen nam het landschap diep in zich op. In eerste instantie had ze zich tijdens het reizen in een vreemd land gewaand, zo anders was alles. Er bestonden praktisch geen wegen, historische monumenten die zo vertrouwd voor haar waren geweest, moesten nog gebouwd worden, sommige van de steden bestonden zelfs nog niet of waren haast onherkenbaar, en er waren nederzettingen op plaatsen waar zij alleen kale velden had gekend. Ze zou nooit haar uitstapje naar Salisbury en Stonehenge met Dickon vergeten. Stonehenge was uiteraard min of meer hetzelfde, er stonden misschien wat meer stenen. Maar Salisbury was een schok; niet alleen zocht ze naar de kathedraal, waarvan zelfs de eerste stenen pas een aantal jaren later zouden worden gelegd, maar ook de stad zelf was nog niet gesticht. Nee, het plaatsje dat ze hadden bezocht, was het door de wind geteisterde stadje Sarum, hoog op een heuveltop gelegen, dat neerkeek op een onbekend landschap. Zo had ook de totale afwezigheid van de kastelen van Edward de Eerste in haar eigen land, en de weelde in kloosters, met name in Aberconwy Abbey, haar in eerste instantie van haar stuk gebracht. Ze glimlachte bij de herinneringen, en kon een licht gevoel van zelfvoldaanheid niet onderdrukken vanwege de manier waarop ze zich de afgelopen jaren staande had weten te houden. Ze concentreerde zich tevreden op de reis en genoot van het gezelschap van haar broer, terwijl ze kletsten over van alles en nog wat, maar het netelige onderwerp van politieke onvrede vermeden.

Toen Dickon haar een paar dagen later naar de grens met Wales bracht, was ze verrukt toen ze zag dat Rhys haar escorte leidde. Ze nam liefdevol afscheid van Dickon en voegde zich bij haar echtgenoot.

'Waarom heb je me niet verteld dat jij hier zou zijn?' vroeg ze verheugd.

'Ik wist niet zeker of ik het zou redden, en ik wilde je verrassen,' antwoordde hij. 'Ik zweer dat ik nooit meer zo lang van je gescheiden wil zijn,' voegde hij eraan toe, en hij wierp haar een smeulende blik toe, die haar hart zoals altijd sneller deed kloppen.

'Het is jammer dat we zoveel mensen bij ons hebben, anders zouden we een poosje in het bos kunnen verdwijnen,' zei ze, haar ogen zedig neergeslagen, maar met een speelse glimlach om haar lippen.

Rhys pakte haar hand. 'Llywelyn heeft gezegd dat we onze reis op Rhuddlan mogen onderbreken, dus nog een paar uur geduld, mijn wellustige vrouw,' zei hij, en hij kneep in haar vingers.

Het was laat in de middag van de volgende dag, en al donker, toen ze Aber bereikten. Ze werden de uitnodigende warmte van de grote zaal binnengeleid, waar Llywelyn hen opwachtte. Hij begroette Elen enthousiast, aangezien hij altijd genoot van de uitbundige gesprekken die ze met hem voerde. Toen hij haar vroeg hoe haar reis was geweest, zei Rhys: 'Ze heeft de Engelse koning ontmoet.'

Llywelyn trok zijn wenkbrauwen op. 'Werkelijk? En wat waren je gevoelens over hem?'

'Gemengd,' antwoordde ze naar waarheid.

'Hij kan heel charmant zijn,' zei Llywelyn.

'Dat zei mijn broer ook al,' vertelde ze glimlachend.

'En wat zei je broer nog meer?' vroeg Llywelyn terloops.

Elen schoof ongemakkelijk heen en weer op haar stoel. Het was alweer een paar jaar geleden dat ze Dickon had berispt omdat hij van haar verwachtte dat ze Rhys en Wales zou verraden, en nu wilde ze evenmin iets zeggen wat Dickon zou kunnen verraden.

Llywelyn kon zien dat ze zich ongemakkelijk voelde. 'Vergeef me, Elen, het is niet mijn bedoeling je uitspraken te ontlokken waar je spijt van zou kunnen krijgen,' zei hij, in een poging haar gerust te stellen. Hij had zijn spionnen, en wist wat er in Engeland en Frankrijk gebeurde. Hij was echter geïnteresseerd in de onderliggende gedachten van Johns edellieden.

'Dickon is bang dat Normandië niet veilig is,' zei ze voorzichtig.

'Ik denk dat we allemaal wel een aardig idee hebben van wat er zal gebeuren als hij Normandië verliest,' zei Llywelyn.

'Hij gelooft niet dat koning John Wales wil onderwerpen,' zei ze kalm, en bij het zien van Llywelyns koele blik voegde ze er zwakjes aan toe: 'Hij beschouwt ons echt als een deel van zijn domein, net als zijn Franse grondgebied.'

'Boffen wij even,' zei Llywelyn droog. 'Hij heeft veel van zijn domeinen verloren, het verlies van Normandië zou een grote klap voor hem zijn. De eerste Engelse koning sinds generaties, die niet tevens hertog van Normandië is. Je moet inzien, Elen, dat hij geen andere keuze zou hebben dan zijn aandacht hierheen te verplaatsen, zo dringend zou hij dan een overwinning nodig hebben.'

Elen kon slechts triest en instemmend knikken. En voor het eerst wenste ze dat het leven hier niet zoveel draaien en bochten had.

'Maar al dit gepraat is giswerk,' zei Llywelyn opgewekt, in een poging de sombere blik van Elens gezicht te verdrijven. 'Het is Kerstmis, en we zullen ons geen zorgen maken over dingen die misschien niet eens zullen gebeuren.' Hij was blij dat hij het onderwerp kon laten vallen, hij had veel op weten te maken uit Elens voorzichtige opmerkingen, en hij was vastbesloten om goed voorbereid te zijn.

Coed Celli, herfst 1204

Elen zat op de kantelen boven de bovenkamer te genieten van de warmte van een prachtige nazomer, toen Rhys plotseling verscheen.

'Rhys!' zei ze geschrokken. 'Wanneer ben je teruggekomen?'

'Een paar minuten geleden. Ik wist dat je hierboven zou zijn, en ik wilde je verrassen. Ik heb nog nooit een vrouw gekend die zoveel van de zon hield!' zei hij, en hij plantte een kus op haar kruin. 'Wat schrijf je?' vervolgde hij, terwijl hij naast haar hurkte en naar het boek wees dat ze haastig had gesloten.

'O niets, een paar krabbeltjes,' antwoordde ze vaag. Maar toen ze zag dat hij zich niet af liet schepen, haalde ze een los vel tussen de pagina's vandaan en gaf het aan hem.

'Het is nog niet af,' zei hij terwijl zijn ogen over de dichtregels gleden die op het perkament geschreven stonden.

Hij pakte de pen uit haar hand, schreef iets en gaf het aan haar terug. Glimlachend las Elen zijn bijdrage, en schreef toen vlug een regeltje ten antwoord. Met een grijns nam Rhys het vel uit haar hand en voegde er nog meer woorden van zichzelf aan toe, hardop lachend om Elens gezicht toen ze deze las.

'Ik geloof dat dit een beetje onfatsoenlijk wordt, meneer mijn echtgenoot. Ik ben geschokt,' zei ze, met een overdreven gebaar naar haar hart grijpend.

Hij nam haar gezicht tussen zijn handen en kuste haar teder op de mond. 'Maar dat,' zei hij met een glimlach, 'is onmogelijk! En nu,' vervolgde hij, 'ga ik in bad.'

'Ik heb het ze niet boven horen brengen,' zei ze, met een blik in de richting van de trap die naar hun kamer voerde.

'Rhodri zet het klaar op de binnenplaats, aangezien het zo'n warme dag is. Nee, niet opstaan,' zei hij toen ze overeind wilde komen. 'Blijf nog maar even van de zon genieten. Ik zie je in de grote zaal als ik klaar ben.'

Elen slaakte een zucht van verlichting toen hij vertrok, en verslapte haar greep op het boek in haar hand. Dat was op het nippertje, dacht ze toen ze het gedicht teruglegde bij de andere gedichten die ze tussen de pagina's bewaarde. Ze lachte zacht toen haar ogen over Rhys' woorden gleden, en ze sloeg de bladzijde op waarop ze had zitten schrijven voordat hij was gekomen. Met een glimlach schreef ze: *Ik hou van dit leven hier, en ik hou zoveel van mijn man!* Vervolgens, voordat er nog iemand zou komen, keerde ze vlug terug naar de bovenkamer, waar ze haar dierbare dagboek veilig wegborg.

Elen zat een brief van Dickon te herlezen, gezeten in de vensternis van de grote zaal, toen Rhys eindelijk binnenkwam. Hywel en Dafydd renden op hem af, en hij deed net alsof hij wankelde onder hun gewicht toen ze zich boven op hem stortten.

'Ik zweer dat jullie elke keer dat ik weg ben, groter worden,' zei hij lachend, terwijl hij ze stevig omhelsde.

'We verwachtten je echt niet zo snel terug,' zei Elen met een glimlach.

'Ik zag geen reden om te blijven nadat er overeenstemming over de voorwaarden was bereikt,' zei Rhys, die een beker mede aannam van een bediende.

'Ja, Llywelyn bereidde zich voor op oorlog, en kreeg in plaats daarvan een bruid. En ik heb mijn man ongedeerd thuis,' antwoordde ze.

'Ik moet bekennen dat ik verrast was dat John zijn dochter aan Llywelyn aanbood. Jij hebt haar wel eens ontmoet, nietwaar, hoe is ze?' vroeg Rhys, niet afkerig van een beetje roddelen wanneer hij daarvoor in de stemming was.

Elen probeerde het zich te herinneren. 'Heel jong, donkerharig, beleefd. Ik heb slechts een paar minuten met haar gesproken. Maar ik was verbaasd dat Llywelyn haar wilde hebben. Vorig jaar was hij nog van plan om met de weduwe van zijn oom Rhodri te trouwen,' zei ze.

'Aah, maar een dochter van de koning van het eiland Man heeft geen schijn van kans om te wedijveren met de dochter van de Engelse koning, al is ze buitenechtelijk,' zei Rhys met een glimlach. 'Zo'n kans kon Llywelyn niet laten lopen. Denk je toch eens in, Elen, via haar zullen zijn kinderen ook op een bepaalde manier verwant zijn aan de koningshuizen van het vasteland. Met deze verloving heeft Llywelyn niet alleen een oorlog afgewend, maar ook het huis van Gwynedd ver boven de andere Welshe heersers verheven.' Hij sloeg met een triomfantelijk lachje op zijn dij.

'Dan zal niet iedereen even gelukkig zijn met dit huwelijk,' zei Elen.

'Buiten Gwynedd beslist niet,' stemde Rhys in, 'maar ook daarbinnen zal verdeeldheid zijn. Mensen houden graag vast aan de oude gebruiken, maar Llywelyn zal zich niet laten tegenspreken, en let op mijn woorden, hij zal Wales in de politieke arena meenemen tot ver buiten de landsgrenzen.' Hij werd onderbroken door een rukje aan zijn mouw van zijn zonen, die dolgraag met hun vader wilden praten.

'Papa, hebt u de reus gezien?' vroeg Hywel.

Rhys keek naar Elen met één opgetrokken wenkbrauw. Ze hief haar handen in een verdedigend gebaar. 'Dit keer heb ik er niets mee te maken,' zei ze.

Normaal gesproken waren de verhalen waar de jongens mee op de proppen kwamen háár werk, aangezien zij hun hoofd vulde met verhalen over reusachtige wezens die over de aarde zwierven, lang voordat de mens er was, of hun vertelde over harige wezens die op mensen leken en in verre landen woonden, en allerlei andere evolutionaire zaken. Tegelijkertijd verweefde ze deze altijd zorgvuldig met de mythen en legenden van het tijdperk, om er niet te veel de aandacht op te vestigen. Rhys had in eerste instantie zijn bedenkingen gehad tegen haar verhalen, aangezien hij vond dat ze indruisten tegen de orde van Gods wereld, maar hij had haar niet gevraagd ermee op te houden, omdat hij zag hoe ze de fantasie van de jongens aanwakkerden, en hij een toegeeflijke vader en echtgenoot was. Broeder Thomas daarentegen was zo ontsteld, dat Rhys gedwongen was geweest zijn vrouw te vragen iets terughoudender te zijn. Vandaar de onderzoekende blik bij de vraag van zijn zoon.

'Het is waar, papa, Merfyn en Idris hebben het ons verteld,' zei Dafydd nu.

Rhys kreunde; die twee waren verrukt geweest toen er een echte tweeling in de huishouding was geboren, en leken hen klaar te stomen om hun eigen rol van kwajongens in huis over te nemen. Zowel Merfyn als Idris was uitmuntend gebleken op het schip, en Rhys had hun meer taken gegeven, die ze met buitengewone zorg en ijver uitvoerden. Hun kwajongensstreken werden er echter niet minder om, en elke keer dat ze terugkwamen van een reis, vertelden ze de kleintjes bizarre verhalen.

'En wat is er met deze reus?' vroeg Rhys de jongens.

'Een kolossale man, papa, meer dan vijf el lang met vingers zo dik als bomen,' zei Hywel opgewonden.

'Maar hij heeft geen kracht, dus we hoeven niet bang voor hem te zijn,' kwam Dafydd tussenbeide, zijn vader op ernstige toon geruststellend.

Elen onderdrukte een glimlach achter het perkament dat ze vasthield.

'Ik ben blij dat te horen, Dafydd,' zei Rhys, die zijn best deed om niet te lachen. 'Nou geloof ik dat ik Ceredwyn hoorde zeggen dat ze een paar honingwafels klaar had liggen. Waarom rennen jullie er niet heen om te zien of jullie er een paar mogen hebben?'

'Mag dat, mama?' vroegen ze in koor, en Elen knikte instemmend.

Rhys keek hen liefdevol na toen ze de zaal uit stormden, en ging toen naast Elen zitten.

'Is die van Dickon?' vroeg hij, wijzend op het perkament in haar hand.

'Nee, dit is je welkomstgeschenk,' antwoordde ze, en ze gaf het aan hem.

'Nee maar, hij is prachtig. Het werk van Isabelle?' zei Rhys terwijl hij de tekening bestudeerde.

Elen knikte. Isabelle had een zeldzame artistieke gave aan de dag gelegd, en het perkament waar Rhys nu naar staarde, was een houtskooltekening van Elen met de jongens, die over haar schouders hingen.

'Ik zal hem koesteren en altijd bij me dragen,' zei Rhys, en keek vervolgens naar de weggelegde brief op het zitje in de vensternis.

'Deze is van Dickon,' zei Elen, die de brief oppakte.

'Wat voor effect heeft het verlies van Normandië voor hem gehad?' vroeg hij.

Ze vouwde de brief. 'De Franse koning heeft iedereen die land in Engeland en Normandië bezit, opgedragen om te kiezen tussen de twee. Ze mogen hun landgoederen in Normandië best houden, zolang ze hun Engelse landgoederen maar verbeuren,' vertelde ze Rhys.

Rhys floot zachtjes. 'Wat gaat hij doen?'

'Dickon is in Engeland geboren, daar opgegroeid. Hij spreekt even vloeiend Engels als Frans. Hij brengt slechts af en toe een bezoek aan zijn Normandische landgoederen, dus ik denk niet dat het een moeilijke beslissing zal zijn. Bovendien, zodra de beslissing eenmaal is genomen geeft de Franse koning hun zoveel tijd als ze nodig hebben om zich van hun Normandische bezit te ontdoen, om zo te garanderen dat ze een eerlijke prijs krijgen,' zei ze.

'Zullen de meesten van hen in Engeland blijven?' vroeg hij.

Ze aarzelde voordat ze sprak. 'Het ziet ernaar uit van wel. Ik denk dat ze zichzelf meer als Engelsen dan als Normandiërs beschouwen, en als ze inderdaad Engeland verkiezen boven Normandië, dan zouden we misschien wel eens tot de ontdekking kunnen komen dat het kanaal een soort grens wordt,' zei ze ongelukkig.

'En dan zullen alle ogen opnieuw op Wales gericht zijn,' besloot hij voor haar.

'Toch zullen de zaken dankzij Llywelyns huwelijk vast niet zo uitpakken als wij vrezen,' zei ze hoopvol.

'Wel, John mag zich dan misschien een poosje inhouden, maar verwacht niet dat Llywelyn dat doet,' zei Rhys afwezig, met een bezorgde blik.

Elen deelde zijn bange vermoedens en wist diep vanbinnen dat donkere wolken zich samenpakten. Een interne en externe oorlog mocht dan voorlopig wel zijn vermeden, maar de dreiging ervan hing nog steeds levensgroot boven de nabije toekomst.

12

❧⟡⟐⟡❧

Voorjaar 1205

'Weet je zeker dat je niet liever wilt dat ik blijf?' vroeg Rhys aan Elen, die toekeek terwijl zijn schildknapen de laatste hand legden aan het inpakken van zijn spullen.

'Ik red me wel,' verzekerde ze hem. 'Bovendien moet je me alle nieuwtjes over het huwelijk komen vertellen.'

Rhys pakte haar hand. 'Ik maak me zorgen om je, je voelt je niet goed tijdens deze zwangerschap.'

Ze waren allebei dolblij geweest toen Elen na lange tijd opnieuw zwanger was geworden. Ze had gedacht dat de moeizame geboorte van de tweeling haar kansen op meer kinderen had vergooid. Het was tot nu toe echter geen makkelijke zwangerschap geweest, en hoewel ze al in haar vierde maand was, kon ze nog steeds niet veel voedsel binnen houden.

Ze glimlachte naar haar man. 'Ik weet het, ik verheugde me erop om op Aber te zijn als Llywelyn zijn bruid mee naar huis bracht,' bekende ze. 'Maar zelfs als ik me goed genoeg zou voelen om te reizen, zou ik de jongens niet alleen laten,' zei ze met zachte stem, terwijl haar blik naar haar zoons dwaalde.

Hywel lag ingestopt in het bed van zijn ouders, en Dafydd zat op de dekens, waar hij zijn tweelingbroer probeerde te interesseren voor een stuk speelgoed dat hij vasthield. Beide jongens waren goed gezond en zelden ziek. Als ze een keer iets hadden, dan knapten ze meestal binnen een dag of twee weer op, en leden ze er nauwelijks onder. Dit keer had Dafydd echter als eerste koorts gekregen, een dag later gevolgd door Hywel. Na een week waren beide jongens de koorts te boven. Dafydds eetlust kwam terug, een teken dat hij herstellende was, maar Hywel reageerde helemaal niet. Elen was zo ongerust dat ze erop stond dat ze dicht bij haar bleven, en had de jongens het bed van Rhys en haar gegeven, terwijl ze zelf op strozakken in de kamer sliepen. Hywel was zo ziek dat hij het niet eens erg vond in bed te moeten blijven.

Rhys volgde haar blik. 'Ik vind dat ik moet blijven, ik zal Llywelyn een boodschap sturen,' zei hij.

'Dat doe je niet, hij verwacht je. Ik ben slechts een overbezorgde moeder, waarschijnlijk omdat deze hier me zoveel last bezorgt,' zei ze met een klopje op de lichte zwelling van haar buik.

'Nou, als je erop staat,' zei hij met een blik uit het raam. 'Het lijkt erop dat we klaar zijn voor vertrek.'

Hij kuste zijn zoons ten afscheid en liep met Elen naar de binnenplaats, waar zijn paard opgezadeld stond te wachten. Ze glimlachte terwijl ze hem moeiteloos zag opstijgen, wetend dat hij zich erop verheugde om te gaan. Het was niet het huwelijk van Llywelyn met de dochter van koning John dat hem trok, maar, hoeveel hij ook van Elen hield, twee jammerende kinderen en een lichtgeraakte, zwangere echtgenote deden hem snakken naar ongecompliceerd mannelijk gezelschap.

'Ik ben over een paar weken terug,' zei hij tegen haar, 'en ik wil dat je goed op jezelf past. Die twee kwajongens zullen vast en zeker binnen de kortste keren weer de oude zijn en allerlei streken uithalen, dus zorg ervoor dat ze je niet uitputten.'

Zijn glimlach was warm en liefdevol terwijl hij zich bukte om haar vol op haar mond te kussen. Toen wendde hij op zijn gebruikelijke manier zijn paard, en weg was hij, zodat alleen het geluid overbleef van paardenhoeven die over de ophaalbrug kletterden.

Elen voelde haar maag op de bekende manier in opstand komen, en met haar hand voor haar mond geslagen haastte ze zich terug naar de bovenkamer, waar ze in alle privacy kon overgeven, zonder medelijdende blikken.

Dafydd scharrelde algauw weer rond, min of meer de oude, maar Hywel werd alleen maar zieker. Hij kon nauwelijks uit bed komen, klaagde over pijn in zijn hoofd en ledematen. Hij wilde niet eten, ongeacht de lekkernijen waarmee ze hem probeerden te verleiden. Elen was radeloos en liet met tegenzin broeder Thomas halen, die een basisopleiding tot dokter had genoten.

Zoals de meeste mensen van zijn tijd geloofde Thomas stellig dat de natuur in zijn geheel uit krachten bestond die gemanipuleerd konden worden door de toepassing van bepaalde regels en technieken.

'Het lichaam maakt deel uit van de wereld waarin we leven, en is opgebouwd uit dezelfde elementen, waarvan er vier zijn,' legde hij Elen uit.

'Vuur, water, aarde en lucht,' zei Elen vermoeid. Als dat de enige hulp was die hij kon bieden, dacht ze, dan was zijn aanwezigheid hier zinloos.

Thomas wierp haar een kille blik toe, waarom gaf ze hem altijd het gevoel dat ze meer wist dan hij? Hij slikte een weerwoord in en begon het zieke jongetje te onderzoeken. Hoe hij ook over Elen dacht, hij wist dat ze een goed dieet, voldoende frisse lucht en beweging belangrijk vond voor haar gezin, en eigenlijk voor iedereen in hun huishouding als ze door hun koppigheid heen wist te dringen. Al deze dingen werden geacht belangrijk te zijn om het lichaam gezond te houden en in harmonie met zichzelf. Hij nam Hywels pols en voelde aan zijn klieren, en vroeg vervolgens aan het kindermeisje om monsters van Hywels urine en ontlasting te bewaren, zodat hij deze kon onderzoeken. Toen hij bloedzuigers op het lichaam van de jongen aanbracht, begon Elen te protesteren.

'Het is van belang, madame, dat ik de gelegenheid krijg om zijn bloed te bestuderen, en dat het lichaamssap wordt uitgezogen dat deze verstoring in de balans veroorzaakt,' hield hij vol.

Hij was echter verrassend voorzichtig met de jongen, en hoewel ze het niet aan kon zien, hield ze hem niet tegen. Toen Hywels gezicht begon te vertrekken van de pijn, verwijderde Thomas de bloedzuigers en riep hij Elen weer binnen.

'Ik denk dat ik weet welke behandelwijzen we moeten toepassen, madame. Wees gerust, met Gods hulp zal ik het kind binnen een paar dagen op de been hebben,' vertelde hij haar met een minzame glimlach.

Elen had geen andere keuze dan haar afkeer van hem te onderdrukken, die in haar keel opborrelde als gal, en zijn glimlach te beantwoorden met een gemompelde uiting van dank.

Ze keek echter met groeiende ontsteltenis toe toen de pastoor de keuken opdroeg om radijsjes, prei, knoflook en andere planten fijn te stampen, en het mengsel vervolgens in boter en rode netel te koken. Toen het afgekoeld en donker van kleur was, smeerde hij het op Hywels hoofd, ledematen en borst om de pijn te verzachten.

In alle jaren dat Elen hier nu was, en ondanks een paar harde lessen, had ze nog steeds het zelfvoldane gevoel niet helemaal verloren dat ze enigszins superieur was aan de mensen tussen wie ze nu verkeerde. Maar naarmate Hywel zieker werd, begreep ze maar al te duidelijk en met groeiend besef dat ze niet anders was dan zij. Ze mocht dan wel alles weten over de planeet en zijn plaats in het heelal, ze wist misschien alles over evolutie en fossielen herkennen, en ze verwierp de verhalen over een hellevuur, die religieuze fanatiekelingen als broeder Thomas gebruikten om de macht van de kerk te handhaven. Maar hoewel ze geloofde dat een antibioticakuur haar zoon waarschijnlijk binnen een paar dagen zou genezen, was ze gedwongen toe te geven dat zijzelf deze niet kon produceren, dat ze net zo afhankelijk zou blijven van de doktoren in haar vorige leven, als ze hier gedwongen was op Thomas te vertrouwen. Ze was net zo hulpeloos en onwetend als de rest van haar huishouding, méér nog in zekere zin, omdat ze, in tegenstelling tot hen, de geneeskrachtige werking van de verschillende planten niet kende. Ze had haar kennis in beschermende lagen als een jas om zich heen gedragen. Met elke wending die de gebeurtenissen namen, verscheen er een scheur hier of een gat daar. Nu, terwijl ze haar kleine, zieke jongen elke dag zwakker zag worden, werd haar kennis een vloek, in de wetenschap dat hij geholpen zou kunnen worden, maar dat ze niet bij machte was om hem te helpen. De beschermende mantel viel uiteen aan haar voeten, waardoor ze naakt en kwetsbaar achterbleef, en wel wilde gillen vanwege de wreedheid van het lot dat haar hier had gebracht. Ze kon niets anders doen dan zich tot Thomas en de oudere vrouwen wenden voor advies.

Aangezien Thomas had verkondigd dat warm en vloeibaar voedsel noodzakelijk was om het kind weer gezond te maken, stond Elen, al was ze nog zo misselijk van angst, zichzelf een kleine, ironische glimlach toe terwijl er in de keuken kippensoep werd bereid.

'Kom, schat,' vleide ze, 'probeer wat te eten.'

Ze had Hywel rechtop gezet tegen een berg kussens, en hield een lepel soep tegen zijn lippen. 'Eén lepel maar, voor mama,' zei ze zacht.

Hij nipte een minieme hoeveelheid van de lepel, waar zijn lippen nauwelijks nat van werden, en zonk achterover in de kussens terwijl hij zijn moeder met doffe, levenloze ogen aankeek. Plotseling werd zijn kleine lichaam verscheurd door de droge hoest die zich de afgelopen dagen had ontwikkeld. Elen hield hem tegen zich aan, wrijvend over zijn rug.

'Stil maar, mama is hier, liefje, mama is hier.' Ze hield hem vast totdat de hoestbui voorbij was en hij uitgeput achterover viel. Ze veegde zijn mond en gezicht af met een koele, vochtige doek. God, hij was vreselijk mager, ze moest ervoor zorgen dat hij wat at.

'Heb je zin in wat blanc-manger? Dat lust je zo graag,' smeekte ze haast.

'Dafydd ook,' fluisterde Hywel.

'Als Dafydd er wat van neemt, eet jij dan met hem mee?' vroeg ze, een nieuwe tactiek proberend. Ze werd aangemoedigd door een nauwelijks zichtbaar knikje van haar zoon, die niets liever wilde dan haar plezieren.

'Madame, denkt u dat het verstandig is om Dafydd hier te laten komen,' zei Thomas op zachte toon toen ze de deur bereikte.

Elen aarzelde. 'Ze zijn een tweeling,' zei ze. 'Misschien geeft het Hywel de kracht en aanmoediging die hij nodig heeft als hij Dafydd ziet. Ze zijn nog nooit eerder gescheiden geweest,' besloot ze zwakjes.

'Maar het risico, madame,' hield Thomas vol.

'Ik weet het, Thomas, maar als hij op een afstandje blijft en niet te lang...' Haar stem stierf weg, verscheurd tussen het verlangen alles te doen om Hywel te helpen en het volle besef van het gevaar voor Dafydd.

Thomas knikte kort, en voelde zelfs een vleugje medelijden voor de vrouw aan wie hij zo'n hekel had.

Elen ging naar de keuken om Ceredwyn te vragen of ze wat blanc-manger klaar wilde maken. Het was geen toetje, zoals zij het kende, maar een gerecht van hetzij vlees of vis, bereid met gezoete amandelmelk met suiker en zout erin. Het was altijd een van de favoriete gerechten van de jongens geweest, en ze hoopte dat het Hywels eetlust zou opwekken. Gelukkig was het gerecht ook aanbevolen door broeder Thomas, die goed, zacht voedsel nodig achtte voor Hywels gezondheid, en ze was bereid alles te proberen.

'Als het klaar is, wil je dan aan Bronwyn vragen of ze Dafydd naar de bovenkamer brengt. Het zal Hywel goed doen om hem te zien,' zei ze tegen Ceredwyn.

'Ach, hoe is het met het arme schaap?' vroeg de kok verdrietig.

'Och, het gaat,' zei Elen, maar toen ze de dreiging van tranen voelde, wendde ze zich af. Ze moest positief blijven voor Hywels bestwil, dacht ze terwijl ze terugliep over de binnenplaats.

Ze zat op de rand van het bed en was bezig Hywel een verhaal te vertellen waarbij ze zichzelf dwong om opgewekt te klinken, ondanks ieder gebrek aan respons van hem, toen Bronwyn binnenkwam met Dafydd en een bediende die twee bakjes blanc-manger droeg. Dafydd stond plotseling aarzelend stil, en bleef Bronwyns hand vasthouden.

'Kom eens hier, schat,' zei Elen terwijl ze in zijn richting liep, zich er scherp van bewust hoezeer ze hem had verwaarloosd sinds Hywel zo ziek was geworden. Ze strekte haar armen uit, en hij rende in haar omhelzing.

'Wanneer wordt Hywel beter, mama?' vroeg hij klaaglijk toen ze hem op haar schoot had genomen en op veilige afstand van het bed was gaan zitten.

'Ik weet het niet, lieverd,' fluisterde Elen, en de tranen prikten in haar ogen terwijl ze Dafydd dicht tegen zich aan hield. Het contrast tussen de twee zonen, eens zo identiek, deed haar adem stokken. Ze streek met haar vingers door Dafydds donkere, glanzende haar, zo anders dan dat van Hywel, dat slap en vochtig op zijn voorhoofd lag. Ze drukte een kus op Dafydds kruin en ademde zijn frisse, schone geur in, alsof ze daarmee de zure geur van ziekte kon verdringen die zijn tweelingbroer constant vergezelde.

'Kom, schat,' zei ze, en ze zette Dafydd op de zittekist. 'Ga jij maar hier zitten om je blanc-manger te eten, dan zullen we zien of we Hywel ook zover kunnen krijgen dat hij iets eet.'

Elen knikte naar Bronwyn, die Dafydd kwam helpen, terwijl zij het tweede bakje meenam naar het bed. Ze zette Hywel rechtop, met zijn rug tegen de kussens.

'Wil je ook een beetje proberen? Kijk, Dafydd eet het ook.' Ze drong aan met de lepel, en Hywel nam met tegenzin een klein hapje. Ze bleef aandringen, maar na drie hapjes weigerde hij verder te eten.

'Goed zo, jongen,' zei ze terwijl ze zijn mond afveegde. 'Misschien nemen we straks nog een beetje.'

Hywels ogen keken langs haar heen, en ze zag ze heel even oplichten. Toen ze zich omdraaide, zag ze Dafydd daar stilletjes staan, terwijl hij met grote, trieste ogen naar zijn broer keek. Voordat ze hem kon tegenhouden, klom hij op het bed en sloeg zijn armen om zijn tweelingbroer heen. Ze hoorde dat Bronwyn en de pastoor een kreet slaakten, en ze pakte Dafydd zachtjes vast.

'Kom, schat, we moeten Hywel laten rusten.' Hij wilde niet loslaten, maar uiteindelijk liet hij zich van het bed tillen.

'Ga maar met Bronwyn mee, het is tijd voor je bad,' zei ze terwijl ze hem aan zijn kindermeisje gaf.

'Maak hem grondig schoon, en gooi zijn kleren weg,' instrueerde ze haar fluisterend, doodsbang dat Dafydd ook ziek zou worden.

'Wuif Hywel maar welterusten,' zei Bronwyn met haar zachte stem, en vervolgens nam ze Dafydd mee de kamer uit.

Elen beet op haar lip en keerde zich weer naar het bed. Ze keek neer op de kleine jongen, die nu langzaam in slaap viel. Hij was zo bleek, zijn huid zag er bijna wasachtig uit, en er lagen donkerpaarse kringen onder zijn ogen. Hij werd zwakker en zwakker, en ze kon niets doen.

In wanhoop stortte ze zich op Rhys' wetenschappelijke boeken, op zoek naar de medische informatie die deze bevatten. Ze riep broeder Thomas bij zich toen ze ze op tafel uitspreidde.

'Er moet iets zijn wat we kunnen doen,' zei ze tegen hem. 'Ik ben bereid alles te proberen.'

Ze hield woord, en in de dagen die daarop volgden instrueerde ze Thomas om verschillende preparaten te bereiden. Ze onderwierpen Hywel aan hete baden, laxeermiddelen en talloze kruidenbehandelingen. Op aandringen van Thomas werden de luiken in de kamer hermetisch gesloten, totdat er bijna geen lucht meer was, maar allemaal tevergeefs. Hywel leek steeds verder weg te glijden.

Toen ze de beddenlakens rechttrok, bukte ze zich om zijn vingers te kussen, hetgeen hem normaal gesproken een zwakke glimlach ontlokte. Vandaag kreeg ze echter geen respons, hij deed zijn ogen zelfs niet eens open. Toen ze zijn vingers naar haar lippen bracht, schrok ze. Ze hield een kaars dichter bij het bed en draaide zijn hand om, waarop ze met een misselijkmakend gevoel constateerde dat zijn vingertoppen een blauwe tint hadden gekregen. Ze bekeek hem aandachtiger en zag dat zijn lippen en de puntjes van zijn oren dezelfde blauwe tint hadden. De hoestbuien werden ook erger, dacht ze, vechtend tegen de tranen toen ze de lakens om hem heen instopte.

Vanaf dat moment was Elen dag en nacht aan zijn zijde. Toen haar dienstmeisjes erop aandrongen dat ze ging rusten voor de bestwil van de baby in haar buik, ging ze met tegenzin op een strozak naast het bed liggen, waar ze hazenslaapjes deed als haar uitputting haar daartoe dwong, maar alert op iedere beweging van haar zoon. Ze staakte haar pogingen om Hywel voedsel op te dringen, en zorgde er nu alleen maar voor dat hij vocht binnenkreeg. Ze had in water gedrenkte doeken die ze zachtjes uitkneep op zijn pijnlijk gesprongen lippen, in de hoop dat een deel van het vocht zijn weg tot in zijn lichaam zou vinden. Ze was hier voor de zoveelste keer mee bezig, toen hij opnieuw door een hoestbui werd gegrepen. Ze hielp hem overeind en ondersteunde hem terwijl hij na elke hoest naar adem snakte, en hield de doek tegen zijn mond gedrukt om het slijm op te vangen, ondertussen kalmerende geluiden makend. Ten slotte hield het hoesten op, en was hij in staat om weer te gaan liggen. Toen ze de doek weghaalde, verstijfde ze en staarde vol afgrijzen naar de helderrode vlekjes bloed die erop zaten. Ze keek op naar broeder Thomas, en te oordelen naar de uitdrukking op zijn gezicht, wist ze dat hij dezelfde conclusie had getrokken als zij.

'We moeten uw man laten halen,' zei hij zacht.

Elen knikte, en liep toen abrupt naar het raam om de luiken open te gooien.

'We hebben hier frisse lucht nodig,' zei ze in reactie op het onuitgesproken protest van broeder Thomas. 'Het was een vergissing deze kamer af te sluiten, hij moet ademen.'

'Maar madame,' zei hij op heftige toon, 'het is de lucht die de ziekte binnen brengt.'

'Wel, dan kan het de ziekte verdomme ook weer naar buiten brengen,' snauwde Elen.

Thomas wierp haar een vernietigende blik toe. Hij was van mening dat ze een fout maakte, maar betwijfelde of er iets was wat de jongen nu nog kon deren, dus hij liet het er maar bij.

Elen wierp een blik op haar slapende zoon en ging naar de kapel, waar een spirituele uitstraling van uitging en ze de rust vond die ze nodig had.

Ze ging stilletjes bij het altaar zitten. 'O, lieve Heer,' fluisterde ze. 'Het is tbc, hij heeft tbc.'

Ze was er al dagen bang voor geweest, maar de aanblik van het bloed had haar vermoeden in werkelijkheid veranderd. Ze sloeg haar armen stevig om haar lichaam heen, vechtend tegen de tranen.

'Er moet iets zijn wat ik kan doen, iets wat ik hem kan geven om hem in leven te houden.' Ze streek haar tranen weg en veegde haar neus af aan de mouw van haar jurk. 'Laat hem alsjeblieft niet doodgaan,' smeekte ze wanhopig, zich wendend tot welke kracht dan ook, welke geest er maar aanwezig was.

Maar terwijl ze daar in het stille halfduister zat, wist ze dat Hywel zou sterven, en dat ze niets kon doen om hem te redden. Ze wist echter ook dat hij recht had op een waardige dood. Geen brouwseltjes meer, geen 'behandelingen'. Ze hielpen niet, ze konden zelfs het onvermijdelijke niet uitstellen, ze bezorgden hem alleen extra pijn. Toen ze opstond om te vertrekken, leek de wanhoop die haar had verteerd weg te vloeien, en plaats te maken voor een stille vastberadenheid. Ze keerde langs de verborgen trap terug naar haar slaapkamer, op tijd om te zien dat Thomas op het punt stond Hywel een klysma toe te dienen. Ze legde een hand op zijn arm om hem tegen te houden.

'Niet meer,' zei ze. Thomas zag eruit alsof hij zou gaan tegensputteren, maar toen knikte hij.

'Hij is nu in Gods handen,' zei hij vroom.

Gedurende de week die daarop volgde, probeerde Elen het Hywel zo aangenaam mogelijk te maken, maar het hoesten was haast onophoudelijk, het slijm altijd met bloedvlekjes erin. Ze bad wanhopig voor Rhys' terugkeer, dat hij thuis zou komen voordat hun kind zou sterven.

Het was halverwege de ochtend, en na een bijzonder slechte nacht met Hywel had Elen zichzelf juist toegestaan om heel even haar ogen te sluiten zolang hij rustig was, toen ze hem hoorde bewegen.

'Mama?' mompelde Hywel, nauwelijks hoorbaar.

Elen boog zich dicht over hem heen. 'Ik ben hier, liefje, mama is hier,' zei ze, zijn voorhoofd strelend.

Zijn blik dwaalde naar het open raam, waardoor de geluiden van het leven buiten de kamer in zweefden. Hij keek naar de kleuren die het hangende, ronddraaiende kristal verspreidde dat Elen uit de kinderkamer had gehaald. Zijn ademhaling ging moeizaam toen hij zijn moeder aankeek, haar met koortsige, smekende ogen aanstaarde. Elen nam een beslissing, tilde haar zoon teder op, wikkelde hem in een bonten dekentje en begaf zich naar de deur.

'Madame, ik moet bezwaar maken,' zei Thomas ontsteld.

Elen wendde zich naar hem. 'Mijn zoon ligt op sterven,' zei ze vermoeid, 'en ik kan er niets aan doen. Maar ik zal hem niet hier laten doodgaan, opgesloten in een kamer zonder licht en die naar de dood ruikt.'

Zonder verder nog een woord te zeggen, verliet ze de bovenkamer en droeg Hywel voorzichtig naar buiten, waar hij een groot deel van zijn korte leven had doorgebracht. Zittend op een bank in haar tuin nam ze hem in een comfortabele houding in haar armen.

'Wolken,' fluisterde hij toen zijn ogen knipperend opengingen.

Elen hield zijn hand vast en praatte zachtjes. 'Weet je nog wat ik je heb verteld, dat de hemel boven de wolken nog steeds blauw is, ook al kunnen we het niet zien. Maar de vogels wel, wanneer ze hoog boven de wolken vliegen.'

Ze streelde zijn doorschijnende wang en hield zijn hand weer vast. 'Laten we doen alsof we vogels zijn, schat, kijk goed, dan zullen we de blauwe hemel zien.'

Ze keek omhoog naar de lucht, en door een gat in de wolken werd een klein plekje blauw zichtbaar.

'Zie je, Hywel, daar is de blauwe hemel, speciaal voor jou tevoorschijn gekomen. Kijk, schat, kun je het zien?' zei ze.

Met moeite deed hij zijn ogen weer open, en een zweem van een glimlach beroerde zijn lippen. Toen kwam er een nieuwe hoestbui, de heftigste tot nu toe. Automatisch hield Elen de doek tegen zijn mond, maar dat was dit keer niet genoeg. Het bloed gutste gewoonweg naar buiten. God, het ging alle kanten uit. Het leek zoveel, ze zat helemaal onder, hij zat helemaal onder. Ze greep de rok van haar jurk om het op te vegen, terwijl Hywel bleef hoesten, zijn longen vechtend voor lucht. Plotseling hield het op, en viel er een doordringende stilte. Ongelovig keek ze neer op de kleine gestalte in haar armen, en ze greep de kleine hand die nu levenloos in de hare lag. Ze boog zich voorover en kuste zijn voorhoofd, niet langer koortsachtig, warm, maar koel nu, o zo koel.

'O, mijn kleintje, het spijt me zo,' fluisterde ze terwijl ze hem dichter tegen zich aan trok, hem heen en weer wiegde terwijl de tranen stilletjes over haar wangen stroomden.

Ze wist niet hoe lang ze daar zat, maar de lucht was afgekoeld toen ze zich bewust werd van broeder Thomas, die naast haar stond.

'Madame,' zei hij, met verbazingwekkende vriendelijkheid. 'Madame, hij is heengegaan.'

Elen keek naar hem op, haar ogen droog, maar vol pijn. 'Ik breng hem naar de kapel,' zei ze, als in een droom.

'We moeten hem eerst schoonmaken,' zei Thomas, die naar het bloed wees.

Met lood in haar schoenen keerde Elen terug naar de bovenkamer, waar Alice en Isabelle wachtten. Ze legde Hywel op het bed, trok zijn met bloed doorweekte kleren uit en waste zorgvuldig zijn kleine, koude lichaam, zonder dat ze iemand toestond haar te helpen. Voorzichtig trok ze hem schone kleren aan, en kamde teder zijn haren, om vervolgens een voor een al zijn vingertjes te kussen voordat ze zijn handen langs zijn zij legde.

'Milady, we hebben een bad voor u klaargemaakt,' zei Alice zacht.

Elen liet zich zonder tegenwerpingen, zonder één woord, door haar kameniers verzorgen. Toen ze gekleed was in een donker gewaad, riepen ze Thomas in de slaapkamer.

'Bent u gereed, madame?' vroeg hij. Elen knikte en tilde haar zoon voorzichtig op.

Maar toen ze de deuropening van de kapel bereikte, kwam ze tot de ontdekking dat ze er niet naar binnen kon gaan, haar kind niet kon neerleggen op de koude plek die ze voor hem in gereedheid hadden gebracht, en ze stond de pastoor toe hem van haar over te nemen. Een huilende Alice leidde haar weg, en ze keerde terug naar de grote zaal waar ze de bedienden met droge ogen instrueerde haar slaapkamer grondig schoon te maken, het linnengoed te verbranden, de vloeren te schrobben, en ieder spoor van de dood uit te wissen, ze wilde niet dat hij op die manier herinnerd zou worden.

Ze nam Dafydd apart en vertelde hem met de stem van iemand anders dat Hywel was heengegaan, en probeerde hem zo goed mogelijk te troosten, om de pijn weg te nemen van het verdriet om het verlies van zijn broer, zijn tweelingbroer, die zozeer een deel van hemzelf was. Zelf voelde ze zich leeg, alsof alle gevoel uit haar was weggestroomd toen het leven uit Hywel was weggevloeid, maar ze hield de snikkende Dafydd tegen zich aan gedrukt alsof hij een reddingslijn was.

Rhys kwam pas een paar dagen na Hywels dood thuis. Hij en zijn mannen waren onmiddellijk vertrokken toen ze Thomas' boodschap kregen, zonder hun paarden te ontzien, niet wetend dat Hywel al gestorven was.

Broeder Thomas en Alun stonden op de binnenplaats op hem te wachten, en op het moment dat hij aan kwam rijden, kon hij aan hun gezicht zien dat hij te laat was.

'Het spijt me zo, milord,' zei Thomas, 'uw zoon is maandag gestorven.'

'Waar is Elen,' wist Rhys uit te brengen, terwijl hij haastig van zijn paard sprong, zijn gezicht vertrokken van pijn.

'Mevrouw uw echtgenote is bij het graf, we hebben hem naast uw vader en moeder begraven,' zei Alun zacht. Hij aarzelde, alsof hij niet zeker wist of hij verder moest gaan.

'Ja, wat is er?' wilde Rhys weten.

'Ze blijft van de vroege ochtend tot de late avond bij het graf. Ze wil niet eten en, milord, ze wil niet huilen,' zei Alun gekweld, net zozeer treurend om het feit dat niemand zijn meesteres kon troosten, als om de dood van de kleine jongen.

'Ik moet naar haar toe,' zei Rhys, die aanstalten maakte om weg te lopen. Alun stak zijn hand uit om hem tegen te houden.

'Vergeef me, milord, maar ik ben van mening dat u beter eerst naar Dafydd toe kunt gaan. Hij is in de kinderkamer.'

Rhys' zesde zintuig maakte dat hij het advies van zijn rentmeester opvolgde, en naar zijn overgebleven zoon toe ging. Toen hij de kinderkamer binnenkwam, was hij geschokt door wat hij daar aantrof. Dafydd was zo bleek dat hij eruitzag als een schaduw, alsof hij niet echt bestond. Hij zat lusteloos uit het raam te staren.

'Dafydd,' zei Rhys zacht toen hij dichterbij kwam. Dafydd sloeg zijn ogen op, groot en vol verdriet.

'Papa,' fluisterde hij. 'Hywel is dood.'

'Ik weet het, jongen,' zei Rhys, en hij nam het jongetje op zijn schoot.

'Mama wil niet praten,' zei hij, terwijl zijn ogen zich met tranen vulden. 'Is het mijn schuld, papa?' vroeg hij angstig.

'Natuurlijk niet, waarom zeg je dat?' vroeg Rhys, en zijn hart deed pijn toen hij naar het betraande gezichtje keek.

'Omdat ik beter ben geworden, en Hywel niet. Ik denk dat mama boos op me is,' zei hij, terwijl hij een snik onderdrukte.

'Luister naar me, Dafydd,' zei Rhys zacht. 'Mama is niet boos op jou. Ze is heel verdrietig omdat Hywel is gestorven, maar ze houdt nog steeds heel veel van je, net als ik, en we zijn allebei dankbaar dat je beter bent geworden.'

Hij glimlachte teder naar zijn zoon, maar voelde inwendig een sprankje woede omdat Elen deze verdrietige kleine jongen had verwaarloosd. Toen Dafydd zich overgaf aan zijn verdriet, kuste Rhys hem, en hij hield hem vast totdat zijn snikken bedaarde en hij in een onrustige slaap viel.

Met opeengeklemde kaken begaf Rhys zich naar de familiebegraafplaats, bevreesd om de waarheid van Hywels dood onder ogen te zien. Tot dusverre had het allemaal zo onwerkelijk geleken. Elen zat geknield op de zachte aarde, starend in het niets. Als Rhys al geschokt was geweest door Dafydds verschijning, dan was dat nog niets vergeleken bij de aanblik van Elen. Haar gezicht was afgetobd, haar ogen hol en vol pijn.

'Elen,' zei hij, en hij raakte haar schouder even aan. Ze keek niet op.

'Ik kon hem niet helpen,' fluisterde ze.

'Dat kon niemand,' antwoordde hij, starend naar het eenvoudige graf. 'Kom mee naar huis.'

'Wat heeft het voor zin, ik kan daar toch geen goed doen,' zei ze zacht.

'Elen, je hebt niet gefaald met Hywel. Ik weet niet waarom hij ons is afgenomen, maar hij is er niet meer, en met hier zitten kun je hem niet terugbrengen. Je hebt een andere zoon die je verschrikkelijk hard nodig heeft, wijs hem niet af,' zei Rhys, bezorgd vanwege haar onbeweeglijkheid. 'En er is nóg een kind dat je kracht nodig heeft.'

'Je begrijpt het niet,' hield ze vol. 'Juíst ík had in staat moeten zijn om Hywel te helpen, en dat wás ik niet, dus hoe kan ik Dafydd dan tot nut zijn, of ieder van jullie. Ik had moeten weten wat te doen, wat heeft het anders voor nut dat ik hier ben.'

Rhys stond daar in stilte, vechtend tegen zijn emoties. De woorden die hij had willen uitspreken, stierven op zijn tong.

'Je was er niet,' zei ze zacht, beschuldigend. 'Wat voor ouders zijn wij; ik kon hem niet helpen, en jij was er zelfs niet eens,' zei ze met stemverheffing.

'Elen, ik ben gekomen zodra ik het hoorde. Ik heb gebeden dat ik op tijd zou zijn,' antwoordde Rhys met verstikte stem.

Elen stond op en keek hem aan, haar ogen fonkelend van woede. 'Je was er niet, hij ging dood en jij was er niet,' schreeuwde ze.

'Ik weet het, Elen, ik weet het,' zei hij terwijl de tranen opwelden. Hij sloeg zijn armen om haar heen, maar ze trok zich terug en begon tegen zijn borst te stompen.

'Je was er niet,' zei ze steeds weer. Rhys kromp ineen maar hield haar stevig vast totdat haar vuisten ophielden, en haar woorden plaatsmaakten voor snikken. Alle woede, de pijn en het verdriet kwamen eruit terwijl hij haar dicht tegen zich aan hield, en ze huilde alsof haar hart zou breken. Hij begroef zijn gezicht in haar haren en huilde met haar mee, huilde om het verlies van zijn eerstgeborene.

13

Ondanks de tragedie vorderde Elens zwangerschap zonder al te veel problemen. Desondanks maakte Rhys zich zorgen om haar. Sinds Hywels dood was ze stil en teruggetrokken. Hij was van plan geweest nog een reis naar het vasteland te ondernemen, maar stelde deze voorlopig uit. Hij had nog steeds levendige herinneringen aan haar eerste bevalling, en torste een enorm schuldgevoel met zich mee omdat hij niet bij haar was geweest toen Hywel stierf. Hij kon niet riskeren niet op tijd terug te zijn voor deze geboorte, zodat ze er opnieuw alleen voor zou staan.

Elen was dankbaar dat hij bleef. Naast het leren accepteren van het verlies van haar kind, moest ze ook het vertrouwen in zichzelf opnieuw opbouwen. Ze voelde niet langer minachting voor het bijgeloof van de mensen en de onnozele opvattingen over onderwerpen waarvan zij had gedacht meer te weten. Het was alsof de vaste grond onder haar voeten stukje bij beetje was afgebrokkeld, en ten slotte als los zand uiteen was gevallen, zodat zij nu moeizaam moest proberen uit dit alles wijs te worden, evenals uit zichzelf.

Rhys had geregeld dat Ceinwyn in de laatste maanden van Elens zwangerschap kwam logeren, aangezien Elen ronduit had geweigerd om Gwenllian in haar buurt te hebben. Op een koele ochtend aan het einde van de herfst zaten de twee vrouwen in de bovenkamer. Ceinwyn schonk voor hen beiden een beker kruidenwijn in, en ging tegenover Elen bij de haard zitten.

'Heb je nog iets van Dickon gehoord?' vroeg Ceinwyn, zoekend naar een neutraal onderwerp.

Elen glimlachte. 'Ja, vorige week nog. Catherine is alweer zwanger, haar derde! Dat is praktisch één baby per jaar.'

Ceinwyn voelde een steek van pijn, maar verdrong haar jaloerse gevoelens. Elen schoof dichter naar het vuur en keek angstig om zich heen. 'Waar is Dafydd, ik hoop dat hij niet buiten is in deze kou. Ik kan hem maar beter laten halen,' zei ze.

'Elen, vergeef me als ik voor mijn beurt spreek, maar denk je niet dat je een beetje overbezorgd bent?'

Elen keek haar scherp aan. 'Als ik in het verleden voorzichtiger was geweest, zou Hywel misschien nog geleefd hebben,' zei ze.

'Het was niet jouw schuld dat hij is gestorven, net zoals je het Dafydd niet kwalijk kunt nemen dat hij het heeft overleefd,' antwoordde Ceinwyn, bang dat ze misschien te ver was gegaan, maar wetend dat het gezegd moest worden.

Een mengeling van emoties raasde over Elens gezicht. 'Je weet waar Hywel aan is gestorven,' zei ze zacht. 'Het is niet alleen Dafydd die op dezelfde manier besmet kan raken. Ik maak me zorgen om de hele huishouding.'

'Daar zijn we allemaal doodsbenauwd voor geweest, Elen, maar er zijn nu toch genoeg maanden verstreken? Weet je zeker dat dat de reden is voor je angst? Je houdt Dafydd zo dicht bij je, je wilt hem niets laten doen of ergens naartoe laten gaan, bang dat hem iets overkomt.' Ceinwyn wachtte even om Elens reactie in te schatten, maar ze bleef zwijgen, dus Ceinwyn vervolgde: 'Hij wordt er constant aan herinnerd dat hij is blijven leven, terwijl Hywel is gestorven, en hij probeert uit alle macht beide jongens voor jou te zijn. Het is zwaar voor hem, Elen,' besloot ze zacht, terwijl ze bedacht dat ze meer had gezegd dan ze van plan was geweest.

Elen deed haar mond open alsof ze iets wou gaan zeggen, en nam in plaats daarvan een slok.

'Ik weet dat je denkt dat ik er niets van begrijp,' zei Ceinwyn treurig.

'O, Ceinwyn, nee, geloof me, dat denk ik helemaal niet. Je was zo goed met beide jongens, ik weet dat Hywels dood je enorm heeft aangegrepen,' zei Elen, die zich realiseerde dat ze niet de enige was die de pijn voelde. Ze was ook scherpzinnig genoeg om te begrijpen hoe gecompliceerd Ceinwyns verdriet moest zijn. 'Rhys had je niet moeten vragen om hier te komen. Hij heeft er niet bij nagedacht,' zei ze.

Ceinwyn kwam naast haar zitten. 'Ik ben blij dat hij me heeft gevraagd, het betekende dat hij me als vriendin zag, als iemand die misschien zou kunnen helpen. Het is weer eens wat anders dan de gestage stroom van kleine dieren die Owain steeds weer voor me meebrengt om te verzorgen.'

Beide vrouwen lachten met tranen in hun ogen, en toen slaakte Elen een zucht.

'Rhys maakt zich zorgen om me, nietwaar?' zei ze ernstig. 'God weet dat ik daar meer dan genoeg aanleiding toe heb gegeven. Ik ben hem niet tot steun geweest in zijn verdriet, en dat is verkeerd van me, ik weet het.'

'Ik denk dat hij zich meer zorgen maakt om de nieuwe baby. Je hebt nog helemaal geen voorbereidingen getroffen. Ben je bang dat...' Haar stem stierf weg, niet in staat af te maken wat ze had willen zeggen. 'Bang dat hij zal sterven?' maakte Elen voor haar af. 'Nee, ik weet zeker dat de baby gezond zal zijn. Ik bid alleen dat het een meisje is, zodat iedereen haar zal kunnen aanvaarden om wie ze is, niet als vervanger van Hywel, om eindeloos met hem te worden vergeleken.'

Ceinwyn begreep het onmiddellijk. 'Ben je bang dat dat je reactie zal zijn?' vroeg ze.

Elen keek haar ernstig aan. 'Heb jij me niet zojuist verteld dat dat is wat ik met Dafydd heb gedaan?' zei ze ten slotte.

Ceinwyn beet op haar lip en was opgelucht toen Elen glimlachte, en weer iets van haar oude ik liet zien. 'Je hebt gelijk, Ceinwyn. Ik werd zo in beslag genomen door mijn eigen gedachten, dat ik geen tijd heb genomen om na te denken over de gevoelens van Dafydd of Rhys. Of deze kleine onbekende hierbinnen. Ik kan Hywel niet terugbrengen, maar ik kan wel zorgen voor degenen die er nog steeds zijn en die me nodig hebben. Misschien zouden we vanavond het diner kunnen gebruiken in de grote zaal. Wil jij het voor me regelen?' vroeg ze haar vriendin.

Ceinwyns gezicht ontspande zich in een brede glimlach, en ze haastte zich de kamer uit om Rhys het goede nieuws te brengen. Elen zuchtte en liep naar haar garderobekast en zocht een japon uit om aan te trekken. Ze was dankbaar dat Ceinwyn haar probeerde te helpen om Hywels dood op de een of andere manier te accepteren, en op te houden met zoeken naar redenen waarom het was gebeurd. Het zou geen gemakkelijke weg zijn, maar ze zou hem moeten nemen.

Tegen het einde van november, kreeg Elen weeën. Het was niet zo moeilijk als met de tweeling, en dit keer werd Rhys door een kordate vroedvrouw buiten de slaapkamer gehouden. Zo gebeurde het dat Elen op 25 november 1205, vlak voor het diner, beviel van een nieuwe zoon. Alle vrees die ze koesterde, werd echter verdreven op het moment dat hij in haar armen werd gelegd. Hij had donkerbruin haar met beginnende krullen, helderblauwe ogen, en iedereen zei dat hij sprekend op haar leek. Ze kuste de zachte, roze wang en gaf hem aan Rhys, terwijl ze zijn reactie nauwlettend in de gaten hield. Hij staarde neer op zijn nieuwe zoon, streelde zijn haar en lachte toen het rozenknopmondje zich om zijn vinger sloot en begon te zuigen.

'Hier zul je niet veel krijgen, ik geef je maar terug aan je mama,' zei hij vrolijk.

Hij bleef om te kijken hoe Elen de baby voedde, en voelde dezelfde overweldigende liefde die hij voor de tweeling had gevoeld bij hun geboorte.

'Hij doet me aan mijn vader denken,' zei Elen weemoedig. 'Hij zou ervan hebben genoten om grootvader te zijn.'

Rhys keek verrast naar haar, ze had nog nooit eerder over haar vader gesproken.

'Zou ik zijn goedkeuring hebben kunnen wegdragen?' vroeg hij.

Elen keek hem teder aan. 'O ja. Hij zou misschien verbaasd zijn geweest over met wie ik was getrouwd, maar ja, jij zou zijn goedkeuring hebben gekregen.' Ze keek weer neer op haar nieuwe zoon. 'Hoe zullen we hem noemen?' vroeg ze.

'Ik dacht Morgan,' antwoordde Rhys.

Elen keek naar hem op. 'Wie draagt die naam in jouw familie?'

'Niemand,' zei hij zacht. 'Dat zal alleen zíjn naam zijn, hij zou niet in andermans voetsporen hoeven treden.'

In Elens ogen vormde zich een waas van tranen. Ze pakte Rhys' hand en drukte deze tegen haar lippen, er waren geen woorden nodig.

14

Mei 1206

Toen Morgan zes maanden oud was, ondernam Elen uiteindelijk de reis naar Llywelyns hof op Aber, om zijn vrouw Joanna te ontmoeten. Ze durfde de baby met een gerust hart bij de kindermeisjes achter te laten, hij was een goed groeiend, vrolijk kind waar ze met volle teugen van genoot. Ze namen Dafydd echter wel mee, die nu zes jaar oud was, en zich heel gewichtig voelde toen hij met zijn vader op reis mocht om de prins van Gwynedd te ontmoeten.

Toen ze in Llywelyns paleis arriveerden, was de prins in de stallen een nieuw paard aan het inspecteren.

'Elen,' zei hij, terwijl hij naar buiten kwam om hen te begroeten. 'Wat goed om je weer te zien. Het is een tijd geleden.'

Hij pakte haar hand, grijnsde toen en kuste haar op beide wangen. 'Je ziet er goed uit, Elen. Het speet me zo toen ik het hoorde over Hywel,' zei hij oprecht.

'Dank je,' mompelde Elen. 'En dank je voor de vriendelijke brief destijds.' Ze vond het nog steeds moeilijk om over Hywels dood te praten, en Llywelyn, die dit aanvoelde, bracht het gesprek op een ander onderwerp.

'Ik heb begrepen dat een felicitatie op zijn plaats is vanwege jullie pasgeborene,' zei hij, waarop ze knikte, en er een glimlach op haar gezicht terugkeerde. Toen hij Dafydd zag, vervolgde Llywelyn: 'En wie is deze gewichtige man die jullie vergezelt, Rhys?'

'Dit is onze zoon Dafydd,' antwoordde Rhys, en hij duwde Dafydd een beetje naar voren.

Dafydd boog zelfverzekerd en zei ernstig: 'Het doet mij groot genoegen hier te zijn, milord,' waarop de volwassenen hun glimlach verhulden om hem niet te beledigen.

'Je bent van harte welkom, Dafydd,' antwoordde Llywelyn net zo hoffelijk. 'Kom, dan gaan we naar Joanna toe,' zei hij tegen hen allemaal.

Hij instrueerde de bedienden om zich over hun bagage te ontfermen, en leidde hen naar de grote zaal.

'Joanna,' riep Llywelyn bij binnenkomst. 'Kom onze gasten eens begroeten.'

Zijn jonge vrouw kwam verlegen naar voren.

'Lord Rhys ken je al,' vervolgde Llywelyn toen Rhys haar hand kuste.

'Een genoegen u weer te zien, milady,' zei Rhys. 'Mag ik u voorstellen aan mijn vrouw, Elen.'

'Lady Joanna,' zei Elen, en ze maakte een revérence. Ze had Joanna meteen herkend, aangezien ze niet veel veranderd was sinds Elen haar een paar jaar eerder aan het hof van koning John had ontmoet. Ze zag er nog steeds zo ongelooflijk jong uit, dat Elen het onbehagen moest onderdrukken dat ze altijd voelde wanneer ze werd geconfronteerd met de algemeen aanvaarde gewoonte van een man van dertig met een kindbruidje van vijftien.

'En dit is mijn zoon Dafydd,' zei Rhys.

Dafydd imiteerde Rhys in zijn begroeting van Joanna, pakte haar uitgestoken hand en kuste deze, waardoor er een glimlach om Joanna's lippen verscheen.

'We zullen de dames een poosje alleen laten, Rhys, ik moet je spreken,' zei Llywelyn. Bij het zien van Dafydds onzekere blik, riep hij vervolgens met een minieme beweging van zijn hoofd een jonge, roodharige jongen bij zich.

'Nee maar, Gruffudd, wat ben je gegroeid,' zei Elen toen de knul dichterbij kwam. 'Ik denk dat je nog groter zult worden dan je vader,' zei ze, en ze schonk hem een stralende glimlach die hem deed blozen van plezier.

'Gruffudd, dit is Dafydd, de zoon van Lord Rhys en Lady Elen,' zei Llywelyn tegen zijn eigen zoon.

'Hallo Dafydd,' zei Gruffudd tegen de jongere jongen. 'We gaan buiten een steekspel wedstrijd houden, ik heb nog een extra man nodig in mijn team, doe je mee?'

De verheugde blik op Dafydds gezicht was goud waard, en toen hij er met de bruuske tienjarige met grote passen vandoor ging, zou Rhys durven zweren dat hij twee duim was gegroeid.

'Dank je,' zei Elen tegen Llywelyn.

'Je hoeft mij niet te bedanken, het was allemaal Gruffudds werk,' zei Llywelyn trots.

Rhys en Llywelyn trokken zich terug, en Elen bleef alleen met Joanna achter.

'Zullen we hier gaan zitten,' zei Joanna, gebarend naar een zitje in de vensternis vanwaar ze een goed uitzicht hadden op de bezigheden van de jongens.

Elen was dankbaar, want hoewel ze niet langer zo overbezorgd was om Dafydd, wilde ze hem toch in het oog houden. Het was de eerste keer sinds de dood van zijn tweelingbroer dat hij onder vreemden was, en ze wilde er zeker van zijn dat hij het in zijn eentje aan zou kunnen, vooral tegenover oudere jongens, en in Gruffudds geval bijzonder luidruchtige jongens.

De twee vrouwen namen ieder een beker wijn aan van een bediende, en terwijl ze dronken zei Elen: 'Ik heb u al eerder ontmoet, milady, aan het hof van uw vader een aantal jaren geleden.'

'Noem me alsjeblieft Joanna,' antwoordde de jonge vrouw met een glimlach, die breder werd toen ze zich de ontmoeting herinnerde. 'Je broer was gekomen om mijn vader te zien, en jij was op weg naar Wales.'

'Een plek waarvan jij je niet kon voorstellen dat je hem ooit zou bezoeken, laat staan dat je er ooit zou wonen, als ik me goed herinner,' zei Elen lachend.

Joanna lachte mee, en toen betrok haar gezicht enigszins en ze zei: 'Wat is mijn leven in zo'n korte tijd veranderd.'

'Het spijt me dat ik niet eerder ben gekomen om je te verwelkomen,' vervolgde Elen snel. 'Mijn tweede zwangerschap verliep echter niet zo goed, en toen –'

Gelukkig werden haar woorden onderbroken door een schreeuw van buiten, en Elen draaide zich om en zag dat Dafydd van zijn paard was getrokken en klaarstond om de dader te lijf te gaan, de schouders opgetrokken en zijn onderlip grimmig en vastberaden naar voren gestoken terwijl hij voet bij stuk hield. Hoe vaak had ze hem niet op dezelfde manier tegenover Hywel zien staan. Ze beet op haar lip, en wilde de pijnlijke herinneringen niet tot zich door laten dringen.

Joanna volgde haar blik en zei zacht: 'Llywelyn heeft me verteld dat Dafydds broertje vorig jaar is gestorven; wat vreselijk, het is een grote tragedie voor jullie allemaal.'

Elen scheurde haar blik los van de binnenplaats en keerde zich naar Joanna. 'Ja, het was buitengewoon moeilijk, dat is het nog steeds,' zei ze. 'Maar ik heb het idee dat Dafydd er extra onder heeft geleden, omdat Hywel zijn tweelingbroer was, en daarbij nog eens de dominantste van de twee.' Ze glimlachte triest bij de herinneringen. 'Hij stortte zich altijd zonder nadenken ergens in, en rekende erop dat Dafydd wel zou volgen, hetgeen hij meestal ook deed. Dafydd nam er genoegen mee dat Hywel de leiding nam, maar liet zich niet door hem intimideren, en dan nam hij de houding aan die hij nu daarbuiten ook aanneemt. Maar ze namen het altijd voor elkaar op, en toen we Hywel kwijtraakten, was Dafydd net een verloren ziel.' Ze nam een slok om haar trillende lip tot bedaren te brengen en vervolgde met vastere stem: 'Geleidelijk aan stapte hij uit de schaduw van zijn broer, en toen Morgan werd geboren, leek hij echt in zijn persoonlijkheid te groeien. Het spijt me, ik leg het niet goed uit,' besloot ze verontschuldigend.

'Nou, hij lijkt in mijn stiefzoon een held te hebben gevonden,' zei Joanna, en Elen volgde haar blik naar het tafereel buiten.

Gruffudd had bemiddeld in de confrontatie, en maakte met zijn arm om Dafydds schouders duidelijk welke van de twee jongens zijn steun genoot. Vanaf die dag kon hij rekenen op Dafydds loyaliteit, die nooit zou wankelen.

Tevreden dat Dafydd uitstekend in staat was voor zichzelf te zorgen, keerde Elen zich af van het raam en richtte haar aandacht op Llywelyns jonge vrouw.

'Hoe vind je je nieuwe leven hier? Ik weet zeker dat je warm onthaald bent, de Welsh zijn vermaard om hun gastvrijheid,' zei ze opgewekt.

'Uiteraard,' antwoordde Joanna afwezig, om er vervolgens geanimeerder aan toe te voegen: 'Blijven jullie een poosje bij ons?'

'Ik vrees van niet,' zei Elen zacht. 'Het is dit keer slechts een beleefdheidsbezoekje. Ik wilde al heel lang mijn opwachting bij jou maken, en Rhys wil verlof om naar het vasteland te gaan. Hij heeft vorig jaar een reis af moeten zeggen vanwege... de stand van zaken. Aangezien het nu rustiger is in Wales, weet hij zeker dat Llywelyn hem een poosje niet nodig zal hebben. Er mag dan op Welshe bodem af en toe een schermutseling zijn, maar dankzij jouw huwelijk is de dreiging van de Engelsen afgenomen.' Bij het zien van de blik op Joanna's gezicht hield ze plotseling op met praten, en ze vervloekte zichzelf vanwege haar op hol geslagen tong. 'Joanna, het spijt me. Het was niet mijn bedoeling om over je te praten als een soort ruilobject. Vergeef me alsjeblieft, mijn mond is altijd sneller dan mijn verstand!'

De jongere vrouw glimlachte. 'Maak je alsjeblieft geen zorgen, Elen, je hebt me niet beledigd. En ik heb veel ergere opmerkingen gehoord.'

Elen keek haar aan en begon de situatie te doorgronden. Ze vulde hun bekers bij.

'Het wordt wel beter, Joanna, je zult je niet altijd een buitenstaander voelen,' zei ze zacht.

'Dat weet ik niet zo zeker,' antwoordde Joanna.

'Geloof me, je zult worden geaccepteerd. Dat ben ik ook.'

'Maar jij bent niet echt een buitenstaander. Je bent in Wales geboren, spreekt de taal. Als ze naar jou kijken, zien ze niet de dochter van de Engelse koning,' zei Joanna, niet verbitterd, maar berustend.

'Dat is waar, maar geloof me, toen ik hier kwam was ik werkelijk een buitenstaander,' hield Elen vol. 'Dat ben ik nog steeds, ik heb alleen geleerd me aan te passen.'

'Zoals ik ook zal moeten. Maar ik dank je vanwege het feit dat je me niet veroordeelt, dat betekent veel voor me,' zei Joanna.

'Je kunt niet veranderen wie je vader is,' zei Elen zacht. 'En mijn aanbod geldt nog steeds, je mag me opzoeken wanneer je maar wilt. Als het allemaal te veel wordt, kom dan gewoon naar Coed Celli voor een babbel, er zal geen enkele politiek gedachte op de agenda staan!' zei Elen lachend.

'Ik vraag me af of dat mogelijk is,' zei Joanna, die probeerde dezelfde speelse houding te vinden. 'Het ziet ernaar uit dat onze echtgenoten klaar zijn en zich zo bij ons zullen voegen,' vervolgde ze met een blik naar de andere kant van de zaal. 'Llywelyn spreekt vol genegenheid over jou,' zei ze verlegen.

' Maar hij is ook blij, en met hem de meeste mannen, dat ik Rhys' vrouw ben en niet de zijne,' zei Elen, en ze lachte toen Joanna haar ogen wijd opensperde, niet alleen omdat Elen wist wat er over haar werd gezegd, maar ook omdat ze er volkomen onverstoorbaar onder bleef.

'Rhys heeft geen moeite met zijn openhartige vrouw,' vervolgde Elen, 'althans, meestal niet. Hij werpt me de hele tijd al angstige blikken toe terwijl we hier zitten te praten, biddend dat ik niets zal zeggen of doen waarmee ik je beledig. Ik vind het vreemd dat hij me in het gezelschap van mannen vertrouwt, maar zich zorgen maakt wanneer ik me onder de vrouwen bevind, omdat hij denkt dat die te gevoelig zijn voor mijn botheid. Hoewel ik niet weet wat dat over mij zegt; denk je dat het een compliment is of een belediging?'

Joanna wist niet wat ze moest zeggen op Elens openhartige woorden, en kwam niet verder dan een onnozele grijns terwijl ze naar een antwoord zocht. De verschijning van Rhys en Llywelyn redde haar uit dit dilemma. Uit de ontspannen blik op Rhys' gezicht werd duidelijk dat Llywelyn hem in zijn verzoek tegemoet was gekomen. Elen glimlachte naar hen allebei, Rhys schonk Llywelyn zijn volledige loyaliteit, maar er waren momenten waarop hij hoorbaar op het bit beet vanwege het verlies van zijn vroegere vrijheid, dus ze was blij dat hij in staat was deze reis te ondernemen.

'Gruffudd schijnt de kleine Dafydd wel te mogen,' zei Llywelyn, die uit het raam keek.

'Dat gevoel is wederzijds,' antwoordde Elen.

'Elen,' zei Llywelyn, 'waarom blijf je hier niet een poosje nu Rhys weggaat. Dafydd zou evan genieten, en ik weet zeker dat Joanna het gezelschap op prijs zal stellen, vooral omdat ik ook op reis ga.'

'O ja, Elen, dat zou heerlijk zijn,' zei Joanna enthousiast. Nu ze iemand had ontmoet die vriendelijk was en vloeiend Frans sprak, wilde ze haar niet zomaar laten gaan.

Elen keek naar hen beiden, en toen naar Rhys, die neutraal bleef. 'Dank je, Llywelyn,' zei ze ten slotte. 'Ik waardeer de uitnodiging oprecht, maar ik kan de baby niet zo lang alleen laten. Het was al moeilijk genoeg om hem deze paar dagen achter te laten. Hij heeft me nodig,' besloot ze zwakjes.

'Natuurlijk,' zei Joanna haastig.

'Dafydd zou kunnen blijven,' zei Rhys zacht. 'Wat denk je, Llywelyn?'

Llywelyn knikte bevestigend, en Rhys wachtte op Elens antwoord.

Elen aarzelde, worstelend met haar emoties. 'Ik weet het niet, Rhys,' zei ze.

'Llywelyn heeft gelijk, het zou goed voor hem zijn. Kijk hem toch eens, we hebben hem sinds lange tijd niet meer zo zien lachen,' zei Rhys overredend.

Elen zei niets, verscheurd tussen het besef dat Rhys gelijk had, en de angst om Dafydd alleen achter te laten.

'Laten we zeggen, twee weken, en dan breng ik hem zelf terug,' zei Joanna, om zich vervolgens als bij nader inzien tot haar echtgenoot te wenden: 'Als dat mag, Llywelyn.'

Llywelyn glimlachte instemmend, hij had zijn vrouw niet zo levendig gezien sinds hij haar mee naar huis had genomen.

'Waarom vragen we het niet aan Dafydd,' zei Rhys, die zijn zoon in de richting van de grote zaal zag stuiven. Dafydd rende naar binnen, zijn wangen rood en zijn grijze ogen twinkelend van de opwinding.

'Hé, voorzichtig,' zei Elen toen hij tegen haar aan botste en haar stevig omhelsde. Ze knielde zodat ze op zijn hoogte kwam. 'Dafydd, papa moet je iets vragen,' zei ze.

'Ja, papa?' zei de kleine jongen met grote ogen.

'Zou je hier graag een poosje willen logeren, bij alle jongens?' vroeg Rhys. 'Mama en ik zullen er niet zijn.' Hij was opgelucht toen Dafydds gezicht oplichtte.

'Mag dat?' zei hij, en wendde zich toen tot zijn moeder. 'Zeg alstublieft dat het mag, mama.'

Elen zuchtte, Rhys had gelijk gehad, ze had hem veel te lang opgesloten gehouden. 'Twee weken,' zei ze resoluut. 'Maar als je kattenkwaad uithaalt, stuurt Lady Joanna je rechtstreeks naar huis.'

Dafydd slaakte een kreetje van verrukking en rende ervandoor om het aan zijn nieuwe speelkameraadjes te vertellen.

'Ik hoop dat jullie weten waar je aan begonnen bent,' zei Elen tegen Joanna en Llywelyn.

'Hij zal vergeleken bij mijn kroost waarschijnlijk een engeltje blijken te zijn,' zei Llywelyn, en Elen las in Joanna's ogen dat ze het met hem eens was, maar niet om dezelfde redenen.

Een paar dagen later waren Rhys en Elen klaar om te vertrekken. Elen weerhield zichzelf ervan Dafydd overdreven te betuttelen, en kuste hem luchtig met de instructies om een brave jongen te zijn. Toen ze zich naar hun paarden begaven, kwam Gruffudd naar haar toe.

'Ik zal wel voor hem zorgen, Lady Elen,' zei hij zo ernstig dat Elen een lachje moest onderdrukken.

'Dank je, Gruffudd, dat waardeer ik,' zei ze tegen hem.

Later zou ze tegen Rhys zeggen dat, toen ze achterom keek en Dafydd met Gruffudd zag staan, ze zich met een zweem van verdriet realiseerde dat Dafydd was begonnen zich van haar los te maken, en dat ze nooit meer het middelpunt van zijn wereld zou zijn.

Een week nadat ze van Aber waren teruggekomen, vertrok Rhys naar het vasteland, zodat het zonder hem en Dafydd heel stil werd in huis. Elen maakte echter gebruik van de eenzaamheid om het genezingsproces na de dood van Hywel af te sluiten. Ze genoot ook van de tijd die ze had om zich aan Morgan te wijden. Hij was een verrukkelijk kind, zijn haren een grote bos krullen, en zijn ogen verrassend blauw. Hij was vlug en onderzoekend van geest, en pikte snel dingen op. Ze praatte over van alles en nog wat tegen hem, luisterend naar het gekir waarmee hij antwoordde terwijl ze haar tuin verzorgde. Ze had voor elk van de kinderen een struik geplant bij hun geboorte, en terwijl ze het kleine lapje grond bewerkte, dacht ze na over haar leven hier.

'Wil je een geheimpje horen, Morgan?' fluisterde ze op een dag, toen ze zeker wist dat ze helemaal alleen was met haar baby. En ze vertelde hem alles over haar komst en waar ze vandaan kwam. Het was een bevrijding om haar verhaal met iemand te delen, veilig in de wetenschap dat het niet verder zou gaan. Ze vertelde hem over zijn andere familie, zijn grootouders, oudtantes en ooms en het grote aantal neven en nichten. En uiteraard vertelde ze hem over Rhys, en hoe belangrijk hij in haar leven was geworden, en dat ze zich haar leven zonder hem onmogelijk kon voorstellen. En ten slotte, toen ze zijn plant verzorgde, was ze uiteindelijk in staat over Hywel te praten en de herinnering aan zijn korte, maar gelukkige leven, in plaats van aan zijn dood te denken. Morgans onophoudelijke kreetjes vestigden haar aandacht weer op hem. Ze tilde hem op en zwaaide hem hoog boven haar hoofd in het rond, lachend om zijn vrolijkheid. Ze knuffelde hem stevig en bedekte hem met kussen.

'Ach, Morgan, niemand van ons weet wat de toekomst brengt, dat is één ding dat ik heb geleerd, maar ik zal je iets beloven: ik zal mijn uiterste best doen om je leven zo gelukkig mogelijk te maken.'

Morgan keek haar ernstig aan en kwijlde over haar hand.

15

Tegen de tijd dat Rhys naar huis terugkeerde, ruim drie maanden later, kon Morgan min of meer los staan, en slaagde hij er bijna in een stap in de richting van zijn vader te zetten.

'Kijk toch eens!' riep Rhys uit terwijl hij zijn jongste zoon opving voordat hij viel. 'Nu al op de been.'

'Ja, hij is een stuk sneller dan de tweeling,' zei Elen trots. 'Altijd te veel haast, dit exemplaar!'

Morgan kraaide van verrukking bij het zien van het speelgoed dat Rhys voor hem had meegebracht, hetgeen niets was vergeleken bij de vreugde die Dafydd uit zijn geschenk putte: zijn eigen pony, het hoogste goed voor een zesjarige. Voor Elen had Rhys een verfijnde sierspeld voor haar haren, een nieuwe bontmantel en, het mooiste van alles, een prachtig geïllustreerde uitgave van *De Odysseus* van Homerus, vertaald in het Frans.

'O, Rhys!' zei ze terwijl ze er eerbiedig in bladerde. 'Wat prachtig. Dank je, dank je wel.'

'Ik heb hem in Italië gekocht,' zei hij warm, verheugd vanwege haar onmiskenbare blijdschap. 'Nu weet ik eindelijk waarom je dat paard Penelope hebt genoemd!'

'Ben je naar Italië geweest? Dus daarom ben je zo lang weggebleven,' zei ze belangstellend.

Hij knikte. 'Ik heb besloten de tussenpersonen in Brugge over te slaan, en rechtstreeks naar de Italiaanse kooplui te gaan. We hebben het schip door laten varen om lading op te halen in Gascogne, terwijl Trefor en ik over land naar Noord-Italië zijn gereisd, de kooplui in Genua hebben bezocht en toen door zijn gegaan naar Toscane, naar Pisa in het bijzonder. Je zou Toscane heerlijk vinden, Elen,' vervolgde hij enthousiast. 'Daar heb je het gevoel dat je in het epicentrum van alles bent. De oude wegen uit de Romeinse tijd bestaan nog steeds, dus het is makkelijk over land te bereiken, en de zeehandel met de islamitische en oosterse landen van het vasteland trekt erdoorheen.'

'Het moet een heel welvarend gebied zijn,' zei Elen, die altijd naar informatie hunkerde.

'Zeer. En het zijn niet alleen kooplui, maar ook fabrikanten, en veel van jouw juwelen en zijden stoffen komen daarvandaan.'

Elen knikte. 'Maar waarom voelde je de behoefte om daarheen te gaan, wat ben je van plan?'

'Nog altijd even scherp van geest,' zei hij lachend. 'Je hebt gelijk, ik heb inderdaad plannen. De Italianen zijn zo dominant in de handel met de Oost; weet je dat van de ruim zestien handelshuizen die in Brugge vertegenwoordigd zijn, bijna de helft uit Italië komt? Mijn bezoek was dit keer bedoeld om de mogelijkheid te onderzoeken rechtstreeks zaken te doen met de Oost, zij aan zij met de Italiaanse kooplui. Ik zie geen enkele reden waarom mijn schepen niet van en naar de Middellandse Zee zouden kunnen varen via de Atlantische route. Denk eens aan de lading die ik rechtstreeks naar Engeland zou kunnen brengen,' zei hij, zijn ogen glanzend.

'Je zult goede zaken doen in Londen,' zei Elen, die dacht aan de luxegoederen uit de islamitische landen die de rijken graag zouden willen hebben, en waar ze royaal voor zouden betalen. 'En wat heb je nog meer gekocht toen je daar was?' vroeg ze.

'Ik ben het niet vergeten,' zei hij met een lachje. 'Ik heb je voorraad lievelingsspecerijen uitgebreid, en de vruchten.'

'Suiker?' vroeg ze gretig. Suiker was een buitengewone zeldzaamheid voor hen, en werd daarom als specerij beschouwd.

'Ja, natuurlijk,' antwoordde hij. 'Ik heb ook geregeld dat Trefor op de terugweg wat uitstekende wijn uit Bordeaux oppikt, waarvan een deel bestemd is als geschenk voor Llywelyn,' zei hij grijnzend. 'We kunnen wanneer het schip hier arriveert naar de haven gaan om te zien hoe het wordt gelost, als je wilt. Alhoewel het nog een poosje zal duren.'

Elen stemde verheugd in, ze vond het heerlijk om de kust te bezoeken, vooral sinds Rhys het huis daar had opgeknapt, zodat het lang niet meer zo primitief was.

'De zeelucht zal de kinderen goed doen. Morgan heeft de zee nog nooit gezien,' zei ze, en ze tilde de baby op. 'Wat heb je weggebracht, weer wol?' vroeg ze terwijl ze Morgan op haar schoot liet springen.

'Dit keer niet. Gek genoeg hadden we graan voor Italië, hetgeen we nog maar één keer eerder hebben meegenomen. De grootste lading bestond echter uit Engelse en Welshe kazen. Niet lachen, die worden op het vasteland zeer gewaardeerd. Er waren ook fokschapen op beide reizen,' legde hij uit.

Ze praatten nog een poosje verder. Het verbaasde Rhys nog altijd dat Elen zoveel belangstelling voor zijn zaken toonde, en dat ze zoveel kennis had van plaatsen waar ze nog nooit was geweest. Langzamerhand dwaalde het gesprek af naar het nieuws van het thuisfront.

'Catherines derde kind groeit goed. Weet je dat het eindelijk een jongetje is? Ze hebben hem William genoemd,' vertelde Elen.

'Nou, Dickon kan niet klagen over een onvruchtbare vrouw, ze brengt er één per jaar ter wereld, nietwaar?' zei Rhys lachend.

'Bijna,' stemde Elen in. 'Ik dacht erover ze met Kerstmis hier uit te nodigen. Alhoewel Catherine misschien een beetje jaloers zal zijn op mijn aanwinsten,' zei ze, de mantel met haar vingers betastend.

Ze lachten allebei, terwijl ze zich probeerden voor te stellen dat Dickons vrouw een primitieve emotie als jaloezie aan de dag legde.

'Nog ander nieuws?' vroeg Rhys.

'Nou,' zei Elen traag, 'het lijkt erop dat ik misschien weer zwanger ben.'

Rhys gaf een schreeuw van vreugde, zodat Morgan een verschrikte kreet slaakte.

'Weet je het zeker? Het is zo snel na Morgan,' zei hij.

'Ik weet het tamelijk zeker, ik heb geen vloeiing meer gehad sinds je weg bent gegaan. Het moet zijn gebeurd vlak voordat je vertrok, misschien toen we op Aber waren,' zei ze, een brede glimlach op haar gezicht.

'Als het weer een jongen is, dan zullen we hem Llywelyn moeten noemen,' zei Rhys, die naar de kan met mede reikte. 'Waarom heb je zo lang gewacht om het me te vertellen,' zei hij verwijtend.

'Ik wachtte op het juiste moment,' zei ze, en ze gaf Morgan aan een van haar kamermeisjes.

'Het is altijd het juiste moment om dergelijk nieuws te krijgen,' zei hij teder. 'Je ziet er desondanks goed uit,' zei hij toen hij haar kuste.

'Ik voel me buitengewoon goed, daarom wist ik het in eerste instantie ook niet zeker. Ik heb helemaal geen last gehad van misselijkheid of vermoeidheid, en hopelijk blijft dat zo.' Haar gezicht betrok enigszins.

'Wat scheelt er?' vroeg hij.

'Hoe moet ik het Ceinwyn vertellen?' zei ze, bevangen door verdriet en schuldgevoelens jegens haar kinderloze vriendin.

Rhys bleef zwijgen, terugdenkend aan de hevige ruzie die hij met Elen had gehad, de laatste keer dat hij het had gewaagd om een opmerking te maken over het onderwerp vruchtbaarheid. Er bestonden op dat moment twee toonaangevende denkwijzen op het gebied van de conceptie, en Rhys was trots op het feit dat hij de voorkeur gaf aan de theorie dat de eierstokken zaad produceerden, maar alleen wanneer een vrouw bij de seksuele daad een gewillige partner was. Daarom was conceptie afhankelijk van het gedrag van de vrouw. Hij wees de andere denkwijze van de hand, simpelweg vanwege het feit dat kinderen trekjes bezaten van zowel de moeder als de vader. Voor hem was dit het bewijs dat de baarmoeder van een vrouw niet zomaar een leeg vat was om het kind te dragen dat daar door de man was gedeponeerd. Hij had zichzelf op dit gebied enigszins verlicht geacht, en hij had tegenover Elen opgemerkt dat de fout bij Ceinwyn moest liggen, waarbij het feit dat Owain al kinderen had verwekt zijn gelijk moest bewijzen. In de volle overtuiging dat Elen het met hem eens zou zijn, was hij niet voorbereid geweest op haar heftige reactie op zijn opmerkingen. Alhoewel ze niet wilde ontkennen dat de fout misschien bij Ceinwyn lag, had ze hem ronduit veroordeeld om zijn denkwijze, iets wat Rhys nog steeds niet lekker zat. Omdat hij niet opnieuw de volle laag wilde krijgen, zei hij dat hij Dafydd en diens nieuwe pony ging bekijken.

Toen het schip van zijn lange reis werd terugverwacht, waren Rhys en zijn gezin in de haven. Het was geen mooie zomer geweest, overwegend koud en nat, die was overgegaan in een zeer koele herfst. Het weer weerhield Dafydd er echter niet van om naar het strand te rennen, zich uit te kleden en in zee te plonzen. Elen had hem, sinds hij een paar maanden oud was, zo vaak mogelijk mee uit zwemmen genomen, voor zover het weer en haar verplichtingen dat toelieten. Hij was nu een bedreven zwemmer en had de liefde voor het water van zijn beide ouders geërfd, en zijn vaders liefde voor de zee in het bijzonder.

'Niet te ver het water in gaan,' riep Elen, die hem nauwlettend in de gaten hield. 'Kom, liefje,' zei ze tegen Morgan, 'zullen we gaan pootjebaden?'

Ze trok zijn schoenen en zijn broek uit, en daarna ontdeed zowel Rhys als zij zich van hun eigen schoeisel, om met hun jongste te gaan pootjebaden bij de vloedlijn, waarbij ze elk een van zijn handjes vasthielden terwijl ze Morgan over de kleine golven lieten springen die aan land spoelden. Het duurde niet lang of Morgan was op handen en knieën gaan zitten, en van top tot teen doorweekt geraakt. Lachend namen ze hem mee het water uit en gaven hem aan zijn kindermeisjes om afgedroogd en aangekleed te worden.

'Mama, mama,' riep Dafydd terwijl hij naar hen toe kwam rennen. 'Is dat niet tante Ceinwyn?' zei hij, wijzend naar het einde van de stenen pier.

Elen kneep haar ogen tot spleetjes om te kijken. 'Ik geloof het wel,' zei ze bevestigend. 'Ik zal even naar haar toe gaan. Je staat te rillen, Dafydd, blijf hier bij papa, hij zal je helpen met aankleden.'

Rhys wendde zich tot haar en zei zacht: 'Wat doet ze daar, in haar eentje?'

Elen haalde haar schouders op. 'Dat is wat ik wil gaan uitzoeken.'

Ze trok haar schoenen aan en tilde haar natte rokken op om naar de pier te lopen. Hij was tot ver in zee gebouwd om voorbij de rotsen te komen, en de golven sloegen ertegenaan, zodat er een nevel van druppels werd opgeworpen die hem glibberig en moeilijk begaanbaar maakten. Toen Elen het einde bereikte, tikte ze de vrouw lichtjes op de schouder.

'Ceinwyn?' zei ze zacht.

Ceinwyn draaide zich om en keek haar aan, haar gezicht ondoorgrondelijk. 'Hallo Elen,' zei ze kalm.

'Wat doe jij hier?' vroeg Elen.

'Ik ben je gaan opzoeken op Coed Celli, en ze vertelden me dat je hier was,' antwoordde ze.

'Waarom ben je niet op het strand naar ons toe gekomen? Het is een beetje gevaarlijk hier,' zei Elen verbijsterd.

'Ik zag jou en Rhys met Morgan in het water, en jullie leken zo gelukkig, zo volmaakt, dat ik niet wilde storen.'

Elen staarde haar aan. Ze zag er zoals altijd verzorgd uit, ze leek niet ziek of iets dergelijks, en toch was het alsof ze naar een vreemde keek.

'Je zou ons niet hebben gestoord, dat weet je,' zei Elen met een zachte glimlach. 'Waar is je escorte?' vroeg ze, enigszins bezorgd.

'Ik heb geen escorte meegenomen,' antwoordde Ceinwyn. 'Ik wilde gewoon even weg zijn van iedereen.' Ze hield even op met praten en keek Elen treurig aan. 'Ik heb een vloeiing gemist,' zei ze ten slotte. 'Maar vorige week –' Ze haalde haar schouders op en keek weer naar de zee. 'Ik was er zo van overtuigd,' zei ze op fluistertoon.

'Och, lieverd, dat spijt me,' zei Elen, die oprecht verdrietig was voor haar. 'Weet Owain dat je hier bent?'

Ceinwyn schudde haar hoofd. 'Hij is weer weg.'

Elen vervloekte Owain in stilte omdat hij zo onverschillig was voor de gemoedstoestand van zijn vrouw.

'Je had niet alleen mogen komen, Ceinwyn,' zei ze.

Ceinwyn lachte bitter en keerde zich weer naar Elen. 'Maar ik bén alleen, Elen,' zei ze.

'Nee, dat ben je niet! Ik ben er altijd voor je. Is dat niet waarom je me bent komen opzoeken?'

Ceinwyns manier van doen maakte Elen ongerust. Ze was weliswaar uiterlijk onbewogen, maar leek leeg, lusteloos. Als ze eerlijk was, moest Elen toegeven dat ze zich, met name het afgelopen jaar, bewust was geworden van het feit dat met elke maand die meer verdriet bracht, het leven stukje bij beetje uit Ceinwyn was weggevloeid. Het licht in haar ogen was langzaam maar zeker gedoofd, en nu stond er een vreemde voor haar.

'Het was een vergissing hier te komen,' zei Ceinwyn opeens. 'Ik weet dat je om me geeft, en zou helpen waar mogelijk. Maar je kunt niet helpen, dat kan niemand. En dat is geen kritiek, Elen.' Ze pakte Elens hand. 'Ik zweer dat ik geen hekel aan je heb omdat jij kinderen hebt,' zei ze heftig, 'en ik hou zielsveel van hen.' Ze wachtte even, alsof ze naar de juiste woorden zocht. 'Wanneer de vrouwen die ik ken zwanger waren, was ik altijd oprecht blij voor hen. O, ik weet wel dat ik ook verdriet voelde, maar ik dacht echt dat ik op een dag ook moeder zou worden, net als jullie allemaal. Maar het werd steeds moeilijker blijdschap te tonen, terwijl elke maand meer verdriet bracht.' Ze glimlachte triest. 'Weet je, de pijn wordt niet minder, maar juist heviger, wanhopiger. Ik heb nooit geweten dat het verlangen naar iets zo lichamelijk kon zijn, of dat ik zo hulpeloos zou zijn. Als ik vroeger als kind iets wilde hebben en papa het me wel eens weigerde, ach, dan probeerde ik hem over te halen of er was wel een alternatief. Maar een kind krijgen is niet iets waarvan we ooit denken dat het ons ontzegd zal worden. Ik had plannen gemaakt over hoe ik mijn kinderen zou opvoeden, hoe ik hen met advies zou bijstaan. Ik leek zelfs hun karakters te kennen. En elke maand treur ik om hun verlies.' Ze lachte bitter. 'Belachelijk, nietwaar, want hoe kan ik treuren om het verlies van iets wat nooit heeft bestaan. Maar dat doe ik, dat doe ik! En ik ben zo boos, niet alleen vanwege het verlies van mijn kinderen, maar ook dat van mijn kleinkinderen. Ik zal mijn dochter nooit helpen op haar trouwdag, nooit mijn zoons gezicht zien wanneer hij zijn zoon voor de eerste keer in zijn armen houdt, niet kunnen zien hoe mijn familielijn wordt voortgezet. Mijn toekomst is me ontzegd, en erger nog, er zal in welke toekomst dan ook nooit een deel van mezelf zijn. Ben ik zo vreselijk geweest dat ik op deze manier gestraft moet worden, of zou mijn kind zo slecht zijn geweest dat de wereld van hem verschoond moet blijven?' Ze liet Elens hand los en draaide zich lusteloos weer naar de zee. 'Nu moet ik er zelfs niet aan denken om met een willekeurige moeder in één kamer te vertoeven, en ik blijf van die verschrikkelijke, bittere gedachten koesteren, waar ik mezelf om haat. Ik kan ze niet met je delen, want je zou het echt niet begrijpen, je kunt niet voelen wat ik voel. Dat kan niemand die kinderen heeft, en iedereen die ik ken, heeft kinderen.' Ze keerde zich weer naar Elen. 'Dus je begrijpt, Elen, dat ik vreselijk alleen ben.'

Elen wist niet wat ze moest zeggen, zich scherp bewust van haar voortschrijdende zwangerschap. Met tranen in haar ogen omhelsde ze haar vriendin stevig, in een poging al haar onuitgesproken gevoelens over te brengen. Ceinwyn beantwoordde haar omhelzing kortstondig, en rechtte toen haar rug met een geforceerde glimlach.

'Maak je om mij geen zorgen, Elen. En zeg alsjeblieft niets tegen Owain. Het was dwaas van me hier in mijn eentje te komen, en ik zou liever willen dat hij het niet wist. Ik zal vannacht bij jullie logeren, als dat mag, en morgen rechtstreeks naar huis gaan.'

Elen knikte. 'Uiteraard. En ik zal het niet tegen Owain zeggen,' zei ze, maar ze was niet overtuigd door Ceinwyns woorden.

'En Rhys? Zal hij hem niets vertellen?' zei Ceinwyn angstig.

'Ik zal hem vragen niets te zeggen, meer kan ik niet doen,' zei Elen, die wist dat Rhys er liever niet bij betrokken wilde worden.

Ceinwyn knikte en zei toen opgewekt, te opgewekt: 'Ik zie dat Dafydd staat te trappelen van ongeduld, dus we kunnen maar beter teruggaan.'

Toen de twee vrouwen het strand bereikten, rende Dafydd hen tegemoet. 'Hebt u me zien zwemmen?' vroeg hij gretig aan Ceinwyn.

Ze knikte met een glimlach en pakte zijn hand. Ze liepen weg, en Dafydd babbelde honderduit terwijl hij naast haar voort huppelde.

Rhys trok een wenkbrauw op. 'En?' vroeg hij aan Elen.

Ze stak haar arm door de zijne, en terwijl ze achter de anderen aan liepen, gaf ze hem de kale feiten.

'Ik maak me zo ongerust over haar,' zei ze.

'Ik zal morgen een escorte met haar meesturen om ervoor te zorgen dat ze veilig thuiskomt,' zei Rhys nuchter.

'Dat is niet het antwoord,' antwoordde Elen.

'We hebben het antwoord niet, Elen,' zei hij.

Elen zuchtte. 'Ik weet het, de natuur kan zo vreselijk wreed zijn.'

'Owain zou hiervan op de hoogte moeten worden gesteld,' zei Rhys.

'Ze smeekte ons het hem niet te vertellen, Rhys. Ze realiseert zich dat het dwaas is wat ze heeft gedaan, het kan de zaak beslist alleen maar erger maken,' zei Elen, maar niet erg overtuigend.

'Als jij in je eentje door het land reed in die gemoedstoestand, dan zou ik het willen weten. Maar maak je geen zorgen, ik zal hem niet gaan zoeken. Ik zal wachten tot de volgende keer dat ik hem zie, maar ik vind wel dat hij het recht heeft het te weten.'

Elen knikte met tegenzin, waarschijnlijk had Rhys gelijk.

Een maand later, toen Rhys en Elen terug waren op Coed Celli, kwam Owain in galop binnenrijden. Hij nam de trap naar de grote zaal met twee treden tegelijk en stormde door de deur.

'Is ze hier?' vroeg hij, om zich heen kijkend.

'Wie, Ceinwyn? Owain, wat is er aan de hand?' vroeg Rhys, die onmiddellijk overeind kwam.

'Ceinwyn, ze is weg,' zei hij geïrriteerd.

'Weg, hoe bedoel je, weg?' vroeg Elen.

'Ze is niet thuis, ik dacht dat ze hier zou zijn,' zei Owain, en zijn woede begon plaats te maken voor paniek.

Elen en Rhys wisselden bezorgde blikken, en Rhys riep een van zijn mannen erbij.

'Huw, toen jullie Lady Ceinwyn naar huis brachten vanaf de haven, hebben jullie haar toch helemaal thuisgebracht, nietwaar?'

'Ja, milord. We hebben daar gegeten en zijn een nacht blijven slapen voordat we terugkeerden, daar stond Lady Ceinwyn op,' antwoordde Huw.

'Hebben jullie met Lord Owains huishouding gesproken?' vroeg Rhys.

Huws ogen schoten naar Owain, en namen zijn geagiteerde toestand op. 'Nou, we hebben wel gezegd dat ze hun mevrouw niet zonder escorte naar buiten moesten laten gaan,' zei hij zacht.

'Dank je, Huw, je kunt gaan,' zei Rhys tegen hem.

'Ik denk dat jullie me maar beter kunnen vertellen wat er precies gaande is,' zei Owain met stemverheffing.

'Ga zitten,' zei Elen, terwijl ze hem iets te drinken gaf en hem vertelde over het incident op de pier.

Owain voelde zich steeds onbehaaglijker terwijl hij luisterde. 'Ze was niet thuis toen ik terugkeerde, ik bad dat ze bij jullie zou zijn. De waarheid is, dat ik niet weet waar ik anders moet zoeken,' zei hij.

'Je personeel heeft haar gewoon laten vertrekken?' vroeg Rhys, verbijsterd over de zorgeloosheid van Owains huishouding.

'Ze is ongemerkt naar buiten geglipt. Toen ik thuiskwam, was ze sinds de vroege ochtend niet meer gezien. Er lag alleen een brief op me te wachten,' zei hij.

'Wat staat er in de brief?' vroeg Elen zacht, met een heel akelig voorgevoel.

'Lees maar,' zei hij, en hij haalde de brief uit zijn tuniek.

'Dat kan ik niet, Owain, hij is voor jou,' zei Elen, die niet de moed had onder ogen te zien wat de brief zou kunnen bevatten.

'Alsjeblieft,' zei hij. 'Ze heeft geen kleren meegenomen, niets,' voegde hij er met een zekere berusting aan toe.

Elen maakte het perkament open en begon in stilte te lezen.

Mijn lieve echtgenoot,
Vergeef me alsjeblieft deze laffe manier van doen, maar als ik had gewacht om je nog een laatste keer te zien, zou mijn besluit hebben gewankeld. Ik moet weg-gaan, het is beter voor mij en beter voor jou. Ik kan niet de echtgenote zijn die je wilt, de echtgenote die je verdient. Er zijn zoveel dingen die ik je niet kan ge-ven. Hoewel ik altijd heb geprobeerd je te behagen, weet ik dat ik tekortschiet. Ik heb van het begin af aan van je gehouden, maar het is niet genoeg, en ik kan de leugen dat alles goed is niet langer volhouden. Ik schiet in zoveel tekort, ik kan geen gesprek voeren over de onderwerpen die aan de orde van de dag zijn, zoals andere vrouwen dat wel kunnen. Ik kan je niet aan het lachen maken zo-als andere vrouwen wel kunnen en ik zet je niet in vuur en vlam zoals andere vrouwen wel kunnen en doen. Misschien zou ik in staat zijn je een gezin te schenken als ik al dat andere ook had. Ik wil je niet belasten met mijn proble-men, want in feite ben jij er niet schuldig aan. Dat ben ik zelf, ik schiet tekort, en de leegte in mij kan niet worden opgevuld. Omdat ik van je hou, weet ik dat ik je moet bevrijden zodat je een vrouw kunt nemen die je kinderen en geluk kan schenken.
Vergeef me.

Je liefhebbende vrouw, Ceinwyn.

Elen keek op met tranen in haar ogen en vrees in haar hart. 'O, Owain,' zei ze, en ze gaf de brief aan Rhys. Ze ging naast Owain zitten en pakte zijn hand.
'Ik ben bang,' zei hij.
'Ik ook,' antwoordde ze oprecht.
'We kunnen het beste met een zoektocht aan de kust beginnen,' zei Rhys toen hij klaar was met lezen, en net als de anderen de ernst van de si-tuatie had begrepen.

Ze vonden Ceinwyns lichaam vier dagen later, een aantal mijlen stroomop-waarts van het kleine havenstadje waar Elen en Rhys haar voor het laatst hadden gezien. Na de begrafenis zaten ze allemaal bij elkaar in de grote zaal van Owains huis. Zijn huishouding was als verdoofd door haar dood, want in tegenstelling tot wat ze zelf had gedacht, was ze oprecht geliefd bij deze mensen.
'Ik begrijp niet waarom ze zo geobsedeerd was door de wens me een

kind te schenken. Ik heb haar keer op keer verteld dat het er niet toe deed. Ze wist dat ik onder onze wetten geen in het huwelijk geboren kinderen nodig had om ze tot mijn erfgenamen te maken,' zei Owain tegen Elen.

'Maar voor haar deed het er wel toe, Owain. Begrijp je het niet, Ceinwyn wilde een baby, meer dan wat ook ter wereld. Zonder kind voelde ze zich een minderwaardig mens, beschouwde ze zichzelf als een mislukkeling. Wat je ook zei of deed, jij kon daar geen verandering in brengen,' zei Elen in een poging hem te troosten.

'Ik heb me niet gerealiseerd hoe ongelooflijk verdrietig ze was,' zei hij zacht. 'Ik hield van haar, weet je.' Toen hij zich afwendde, kon Elen de tranen in zijn ogen zien.

'Ik weet het,' zei Elen, en ze raakte zijn arm aan.

'Alleen niet genoeg,' voegde hij eraan toe, en hij liep weg.

'Denk je dat we meer hadden kunnen doen?' zei Rhys, die hem zag gaan.

'Ik heb hetzelfde gedacht, maar nee, wij konden haar niet geven wat ze wilde. Lang geleden is er iets in haar gestorven, ze droeg de afgelopen maanden alleen haar lege huls nog met zich mee,' zei Elen, die bad dat Ceinwyn nu gelukkiger zou zijn.

16

November 1207

'Nou, nou, het is een jaar van geboortes geweest,' zei Dickon terwijl hij naar Elens acht maanden oude dochter keek, die met Morgan speelde.

'Inderdaad. Afgezien van mijn Angharad, heeft Llywelyns vrouw een dochter gekregen, die ze Elen hebben genoemd,' zei Elen verheugd. 'Koning John heeft een zoon gekregen, en jij,' vervolgde ze terwijl ze hem in zijn borst prikte, 'wordt het geen tijd dat je Catherine even met rust laat. Vier kinderen in vijf jaar!'

'Het ligt niet aan mij, geloof me. Catherine is echt een geboren moeder; ze mag er dan misschien breekbaar uitzien, maar ze lijkt zich moeiteloos door elke zwangerschap en geboorte heen te slaan. De dag nadat Robert werd geboren, was ze alweer op de been,' zei Dickon vol bewondering.

Elen grimaste bij de herinnering aan de verschrikkelijke bevalling van haar dochter. Ze kon zich niet voorstellen dat het pijnloos zou kunnen zijn. Ze tilde Angharad op, die was gaan jengelen.

'Dat is Catherine ten voeten uit. Niets lijkt haar ooit uit haar doen te kunnen brengen,' zei ze. 'Hoe gedraagt Nicholas zich nu hij een nieuw broertje heeft?' vroeg ze, kijkend naar haar neef, die inmiddels een knappe jongen van elf was en een bordspel met Dafydd speelde. Terwijl ze naar hen keek, was ze innerlijk trots toen ze zag dat Dafydd uitstekend zijn mannetje stond.

'Precies hetzelfde als toen William werd geboren,' antwoordde Dickon. 'Hij is erg beschermend tegen zijn jongere broertjes, en ik heb ervoor gezorgd dat er in zijn onderhoud zal worden voorzien als mij iets mocht overkomen,' zei hij met een liefdevolle blik op zijn zoon.

'Catherine zou het niet anders willen. Ze is heel erg dol op Nicholas,' zei Elen.

'Dat is ze zeker,' zei Dickon, en toen lachte hij. 'Weet je dat ik soms vind dat hij qua karakter meer op haar lijkt dan op zijn eigen moeder,' zei hij, denkend aan de temperamentvolle roodharige vrouw met de fonkelende groene ogen. 'Ik heb gehoord dat Isabelle volgend jaar gaat trouwen,' vervolgde hij toen hij Elens kamermeisje met een jonge man door de grote zaal zag lopen.

'Ja, met Huw, een van Rhys' schildknapen,' vertelde Elen, die zijn blik volgde. 'Ik geef toe dat ik verrast was, maar ze zijn vastbesloten.'

'En weet Huw het?' vroeg Dickon aarzelend.

'Uiteraard,' antwoordde Elen abrupt. 'Hij houdt van haar, en dat is het enige wat ertoe doet. Ze verdient het geluk.'

'En over geliefden gesproken, wie is die donkerharige vrouw bij Owain? Vertel het me vlug, want het ziet ernaar uit dat ze onze kant op komen,' zei Dickon, terwijl hij iets te drinken inschonk.

'Ah, maar dat is het schandaal van het jaar,' zei Elen ondeugend terwijl ze in de richting van de haard keek, waar Rhys stond te praten met een gezelschap, onder wie Owain en de vrouw die Dickon bedoelde. 'Dat is Rhiannon, Owains maîtresse sinds jaar en dag, moeder van zijn kinderen en tegenwoordig zijn echtgenote,' verklaarde ze, en ze lachte toen Dickons ogen groot werden van verbazing.

'Is er alweer een jaar voorbij?' vroeg hij.

'Net, maar dat is irrelevant. Owain is amper een paar maanden na Ceinwyns dood met haar getrouwd, en heeft zich nauwelijks aan een rouwperiode gehouden.'

'Maar waarom?' zei Dickon. 'Als ze al zo lang zijn maîtresse was, waarom dan die haast?' vroeg hij, oprecht perplex.

Elen nam een slok. 'Hij zei dat hij meteen met haar had moeten trouwen, en dat hij door met Ceinwyn te trouwen niet alleen een onschuldig meisje had gekwetst, maar ook Rhiannon onrechtvaardig had behandeld. Hij was van plan dat zonder verder uitstel recht te zetten. Geeft weer een nieuwe draai aan het verhaal van Rhiannon, veronderstel ik,' zei ze, met pretlichtjes in haar ogen.

'Nou, nou, er gebeurt van alles in de heuvels,' zei Dickon. 'Toch verbaast het me dat je haar in je huis verwelkomt, Elen, je hield erg veel van Ceinwyn.'

'Ik geef toe dat ik niet gelukkig was toen Rhys het me vertelde, ik was zelfs ontsteld en weigerde haar in eerste instantie te ontmoeten. Maar weet je, Dickon, ze is werkelijk heel aardig, en hoewel ik het niet leuk vind om te zeggen, ze is perfect voor Owain. Ze is grappig en wilskrachtig, en hij houdt echt van haar. Owain had gelijk, hij had niet met Ceinwyn moeten trouwen, en misschien waren de zaken dan anders gelopen, wie weet,' besloot ze.

'Tja, wie weet?' antwoordde Dickon, en ging toen staan omdat Rhys, Owain en Rhiannon naar hen toe kwamen.

'Richard, wat leuk je te zien. Ik geloof niet dat je mijn vrouw kent,' zei Owain, en hij stelde Rhiannon in zijn gebrekkige Frans voor.

'Het is een genoegen u te ontmoeten, madame,' zei Dickon, die haar hand kuste. Hij gebaarde naar de stoel waaruit hij zojuist was opgestaan, zodat zij kon gaan zitten.

'Ik moet toegeven dat ik verrast ben je hier te zien,' zei Owain opgewekt.

'Ik wilde de o zo belangrijke tweede verjaardag van mijn neefje niet missen,' antwoordde Dickon.

'Heeft je koning nog geen belasting geheven op reizen?' vervolgde Owain, zich niet bewust van de boze blikken die Elen hem toewierp.

Koning John had dat jaar onder grote tegenstand de inkomstenbelasting ingevoerd in Engeland, en was er slechts in geslaagd dit met de aarzelende goedkeuring van de baronnen te doen. Het bleek buitengewoon lucratief voor de koning, maar Elen wist niet hoeveel schade het Dickon berokkende, en ze wilde beslist niet dat Owain erover praatte. Minzaam als hij over het algemeen was, had Owain een bekrompen visie als het om de Engelsen ging, en hij wist altijd een of andere stekelige opmerking te maken als Dickon er was. Afgezien van het enigszins koeler worden van zijn blik, bleef Dickon echter onbewogen.

'Nog niet, maar ik reis dan ook altijd via de kloosters. Zoals je weet, is het niet alleen de koning tegen wie de kerk zich verzet,' zei hij kalm.

Owain keek hem kwaad aan, want het was algemeen bekend dat de kerk in Wales zich constant verzette tegen de Welshe wetten van Hywel Da, en meestal partij koos voor de Engelse versie van de wet. Owain protesteerde altijd fel tegen de onrechtvaardigheid hiervan, en was allesbehalve blij hieraan te worden herinnerd.

'Kom, lieverd,' kwam Rhiannon tussenbeide, glimlachend naar haar man. 'De kinderen worden weldra in bed gestopt, en we moeten ze welterusten gaan wensen. Jullie willen ons wel excuseren, nietwaar,' zei ze tegen de andere drie.

'Het is nog vroeg,' zei Dickon nadat ze vertrokken waren. 'Is ze zo'n strenge moeder?'

'Nee,' zei Elen lachend. 'Ze is een diplomatieke vrouw.'

'Het was niet Owains bedoeling je te beledigen,' zei Rhys.

'O, ik weet zeker van wel,' zei Dickon opgewekt. 'Maar ik heb de laatste tijd een dikke huid gekregen. Het zijn niet zozeer de belastingen waar ik op tegen ben, het zijn de andere manieren waarop de schatkist wordt gevuld,' zei hij met een ondertoon van frustratie in zijn stem. 'Corruptie is schering en inslag, en veroorzaakt een heleboel verbittering. Het is moeilijk te weten wie je kunt vertrouwen,' zei hij vermoeid.

'Hoezeer heeft het jou geschaad?' vroeg Rhys.

'Tot dusverre heb ik alleen de basisbelasting hoeven betalen, maar dat zou van de ene dag op de andere kunnen veranderen, en dan zal ik grote sommen moeten betalen om de koning te vriend te houden. Ik vraag me soms af of ik de goede beslissing heb genomen toen ik mijn Normandische landgoederen heb verkocht.'

'O, Dickon, dat kun je niet menen,' zei Elen ontsteld.

Dickon glimlachte vol genegenheid naar haar. 'Nee, ik denk het niet,' zei hij terwijl hij aan een van haar losgeraakte krullen trok. 'Nou, genoeg van deze sombere praat, ik ben hier gekomen voor een feest, en een feest is wat ik zal krijgen,' sprak hij luid.

Rhys gebaarde naar de muzikanten dat ze moesten gaan spelen, en iedereen zong mee met de welbekende liederen.

'Mama schrijft liedjes,' zei Dafydd trots tegen zijn neef Nicholas terwijl ze zich bij de volwassenen voegden.

'Is dat zo, tante Elen?' vroeg Nicholas. 'Wilt u er een zingen?'

Op algemeen aandringen stemde Elen met tegenzin toe, maar op voorwaarde dat Rhys met haar mee zou zingen. Ze had schaamteloos plagiaat gepleegd op liedjes uit haar vorige leven, en deze voor haar eigen genoegen aangepast aan de muziek van het tijdperk. Aangezien ze in huis altijd liep te zingen, had Rhys ze al snel opgepikt, en ze hadden samen gezongen wanneer ze alleen met hun gezin waren. Nu wilde Dafydd indruk maken op zijn neef, en dwong hij hen om ten overstaan van hun gasten te zingen. Rhys had een prachtige bariton, die perfect werd aangevuld door Elens fluweelachtige alt. Dickon sloeg hen gade terwijl ze samen zongen, en eruitzagen alsof ze de woorden van liefde werkelijk meenden, en hij voelde een steek van jaloezie vanwege hun ogenschijnlijk ongecompliceerde en hechte relatie, die uitsteeg boven het gekibbel binnen de gemeenschap, en van alle anderen louter toeschouwers maakte.

Daarna vormden zich kleine groepjes her en der. Dafydd en Nicholas hadden hun bordspel weer hervat, een spel dat nauw verwant was aan backgammon. Owain en Dickon waren verwikkeld in een spelletje schaken, een gevecht dat verder ging dan het stenen bord, terwijl Rhiannon op een harp tokkelde, zachtjes zingend met haar hoge, melodieuze stem.

'Elen, kan ik je even onder vier ogen spreken,' zei Rhys zacht in haar oor.

Ze glimlachte instemmend en volgde hem tot achter de estrade, door naar zijn studeerkamer aan het eind. Ze was verbijsterd maar stil toen hij haar naar de verborgen trap leidde en omhoog naar de kantelen. Daar stonden een kan wijn en twee bekers te wachten, en hij schonk voor hen allebei in. Ze proefde de wijn en trok haar wenkbrauwen op, het was een van Rhys' beste wijnen. Ze keek op naar de donkere, wolkeloze hemel vol sterren. Ze waren helemaal alleen, want zelfs in tijden van conflicten was het, in hun rustige afgelegen deel van het land, niet nodig dat wachters op de kantelen patrouilleerden. Er waren alleen mannen aanwezig bij de poort, en die zouden hun privacy niet verstoren.

'Dit is altijd mijn favoriete plekje geweest,' zei Rhys zacht. 'Hier kan ik nadenken, kan ik mezelf zijn. Ik was hier tijdens alle bevallingen, de eerste was het ergste. Ik zal nooit die maan vergeten, een maan met de kleur van bloed die aan de hemel hing, net zo donker als deze, en die naar me schreeuwde. Heb ik je dat verteld?' Hij keek haar aan, met zijn donkere ogen die dwars door haar heen keken.

'Ja,' zei ze fluisterend.

'Ik heb je gadegeslagen vanavond. Je gadegeslagen met de kinderen, hoe je reageert op elk van hen. Dafydd, je bent zo vriendelijk zijn mening serieus te nemen.'

'Hij wordt al echt een kleine man,' zei ze, glimlachend.

'Vervolgens lichtten je ogen op toen Morgan je een steen kwam laten zien die hij had gevonden voordat hij weer snel ergens anders heen fladderde.'

'Onze prachtige vlinder,' fluisterde ze, 'die zoveel mogelijk in één dag probeert te stoppen.'

'Dan hebben we Angharad,' zei Rhys, met een vertederde glimlach op zijn gezicht. 'Ik zag je gezicht toen je haar welterusten kuste.'

'Ach ja, mijn dierbare dochter.'

'Maar het zijn niet alleen de kinderen. Ik zag je met Dickon praten, zag dat je bezorgd was vanwege zijn problemen, maar vol vertouwen dat hij zal zegevieren en vol begrip voor de positie die hij inneemt. Vervolgens hoorde ik je lachen met Owain, wat kun je je toch ontspannen bij hem, jullie proberen elkaar altijd te overtroeven,' zei Rhys met een stille lach.

Elen keek aandachtig naar hem terwijl ze luisterde, haar ogen helder in het felle maanlicht.

'Ik had de avond bijna stilgelegd,' vervolgde hij. 'Ik wilde je meenemen naar onze slaapkamer, je naakt zien, de liefde met je bedrijven. Maar het is meer dan alleen het lichamelijk,' zei hij hees, terwijl hij dicht bij haar ging staan. 'We zijn al negen jaar samen, Elen, negen jaren. En vanavond zag ik je voor het eerst zoals anderen je zien. Moeder, zuster, vriendin.' Hij keek in haar ogen. 'En ik wilde, heel egoïstisch, mijn Elen.'

'En hoe zie jij me,' fluisterde ze.

Hij verwijderde haar sluier en maakte haar haren los. 'Mijn geliefde, mijn bruid, mijn vrouw, mijn lied, mijn vreugde, mijn leven,' zei hij met omfloerste stem.

Elen voelde haar keel samenknijpen. 'O, Rhys, dat is prachtig,' zei ze met tranen in haar ogen.

'Ik heb je altijd beschouwd als een deel van mijn wereld, maar vanavond realiseerde ik me dat je er niet slechts een deel van bent, jij bént mijn wereld, totaal en volledig,' zei hij, terwijl zijn vingers haar hals streelden. 'Ik moest je hier brengen, waar ik zowel blijdschap als angst heb gekend, deze stenen hebben het allemaal gezien.'

Terwijl hij sprak, maakte hij haar lijfje los; het gevoel van zijn snor die over haar huid streek, wekte haar zinnen abrupt tot leven.

'Ik wil ervoor zorgen dat niets ooit tussen ons kan komen,' zei hij.

'Dat kan en zal niet gebeuren,' zei ze hortend.

'Ik heb je zo nodig, Elen. Ik moet je bezitten, je volledig de mijne maken.'

Hij tilde haar rokken op, en toen zijn hand tussen haar dijen gleed, kreunde ze zacht. 'O, mijn lief,' zei ze ademloos.

Ze zonken op de grond neer en werden één, zoals tijdens de eerste keer in Rhaeadr-Du, maar dit keer was het verrijkt, verdiept door de vreugde, de pijn, de achterdocht en het vertrouwen dat zich in de loop van hun jaren samen had gevormd. Hun zielen waren naakt, al waren hun lichamen dit niet, blootgelegd om te nemen wat er komen zou, hun hartstocht des te groter dankzij de risico's die een dergelijke totale openheid met zich mee kan brengen. Het risico om gekrenkt en gekwetst te worden, maar met als keerzijde de kans om hoog te vliegen, de kans om te leven. Ze grepen die kans toen ze de liefde bedreven onder de sterrenhemel, en de tijd stilstond en tegelijkertijd doorliep, want er was geen tijd, er was alleen deze plek, dit heden, en hun zielen stegen op.

Naderhand zaten ze tegen de muur geleund, hun lichamen verstrengeld, en dronken hun wijn op.

'Denk je dat ze ons hebben gemist?' vroeg Elen.

'Waarschijnlijk,' zei Rhys, en hij kuste haar.

'Ik neem aan dat we terug moeten gaan,' zei ze met tegenzin. 'Help me even met mijn haar.'

Snel vlochten ze haar haren op de gebruikelijke manier, om vervolgens hun kleren glad te strijken. Voordat ze de trap af gingen, hield Rhys haar tegen.

'Ik meende het allemaal,' zei hij zacht.

'Dat weet ik,' antwoordde ze, zijn gezicht liefkozend. 'En ik zal het altijd onthouden, dat beloof ik je.'

Ze glipten ongemerkt de grote zaal weer binnen, en voegden zich stilletjes bij de anderen. Rhiannon, echter, zag de blos op Elens wangen, het verschil in haar haardracht, en trok een wenkbrauw op.

'Heb je een vervroegd kerstcadeautje van Rhys in ontvangst genomen?' vroeg ze zachtjes aan Elen.

'Is het zo duidelijk?' vroeg Elen.

'Alleen voor degenen die overwegen hetzelfde te doen,' zei Rhiannon met een openhartig lachje.

'O, alleen voor jou, dus,' kaatste Elen terug, eveneens lachend.

Terwijl Rhiannon zich vooroverboog om met Owain te praten, ving Elen Rhys' blik, nog steeds hartstochtelijk vlammend. Ze glimlachte liefdevol naar hem, vanuit het geruststellende gevoel dat niets hen uit elkaar zou kunnen drijven, wat er ook gebeurde.

17

Mei 1208, Tomen y Mur

Elen liep met Dafydd net buiten het kasteelterrein van Mur Castle. Dafydd was bezig stokken te gooien voor zijn hond Arthur, die zo was genoemd nadat Dafydd het populaire boek van Geoffrey van Monmouth had gelezen; niets kon een jongen van acht meer boeien dan de legende van de grote soldatenkoning. Elen zat op een rots en keek op naar het imposante kasteel boven op de puddingvormige terp. Het hele gebied was doordrenkt met geschiedenis, stevig verankerd in de Welshe mythologie, maar door de eeuwen heen ook door vele handen gegaan, totdat het nu onder Llywelyns heerschappij verkeerde. Ze had zich erop verheugd hier tijd door te brengen, en Rhys hield ervan om in de omgeving te jagen, dus ze hadden het aanbod van Llywelyn om het kasteel te gebruiken allebei gretig geaccepteerd. Alhoewel ze het in haar jeugd vaak had bezocht, had ze uitsluitend herinneringen aan een kale heuvel en een paar Romeinse overblijfselen. Ze draaide zich om en keek naar Dafydd, die met Arthur stoeide, en ze kon duidelijk zichzelf en Gareth zien rondrennen, terwijl ze de legenden naspeelden waarover men hun had verteld. Ze voelde een plotselinge steek in haar buik toen ze zich Gareths aanstekelijke lach herinnerde, en zijn gezicht zag oplichten door een ondeugende grijns. Tien jaar, dacht ze, en toch voelt het soms alsof het gisteren was dat ik ze allemaal voor het laatst heb gezien. Ze zuchtte. Wat is mijn leven anders verlopen dan in de verwachtingen van dat kleine meisje dat hier speelde, zoveel werelden hiervandaan.

'Mama,' riep Dafydd, haar gedachten ruw verstorend. 'Kijk wat ik heb gevonden, we kunnen het mee naar huis nemen voor Morgan.'

Hij ging op een rots naast haar zitten, en liet haar een steen zien met de versteende afdruk van een blad.

'Dat zal hij mooi vinden,' zei Elen terwijl ze de groeven met haar vingers aanraakte. Hoewel Morgan nog niet eens drie was, toonde hij groot enthousiasme voor alle aspecten van de natuur. Hij hield van bloemen en insecten en had een fijne neus voor het vinden van bijzondere stenen; droeg zijn verzameling bij zich in een kleine leren zak. Hij was dol op de verhalen die zijn moeder hem dan vertelde over een dier of plant die gevangen was genomen door de steen, lang, lang geleden.

'Broeder Thomas zegt dat je stenen verkeerd zijn,' zei Dafydd zacht.

'Is dat zo?' zei Elen. 'En wat denk jij?' vroeg ze haar zoon.

Dafydd dacht een poosje na en keek toen glimlachend naar haar op. 'Ik denk niet dat hij zo'n slimme moeder als jij heeft.'

Elen lachte en drukte een kus op zijn kruin.

'Vertel me het verhaal over het kasteel nog eens,' zei hij, blij dat hij zijn hart had gelucht over het zeurende probleem van broeder Thomas' afkeuring.

Elen glimlachte en legde haar arm losjes om de schouders van haar zoon terwijl ze zijn favoriete verhaal vertelde. 'Lleu Llaw Gyffes was de heerser van dit land,' begon ze, 'en zijn oom Gwydion en Math, zoon van Mathonwy, maakten van bloemen een vrouw voor hem en noemden haar Blodeuedd. Maar toen Lleu weg was om Math te bezoeken, nodigde ze Gronw Bebyr in het kasteel uit, Lord van Penllyn, die dichtbij aan het jagen was. Ze werden verliefd en beraamden een plan om Lleu te vermoorden. Maar Lleu kon niet met gewone middelen worden gedood, en Blodeuedd zorgde ervoor dat hij haar vertelde hoe hij vermoord kon worden. Ze stuurde onmiddellijk bericht naar Gronw, om hem te vertellen dat Lleu alleen gedood kon worden door een speer die in een jaar tijd was gemaakt, en alleen wanneer de mensen naar de zondagsmis waren. Hij kon ook niet worden gedood tenzij er een bad werd klaargemaakt op de oever van de rivier, en hij met één voet in de tobbe ging staan, en met één voet op een bok. Nou zorgde Blodeuedd ervoor dat dit gebeurde, en zodra Lleu eenmaal op deze manier stond, kwam Gronw van achter een struik tevoorschijn, en met de speciale speer doodde hij Lleu, die in een adelaar veranderde. Gronw en Blodeuedd regeerden toen over Lleu's landerijen. Toen zijn oom Gwydion de adelaar vond, veranderde hij Lleu weer in zijn menselijke gedaante, maar hij was verschrikkelijk zwak, dus de doktoren van Gwynedd verpleegden hem tot hij weer gezond was. Een jaar later kwamen Lleu en Gwydion bij Mur Castle terug, en Blodeuedd en haar kameniers renden weg. Lleu doodde Blodeuedd niet, maar veranderde haar in een uil, zodat ze zich voor altijd voor het daglicht moest verschuilen. Toen Gronw werd gevonden, hield hij een steen als een schild omhoog om zich te verdedigen, maar Lleus speer ging door de steen heen en doodde Gronw. Lleu nam toen zijn landerijen weer terug en heerste als Lord van Gwynedd.'

Dafydd lachte opgewonden. 'Net als koning Arthur,' zei hij. 'En wij hebben de steen met het gat erin gezien,' vervolgde hij opgewonden, alsof dit de waarheid van het verhaal bewees.

'Dat klopt, Gronws steen. En weet je nog waarom Blodeuedd haar naam heeft gehouden?' vroeg Elen hem.

'Omdat het ook bloemengezicht kan betekenen,' zei Dafydd, wippend op één voet, 'en uilen hebben hebben ook zulke gezichten, nietwaar? Is het waar dat de Romeinen hier ook hebben gewoond?'

'O ja, vele jaren na Lleu. Kijk, ik zal je de plek laten zien waar ze altijd hun sporten en spelen hielden,' zei ze. Ze pakte zijn hand, en ze liepen naar de plaats waar de contouren van het amfitheater nog te zien waren.

'Het is echt oud hier, hè?' zei Dafydd met grote ogen.

Elen knikte. 'Opwindend, nietwaar,' zei ze, 'om te bedenken dat we op dezelfde grond staan als waar die grote leiders en soldaten eens hebben gestaan.'

Dafydd keek eerbiedig om zich heen; al vanaf jonge leeftijd had hij Elens liefde voor geschiedenis in zich opgezogen, praktisch door osmose, zo aanstekelijk was haar enthousiasme. 'Papa zal het verhaal ook wel kennen, nietwaar, mama?' vroeg hij, en ze bespeurde een lichte twijfel in zijn stem.

'Ja, natuurlijk, waarom vraag je het hem niet als we terug zijn. En nu kunnen we maar beter gaan, anders denkt je vader nog dat we er met de Romeinen vandoor zijn gegaan,' zei ze, en ze kietelde hem.

Giechelend rolde Dafydd met zijn ogen en trok aan zijn moeders hand. 'Mama, nu doe je mal.'

Hij floot Arthur en stormde met de blaffende hond op zijn hielen voor Elen uit. Elen volgde in een iets bedaarder tempo. Het was een zeldzame traktatie geweest om deze paar uren alleen met haar oudste kind door te brengen. Hij groeide op tot een buitengewone jongeman, en ze was verheugd dat hij nog steeds tijd met haar door wilde brengen, het zou niet lang meer zo zijn aangezien andere dingen een prioriteit gingen vormen. Desalniettemin had ze nog vele jaren in het verschiet met Morgan en Angharad, dacht ze, en ze fronste haar voorhoofd toen ze neerkeek op de steen die Dafydd had gevonden. Het werd tijd dat ze eens ging praten met broeder Thomas, besloot ze.

Toen ze terugkeerde in de grote zaal, kwam Rhys naar haar toe, pakte haar bij de arm en leidde haar naar de zijkant.

'We breken dit bezoek vroegtijdig af,' zei hij. 'Ik ben bang dat Dafydd en jij morgen naar huis zullen moeten terugkeren.'

'Waarom, wat is er gebeurd?' vroeg ze haastig.

'William de Breos is van al zijn bezittingen beroofd, en koning John heeft zijn vazallen ontslagen van hun trouw aan hem,' zei Rhys.

Elen haalde diep adem. 'Het was slechts een kwestie van tijd, veronderstel ik, het hangt al in de lucht sinds hij uit de gratie is geraakt. Is hij dood?' Rhys schudde zijn hoofd. 'Nee, hij is met zijn gezin het land uit gevlucht. Maar dat is niet waar het om gaat. Gwenwynwyn probeerde van de onenigheid te profiteren en heeft gevochten om de landen die in Normandische handen zijn terug te winnen.'

'Maar hij is er niet in geslaagd,' zei Elen, die het onmiddellijk begreep.

'Hij is gevangengenomen op Shrewsbury,' zei Rhys, en hij aarzelde voordat hij verderging. 'Llywelyn laat deze kans niet door zijn vingers glippen. Ik ben aan het hof ontboden, en ik wil dat jij ver bij alle grenzen uit de buurt bent. Thuis zul je veilig zijn.'

'Dus er komt oorlog,' zei ze angstig.

'O, niet zoiets dramatisch als dat,' zei Rhys opgewekt. 'Ik kan me niet voorstellen dat Llywelyn veel moeite zal hebben om Powys Wenwynwyn in te nemen, denk je wel?'

'En jij denkt dat koning John zal toekijken en hem dat zal laten doen?' vroeg ze geërgerd. 'Hij heeft Gwenwynwyn ook al tegengehouden.'

'Llywelyn is Gwenwynwyn niet, en bovendien is Llywelyn alleen uit op land dat toch al in Welshe handen is,' zei Rhys, die licht geïrriteerd raakte door haar pessimisme.

'Maar jij denkt dat John hem zijn macht zo zal laten vergroten. Er is al onenigheid geweest over Llywelyns volharding dat alleen hij hulde aan de Engelse kroon hoeft te betuigen, terwijl zijn baronnen hun hulde rechtstreeks aan hem en uitsluitend aan hem betuigen. Door zijn gezag verder uit te breiden, zal hij de situatie beslist op de spits drijven. En uitbreiden zal hij, hij zal geen genoegen nemen met Powys Wenwynwyn,' zei Elen heftig.

'Ik begrijp je niet, Elen,' zei Rhys. 'Ik zou gedacht hebben dat je hier net zo enthousiast over zou zijn als ik. Je bent altijd zeer gehecht geweest aan de onafhankelijkheid van Wales en de rechten van haar heersers om te regeren. Je hebt Llywelyn van het begin af aan gesteund, en constant opmerkingen gemaakt over zijn ster die aan het rijzen was. Maar nu hij werkelijk een kans heeft om effectief te regeren, spreek je je er negatief over uit.'

Elen voelde tranen opwellen toen Rhys' blik kil werd. Het was allemaal prima in theorie, maar de gedachte dat Rhys ten strijde trok vervulde haar altijd met angst, en ze leken om de een of andere reden constant op de rand van oorlog te verkeren. Ze had keer op keer bestraffend tegen zichzelf gezegd dat ze dit moest accepteren als een deel van het leven dat ze nu leidde, en ze had zelfs aangevoerd dat het tot een veel directere en hartstochtelijker uiting van emoties leidde. Maar hoe ze ook haar best deed, ze kon niet wennen aan deze onophoudelijke oorlogsvoering, waarbij de gevechten zo hevig waren, en man tegen man. Het was niet alleen het gevaar voor Rhys dat haar koud maakte van angst, maar, zo realiseerde ze zich toen ze naar zijn zwaard keek, het was het feit dat hij dat zwaard zou gebruiken om een mens te doorboren met hetzelfde gemak waarmee hij een dier doodde.

Ze slikte moeizaam. 'Ik spreek me er niet negatief over uit, mijn opvattingen zijn nog steeds hetzelfde. Maar ik ben zo bang, moet je echt gaan?'

Rhys' ogen werden onmiddellijk zachter. 'Je weet dat het moet,' zei hij zacht, terwijl hij teder zijn handen op haar schouders legde. 'Ten eerste is Llywelyn mijn prins, maar ik wil ook gaan, ik wil hier deel van uitmaken. Je moet je geen zorgen maken, ik zal heelhuids thuiskomen, en triomfantelijk. Ik heb wel ergere tegenstanders gehad dan ik hier waarschijnlijk zal treffen, Welsh of Engels,' zei hij in een poging opgewekt te klinken. Hij nam haar gezicht tussen zijn handen en dwong haar hem aan te kijken. 'Heb vertrouwen,' zei hij met een glimlach.

Ze knikte verdrietig, terwijl er een traan over haar wang liep. 'Het is alleen zo moeilijk om je te laten gaan.'

'Och, Elen,' zei hij, en hij trok haar in een omhelzing. 'Het is moeilijk voor mij om te gaan. Maar ik zal terugkomen, dat beloof ik je,' zei hij resoluut.

Rhys kreeg gelijk, Llywelyn nam al snel Lower Powys in, en tegelijkertijd verdreef hij Maelgwyn uit noordelijk Ceredigion, een veldtocht waar Rhys een grote rol in speelde, en waarin hij waardering en bewondering voor zijn overwinningen oogstte, van zowel de mannen die hij aanvoerde, als van Llywelyn.

Elen glimlachte toen ze Rhys' brief neerlegde. Hij zou ruim voor Kerstmis thuis zijn, en heelhuids, zoals hij had beloofd. Ze fronste haar voorhoofd toen haar blik op Dickons brief viel, die ze een paar dagen eerder had ontvangen. Het was allemaal niet zo voorspoedig voor hem geweest sinds William de Breos uit de gratie was geraakt. Want hoewel Dickon enige afstand had bewaard, had koning John zich de hechte band van Dickons vader met de Breos herinnerd, en Dickon was gedwongen geweest grote bedragen in de schatkist te storten om de koning van zijn loyaliteit te overtuigen. Hij had ook aan het gevechtsfront tegen Gwenwynwyn gestaan, en toen Rhys te velde was getrokken, had Elen doodsangsten uitgestaan dat Rhys en Dickon tegenover elkaar zouden komen te staan op het strijdtoneel. Het was een enorme opluchting geweest toen dat niet gebeurde. Ze pakte Dickons brief en las hem met een zucht nog een keer door. Rhys had het mis als hij dacht dat Llywelyn zijn verrassingsaanvallen aan banden had gelegd met de bedoeling John niet al te zeer tegen zich in het harnas te jagen. Volgens Dickon had John behoorlijk aanstoot genomen aan Llywelyns activiteiten, en hoewel hij voorlopig nog niets ondernam, was hij geen man die vergat welk onrecht hem was aangedaan, werkelijk of ingebeeld. O, ze hadden gelijk, dacht ze boos, koning John was vals – vals en gemeen.

Ze ruimde de papieren op en verliet de bovenkamer. Het was in deze slechtgehumeurde gemoedstoestand dat ze, toen ze over de binnenplaats liep, hoorde hoe broeder Thomas Morgan berispte.

'Ik ben teleurgesteld, kind, om je tegen je ontvankelijke, jongere zusje te horen praten over dingen die ik je uitdrukkelijk heb verboden te bespreken,' zei Thomas kil.

'Maar mama zei –' zei Morgan klaaglijk.

'Je moeder is misleid,' bulderde Thomas' stem. 'De tekens op deze stenen zijn tekens van de duivel. Geef ze aan mij en bid tot God dat Hij een zondaar als jij zal vergeven.'

Elen bleef in het schemerduister stilstaan, de woede greep haar als een bankschroef. Ze keek toe terwijl de geestelijke de kapel binnenging, de zak die Morgans verzameling bevatte in zijn hand geklemd. Ze liep haastig achter hem aan en sloot de deur achter zich. Thomas draaide zich met een ruk om bij het geluid van de klink.

'Lady Elen, ik sta op het punt mijn gebeden op te zeggen,' zei hij kortaf.

'Dit duurt niet lang, Thomas,' antwoordde ze met zachte stem.

'Madame, ik moet erop aandringen dat ik niet word gestoord bij het gebed,' zei hij ijzig.

Elen negeerde hem en strekte haar hand uit. 'Ik zal die zak wel meenemen,' zei ze.

'Het zijn instrumenten van de duivel,' antwoordde hij, zijn zwarte ogen koud.

'Ik sta erop, Thomas,' antwoordde ze kalm, maar op een toon die geen tegenspraak duldde.

'Het is een vergissing om God te dwarsbomen,' zei hij terwijl hij haar de zak gaf.

'Ik dwarsboom God niet, ik dwarsboom jóu,' zei ze, en ze staarde hem net zo kil aan als hij haar. Ze koesterde geen angst voor deze geestelijke, en ze koesterde beslist geen angst voor zijn religieuze gehoon, een feit waar Thomas zich maar al te goed van bewust was.

'Het is mijn taak om die jonge zieltjes te redden,' zei Thomas met stemverheffing.

'Het is jouw taak om... weet je, ik weet niet precies wat jouw taak is. Het is zogenaamd om de kinderen het alfabet te leren, maar dat zou ik beter zelf kunnen doen, want ik ben er beslist beter voor gekwalificeerd,' zei Elen.

'Ik denk het niet, een zondaar als jij,' antwoordde hij, in zijn woede vergetend om op zijn woorden te passen. 'Denk je dat ik, nog afgezien van de zondige verhalen die je die onschuldige kinderen vertelt, niet weet van je onfatsoenlijke gedrag?' bulderde hij.

Elen keek hem aan, ijzig kalm onder haar woede. 'En wat zou dat moeten zijn?' zei ze zacht. 'Dat ik met mijn man slaap op elke dag dat ik dat wil? O ja, ik weet zeker dat je daar alles vanaf weet.' Haar ogen schoten in de richting van de verborgen trap. 'Ik ben ervan overtuigd dat je ook weet hoezeer ik ervan geniet,' zei ze om hem te prikkelen, 'en hoe mijn echtgenoot mijn passie beantwoordt. Maar ik zou hebben gedacht dat een zondaar als ik precies is wat je verlangt. Want de oude goden schonken geen genade, ze eisten gehoorzaamheid, oordeelden en straften met harten van ijs. Maar voor jouw God lijkt het alsof zondaars belangrijker voor Hem zijn dan deugdzame mensen. Wat staat er in de bijbel? "Dat er alzo blijdschap zal zijn in de hemel over één zondaar, die zich bekeert, meer dan over negenennegentig rechtvaardigen, die geen bekering nodig hebben," Lucas vers 15, als je het wilt controleren.' Ze schonk hem een honende glimlach. 'Je zou mijn gedrag moeten toejuichen, Thomas, want je hebt mensen als ik nodig om je religie een betekenis te geven. Wij zijn het wapen dat jullie gebruiken in jullie meelijwekkende poging tot gezag.'

De minachtende lach achter haar opmerkingen kon broeder Thomas niet ontgaan, en hij verloor alle voorzichtigheid uit het oog.

'Jij bent zo door en door godslasterlijk dat je niet ziet welke schade je aanricht,' schreeuwde hij terwijl hij met een bestraffende vinger naar haar wees.

'Voorzichtig, pater,' zei ze, dicht naar hem toe lopend, haar stem niet langer honend, maar gevaarlijk. 'Voordat je tong met je op hol slaat. Je hebt hier een comfortabele positie, het was een geluk voor je dat Lord Rhys is getrouwd en een gezin heeft gesticht. Je taken zijn in de loop der jaren toegenomen, zozeer dat je nu verscheidene dagen per week hier doorbrengt, in een zacht bed slaapt, goed voedsel eet, en bovendien beloont Lord Rhys je goed. Het zou jammer zijn dat allemaal kwijt te raken.'

Ze liep langs hem heen en stak een kaars aan bij het altaar voor de maagd Maria.

'Ik ben niet geïnteresseerd in jouw mening over mij,' vervolgde ze, haar rug naar hem toe, 'maar als je die mening gaat verkondigen, dan krijg ik belangstelling, en als je mijn kinderen erbij betrekt, dan heb ik geen andere keuze dan een actieve belangstelling voor jou te ontwikkelen.' Ze keek koel naar hem om. 'Ik voed mijn kinderen op zoals ik dat wil, en zolang jij je godsdienstlessen beperkt tot het overbrengen van de boodschap van de bijbel, dan ben ik bereid je aanwezigheid te tolereren. Maar ik zal niet dulden dat je de bijbel verdraait om je gevaarlijke en bijgelovige nonsens te rechtvaardigen. En Thomas, ik ken de bijbel wel degelijk.'

Het gezicht van de priester was bijna paars van woede en haat, en als blikken konden doden, dan zou Elen beslist zijn geveld. Elen sloeg er geen acht op en begon in de richting van de deur te lopen. Halverwege draaide ze zich om en sprak, met een stem scherp als glas.

'Ik zal doorgaan met mijn kinderen te stimuleren in hun fantasie en in hun leren, zonder bemoeienis. Maar als ik ook maar het minste gerucht over mij hoor, dan kun je deze comfortabele wereld die je voor jezelf hebt geschapen vaarwel zeggen. Vergis je niet, pater, ik kan en zal het je allemaal afnemen. De keuze is aan jou.'

Met die woorden liep ze bedaard de kapel uit, terwijl ze de deur zachtjes achter zich dichtdeed. Broeder Thomas bleef in de lege ruimte staan staren, en twijfelde er niet aan dat ze haar dreigement zou uitvoeren. Hij zou zich uiterlijk moeten onderwerpen, maar inwendig ziedde hij van woede, zijn wrok jegens haar nu compleet.

Het was gaan regenen tegen de tijd dat Elen de kapel verliet, en ze haastte zich over de binnenplaats naar de grote zaal, waar ze een ontredderde Morgan aantrof, die troost zocht bij zijn oudere broer.

'Hier is je verzameling,' zei Elen terwijl ze hem de zak gaf. Morgan keek er weifelend naar. 'Thomas heeft zich vergist,' vertelde zijn moeder hem zacht. 'Hij had iets anders in gedachten toen hij je een standje gaf. Hij besefte dat hij het bij het verkeerde eind had toen hij de zak openmaakte.'

Morgans ogen lichtten op, alle verdriet verdwenen. 'Dus ik mag ze weer hebben en ze aan Angharad laten zien?' vroeg hij opgetogen.

'Natuurlijk mag dat,' zei Elen, en ze glimlachte vol genegenheid terwijl ze hem door de grote zaal zag huppelen, zijn koperbruine krullen dansend in het kaarslicht.

'Hij was heel erg van streek,' zei Dafydd, die haar aankeek met een wijze blik in zijn ogen die zijn leeftijd te boven ging.

'Als Thomas hem weer van streek maakt, of iemand anders, dan wil ik het weten, begrijp je?' zei Elen tegen hem.

'Maak je geen zorgen, mama, hij zou niet durven, niet zolang jij hem in de gaten houdt,' zei hij, en hij omhelsde haar.

Elen beantwoordde zijn omhelzing en kuste hem op zijn kruin. 'Jullie kunnen altijd op mij vertrouwen, dat beloof ik,' zei ze.

Dafydd verbrak de omhelzing met een beschaamde glimlach, jongens van bijna negen omhelsden hun moeder niet!

'Vooruit, ga nu maar,' zei Elen met een grijns.

18

Kerstmis 1209

Na de jaren van relatieve vrede bouwde zich onrust op in Engeland. Eerder dat jaar had koning John Schotland aangevallen, bijgestaan door Llywelyn. Voor het eerst hadden Rhys en Dickon aan dezelfde kant gevochten. De Engelsen mochten Llywelyns betrokkenheid dan hebben opgevat als een verzoenend gebaar, Elen was eerder geneigd te denken dat het te maken had met het feit dat Schotland zich bij koning Johns overgrootvader had gevoegd om Wales in 1114 aan te vallen. Eén ding wat ze uit ervaring wist, was dat de Welsh een goed geheugen hadden, dat eeuwen terugging.

Afgezien daarvan verslechterde de situatie in Engeland, en de ruzies tussen de koning en de paus bereikten uiteindelijk een climax. Het jaar ervoor was er een interdict uitgesproken over heel Engeland, en ook Wales, zeer tot woede en frustratie van de Welsh, die geheel terecht van mening waren dat zij niets te maken hadden met het gedrag van de Engelse koning. Elen had nooit begrepen wat voor enorme impact een interdict kon hebben, maar kwam hier algauw achter. Er mochten geen missen worden gelezen, wat ze volstrekt niet erg vond, maar religieuze ceremonies in elke vorm waren strikt verboden, hetgeen betekende dat ze hun doden niet konden begraven, en de pasgeborenen niet konden dopen. Het was buitengewoon zwaar voor de bevolking, en Elen deelde hun woede. Toch weigerde John om in te binden, zodat de paus hem uiteindelijk excommuniceerde.

Toen ze het einde van het jaar naderden, hadden Rhys en Elen zo goed en zo kwaad als het ging Kerstmis gevierd, en ze genoten van de nieuwjaarsfestiviteiten.

'Is alles geregeld voor Dafydds verjaardag?' vroeg Rhys terwijl hij zijn zoon gadesloeg, die in diep gesprek verwikkeld was met de zoon van Owain.

Elen knikte. 'Tien jaar en ik kan me de nacht dat hij werd geboren nog steeds levendig herinneren.'

'Ik ook,' zei Rhys huiverend.

'Over vier jaar zal hij een man zijn, en is hij niet meer te houden,' zei Elen met een lachje.

'Wel, laten we eerst maar eens door het volgende jaar heen zien te komen,' antwoordde Rhys fronsend, de politieke onrust nooit ver uit ieders gedachten.

'Je verwacht echt moeilijkheden, is het niet?' vroeg ze.

'Ik denk niet dat het voorkomen kan worden,' zei Rhys met een zucht. 'Je weet wat Dickon zei, het gaat daar van kwaad tot erger. Koning John heeft Llywelyn zijn acties in Powys vorig jaar nooit vergeven, en lijkt geobsedeerd zijn problemen op hem af te reageren.'

'Je zou denken dat hij meer aandacht zou schenken aan de onrust in zijn eigen land, alvorens naar ons te kijken,' zei Elen heftig.

'Wel, John heeft altijd al de gave gehad om andere mensen verantwoordelijk te stellen voor zijn problemen. Het is nooit zijn schuld, begrijp je,' zei Rhys sardonisch. Hij glimlachte en kneep in haar hand. 'Ik ben echter niet van plan om het jaar pratend over hem uitgeleide te doen. Wat er ook mag gebeuren in het nieuwe jaar, we slaan ons er wel doorheen. De Engelse koning is geen partij voor Llywelyn.' Hij hief zijn beker wijn op. 'Op ons, op onze toekomst.'

Hij dronk en gaf de beker toen aan Elen, die ook een slok nam, zich toen vooroverboog en hem kuste. 'Ik maak me geen zorgen, met jou om ons te beschermen,' zei ze. 'Kom, laten we dansen.'

Ze greep zijn hand en stortte zich in de mensenmenigte, en lachte toen hij haar rond en rond draaide, vastbesloten te genieten van deze goede tijden, zolang het nog kon.

1210

Rhys' voorspellingen kwamen uit, en in de zomer van 1210 stuurde koning John een leger naar Gwynedd, aangevoerd door zijn halfbroer, de graaf van Salisbury, samen met de graaf van Chester. Ze vielen vanuit Chester aan, verwoesten het omringende grondgebied, ondertussen dodend en brandstichtend terwijl ze oprukten en de Welsh terugdreven. De koning voegde Gwenwynwyn weer toe aan zijn grondgebied, en hij zette een aanval in vanuit het zuiden om zijn territorium in zuidelijk Powys weer terug te winnen. Aldus werd Llywelyn gedwongen twee oorlogen te voeren. Hij trok zich terug uit Powys en sloeg hard toe in Chester, zodat hij hem weer uit Gwyned dreef.

Rhys was uiteindelijk in staat naar huis terug te keren, maar voelde zich onbehaaglijk onder de afloop. Hij was ervan overtuigd dat dit het begin, en niet het eind van de gevechten was.

'Ik vrees dat er een complete oorlog zal komen,' vertelde hij Elen. Hij kromp ineen van de pijn wanneer hij bewoog, aangezien zijn ribben zwaar gekneusd waren geraakt tijdens de laatste slag.

'Is dat waarom je hier zoveel meer mannen hebt geïnstalleerd?' vroeg ze ontsteld vanwege het ruige gezelschap dat Rhys van zijn schepen had meegebracht.

'Ik neem geen enkel risico,' zei hij, terwijl hij haar aanbod van extra kussens aanvaardde. 'Ik zal mijn gewone mannen met me mee moeten nemen als de situatie zich ontwikkelt zoals ik verwacht, en ik laat je hier niet onbeschermd achter. Ze mogen er dan ruig uitzien, maar de zee heeft hen door en door gehard, en ze zullen je indien nodig met hun leven beschermen.'

'Dus je denkt dat de aanval van Chester slechts een waarschuwing was?' vroeg ze terwijl ze hem iets te drinken gaf.

Rhys knikte en nam een grote slok. 'John heeft een verdrag gesloten met Schotland, hij heeft gezegevierd in Ierland, dus dan blijft alleen Wales nog over. Geen enkele andere Engelse koning heeft ooit Schotland, Ierland en Wales bezet gehouden, en nadat hij al zijn buitenlandse grondgebied is kwijtgeraakt, moet hij een prestatie neerzetten om de toenemende kritiek op hem de kop in te drukken,' zei hij bars. 'Daarbij komt nog dat de andere Welshe heersers ontstemd zijn over Llywelyns groeiende dominantie in Wales. John zal ze gebruiken, Elen, en ze zijn dwaas genoeg om te geloven dat hij niet zo'n krachtige opperheer zal zijn als ze vrezen dat Llywelyn zal worden.'

Elen beet op haar onderlip. Ze had alle vertrouwen in Llywelyn, en dacht werkelijk niet dat koning John een kans maakte, maar er was iets wat in haar achterhoofd bleef knagen, en het feit dat ze er niet precies haar vinger op kon leggen, maakte haar des te ongeruster. Ze pijnigde haar hersens in een poging zich te herinneren wat er op dit moment was gebeurd – of liever gezegd: wat er zou gebeuren. Maar hoe ze ook in haar geheugen zocht, het bleef leeg. Ze was doodsbang dat Rhys in het conflict zou worden gedood, en overtuigde zichzelf ervan dat dit de reden was voor de angst die aan haar knaagde. Hoewel ze haar zorgen voor zich hield, vierden ze deze kerst met min of meer hetzelfde dreigende en sombere voorgevoel als het jaar ervoor.

Het duurde niet lang voordat de storm losbarstte. Rhys werd door Llywelyn ontboden zodra bekend werd dat koning John een leger bijeen had gebracht en de andere Welshe heersers in Chester had ontboden. Het was duidelijk dat de Engelse koning de bedoeling had om het leger persoonlijk Wales binnen te voeren en een heerser onschadelijk te maken die hij als te ambitieus en te gevaarlijk beschouwde om nog langer te dulden. Alle familiebanden door het huwelijk werden voor het gemak vergeten, en zo kennelijk ook zijn dochter, en in mei viel hij binnen.

John kwam echter al snel tot de ontdekking dat oorlog in Wales anders was dan iedere andere oorlog waarin hij betrokken was geweest. Elen zat in de grote zaal een brief van Rhys te lezen, waarin hij verslag deed van de gebeurtenissen die hadden plaatsgevonden. Ze las er passages uit voor aan de huishouding, die net zo ongeduldig naar het nieuws had uitgezien als zij.

'Toen het Engelse leger naar Gwynedd oprukte, vonden ze slechts een verlaten landschap,' zei ze. 'Onze mensen hadden hun bezittingen meegenomen en zich in de heuvels teruggetrokken.' Ze wachtte even terwijl haar blik langs de pagina naar beneden gleed, en bedacht wat een geluk het was dat alles waar de Welsh om gaven draagbaar was, zodat er niets overbleef voor de Engelsen om te plunderen – geen steden, geen ingerichte huizen, geen dieren om te slachten.

'Voor de Engelsen zat er niets anders op dan te verhongeren,' vertelde ze de gretige toehoorders, en ze lachte toen er gejuich opging.

Weggestopt in het hart van Llyn had Elen niet verwacht dat er ooit zo ver gevechten zouden doordringen. Ze had het in eerste instantie verontrustend gevonden dat hun kantelen door mannen werden bewaakt, en dan ook nog onbekende mannen. Ze was echter al snel gewend geraakt aan Rhys' zeelieden, die weliswaar geharde strijders waren, maar haar het respect betoonden dat ze haar als vrouw van Rhys verschuldigd waren, een man aan wie ze door en door trouw waren. Sommigen van hen waren aanwezig in de grote zaal om naar Rhys' brief te luisteren, even verlangend naar nieuws als de anderen.

'Het gerucht gaat dat de Engelsen al waren begonnen hun paarden op te eten voordat ze de opdracht kregen zich terug te trekken,' vervolgde ze, hardop lezend. 'Rhys schrijft dat Llywelyn wijselijk de overwinning pas uitroept als hij zeker is van de bewegingen van de koning, dus we moeten hem nog niet meteen thuis verwachten.'

De brief eindigde met de gebruikelijke wensen en uitingen van liefde die uitsluitend voor haar oren bestemd waren, maar Elen zag ze niet. Ze was stil terwijl haar ogen keer op keer teruggleden naar de woorden 'hun paarden op te eten'. Ze fronste haar wenkbrauwen toen een vage herinnering in de nevel in haar hoofd om aandacht begon te schreeuwen. Plotseling was hij er, 'ze aten zelfs hun paarden op', en ze sprong op vanwege de nabijheid van de stem, alsof de spreker bij haar in de zaal was. 'Ze aten zelfs hun paarden op,' hoorde ze steeds opnieuw, en haar blik richtte zich naar binnen, over de afstand van de tijd heen, totdat ze haar geschiedenisleraar op school met zijn vuist op de lessenaar zag slaan terwijl hij over dit historische moment vertelde. 'Maar John kwam terug,' vervolgde hij onheilspellend, en Elen hapte naar adem toen ze het zich maar al te duidelijk herinnerde. Met Rhys' brief in haar handen geklemd verliet ze de grote zaal en haastte zich naar de bovenkamer, waar Alice rustig zat te naaien. Elen aarzelde een moment en keek naar haar, een heel stuk ouder inmiddels.

'Alice,' zei ze, op haar af lopend. 'Ik weet dat je graag zou willen terugkeren naar Tamworth, om je oude dag in vrede door te brengen op de plaats waar je bent geboren. Nou, dat zal gebeuren. Ik denk dat we overmorgen zullen vertrekken.'

Alice keek haar verbijsterd aan. 'Och, milady, uiteindelijk zou ik graag terug willen, maar nu nog niet. Ik heb u nog vele jaren te geven,' zei ze.

'Je hebt me alles gegeven wat ik had kunnen wensen,' zei Elen, die probeerde kalm te lijken, 'en ik vind het niet meer dan redelijk dat ik jou geef wat je het liefste wenst, nu je nog vele jaren hebt om ervan te genieten.' Ze glimlachte naar Alice en probeerde het feit te verhullen dat deze verrassende aankondiging een dringende reden had. 'Ga jij je spullen maar pakken, dan regel ik ons escorte.'

Ze keek naar Alices gezicht en greep haar handen. 'Ik wil dat je ook Dafydds spullen pakt. Niets tegen hem zeggen, maar ik wil dat hij een poosje met je meegaat. Ik zal ervoor zorgen dat Dickon zijn mannen stuurt om ons aan de grens te ontmoeten.' Ze keek smekend naar het vragende gezicht van de oudere vrouw. 'Ik kan je niet vertellen waarom ik dit doe, ik vraag alleen of je me wilt vertrouwen,' zei ze.

'U kunt op me rekenen,' zei Alice, en ze raakte Elens wang aan. 'Ik zal u niet teleurstellen.' Zonder om nadere uitleg te vragen, liep ze waggelend weg om de wensen van haar meesteres uit te gaan voeren.

Elen begaf zich naar de donjon, waar de mannen van Rhys waren ondergebracht. Ze keek om zich heen en riep vijf namen, met de vraag of ze haar over een uur in de grote zaal wilden ontmoeten.

Op de afgesproken tijd stond ze te kijken naar de groep die zich voor haar had verzameld. Het waren geharde, strijdbare mannen, die, zo wist ze, zonder gewetenswroeging iemand de keel door zouden snijden, maar het waren ook degenen die ze het meeste kon vertrouwen.

'Jullie kennen allemaal mijn kamermeisje, Alice,' begon ze. 'Ze heeft de wens te kennen gegeven om terug te keren naar haar geboorteplaats, waar ze haar levensavond wil doorbrengen. Ik heb hiermee ingestemd, en wens overmorgen te vertrekken. Ik heb een escorte nodig.'

Ze trad niet verder in details, en als de mannen tegenover haar de timing van haar reis plotseling en eigenaardig vonden in het licht van de explosieve situatie overal in het land, dan was dat op geen enkel gezicht af te lezen. In feite aanvaardden ze het als een welkome afleiding op hun opsluiting hier om vrouwen te beschermen tegen een tot dusverre, in Llyn althans, niet-bestaande vijand.

'U kunt op ons rekenen, milady,' zei de grootste en meest vervaarlijk uitziende van het stel op verrassend vriendelijke toon.

Elen stond zichzelf een gespannen glimlachje toe. Twee van de mannen waren zelf Engels, alhoewel ze geen loyaliteit verschuldigd waren aan de Engelsen, en deze liever aan Rhys gaven, onder wie ze allebei met succes hadden gevochten. Het was tegen deze twee dat ze nu sprak.

'Cedric, Peter en jij moeten vast vooruit rijden naar het landgoed van mijn broer in Tamworth. Jullie zullen geen aandacht trekken bij het reizen door Engeland, en de anderen misschien wel. Als Lord Richard niet thuis is, zoek dan uit waar hij is en ga naar hem toe.' Ze haalde twee verzegelde stukken perkament tevoorschijn.

'Deze brief is voor Lord Richard en mag alleen aan hem worden gegeven. De andere is voor zijn vrouw, Lady Catherine. Als mijn broer niet thuis is, zal deze haar duidelijk maken dat ze jullie zijn verblijfplaats moet laten weten. Begrijp je?' zei ze kordaat, tevreden toen ze zwijgend met hun hoofd knikten. 'Zelf wil ik Wales niet verlaten,' vervolgde ze, 'in de brief wordt mijn broer verzocht een escorte te sturen om ons te ontmoeten aan de grens, een paar mijl ten zuiden van Pant,' zei ze, denkend dat ze op zijn minst een korte verklaring nodig hadden. Ze hoopte dat de gebieden die ze had gekozen ver genoeg verwijderd waren van mogelijke gewapende troepen, en dicht genoeg bij de priorij om het verhaal dat ze daar naartoe terug werd geëscorteerd geloofwaardig te maken, voor het geval ze aangehouden werden.

'Dat is alles,' zei ze, een trek van grimmige vastberadenheid om haar mond. 'Cedric en Peter kunnen onmiddellijk vertrekken, de rest van jullie moet donderdag bij het ochtendgloren klaarstaan voor vertrek.'

Nadat de mannen waren vertrokken, voelde ze een klein deel van de spanning verdwijnen. Ze hadden geen vragen gesteld of haar verzoek afgewezen. Ze had niet gedacht dat ze haar zouden trotseren, maar ze was wel voorbereid geweest op enige tegenstand. Nu dit obstakel uit de weg geruimd was, wist ze dat ze erop kon rekenen dat ze de beste route naar hun bestemming zouden kiezen, en kon ze slechts bidden dat de twee Engelsmannen Dickon op tijd zouden lokaliseren. Ze schonk iets te drinken in voor zichzelf, daar was ze wel aan toe, en gaf een bediende opdracht om Dafydd bij haar te brengen.

Nou, grootmoeder, dacht ze, je zei dat ik niet hier was om de geschiedenis te veranderen. Nou, ik peins er niet over toe te kijken en niets te doen aan het kleine stukje dat ik wél kan veranderen.

Ze dwong haar gezicht in een glimlach toen ze Dafydd in haar richting zag lopen. Elf jaar oud inmiddels, was hij groot voor zijn leeftijd, en gedroeg hij zich zelfverzekerd. Zijn donkere haar glansde in de bundels zonlicht, precies zoals ze zich voorstelde dat Rhys eruit moest hebben gezien voordat de grijze strepen waren verschenen. Ze voelde haar hart samenknijpen bij de gedachte aan Rhys, een gedachte die ze heftig onderdrukte. Ze zou zich met zijn reactie bezighouden wanneer de tijd daar was, en niet eerder.

'Je wilde me spreken, mama?' zei Dafydd toen hij bij haar kwam.

Elen, die altijd demonstratief was geweest in haar gevoelens, moest zichzelf ervan weerhouden hem te omhelzen en te kussen – hij was bijna een man nu, en ze moest hem als zodanig behandelen. Daarom ging ze op enige afstand van hem staan toen ze sprak.

'Ik heb besloten Alice naar huis te laten gaan, naar het huis van oom Dickon. Ik reis met haar naar de grens, waar de mannen van oom Dickon ons zullen ontmoeten. Ik zou graag willen dat jij deel uitmaakte van onze escorte,' zei ze, en ze sloeg hem nauwlettend gade.

Dafydds ogen lichtten op bij het vooruitzicht van zo'n volwassen missie, zoals ze van tevoren had geweten. 'Maar is het wel veilig, mama?' vroeg hij. 'Wat zou papa ervan zeggen,' zei hij weifelend.

'Daarom wil ik dat je met me meegaat,' zei ze. 'Heb ik er goed aan gedaan het je te vragen?'

'Natuurlijk, mama,' zei hij, en vervolgens, niet langer in staat zijn opwinding te verbergen, brak er een brede grijns door op zijn gezicht. 'Wie heb je nog meer gevraagd?'

'Papa's zeelui,' antwoordde ze, en ze moest wel lachen toen hij juichte van blijdschap.

'Ik kan ze maar beter gaan opzoeken,' zei hij, en hij rende ervandoor. Elens glimlach vervaagde zodra hij vertrokken was, en ze zich de uitdrukking op zijn gezicht voorstelde wanneer hij erachter kwam wat haar ware intenties waren.

De reis door Wales verliep zonder problemen; het door Elen gekozen escorte liet haar niet in de steek, en nam een route die ieder mogelijk conflict met hetzij Welshe hetzij Engelse troepen uit de weg ging. Toen ze op ongeveer een halve dag rijden van de grens waren, voegden Cedric en Peter zich bij hen. Ze hadden Elens broer gelokaliseerd en waren vooruit gereden om haar te laten weten dat hij met een escorte op de afgesproken plaats wachtte. Bij aankomst in het kleine plaatsje begaven ze zich naar de enige herberg, waar Dickon en zijn mannen logeerden.

'Elen,' riep Dickon toen ze aan kwam rijden. 'Ik heb twee kamers voor je geregeld,' zei hij terwijl hij haar hielp afstijgen.

'Ik had niet verwacht dat je zelf zou komen, Dickon,' zei ze, en ze begroette hem met een kus. 'Ik weet hoe het voor je moet zijn.'

Dickon keek haar recht aan. 'Ik moest wel komen, Elen. Die bende piraten die jij een escorte noemt, mag dan wel alles slikken wat je ze vertelt, maar ik niet. Je hebt geen reis in een dergelijk riskante atmosfeer ondernomen om gehoor te geven aan de gril van een oude vrijster.' Hij wachtte even en wierp een blik op Elens escorte voordat hij mompelde: 'Hoewel ik blij ben dat je die lui hebt om je te beschermen, zelfs de meest door de strijd geharde krijgsheer zou er heel goed over nadenken voordat hij het tegen hen zou opnemen. Ga je me nou de waarheid nog vertellen?' eindigde hij op heftige fluistertoon.

Elen voelde zich duidelijk niet op haar gemak, en het ontging hem niet dat ze uiterst gespannen was. 'Kunnen we onder vier ogen praten?' zei ze op lage toon.

Hij knikte en riep Dafydd bij zich. 'Dafydd, ik heb voor vannacht kamers voor jullie geboekt. Kun jij ze opzoeken en Alice en jullie mannen er vast installeren?'

'Zeker, oom Dickon,' antwoordde Dafydd, trots dat hij deze verantwoordelijkheid kreeg toebedeeld.

'Kom, we gaan naar mijn kamer,' zei Dickon tegen Elen. Hij pakte haar bij de arm en loodste haar naar een buitentrap die naar de bovenste verdieping van de herberg leidde.

Eenmaal in zijn kamer ging Elen bij het raam staan, terwijl een bediende een dienblad met een kan wijn en twee bekers binnenbracht.

'Hier, geef die maar aan mij,' zei Dickon zodra ze alleen waren, terwijl hij aanbood haar mantel aan te nemen. Ze maakte haar halsspeld los en liet de mantel in de handen van haar broer vallen.

'En?' vroeg Dickon toen hij haar een beker wijn overhandigde.

Elen nam een slok en trok een grimas.

'Niet al te goed?' zei Dickon.

'Het voldoet,' antwoordde ze, en ze verviel weer in stilzwijgen. 'Het is niet helemaal onwaar,' zei ze ten slotte. 'Alice wil haar laatste jaren echt op Tamworth doorbrengen.'

'Maar dat is niet de ware reden voor je aanwezigheid hier,' zei Dickon kalm.

'Nee,' zei ze zacht, en ze haalde diep adem. 'Ik wil dat jij Dafydd meeneemt.'

'Maar waarom?' vroeg hij verbaasd.

'Ik denk dat hij bij jou veiliger zal zijn,' antwoordde ze, terwijl ze hem aandachtig gadesloeg.

'Waarom zou hij in gevaar zijn?' vroeg hij, oprecht in verwarring gebracht.

Ze keek hem recht in de ogen en sprak op kalme toon. 'Koning John is niet stilletjes vertrokken. Ik durf zelfs te wedden dat hij zijn strijdmacht en zijn voorraden aan het vergroten is om een nieuwe aanval te ondernemen. Heb ik gelijk?'

Dickon beantwoordde haar onverstoorbare blik. 'Zeg jij het maar,' antwoordde hij waakzaam.

Elen beet op haar lip en keek hem met grote ogen aan. 'Ik denk dat hij dit keer succes zal hebben. Ik hoop in vredesnaam dat ik me vergis, maar ik zal het leven van mijn zoon niet riskeren op grond van hoop.'

Dickon blies zijn adem uit. 'Ik moet je gelijk geven, Elen. Llywelyn heeft John vernederd, en nu kan niets minder dan de ondergang van Llywelyn hem nog tevredenstellen. Bovendien heeft hij de steun van de andere Welshe heersers. Ik begrijp echter nog steeds niet waarom je voor Dafydds veiligheid vreest.'

'Toe nou, Dickon,' zei Elen boos, gefrustreerd door het onvermogen van haar broer om te begrijpen wat ze bedoelde. 'Jullie koning houdt de loyaliteit van zijn eigen baronnen alleen in stand door leden uit hun gezinnen te gijzelen, dus wat denk je dat hij zal doen als hij Llywelyn verslaat? Weglopen en Llywelyn op zijn woord vertrouwen?'

Het begon Dickon te dagen. 'En jij denkt dat Dafydd onder de gijzelaars zou kunnen zijn die hij vast en zeker zal gaan eisen?' zei hij.

Ze knikte. 'Ik acht het waarschijnlijk. Rhys is hoog gestegen in Llywelyns achting, en hij is van adellijke geboorte, net als ik,' verklaarde ze.

'Ja,' mompelde Dickon, 'John zal de keuze aan Llywelyn overlaten, maar hij zal erop staan dat het zonen van hoge edellieden zijn, om zodoende druk op jullie prins uit te oefenen om de vrede te bewaren. Maar dit is allemaal giswerk, Elen.'

'Ik neem liever het zekere voor het onzekere,' zei ze.

'En Rhys is het hierin met je eens,' vroeg Dickon, die nog steeds moeite had met de acties van zijn zuster.

'Denk je dat ik hier zou zijn als hij weet had van mijn bedoelingen?' zei ze ontsteld.

'Wel, ik vond het al vreemd dat hij wilde proberen om zijn plicht te ontlopen,' zei Dickon tegen haar.

'Plicht!' zei ze spottend. 'Plicht en eer zijn twee woorden waar jullie mannen je constant achter verschuilen. En Rhys denkt er precies zo over als jij. Nou, ik ben van mening dat het mijn plicht is om mijn zoon in leven te houden.'

Dickon besloot haar in de stemming waarin ze verkeerde niet tegen te spreken. Persoonlijk geloofde hij niet dat Dafydd enig gevaar zou lopen aan het Engelse hof, maar tot op zekere hoogte had hij begrip voor de angsten van zijn zuster, want in ieders achterhoofd was de dood van Arthur, Johns neef en voormalig rivaal voor de troon, altijd aanwezig.

'Rhys zal het niet leuk vinden,' zei hij.

'Wil je hem meenemen?' vroeg ze zacht, zijn opmerking negerend.

Dickon zuchtte. 'Je weet dat ik dat zal doen. Weet de jongen het?'

Elen schudde haar hoofd. 'En hij zal het ook niet leuk vinden,' zei ze bedroefd.

De volgende morgen stond Dafydd tegenover zijn moeder en zijn oom, wijdbeens en met opgetrokken schouders, het toonbeeld van koppig verzet.

'Wat willen jullie dat ik doe?' vroeg hij verbijsterd. 'Maar we zijn in oorlog met Engeland!'

'Niet meer,' zei Elen redelijk. 'Bovendien zijn we nooit in oorlog geweest met oom Dickon. Er zijn een heleboel jongens die bij andere gezinnen gaan wonen.'

'En wat zegt mijn vader ervan?' wilde Dafydd weten.

Elen zuchtte, ze wilde niet tegen hem liegen. 'Ik heb nog geen kans gehad om met papa te spreken,' zei ze.

'Nou, dan wacht ik tot je dat wél hebt gedaan,' antwoordde Dafydd vastberaden.

'Dafydd, ik wil dat je nu met je oom Dickon meegaat,' zei ze, zijn schouders aanrakend.

'Nee, mama,' zei hij, en hij schudde haar handen af. 'Er is iets wat je voor me verzwijgt.'

'Je moeder vreest voor je veiligheid,' zei Dickon. 'Het spijt me, Elen, maar de jongen heeft recht op de waarheid,' zei hij tegen Elen.

'Hoe kan ik onveilig zijn in Wales? Als je voor mijn veiligheid vreest, waarom stuur je me dan naar Engeland?' vroeg Dafydd verhit.

Elen staarde naar haar zoon, en constateerde opnieuw dat zijn intelligentie zijn leeftijd ver te boven ging. Ze deed een stap achteruit en keek hem kalm aan.

'Als er weer oorlog uitbreekt, zou je als gijzelaar kunnen worden meegenomen,' zei ze.

'Nou en? Ik zou er trots op zijn,' antwoordde Dafydd.

'Ik wil het niet hebben,' antwoordde ze rustig.

'Wel, mama, ik ga niet, en je kunt me niet dwingen,' zei hij fel, maar er kroop een ondertoon van onzekerheid in zijn stem.

Elen wilde zo graag haar handen naar hem uitsteken, maar ze wist dat ze de afstand tussen hen moest bewaren om haar positie te versterken.

'In de afwezigheid van je vader ben ik de autoriteit waaraan je gehoorzaamt,' zei ze koeltjes.

Dafydd knipperde zijn tranen weg. 'Ik ga niet.'

'Durf je mij te trotseren,' zei ze, alsof dat geen optie kon zijn.

Dafydd keek naar de onwrikbare vastberadenheid in zijn moeders ogen, en verslagen liet hij zijn schouders hangen. 'Nee, mama. Ik zal klaarstaan voor vertrek wanneer oom Dickon zover is. Mag ik nu gaan?'

Ze knikte en verliet de kamer met zoveel waardigheid als hij kon opbrengen.

Korte tijd later waren beide groepen klaar om afscheid van elkaar te nemen. Elen omhelsde een huilende Alice. 'Probeer alsjeblieft aan Dafydd uit te leggen dat ik op deze manier heb gehandeld omdat ik van hem hou,' fluisterde ze tegen haar, en Alice knikte bedroefd.

Toen Elen naar Dafydd toe ging, bleef hij stijfjes op een afstand staan. 'Papa zal boos zijn,' zei hij beschuldigend.

'In eerste instantie, ja,' gaf ze toe, 'maar ik weet zeker dat hij het zal begrijpen.'

'Nou, ik begrijp het niet, ik zal het nooit begrijpen,' zei hij boos, en hij klom vlug op zijn paard voordat hij verraden kon worden door de dreigende, hete tranen.

Elen slikte en wendde zich naar Dickon.

'Hij trekt wel bij,' zei Dickon tegen haar.

'Denk je? Ik heb het gevoel dat hij het me nooit zal vergeven,' antwoordde ze.

'Probeer je geen zorgen te maken. Ik beloof je dat hij bij mij veilig is. Pas goed op jezelf,' zei hij, en hij omhelsde haar. Hij keek haar na terwijl ze wegreed, bleek en eenzaam te midden van haar onheilspellende escorte.

In juli viel koning John Gwynedd voor de tweede keer binnen, snel en meedogenloos. Dit keer kwam hij goed voorbereid met een groter leger en voldoende provisie om zijn veldtocht vol te houden. Met de steun van Gwenwynwyn en de zoons van Lord Rhys, Maelgwyn en Rhys Gryg, slaagde hij erin een goed georganiseerde aanval uit te voeren tegen Llywelyn, die tot in Snowdonia werd teruggedreven. De gevechten kwamen dicht bij Llyn, aangezien er Engelse soldaten gelegerd waren op de oevers van de Menai, en Bangor brandde af. Rhys had gelijk gehad over de andere Welshe heersers, en nu kregen de Engelsen dankzij hun verdeeldheid en hun kleingeestige jaloezie andermaal voet aan de grond in Wales, een positie waar ze met tegenzin afstand van zouden doen.

'Het is voorbij,' fluisterde Elen, die de woorden van de boodschapper herhaalde toen deze haar de brief van Rhys overhandigde. Ze liet haar blik weer over het perkament gaan en ging verder met lezen.

Helemaal alleen en hopeloos in de minderheid, was Llywelyn gedwongen te verzoeken om vrede, en de vernederende bepalingen voor overgave te aanvaarden, waarvan ik de details bij mijn terugkeer zal vertellen. Een van de bepalingen, echter, is het overdragen van gijzelaars aan de Engelse kroon. Llywelyn verlangt de aanwezigheid van onze zoon in hun midden. Ik stuur deze brief vast vooruit zodat je Dafydd voor kunt bereiden. Wees alsjeblieft niet bevreesd, liefste, er zal Dafydd geen kwaad geschieden aan het Engelse hof. Ik geloof dat er talloze jongens zijn die daar in een vergelijkbare situatie verkeren, en ze zullen goed verzorgd worden.

Elen kneep haar ogen dicht, hij deed zo zijn best om haar gerust te stellen, maar ze voelde dat hij het zelf niet geloofde. Ze las verder. *Deze brief zal mijn komst slechts een paar dagen voor zijn, dus ik zal heel snel bij jullie zijn.*

Ze dankte alle goden dat ze Dafydd tijdig naar Dickon had gebracht. Als ze niet zo snel had gehandeld, dan zou ze er nu geen gelegenheid meer toe hebben gehad. Ze vouwde het perkament dubbel en tuitte haar lippen, terwijl ze aan de naderende confrontatie met Rhys dacht.

Alsof ze niet op het punt stonden een zware confrontatie aan te gaan, nam Elen Rhys' uiterlijk op terwijl ze tegenover elkaar stonden in de grote zaal. Hij zag er zo moe uit, ze zag lijnen op zijn gezicht die er eerder niet waren geweest, en de ogen die in de hare staarden, waren dofgrijs.

'Hoe bedoel je, hij is er niet,' vroeg Rhys haar.

'Kunnen we onder vier ogen praten,' antwoordde ze zacht.

'Nee, dat kunnen we niet,' zei hij koel. 'Iedereen hier heeft het recht om te weten waarom mijn vrouw mijn instructies niet heeft gehoorzaamd. Je hebt me openlijk getrotseerd, dus je mag op dezelfde manier uitleg geven.'

'Dafydd was al weg, lang voordat je de brief zelfs maar schreef,' zei ze uitdagend.

Rhys' gezicht kreeg een ongelovige uitdrukking. 'Wat bezielde je in 's hemelsnaam om iets dergelijks te doen?' vroeg hij.

'Ik ben al een zoon kwijtgeraakt, ik zal er verdomme niet nóg een kwijtraken,' zei Elen verhit, buiten zichzelf door de spanning.

'Allemachtig, Elen,' snauwde Rhys. 'Het is heel gebruikelijk om gijzelaars te nemen, maar er wordt hun geen kwaad gedaan, ze moeten enkel een poosje duimen draaien aan het Engelse hof voordat ze weer naar huis worden gestuurd. Genoeg van deze nonsens, zeg me waar Dafydd is, dan ga ik hem halen.'

'Ik deel je vertrouwen niet. Het spijt me, Rhys, maar ik kan je niet vertellen waar hij is,' zei Elen.

Rhys staarde naar haar, naar de uitdagende manier waarop ze haar hoofd opgeheven hield. Het enige bewijs van haar nervositeit was de manier waarop ze haar trouwring alsmaar ronddraaide om haar vinger. 'Kan niet, of wil niet,' zei hij op ijzige toon.

Vastberaden ontmoette ze zijn blik, haar ogen brandend van emotie. De andere aanwezigen in de grote zaal sloegen hen ingespannen gade, geboeid door deze botsende karakters. Alle ogen richtten zich op Elen toen deze op even ijzige toon sprak.

'Toen Hywel stierf, bleef Dafydd als door een wonder gespaard, om welke reden weet ik niet. Maar dit weet ik wel: hij is niet gespaard om een paar jaar later aan het uiteinde van het touw van koning John te bungelen. Dus om antwoord te geven op je vraag, Rhys, ik kan en wil je niet vertellen waar Dafydd is.'

Ze draaide zich abrupt om en schonk iets te drinken voor zichzelf in, terwijl ze al haar zelfbeheersing gebruikte om te voorkomen dat haar handen zouden beven. Ze keek aandachtig toe terwijl ook Rhys iets te drinken inschonk, zijn kaken opeengeklemd, een ader kloppend op zijn slaap. Toen hij zich naar haar toe keerde, waren zijn ogen zo hard als staal. Toch bespeurde ze onder de kilte iets anders, het was maar een sprankje, maar er was onmiskenbaar een vlaag van opluchting.

'Ik verontschuldig me niet voor het beschermen van mijn zoon,' zei ze, zich daaraan vastklampend.

'Nou, dat is dat,' zei Rhys ten slotte. 'Ik zal het Llywelyn uiteraard moeten vertellen. Ik zal onmiddellijk vertrekken.'

'Je gaat terug?' zei ze.

'Er zijn al genoeg mensen die hem in de steek hebben gelaten, ik zal niet een van hen zijn,' zei hij koel. 'Ik mag dan niet in staat zijn mijn zoon over te dragen, maar ik ben absoluut van plan om tot zijn beschikking te staan voor wat hij ook maar van mij zou kunnen verlangen. Verwacht me voorlopig niet terug, maar denk niet dat de zaak hiermee ten einde is, want ik kan je verzekeren, madame, dat dat niet het geval is.'

Plotseling doorsneed een stem de atmosfeer. 'U hebt nóg een zoon.'

Elen voelde dat ze koud werd, en de haren in haar nek gingen recht overeind staan. Met een ruk draaide ze zich om en stond oog in oog met broeder Thomas, en terwijl zijn fonkelende zwarte ogen zich tot in haar hart boorden, voelde ze haar hele wereld instorten.

'Nee!' zei ze vurig. Ze draaide zich weer naar Rhys en zei: 'Rhys, dat kun je niet doen, hij is nauwelijks meer dan een baby!'

Ze zag pijn door Rhys' ogen schieten, maar toen werd zijn gezicht strak, en ze probeerde de opkomende golf van paniek te bedwingen.

'Zal ik Morgan gaan halen?' vroeg Thomas.

'Je blijft met je vuile, kwaadaardige handen van hem af,' zei Elen scherp. 'Morgan gaat niet. Het was niet Llywelyns intentie om een groep baby's aan koning John over te dragen.'

'U kunt uw plicht niet verzaken, milord,' hield de geestelijke vol.

Elen keek als een bezetene de zaal rond, maar niemand durfde haar aan te kijken. Alhoewel ze ontsteld waren door wat de priester had gesuggereerd, wachtten ze af om te zien wat Rhys zou doen. Hij liep abrupt de zaal uit; Elen bleef een paar minuten verbijsterd staan, tilde toen haar rokken op en rende hem achterna. Ze trof hem aan in de bovenkamer, waar hij de kindermeisjes instructies gaf om Morgans spullen te pakken.

'Eruit jullie, allemaal,' gilde ze, en ze smeet de deur achter de wegvluchtende vrouwen dicht. 'Rhys, je gaat Morgan toch niet serieus overdragen,' zei ze, snel ademhalend.

'Je laat me geen keus, Elen. Het had natuurlijk Dafydd moeten zijn, maar Llywelyn heeft geen specifieke namen genoemd, alleen aan iedereen gevraagd om een zoon te sturen,' antwoordde hij.

Elen staarde hem ongelovig aan. 'Dit is waanzin. Hij is pas vijf jaar oud,' schreeuwde ze.

Rhys trok tegen haar van leer, zijn woede werd uiteindelijk te veel voor hem. 'Denk je dat ik dat niet weet,' zei hij, om zich vervolgens naar het raam te draaien en met zijn vuist tegen de muur te slaan.

'Het kwam niet eens in je op om Morgan te nemen; als die verdomde priester niet had gesproken, zou je terug zijn gegaan naar Llywelyn om hem te vertellen dat we niet konden gehoorzamen,' zei ze, in een poging hem tot rede te brengen. Toen hij zich omdraaide en naar haar keek, kon ze zien dat het hem verscheurde.

'Maar hij heeft wél gesproken, Elen, en hij heeft gelijk. Het is mijn plicht,' zei hij gekweld.

'God, opnieuw dat woord – plicht. En je plicht tegenover míj dan, tegenover je kind!' Elens stem sloeg over.

'O, Elen, word wakker. Als Thomas erop kan wijzen dat ik twee zoons heb, denk je dan niet dat andere mensen dat ook niet zullen doen? Dat Llywelyn het zich niet zal realiseren? Wat voor figuur zal ik dan slaan, hij zal alle respect voor mij verliezen. Ik zal mijn zelfrespect verliezen.'

Hij liep naar haar toe en legde zijn handen op haar schouders. Hij slikte en dwong zijn stem tot een overredende toon. 'Hij draagt zijn eigen zoon ook over, hij heeft ons niets gevraagd wat hij zelf niet zal doen. Dat moet je toch het vertrouwen geven dat de kinderen ongedeerd zullen blijven.'

Elen schudde hem van zich af. 'Vertrouwen waarin, het woord van koning John? Het vertrouwen dat Llywelyn zich niet zal verzetten tegen het Engelse juk? Dat geloof jij net zomin als ik,' zei Elen, die het gevoel had dat ze in haar paniek verdronk toen ze zich realiseerde dat Rhys beslist van plan was om haar geliefde zoon mee te nemen.

'Besef je dat je nog steeds niet hebt uitgelegd waarom je Dafydd hebt weggebracht. Over welke informatie beschikte je precies?' zei Rhys, plotseling achterdochtig.

Elen schonk hem een minachtende blik. 'Noem het moederinstinct,' zei ze sarcastisch.

Rhys staarde haar zwijgend aan voordat hij op zachte toon zei: 'Ik heb het geaccepteerd, niet meer dan dat, ik heb het feit dat je anders bent aanvaard, omdat ik diep vanbinnen oprecht geloofde dat ik je kende. Maar nu zie ik in dat ik je helemaal niet ken.'

Elen greep hem bij zijn arm. 'Praat niet zo, Rhys. Alsjeblieft, kon je het maar begrijpen.'

'Nou, ik begrijp het niet, Elen. Dit snijdt allemaal geen hout,' zei Rhys, die het gevoel had dat de situatie alle binding met de realiteit verloor.

'Voor mij wel,' riep ze uit. Ze haalde diep adem om zichzelf te kalmeren voordat ze verderging. 'Ik wíst dat de Engelsen terug zouden komen, vraag me niet hoe, ik wist het gewoon. Net zoals ik weet dat je Morgan de dood in jaagt als je dit doorzet. Vertrouw hierin alsjeblieft op mij.' Ze keek wanhopig naar hem, haar ogen vulden zich met tranen. 'Doe dit alsjeblieft niet, Rhys,' fluisterde ze bijna.

'Elen, ik moet wel,' zei Rhys, die haar pijn voelde, maar niet in staat was om deze weg te nemen.

'Alsjeblieft Rhys, ik heb je nog nooit ergens om gevraagd, maar ik vraag het je nu,' smeekte ze, en ze liet haar tranen de vrije loop. Plotseling liet ze zich op haar knieën vallen en greep Rhys bij zijn benen. 'Ik smeek je, Rhys, neem mijn baby niet mee. Doe dit alsjeblieft niet.'

'Elen, je wordt hysterisch,' zei hij terwijl hij haar overeind trok. Hij probeerde haar te omhelzen, maar ze duwde hem weg.

'Ik word niet hysterisch, ik bén hysterisch,' gilde ze, zonder zich erom te bekommeren wie haar zou horen. 'Ik laat je hem niet meenemen, dan vermoord ik je liever.'

Terwijl ze sprak, stormde ze naar zijn zwaard, dat in de schede over een stoel hing. Maar Rhys was sneller, greep haar bij de arm en gooide haar op het bed, waar ze in snikken uitbarstte.

'Wat maakt jou zo anders dan een willekeurige andere moeder?' bulderde Rhys, die boven haar uit torende.

'Dat ben ik niet,' snikte ze. 'Geen enkele moeder zou haar zoon hoeven opgeven.'

'Denk je dat ik Morgan wil meenemen, of Dafydd? Denk je dat Llywelyn gijzelaars aan John wil overdragen? De Engelsen hebben ons verslagen, Elen, begrijp je. We hebben geen keus, dat is de realiteit van verslagen worden.'

Hij draaide zich om en schonk iets te drinken voor haar in, waarbij hij het meeste ernaast schonk, en gaf haar de beker. Ze nam hem met tegenzin aan.

'Ik ga met Morgan praten,' zei hij stijfjes. 'Als je hem nog wilt zien voordat we vertrekken, moet je eerst kalmeren. Ik wil niet dat je hem de stuipen op het lijf jaagt met je hysterie.' Hij keek haar treurig aan. 'Maak dit niet nog moeilijker dan het al is,' zei hij, en liet haar toen alleen.

Ze bleef doodstil zitten nadat hij vertrokken was, zijn woorden nog nagalmend. Misselijk van verslagenheid had ze het gevoel dat ze in haar maag was gestompt. Ze omklemde de wijnbeker en smeet hem toen naar de andere kant van de kamer, waar hij in kleine stukjes uiteenspatte. 'Vervloekt zijn jullie, vervloekt zijn jullie allemaal!' schreeuwde ze. Plotseling begon ze te lachen, een wilde lach die ophield voordat hij begonnen was. 'Wie dacht ik wel niet dat ik was?' zei ze bitter. 'Wie dacht ik verdomme wel niet dat ik was?'

Het duurde enige tijd voordat Rhys terugkeerde, en tot zijn opluchting trof hij haar gekalmeerd aan, haar haren gefatsoeneerd, en haar ogen vrij van tranen.

'We zullen weldra vertrekken,' zei hij zacht, aangezien hij een nieuwe hysterische aanval wilde vermijden.

Elen knikte koel en afstandelijk.

'Morgan is in de grote zaal. Hij lijkt tamelijk opgewonden door het avontuur dat hij, zo heb ik hem verteld, gaat beleven,' zei hij behoedzaam. Hij probeerde haar gerust te stellen, maar kromp ineen toen hij de pijn in haar ogen zag opvlammen. Hij deelde haar vrees voor Morgans leven werkelijk niet, maar hij wenste met elke vezel van zijn lichaam dat hij haar dit niet hoefde aan te doen. Was er maar een andere manier, maar die was er niet. Hij had de afgelopen paar uur nergens anders aan gedacht, en wist dat er geen uitweg was.

'Ik neem aan dat je de mannen die me met Dafydd hebben geëscorteerd niet zult straffen,' zei ze kil.

Hij trok zijn wenkbrauwen op. 'Je kent me wel beter. Ze hebben zich precies gedragen zoals ik van hen zou hebben verwacht. Als ze je zonder escorte hadden laten gaan, dan zou ik ze hebben gestraft,' zei hij.

Ze knikte nauwelijks merkbaar met haar hoofd, maar gaf geen antwoord.

'We moeten gaan,' zei hij terwijl hij de deur voor haar opendeed.

Ze liep zwijgend langs hem heen en begaf zich naar de grote zaal. Haar vier jaar oude dochter begroette haar toen ze binnenkwam.

'Mama, Morgan gaat op reis en ik mag niet mee,' zei ze op klaaglijke toon.

'Ik weet het, liefje, maar wij gaan wel een andere keer, wij meisjes onder elkaar,' zei Elen met geforceerde vrolijkheid. Angharad knikte verheugd met haar hoofd en pakte haar moeders hand terwijl ze naar Morgan toe liep.

'Mama,' riep hij opgewonden, 'papa neemt me mee naar Engeland.'

Elen liet zichzelf tot op zijn hoogte zakken en keek in zijn helderblauwe ogen. 'Nou, ik denk niet dat papa meegaat, maar er zullen wel een heleboel andere jongens met je meegaan,' zei ze, terwijl ze de koperkleurige krullen van zijn voorhoofd streek.

'Zal ik Dafydd zien?' vroeg hij.

'Nee, schat, maar de zoon van prins Llywelyn zal er zijn, die ken je wel. Ik denk dat je sommige van de andere jongens ook kent,' zei Elen, die met haar ogen knipperde om te voorkomen dat zich tranen zouden vormen. Ze nam zijn gezicht tussen haar handen. 'Je zult een lieve jongen zijn, is het niet?' zei ze, haar stem met moeite in bedwang houdend.

Morgan rolde met zijn ogen. 'Natuurlijk, mama,' zei hij giechelend. 'Ik kan Bran niet meenemen, dus jij moet voor hem zorgen totdat ik thuiskom,' zei hij ernstig, doelend op de zwarte pup die ze hem voor zijn laatste verjaardag hadden gegeven.

Elen trok hem dicht tegen zich aan. 'Je weet dat ik van je hou, nietwaar,' zei ze, en ze kuste hem totdat hij begon te kronkelen.

'Mama!' zei hij lachend en veegde zijn wang af. Hij keek op toen zijn vader dichterbij kwam. 'Gaan we nou, papa?' vroeg hij.

Rhys knikte. 'Je pony is al voor je opgezadeld,' zei hij.

Morgan stak trots zijn borst naar voren en wendde zich tot zijn zusje: 'Ik moet nu gaan, Angharad, maar ik wanneer ik terugkom, breng ik een cadeau voor je mee.'

'Geef je zusje een kus,' zei Elen. Onhandig gaf hij Angharad een kus, waarna ze hem giechelend naar buiten volgde.

Het kostte Elen enorm veel moeite om haar benen hun werk te laten doen en de grote zaal uit te lopen, naar beneden toe, naar de binnenplaats. Ze bleef staan en keek toe terwijl Rhys Morgan in het zadel hielp.

'Ik blijf een paar dagen weg,' zei hij tegen haar. 'Maar Trefor blijft hier.'

Het lag op het puntje van haar tong om hem ervan te beschuldigen dat hij haar gevangen hield, om ervoor te zorgen dat ze hem niet zou volgen. Maar ze bleef zwijgen, en keek hem met dezelfde afstandelijke blik aan. Hij voelde zich onbehaaglijk onder haar blik en wilde zich onverwijld uit de voeten maken.

'Dag liefste,' zei hij, en hij wilde haar kussen, maar ze wendde haar gezicht af, zodat zijn kus in het luchtledige terechtkwam. Abrupt draaide hij zich om, besteeg zijn paard en leidde Morgan en hun kleine gevolg de poort uit.

'Dag mama,' riep Morgan, en hij zwaaide.

Elen zwaaide terug, terwijl de tranen in stilte langs haar wangen naar beneden stroomden. 'Dag mijn kleintje, mijn schattebout,' fluisterde ze, en ze bleef daar staan totdat ze uit het zicht waren.

Vermoeid keerde ze terug naar de grote zaal, waar de mensen haar blik ontweken. Ze zag dat sommige vrouwen hadden gehuild.

'God laat niet met zich spotten,' zei een hatelijke stem bij haar oor.

Ze keerde zich naar broeder Thomas, haar ogen boorden zich in de zijne. 'Dus je hebt gehaat en je hebt gewacht,' zei ze minachtend. 'En een kleine jongen zal het met zijn leven betalen. Nou, jouw God mag je dan misschien vergeven, maar ik niet,' zei ze, de woorden uitspuwend. Ze keek om zich heen, zag Trefor en riep hem bij zich.

'Trefor, de priester gaat weg. Zorg er alsjeblieft voor dat hij snel vertrekt,' zei ze tegen Rhys' kapitein.

'Ik dacht het niet, madame,' sputterde broeder Thomas.

'Dafydd volgt je lessen al enige tijd niet meer, je was hier alleen nog om Morgan te onderwijzen. Je bent niet langer nodig,' zei ze, ieder woord gehuld in ijs. 'Zie erop toe, Trefor,' beval ze, en ze liep weg met opgeheven hoofd.

Vanuit het raam van de bovenkamer sloeg ze Thomas' aftocht gade. 'Het is niet God die niet met zich laat spotten,' zei ze hardop, 'maar het noodlot dat zich niet laat misleiden. Ik dacht dat ik het kon trotseren, maar ik had het mis, mis, mis.' Bij ieder woord stompte ze tegen de stenen muur totdat haar knokkels ervan bloedden.

19

Tamworth, Engeland

Twee weken nadat hij Morgan bij Llywelyn had achtergelaten om aan de Engelse kroon te worden overgedragen, reed Rhys Dickons landgoed binnen. Hij was in de tussenliggende periode niet naar huis teruggekeerd, en had geen bericht gestuurd aan Elen of Dickon. Hij reisde alleen, niet vrezend voor zijn veiligheid, maar enkel vastbesloten om Dafydd thuis te brengen.

Hij veroorzaakte opschudding toen hij de binnenplaats opreed, snel afsteeg en in de richting van de grote zaal beende.

'Milord, ik zal uw komst even aankondigen,' zei Dickons rentmeester, die probeerde voorbij Rhys te komen.

'Dat is niet nodig,' zei Rhys kortaf, terwijl hij met twee treden tegelijk de trap beklom, en de grote zaal binnen stapte.

Hij trof Catherine rustig naaiend aan, omringd door haar vier jongste kinderen, die genoeg lawaai maakten om te kunnen wedijveren met twee keer dat aantal. Bedaard kwam ze overeind toen ze hem zag.

'Rhys, wat een aangename verrassing,' zei ze kalm, en ze bood hem haar hand aan ter begroeting.

'Is Dickon hier?' vroeg hij kortaf, zijn stem beheerst.

'Zodra hij weet dat je er bent, zal hij hier zijn,' antwoordde ze zacht. 'Kinderen, laten we eens even stil zijn, dan kunnen jullie je oom begroeten,' zei ze al even zachtjes tegen haar kroost.

Wonderbaarlijk genoeg hoorden ze haar; ze werden onmiddellijk stil, en gaven hun oom met engelachtige zoetheid een hand. Ten overstaan van Catherines kalme beheersing van de situatie voelde Rhys een deel van zijn opgekropte woede van zich af glijden.

'Ga nu maar gauw buiten spelen terwijl ik met jullie oom praat,' zei ze tegen haar kinderen, en ze glimlachte toen ze achter elkaar aan naar buiten renden.

'Je hebt vast behoefte aan een verfrissing na je reis,' zei ze tegen Rhys.

'Ik heb niets nodig, dank je, Catherine,' antwoordde hij, heen en weer lopend.

'Ga alsjeblieft zitten, Rhys, ik word duizelig als ik naar je kijk. Neem toch iets te drinken, ik heb behoefte aan een beker wijn, en ik heb er zo'n hekel aan om in mijn eentje te drinken.'

Rhys ging zitten en glimlachte geforceerd, aangezien hij met haar geen ruzie had. 'Dank je, iets te drinken zou lekker zijn,' zei hij bruusk.

Toen ze zich omdraaide om de wijn in te schenken, zag hij de veelzeggende zwelling van haar buik.

'Je bent weer in verwachting,' zei hij. 'Het spijt me, dat wist ik niet.'

Glimlachend overhandigde ze hem de beker. 'Het lijkt bij mij wel een permanente toestand te zijn,' zei ze met een zacht lachje. 'En hoe is het met Elen?' vroeg ze onschuldig.

Rhys keek in zijn beker wijn, niet op zijn gemak. 'Weet je waarom ik hier ben?' vroeg hij ten slotte.

'Ik heb een aardig vermoeden,' antwoordde ze. 'Daar is Richard al.'

Rhys stond op toen Dickon de grote zaal binnenkwam.

'Rhys, ik had je al verwacht,' zei hij toen hij dichterbij kwam.

'Ja, dat kan ik me voorstellen,' antwoordde Rhys droog.

'Weet Elen dat je hier bent?' vroeg Dickon, die iets te drinken voor zichzelf inschonk.

'Nee,' antwoordde Rhys kortaf.

De twee mannen stonden tegenover elkaar, de atmosfeer bezwangerd met spanning.

'Ik ben gekomen voor Dafydd, zijn plaats is thuis,' zei Rhys effen. 'Ik ben alleen gekomen, aangezien ik erop vertrouw dat je niet zult proberen te verhinderen dat ik hem meeneem.'

De opluchting stond duidelijk af te lezen op Dickons gezicht. 'Je neemt Dafydd mee naar huis, niet naar Llywelyn,' zei hij voorzichtig.

'John heeft zijn gijzelaars,' snauwde Rhys, de pijn in zijn ogen zichtbaar toen hij eraan toevoegde: 'Morgan is een van hen.'

Catherine slaakte een kreet en sloeg haar hand voor haar mond toen Dickon haar fronsend aankeek.

'Het spijt me, Rhys,' zei Dickon. 'Elen moet ten einde raad zijn.'

Rhys gaf geen antwoord en dronk zijn beker leeg. Dickon ontbood een bediende en stuurde hem eropuit om Dafydd te halen.

'Hij is met Nicholas op valkenjacht,' zei hij tegen Rhys. Hij pakte de wijnkan en vulde beide bekers opnieuw.

'Ik wist niets over Dafydd totdat ik Elen ontmoette,' zei Dickon.

Rhys knikte. 'Dat dacht ik al,' zei hij.

'Ik kon het haar niet weigeren,' zei Dickon zacht.

Rhys klemde zijn kaken op elkaar.

'Papa!' riep een stem vanuit de deuropening, en Dafydd kwam binnenrennen.

'Papa, ik wist wel dat je zou komen,' zei hij toen hij zijn armen om zijn vader heen sloeg. 'Mag ik nu mee naar huis?'

'Daarom ben ik hier, jongen, om je mee terug te nemen naar Wales,' zei Rhys, die met zijn hand door Dafydds haren woelde.

'Ik wilde niet mee, papa. Mama heeft me gedwongen,' zei hij, erop gebrand zijn vader te verzekeren van zijn loyaliteit. 'Ik zei tegen haar dat u boos zou zijn, en dat bent u ook, nietwaar papa?' hield Dafydd vol.

'Ik ben hier om je mee naar huis te nemen, Dafydd, omdat je daar hoort. Maar je moeder deed wat haar het beste leek, omdat ze van je houdt. Ik zal niet toestaan dat je je brutaal gedraagt tegenover haar,' zei Rhys zo scherp dat Dafydds wangen een dieprode kleur kregen. Hij keek zwijgend naar zijn laarzen.

'Is dat begrepen, Dafydd?' vroeg Rhys.

'Ja, papa,' antwoordde Dafydd zacht.

'Goed, ga dan nu je spullen verzamelen, we vertrekken over een uur,' zei Rhys bruusk.

'Papa?' vroeg Dafydd, 'had mama gelijk, zijn er gevangenen meegenomen?'

'Ja,' antwoordde Rhys, en toen Dafydd zijn mond opendeed om door te vragen, onderbrak hij hem snel. 'We bespreken het verder wel tijdens de rit naar huis.'

'Moeten jullie vandaag al vertrekken?' vroeg Catherine nadat Dafydd de grote zaal had verlaten.

'Dat lijkt me het beste,' zei Rhys. 'Het heeft geen zin om verwijten te maken, maar ik moet wel de normale gang van zaken enigszins herstellen in ons leven.'

'Wat ga je Dafydd vertellen?' vroeg Dickon.

'De waarheid natuurlijk,' antwoordde Rhys.

Elen had niets meer van Rhys gehoord sinds hij met Morgan was vertrokken, en de spanning en de slapeloze nachten stonden overduidelijk op haar gezicht af te lezen. Zodra ze hoorde dat Rhys in aantocht was, vloog ze naar de binnenplaats om hem op te wachten. Toen ze zag dat Dafydd bij hem was, slaakte ze een kreet.

'Je bent Dafydd gaan halen,' zei ze toen ze allebei afstegen.

'Uiteraard, ik zag geen reden waarom mijn beide zonen in Engeland zouden moeten worden vastgehouden,' zei hij koel.

'Hoe wist je waar hij was?' vroeg ze.

'Ik dacht dat dat wel duidelijk was,' zei hij stijfjes.

Ze ging naar Dafydd toe, die zijn paard aan de staljongen overdroeg. Hij verstijfde toen ze dichterbij kwam, en beantwoordde haar vragen afstandelijk en beleefd. Onder het toeziend oog van zijn vader zou hij niet onbeleefd zijn, maar zijn gereserveerdheid droeg niets bij aan het kalmeren van de zwaar op de proef gestelde zenuwen van zijn moeder. Elen staakte het gesprek en liet hem gaan, met haar ogen knipperend tegen de tranen terwijl ze zag hoe hij naar Angharad rende, haar optilde en liefdevol kuste.

'Wat had je verwacht, dankbaarheid?' onderbrak Rhys' kille stem haar gedachten.

Ze keerde zich naar hem. 'Nee, een beetje begrip misschien. Ik neem aan dat hij het weet van Morgan?'

'Ja. Hij voelt zich vernederd, Elen. Er zijn vrienden van hem onder de jongens die erheen zijn gestuurd, en zijn jongere broertje heeft zijn plaats ingenomen, terwijl je hém veilig hebt weggeborgen. Hoe denk je dat hij hen onder ogen moet komen wanneer ze terugkeren!' zei Rhys, wiens woede weer terugkwam.

'Dat zal niet hoeven,' zei Elen treurig.

'O, je bent onmogelijk,' zei Rhys, en hij beende weg.

In de maanden daarop keerde alles ogenschijnlijk weer terug naar het oude, maar onder de oppervlakte waren ze allemaal gespannen. Dafydd, die weliswaar niet onbeleefd was tegen zijn moeder en haar niet negeerde, wendde zich bij alle gelegenheden tot zijn vader. Omdat hij daarvoor altijd met Elen had gepraat, voelde ze heel scherp het verlies van zijn vriendschap.

De bepalingen voor Llywelyns overgave waren hard geweest, en hij moest de helft van Gwynedd overdragen, en bovendien een bijzonder grote schatting van vee en paarden aan de Engelse kroon betalen. Maar naarmate de maanden verstreken en Llywelyn zich koest leek te houden, kon Elen zich een beetje ontspannen en ze begon eraan te twijfelen of ze het zich wel juist had herinnerd, of dat de geschiedenis het simpelweg bij het verkeerde eind had gehad omdat de geschiedschrijvers vastbesloten waren geweest om een negatief beeld van koning John te schilderen.

Alhoewel de verhouding tussen Rhys en Elen een flinke klap had gehad, was de passie tussen hen moeilijk uit te vlakken, en ze weigerde hem niet in bed. Ze kon zichzelf niet langer helemaal aan hem overgeven, hoezeer ze op lichamelijk gebied nog steeds van Rhys genoot. Ze hield haar diepste innerlijk afgeschermd, alsof ze er een schild omheen had opgetrokken. Rhys voelde dit en had er zelfs begrip voor, maar hij was niet in staat om tot haar door te dringen.

Zo kabbelde hun leven door, maar er ging geen dag voorbij dat Elen niet aan Morgan dacht. Dan haalde ze zich hem voor de geest, zijn gezicht oplichtend met een ondeugende glimlach, zijn krullen die dansten in de zon, en ze vroeg zich af hoe het met hem ging, of hij haar net zo miste als zij hem. In november op de dag van zijn zesde verjaardag, ging Rhys vroeg in de ochtend weg om pas laat weer terug te komen. Elen slenterde doelloos rond van karweitje naar karweitje, niet in staat haar aandacht ergens bij te houden. Haar zenuwen gespannen, begaf ze zich naar de privacy van de bovenkamer. Bij het beklimmen van de trap hoorde ze een van de kamermeisjes zachtjes zingen terwijl deze de slaapkamer schoonmaakte. Toen Elen de drempel bereikte, stond ze abrupt stil, als versteend. Haar hart bonsde wild terwijl ze keek hoe het meisje door haar dagboek bladerde. Elens blik schoot naar het rommelige zitje in de vensternis, en ze moest zichzelf dwingen om op kalme toon te spreken.

'Susanna, wat doe je?' vroeg ze zacht.

Susanna draaide zich met een ruk om. 'O madame,' zei ze ongegeneerd, 'ik was het kussen uit de vensternis aan het uitkloppen, en toen vond ik dit. Ik begrijp wel waarom u het verbergt voor Angharads kleverige handjes, het is zo prachtig,' zei ze met een zucht, de letters nogmaals met haar vingers aanrakend.

Elen ademde langzaam uit. Natuurlijk, Susanna kan niet lezen, dacht ze opgelucht. 'Ik ben blij dat je het mooi vindt,' zei ze, en ze nam het boek uit de handen van het meisje. 'Je kunt nu gaan.'

'Maar madame, ik ben nog niet klaar,' zei Susanna opgewekt.

'Je kunt het later afmaken. Ik heb hoofdpijn en moet een poosje rustig liggen,' zei Elen resoluut, en ze duwde Susanna in de richting van de deur.

Alleen in de kamer zonk ze neer in het zitje in de vensternis en dwong ze haar hart niet zo als een bezetene tekeer te gaan. Ze keek naar het van zijn plaats gehaalde kussen tegenover haar, en schopte het terug op zijn plek, wetend dat ze het dagboek daar niet meer kon terugleggen, omdat het risico te groot was en haar zenuwen toch al tot het uiterste gespannen waren. Opnieuw haalde ze zich het gebouw uit haar jeugd voor de geest en dacht even na; toen liep ze met een strakke glimlach naar de doorgang die naar het privaat leidde. Om zich heen tastend had ze al snel een gat gevonden in het metselwerk, zo groot dat haar hand erin paste. Het was hier zo koud en donker dat niemand er meer tijd dan noodzakelijk zou willen doorbrengen, dacht ze tevreden terwijl ze het dagboek erin liet glijden.

Later, toen ze over de binnenplaats liep, zag ze Dafydd en Angharad in de tuin, geknield op het lapje grond waar hun struiken waren geplant. Ze liep stilletjes naar hen toe en zag dat Dafydd bezig was het onkruid rond Morgans plant te wieden.

Angharad zag haar en zei zangerig: 'Kijk mama, we hebben een verjaardagsboodschap voor Morgan gemaakt.'

Elen zag dat er een perkament aan Morgans struik was bevestigd, met daarop een bloem getekend en FIJNE VERJAARDAG, MORGAN eronder geschreven.

'Dafydd heeft me geholpen met schrijven,' fluisterde ze tegen haar moeder.

Dafydd was opgestaan toen hij zijn moeder hoorde en liet het schepje vallen dat hij in zijn hand had.

'Ik heb het voor Angharad gedaan,' zei hij. 'En voor Morgan.'

'Het ziet er mooi uit, Dafydd,' zei Elen, maar Dafydd had zich al omgedraaid en was weggelopen.

Elen keek weer naar de vier struiken en zag dat afgezien van Morgans struik, Dafydd ook was begonnen de plek rondom die van Hywel te wieden. Ze knipperde haar tranen weg, zonk op haar knieën en pakte het schepje dat Dafydd had weggelegd.

'Laten we ze allemaal weer mooi maken,' zei ze tegen Angharad, zich schuldig voelend omdat ze ze de afgelopen maanden had verwaarloosd. Ondanks de kou werkten moeder en dochter op het kleine lapje grond totdat alle vier de struiken er weer fier bij stonden.

'Zo, dat ziet er beter uit, nietwaar?' zei Elen, en ze sloeg haar arm om Angharad heen.

'Ik wou dat Morgan hier was,' zei Angharad zacht. 'En ik wou dat u en Dafydd weer vrienden waren.'

Elen drukte haar dicht tegen zich aan en kuste haar op haar kruin. 'Ik ook, liefje, ik ook.'

Juni 1212

'Als je nog meer uithaalt, Elen, dan hou je niets over,' zei Rhiannon getergd.

Elen keek neer op het borduurwerk waar ze mee bezig was en zag dat ze veel meer had uitgehaald dan het kleine foutje dat ze had gemaakt. Zuchtend smeet ze het op de grond.

'Ik heb toch nooit veel om borduren gegeven,' zei ze achteroverleunend in haar stoel. Ze ontbood een bediende. 'Breng ons wat wijn, alsjeblieft,' zei ze. 'En zorg ervoor dat het wijn is en geen mede,' riep ze hem achterna. 'God, Rhiannon, ik haat wachten!' zei ze, en ze schoof naar het vuur toe.

'Ik dacht dat je misschien met Rhys mee had kunnen gaan,' zei Rhiannon behoedzaam.

'Llywelyns hof is wel de laatste plaats waar ik wil zijn,' zei Elen scherp.

Rhiannon keek haar onverstoorbaar aan, nog steeds verbaasd over het feit dat ze zo'n hechte band hadden ontwikkeld. Elen, de zelfverzekerde, openhartige en alom geliefde vrouw van een van de rijkste edelmannen in Gwynedd, en zij, van Owains minnares tot diens vrouw bevorderde Rhiannon, die de plaats innam van Elens ongelukkige vriendin Ceinwyn met de zachte stem. Maar vriendinnen waren ze geworden, en hun vriendschap was de reden waarom ze hier bij Elen was nu Rhys en Owain naar Aber reisden om gehoor te geven aan Llywelyns oproep.

Rhiannon schonk de wijn in toen deze arriveerde en gaf Elen een beker. 'Jij denkt dat Llywelyn zal toehappen en zich bij de anderen zal aansluiten, nietwaar?' vroeg ze haar zacht.

Elen knikte. 'Het verbaast me alleen dat hij zo lang heeft gewacht. Koning John heeft duidelijk te kennen gegeven dat hij niets minder voor ogen heeft dan de volledige heerschappij over Wales, en ik dacht dat Llywelyn wel zou reageren toen die kastelen bij Ystwyth en in de Perfeddwlad vielen,' zei ze.

'Het heeft Maelgwyn en Rhys Gryg in ieder geval tot actie aangezet,' zei Rhiannon, die onbehaaglijk op haar stoel heen en weer schoof. 'Het zuiden is een brandhaard van rebellie.' Ze aarzelde voordat ze verderging. 'Volgens Owain is het Llywelyn niet goed bekomen om niets te doen.'

Elen weifelde en zei toen zacht: 'Wat heeft Owain je nog meer verteld? Llywelyns manier van handelen is een onderwerp dat Rhys en ik niet kunnen bespreken, niet als we beleefd tegen elkaar willen blijven.'

'De situatie aan het hof is niet goed. De meesten van hen vinden dat het Joanna's schuld is dat Llywelyn geen actie onderneemt,' antwoordde Rhiannon.

'Niet het lot van de gijzelaars?' vroeg Elen zacht.

Rhiannon keek Elen niet aan. 'Nou, daar geven ze haar ook de schuld van,' zei ze.

Elen nam een slok van haar wijn. 'Ik heb een brief gekregen van Joanna, niet lang nadat ze zijn gegaan, waarin ze haar verdriet uitsprak over wat er was gebeurd. Ze heeft naar geen van de anderen geschreven, alleen naar mij. Ik neem aan dat ze wist wat hun reactie zou zijn geweest,' zei ze.

'En hoe was jouw reactie?' vroeg Rhiannon.

Elen keek haar aan, de spanning leesbaar in haar ogen. 'Beleefd. Meer kon ik niet opbrengen.' Ze wendde haar blik af en staarde naar het hoofdgedeelte van de grote zaal, waar ze Dafydd gadesloeg die erdoorheen liep en het gedeelte waar zijn moeder zat zorgvuldig meed.

'Ik heb zo'n puinhoop van alles gemaakt, Rhiannon,' zei ze.

'Je deed wat jou het beste leek,' antwoordde Rhiannon loyaal.

Elen dronk haar beker leeg. 'Wat zou jij hebben gedaan?' vroeg ze.

Rhiannon schudde haar hoofd. 'Ik weet het werkelijk niet. Ik geef toe dat er tijden zijn geweest dat ik je benijdde, de positie van Rhys benijdde, maar dit keer was ik oprecht dankbaar dat Owain niet zo hoog is opgeklommen als Rhys, en ons niet is gevraagd om een van onze zonen te geven.'

Ze stond op en vulde hun bekers bij, zichtbaar niet op haar gemak. Uiteindelijk zei ze: 'Er is nog iets, Elen. De andere heersers zullen ook op Aber zijn.'

Elen haalde scherp adem. 'Om Llywelyn te overreden zich bij hen aan te sluiten,' zei ze, en Rhiannon knikte.

Elens grootste angsten werden bewaarheid toen hun het nieuws bereikte dat de andere heersers Llywelyn niet alleen met succes hadden verzocht zich bij hen aan te sluiten, maar hem bovendien als hun leider hadden gekozen. Tegen het eind van de maand was er opnieuw oorlog uitgebroken, toen ze, verenigd onder zijn heerschappij, ten strijde trokken tegen koning John en diens opdringerige praktijken.

'Het kasteel in Ystwyth is afgebrand, en Llywelyn heeft de Perfeddwlad teruggewonnen voor Gwynedd,' zei Rhiannon. Ze bracht het grootste deel van haar tijd bij Elen door, aangezien beide vrouwen elkaars steun nodig hadden terwijl hun mannen weg waren en door de oorlog werden opgeslokt.

'En ze hebben zelfs met succes aanvallen uitgevoerd op de Marches,' vervolgde ze. 'Het ziet ernaar uit dat de Engelsen eindelijk voelen wat de kracht is van een verenigd Wales,' besloot ze triomfantelijk. Ze zag Elen ineenkrimpen en vroeg snel: 'Je broer is toch niet bij de gevechten betrokken?'

Elen haalde haar schouders op. 'Ik heb van Catherine slechts flarden nieuws gehoord, maar ik geloof dat niet alleen Wales problemen veroorzaakt. Het lijkt erop dat koning John zijn zorgvuldig uitgedachte plannen in rook op ziet gaan, terwijl de Welsh meer en meer bondgenoten krijgen. Nu de paus het interdict van Wales heeft opgeheven en de prinsen heeft ontslagen van de bepalingen uit de overeenkomst tot overgave, hebben ze weinig aansporing nodig om John aan te vallen in ruil voor de pauselijke zegen,' zei Elen, die bij deze wending in de gebeurtenissen worstelde met haar tegenstrijdige emoties.

'Nou ja, de pauselijke zegen bevestigt onze rechten,' zei Rhiannon. 'En ik ben opgelucht dat het interdict is opgeheven.'

'Ik neem aan dat het betekent dat we onze doden fatsoenlijk kunnen begraven,' antwoordde Elen. 'Ach, het spijt me, Rhiannon,' zei ze bij het zien van de uitdrukking op Rhiannons gezicht. 'Ik ben bang voor waar dit allemaal toe zal leiden. Het gaat met de Engelse koning van kwaad tot erger, en dat spijt me niet. Maar door de Welshe opstand moet hij zijn aanval uitstellen op Philip van Frankrijk, die zelfs een brief naar Llywelyn heeft gestuurd om hem zijn steun te betuigen. Wie weet wat hij nu gaat doen.'

'Maar ik dacht dat zijn eigen baronnen hem ervan hadden weerhouden weer een leger naar Wales te sturen,' zei Rhiannon, die Elens negatieve reactie niet begreep. 'Zijn de geruchten waar dat er brieven zijn van de paus die hen ontheffen van hun trouw aan de koning?' vroeg ze.

Elen knikte. 'Dickon zegt van wel. En sommigen van hen assisteren Llywelyn actief in zijn campagne tegen de koning, voegde Dickon eraan toe.' Ze keek bedroefd naar Rhiannon. 'Ik vrees echt dat het slechts een kwestie van tijd is voordat koning John zich door zijn woede en frustratie zal laten leiden.'

Rhiannon antwoordde niet, net zo bang als Elen om uit te spreken tot welke daden koning John door zijn woede zou kunnen worden gedreven.

Augustus 1212

Rhys was nog maar pas teruggekeerd en was met Elen in de tuin. Ze hadden een wapenstilstand bereikt, zij het enigszins wankel, en Elen had onwillig toegegeven dat de veldtochten succesvol waren geweest. In feite had Llywelyn in minder dan een jaar tijd alles teruggewonnen wat hij had verloren, en nog meer bovendien. Tot dusverre had koning John te zeer opgeslokt geleken door de onrust in zijn eigen land om terug te slaan, en was er geen Engels leger aan de horizon verschenen. Zo kwam het dat Rhys en Elen hun eerste normale gesprek sinds maanden voerden, zonder enig gevaar voor ruzie, aangezien ze het over Angharad hadden, hun geliefde en enige dochter. Waar het haar betrof, leken ze het altijd volkomen eens. Rhys maakte een opmerking die Elen aan het lachen maakte, een oprechte, ongedwongen lach, en ze keerde zich naar hem toe en keek naar zijn glimlachende gezicht. Ze hoorde het gekletter van paardenhoeven, maar voordat ze zich kon omdraaien om te zien wie er binnen was komen rijden, zag ze de glimlach van Rhys' gezicht verdwijnen.

'Llywelyn,' zei hij zacht.

Elen draaide zich om als in een droom. De uitdrukking op het gezicht van haar man was al voldoende geweest, maar toen ze Llywelyns gezicht zag toen hij afsteeg, werden haar angstige vermoedens waarheid. Ze bleven bij elkaar staan, niet in staat zich te bewegen, en wachtten tot Llywelyn naar hen toe zou komen. Het leek een eeuwigheid te duren voordat hij de binnenplaats was overgestoken, en toen stond hij voor hen.

'Rhys, Elen,' begon hij haperend. Hij kuchte en wendde zich tot Rhys, niet in staat Elens aan te kijken. 'Ik ben bang dat we tragisch nieuws hebben ontvangen, de gijzelaars –'

'Kinderen, het zijn kinderen,' viel Elen hem in de rede.

Llywelyn keek naar haar en toen weer naar Rhys. 'Natuurlijk,' zei hij zwakjes. 'Koning John heeft het bevel gegeven de gij –, bevolen dat –'

'Ze zijn dood,' zei Elen op vlakke toon, en Llywelyn knikte zwijgend. 'Hoe?' vroeg Elen.

Llywelyn aarzelde. 'Ze zijn opgehangen,' zei hij zacht, met evenveel pijn in zijn stem als hij op het gezicht van Rhys zag. Hij keek naar Elens gebogen hoofd terwijl ze naar een lapje grond in de tuin keek waarop vier goed onderhouden struiken stonden.

'Het spijt me zo verschrikkelijk,' zei hij. 'Ik begrijp niet hoe John zo ver heeft kunnen gaan,' vervolgde hij, maar hij hield abrupt op toen Elens hoofd omhoogschoot en ze hem kil aanstaarde.

'Begríjp je dat niet?' zei ze op ijzige toon. 'En zou je anders hebben gehandeld als je het wél had begrepen?'

Llywelyn hield haar blik lange tijd vast. 'Ik weet het niet,' antwoordde hij naar waarheid.

'Je zou niet anders gehandeld hebben. Je deed het tenslotte voor Wales, voor je nalatenschap,' zei ze.

'Mijn zoon was daar ook,' zei hij in een poging kalm te zijn, hoewel hij aanstoot nam aan haar toon.

'Je hebt *Gruffudd* overgedragen,' antwoordde ze.

'Ja, ik moest wel,' zei hij, niet zeker wetend wat ze precies wilde zeggen. Maar Rhys, die haar zo goed kende, zag waar ze naartoe wilde en legde een hand op haar arm.

'Elen, dit is niet het moment,' waarschuwde hij.

Elen negeerde hem, ging pontificaal voor Llywelyn staan en vervolgde op dezelfde koele, minachtende toon: 'Ik meen dat een van de bepalingen van je overgave was dat, als je zou overlijden zonder dat je een in leven zijnde zoon uit Joanna's schoot had, Gwynedd dan naar de Engelse kroon zou gaan. Dat maakte de beslissing welke zoon je zou overdragen vast en zeker een heel stuk makkelijker, nietwaar? Hier sta je nu, herrezen uit de as van de nederlaag, met heel Wales in je zak. Je hebt alles wat je wilde.'

Llywelyns ogen vernauwden zich en kregen een kille uitdrukking, en Elen wist dat ze te ver was gegaan. Maar haar pijn was te groot, zo rauw dat ze wilde dat hij iets van die pijn voelde. Abrupt boog ze zich voorover en begon aan een van de vier struiken te rukken. Het kostte enige moeite, maar uiteindelijk slaagde ze erin de plant met wortel en al uit de grond te trekken, terwijl Rhys en Llywelyn met stomheid geslagen toekeken. Ze rechtte haar rug en hield de struik voor zich uit.

'Ik heb er voor elk van mijn vier kinderen een geplant,' zei ze. 'Deze was van Morgan. Dus mijn waarde prins, jij streeft ernaar Wales te behouden voor toekomstige generaties, ongeacht tot welke prijs.' Terwijl ze sprak, haalde ze de struik uit elkaar, door er eerst de knoppen en toen de bladeren af te trekken, en ten slotte aan de wortels te rukken totdat ze slechts droge aarde in haar hand hield. Ze keek naar Llywelyn en ging op vlakke toon verder.

'Maar wat is het land zonder zijn bevolking? Zonder zijn jeugd? Het heeft geen toekomst, het is niets, slechts een handvol stof.' Ze liet de droge, stoffige aarde tussen haar vingers door glijden, draaide zich vervolgens om en liep weg.

Rhys was als versteend. 'Llywelyn, ik –' begon hij, maar wist niets meer uit te brengen.

Llywelyn staarde naar zijn met stof bedekte laarzen, draaide zich om en liep zonder nog een woord te zeggen naar zijn paard. Hij reed weg terwijl Elens woorden nog nagalmden in zijn oren. 'Het is niets... niets... niets!'

Elen ging rechtstreeks naar Dafydd, die al die tijd bij de trap naar de grote zaal had gestaan.

'Wat is er gebeurd,' zei hij toen ze dichterbij kwam.

Elen slikte, plotseling niet in staat de woorden uit te spreken. 'Laten we naar binnen gaan,' zei ze zacht.

'Nee, je kunt het me hier vertellen,' zei hij, en hij stapte een klein stukje achteruit om de afstand tussen hen te bewaren.

Elen haalde diep adem. 'Koning John heeft het bevel gegeven om de gijzelaars te vermoorden,' zei ze.

'Morgan is dood,' zei Dafydd toonloos.

'Kom hier, schat,' zei Elen, en ze probeerde hem in haar armen te nemen, maar hij deinsde heftig achteruit.

'Je wist dat dit zou gebeuren, nietwaar? Raak me niet aan,' zei hij fel, en de tranen glinsterden in zijn ogen toen hij langs haar heen stoof.

'Dafydd!' riep ze.

'Ik ga wel naar hem toe,' zei Rhys, die alles gezien had. Toen Elen wilde protesteren, zei hij resoluut: 'Het lijkt me het beste dat jij met Angharad gaat praten.'

Elen knikte zwijgend en ging op zoek naar haar dochter. Zij zocht tenminste troost bij haar moeder, en klampte zich aan haar vast terwijl haar kleine lichaam schokte van het huilen. Elen hield haar tegen zich aan geklemd en wenste wanhopig dat ze de pijn en haar verdriet weg kon nemen, terwijl ze haar eigen emoties opsloot achter een muur van ijs.

Het was donker toen Rhys naar de bovenkamer kwam.

'Hoe is het met haar?' vroeg hij, doelend op Angharad.

'Ze heeft gehuild tot ze uitgeput was,' antwoordde Elen.

Rhys keek neer op zijn dochter, die er zo klein en kwetsbaar uitzag zoals ze daar in hun bed lag te slapen. Haar wangen hadden een rode blos van het huilen, en ze hield een verkreukeld dekentje in haar hand geklemd.

'Ik dacht dat ze daar overheen was gegroeid,' zei Rhys, die naar het dekentje wees terwijl hij een haarlok uit haar gezicht wegstreek.

'Dat was ze ook, maar – je weet wel,' zei Elen kalm.

'Was het voor ons maar zo makkelijk,' zei Rhys.

'Hoe is het met Dafydd?' vroeg Elen.

'Hij is in zijn kamer,' antwoordde Rhys, die naar haar toe kwam en ook bij de haard ging zitten.

'Heeft hij gehuild?' vroeg Elen.

'Rhys knikte. 'Maar met zoveel woede,' zei hij treurig.

'Krijgen we Morgans lichaam terug?' vroeg Elen stijfjes.

'Ik denk het niet,' zei Rhys, die naar zijn handen keek. Hij vond dit kille, vormelijke gesprek verschrikkelijk, maar in elk geval spraken ze met elkaar.

'Ik heb een pater laten halen uit het klooster om hier een mis voor hem te komen opdragen, het beste alternatief voor een begrafenis. Het zal helpen, denk ik,' zei hij.

Elen keek hem verhit aan, het eerste blijk van emotie dat ze had getoond. 'Ik wil die pater hier niet hebben,' schreeuwde ze.

'Nee, ik heb om iemand anders dan Thomas gevraagd,' zei hij. Hij ging staan en streek met een hand door zijn haren. 'Ga je in de grote zaal eten, of zal ik een dienblad naar boven laten brengen. De mensen zullen het begrijpen.'

'Ik kom wel naar de grote zaal. Zij hielden ook allemaal van hem, het is niet meer dan juist dat we iedereen de kans geven het verdriet te delen,' antwoordde ze, en sprak weer op vlakke, emotieloze toon.

Rhys ging voor haar staan. 'En zul jij je verdriet delen?' vroeg hij. Hij keek haar onderzoekend aan, maar haar prachtige blauwe ogen die het kaarslicht weerspiegelden waren hard en gesloten. Ze lieten niemand in haar innerlijk kijken, en hem zeker niet. Hij knielde neer en pakte haar hand.

'Elen, praat tegen me, alsjeblieft. Onze zoon is dood, en toch heb je geen traan geplengd,' zei hij, en de pijn straalde uit ieder woord.

'Ik heb al mijn tranen gehuild toen je hem meenam,' antwoordde ze.

'Schreeuw dan tegen me, maak me verwijten, beschuldig me, alles. Alsjeblieft, Elen.' Hij keek haar aan met zulk rauw verdriet in zijn ogen, smeekte haar om contact met hem te maken, zodat hij haar in zijn armen kon nemen, haar kon troosten en op die manier ook zichzelf. Hij wilde wanhopig graag zijn verdriet uiten, en dat kon hij niet zonder haar.

Elen wist dit allemaal, en toen ze in zijn ogen keek en daarin zijn pijn las, had ze erg met hem te doen. Maar ook doemde er een beeld van Morgan op voor haar ogen, zijn lieve gezichtje steeds blauwer wordend terwijl hij bungelde en rukte aan het uiteinde van een touw. En ze wist dat ze haar man niet de troost kon bieden waar hij om smeekte. Ze kon het zelfs niet verdragen door hem te worden aangeraakt, en langzaam trok ze haar hand weg uit zijn greep.

'Ik kan het niet,' fluisterde ze terwijl ze ging staan. Met een vlugge blik op de slapende Angharad verliet ze de kamer.

De kloof die was ontstaan tussen Rhys en Elen toen Morgan was meegenomen, verbreedde zich nu nog meer, en tot dusverre hadden ze nauwelijks tegen elkaar gesproken. Maar het was Dafydd die er de meeste moeite mee had. Hij keerde zich in zichzelf, geteisterd door gevoelens van schuld en schaamte omdat hij vond dat hij het had moeten zijn. Hij gaf zijn moeder de schuld en was niet in staat het haar te vergeven, zodat hij zijn verdriet op haar afreageerde wanneer ze probeerde dicht bij hem te komen. Elen zat in de bovenkamer bij te komen van de zoveelste confrontatie met hem, toen Rhys binnenkwam.

'Elen, ik moet met je over Dafydd praten,' zei Rhys bij binnenkomst.

'Wat valt er te zeggen,' antwoordde ze vermoeid.

'Ik vind dat hij een poosje in Owains gezin moet verblijven. Ik heb met Owain gesproken, en hij is heel inschikkelijk.'

Elen staarde haar echtgenoot aan terwijl er een veelheid aan emoties over haar gezicht gleed. 'Hem wegsturen?' zei ze. 'Hij voelt zich nu al schuldig genoeg, het zal lijken alsof we hem afwijzen, en dat zal zijn schuldgevoel alleen maar vergroten.'

Rhys keek haar kalm aan. 'Dafydd wil graag gaan,' zei hij zacht.

Elen was stil terwijl ze zijn woorden tot zich door liet dringen. 'Haat hij me werkelijk zo erg?' zei ze bedroefd.

'O, Elen, hij haat je niet. Maar het kan zo niet doorgaan. Dafydd moet de demonen die hem kwellen de baas worden, en dat kan hij hier niet.'

'Met mij erbij, bedoel je,' zei ze.

Rhys sloeg haar nauwlettend gade, in de wetenschap dat ze het aan de ene kant kwetsend vond dat Dafydd weg wilde gaan, maar dat ze aan de andere kant wel inzag dat Rhys gelijk had.

'Waarom Owain?' vroeg ze ten slotte.

Rhys aarzelde. 'Omdat er van hem geen zoon is weggenomen,' zei hij zacht.

Natuurlijk, dacht Elen. Een groot deel van Dafydds probleem was dat hij geen van de families onder ogen kon komen die een zoon hadden verloren. Ze knikte kort en verwachtte dat Rhys weer zou gaan. In plaats daarvan schonk hij iets te drinken in voor zichzelf.

'Was er nog iets?' vroeg ze koeltjes.

Rhys nam een slok en keek haar ernstig aan. 'Nadat ik Dafydd naar Owain heb gebracht, ga ik met mijn schip mee op de volgende vaart,' zei hij.

Elen bleef doodstil zitten, haar gezicht ondoorgrondelijk. Niets op aarde zou haar ertoe hebben kunnen bewegen hem te laten zien dat deze mededeling haar tot in haar hart had geraakt.

'Ik begrijp het,' zei ze ijzig.

'Nee Elen, ik denk het niet,' zei hij zacht. 'We praten nauwelijks met elkaar, en als we dat wel doen, dan eindigt het met kritiek over en weer. Je kunt het amper verdragen met mij in dezelfde kamer te zijn, en je verwelkomt me zeker niet in je bed. We vinden geen troost bij elkaar, en als we zo doorgaan, vrees ik dat we elkaar kapot zullen maken. Dat wil ik niet, en ik denk dat jij dat ook niet wilt.'

Elen beet op haar lip totdat ze bloed proefde en keek hem verdrietig aan. 'Wanneer ga je weg?' vroeg ze.

'Over twee dagen,' antwoordde hij.

Daarna viel er niets meer te zeggen en keerde Rhys terug naar zijn studeerkamer, waar hij sinds Llywelyns noodlottige bezoek iedere nacht had doorgebracht.

Dickon kwam een paar maanden later op bezoek en was geschokt door wat hij aantrof. De grote zaal, waarin altijd het geluid van muziek en gelach had weerklonken, werd nu overschaduwd door een sombere mistroostigheid, en het eens zo hechte gezin was niets meer dan een leeg omhulsel. Hij schrok nog meer van Elens uiterlijk. Ze had gewicht verloren zodat ze er uitgemergeld uitzag, haar prachtige blauwe ogen waren reusachtig groot in haar gezicht dat werd gekweld door zoveel onderdrukt verdriet.

Hij ging met haar dicht bij het vuur zitten, aangezien het een koude avond was, terwijl ze allebei hipocras dronken.

'Ik had eerder moeten komen, Elen,' zei Dickon.

Elen schudde haar hoofd. 'Ik weet wat voor moeilijkheden je het hoofd hebt moeten bieden. Jij hebt je eigen gezin om aan te denken. We redden het wel hier,' zei ze kalm.

'Nee, je redt het niet,' zei hij, en hij pakte haar hand. 'Jullie weigeren allemaal onder ogen te zien wat er is gebeurd, net zoals jullie weigeren om elkaar te zien. Je ziet er verschrikkelijk uit, Elen. Ik kan niet geloven dat Rhys je in deze toestand alleen heeft gelaten!'

'Ik ben niet alleen, ik heb Angharad nog,' antwoordde ze koppig.

'Maar zij heeft jou niet,' zei Dickon zacht. 'Ze is een klein kind, Elen, en ze zou de gelegenheid moeten hebben om dit te accepteren zoals alleen een kind dat kan, maar ze is bang om erover te praten. Bang dat jij ook weg zult gaan, net als haar vader en haar broer.'

Elen keek hem koel aan. 'Durf jij een oordeel te vellen over hoe mijn gezin zich gedraagt terwijl jij Catherine en de kinderen al hebt weggestuurd,' zei ze hooghartig, om er onmiddellijk spijt van te krijgen bij het zien van de uitdrukking op zijn gezicht. 'Het spijt me, Dickon,' zei ze met een zucht. 'Dat had je niet verdiend. De situatie moet wel heel slecht zijn als je ze Engeland uit hebt gestuurd.'

Dickon staarde in zijn wijn en keek haar toen verontrust aan. 'Ja, dat klopt. De baronnen verenigen zich tegen de koning, hoewel het er niet zoveel zijn als hij denkt. Het zijn bovendien niet alleen de baronnen,' zei Dickon, en hij wachtte even toen Elen de steel van haar wijnbeker steviger vastklemde. 'O, waar is het allemaal misgegaan?' vervolgde hij ongelukkig. 'Een heerschappij die zo veelbelovend begon, en zo uitpakt. Geloof me, Elen, de meesten van zijn mannen waren met afgrijzen vervuld door de dood van de Welshe gijzelaars. En al sla je me dood, ik begrijp nog steeds niet waarom hij het bevel heeft gegeven. Als het was om Llywelyn te straffen, waarom heeft hij Llywelyns zoon dan gespaard? En als hij hoopte het als een waarschuwing te gebruiken om een opstand te voorkomen, dan heeft hij de gemoedstoestand van de mensen verkeerd beoordeeld.'

'Toch leeft hij nog steeds,' zei ze zacht.

Dickon nam een grote slok. 'Jawel, maar hij gaat nergens heen zonder gewapende mannen, hij wantrouwt iedereen. Hij heeft er een gewoonte van gemaakt iedereen gevangen te nemen die volgens hem op vertrouwelijke voet met de rebellen staat, en hij neemt willekeurig landgoederen in. Dat zorgt voor nog meer onrust, en hij zet zo mensen tegen zich op die hem anders trouw zouden zijn geweest.'

Elen keek naar hem en zijn bezorgdheid en verdriet sneden door haar eigen verdriet heen. 'Catherine en de kinderen mogen dan veilig zijn, maar jij riskeert je eigen veiligheid door hierheen te komen. Als John zo wantrouwig is als je zegt, wat zal hij dan doen als hij erachter komt dat jij in Wales op bezoek bent geweest bij een van Llywelyns aanhangers, bij een familie wier zoon nota bene een van de gijzelaars was,' zei ze, vrezend voor het leven van haar broer. 'Allemachtig, Dickon, er waren genoeg mensen bereid om Welshmannen voor een shilling over te leveren, denk niet dat ze jou niet zullen overleveren.'

Ze hield op met praten toen ze zich opeens realiseerde waarom hij dit gevaarlijke bezoek had gebracht. 'Maar dat weet je allemaal wel, nietwaar?' zei ze.

Dickon gaf geen antwoord en schonk nog iets te drinken voor zichzelf in. 'Er zijn er heel wat die Engeland hebben verlaten,' zei hij, zonder haar aan te kijken.

'Je bent gekomen om afscheid te nemen,' zei ze berustend.

'Maar ik kan nu niet weggaan. Ik kan je zo niet achterlaten,' zei hij.

Elen greep zijn arm. 'Je moet, Dickon. Ik zou het niet kunnen verdragen ook jou te verliezen. Je moet Engeland verlaten en wegblijven, beloof me dat,' zei ze bezorgd. Want ze wist waar de onrust in Engeland toe zou leiden, en hoewel het ondertekenen van de Magna Charta nog een aantal jaren op zich zou laten wachten, naderde de storm in razend tempo, en er zou oorlog komen tussen John en zijn baronnen. Dit kon ze Dickon niet vertellen, maar ze kon evenmin zwijgen en ook zijn leven op het spel zetten.

Dickon keek naar haar bedroefde gezicht. 'Elen, ik maak me zorgen om je. Ik weet niet hoe ik had verwacht je aan te treffen, maar niet zó, zo... star. Je staat jezelf niet toe over Morgan te rouwen,' zei hij, zichtbaar bezorgd.

'Denk je dat ik niet rouw?' zei ze.

'Nee, en ik begrijp niet waarom. Je hebt gerouwd toen Hywel stierf, waarom niet nu bij Morgan?'

Elen wendde haar blik af en staarde in de vlammen van het vuur. Toen ze uiteindelijk sprak, was het haast op fluistertoon. 'Mijn wereld was toen niet totaal ingestort. Toen Hywel stierf, was ik bij hem. Ik deed alles wat ik kon, maar het was de ziekte die hem wegnam, ik realiseerde me dat er niemand schuld aan had. Als ik aan zijn dood dacht, dan zag ik hem in mijn armen, vrij van pijn, zijn gezicht vredig. En ik kon huilen om het verlies van mijn kind, ik kon alle verdriet uiten.' Ze aarzelde en nam een slok, slikte deze langzaam door. 'Maar met Morgan moet ik steeds denken aan hoe eenzaam hij moet zijn geweest. Ik stel me voor hoe hij het schavot beklom, bang, doodsbang. Heeft hij zich verzet, riep hij mijn naam?'

Ze ging staan en zette haar beker behoedzaam terug op tafel. Ze ging door met praten, zo zacht dat Dickon haar nauwelijks kon verstaan, het was haast alsof ze tegen zichzelf sprak. 'Ik ben alles kwijtgeraakt, en het is allemaal mijn eigen schuld. Mijn eigen arrogantie heeft ons hier gebracht. Ik dacht dat ik kon kiezen; toen ik hier nog maar net was, kon ik niet onder de oppervlakte kijken, en toen ik dat wel kon, nam ik gewoon het deel dat ik wilde en negeerde de rest alsof deze niet van belang was.' Ze lachte bitter. 'Wat een dwaas ben ik. Als ik niet zo arrogant was geweest, als ik de tijd had genomen om te begrijpen wat er werkelijk toe deed, dan zou ik Rhys hebben begrepen, zijn wereld hebben begrepen. Dat zie ik nu allemaal in, maar te laat, een sterfgeval te laat. Mijn wereld is weg, mijn man, mijn kinderen. Dafydd koestert niets dan minachting voor me, en Angharad gedraagt zich alsof ik een vreemde voor haar ben.'

Ze keek weer naar Dickon, in haar ogen glinsterden tranen. 'De afgelopen maanden heb ik het gevoel gehad dat ik in een doos woon die steeds kleiner en kleiner is geworden en alles uit me heeft geperst, zelfs mijn herinneringen. En iedere keer dat ik mijn ogen sluit, zie ik Morgans gezichtje, vertrokken en blauw terwijl hij vecht tegen de dood.'

Ze legde haar hand op haar mond om het trillen ervan te stoppen, en slikte moeizaam. Zodra ze zich ertoe in staat voelde, haalde ze diep en schokkerig adem. Dickon kwam bij haar staan en hield haar beide handen in de zijne, terwijl hij onderzoekend naar haar gezicht keek.

'Kon je hierover niet met Rhys praten?' vroeg hij.

Elen schudde haar hoofd. 'Ik kon het niet, het zou hebben geleken alsof ik hem de schuld gaf.'

'Doe je dat?' vroeg hij zacht.

Er ontsnapte een traan, die langs haar wang naar beneden rolde. 'Ik weet het niet,' fluisterde ze terwijl ze boos de traan wegveegde.

'Elen, je hoeft niet zo beheerst te zijn, laat de tranen stromen,' zei Dickon, verontrust omdat ze haar pijn en verdriet met alle geweld wilde onderdrukken.

'Dat durf ik niet, Dickon. Ik ben zo bang dat ik misschien wel helemaal instort als ik dat doe... en ik weet niet zeker of ik dan in staat zal zijn weer op te krabbelen.'

Aangezien hij geen woorden kon vinden om haar te troosten, kuste Dickon vurig haar handen, inwendig lucht gevend aan een kille woede jegens de man die hij ooit had bewonderd en die iemand van wie hij zoveel hield zoveel leed had berokkend. En hij vervloekte Rhys omdat hij haar in deze toestand alleen had gelaten.

'Ik dacht altijd dat Rhys en jij alles zouden overleven, en dat denk ik nog steeds. Elen, je moet geloven dat deze vervreemding niet blijvend is.' Hij keek naar haar op toen er een andere gedachte bij hem postvatte. 'Denk je dat Rhys is vertrokken omdat hij het gevoel heeft dat jij hem niet kunt vergeven?' vroeg hij zacht.

Elen maakte haar handen los uit zijn greep en vulde haar wijnbeker opnieuw. Ze bracht hem met een trillende hand naar haar lippen, wanhopig proberend kalm te blijven.

'Nee,' zei ze met haperende stem. 'Ik denk dat hij is vertrokken omdat hij het zichzelf niet kan vergeven.'

Dickon haalde een zakdoek tevoorschijn uit zijn tuniek en depte haar ogen droog, om vervolgens haar gezicht tussen zijn handen te nemen. 'Als er iets is – wat dan ook – wat ik kan doen, hoef je het alleen maar te vragen. Ik zal er altijd voor je zijn, dat weet je,' zei hij heftig.

'Ik weet het,' antwoordde ze terwijl ze door haar tranen heen probeerde te glimlachen.

Terwijl ze zich door Dickon liet omhelzen, wist Elen dat hij er inderdaad altijd voor haar zou zijn, en zoveel mogelijk troost puttend uit zijn armen, klampte ze zich aan deze zekerheid vast zoals een drenkeling zich aan een strohalm vastklampt.

20

Nadat Rhys Dafydd bij Owain had afgeleverd, ging hij naar Londen. Hij had Wales niet zo snel al hoeven verlaten, aangezien zijn schip nog niet zou vertrekken, maar hij wist dat hij geen dag langer thuis kon blijven, omwille van zijn huwelijk. In Londen nam zijn aanvankelijke enthousiasme voor de reis echter af. Het was zijn doel geweest te ontsnappen, om de constante herinnering aan Morgans dood achter zich te laten. Elke keer dat hij naar Elen had gekeken, had hij een weerspiegeling van zijn eigen aandeel in deze hele tragedie gezien. Maar zichzelf kon hij niet ontvluchten en Elen zou hem nooit zo hardvochtig veroordelen als hij zelf deed. Hij bracht een bezoek aan de haven en piekerde over dit alles terwijl hij toekeek hoe het schip werd geladen, en hij vroeg zich af of hij mee zou varen of naar huis terug zou keren. Het was zijn bedoeling geweest om helemaal tot in Genua aan boord van het schip te blijven, waardoor hij wel een tijd weg zou zijn. Maar toen hij naar de zee staarde, voelde hij niet langer de passie voor de deinende watermassa die hij ooit had gevoeld, en kon hij er evenmin troost uit putten. Elen had de plaats van zijn vroegere grote liefde volkomen ingenomen, en zonder haar voelde hij zich zo stuurloos als een dobberende kurk.

Humeurig keerde hij terug naar de herberg waar hij logeerde, bestelde een kan bier en voegde zich bij een groep van zijn mannen, ironisch genoeg dezelfde groep die Elen en Dafydd naar de grens had geëscorteerd.

Hij luisterde verveeld naar hun verhalen over de naderende reis en liet zijn oren afdwalen naar andere gesprekken in het vertrek. In het geroezemoes van stemmen meende hij er één te herkennen, en hij luisterde aandachtiger. Guy de Brun, zei hij bij zichzelf. Het was jaren geleden dat Rhys hem voor het laatst had gezien, maar die snerende stem zou hij uit duizenden herkennen, en de tijd had Rhys' honger naar wraak niet gestild. De plotselinge, totale onbeweeglijkheid van Rhys deed zijn mannen stilvallen, zodat het gesprek aan de tafel achter de scheidingswand voor hen allemaal duidelijk hoorbaar was.

'Dus je hebt geen plannen om Engeland te verlaten, Guy,' zei een van de metgezellen van De Brun.

'In het geheel niet. Persoonlijk juich ik het optreden van de koning toe, vooral de beslissing die hij in Nottingham heeft genomen,' hoorden ze Guy de Brun antwoorden.

'De Welshe gijzelaars, bedoel je,' zei een andere stem. 'Was je erbij?'

'Ik was er inderdaad bij, en in tegenstelling tot de meesten had ik er geen moeite mee om hen een eindje op weg te helpen. Alhoewel sommigen niet zo heel gewillig waren, als ik het me goed herinner. Een ervan herinner ik me in het bijzonder, ik heb zijn moeder ooit eens ontmoet, zij was ook een vechter,' zei Guy de Brun met een obsceen gebaar dat zijn metgezellen aan het lachen en joelen maakte.

Het bloed bonsde in Rhys' oren, en hij beet op zijn knokkels tot ze bloedden. Hij stak een bezwerende hand op toen zijn mannen naar het gevest van hun zwaarden reikten.

'Niet hier,' zei hij zacht.

Ze dronken hun bier in stilte terwijl ze Guy de Bruns tafel nauwlettend in de gaten hielden. Na korte tijd ging Guy naar buiten om zijn behoefte te doen. Hij stond voor zich heen te fluiten terwijl hij urineerde, zich niet bewust van het feit dat hij was gevolgd. Voordat hij goed en wel wist wat er gebeurde, werd hij tegen de muur gedrukt en werden zijn armen onzachtzinnig vastgegrepen door twee mannen wier gezichten slechts enkele centimeters van het zijne waren verwijderd.

'Wat ter wereld... ' begon hij. 'Als het geld is dat jullie willen, pak mijn buidel dan maar. Er zit meer dan genoeg in om jullie tevreden te stellen,' zei hij boos.

Zijn belagers snauwden tegen hem in woorden die hij niet begreep, maar in een taal die hij herkende.

'Welshmannen,' spuwde hij minachtend.

'Heel scherpzinnig van je,' klonk een derde stem vanuit de duisternis, in het Frans, zodat hij het kon verstaan. 'Als ik zo vrij mag zijn het te vertalen, mijn mannen legden uit dat we geen behoefte hebben aan je geld,' vervolgde de stem.

Guy de Brun tuurde naar de eigenaar van de stem, die uit de schaduw was gestapt, en keek in een paar grijze ogen die zo koud en hard waren als het staal dat nu tegen zijn keel werd gedrukt.

'Jij!' zei Guy boos. 'Jij en je vrouw lijken de gewoonte te hebben om het zwaard op de keel van jullie meerdere te zetten. Behoort diefstal tegenwoordig ook tot jullie activiteiten?' vervolgde hij minachtend.

'Ik zie dat je manieren er in de loop der jaren niet beter op zijn geworden. En je gedrag evenmin. Van kinderen verkrachten tot hen vermoorden,' zei Rhys op gevaarlijk lage toon.

Guy realiseerde zich plotseling dat Rhys zijn gesprek had afgeluisterd. Jezus, het was ook zíjn zoon, dacht hij verwilderd. Pareltjes zweet vormden zich op zijn bovenlip, en hij probeerde met zijn tong zijn lippen te bevochtigen, maar zijn mond was helemaal droog geworden.

'Aha, ik zie dat je het nu begrijpt,' vervolgde Rhys op dezelfde rustige toon. 'Je hebt mijn vrouw niet één keer, maar twee keer een emotionele schok bezorgd. Dat ik de eerste keer niet met je heb afgerekend, strekt mij tot oneer, maar reken erop dat ik dit keer niet zo nalatig zal zijn.'

Guy de Brun worstelde hevig, maar de twee mannen hadden hem in een greep als van een bankschroef. 'Je kunt me hier niet vermoorden, dat kun je nooit ongestraft doen,' zei hij in paniek.

'Ik ben niet van plan je hier te vermoorden,' antwoordde Rhys, terwijl hij het zwaard liet zakken naar De Bruns penis, die nog steeds ontbloot was. Hij tikte er lichtjes tegenaan en zei: 'Die kun je maar beter wegstoppen, voordat de verleiding te groot wordt.'

Na een knikje van Rhys maakte een van zijn mannen De Bruns kleren met woeste gebaren weer in orde.

'Mijn mannen zullen zich afvragen waar ik ben, ze kunnen elk moment naar buiten komen om me te gaan zoeken,' zei Guy wanhopig.

'Ik weet zeker dat ze dat zouden doen, als ze niet te horen hadden gekregen dat je met een van de hoeren bent meegegaan. Ze zullen je niet terug verwachten,' antwoordde Rhys, die tevreden toekeek terwijl er een scala aan emoties over Guys gezicht danste toen het tot hem doordrong dat hij echt in gevaar verkeerde.

'Wat ga je doen?' vroeg hij hees.

Rhys' gezicht vertrok in een wrede glimlach. 'Laten we maar zeggen dat je plannen om in Engeland te blijven gewijzigd zijn,' zei hij, en wendde zich toen tot zijn mannen. 'Breng hem naar het schip.'

Terwijl hij hen volgde, voelde Rhys zich al een stuk beter. Hij had nu een doel, een doel waarbij geen plaats was voor vergiffenis.

De volgende ochtend voer het schip uit, gehuld in de ochtendnevel, ruim voordat Guy de Brun werd vermist. Zijn verdwijning bleef een mysterie.

Elen schrok badend in het zweet wakker. Ze fronste terwijl ze zich probeerde te herinneren waar ze wakker van was geworden, maar haar geest was nog steeds beneveld van de wijn die ze had gedronken voor het slapengaan en die haar in slaap moest helpen. Het had niet het gewenste effect gehad. Ze sloeg een peignoir om zich heen, stapte over haar slapende kamermeisjes heen en beklom de trap naar de kantelen erboven, een ritueel dat ze gedurende de lange maanden van Rhys' afwezigheid iedere nacht had uitgevoerd. Het regende, maar daardoor liet ze zich niet afschrikken, en ze leunde tegen de muur om in de duistere verte te staren. Ze wist niet waarom ze hier nacht na nacht terechtkwam, alleen dat ze hier kon nadenken, de dingen helderder kon zien. Bijna alsof ze uit zichzelf kon stappen om de situatie objectief te bekijken. Maar ze was niet in staat geweest afstand te nemen van de kwellende beelden van Morgans dood. Ze trok de ochtendjas strak om zich heen en dacht terug aan de nacht, een paar maanden geleden, dat ze over de rand van de kantelen had geleund en, naar beneden starend in de inktachtige duisternis, zich eraan over had willen geven, dit alles achter zich had willen laten. Niets in haar vroegere leven of haar jaren hier had haar kunnen voorbereiden op deze pijn en totale wanhoop, en ze verlangde naar een uitweg. 'Heb ik het zo slecht gedaan hier,' had ze boos tegen de wind geroepen. 'Ik heb geleerd mijn tong in bedwang te houden, ik heb het gebrek aan privacy getolereerd, de liefde te bedrijven terwijl aan de andere kant van de gordijnen om het bed mensen liggen te slapen. Ik heb mijn man steeds opnieuw ten strijde zien trekken, niet wetend of hij terug zou keren. Ik heb de gebrekkige sanitaire voorzieningen doorstaan, de stank in de zomer – zoveel, zoveel heb ik geaccepteerd, maar niet dit! Een touw om de nek van een kind knopen en toekijken terwijl het leven uit hem wordt geperst, en daar een politiek voordeel mee behalen. Nee, dit zal ik nooit begrijpen.' Maar toen ze in de zwarte diepte had gekeken, had ze geweten dat ze zich er niet aan zou overgeven, want zelfs in haar diepste wanhoop wist ze dat ze verder wilde leven, ongeacht hoeveel pijn het haar ook bracht. Haar gekwelde uitbarsting bleek een keerpunt te zijn, en toen ze bij de rand vandaan was gestapt, wist ze dat ze het zou moeten accepteren, ook al zou ze het nooit begrijpen, omdat ze anders haar verstand helemaal zou verliezen. Zo was met het voorbijgaan van iedere nacht de gruwel van Morgans dood een beetje naar de achtergrond verdwenen, zodat de pijn om zijn heengaan aan de oppervlakte kon komen en Elen eindelijk kon rouwen. Ze rouwde om de zinloze verspilling van een jongensleven, en dacht aan zijn liefde voor het leven, zijn constante nieuwsgierigheid en zijn onlesbare dorst naar kennis, alsof hij wist dat hij slechts korte tijd hier zou zijn. Langzaam hadden Elens gedachten zich op Dafydd gericht, de zoon die ze zo grondig van zich had vervreemd dat ze zich afvroeg of ze hem ooit terug zou krijgen. Maar de afgelopen weken hadden haar gedachten zich op Rhys gericht, en ze dacht terug aan Dickons woorden. Zou haar huwelijk dit overleven? Want elke dag dat het verstoken was van liefde, zou het beslist een beetje meer sterven. Nu was het niet langer het beeld van Morgan dat haar achtervolgde, maar de uitdrukking op Rhys' gezicht toen hij Morgan meenam, in een hoek gedwongen door die ellendige pater. Elen leunde met haar voorhoofd tegen de koude stenen. 'O Rhys, wat had je anders kunnen doen,' fluisterde ze. 'Gevormd door een maatschappij die gelooft in eer en plichtsgevoel, door en door gewend aan de praktijk van de oorlog en de realiteit van de nederlaag.' Ze wist dat hij destijds werd verscheurd door zijn principes en de hysterische smeekbeden van de echtgenote die hij beminde. Langzaam was ze zich gaan realiseren dat hij niet anders had kunnen handelen. Maar dat had zijzelf ook niet gekund. 'God, je had gelijk om weg te gaan,' mompelde ze. 'We zouden elkaar kapot hebben gemaakt als je was gebleven.'

Het ging steeds harder regenen, en Elen hief haar gezicht ernaar op, liet zich doornat regenen. De tijd had zijn werk gedaan, en ze verlangde naar de terugkeer van Rhys.

Rhys stond in de deuropening naar haar te kijken. Toen hij het bed leeg aantrof, wist hij waar ze zou zijn. Hij was teruggekomen zonder van tevoren bericht te sturen, aangespoord door de behoefte om thuis te zijn. Nu, terwijl hij haar zag, werd hij opnieuw onzeker.

Een innerlijk gevoel maakte dat Elen zich omdraaide en oog in oog met hem stond. Haar peignoir plakte tegen haar lichaam terwijl de regen neerstroomde, en de wind deed haar losse haren om haar gezicht wapperen. Rhys staarde naar haar; huilde ze of was het de regen, hij kon het niet zeggen. Hij voelde echter dat er een verandering in haar had plaatsgevonden, de kilte was verdwenen, en plotseling wist hij wat hem te doen stond. Elen bleef doodstil staan terwijl hij in haar richting liep, steeds dichterbij totdat ze elkaar bijna aanraakten. Hij stak zijn hand uit en streek aarzelend de haren uit haar gezicht.

'Elen,' zei hij, en zijn stem brak toen hij haar lichaam voelde beven onder zijn aanraking. Ze hief haar gezicht op naar het zijne, en op dat moment zag hij het harde, beschermende schild uit haar ogen wegglijden, en gaf ze zichzelf aan hem bloot. Het effect op hem was onmiddellijk, en hij zakte op zijn knieën aan haar voeten.

'Elen,' herhaalde hij, zijn stem dik van emotie.

Haar armen sloten zich om hem heen en ze drukte hem dicht tegen zich aan. 'O mijn lief,' fluisterde ze, terwijl ze hem heen en weer wiegde.

Ze klampten zich aan elkaar vast terwijl de regen genadeloos neerstriemde, en zich vermengde met hun tranen in een felle poging de verwoestende barrières weg te spoelen die tussen hen waren opgeworpen.

Alhoewel de verzoening tussen Rhys en Elen hun verdriet uiteraard niet verzachtte, werd het er wel minder overweldigend door, en de mistroostigheid die over het huishouden hing, begon op te trekken. Angharad kreeg haar huppelende tred weer terug en haar bedroefde verbijstering was iets uit het verleden.

Liggend in bed nadat ze de liefde hadden bedreven, speelde Rhys met Elens haren, die hij beurtelings om zijn vingers wikkelde en weer losmaakte. Ze pakte zijn hand, knabbelde zachtjes op iedere vinger en zuchtte.

'Een poosje geleden kon ik me niet voorstellen dat het ooit weer zo tussen ons zou zijn. Ik wist niet eens zeker of je terug zou komen,' zei ze.

'Ik ook niet,' antwoordde Rhys. 'We leken zo ver van elkaar verwijderd te zijn, dat ik niet inzag hoe we ooit weer nader tot elkaar moesten komen,' vervolgde hij.

Elen stond op, schonk iets te drinken voor hem in en stak de kaarsen in de nissen van het hoofdeinde aan. In plaats van weer onder de dekens te kruipen, ging ze op het voeteneinde van het bed tegenover hem zitten, zodat ze zijn gezicht goed kon zien.

'Wat heeft je van gedachten doen veranderen?' vroeg ze terwijl ze van haar drank nipte.

Rhys dacht na voordat hij antwoord gaf, en plukte aan zijn snor terwijl hij naar de juiste woorden zocht. 'Je was altijd bij me,' zei hij ten slotte. 'Als ik langs een kerk kwam, dan bedacht ik hoe mooi jij die zou hebben gevonden. Als ik met een of andere duistere figuur op de markten aan het onderhandelen was, stelde ik me voor dat jij een verhaal over hem verzon. Als er een vrouw lachte, dan dacht ik terug aan de keren dat je zo hard moest lachen dat je je buik vasthield. Ik zag je naakt in deze kamer rondlopen, zachtjes voor je heen zingend, en altijd, altijd dacht ik terug aan Rhaeadr-Du. Overal waar ik ging, volgde jouw schaduw me, en ik wist dat het onmogelijk was je naar mijn verleden te verbannen, omdat dat zou betekenen dat ik mezelf een heden of een toekomst zou ontzeggen.' Hij glimlachte naar haar. 'En daartoe was ik niet bereid.'

Hij ging rechtop zitten en trok haar zachtjes naar zich toe. Haar haren vielen naar voren, als een gordijn om hen beiden heen.

'Ik hou zo vreselijk veel van je,' zei ze. 'En het spijt me oprecht dat ik dat een poos ben vergeten.'

Hij legde een vinger op haar mond. 'Geen spijt,' zei hij, en hij kuste haar teder, en deed daarmee een reactie in hen beiden ontvlammen die ze nooit meer zouden ontkennen.

Een paar dagen later bracht Rhys Dafydd thuis. 'Er zullen geen breuken meer zijn in deze familie,' had hij tegenover Elen verklaard. Dafydd was nu dertien, en het had Elen enorm veel pijn gedaan dat ze niet in staat was geweest zijn verjaardag met hem door te brengen. Met veertien jaar zou hij een man zijn, en Rhys wilde per se dat hij zijn meerderjarigheid in zijn eigen gezin zou vieren.

Toen Dafydd met Rhys aan kwam rijden, kon Elen niet geloven hoezeer hij was gegroeid. Hij was nu even lang als zij, en ze keek niet langer in het gezicht van een kind, maar in dat van een jonge man. Hij leek meer op Rhys dan ooit tevoren, en keek haar aan met Rhys' ogen. Niet met de tederheid die in die van Rhys te lezen stond, maar gelukkig zonder vijandigheid.

'Welkom thuis, Dafydd,' zei Elen aarzelend. 'Ik neem aan dat je nu te groot bent om me te omhelzen,' voegde ze eraan toe.

'In het geheel niet, mama,' zei hij bruusk, en hij kwam naar haar toe.

Hij omhelsde haar kort, met een glimlach die weliswaar vluchtig was, maar niet geforceerd, zo constateerde ze tot haar opluchting. Uiteraard schonk hij overdreven veel aandacht aan Angharad, zwaaide haar in het rond en aanvaardde haar kusjes lachend, en hij overlaadde zijn zusje met genegenheid, zoals hij bij zijn moeder niet kon doen. Toen de begroetingen achter de rug waren, beende hij weg in het gezelschap van de andere jongens uit de huishouding, en Rhys kneep in Elens hand. Ze keek met een dankbare glimlach naar hem op.

'Dank je,' zei ze. 'Er is nog een lange weg te gaan, maar ik heb tenminste het gevoel dat er hoop is.'

'Wel, ik zou graag met de eer gaan strijken,' vertelde Rhys, 'maar hoewel ik mijn preek al klaar had, hoefde ik hem niet af te steken. Dafydd was eraan toe om naar huis te gaan, en ik heb het gevoel dat hij dat al een tijdje was. Zijn trots stond hem gewoon niet toe het initiatief te nemen.'

Ze gingen op weg naar de bovenkamer, waar een bad klaarstond voor Rhys. 'Dan hebben we een reden om Owain en Rhiannon dankbaar te zijn,' zei ze.

'O, die hebben hun steentje bijgedragen,' antwoordde Rhys. 'Maar in werkelijkheid was het Dafydd zelf die erin geslaagd is om alles te accepteren. Hij is de afgelopen maanden een stuk volwassener geworden.' Hij wachtte even en keek haar aan. 'Hij lijkt meer op jou dan je denkt. Hij heeft hetzelfde opvliegende karakter, de neiging om te snel te oordelen, dezelfde trots.'

Ze deed haar mond open om te protesteren, maar hij legde een vinger tegen haar lippen. 'En mettertijd zullen we beslist zien dat hij hetzelfde vermogen heeft om lief te hebben en te vergeven,' zei hij, en hij kuste haar licht.

Het diner die avond was een feestelijke aangelegenheid, iedereen dronk te veel en zong te hard. Een gevoel van opluchting verspreidde zich, en iedereen hoopte dat de duistere tijden achter hen lagen en dat de toekomst er rooskleurig uit zou zien. Angharad mocht opblijven en huppelde vrolijk heen en weer tussen haar moeder, vader en broer. Ze vlijde zich tegen Dafydd aan terwijl hij zat te dobbelen en fluisterde in zijn oor: 'Het was afschuwelijk toen je weg was.'

Hij gaf haar een klopje op haar arm. 'Nu ben ik weer terug,' zei hij.

'Ik dacht dat je voorgoed was weggegaan, net als –' Ze hield plotseling op, niet zeker wetend of ze verder kon gaan.

Dafydd zuchtte, gooide de dobbelstenen en trok haar toen op zijn schoot. 'Net als Morgan, bedoel je,' zei hij kalm.

Angharad knikte triest en wierp een vluggle blik in de richting van haar moeder, om zich ervan te verzekeren dat ze hen niet kon horen. 'Ik mis hem,' zei ze zacht.

Dafydd kuste haar voorhoofd. 'Ik ook, popje. Maar ik ga niet meer weg, dus je hoeft dat mooie hoofdje van je niet te pijnigen met allerlei zorgen, of wel soms?'

Ze glimlachte naar hem. 'Ik was eerst zo verdrietig, maar door jou voel ik me weer beter,' zei ze, en ze sloeg haar armen om zijn nek. Hem ernstig aankijkend voegde ze eraan toe: 'Mama was ook verdrietig.'

Dafydd trok haar in een omhelzing zodat ze de pijn in zijn ogen niet kon zien. Hij herstelde zich snel, maakte haar armen los en zette haar weer op de grond. 'Bronwyn roept je, popje, het zal wel bedtijd zijn,' zei hij.

Ze grimaste en gaf hem toen een plakkerige kus, die hem aan het lachen maakte.

'Je hebt veel te veel honingwafels gegeten,' zei hij, en hij kietelde haar zodat ze in giechelen uitbarstte. 'Welterusten, liefje, ik zie je morgenochtend weer,' zei hij, en voegde er toen serieus aan toe: 'En wees niet bang om over Morgan te praten, je kunt altijd bij me komen.'

Hij keek haar na terwijl ze met Bronwyn weg huppelde om Rhys en Elen welterusten te wensen, maar hij wendde zich af voordat zijn moeder zijn blik kon vangen. Hij had veel dingen geaccepteerd, maar was nog niet zover dat hij toe kon geven dat zijn laatste opmerking eerder voor zijn moeder bedoeld was dan voor zijn jongere zusje.

'Alles lijkt eindelijk een beetje rustiger te worden,' zei Rhys op een avond een paar weken later, terwijl hij zich uitkleedde.

'Afgezien van Angharad, die er nog steeds uitziet alsof ze op springen staat,' zei Elen met een lachje.

Rhys klom naast haar in bed, maar bleef rechtop zitten, een onmiskenbaar teken dat hij iets op zijn hart had. Elen ging ook rechtop zitten, installeerde zich tegen de kussens en stopte haar haren, die ze los had gelaten, achter haar hoofd.

'Voor de dag ermee,' zei ze, en ze pakte zijn hand.

'Er is nog één andere geest die we het hoofd moeten bieden voordat we alles werkelijk opnieuw kunnen opbouwen,' zei hij kalm.

Elen werd stil, en haar vingers lagen bewegingloos op de zijne. 'Llywelyn,' zei ze.

'Ik moet hem hulde gaan bewijzen – en we hebben zijn aanbod nog niet besproken,' zei Rhys, die zich schrap zette voor Elens verzet.

Elens uitbarsting op die noodlottige dag had Llywelyn meer geraakt dan hem lief was. Hij had er een paar maanden met vlagen over gepiekerd, en toen hij hoorde van Rhys' terugkeer, had hij hun het gebruik van zijn paleis op Ynys Môn aangeboden. Het was een ongelooflijk gebaar van vriendschap, dat hen ver verhief boven de relatie van vorst en onderdaan.

'Moeten we nu een besluit nemen?' vroeg ze gekweld. 'Dafydd is nog maar pas thuis, en ik heb het gevoel dat ik op eieren loop, zo bang ben ik iets verkeerds te zeggen.' Ze keerde zich naar Rhys, keek hem met bezorgde ogen aan. 'En hij zal niet naar Llywelyns hof gaan, niet nu Gruffudd nog steeds door John wordt vastgehouden.'

'Dat realiseer ik me,' zei Rhys. 'Maar als we hem en Angharad vooruit sturen naar Môn, kunnen wij ons bij hen voegen nadat ik Llywelyn op Aber trouw heb gezworen.' Hij greep haar hand. 'Ik denk dat als we weg zijn van hier, op neutraal grondgebied zogezegd, de dingen alleen maar beter kunnen gaan tussen jou en Dafydd,' zei hij vurig. Vervolgens keek hij haar vragend aan. 'Natuurlijk zou jij misschien ook liever direct naar Môn gaan.'

Ze hield zijn blik een poosje gevangen. 'Nee, ik ga wel met je mee naar Aber,' zei ze, en voegde er toen iets opgewekter aan toe: 'Ik ben nog nooit naar Môn geweest, ze zeggen dat het heel mooi is.'

De opluchting op het gezicht van Rhys vormde het bewijs dat ze de juiste beslissing had genomen, en ze kuste elke hoek van zijn omhoog gekrulde mond.

'Ik zal morgen de regelingen treffen,' mompelde hij, voordat hij zijn aandacht op plezieriger zaken richtte.

De reis bleek een prettige aangelegenheid te zijn, aangezien iedereen goede zin had. Ze arriveerden op de plek waar de groep zich zou opsplitsen, en Rhys en Elen keken hun kinderen en hun gevolg na terwijl deze de weg in sloegen die naar Ynys Môn voerde.

'Het weer is kalm, dus ze zouden geen problemen moeten ondervinden bij het oversteken van de zee-engte,' zei Rhys toen hij en Elen hun paarden wendden in de richting van Aber.

Elen bleef zwijgen, in gedachten piekerend over de naderende ontmoeting met Llywelyn, terwijl ze terugdacht aan de laatste keer dat ze hem had ontmoet. Dat waren emotioneel zware tijden geweest, maar toen de nevel een beetje was opgetrokken, had ze begrepen hoezeer ze Rhys politiek gezien had kunnen beschadigen, en was ze zich scherp bewust geweest van hoeveel er op het spel stond. Toen Llywelyns aanbod kwam, was ze in eerste instantie achterdochtig geweest, maar ze had het algauw erkend voor wat het was. Hij was geen heerser om te straffen, maar om te verzoenen. Deze wetenschap deed haar echter niet intenser verlangen naar deze ontmoeting, want ze wist dat ze op precies dezelfde manier zou reageren als de situatie zich weer voordeed, en diep vanbinnen had ze het gevoel dat Llywelyn dit ook wist.

Toen Rhys en Elen uiteindelijk op Aber aankwamen, kregen ze te horen dat Llywelyn en Joanna in de grote zaal waren. Terwijl ze zich door de langgerekte zaal bewogen, zagen ze veel bekende gezichten. Elen stopte om een aantal van hen te begroeten en condoleances in ontvangst te nemen, en met anderen condoleances uit te wisselen, talmend bij deze begroetingen om zo onbewust het moment uit te stellen waar ze tegenop zag. Rhys had zijn hand losjes om haar elleboog gelegd terwijl hij haar door de menigte loodste, en ze verstrakte toen ze voelde dat hij zijn greep verstevigde. Ze wendde haar aandacht af van degene met wie ze stond te praten en zag Llywelyn en zijn vrouw in hun richting komen. Alhoewel Joanna draalde, beende Llywelyn gedecideerd op hen af.

'Rhys, welkom. Ik hoop dat je een goede reis hebt gehad?' zei hij, en hij nam Rhys' hand tussen de zijne.

Rhys mompelde een antwoord en wierp een nerveuze blik in de richting van Elen, die onbeweeglijk bleef staan.

'Milord,' zei ze toen Llywelyn de hand van Rhys losliet en zich tot haar wendde. Ze wilde een revérence maken, maar Llywelyn hield haar stevig bij haar armen vast.

'Elen,' zei hij met zijn bruuske stem. 'Dank voor je komst, we hebben je enorm gemist aan het hof,' vervolgde hij, en hij kuste haar zacht op haar wangen.

'U bent buitengewoon grootmoedig, milord,' zei Elen kalm.

Llywelyn keek haar in de ogen. 'Ik verwoord wat ik voel,' antwoordde hij, en wendde zijn blik vervolgens abrupt af. 'Jullie hebben nog niets te drinken aangeboden gekregen, zie ik,' zei hij, en hij riep een bediende bij zich.

Terwijl er wijn werd ingeschonken, begroette Joanna Elen op meer ingetogen wijze dan haar echtgenoot.

'Als je me wilt excuseren, Elen,' zei Llywelyn terwijl hij haar een beker wijn overhandigde. 'Ik moet Rhys spreken, dus ik zal je aan Joanna's goede zorgen overlaten.'

Rhys trok een bezorgde wenkbrauw op naar Elen, en toen ze nauwelijks waarneembaar knikte, kneep hij in haar arm en vertrok met Llywelyn.

'We zijn echt blij dat je bent gekomen,' zei Joanna kalm tegen Elen. 'Llywelyns opmerking was welgemeend.'

Elen zocht naar het juiste antwoord, maar wist slechts een gespannen glimlach te produceren.

'O Elen,' zei Joanna, en ze nam haar bij de arm om haar naar de beslotenheid van een zitje in de vensternis te leiden. 'Er is niets wat ik kan zeggen wat niet afgezaagd zou klinken,' zei ze toen ze gingen zitten. 'Ik begrijp dat je het mij verwijt –'

'Jou verwijt?' viel Elen haar in de rede. 'Wat moet ik je verwijten? Dat je Johns dochter bent, of Llywelyns vrouw?'

Joanna knipperde verbaasd met haar ogen.

'O Joanna, begrijp je het niet?' vervolgde Elen. 'Hoewel je vader gijzelaars verlangde en uiteindelijk het bevel gaf hen te doden, was het Llywelyn die koos welke families zoons moesten afstaan, en hij was degene die hen overdroeg.'

'Dus ik ben dubbel vervloekt,' zei Joanna treurig.

'Ik wilde eraan toevoegen dat het Rhys was die ervoor koos Morgan mee te nemen,' zei Elen bedaard. 'De lijst is eindeloos, dus als we verwijten gaan maken, waar houdt het dan op? Maar geloof me, ik heb jou nooit verantwoordelijk gehouden voor wat dan ook, dat is niet waarom ik ben weggebleven.'

Joanna's ogen vulden zich met tranen, en ze nam haastig een slok van haar wijn terwijl ze verwoed met haar ogen knipperde. 'Llywelyn heeft me verteld wat je tegen hem hebt gezegd,' zei ze ten slotte.

Elen was een paar seconden stil voordat ze kalm zei: 'Daar kan ik me niet voor verontschuldigen, Joanna. We waarderen het gebruik van jullie paleis op Ynys Môn, maar als hij verwacht –'

'Nee, Elen, nee!' zei Joanna haastig, en ze pakte Elens hand. 'Je kent Llywelyn toch zeker wel beter dan dat!'

'Ja, dat is zo,' gaf Elen na een moment van stilte toe. 'Alhoewel ik vermoed dat het aanbod een voorstel van jou was?' voegde ze er met een glimlach aan toe, de eerste oprechte glimlach sinds haar aankomst.

Joanna glimlachte terug en ontspande zich enigszins. 'Toen ik hoorde dat Rhys weg was gegaan, vermoedde ik dat alles verre van goed was tussen jullie,' zei ze.

'Mijn hele gezin viel uiteen,' zei Elen. 'Al mijn mannen vertrokken. Dafydd ging bij Owain logeren. Mijn broer is ook vertrokken.' Ze keek Joanna verdrietig aan. 'Mijn man vertrok vanwege wat koning John heeft gedaan, en mijn broer vertrok vanwege wat hij zou kúnnen doen,' zei ze bitter. Bij het zien van Joanna's bedroefde gezicht zei ze vlug: 'Vergeef me, Joanna, ik had niet zo mogen praten.'

'Waarom niet? Je hebt er het volste recht toe,' antwoordde Joanna.

'Ja, inderdaad,' zei Elen onverstoorbaar, 'maar niet tegenover jou. Ik vind het moeilijk mijn tong in bedwang te houden. Misschien was het een vergissing om hier te komen.'

'Ik wil niet dat je je zorgen maakt over je woordkeuze, Elen. Ik verdien het waarschijnlijk om ze te horen,' zei Joanna aangedaan.

Elen begreep haar onmiddellijk en dwong zichzelf te zeggen: 'Joanna, luister naar me. Je kunt jezelf niet straffen omdat je van je vader houdt, want dat is iets waar je geen controle over hebt. Ik hoor dat hij een zorgzame vader was, en ik begrijp dat de bepalingen voor de overgave een stuk erger hadden kunnen zijn als jij niet namens ons met hem had gesproken,' zei Elen.

'Ik heb gedaan wat ik kon. Maar hoe kan ik de vader die ik ken vereenzelvigen met de man die zulke afschuwelijke dingen kon doen?' vroeg Joanna bedroefd.

'Ik ben bang dat dat iets is wat je zelf onder ogen zult moeten zien. Persoonlijk kan ik niet verder zien dan de man die mijn zoon heeft vermoord,' zei Elen op vlakke toon.

Joanna kromp even ineen, maar er lag begrip in haar blik.

'Ik ben blij dat we erover gesproken hebben, maar ik vind dat we het onderwerp verder moeten laten rusten,' zei Elen zacht.

Joanna knikte en gebaarde naar een bediende dat hij hun wijnbekers bij moest vullen. 'We zouden ons eigenlijk bij de anderen moeten voegen,' zei ze, terwijl ze heimelijk een traan wegveegde, maar voelde zich toen verplicht om te vragen: 'Hoe gaat het nu met je?'

'Steeds beter,' antwoordde Elen, en ze begon over andere dingen te praten om duidelijk aan te geven dat het onderwerp gesloten was.

De volgende dag keek Elen toe terwijl Rhys trouw zwoer aan Llywelyn. Het was een prachtige lentedag, nog steeds koud, maar met een wolkeloze blauwe lucht en zo'n felle zon alsof hij op een doek was geschilderd. De meeste mensen waren naar buiten gelopen, moe van het binnen opgesloten zitten na dagen van regen. Terwijl de mensen zich verspreidden, merkte Elen dat ze voor het eerst alleen was met Llywelyn.

'Ik begrijp dat jullie morgen naar Môn vertrekken,' zei hij vriendelijk.

'Ja. Ik moet bekennen dat ik me erop verheug,' antwoordde ze.

'De kinderen zijn er al, nietwaar?' zei hij.

Elen wierp hem een zijdelingse blik toe. Ze keerde zich helemaal naar hem toe, zodat hij haar blik moest beantwoorden. 'Dafydd wilde hier niet komen, niet nu Gruffudd nog steeds in Engeland wordt vastgehouden,' zei ze oprecht.

Pijn vlamde op in zijn ogen.

'Dafydd heeft het er allemaal heel moeilijk mee gehad,' vervolgde ze.

'De pijn breidt zich in steeds grotere kringen uit,' zei hij kalm.

Elen draaide zich om en keek met samengeknepen ogen naar de zon. 'Het is beslist meer dan zomaar een pagina in de geschiedenis,' zei ze zacht.

'Denk je dat de geschiedenis er zo over zal denken – zomaar een pagina?' vroeg hij.

Ze haalde haar schouders op. 'Het hangt ervan af wie het opschrijft,' antwoordde ze, en ze keek hem weer aan.

'En hoe zou jij het opschrijven?' vroeg Llywelyn, die haar aandachtig in de ogen keek.

Elen hield zijn blik een paar ogenblikken gevangen, niet zeker wetend hoe ze moest antwoorden. 'Hoewel mensen zoals ik ons aandeel hebben, ben ik tot mijn verdriet tot de ontdekking gekomen dat het niet aan ons is om geschiedenis te schrijven of te herschrijven,' zei ze ten slotte.

'Maar als je dat wel kon?' hield hij vol.

Elen glimlachte vluchtig naar hem. 'Ik vermoed dat de geschiedenis jou buitengewoon welwillend zal behandelen,' zei ze, en voegde er haastig aan toe: 'Ik meen het serieus.' Want terwijl ze naar hem keek, had ze zich gerealiseerd dat ze werkelijk geen aanstoot wilde geven.

Llywelyn beantwoordde haar glimlach vol genegenheid, hij voelde zich niet beledigd, en besloot het onderwerp te laten rusten. Hij was erg op haar en Rhys gesteld, non-conformistisch als ze waren, en over het algemeen genoot hij van hun gezelschap. Hij constateerde opgelucht dat deze gelegenheid minder moeilijk bleek dan hij had gevreesd.

'Ik denk dat Rhys wijd en zijd moet hebben gereisd om een schat te vinden als jij,' zei hij.

'Misschien heb ík die reis wel gemaakt,' zei ze met een vleugje van de sprankelende ondeugd van haar oude zelf.

Llywelyn grijnsde, pakte haar hand en kuste hem behoedzaam. 'Je mag net zolang op Môn blijven als je wilt. En als er iets anders is wat ik kan doen, vraag het dan alsjeblieft,' zei hij oprecht.

Elen keek hem strak aan en zei toen: 'Er is inderdaad iets, het heeft betrekking op een geestelijke.'

De tijd die Elen en haar gezin op Ynys Môn doorbrachten, verliep beter dan ze hadden durven hopen. Misschien kwam het doordat ze weg waren uit een al te vertrouwde omgeving met alle herinneringen die daar leefden, of misschien waren ze er gewoon aan toe om te genezen. Wat de redenen ook waren, Elen merkte dat haar gezin weer enigszins de oude werd. Ze had hernieuwd vertrouwen in de sterkte van haar relatie met Rhys, die tot op de grondvesten had geschud. De band tussen hen was echter te hecht gebleken om te breken, ongeacht waar ze voor kwamen te staan.

Ze maakte zich nog steeds wanhopig zorgen om haar relatie met Dafydd, maar er was een langzame dooi ingezet. Hij vermeed haar niet langer, en zijn antwoorden op haar vragen waren niet kort of geforceerd.

Tijdens een dag aan het strand zat ze te kijken naar Rhys en Angharad, die langs de waterlijn met Bran, Morgans hond, speelden, toen Dafydd op zijn hurken naast haar kwam zitten. Hij zei niets, maar de stilte was niet ongemakkelijk. Haar aandacht werd getrokken door twee zeemeeuwen die om een vissenkop vochten, toen Dafydd haar arm vastpakte.

'Mama, kijk,' zei hij vrolijk.

Haar blik volgde zijn wijzende vinger, tot ze de chaos in de golven zag. Er was een grote golf gekomen, en Rhys had de brullende Angharad opgetild om te voorkomen dat ze doorweekt zou raken. Bran raakte zo opgewonden van het geschreeuw dat hij compleet verstrikt was geraakt in Rhys' benen, met als gevolg dat ze uiteindelijk alle drie in het water waren getuimeld en helemaal doorweekt waren. Dafydd bulderde van het lachen, en Elen deed mee. Hij keerde zich naar zijn moeder, zijn ogen glansden en zijn hand lag nog steeds op haar arm. Plotseling werd hij ernstig.

'Ik moet papa gaan redden,' zei hij bruusk.

Hij stond op, maar liep niet meteen weg. Hij draaide zich weer om naar zijn moeder.

'Ik dacht erover om morgen de tomben te gaan bekijken waar de mensen uit de oudheid hun doden begroeven. Zou u het leuk vinden om mee te gaan, mama?' vroeg hij, en rende er vervolgens abrupt vandoor over het strand.

Elen zonk achterover op het kale zand. 'Dank u,' fluisterde ze in het luchtledige, terwijl er tranen in haar ogen kwamen.

In deze periode werd broeder Thomas door de abt bij zich geroepen, waar hij details ontving over een missie. De abt vond dat Thomas zijn talenten verspilde aan het onderwijzen van kinderen, zo bleek uit het gesprek, en men was van mening dat hij God beter kon dienen door de ongelovigen te bekeren. Daarom werd hij op kruistocht gezonden naar een eenzame buitenpost van de christelijke wereld, niet slechts gewapend met een zwaard, maar ook met een bijbel en zijn overredingskracht. 'Want ik heb vernomen dat je in het verleden woorden met dodelijk effect hebt aangewend,' deelde de abt hem mee.

Terwijl broeder Thomas zijn weinige eigendommen inpakte en zich voorbereidde op het vertrek uit zijn comfortabele bestaan, had hij het onbehaaglijke gevoel dat hij wist wie er achter zijn verandering in status zat.

21

Langzaam maar zeker werd het gewone leven in Wales weer hervat, hoewel alle ogen constant op Engeland gericht bleven, om de gebeurtenissen daar zorgvuldig in de gaten te houden. In hetzelfde jaar dat Elens gezin was begonnen de breuken te herstellen, onderwierp John zich uiteindelijk aan de paus, en droeg hij Engeland aan hem over in een poging zijn baronnen buiten spel te zetten.

In september van 1213 ontving Elen tot haar blijdschap een brief van Dickon waarin hij haar vertelde van zijn voornemen om terug te keren naar Engeland nu de spanning enigszins was afgenomen. Haar blijdschap was nog veel groter toen hij op 2 januari 1214 onverwachts arriveerde.

'Nou, ik kon Dafydds o zo belangrijke verjaardag toch niet missen?' zei hij, terwijl hij met een beker mede op een stoel zakte. 'Waar is de kleine man?'

'Hij is niet zo klein meer, kan ik je verzekeren,' lachte Elen, die dicht bij hem ging zitten, alsof ze bang was dat hij plotseling zou verdwijnen. 'Hij is met Rhys mee om zijn nieuwe hengst te proberen. Wacht maar tot je ziet hoe groot die is,' riep ze uit.

'Ach ja, een man heeft een mannenpaard nodig,' zei Dickon, en greep toen haar hand. 'Het is heerlijk om je weer te zien, Elen, en je ziet er zo goed uit. De situatie lijkt een heel stuk verbeterd sinds de laatste keer dat ik hier was.'

Elen glimlachte naar hem. 'Het is niet makkelijk geweest, en ik moet bekennen dat er tijden waren dat ik wanhoopte of we ooit weer een gezin zouden vormen. Maar op de een of andere manier hebben we de kracht gevonden om te overleven, en morgen is mijn zoon officieel een man. Waar blijft de tijd.'

De afgelopen jaren waren vervlogen in pijn, bloed en tranen, dacht Dickon, die de tol die de jaren hadden geëist duidelijk in haar gezicht geëtst zag staan. Maar hij hield zijn gedachten voor zich en zei opgewekt: 'Je ziet er nog net zo uit als toen Dafydd een schreeuwend hoopje mens was.'

'O, jij mag blijven,' reageerde ze lachend. 'Maar je neemt Catherine en de kinderen toch nog niet mee terug?' vroeg ze hem, zich scherp bewust van het feit dat de luwte van de problemen in Engeland slechts tijdelijk was. Dickon stond op en ging bij de haard staan. 'Nee, pas als ik zeker van mijn zaak ben,' antwoordde hij. 'Bovendien,' voegde hij er met een glinstering in zijn ogen aan toe, 'zal ze binnenkort wel gaan bevallen.'

Elen sprong op en slaakte een kreetje. 'Dickon! Hoe durf je zo lang te wachten met dit nieuws te vertellen,' zei ze, terwijl ze hem speels op zijn arm sloeg. 'Hoe maakt ze het?'

'Och, je kent Catherine, het gaat haar moeiteloos af, zoals altijd,' antwoordde hij met een lach.

'Nog twee en jullie hebben een dozijn,' zei ze gevat, zodat Dickon kreunde. 'Waar hoop je op?' vroeg ze.

'Ach, ik weet niet zeker of ik me nog een bruidsschat kan veroorloven,' zei Dickon lachend.

'Je hebt wel de gave om meisjes te verwekken. Zes meisjes tegenover drie jongens, en allemaal eenlingen,' zei Elen, en ze huiverde licht toen ze onwillekeurig dacht: en ze zijn allemaal nog steeds in leven.

Dickon merkte het echter niet, aangezien hij Angharad gadesloeg die zich in zijn richting haastte.

'Hallo oom Dickon,' zei ze ademloos, en ze ging op haar tenen staan voor een kus van hem.

'En hoe gaat het met mijn lievelingsnichtje?' vroeg hij, terwijl hij haar het genoegen van een kus schonk.

'Heel goed, dank u wel, oom,' antwoordde Angharad uiterst beleefd. 'Papa en Dafydd zijn in aantocht,' zei ze tegen haar moeder. 'Mag ik naar de binnenplaats gaan om hen op te wachten?' vroeg ze met glinsterende ogen.

'Als je je maar warm inpakt en niet te lang buiten blijft, het begint te sneeuwen,' zei Elen.

'Ik weet het,' zei Angharad giechelend, en ze rende ervandoor om haar mantel en laarzen te pakken.

'Ze wordt een grote schoonheid,' zei Dickon nadat ze was vertrokken.

'En reken maar dat ze dat weet,' zei Elen met een grimas.

Nu haar zevende verjaardag naderde, had Angharad de mollige babyfase achter zich gelaten, en beloofde ze even lang te worden als de rest van het gezin. Met haar diepbruine haren, zo donker dat het bijna zwart was, en haar grote zilverblauwe ogen omkranst door donkere wimpers, grapten Rhys en Elen al tijden dat ze de aanbidders van haar af zouden moeten slaan, ook als ze geen stuiver voor een bruidsschat zouden hebben, hetgeen beslist nooit het geval zou zijn.

Bij het horen van Angharads opgewonden gekwetter, dat van beneden omhoog dreef, liepen Dickon en Elen naar het raam dat uitkeek op de binnenplaats.

'Prachtdier, en Dafydd heeft hem goed onder controle!' merkte Dickon bewonderend op.

Hij had Dafydd niet meer gezien sinds hij hem aan Rhys had teruggegeven, en hij vond de verandering in de jongen ongelooflijk. Hij zag er veel ouder uit dan veertien jaar, en toen hij afsteeg en met de stalknechten schertste, spreidde hij een zelfverzekerdheid tentoon waar volwassen mannen jaloers op zouden zijn.

Toen Dafydd met Rhys de grote zaal binnen kwam, zei Dickon spitsvondig tegen Elen: 'Wel, niemand kan in twijfel trekken wiens zoon hij is.'

Elen glimlachte ten antwoord, het had haar nooit geraakt dat sommige rancuneuze tongen, die jaloers waren op haar spontane karakter en haar gemakkelijke vriendschappen met mannen, hadden geprobeerd twijfel te zaaien over haar reputatie, allemaal zonder succes. Dickon verstrakte enigszins toen Dafydd op hen af kwam, niet wetend hoe zijn aanwezigheid ontvangen zou worden. Dafydd schonk hem echter een van zijn charmante glimlachjes en stak zijn hand uit ter begroeting.

'Oom Dickon, dat is lang geleden,' zei hij opgewekt. Maar Dickon zag een waakzame blik in zijn ogen, een vastbeslotenheid om mensen op zekere afstand te houden.

'Dat is het zeker, Dafydd, en ik zie dat de jaren genadig voor je zijn geweest,' antwoordde Dickon. 'Dat was een prachtig dier, waar je op reed.'

Dafydd grijnsde en keek naar zijn vader. 'Papa heeft nog altijd oog voor een goed paard,' grapte hij.

'Ondanks mijn leeftijd, bedoel je,' zei Rhys lachend. 'Ja, jij kunt je maar beter bij de jongeren voegen, zodat ik mijn oude botten bij het vuur kan warmen,' vervolgde hij.

'Tot straks, oom,' zei Dafydd, en met nog een glimlachje was hij verdwenen.

'Ik weet zeker dat hij die glimlach over niet al te lange tijd met verpletterend effect zal benutten,' zei Dickon tegen Rhys terwijl ze naar de haard liepen.

'Ik heb vernomen dat hij dat al heeft gedaan,' antwoordde Rhys met een grijns.

'Rhys, hij is niet –' zei Elen, enigszins geschokt door zijn implicatie.

'Het lijkt erop dat onze zoon zichzelf al een hele reputatie heeft verworven. Vooral onder oudere vrouwen!' zei Rhys lachend.

'Rhys, werkelijk!' zei Elen scherp.

'Wat is dit, mijn onverbeterlijke zuster die in een matrone verandert!' zei Dickon, geamuseerd door haar houding.

Elen keek hem boos aan. 'Als jullie me willen excuseren,' zei ze stijfjes. 'Ik moet even bij Angharad gaan kijken.'

Dickon trok geamuseerd een wenkbrauw op naar Rhys terwijl ze wegliep.

'Het feit dat haar eerste kuiken zijn vleugels test, doet haar beseffen dat hij klaar is om uit te vliegen,' zei Rhys grinnikend.

'Ik hoop dat hij ze in andermans nest test?' merkte Dickon gevat op.

'Uiteraard, hij is te goed opgevoed om in eigen nest te rommelen,' kaatste Rhys terug. Hij vulde hun bekers bij, maar dit keer met wijn, waar Dickon waarderend van dronk, aangezien mede niet zijn het drankje van zijn keuze was.

'Het is aardig van je om voor zijn verjaardag te komen,' zei Rhys, die in een stoel tegenover Dickon ging zitten. 'En ik weet dat Elen je dolgraag wilde zien.'

Dickon dronk een paar ogenblikken in stilte, alsof hij probeerde te besluiten of hij wel of niet moest spreken.

'De koning is van plan volgende maand over te steken naar Poitou, om zijn grondgebied op Philip van Frankrijk te heroveren,' zei hij ten slotte.

'Denk je dat hij daarin zal slagen?' vroeg Rhys op effen toon.

Dickon haalde zijn schouders op. 'Hij heeft wel steun in bepaalde kringen,' zei hij.

'De jouwe?' drong Rhys aan.

'We willen terugkeren naar Engeland, we willen terug naar huis,' antwoordde Dickon vaag.

'En je bent van mening dat je aan Johns kant moet staan om dat te kunnen doen? Ik heb begrepen dat een groot deel van zijn baronnen nog steeds tegen hem is, de meesten van hen hebben het niet nodig gevonden Engeland te verlaten,' zei Rhys onomwonden, en hij keek hoe Dickon onbehaaglijk op zijn stoel heen en weer schoof. 'Christus, Dickon, je bent toch niet teruggekomen om hem te steunen, is het wel?' zei Rhys, die de situatie plotseling doorgrondde.

Dickon leunde naar voren, zijn ellebogen op zijn knieën. 'Ik weet zeker dat Llywelyn verdeeldheid in Engeland zal toejuichen,' zei hij kalm.

'Dat weet ik wel zeker,' antwoordde Rhys waakzaam.

'Als John succes boekt met de Franse grondgebieden, zal hij veel van de invloedrijke mannen met zichzelf verzoenen,' vervolgde Dickon. 'Ik begrijp dat Llywelyn bepaalde baronnen heeft ontmoet.'

Rhys' gezicht stond ondoorgrondelijk terwijl hij naar Dickon keek, en diens opmerkingen noch bevestigde, noch ontkende.

'O, toe nou, Rhys, ik vertel je heus geen dingen die je nog niet wist,' zei Dickon gefrustreerd.

'Ga je met John mee naar Poitou?' vroeg Rhys zacht.

'Nee. Dacht je echt dat ik dat zou doen?' antwoordde Dickon.

'Ik hoopte van niet,' zei Rhys, die voor het eerst glimlachte.

'Zal Llywelyn hun zijn steun geven?' vroeg Dickon.

'Ik zou denken van wel, in ruil voor de hunne, uiteraard,' antwoordde Rhys. 'Voor iemand die maanden uit Engeland weg is geweest, ben je opmerkelijk goed geïnformeerd,' vervolgde hij, iets meer ontspannen nu.

'Ik heb mijn bronnen,' zei Dickon, die zich ook ontspande nu hij had gehoord wat hij wilde horen. Hij leunde achterover in zijn stoel en liet zijn wijnbeker tussen zijn handen ronddraaien. 'Net zoals ik mijn bronnen had toen Guy de Brun verdween. Vreemde geschiedenis, iets meer dan een jaar geleden nu. Met vrienden iets aan het drinken, en vervolgens opgestaan en zonder een woord vertrokken.' Hij keek naar Rhys, die zijn blik onverstoorbaar vasthield. 'Misschien heb je er wel iets over gehoord,' vervolgde Dickon. 'Ik meen dat je destijds in Londen was, voorafgaand aan je meest recente reis.'

Rhys nam een slok. 'Nee, ik kan het me niet herinneren, en ik weet zeker dat ik me iets waarbij hij betrokken was wel zou hebben herinnerd. Misschien was ik al uitgevaren,' zei hij kalm, maar zijn ogen dansten.

Op Dickons gezicht brak een glimlach door, en hij hief zijn beker. 'Op het feit dat we aan dezelfde kant staan,' zei hij.

Koning John wist met succes een groot deel van zijn grondgebied van Philip terug te winnen, maar zijn poging om Normandië te heroveren was een ramp. De woede van zijn baronnen bereikte een breekpunt, en oorlog in Engeland was onvermijdelijk. Er altijd op gebrand met onrust in het Engelse koninkrijk zijn voordeel te doen, verleende Llywelyn zijn steun aan de opstandige baronnen, en zo kwam het dat Rhys in dezelfde veldtocht als zijn zwager vocht. In mei 1215 namen de Welsh Shrewsbury in, en Rhys vertelde Elen later dat hij ervan overtuigd was dat dit een van de keerpunten was die ertoe zou leiden dat koning John de Magna Charta ondertekende.

Aangezien hij niet op veldtocht had mogen gaan, wilde Dafydd dolgraag alles met zijn vader bespreken toen deze terugkeerde. Nadat hij genoeg had gehoord over de gevechten, en de inname van Shrewsbury in het bijzonder, richtten zijn vragen zich op de Magna Charta zelf. Dafydd begon een levendige belangstelling te ontwikkelen voor de wetten, en wilde dus maar al te graag meer weten over het document dat de Engelse koning gedwongen had moeten ondertekenen.

'Dus je weet wat erin staat, papa?' vroeg hij ongeduldig.

Rhys knikte. 'Llywelyn heeft het in detail besproken,' antwoordde hij, en hij dronk langzaam uit zijn beker.

'Papa!' riep Dafydd gefrustreerd uit.

'O, hou op met plagen, Rhys. We willen allemaal graag weten wat erin stond,' zei Elen, die er heimelijk van genoot dat ze deel uitmaakte van een van de meest doorslaggevende keerpunten in de geschiedenis van het eiland.

'Nou, één ding kan ik jullie wel vertellen, het draagt overduidelijk Johns stempel. Al was hij nog zo onwillig, het is beslist het werk van een indrukwekkende, juridische geest, en niet van een stel afvallige, boze baronnen.'

'Maar welke invloed heeft het op ons?' drong Dafydd aan, aangezien hij niet wilde afdwalen naar de juridische talenten of het gebrek daaraan aan het Engelse hof.

Rhys glimlachte. 'De baronnen hebben hun woord aan Llywelyn gehouden, en er zijn drie bepalingen die rechtstreeks betrekking hebben op Wales. Alle grondgebied dat op illegale wijze van Welshmannen is afgenomen, moet worden teruggegeven. Alhoewel er ook is overeengekomen dat noch de Welsh, noch de Engelsen grondgebied zouden mogen behouden dat door een van beide partijen onrechtmatig is toegeëigend, heeft men erkend dat er onder de Welshe wet beslist zal worden over het recht op grondgebied in Wales buiten de Marches.'

'Dat is geweldig, papa,' zei Dafydd, een brede glimlach op zijn gezicht. 'Ik neem aan dat grondgebied in de Marches onder de Engelse wet valt?' voegde hij er fronsend aan toe.

Rhys schudde zijn hoofd. 'Nee, dat wordt apart behandeld, en beslissingen daarover zullen in overeenstemming met de wetten van de March worden genomen,' zei hij. Hij aarzelde en keek eerst naar zijn vrouw en daarna naar zijn zoon voordat hij verderging. 'Er is nog iets. Iedereen afkomstig uit Wales die nog steeds aan het Engelse hof wordt vastgehouden, mag terugkeren naar Wales. Hetgeen betekent dat Gruffudd thuis zal komen.'

'O, wat zal Llywelyn opgelucht zijn,' zei Elen, oprecht blij voor hun prins.

Toen zag ze Dafydds glimlach vervagen, en een gekwelde blik over zijn gezicht glijden. 'Dat is goed nieuws,' zei hij, en hij glimlachte geforceerd, maar zijn ogen stonden opnieuw waakzaam.

Elen ving Rhys' blik en zag dat ook hij Dafydds reactie had opgemerkt. Het is nog steeds niet voorbij voor hem, leek Rhys' gezicht te zeggen.

'En de Engelse mensen,' vroeg ze zacht.

'Grotendeels hetzelfde, grondgebied dat onrechtmatig is ingenomen zal worden teruggegeven, alle gijzelaars vrijgelaten,' antwoordde Rhys, en wetend wat ze werkelijk wilde horen, voegde hij eraan toe: 'En een totaal pardon voor degenen die tegen de koning hebben gehandeld.' Hij drukte haar dicht tegen zich aan toen een brede glimlach van opluchting haar gezicht opklaarde.

Toen de terugkeer van Llywelyns zoon werd verwacht, reisden Elen en Rhys op Llywelyns verzoek naar Aber om hem welkom thuis te heten. Dafydd weigerde opnieuw hen te vergezellen, en met zijn vijftien jaar konden zijn ouders hem niet dwingen.

Gruffudd was tijdens zijn gevangenschap uitgegroeid tot een volwassen man, en was een tamelijk opvallende verschijning. Elen vond dat hij meer dan ooit op zijn moeder leek, maar hij had een hardheid over zich die zijn moeder nooit had gehad. Een hardheid, geboren uit haat, dacht Elen bedroefd.

Terwijl ze doelloos door de grote zaal liep, hoorde ze Gruffudd tegen zijn vrienden praten, en ze realiseerde zich verrast dat het gesprek over haar ging.

'Ik meen het serieus,' drong Gruffudds stem tot haar door. 'De Engelse vrouwen kunnen me niet bekoren. In de lange nachten dat ik naar huis verlangde, verscheen Lord Rhys' vrouw, de hemelse Elen, voor mijn geestesoog!' lachte hij dronken. 'En het doet me deugd te zien dat mijn geheugen me niet in de steek heeft gelaten. Ze is mooi, sterk, kan rake klappen uitdelen...'

Zou dat geklets dan nooit eens ophouden, dacht Elen.

'En het mooiste van alles,' vervolgde Gruffudd, 'ze is Welsh!'

De groep lachte, en ze klonken met hun wijnbekers. Elen glimlachte bij zichzelf en wilde weglopen voordat ze ontdekt werd, maar haar jurk bleef achter een krukje haken, zodat de aandacht op haar aanwezigheid werd gevestigd. Ongegeneerd liep Gruffudd op haar af, en terwijl hij een theatrale buiging maakte, zij het een beetje wankel, bracht hij haar hand naar zijn lippen.

'Lady Elen, ik hoop dat ik u niet heb beledigd?' zei hij galant.

'In het geheel niet,' antwoordde ze met een glimlach. 'Hoewel ik niet zeker weet of ik het beeld dat je hebt geschapen kan waarmaken.' Samen-

zweerderig liet ze haar stem dalen: 'De echte kan niet over water lopen!'
Gruffudd knipperde een beetje verbaasd met zijn ogen bij haar opmerking, maar barstte vervolgens in lachen uit. 'Madame, mijn geheugen doet u geen eer aan, u overtreft uzelf!' bulderde hij.

Ze lachte met hem mee en geleidelijk aan was de rest van de groep verdwenen zodat ze alleen waren.

'Serieus,' zei hij wat nuchterder. 'Toen ik een jonge knul was, was u voor mij als Guinevere voor koning Arthur, u kon met een enkele blik die verliefde jongen in vervoering brengen of vernietigen.'

'Je mag dan wel je moeders uiterlijk hebben, maar ik zie dat je de zilveren tong van je vader hebt geërfd. De jongedames aan het hof moeten voorzichtig zijn,' merkte ze spitsvondig op.

'Na jaren in een Engelse gevangenis heb ik heel wat in te halen,' zei hij. Elen kon echter zien dat hij niet zo dronken was als hij had doen voorkomen; hij was zelfs broodnuchter, en de harde glans was in zijn ogen teruggekeerd. Dat weerhield hem er echter niet van de pijn op te merken die kortstondig op Elens gezicht stond af te lezen, en de glimlach op zijn gezicht vervaagde. 'Lady Elen, het spijt me. Het was niet mijn bedoeling om pijnlijke herinneringen op te roepen.' Hij wachtte even en zocht naar de juiste woorden. 'Ik weet dat uw zoon een van de slachtoffers was.'

Elen wachtte totdat ze met vaste stem kon praten, maar haar handen omklemden de steel van haar bokaal. 'Heb je mijn zoon gezien voordat –' zei ze aarzelend.

'Ik ben bang dat ik hem helemaal niet heb gezien. De jongere kinderen waren ergens anders ondergebracht. Het was uw jongste zoon die is meegenomen, nietwaar?' zei hij.

Ze knikte. 'Daarom is Dafydd niet hier. Hij voelt zich niet in staat je onder ogen te komen, in de wetenschap dat jij zo hebt geleden en dat zijn broer is gestorven, terwijl hij veilig was.'

'Ik moet bekennen dat ik niet begrijp waarom Morgan in zijn plaats is gestuurd,' zei Gruffudd oprecht.

Elen zuchtte, ze had niet voorzien dat ze dit aan Llywelyns zoon zou moeten uitleggen, maar tegelijkertijd was ze van mening dat ze het hem verplicht was. 'Ik wist dat John gijzelaars zou verlangen, dus ik bracht Dafydd in veiligheid. Ik had nooit een moment gedacht dat ze de kleine Morgan zouden nemen,' zei ze rustig.

Er glinsterden tranen in haar ogen, maar Gruffudd kon het gesprek niet beëindigen. 'Had u geen vertrouwen in mijn vader? Verwachtte u dat hij met de Engelse koning zou onderhandelen?' vroeg hij.

Elen haalde diep adem. 'Het was onvermijdelijk, Gruffudd. Je vader deed wat hij moest doen. Ik bracht Dafydd in veiligheid omdat ik wel degelijk vertrouwen in je vader had, ik wist dat hij niet lang zou blijven bukken onder het Engelse juk en dat hij weer in opstand zou komen,' verklaarde ze. 'Ongeacht het gevaar,' zei Gruffudd. 'Nou, ik zal u dit vertellen milady, ik zou het anders hebben gedaan.'

Elen keek naar deze felle jongeman met de fonkelende ogen en antwoordde zacht: 'Dat weet ik wel zeker. Nu moet je je maar bij de anderen voegen, we hebben ze al meer dan genoeg gespreksstof gegeven!' Ze kuste hem zacht op de wang voordat ze weer teruggleed in de schaduw, terwijl Gruffudd zich door de menigte heen moest worstelen, een vastomlijnd besluit in zijn hoofd.

Een maand later veroorzaakte Gruffudd heel wat opschudding door onverwacht op Coed Celli te verschijnen en Dafydd te spreken te vragen. De twee verdwenen gedurende een aantal uren, voordat Dafydd alleen terugkeerde. Toen hij de grote zaal binnenkwam, bemerkten Rhys en Elen een verandering in hem.

'Wat wilde hij?' vroeg Rhys.

'Hij heeft me uitgenodigd aan het hof, en me een plaats aangeboden in zijn privé-gevolg,' antwoordde Dafydd.

'Wat was je antwoord?' vroeg Rhys zacht.

Dafydd was zich bewust van het feit dat zijn moeder aandachtig naar hem keek, maar hield zijn blik op zijn vader gericht. 'Hoewel ik hem mijn woord heb gegeven dat hij mijn steun zou hebben wanneer hij een beroep op me zou moeten doen, heb ik hem verteld dat, als jullie enige nog in leven zijnde zoon, mijn plaats hier bij jullie is. Bovendien,' zei hij grijnzend, 'wil ik hier blijven.'

'Jullie zijn een hele tijd weggebleven, hij moet veel moeite hebben gedaan om je over te halen,' zei Elen kalm.

Dafydd richtte zijn diepgrijze ogen op haar. 'We hebben gepraat, mama, maar overhalen? Nee, hij wist wat mijn antwoord zou zijn, het feit dat hij het aanbod deed, was voldoende. Als jullie me nu zouden willen excuseren,' zei hij, en ging weg.

Elen ademde langzaam uit. Dafydd had gelijk, het feit dat het aanbod was gedaan, sprak boekdelen.

'Hij lijkt eindelijk met zichzelf in het reine te zijn gekomen,' zei Rhys zacht. En misschien zal hij eindelijk in staat zijn om zijn moeder te vergeven, bad hij in stilte.

22

1216

Alhoewel de bepalingen die Wales betroffen niet werden aangetast, hield koning John zich niet aan de Magna Charta, en de snel toenemende conflicten in Engeland leidden tot een voorstel om John van de troon te stoten en te vervangen door de oudste zoon van de Franse koning, Louis. De daaropvolgende burgeroorlog verschafte Llywelyn een gouden kans. Hij profiteerde ten volle van het feit dat de aandacht van de Engelse koning elders was, en leidde een leger Zuid-Wales binnen. Met zijn hulp kwam het zuiden vervolgens in opstand, en in 1216 veroverden Llywelyn en zijn bondgenoten een aantal kastelen, en ze maakten Carmarthen met de grond gelijk. Aangezien er onrust was in Engeland, was Llywelyn in staat de gevestigde centra van de Marcher-macht te bedreigen, en hij kwam helemaal tot aan Haverfordwest, Swansea en Brecon.

'Ik hoor dat Dafydd heeft bewezen een uitstekende soldaat te zijn,' zei Rhiannon tegen Elen terwijl ze door Elens tuin wandelden.

'Buitengewoon bekwaam, waren de woorden die Rhys gebruikte,' antwoordde Elen, met een gevoel van trots voor haar zestien jaar oude zoon, ook al had ze zich doodongerust gemaakt toen hij op het slagveld was. 'Alhoewel ik vrees dat hij een beetje roekeloos was. Het is bijna alsof hij het gevoel heeft dat hij moet bewijzen dat er een reden is dat hij is blijven leven, terwijl zijn broers zijn gestorven. Ik zal zo blij zijn als ze allebei veilig thuis zijn.' Ze keek ongerust naar Rhiannon. 'En het zijn niet alleen Rhys en Dafydd over wie ik me zorgen maak.'

'Je broer,' zei Rhiannon, en Elen knikte. 'Ik weet zeker dat hij het goed maakt, Elen.'

'Je weet het nooit, nietwaar?' zei Elen vertwijfeld. 'Hij kan koning John niet steunen, maar wil ook Louis niet op de troon zetten. Het nieuws dat we hier krijgen is zo onsamenhangend, maar het schijnt dat er in heel Engeland voortdurend nieuwe ontwikkelingen zijn. Veel van de baronnen hebben hun loyaliteit aan John hernieuwd, en het ziet ernaar uit dat hij een sterkere positie krijgt. Wat zal er met Dickon gebeuren als John de touwtjes weer volledig in handen krijgt?'

Rhiannon wist niet wat ze moest antwoorden, en knielde afwezig om wat verdwaald onkruid uit te trekken. Ze hield net zoveel van tuinieren als Elen, en vond het vreselijk om iets te zien wat de perfectie van Elens met zorg gekweekte planten ontsierde.

'Acht je het mogelijk dat de koning zal zegevieren? Ik geloof dat ik mezelf gelukkig mag prijzen dat ik geen familie in Engeland heb, maar het is interessant dat terwijl Engeland zo verdeeld is, eenheid in Wales het hoogste gezag voert,' mijmerde Rhiannon met een glimlach.

'Dat is heel diepzinnig voor jouw doen, Rhiannon,' zei Elen met opgetrokken wenkbrauwen.

Rhiannon lachte haar ongedwongen lach en ging staan terwijl ze het zand van haar rok veegde. 'Dat heb ik vast van jou overgenomen,' zei ze, en ze stak haar arm door die van Elen. 'Kom, laten we weer naar binnen gaan en Owains brief nog een keer lezen. Ik wou dat we op Aberdyfi konden zijn om alle andere heersers formeel hun trouw aan Llywelyn te zien zweren, vooral Gwenwynwyn. Ik durf te wedden dat hij bijna is gestikt in de woorden!'

Elen lachte met haar mee toen ze de grote zaal betraden: Llywelyn had geen grotere vijand dan Gwenwynwyn van Powys. 'En ik durf te wedden,' zei Elen, 'dat hij voordat de maand om is, die woorden zal terugnemen.'

'Waar wedden we om?' vroeg Rhiannon terwijl ze het zich gemakkelijk maakten voor de haard.

Elen dacht een ogenblik na. 'Ik weet het al, als Gwenwynwyn zijn woorden terugneemt, zal ik een diner voor je koken. Compleet, zonder kok, zonder bedienden. Ik zal het helemaal zelf doen.'

Rhiannon keek haar verrast aan. 'Jij?' zei ze.

Elen trok haar wenkbrauwen op. 'Ik wil je erop attenderen dat ik een uitstekende kok ben,' zei ze quasi-gereserveerd.

Rhiannon lachte en schonk iets te drinken voor hen in. 'Als jij het zegt,' zei ze, niet overtuigd.

'Gedurende mijn eerste huwelijk ontving ik vaak vriendinnen wanneer de mannen weg waren,' vertelde Elen geheel naar waarheid, terwijl ze terugdacht aan de 'meidenavonden'. Rhiannon was net zo'n goede vriendin voor haar als die meiden waren geweest, dus ze zag geen reden waarom ze niet een aantal van de leukere aspecten uit haar vorige leven zou herscheppen. 'Sterker nog,' vervolgde ze met een lachje, 'waarom zouden we wachten op Gwenwynwyns dubbelhartigheid, we doen het morgen. Ik geef de rest van de huishouding een vrije avond, zodat we slechts met zijn tweetjes zijn. Ik zal een maal voor je koken zoals je nog nooit hebt geproefd.' Haar ogen glansden ondeugend terwijl ze Rhiannon aankeek.

'En ga je voor iedereen koken?' vroeg Rhiannon met een grijns. 'Want als je de keuken een vrije avond geeft, wie moet dan de rest van de huishouding voeden?'

Ze lachte terwijl Elens gezicht betrok, al duurde het niet lang voordat Elen opgewekt zei: 'Ach, ik geef hen alleen vrij van de zorg voor ons, en dan zorg ik ervoor dat ze in de keuken een plekje voor me ontruimen.' Ze glimlachte triomfantelijk. Laat de politiek maar voor wat het is, dacht ze, ik wil gewoon weer even een vleugje van hoe het vroeger was.

Tot hilariteit van het huishoudelijk personeel bereidde Elen de volgende dag inderdaad een maaltijd. Ondanks de grote voorraad kruiden en specerijen, en in de wetenschap dat veel gerechten zoals bouillabaisse en boeuf Bourgignon in feite van middeleeuwse origine waren, moest ze haar moderne recepten aanpassen en rekening houden met het gebrek aan bepaalde voedingsmiddelen, zoals aardappelen en rijst. Ze kookte champignons in knoflook en brandewijn, hetgeen nauwelijks verbazing wekte. Vervolgens vulde ze een aantal grote, verse vissen, die 's morgens in de vijver waren gevangen, met een combinatie van prei en wortels, royaal op smaak gebracht met gember, en gepocheerd in wijn. Maar het was haar gebruik van groenten als wezenlijk deel van de maaltijd in plaats van als vaak vergeten bijgerechten dat iedereen verbaasde, want hoewel groenten door iedereen werden gegeten, werden ze over het algemeen beschouwd als voedsel voor de lagere rangen in de samenleving. Maar niet voor Elen, die pastinaken in plakjes sneed en uien in kwarten, en deze roosterde totdat ze krokant waren. Ze husselde bonen en kool door een mengsel van boter en kruiden, en, het vermakelijkste van alles, ze stampte gekookte raap samen met koolrabi, met ladingen boter en op smaak gebracht met kaneel. Het dessert was echter typerend voor dit tijdperk, appels gevuld met boter, suiker, kaneel, nootmuskaat en kruidnagelen, verpakt in een korstdeeg met kaas en walnoten en vervolgens gebakken. Vergezeld door Rhys' uitstekende wijn diende ze met een triomfantelijk en zwierig gebaar de maaltijd op.

Later, kijkend naar de lege schalen, leunde Rhiannon met een tevreden zucht in haar stoel achterover. 'Nou, Elen, ik had mijn twijfels toen ik je dit zag klaarmaken, maar het was verrukkelijk. Wat heb je nog meer voor geheimen voor ons?' zei ze met een grijns.

Elen straalde, ze had oprecht genoten van iets wat ooit niets meer was geweest dan een dagelijks terugkerend karweitje. Denkend aan de potten en pannen die ze had gebruikt, en de troep die ze in de keuken had achtergelaten, was ze dankbaar dat ze niet af hoefde te wassen. Haar ruimhartigheid tegenover het personeel strekte zich niet uit tot de afwas, maar terwijl ze zich in Rhiannons lovende woorden koesterde, merkte ze dat dat haar niets kon schelen.

Juni 1216

'Ondanks al zijn ambitie om de verlosser van de Welsh te worden, is Gwenwynwyn in Engeland gestorven nadat hij uit Wales was verbannen,' zei Rhys minachtend.

'Het was een slimme zet van Llywelyn om te verklaren dat hij het grondgebied dat hij innam toen Gwenwynwyn zijn belofte verbrak alleen bezet zal houden totdat de zoon volwassen is,' zei Elen.

'Het is in overeenstemming met zijn manier van handelen op Aberfydi,' antwoordde Rhys. 'Nadat hij zijn gezag over het grootste deel van Wales had gevestigd, en ook zijn steun aan Gwent en Glamorgan had verleend, was het een meesterzet om territoriale claims af te handelen door Deheubarth onder alle afstammelingen van Rhys ap Gruffudd te verdelen.'

'Ik kan me niet voorstellen dat Maelgwyn en Rhys Gryg dat leuk hebben gevonden,' merkte Elen op.

'Dat vonden ze ook niet leuk, maar ze konden Llywelyn er niet van beschuldigen dat hij niet meer was dan een prins die grondgebied inpikte. Ach Elen, wat was het heerlijk om te zien hoe ze hun hulde aan hem bevestigden,' antwoordde Rhys met een tevreden glimlach. 'En het feit dat het Aberfydi was waar Llywelyn had verkozen hen te sommeren, *sommeren* nota bene!' vervolgde hij.

Elen keek hem wezenloos aan, zodat Rhys geërgerd zuchtte.

'Ik dacht dat uitgerekend jij je geschiedenis wel kende, madame,' plaagde hij terwijl hij aan haar haren trok. 'Aberfydi is waar de suzereiniteit van Maelgwyn Fawr werd erkend. Dat was uiteraard ongeveer zevenhonderd jaar geleden, maar toch, het is veelzeggend, vind je niet?'

Elen dacht een ogenblik na. 'Dus beschouwen we Llywelyn voortaan als Llywelyn Fawr, prins van Wales?' zei ze met twinkelende ogen.

Rhys nam een grote slok uit zijn beker. 'Hij mag dan wel gezien worden als meer dan slechts een heerser van Gwynedd, maar ik denk dat zelfs hij niet zo ver zou gaan om zichzelf uit te roepen tot "de grote"!' zei hij grinnikend.

'Misschien niet,' zei ze. 'Maar je moet toegeven dat zijn ster hoog gerezen is.'

'Daar wil ik op drinken,' antwoordde Rhys. 'En op het feit dat koning John in precies de tegenovergestelde richting koerst. Wat is het heerlijk om Wales verenigd te zien, en Engeland in wanorde,' vervolgde hij, onbewust Rhiannons opmerkingen herhalend. 'Het spijt me, lief,' zei hij bij het zien van de vluchtige schaduw die over Elens gezicht gleed. 'Ik moet er geen grapjes over maken, ik weet hoezeer je je zorgen maakt om Dickon.'

'Nou, niet zo erg als voorheen, moet ik bekennen,' zei ze nadenkend. 'Sinds Louis van Frankrijk voet aan wal heeft gezet in Engeland, hebben velen John opnieuw in de steek gelaten, en nu Louis Winchester heeft veroverd, voorspelt dat niet veel goeds voor John.'

'Toch vind ik het nog steeds moeilijk te geloven dat ze Engeland werkelijk aan een Franse prins zouden geven,' zei Rhys. 'Jaren geleden, toen Normandië verloren ging, heb je zelf gezegd dat een groot aantal van hen zichzelf als Engels beschouwt, en niet Frans of Normandisch. Weet je, Elen, ik heb nooit begrepen waarom Dickon het nodig vond Engeland te verlaten, ik bedoel, hij behoorde nou niet bepaald tot de voorhoede van de opstand van de baronnen, en zij zijn grotendeels gebleven.'

Elen ging op haar achterste benen staan bij deze kritiek op haar broer. 'Dat is het 'm nou juist, de koning moest voorzichtig zijn met de leiders van de opstand, maar de minder belangrijke mannen, zoals Dickon, kon hij wel straffen zoals het hem beliefde, en dat deed hij ook. Je kunt het Dickon toch niet kwalijk nemen dat hij zijn gezin in veiligheid bracht, na wat er met de Welshe jongens is gebeurd?' zei ze verhit.

'Nee, daar heeft hij goed aan gedaan,' gaf Rhys toe, 'maar moest hij daar zelf ook echt zoveel tijd doorbrengen?' zei hij scherp.

Elen keek hem een paar ogenblikken aan, en zei toen rustig: 'Ik geloof niet dat hij lang in Frankrijk is gebleven, en in de tijd dat hij er wel was heeft hij niet stilgezeten. Ik ben van mening dat hij een groot aandeel heeft gehad in de situatie waarin Engeland zich momenteel bevindt.'

Rhys dacht terug aan het gesprek dat hij op Dafydds veertiende verjaardag had gevoerd, en ademde langzaam uit.

'Het lijkt erop dat ik mijn zwager heb onderschat,' zei hij. 'Maar nu ze Louis hierheen hebben gebracht, willen ze hem dan nog steeds op de troon zetten?'

Elen haalde haar schouders op. 'Ze weten het waarschijnlijk zelf niet. Ze zijn boos op John omdat hij geen enkele indicatie heeft gegeven dat hij zich aan zijn beloftes zal houden, en ik denk dat ze zich achter Louis hebben geschaard om te laten zien dat ze ertoe in staat zijn. Je zult gewoon moeten afwachten en kijken wat er nu gebeurt,' zei ze terwijl ze hun bekers bijvulde.

'Bedoel je niet dat we zullen moeten afwachten, of weet jij iets wat de rest van ons niet weet?' zei Rhys, die geamuseerd inhaakte op haar verspreking.

'Je hebt me daarnet al berispt omdat ik mijn geschiedenis niet kende, dus het is niet waarschijnlijk dat ik de toekomst ken,' antwoordde ze grijnzend, en ze overhandigde hem zijn wijn.

In december reisden Rhys, Elen, Dafydd en Angharad naar Tamworth om de kerst bij Dickon en zijn gezin door te brengen.

'Welkom thuis, Catherine,' zei Elen terwijl ze haar schoonzusje omhelsde. 'Het is lang geleden.'

'Te lang,' antwoordde Catherine. 'Ik heb vaak aan je gedacht,' vervolgde ze, een blik vol medeleven en begrip in haar ogen.

'En dat betekende veel voor me,' zei Elen, en ze gaf een kneepje in haar hand. 'Waar is mijn nieuwe nichtje nou?'

'Je nieuwe en laatste nichtje, hoop ik,' zei Catherine met een glimlach, terwijl ze een ernstig kijkende peuter in haar armen nam. 'Matilde, zeg eens hallo tegen je tante Elen,' zei ze, maar het kind reageerde door haar hoofd in haar moeders haar te begraven.

'Vandaag niet, lijkt het,' lachte Elen, 'maar geen zorgen, de andere kinderen hebben het meer dan goed gemaakt,' zei ze, denkend aan de opwinding op de binnenplaats toen ze arriveerden.

'Kom bij het vuur zitten,' zei Catherine, die Matilde teruggaf aan haar kindermeisje. 'Angharad, zou jij het leuk vinden om te helpen met Matilde in bad doen?' zei ze, toen ze zag dat Angharad verlangend naar het kleintje keek.

Angharads gezicht lichtte op. 'O ja, tante Catherine,' zei ze, en ze gaf haar tante een vluchtige kus op haar wang, en liep daarna achter het kindermeisje aan naar de kinderkamer.

'Daar komen Dickon en Rhys,' zei Elen, die naar de ingang van de grote zaal keek.

'Allemachtig, is dat Dafydd?' riep Catherine uit. 'Wat is hij een knappe jongeman geworden.'

Elen glimlachte trots en keek naar hen terwijl ze dichterbij kwamen.

'Zo, Dickon,' zei Rhys toen ze 's avonds allemaal rond het vuur zaten. 'Engeland is gered voor het Huis Plantagenet.'

'Ja, John heeft met zijn dood bereikt waar hij tijdens zijn leven niet toe in staat was,' antwoordde Dickon.

'Maar hij is alleen en nauwelijks beweend gestorven,' zei Catherine zacht. 'Wat een manier om herinnerd te worden.'

Elen bleef stil, ze wist hoe de kronieken de dood van koning John beschreven, en als schoolmeisje had ze altijd medelijden met hem gehad. Maar hoewel ze misschien met tegenzin kon toegeven dat hij een gekweld man was geweest, en desondanks toch een heleboel goeds voor Engeland had gedaan, zou ze nooit meer verder kunnen kijken dan de wrok en de wreedheid die haar zoon hadden gedood.

'Toch,' zei Dickon, die niet lang bij de overleden koning stil wilde blijven staan, 'ziet de toekomst er voor ons allemaal rooskleuriger uit. Engeland kent stabiliteit, en met een kind op de troon zal de regering een akkoord met Llywelyn moeten bereiken.'

'En kan ik een normaal familieleven leiden zonder politieke verdeeldheid,' zei Elen opgewekt.

'Ach, Elen, jij bent niet voorbestemd om een normaal leven te leiden,' grapte Dickon, waarmee hij de anderen aan het lachen maakte, en ze klonken met hun wijnbekers.

Elen schrok op bij zijn spitsvondige opmerking, in gedachten ging ze terug naar haar vroegere leven en ze hoorde Gareth precies dezelfde woorden uitspreken. Ze begreep plotseling dat Dickon en Gareth dezelfde persoon waren. Op dat moment wist ze heel stellig dat hij er altijd zou zijn, ongeacht welke andere levens ze nog had, nooit een minnaar, maar altijd een broer die geen broer was. Terwijl ze haar wijn dronk, voelde ze een warme gloed door haar lichaam trekken, en ze proostte op Dickons voorspelling van gelukkiger tijden die in het verschiet lagen.

23

De daaropvolgende jaren waren goede jaren. In beide landen heerste vrede, en het ging de familie voor de wind. Rhys maakte een paar korte reizen naar het vasteland, en Elen kwam ernstig in de verleiding om met hem mee te gaan. Ze genoot ervan om Dafydd en Angharad te zien opgroeien, ze bezocht Joanna op Môn en bracht ook tijd door met Rhiannon op Owains landgoed. Ja, ze was gelukkiger dan ze in jaren was geweest.

In februari, de maand na Dafydds negentiende verjaardag, ging het hele gezin op reis om Dickon en Catherine te bezoeken, die het ook onder het nieuwe Engelse regime voor de wind was gegaan.

'Het is een prachtige plek, Catherine, en zo centraal gelegen,' zei Elen met een zweem van jaloezie toen de twee vrouwen hun rondleiding hadden gedaan door het nieuwste huis van Catherine en Dickon, even ten noorden van de stad Londen.

'De kinderen vinden het heel mooi. Ik ben zo blij dat jullie op bezoek konden komen,' zei Catherine toen ze zich weer bij de anderen rond het knapperende vuur voegden.

'We hadden Angharad voor haar verjaardag een reisje naar Londen beloofd, dus je uitnodiging werd enthousiast ontvangen,' zei Elen, die een beker wijn in ontvangst nam van een bediende.

'Daar heb je je handen vol aan, Rhys,' zei Dickon gniffelend. 'Angharad is opgegroeid tot een echte schoonheid, het is moeilijk te geloven dat ze pas twaalf is geworden. Ze zal geen gebrek hebben aan huwelijkskandidaten.'

Rhys en Elen wisselden een veelbetekenende blik. Er waren al vele discussies geweest over hun dochter, wier onmogelijk sensuele trekken haar uiterlijk een volwassenheid verleenden die haar prille leeftijd ver te boven ging. Tot Elens afgrijzen was ze een onverbeterlijke flirt geworden, er altijd op gebrand om haar nieuw verworven krachten op ongelukkige jonge mannen uit te proberen.

'We hebben de beslissing over een huwelijk voor haar al genomen,' zei Rhys. 'De oudste zoon van een familie die verscheidene landstreken in Powys bezit. Maredudd kan op een flinke erfenis rekenen, en hij lijkt een verstandige knul.'

'Hetgeen wil zeggen dat Rhys denkt dat hij Angharad wel kan temmen. Maar het huwelijk is nog heel wat jaren van ons verwijderd,' zei Elen ferm. Ze voelde er niets voor haar dochter het huwelijk in te jagen, voordat ze nog wat langer van haar jeugd had genoten.

'Het moeras is bevroren, ik dacht dat we de jongere kinderen daar morgen misschien mee naartoe konden nemen,' zei Catherine tegen Elen, haar gedachten verstorend.

'O, wij gaan ook wel mee, nietwaar papa?' zei Dafydd enthousiast. 'Nicholas, ga je ook mee?' zei hij tegen zijn neef.

Nicholas knikte met een geamuseerde glimlach. Toen hij had gehoord dat Dafydd met de rest van de familie zou komen, had hij besloten zich voor de duur van hun bezoek bij zijn vaders huishouding te voegen, en hij had zijn eigen vrouw en kind meegenomen. Nadat hij de ochtend met zijn jongere neef had doorgebracht, was hij zich bewust van Dafydds tegenzin om meer tijd dan absoluut noodzakelijk was met de zakenrelaties van Rhys in de stad door te brengen. Op zijn negentiende ging het afhandelen van aangelegenheden die betrekking hadden op zijn vaders landgoed Dafydd gemakkelijk af, en had hij het volledige beheer over de landerijen die Llywelyn aan Rhys had geschonken als blijk van waardering voor diens veelomvattende diensten. Dafydd had echter wat de zeevaart betrof geen enthousiasme getoond om in Rhys' voetsporen te treden. Hij stond met beide voeten stevig op Welshe grond, en hoewel hij best genoot van de vruchten van de handel, liet hij het eigenlijke handel drijven net zo lief aan anderen over.

De volgende dag begaven ze zich met zijn allen naar de bevroren moerassen. De groep bood een tamelijk opvallende aanblik: de dames allemaal in prachtige wollen, met bont gevoerde mantels gewikkeld, met stevige leren enkellaarsjes aan hun voeten, terwijl de mannen gekleed waren in kortere, zwaardere wollen mantels, warme broeken en tunieken met kniehoge leren laarzen.

Er was al een flinke menigte op het ijs toen ze arriveerden, en Elen was geboeid door de spelletjes die er werden gespeeld. Tot haar verrukking zag ze dat een aantal van hen botten van dieren onder hun schoenen hadden gebonden, die ze als schaatsen gebruikten. Ze hielden ijzeren staven vast terwijl ze voortsnelden, maar gebruikten deze niet zoals ze zou hebben verwacht, in plaats daarvan tilden ze ze op en staken ze ermee naar elkaar.

Ze dacht met genoegen terug aan de keren dat ze, als studente, met een groep vrienden was gaan schaatsen. Hoewel ze zich er volledig mee had verzoend dat ze dat leven nooit meer zou leiden, was ze het niet vergeten. Tijdens de donkere jaren had ze de eenvoud en de veiligheid van wat ze ooit had gehad naar waarde leren schatten. Maar in gelukkiger en stabielere tijden maakte een woord hier of een gebaar daar een herinnering los. En nu, terwijl ze naar de capriolen op het ijs keek, bedacht ze hoe weinig mensen in feite veranderen. Haar vrienden en zij zaten elkaar altijd met hoge snelheid achterna, de meisjes gillend, en sommige van hen gleden op bijna dezelfde manier uit als ze nu zag gebeuren. Ze lachte genietend om het tafereel dat ze nu gadesloeg en de herinnering die het opwekte.

'Het ziet er daar enigszins ruig uit,' merkte ze op toen een van de jongens viel en zijn hoofd schaafde.

'Dat stelt niets voor,' zei Dickon lachend. 'Ik heb menig gebroken ledemaat gezien na dergelijke gevechten!'

Dickons zoon, Robert, schaatste naar hen toe, met glanzende ogen en blozende wangen van de opwinding en de kou.

'Kom Angharad, doe je niet met ons mee?' vroeg hij aan zijn nichtje. 'Ik zal wel op je passen.'

Voordat Angharad antwoord kon geven, hoorde ze haar broer haar naam roepen. Toen ze zich omdraaide, zag ze Dafydd en Nicholas met behulp van leren riemen een grote klomp ijs haar kant uit slepen.

'Kom, popje,' zei Dafydd lachend. 'Je rijtuig staat voor!'

Ze hadden een stoel gevormd van het ijs, en Angharad keek er weifelend naar en toen naar haar moeder.

'Het is jouw beslissing,' zei Elen. 'Maar het ziet er leuk uit.'

Met een vrolijke kreet tilde Dafydd zijn zusje op en zette haar in de ijsstoel. Met ineengehaakte handen en de riemen om hun middel gewikkeld, renden Nicholas en hij vervolgens het ijs op, de stoel achter zich aan trekkend.

'Wees voorzichtig, Dafydd,' riep Rhys, maar ze waren al buiten gehoorsafstand.

Na de eerste verbazing begon Angharad te gillen van plezier, dat overging in gegiechel toen de jongens onderuit gleden.

'Niet ophouden,' riep ze, terwijl ze over hun blauwe plekken wreven.

Met een grijns naar elkaar haakten ze hun handen weer ineen, en ze renden zelfs nog sneller, totdat Angharad nauwelijks meer lucht kreeg.

Elen en Rhys bulderden van het lachen om hun capriolen. 'Ik neem aan dat jij straks ook een keer wilt,' zei Rhys, nog steeds lachend.

'O, als dat toch eens kon,' antwoordde Elen. 'Maar dat gaat zelfs voor mij te ver!'

'Papa! Papa!' riep Robert tegen Dickon terwijl hij zich over het ijs in hun richting haastte. 'Er zijn daar een paar pasteiverkopers, mogen we wat pasteitjes?' vroeg hij opgewonden.

'Dat is een uitstekend idee, Robert. Wie wil er ook?' zei Dickon, en om hem heen werd heftig geknikt. 'Goed, laten we de kinderen bij elkaar roepen en gaan kijken wat de pasteiverkopers te bieden hebben.'

De kinderen hoefden niet bij elkaar geroepen te worden, aangetrokken door de geuren die opstegen uit de pasteikarretjes en aangespoord door hun enorme eetlust, waren ze er eerder dan hun ouders.

'Er is keuze uit haas of egel,' vertelde Nicholas hun.

Niet van plan om egel te eten, koos Elen voor haas. Of het de frisse winterlucht was of gewoon het onbekende van de situatie, Elen kon zweren dat ze nog nooit zoiets heerlijks had geproefd, en ze kwam bijna in de verleiding om twee pasteitjes te nemen. Ze lachte en maakte grapjes met de pasteiverkoper, en zwaaide uitgelaten naar hem toen ze zich weer bij de anderen voegde.

'Werkelijk, mama, ik vind niet dat u zo joviaal had moeten doen tegen die man,' zei Angharad tegen haar terwijl ze terug slenterden.

Elen keek licht geamuseerd naar haar dochter. 'O? En hoe had ik dan wel moeten doen?'

'U weet best wat ik bedoel,' zei Angharad pruilerig.

Elen keek haar kalm aan. 'Ik hoop van niet, Angharad. Je vader en ik hebben geprobeerd je te leren mensen niet te beoordelen op basis van hun rang in het leven. Ik dacht dat we daarin waren geslaagd, maar nu heb je me teleurgesteld,' zei ze licht verwijtend.

Angharad bloosde en Elen pakte haar hand. 'Liefje, je hebt erg geboft met het leven dat je leidt, niet iedereen is zo gelukkig. Maar liefde en vriendelijkheid gaan niet hand in hand met rijkdom,' zei ze tegen haar dochter.

Angharad sloeg haar ogen neer. 'Ik weet het, mama. Het is gewoon dat alles u zo gemakkelijk afgaat. De andere dames spraken niet met hem, moet u dan altijd anders zijn. U zou zelfs in het Engels tegen hem kunnen praten,' zei ze fluisterend. 'Ik kan nooit worden zoals u.'

Elen zuchtte. Dit ging niet over de pasteiverkoper, maar over haar en Angharad, die op de drempel stond naar het vrouw-zijn, en rivaliseerde met alle gemengde gevoelens die dat met zich meebracht. De verschillen waar haar dochter opgetogen over was geweest toen ze klein was, leken haar nu in verlegenheid te brengen. Elen zuchtte berustend, het was het eeuwenoude verhaal van ouder en kind, sommige dingen zouden nooit veranderen.

'Probeer niet zoals ik te zijn,' zei Elen zacht. Ze bleef staan en hield Angharad een eindje bij de anderen vandaan. 'Kijk me aan, kind,' zei ze.

Toen Angharad haar gezicht ophief, nam Elen haar gezicht tussen haar handen. 'Ik heb mijn eigen weg moeten vinden, net zoals jij zult moeten doen. Maar de paden die je zult bewandelen, zullen anders zijn dan de mijne. Je bent slim en lief en mooi, en er is niets aan je waar mensen niet van zullen houden,' zei ze met een liefhebbende glimlach.

Angharad beet op haar lip en omhelsde haar moeder vervolgens impulsief. 'Het spijt me wat ik heb gezegd, mama. Ik hou echt van u, weet u,' zei ze.

'Ik weet het, liefje,' zei Elen, die haar omhelzing beantwoordde. 'Kom, we moeten je thuis zien te krijgen, je moet droge kleren aan. Je hebt een nat achterwerk van op dat ijs zitten,' zei ze, en ze gaf haar dochter lachend een klopje op haar achterste.

'Geen problemen, hoop ik?' vroeg Dickon toen ze de rest weer inhaalden.

Elen schudde haar hoofd. 'Alleen groeipijnen,' zei ze, terwijl ze glimlachend toekeek hoe Angharad zich haastig weer bij haar neefjes en nichtjes voegde.

'Rhys zou best gelijk kunnen hebben, weet je. Ze zal misschien eerder klaar zijn voor het huwelijk dan je denkt,' zei Dickon nadenkend. 'Sta je er afwijzend tegenover omdat je niet zeker weet of het een goed huwelijk zal zijn?'

'Nee, ik hou gewoon niet van het idee van kindbruidjes,' zei Elen resoluut.

'Ze heeft op een aantal jonge mannen nogal wat indruk gemaakt. Er zouden mogelijkheden kunnen zijn om andere huwelijkskandidaten te overwegen,' zei Dickon aarzelend, terwijl hij haar nauwlettend gadesloeg.

Elen glimlachte en schudde haar hoofd. 'We hebben hier niets te winnen bij een huwelijk, maar ze zou zoveel te verliezen kunnen hebben,' zei ze.

Bij het zien van Dickons samengeknepen ogen, legde ze een hand op zijn arm. 'Wees niet zo defensief. Het is niet dat we iets tegen een Engelsman hebben, maar meer tegen de situatie die kan ontstaan. Ik wil niet dat haar loyaliteit heen en weer geslingerd wordt tussen haar thuis en haar echtgenoot, dat haar hart breekt omdat haar dierbaren op een slagveld tegenover elkaar staan. Dat wil ik haar niet aandoen, Dickon,' zei ze.

'Maar wat dacht je van een conflict tussen Powys en Gwynedd?' vroeg hij.

'Llywelyns heerschappij in Wales is onbetwist, we zien geen enkele aanleiding om ons daarover zorgen te maken,' antwoordde Elen. 'Je weet zelf dat hij, sinds de samenkomst op Aberfydi, zijn macht over het grootste deel van Wales heeft versterkt, en zelfs de Engelse kroon was gedwongen om zijn positie te erkennen, vorig jaar bij het verdrag van Worchester. Llywelyn bracht namens alle andere Welshe heersers in zijn eentje hulde aan de Engelse koning, terwijl zij op hun beurt hulde bewezen aan Llywelyn.'

'Op dat punt zal ik je niet tegenspreken,' zei Dickon instemmend. 'Maar denk je niet dat de vrede tussen Engeland en Wales blijvend zal zijn?' vroeg hij.

'Jij wel?' kaatste ze terug. 'Jullie koning zal niet altijd een kind blijven.'

Aangezien hij hierop geen antwoord had, pakte hij haar arm terwijl ze de anderen volgden naar de uitnodigende warmte van de grote zaal.

24

September 1219

Dafydd keek met samengeknepen ogen omhoog naar de zon, en bleef wat achter bij de rest van het jachtgezelschap. Zijn metgezel, Rhodri, hield zijn paard in en voegde zich bij hem.

'Wat scheelt eraan, Dafydd, we missen de jacht als we niet bij de anderen blijven,' zei hij.

'Ik maak me zorgen, Rhodri. Meurig was niet bij ons aan de start, en hij heeft zich nog steeds niet bij ons gevoegd,' antwoordde Dafydd.

'Denk je dat hij iets vermoedt?' vroeg Rhodri.

'Dat Efa me in vertrouwen heeft genomen? Nee, daar is hij te arrogant voor. Hij leek echter niet al te gelukkig met haar vriendschap met de andere vrouwen. Ik ga terug,' zei Dafydd.

'Ik ga wel met je mee. Zal ik het tegen Hywel zeggen?' vroeg Rhodri.

'Nee, als onze gastheer zal hij zich alleen verplicht voelen ons te vergezellen, en misschien maak ik me onnodig ongerust. Maar haal Huw even, hij zal bij ons willen blijven,' zei Dafydd, die zijn paard al wendde.

Toen de drie mannen de binnenplaats van Hywels huis op reden, hoorden ze geschreeuw en gegil van binnen komen. Met grote passen liepen ze langs de besluiteloze vrouwen en bedienden heen, en gingen een van de slaapkamers binnen, waar ze net op tijd kwamen om te zien hoe Lord Meurig zijn vrouw sloeg, zodat ze door de kamer vloog. Het was duidelijk niet de eerste klap, aangezien ze hevig bloedde uit een snee boven haar linkeroog.

'Eruit,' brulde Meurig toen hij de drie mannen zag. 'Dit zijn jullie zaken niet.'

'Ik maak het mijn zaak,' zei Dafydd ijzig. 'Sla haar nog één keer, en je zult je tegenover mij moeten verantwoorden,' zei hij, en hij legde zijn hand op het gevest van zijn zwaard.

'Je hebt het recht niet, je bent geen familie van haar,' zei Meurig minachtend.

Dafydd negeerde hem en stak de angstige vrouw zijn hand toe. 'Kom, Efa, je hoeft deze behandeling niet langer te ondergaan,' zei hij vriendelijk.

'Blijf waar je bent,' gromde Meurig. 'Je bent mijn vrouw en je doet wat ik zeg.' Hij keerde zich naar Dafydd. 'Je kunt haar maar beter met rust laten, jongen,' zei hij, en hij deed een stap naar voren.

Huw en Rhodri gingen naast Dafydd staan, de hand op hun gevest.

'Kom op dan, Meurig, ik zou het toejuichen. Hoewel het voor jou niet leuk zal zijn,' zei Dafydd kil.

Meurig wierp Dafydd een blik vol haat toe, maar deed een stap achteruit, onwillig om de uitdaging aan te nemen.

'Efa, kom, je weet dat het moet,' zei Dafydd op ferme toon tegen de in elkaar gedoken vrouw.

Efa keek eerst angstig naar haar man, stond toen op met beheerste waardigheid, en liep langs hem heen naar de deur.

'Hier zul je voor boeten, jullie allebei,' zei Meurig op lage toon.

Dafydd maakte een minachtend geluid, nam vervolgens Efa's arm, draaide zich om en verliet het vertrek, met Huw en Rhodri in zijn kielzog.

Eenmaal terug op de binnenplaats beval Dafydd dat er voor Lady Efa een paard moest worden klaargemaakt. Toen het paard gereed was, reden ze met zijn vieren de poort uit zonder nog een woord te zeggen, en ze lieten het aan de geschokte huishouding over om alles uit te leggen wanneer Hywel en de anderen zouden terugkeren van de jacht.

Rhys keek op van zijn papierwerk toen zijn rentmeester zijn studeervertrek binnenkwam.

'Wie kwam daar in zulke grote haast binnenrijden?' vroeg Rhys.

'Uw zoon, milord,' antwoordde Alun.

Rhys keek bedenkelijk. 'Hij zou pas over een paar dagen terugkeren.' Hij keek naar Alun, die nog steeds nerveus voor hem stond. 'Ja, Alun, wat is er?' vroeg hij, met het gevoel dat hij het antwoord niet leuk zou vinden.

'Lord Dafydd is niet alleen, hij heeft Lady Efa, Lord Meurigs vrouw, bij zich,' antwoordde Alun ongemakkelijk.

'Meurig ab Idwal?' vroeg Rhys scherp.

Alun knikte. 'Mevrouw uw echtgenote wil dat u naar de grote zaal komt,' zei hij tegen hem.

Rhys ruimde de papieren op waaraan hij had zitten werken, en ging staan. 'Ik begrijp dat Lord Meurig zijn vrouw niet vergezelt?' zei hij, maar hij wachtte niet op Aluns antwoord.

Toen Rhys de grote zaal betrad, trof hij tot zijn opluchting een veel kalmer tafereel aan dan hij zich had voorgesteld, hoewel de spanning in de lucht niet te ontkennen viel. Dafydd was gespannen als een veer, klaar om te knappen bij de minste provocatie. Zijn twee trouwe metgezellen voelden zich niet op hun gemak, en hoewel ze even loyaal waren tegenover Dafydd als altijd, zagen ze eruit alsof ze liever ergens anders zouden willen zijn. Elen verzorgde een vrouw van wie Rhys veronderstelde dat ze Lady Efa was. Een breekbaar klein ding, hij moest haar al eerder hebben ontmoet, maar als dat al zo was, dan had hij geen enkele herinnering aan haar.

'Ging de jacht niet helemaal zoals je had gepland, Dafydd?' zei Rhys terwijl hij naar de groep toe beende.

Dafydd draaide zich met een ruk om, maar Rhys liep langs hem heen, naar de plek waar Elen en Efa zaten.

'U moet Lady Efa zijn, de gast van mijn zoon,' zei Rhys met onbetwistbare hoffelijkheid. Hij bleef echter abrupt stilstaan toen ze haar hoofd ophief en er aan de rechterkant van haar gezicht een lelijke blauwe plek zichtbaar werd, en een net genezende snee boven haar linkeroog.

'Wie heeft u dit aangedaan?' wilde hij weten.

'Dafydd zegt dat haar man het heeft gedaan,' antwoordde Elen, haar arm om de angstige Efa heen.

'Is dat waar?' vroeg Rhys aan Efa.

'Over zoiets zou ik niet liegen,' kwam Dafydd verhit tussenbeide.

'Is dat waar, lady?' herhaalde Rhys vriendelijk. Efa's ogen schoten naar Dafydd. 'Ik stel de vraag,' zei Rhys zacht maar resoluut.

Efa keek weer naar Rhys en knikte ongelukkig. 'Ja, milord,' fluisterde ze. Rhys ging achteruit, tevreden dat ze de waarheid vertelde, en niet slechts een weggelopen echtgenote was.

'Angharad,' zei Elen tegen haar dochter, die het tafereel aandachtig opnam. 'Neem Lady Efa mee naar je kamer en laat Bronwyn haar gezicht verzorgen.' Ze wachtte even en nam Efa van onder tot boven op, 'en alle eventuele andere blauwe plekken die ze heeft,' voegde ze eraan toe, omdat ze vermoedde dat de plekken die ze konden zien, niet de enige zouden zijn.

'Ga maar met Angharad mee, Efa, en maak je geen zorgen. Je bent hier veilig,' stelde Elen haar gerust, en ze keek haar na terwijl ze met Angharad de grote zaal verliet.

'Waar heb je ons nu ongewild in betrokken, Dafydd,' zei Elen vermoeid, terwijl ze iets te drinken voor hen allemaal inschonk.

'Ik heb jullie nergens ongewild in betrokken,' zei Dafydd, die haar woedend aanstaarde. 'Ik heb Efa hier gebracht omdat, zoals je zelf opmerkte, ze hier veilig zal zijn. Maar dit is mijn gevecht, mama, niet het jouwe, dus je hoeft je geen zorgen te maken.'

'O, Dafydd, waarom moet het toch altijd een aanvaring zijn met jou?' zei Elen wanhopig. 'Ik beschuldigde je nergens van. Ik wil alleen het hele verhaal weten, dat ben je ons op zijn minst verschuldigd.'

'En of je het leuk vindt of niet, jongen, door het meisje hier te brengen, heb je ons erin betrokken, een feit waarvan je je welbewust bent,' bracht Rhys naar voren. 'Nu, wat is er precies gebeurd?'

Dafydd nam een grote slok van zijn mede. 'Die schoft van een Meurig mishandelt haar, en ik besloot dat het tijd was dat daar een eind aan kwam,' zei Dafydd nors.

'Dafydd, je hebt toch niet –' vroeg Rhys rustig.

'Maak je zich geen zorgen, papa, ik heb geen druppel van zijn bloed doen vloeien. Hij vecht niet met mensen die terugvechten,' antwoordde Dafydd met een minachtend lachje. Hij dronk zijn beker leeg en vulde hem weer bij. Bij zijn vaders stilzwijgen zette hij de beker neer, wendde zijn gezicht naar zijn ouders, en vertelde hun in het kort wat zich bij Hywel thuis had afgespeeld.

Rhys keerde zich naar Dafydds metgezellen. 'Waren jullie hier getuige van?' blafte hij.

'Ja, milord,' antwoordde Rhodri voor hen beiden. 'Als Dafydd er niet was geweest, had Lady Efa zwaar gewond kunnen raken.'

Rhys was een poosje stil. 'Ik heb begrip voor je inmenging, Dafydd, maar waarom ben je met haar weggegaan?' vroeg hij.

Toen Dafydd niet onmiddellijk antwoord gaf, sprak Elen. 'Wat zei Hywel?' vroeg ze aan Dafydd.

'Hij was er niet, dus hij kon niets zeggen. Ik heb toch verteld dat we eerder zijn vertrokken,' zei Dafydd kortaf.

'Je bent weggegaan zonder op zijn terugkeer te wachten? Vond je niet dat hij, als jullie gastheer, recht had op een verklaring?' zei Elen ongelovig. 'Er zijn correcte manieren om dit soort dingen af te handelen, Dafydd, en daar hoort je er blind in storten, zonder na te denken over de gevolgen, niet bij.'

'Zoals je al die jaren geleden met Isabelle deed? Je handelde destijds zoals je nodig vond, net zoals ik vandaag deed, mama,' antwoordde Dafydd boos.

'Zo is het genoeg, Dafydd,' zei Rhys scherp. 'Dit gaat niet over je moeder, zoals je weet.'

Elen zuchtte. 'Het geeft niet, Rhys. Dafydd heeft gelijk,' zei ze, en ze legde haar hand over die van Dafydd. Ze voelde de spieren onder haar vingers verstrakken, maar hij trok zijn hand niet weg. 'Ik ben niet tegen hetgeen je gedaan hebt, Dafydd, je kent mijn opvattingen over mannen die hun vrouw slaan. Ik ben van mening dat je niet zo haastig had moeten vertrekken. Het suggereert dat er een motief was voor Meurigs daden, en het wijst jou aan als de schuldige partij. Ik vermoed dat we hier binnen niet al te lange tijd een boze Meurig zullen hebben,' zei ze kalm.

Dafydd gaf geen antwoord, maar staarde humeurig in het vuur.

'Elen, ik denk dat je even bij Efa moet gaan kijken,' zei Rhys. 'Ik zou Dafydd graag onder vier ogen willen spreken.' Hij wendde zich tot Dafydds metgezellen. 'We zullen jullie niet langer ophouden,' zei hij resoluut.

'Nou, Dafydd?' zei Rhys zodra ze alleen waren. 'Zou je me misschien het volledige verhaal willen vertellen?'

'Er valt niets meer te vertellen, papa,' antwoordde Dafydd.

'O, ik denk van wel,' zei Rhys zacht. 'Ik zou bijvoorbeeld graag willen weten waarom je ervoor hebt gekozen eerder van de jacht terug te keren dan de anderen, en waarom je rechtstreeks naar de slaapkamer bent gegaan.'

Onder zijn vaders kritische blik had Dafydd geen andere keuze dan eerlijk te zijn. 'We hebben geen verhouding, papa, als dat is wat je vraagt. Niet omdat ik het niet wil, maar Efa is geen overspelige vrouw,' zei hij ferm. 'We hebben echter een heel hechte band gekregen, en ze heeft me uiteindelijk in vertrouwen genomen over het feit dat Meurig haar mishandelt. Ik maakte me ongerust toen Meurig zich tijdens de jacht niet bij ons voegde. De rest weet je.'

'Ze heeft geen familie?' vroeg Rhys, die zijn beker bijvulde.

'Ze was enig kind, haar moeder is gestorven toen ze klein was, en haar vader is kort na haar huwelijk gestorven. Er zijn geen andere mannelijke bloedverwanten,' vertelde hij zijn vader.

'Ik begrijp het, en ik neem aan dat Meurig zijn vuisten in bedwang hield toen haar vader nog leefde,' merkte Rhys op.

'Uiteraard. In de afwezigheid van mannelijke verwanten meende hij dat hij beschermd was tegen represailles, totdat ik op het toneel verscheen,' zei Dafydd bars. 'Ik heb haar al eerder gevraagd hem te verlaten, maar ze weigerde,' vervolgde hij. 'Vandaag zag ze in dat ze geen keus had.'

Rhys nam nadenkend een slok. 'Zijn er kinderen?' vroeg hij.

Dafydd lachte spottend. 'Dan zou Meurig eerst met haar moeten slapen!' Bij het zien van zijn vaders opgetrokken wenkbrauwen, verduidelijkte hij zijn opmerking. 'Onze Lord Meurig geeft er de voorkeur aan zich met mannen te amuseren.'

'Christus!' riep Rhys uit.

'Heb ik je geshockeerd, papa?' zei Dafydd met een vage glimlach.

'Nou, ik ben verrast, dat zal ik niet ontkennen,' zei Rhys. 'Weet zijn vader het?'

Dafydd lachte opnieuw. 'Denk je dat Meurig nog rond zou lopen als dat zo was?'

'Nee, waarschijnlijk niet,' stemde Rhys in. 'Idwal spreekt ook altijd met zijn vuisten. Hoewel hij bij mijn weten nooit zijn vrouw heeft geslagen, maar hij is dan ook niet –'

'O, denk maar niet dat Meurig Efa slaat omdat ze een vrouw is. Er is meer dan eens een jongeman in zijn gevolg geweest met een blauw oog,' viel Dafydd hem in de rede. 'Hij is gewoon een gemene, gewelddadige man, en op een dag zal hij op even gewelddadige wijze aan zijn eind komen,' vervolgde hij, zijn woede opnieuw aangewakkerd.

'Maar niet door jouw handen, hoop ik,' zei Rhys rustig.

Dafydd was een poosje stil. 'Ik ben van plan met haar te trouwen, papa,' zei hij, terwijl hij Rhys aandachtig aankeek.

'Nou, nou, je zit vol verrassingen vandaag. Luister, Dafydd, je hebt correct gehandeld door haar weg te halen uit een beangstigende situatie, en we zullen doen wat we kunnen om haar te helpen. Maar trouwen! Ze is minstens tien jaar ouder dan jij, en ze zal in het huwelijk niets inbrengen, daar zullen Meurig en Idwal wel voor zorgen,' zei Rhys, in een poging om zijn zoon tot inkeer te brengen.

Dafydd keek hem koel aan. 'Acht jaar om precies te zijn. En ik vraag je niet om toestemming, papa, maar ik zou wel graag je zegen willen,' zei hij.

'En Efa, is zij bereid? Ik weet zeker dat ze je dankbaar is, maar ik zal niet toestaan dat ze opnieuw wordt gedwongen om tegen haar zin een huwelijk te sluiten. Ze is geen jachttrofee, Dafydd,' zei Rhys krachtig.

'Je klinkt net als mama,' zei Dafydd koppig.

'Dat mag ik hopen,' kaatste Rhys terug. 'Luister naar me, jongen, als er geen overeenstemming bestaat over de basisregels waarnaar je wilt leven, dan houdt geen enkel huwelijk stand.'

'Efa wil mij net zo graag als ik haar,' zei Dafydd ten slotte. 'Maar ze wil geen weggelopen vrouw zijn, en ook geen overspelige. Ze wil een scheiding, wettelijk en onberispelijk. Wil je ons steunen, papa?'

'Natuurlijk doe ik dat, Dafydd,' zei hij.

'En mama ook?' drong Dafydd aan, terwijl er een opstandige ondertoon in zijn stem kroop, die er altijd was wanneer het om zijn moeder ging.

Rhys zuchtte. 'Natuurlijk doet ze dat. Je moeder wil dat je gelukkig bent.' Hij staarde Dafydd aan. 'Ze houdt erg veel van je, en handelt altijd vanuit die liefde. Je zou er goed aan doen om dat te onthouden.'

Dafydd keek weg van zijn vaders strenge blik. 'Dat doe ik, papa, geloof me, dat doe ik,' zei hij met een zucht.

Elen had gelijk, en het duurde niet lang voordat Meurig, die stijf stond van verontwaardiging en woede, op Coed Celli verscheen. Hij had Hywel meegebracht, die, hoewel hij wantrouwig stond tegenover Meurigs verontwaardiging, desalniettemin van mening was dat hij recht had op een verklaring voor Dafydds gedrag.

Ze werden naar Rhys' studeerkamer gebracht, waar Rhys rustig aan zijn bureau zat, terwijl Dafydd uitdagend achter hem stond.

'Goedemiddag, heren,' zei Rhys kalm. 'Wilt u misschien iets drinken?'

'Laat de beleefdheden maar achterwege,' zei Meurig fel. 'Ik ben hier voor mijn vrouw, draag haar over.'

'Ik ben bang dat dat niet mogelijk is,' antwoordde Rhys op dezelfde kalme toon. 'Ze wenst niet bij u terug te keren.'

'Wat ze wil, interesseert me niet. Ze is mijn vrouw, *mijn* vrouw, een feit dat uw zoon lijkt te zijn vergeten,' zei Meurig, en hij wierp Dafydd een hatelijke blik toe. 'En zodra ik haar heb teruggestuurd naar waar ze thuishoort, zal ik gerechtigheid eisen van uw zoon. Hij heeft mijn eer bezoedeld, en daar zal hij voor boeten,' tierde hij, en hij greep naar het gevest van zijn zwaard.

Rhys stond op, liep naar de voorkant van zijn bureau en begon wijn in vier bekers te schenken.

'U kunt beter eerst goed nadenken voordat u domme dingen doet. Moet ik u eraan herinneren in wiens huis u zich bevindt?' zei hij met een ijzige ondertoon in zijn stem.

'We respecteren uw huis, Lord Rhys,' zei Hywel rustig toen hij de beker aanvaardde die Rhys aanbood. 'Het is jammer dat Dafydd mij niet hetzelfde respect heeft betoond.'

'Ja, ik moet je inderdaad mijn verontschuldigingen aanbieden, Hywel,' zei Dafydd, die om het bureau heen liep en bij zijn vader ging staan. 'Ik begrijp welke indruk mijn gedrag moet hebben gewekt, en ik bied mijn verontschuldigingen aan. Ik was echter van mening dat Lady Efa in gevaar zou verkeren als ik op je terugkeer had gewacht en op die manier het risico had gelopen haar bij haar echtgenoot te moeten laten.' Hij sprak de laatste woorden met minachting uit, en wierp een al even minachtende blik op Meurig. 'Ik heb geen ruzie met jou, Hywel,' besloot hij, zijn aandacht weer op Hywel richtend.

Hywel zag eruit alsof hij zich niet op zijn gemak voelde. Hoewel Dafydd te gast was geweest bij hem thuis, kende hij hem persoonlijk helemaal niet zo goed. Aan de andere kant kende hij Meurig maar al te goed.

'Meurig vertelt me dat jullie getuige waren van een scène tussen hem en zijn vrouw, en dat jullie de situatie volkomen verkeerd begrepen hebben,' zei hij onhandig.

'Er was geen misverstand,' antwoordde Dafydd op vlakke toon. 'Meurig was zijn vrouw genadeloos aan het afranselen, en ik bied geen verontschuldigingen aan voor het feit dat ik daar een eind aan heb gemaakt.'

'En ik bied geen verontschuldigingen aan voor het disciplineren van deze hoer,' bulderde Meurig, wijzend naar Dafydd.

Er leek een laag gegrom te ontsnappen uit de mond van Dafydd, die tot op dit moment kalm had geleken, en zijn hand ging naar het gevest van zijn zwaard, zodat Rhys tussenbeide kwam.

'U heeft het bij het verkeerde eind, Lord Meurig,' zei Rhys kalm maar krachtig. 'Zowel mijn zoon als Lady Efa houdt vol dat er tussen hen geen intimiteit is geweest, en ik geloof hen. Bovendien vertelt mijn vrouw mij dat er littekens op Efa's lichaam aanwezig zijn, die doen vermoeden dat u haar al geruime tijd aan het "disciplineren" bent.'

'O ja, hoor, uw vrouw!' Meurig spuwde de woorden vol minachting uit.

'Hebt u iets te zeggen over mijn vrouw?' vroeg Rhys, zijn stem laag en dreigend.

'Nee, dat heeft hij niet,' kwam Hywel haastig tussenbeide. 'Lord Rhys, ik ken u al sinds ik een kleine jongen was, en u bent altijd een eerlijk en rechtvaardig man geweest. Als u van mening bent dat uw zoon en Meurigs vrouw geen verhouding hebben, dan zal ik dat accepteren. Ik accepteer eveneens Dafydds verontschuldigingen voor zijn optreden in mijn huis.' Hij zette zijn lege beker neer en vervolgde: 'Ik dank u voor uw gastvrijheid, mijn missie hier is volbracht, dus met uw permissie neem ik afscheid.' Hij knikte naar Dafydd. 'Ik hoop je bij de volgende jachtpartij te zien, Dafydd.' Hij schonk Meurig een vernietigende blik. 'Ik raad je aan, mijn vriend, notitie te nemen van wat ik heb gezegd over Lord Rhys, en te bedenken dat hij welbekend is in vele kringen.' Met een kort knikje vertrok Hywel.

Maar als Meurig de implicatie van Hywels woorden al had begrepen, dan koos hij ervoor ze te negeren, en hij keerde zich woedend tot Rhys. 'Ik eis dat u mijn vrouw bij me brengt,' brulde hij.

'U bent niet in de positie om ook maar iets te eisen, Lord Meurig,' zei Rhys gladjes. 'Als we nu eens ter zake kwamen. Lady Efa wil van u scheiden, en ik steun haar in dat streven.'

'Zij van mij scheiden, ik denk het niet,' zei Meurig, wiens gezicht paars aanliep van woede. 'Als het echter een scheiding is die ze wil, dan zal ze een scheiding krijgen. Ik zal haar aanklagen omdat ze een hoer is, en dubbel van haar scheiden omdat ze onvruchtbaar is. En ze hoeft van mij niets te verwachten. Haar vaders landerijen zijn mij rechtmatig toegekomen, en haar bruidsschat, het huis op Ynys Môn, blijft ook van mij.' Meurigs wraakgierige gezicht lichtte triomfantelijk op terwijl hij Rhys en Dafydd woedend aankeek.

Rhys staarde naar hem met kille minachting. 'Als je verstandig bent, Meurig, dan geef je Efa haar echtscheiding wanneer ik namens haar de petitie indien aan Llywelyns hof, en dan geef je hem op háár voorwaarden. Je zult haar niet aanklagen omdat ze een hoer is, of onvruchtbaar, want ze is geen van beide. In feite zou ik durven wedden dat ze nog maagd is.' Rhys' stalen ogen doorkliefden Meurig als een mes. 'Uiteraard,' vervolgde hij, 'zou dat een gerucht kunnen zijn. Maar het kan beter een roddel blijven, dan dat het bekend wordt als een vaststaand feit, denk je niet?' Hij glimlachte fijntjes en nam langzaam een slok terwijl hij wachtte op Meurigs antwoord.

Meurig verkeerde in tweestrijd. Hij zou niets liever willen dan beide mannen doorboren, maar zijn gezonde verstand vertelde hem dat dit zinloos zou zijn. Hij was zelf geen geweldig soldaat, en wist dat Rhys, of zelfs Dafydd alleen, veel beter was. Hij maakte geen schijn van kans tegen hen beiden. Hij wist ook dat er terecht over zijn homoseksualiteit werd gespeculeerd, en het feit dat hij een vrouw had genomen, had niet geholpen om een einde te maken aan het loze geklets, hoewel het nooit in zijn bijzijn gebeurde. Vervloekt, dacht hij, het is allemaal de schuld van dat kreng. Hij keek boos naar Dafydd en Rhys, met nauwverholen haat, maar hij herinnerde zich Hywels woorden en besefte dat als hij het aan Llywelyns hof tegen Rhys op zou nemen, hij niet alleen de petitie zou verliezen, maar nog een heleboel meer. Rhys had de spijker op zijn kop geslagen; roddel was één ding, maar een vaststaand feit was iets heel anders.

'Sommige huwelijken zijn gewoon gedoemd te mislukken,' zei Rhys op schappelijke toon. 'En onze vrouwen hebben het geluk dat ze om een aantal redenen van hun man mogen scheiden, waarvan ze er een naar keuze mogen aanvoeren.' Hij wachtte lang genoeg om de volle betekenis van zijn woorden tot Meurig door te laten dringen. 'Ik denk dat wederzijds goedvinden door beide partijen de ideale reden zou zijn om te gebruiken, niet-waar?' vervolgde Rhys. Hij nam nog een slok en keek Meurig over zijn wijn-beker heen aan. 'Ze zal bij wijze van schikking de helft van haar vaders lan-derijen na de echtscheiding ontvangen en zal geen aanspraak maken op je eigen landerijen. Akkoord?'

'Heb ik een keuze?' zei Meurig wrang.

'Natuurlijk, we hebben allemaal keuzes,' antwoordde Rhys met een glimlach. 'Mits we bereid zijn de consequenties van die keuzes onder ogen te zien.'

Meurig dronk zijn beker leeg. 'Ik zal haar niet tegenwerken,' zei hij, en hij zette zijn lege beker met een klap neer. Hij draaide zich om en wilde ver-trekken.

'Ik neem aan dat je haar spullen hierheen laat sturen?' zei Rhys.

Meurig knikte kort en draaide zich toen weer om. 'Verder nog iets?' zei hij laatdunkend.

'Wel, nu je het toch vraagt,' zei Dafydd kalm. 'Aangezien Efa zonder ge-gronde reden is geslagen, heeft ze het recht om compensatie te eisen. Ze koestert de wens op Môn te wonen, en zal daarom genoegen nemen met de teruggave van haar bruidsschat, in ongeschonden toestand. Als je daar di-rect mee instemt, zal het niet nodig zijn om Llywelyn te betrekken in het feit dat je haar mishandeld hebt.'

Meurig keek hen boos aan en haalde toen zijn schouders op; hij zou nog steeds de helft van haar vaders landerijen houden. 'Zoals je wilt,' zei hij kortaf, draaide zich toen plotseling om en stormde de kamer uit.

Rhys keek naar zijn zoon en grijnsde. 'Dat ging heel goed, vond je niet?' zei hij.

'Dank je wel, papa,' zei Dafydd, die de spanning voelde wegglijden. 'Hij geloofde echt dat je "onbekwaam in bed" zou aanvoeren als Efa's reden voor echtscheiding. Alhoewel ik nog steeds vind dat hij er makkelijk vanaf is gekomen.'

'Ik weet dat jij liever zijn ingewanden over de vloer had uitgestort, maar dat zou je moeder niet zo leuk hebben gevonden, je weet wat voor hekel ze aan troep heeft,' zei Rhys, waarmee hij zijn zoon aan het lachen maakte. 'Bovendien heeft hij de boodschap begrepen. Het is hier begonnen en geëindigd, zonder bloedvergieten. Alhoewel je had kunnen proberen meer grond te eisen, Llywelyn zou er misschien best ontvankelijk voor zijn ge-weest.'

Dafydd haalde zijn schouders op. 'Waarom? Efa hoeft het niet, en ik heb het zeker niet nodig. Ik wilde echter per se dat ze iets zou krijgen, en ze is dol op het huis op Môn. Kun je ervoor zorgen, papa, dat ze het huis altijd zal houden, wat er ook gebeurt?'

Rhys knikte en hief zijn beker naar Dafydd. 'Nou, op het huwelijk dan maar. Ik hoop dat je het zeker weet, Dafydd, want je bent nu een verplichting aangegaan.'

Dafydd klonk met zijn beker tegen die van zijn vader. 'Ik heb in mijn hele leven nog nooit iets zo zeker geweten,' zei hij.

'Wel, we kunnen maar beter gaan en je moeder en mijn toekomstige schoondochter op de hoogte brengen van het goede nieuws,' zei Rhys, die zijn arm om Dafydds schouders sloeg en hem de kamer uit leidde.

De bruiloft vond drie maanden later plaats, vlak voor Kerstmis. Het was een vrolijke aangelegenheid, Rhys en Elen spaarden kosten noch moeite om het eerste huwelijk in hun gezin onvergetelijk te maken.

Efa zag er verbluffend uit in een diepgroen gewaad dat haar groene ogen en haar kastanjekleurige haar met oogverblindend resultaat accentueerde. Iedereen merkte op dat ze de voorbije maanden zo was veranderd. De schuchterheid die Meurig in haar had geslagen, was verdwenen, en ze schitterde als een bloem die haar bloemblaadjes opent bij de eerste dauwdruppels. Hoewel ze nooit de krachtige persoonlijkheid zou hebben die haar kersverse schoonmoeder bezat, begon ze, overtuigd van Dafydds liefde, een stil zelfvertrouwen uit te stralen. Voor de eerste keer in jaren had ze het gevoel dat ze ergens bij hoorde. De aanwezigheid van Llywelyn en Joanna op de bruiloft gaf het huwelijk het zegel van goedkeuring waar ze zo wanhopig behoefte aan had gehad, en er waren geen scherpe tongen die haar dag verstoorden.

Alleen in hun slaapkamer nadat ze had toegezien op het rituele naar bed brengen van het jonge stel, keerde Elen zich geamuseerd naar Rhys. 'Weet je, Efa zag er helemaal niet zo kwetsbaar uit als sommige bruiden die ik onder mijn hoede heb gehad. Ik bedoel, als het waar is dat Meurig haar niet aanraakte zou ik iets meer nervositeit hebben verwacht.'

Rhys fronste. 'Denk je dat ze al die tijd al een verhouding hadden?' zei hij.

'Nee, dat niet,' antwoordde ze haastig, terwijl ze in bed stapte. Ze ging rechtop tegen de kussens zitten en liet de dekens losjes over haar buik vallen, zodat haar borsten te zien waren. 'Maar ze hebben wel de afgelopen drie maanden onder één dak gewoond,' zei ze, en er danste een glimlach om haar lippen.

Rhys ontdeed zich van zijn laatste kledingstukken en liep in haar richting, een brede glimlach op zijn gezicht. 'Oei, wat een ondeugende gedachte,' zei hij, en hij knielde op het bed. 'En van zo'n onschuldige geest,' vervolgde hij met een verleidelijk lachje. Hij schoof verder het bed op, en omvatte een van haar borsten met zijn hand, terwijl hij vooroverboog om zijn tong rond de rechtopstaande tepel te vlijen. Hij liet zijn andere hand onder de dekens glijden en liefkoosde langzaam de binnenkant van haar dij, zodat ze huiverde van genot.

'De eerste keer of niet,' zei hij hees, terwijl hij haar hals kuste, 'ik betwijfel ten zeerste of het kersverse bruidspaar de nacht door zal brengen met het bespreken van onze activiteiten in de slaapkamer.' Hij bracht zijn mond omlaag, op de hare, en iedere gedachte aan het jongere stel vervloog uit hun gedachten terwijl hun lichamen zich verstrengelden.

1220

Alhoewel Dafydd en Efa vaak naar haar huis op Ynys Môn gingen, kozen ze ervoor om op Coed Celli te wonen, zeer tot Elens plezier. De gouden glans van geluk werd echter opnieuw ontsierd door een naderende politieke storm, dit keer in het koninklijk huis van Gwynedd.

'De mensen vinden het niet leuk, Elen,' zei Rhys bars. Hij was zojuist teruggekeerd van Llywelyns hof, waar de prins iedereen versteld had doen staan met de benoeming van zijn jongste zoon, Dafydd, tot enige erfgenaam van Gwynedd, waarmee hij zijn oudste zoon, Gruffudd, had onterfd. 'Het is ongehoord, in Wales erven alle zonen altijd gelijke delen,' vertelde hij.

'Maar je kunt zijn redenering voor zijn beslissing toch wel begrijpen,' zei Elen, terwijl ze hem hielp zijn laarzen uit te trekken. 'Ik weet dat het een oude Welshe gedragscode is, maar dergelijke praktijken zetten keer op keer broers tegen elkaar op. Het grondgebied verzwakt door de daaruit voortvloeiende conflicten, en kan er in sommige gevallen nooit bovenop komen,' zei ze rustig.

'Ik weet het Elen, en ik steun hem in dat besluit,' zei Rhys licht verwijtend. 'Natuurlijk wil Llywelyn voorkomen dat de positie van Gwynedd verzwakt, maar er is onmiddellijk een tegenreactie gekomen. Gruffudd heeft zich uit zijn vaders hofhouding teruggetrokken, en met hem vele anderen,' zei hij.

'Onder wie ik,' zei Dafydd, die met Efa de zaal binnen kwam lopen.

Rhys keek zijn zoon onverstoorbaar aan. 'Dat dacht ik al,' zei hij vermoeid.

'Zeg, je kunt het toch niet serieus eens zijn met Llywelyn,' antwoordde Dafydd uitdagend. 'Hij heeft niet alleen onze wetten genegeerd, maar hij heeft Dafydd verkozen boven Gruffudd!'

'Het is niet allemaal zo zwart-wit, Dafydd,' zei Elen zacht.

Dafydd viel woedend tegen haar uit. 'Uiteraard ben jij het eens met iets wat de normale gang van zaken verstoort.'

Elen zuchtte; als ze Gruffudd onvoorwaardelijk had gesteund, zou hij er nog in zijn geslaagd om iets aan te merken te hebben.

'Je moeder heeft gelijk,' zei Rhys. 'We zijn het toevallig met je eens dat Gruffudd oneerlijk is behandeld, maar jij moet het met ons eens zijn, Dafydd, dat Gwynedd sterk moet blijven, want Gwynedd is de kracht van Wales. Dat betekent dat het niet verdeeld mag zijn, want de Engelsen hebben al lang genoeg van de Welshe verdeeldheid geprofiteerd, en deze koning zal niet anders zijn. Hij zal niet lang een jongen blijven, en wanneer hij zijn blik in alle ernst op Wales richt, moeten we gereed zijn,' zei hij geduldig. 'En het is niet alleen Engeland dat een dreiging vormt, Rhys Gryg is ook te rusteloos naar mijn zin.'

'Dat weet ik, papa, maar waarom is Gruffudd niet benoemd, Dafydd is nog maar een kind,' zei Dafydd, die zijn vader door redeneren probeerde te overtuigen. 'Is hij in staat het bevel over een leger te voeren?'

'Nou, ik denk niet dat Llywelyn plannen heeft om deze wereld nu al te verlaten,' zei Elen droog.

'Dat doet niet terzake, moeder,' beet Dafydd haar toe.

'Eigenlijk denk ik dat het wél terzake doet,' zei Rhys. 'Door Dafydd nu te benoemen hoopt Llywelyn dat de mensen het op den duur zullen accepteren, lang voordat Dafydd het roer over moet nemen. De tijd werkt in Llywelyns voordeel, zodat hij Dafydd kan inwerken en voorbereiden op zijn rol, iets waarvoor hij geen kans zou hebben gehad als hij hem op zijn sterfbed had benoemd. Hij wil zijn opvolging veilig stellen, en daarom heeft hij het nu al geregeld.'

Dafydd zweeg terwijl Rhys iets te drinken voor hem inschonk. 'Maar Dafydd is de zoon van Lady Joanna, papa,' zei hij kalm, en hij keek zijn vader recht in de ogen terijl hij de tot de rand gevulde beker met mede aanvaardde. 'Hij is half Engels, de kleinzoon van koning John, neef van de huidige Engelse koning. Waarom is hij verkozen boven Llywelyns eerstgeborene, die alleen Welsh bloed heeft. Je kunt de logica van Llywelyns beslissing bepleiten zoveel je wilt, maar je kunt het gevoel van onrechtvaardigheid dat heerst onder de mensen niet ontkennen.'

Rhys staarde humeurig in zijn beker, op dat punt kon hij niet twisten met Dafydd, aangezien hij zich er zelf ook allesbehalve gemakkelijk onder voelde. 'Via zijn moeder is Dafydd verwant aan zoveel koningshuizen,' zei hij ten slotte. 'Zodra Llywelyn eenmaal had besloten dat er één erfgenaam zou zijn, was het onvermijdelijk dat hij Dafydd zou kiezen. En zoals je moeder heeft opgemerkt, heeft hij meer dan genoeg tijd om de mensen van zijn gelijk te overtuigen.'

'Het maakt geen verschil of Llywelyn morgen doodgaat of nog twintig jaar blijft leven,' zei Dafydd. 'Het is één ding om Gwynedd te krijgen, het is iets anders om het te behouden.'

Rhys kneep zijn ogen tot spleetjes terwijl hij zijn zoon scherp aankeek. 'Hetgeen betekent dat Gruffudd zijn broer erom zal bevechten, en daarmee het land uiteen zal rukken, zodat het in zo'n verzwakte toestand achterblijft dat zelfs een leger van kinderen het zou kunnen veroveren,' zei hij, niet meer in staat zijn frustratie vanwege de koppige houding van zijn zoon te bedwingen. 'Dus lijkt het erop dat Llywelyn gelijk had om slechts één erfgenaam te benoemen,' vervolgde hij, en keek zijn zoon daarbij recht in de ogen. 'Geloof je echt dat als Llywelyn zich aan de oude gedragscode had gehouden, Gruffudd er genoegen mee zou nemen om samen met Dafydd te regeren? Nee, Llywelyn zou nauwelijks koud in zijn graf liggen, of Gruffudd zou al aan het hoofd van een leger staan.'

'Dat weten we niet zeker,' zei Dafydd koppig. 'Moet hij niet in ieder geval een kans krijgen? Ik heb niets tegen Dafydd, maar Gruffudd verdient het niet om zo behandeld te worden, niet na alles wat hij heeft doorgemaakt.'

'Je spreekt alsof hij is onterfd en berooid is achtergebleven. Hij heeft zijn eigen landerijen gekregen, en er is geen enkele reden om aan te nemen dat hij er niet nog meer zal krijgen. Hem is enkel gevraagd afstand te doen van de troon,' zei Rhys, die vervolgens even pauzeerde om een slok te nemen. 'Ik ben de jaren dat hij in Engeland gevangen werd gehouden niet vergeten,' vervolgde hij rustig, waarmee hij doordrong tot de werkelijke kern van Dafydds betoog. Hij zag de pijn opflakkeren in de ogen van zijn zoon toen hij verderging. 'Om het schuldgevoel te dragen vanwege het feit dat hij mocht blijven leven, terwijl anderen stierven, om elke ochtend wakker te worden en zich af te vragen of dat de dag zou zijn dat hij hetzelfde lot zou ondergaan als zij. Het moet een hel zijn geweest.'

'Hij heeft het doorstaan voor zijn vader, en voor Gwynedd,' bracht Dafydd naar voren.

'En hij mag dan wel van mening zijn dat zijn lijden hem de kwaliteiten heeft gegeven om te heersen, hem zelfs het récht heeft gegeven om te heersen. Maar ik geloof echt, Dafydd, dat het schuldgevoel, de woede en zijn behoefte om verwijten te maken hem verblinden, zodat hij niet in staat is de dingen te zien met de heldere visie die onmisbaar is in een leider.' Rhys wachtte even en speurde het gezicht van zijn zoon af. 'Ik begrijp je loyaliteit aan Gruffudd, en niemand twijfelt aan Gruffudds loyaliteit aan Wales. Maar hij is geneigd om te handelen vanuit zijn gevoel, en niet vanuit zijn verstand. Helaas moet die vurige passie, prijzenswaardig als ze is, iets getemperd worden om werkelijk effectief te kunnen zijn.'

Elen keek naar Dafydd terwijl deze zijn beker leegdronk. In de stilte die volgde dacht ze dat Rhys tot hem door had weten te dringen, maar na een poosje keek Dafydd met een grimmig gezicht op en door de vastberaden trek om zijn onderlip wist Elen dat hij niet toe zou geven.

'Dat is een prachtige toespraak, papa,' zei hij. 'Maar ik kan het niet met je eens zijn. Passie heeft dit land gevormd, heeft ons gemaakt tot wat we zijn. Papa, je bent net zo gepassioneerd als ik wanneer het om onze vrijheid gaat, om het verdedigen van ons land, want waar zijn de afgelopen jaren anders goed voor geweest? Alle gevechten, de ontberingen die we hebben geleden, en,' hij wachtte even en wierp een blik op zijn moeder, 'de levens die zijn opgeofferd. Alles voor niets? De Engelsen,' vervolgde hij minachtend, 'het is niet eens hun land, en ze hebben zich hier gevestigd zonder zich te bekommeren om het thuis dat ze achterlieten. Geloof je echt dat een van hen beter is dan een gepassioneerde Welshman?'

'Allemachtig, Dafydd, dat zegt je vader niet, zoals je heel goed weet. En ongeacht wie zijn moeder is, Dafydd ap Llywelyn is Welsh,' zei Elen geïrriteerd. 'Maar het simpele feit dat dingen altijd op een bepaalde manier zijn gedaan, betekent niet dat dit altijd zo moet blijven. Verandering is van essentieel belang, want zonder verandering kunnen we niet groeien, dan zullen we stagneren, blind, doof en stom zijn. Is dat wat je wilt?'

Dafydd keek haar woedend aan, het botsen van hun beider wil overheerste al het andere.

'Nou, dat is iets waarvan niemand je ooit zou kunnen beschuldigen,' snauwde hij. 'Als het maar afwijkend is, ontvang je het immers met open armen. Het zou me niets verbazen als je papa zou vragen om Angharad te laten erven in plaats van mij.'

'Doe niet zo idioot,' antwoordde Elen boos.

'Misschien moet ik me gelukkig prijzen dat ik de enige ben –' begon hij, maar werd onderbroken door een kreet van zijn vrouw.

Alle drie staarden ze naar Efa, ze waren zo door elkaar in beslag genomen geweest, dat ze haar helemaal waren vergeten. Hoogzwanger als ze was, staarde ze Dafydd aan met een paniekerige uitdrukking op haar gezicht.

'Mijn lief, alsjeblieft,' zei ze ontzet.

Dafydds gezicht kreeg onmiddellijk een tedere uitdrukking. 'Och, Efa,' zei hij zacht terwijl hij naar haar toe liep. 'Het was niet mijn bedoeling je van streek te maken. Misschien kunnen we beter naar Môn gaan,' vervolgde hij, maar hij had er onmiddellijk spijt van bij het zien van de paniek in haar ogen.

'Dafydd, dat kun je niet doen!' zei Elen, die Efa's gedachten kon lezen. 'Ze is zeven maanden zwanger.'

'Ik bedoelde na de geboorte van de baby,' zei Dafydd, die terugkrabbelde. 'Kom, mijn lief, je moet gaan rusten.'

Bezorgd hielp hij haar overeind, maar bij de deur draaide hij zich om. 'Ik zal morgen vertrekken om Gruffudd mijn volledige steun te betuigen voor wanneer het nodig mocht zijn.'

Rhys keek Elen aan nadat Dafydd en Efa waren vertrokken, en vulde hun bekers bij. 'Efa was verstandig genoeg om hem ervan te weerhouden die zin af te maken,' zei hij.

'Denk je dat hij naar Môn zal gaan?' vroeg Elen zacht.

Rhys haalde zijn schouders op terwijl hij haar de mede gaf. 'Hij heeft nog een paar maanden om erover na te denken.'

Elen glimlachte. 'Het zou me niets verbazen als de baby wat eerder kwam dan gepland,' zei ze, in een wanhopige poging van onderwerp te veranderen.

Rhys beantwoordde haar glimlach, en deelde haar heimelijke gedachten. De complete huishouding was door het dolle heen geweest toen Efa onmiddellijk zwanger was geworden, praktisch tijdens haar huwelijksnacht, volgens sommigen. Rhys en Elen waren echter van mening dat dit weliswaar zou kunnen, maar dat het waarschijnlijker was dat ze al zwanger was voor de bruiloft.

Elen maakte het zichzelf gemakkelijk tegen de kussens van het zitje in de vensternis en staarde neer op de bedrijvigheid buiten.

'Angharad is terug,' zei ze toen haar dochter met haar escorte binnen kwam rijden.

'Ik heb nog nooit een meisje gezien dat zoveel van paardrijden hield,' zei Rhys met een goedige grijns. 'Ik ben blij dat ze geen getuige is geweest van dat voorval met Dafydd,' zei hij op somberder toon.

'Och, ik weet het niet, dan zou Dafydd tenminste onvoorwaardelijke en uitgesproken steun hebben gehad,' zei Elen luchtig. 'Het doet me deugd te weten dat ze zo'n hechte band hebben,' voegde ze eraan toe, en pakte vervolgens Rhys' hand. 'Ik hoop in vredesnaam dat deze problemen met Gruffudd dit gezin niet uiteen zullen doen vallen.'

Rhys kneep even in haar hand. 'Eventuele problemen zijn nog vele jaren van ons verwijderd. Bovendien,' zei hij met een ondeugende glans in zijn ogen, 'zal ik eraan moeten wennen met een grootmoeder naar bed te gaan!'

Elen wilde hem quasi-beledigd slaan, maar hij greep haar hand en wreef met zijn neus over haar handpalm. Hij keek haar aan, zijn ogen teder en liefdevol. 'Moeder, grootmoeder, overgrootmoeder, het maakt geen verschil. Want je bent altijd mijn vrouw, mijn Elen.'

Zes weken later schonk Efa het leven aan een meisje. Het was geen moeilijke bevalling, maar hij duurde lang. Elen was al die tijd bij haar, en ze was verrast door de taaie kracht van haar schoondochter. Ze schreeuwde niet één keer dat het allemaal voorbij moest zijn, maar aanvaardde het met een zelfbeheersing die ze beslist niet van haar voorouders had.

Hoewel Dafydd regelmatig aan de deur kwam, vertoonde hij geen neiging de kamer binnen te komen. Toen het echter allemaal achter de rug was, en Elen Dafydd het wriemelende hoopje mens overhandigde, losjes ingewikkeld zodat hij haar vingertjes en teentjes kon bestuderen, zag ze dezelfde blik die ze op Rhys' gezicht had gezien na de geboorte van elk van hun kinderen. Terwijl Dafydd in verwondering naar zijn dochter staarde, en vervolgens met betraande ogen naar zijn vrouw keek, glipte Elen stilletjes naar buiten.

'Weet je, mama,' zei Angharad toen ze de binnenplaats overstaken. 'Gedurende al die uren van toekijken hoe Efa worstelde om de baby ter wereld te brengen, zei ik onafgebroken tegen mezelf dat ik dat nooit wou meemaken. Maar toen keek ik naar die prachtige baby en ik zag de blik die onze Dafydd Efa schonk, en dat leek het plotseling allemaal de moeite waard te maken.'

Elen lachte, sloeg haar armen om Angharad heen en kuste haar op haar wang. 'En dat, mijn schat, is het gecompliceerde van vrouw zijn,' zei ze, en met de armen stevig om elkaar heen geslagen, gingen moeder en dochter de grote zaal binnen om het blijde nieuws te vertellen.

De volgende dag ging Rhys met Elen naar Efa's slaapkamer om zijn eerste kleinkind te zien.

'Hebben jullie al besloten hoe jullie haar willen noemen?' vroeg hij aan Dafydd terwijl hij zich over de wieg heen boog om de kleine gedaante te bestuderen.

'We dachten aan Elen,' zei Dafydd rustig. 'Verrast, mama?' vroeg hij toen Elen hem aankeek, een veelheid aan emoties leesbaar in haar immer sprekende blauwe ogen.

'Een beetje,' antwoordde ze, 'maar absoluut verrukt.'

Ze reikte in de wieg van haar naamgenote en liet de baby haar pink grijpen. Het kind staarde haar met donkere, schrandere ogen aan.

'Ze is hier al eens eerder geweest, zoals mijn grootmoeder zou zeggen,' zei Rhys grinnikend.

'Ja, ik denk het ook,' antwoordde Elen, en ze glimlachte toen de baby op haar pink begon te zuigen.

'We moeten je laten rusten,' zei Rhys tegen zijn schoondochter, en hij en Elen verlieten de kamer.

'Was dat jouw idee, Efa?' vroeg Angharad toen de deur achter haar ouders dichtging.

'Nee, het was Dafydds idee,' antwoordde Efa, haar gezicht stralend van geluk.

Angharad keek naar haar broer, één wenkbrauw vragend opgetrokken, en ging toen naar hem toe om hem teder te kussen. Hij hoefde haar niet uit te leggen waarom hij de naam van de baby had gekozen, dat wist ze al. Voorlopig zou er geen sprake meer van zijn dat Dafydd zijn gezinnetje meenam om op Ynys Môn te gaan wonen.

1221

De consternatie vanwege het feit dat Llywelyn zijn jongste zoon had gekozen om hem op te volgen, nam niet af, maar het was toch een schok voor iedereen toen Gruffudd besloot niet te wachten totdat zijn broer op de troon plaatsnam, maar het jaar na de aankondiging in opstand kwam. Gruffudd en zijn leger verplaatsten zich snel vanuit zijn grondgebied door Gwynedd, in de richting van Llyn. Gezinnen vielen uiteen doordat er verdeeldheid ontstond in de loyaliteit, zo ook in het gezin van Elen en Rhys.

Dafydd had zijn gezin in veiligheid gebracht op Ynys Môn, en hoewel Elen haar protest had geuit, vond ze het inwendig een verstandige beslissing, want niemand wist waar Gruffudd zijn strijd heen zou voeren. De hele situatie baarde haar oprecht zorgen, en Elen kon aan niets anders denken dan aan de consequenties van Dafydds betrokkenheid. Ze vond het haast onmogelijk zich op de meest simpele taken te concentreren. Soms liep ze een kamer binnen en vergat waarom ze daar was, en gisteren nog had ze Alun een uitbrander gegeven omdat hij de huishoudboeken niet had teruggelegd in de kast, waarna ze ze aantrof op een stoel in de grote zaal, waar zij ze in haar verstrooidheid had neergelegd. Toen Dafydd terugkeerde naar Coed Celli, was ze vastbesloten om te proberen hem over te halen zich niet bij Gruffudds leger aan te sluiten. Het was echter niet alleen Dafydd over wie ze zich zorgen maakte, want Rhys gedroeg zich de afgelopen weken heel eigenaardig. In eerste instantie had ze het toegeschreven aan de politieke problemen die hun gezin overspoelden, en hij was net zo ongerust als zij dat de zaak zodanig zou escaleren dat hij op het slagveld oog in oog zou kunnen komen te staan met zijn eigen zoon. Maar er was nog iets wat hem grote zorgen baarde, en voor het eerst had Elen geen flauw idee wat de reden was. Ze zat er in haar eentje in de grote zaal over te piekeren. Ze dacht dat ze hem zo goed kende, al zijn stemmingen aanvoelde, en normaal gesproken wist ze zelfs wat hij dacht. Desalniettemin was hij de laatste tijd afstandelijk geweest, zijn geest een gesloten boek. Er waren momenten geweest dat ze hem had betrapt terwijl hij haar aankeek alsof ze een complete vreemde was, maar dat was weer overgegaan, en nu had hij de neiging haar steeds te ontwijken. Ze kon niet ontkennen dat het haar zorgen baarde, in feite begon ze zijn gedrag zelfs beangstigend te vinden. Normaal gesproken was ze niet iemand die problemen uit de weg ging, maar dit keer maakte een of ander instinct haar behoedzaam voor een confrontatie met hem. Terwijl ze de verwarde gedachten die in haar hoofd rondtolden probeerde te ordenen, werd ze zich bewust van een vreemd licht buiten. Het was de hele dag al donker en regenachtig geweest, maar plotseling was de hemel opgelicht door een bizar, onaards geel schijnsel, bijna alsof een kunstmatige zon de wereld door de regen heen bescheen. Ze keek als aan de grond genageld uit het raam, totdat Angharad haar gedachten verstoorde. Ze ging naast haar moeder zitten en pakte zachtjes haar hand.

'Kijk eens wat een vreemd licht,' zei Elen, die zich omdraaide en haar dochter aankeek. 'Denk je dat het een slecht voorteken is?'

'Dafydd is terug,' zei Angharad rustig.

Elen glimlachte. 'O, wat een opluchting, ik was bang dat hij –'

'Mama,' viel Angharad haar in de rede. 'Hij komt niet voorgoed terug.'

'O,' zei Elen, en haar gezicht betrok.

'Hij is op weg hierheen, ik wilde u alleen waarschuwen,' zei Angharad, en ze gaf haar moeders hand een kneepje.

Een paar minuten later kwam Dafydd de grote zaal binnen.

'Ik neem aan dat Angharad het al heeft verteld,' zei hij toen hij zijn zusje zag.

'Het kwam niet als een verrassing,' zei Elen zacht.

'Is dat alles wat je te zeggen hebt? Geen represailles, geen reprimandes,' zei Dafydd agressief.

'Zoek je ruzie met me voor de lol, of wil je dat ik je ompraat en je ervan weerhoud om te gaan,' snauwde Elen terug, terwijl ze haar best deed om kalm te blijven, maar de strijd in hoog tempo verloor.

'Er is niets wat je kunt zeggen om me tegen te houden,' antwoordde Dafydd. 'Ik ben Gruffudd mijn steun verschuldigd.'

'En je bent je er welbewust van waar die steun je zou kunnen brengen? Ben je echt bereid om de confrontatie met je vader aan te gaan op het slagveld, om hem te doden?' zei Elen met stemverheffing.

'Het is papa's eigen keuze als hij Llywelyn steunt.'

'Llywelyn is zijn prins, zijn leenheer. Zoals hij ook de jouwe is, Dafydd,' zei Elen. 'Je bent bereid alles op het spel te zetten, maar waarvoor? Wat is Gruffudds doel precies? Met welke bedoeling is hij tegen zijn vader in opstand gekomen? Is hij van plan Llywelyn te doden en de macht te grijpen?' Elens ogen fonkelden van frustratie, en Dafydd keerde zijn gezicht af van hun doordringende blik. 'O, dit is typerend voor jou, Dafydd,' zei ze, terwijl ze recht tegenover hem ging staan. 'Ik heb begrip voor je loyaliteit jegens Gruffudd, eerlijk waar. Maar je kunt dit niet zien als een soort avontuur. Je weet toch wat er zou kunnen gebeuren?'

'Waarom vertel je het me niet, mama, want je bent altijd de deskundige geweest op het gebied van het voorspellen van gevolgen,' zei Dafydd kil, zijn woede niet verhit zoals die van Elen, maar ijzig.

Ten slotte werd de spanning van de voorbije weken haar te veel, en Elen keerde zich woedend tegen haar zoon. 'Ik heb hier behoorlijk genoeg van, Dafydd. Dit is geen spelletje en er is niemand die de score bijhoudt.'

'Het maakt niet veel uit,' antwoordde hij.

'En wat ter wereld wil je daarmee zeggen?' zei ze, terwijl ze de wijnfles die ze zojuist had gepakt met een klap weer op tafel zette. 'Weet je, ik ben deze eeuwige confrontaties met jou zo zat, Dafydd. Je wilt me nooit gelijk geven. Waarom moet je me toch altijd zo –'

'Zo teleurstellen?' viel Dafydd haar in de rede.

'Dat wilde ik niet zeggen!' riep Elen uit, enigszins van de wijs gebracht.

'Waarom niet, dat is toch zeker hoe je erover denkt,' zei Dafydd, bij wie kille woede eindelijk plaatsmaakte voor verhitte emoties. 'Ben jij niet degene die de score bijhoudt, mama? Me beoordeelt bij alles wat ik doe.'

'Waar heb je het in vredesnaam over?' zei Elen, verbijsterd door de wending die het gesprek nam.

'Ach kom, mama, laten we voor één keer eerlijk zijn. Waar gaat dit gesprek naartoe? O, ik weet het wel, naar het punt waarop je me vertelt, voor de zoveelste keer, dat je alleen zo doet omdat je van me houdt. In de loop van de jaren is je liefde me door de strot geramd totdat ik erin stikte.' Hij stond dicht bij zijn moeder, zijn ogen vlammend. 'Mijn hele leven lang ga ik gebukt onder het feit dat ik ben gered, vermoedelijk voor grotere en betere dingen,' vervolgde hij, alle zelfbeheersing verliezend. 'Eens even zien, bij mijn geboorte bleef ik in leven, hoewel de navelstreng om mijn nek gewikkeld zat. Toen Hywel en ik ziek werden, was het Hywel die stierf. En toen koning John gijzelaars verlangde, greep je in om me opnieuw uit de klauwen van de dood te redden. Wat ging er door je heen, mama, toen je besloot om mij naar oom Dickon te brengen? En wat is er in de jaren daarna door je heen gegaan, toen ik me niet gedroeg zoals je wilde? Teleurstelling of spijt? Hoeveel keren heb je spijt gehad van de keuze die je die dag maakte, toen je naar mij en Morgan keek, en koos welke van je zoons naar de Engelse koning zou gaan? Want vergis je niet, mama, dat is wat je deed, je koos wie van ons zou blijven leven, en wie van ons zou sterven. Ik heb moeten leven met jouw keuze, maar ik weiger om nog langer gebukt te gaan onder jouw schuldgevoel.'

Dafydd stond te trillen, maar toen hij de kleur uit het gezicht van zijn moeder zag wegtrekken, en de blik van afgrijzen op Angharads gezicht zag, besefte hij dat hij te ver was gegaan.

Plotseling keek Angharad langs hen beiden heen. 'Papa,' fluisterde ze.

Dafydd draaide zich met een ruk om. 'Papa, ik had je niet binnen horen komen,' zei hij.

De uitdrukking op het gezicht van Rhys was verschrikkelijk. 'Je was niet in staat iets anders te horen dan het geluid van je eigen stem,' zei hij, ieder woord snijdend als glas.

'Papa, ik zei alleen –' probeerde Dafydd uit te leggen.

'Ik denk dat je meer dan genoeg hebt gezegd,' onderbrak Rhys hem, en hij liep naar Elen, die eruitzag alsof haar benen ieder moment konden bezwijken. 'Keer op keer ben ik doof geweest voor de hatelijke opmerkingen die je tot je moeder richtte, maar dit keer niet, Dafydd. Deze aanval is onvergeeflijk.' Rhys' stem was zacht, en killer dan Dafydd ooit had gehoord.

'Je begrijpt het niet, papa,' zei Dafydd smekend.

'O, ik begrijp het uitstekend,' antwoordde Rhys. 'Bied je excuses aan.'

'Maar papa –' begon Dafydd, maar de blik van Rhys smoorde iedere verdere opmerking.

'Je hebt je moeder grof beledigd, en ik eis dat je je excuses aanbiedt,' zei Rhys op dezelfde zachte toon.

Toen Dafydd naar zijn vader keek, wiens arm Elen stevig ondersteunde, wist hij dat er geen excuses waren voor zijn uitbarsting. Hij was net zo geschokt geweest als de anderen door wat hij had gezegd, want de woorden leken uit eigen beweging te zijn gekomen, van diep uit zijn onderbewuste, en hadden gevoelens onthuld die hij zo grondig had onderdrukt dat hij niet eens wist dat hij ze had. Hij kon niet naar zijn moeder kijken, wier handen naar haar gezicht waren geschoten terwijl ze vocht om haar emoties in bedwang te krijgen, en hij bleef besluiteloos staan, niet wetend wat te doen of te zeggen.

'Je biedt mijn vrouw je excuses aan,' zei Rhys plotseling, de verstikkende stilte verbrekend, ieder woord kil, luid en hard genoeg om de anderen te doen opschrikken.

Dafydd staarde zijn vader geschokt aan terwijl de betekenis van diens woorden tot hem doordrong. Vervolgens, voorbij Elen in de ruimte starend, zei hij op formele, emotieloze toon: 'Ik bied mijn verontschuldigingen aan, madame, voor het verdriet dat ik je mogelijk heb berokkend.'

Met een onderdrukte snik vluchtte Elen de grote zaal uit.

'Ik ben nog niet klaar met jou, Dafydd,' zei Rhys abrupt, voordat hij zijn vrouw achternaging.

Dafydd staarde in de lege ruimte, voordat hij zijn geschokte gezicht naar Angharad keerde.

'Hoorde je wat hij zei,' zei hij met onvaste stem.

'Ik heb het gehoord,' antwoordde ze zacht, terwijl ze hem een beker wijn overhandigde.

Dafydd keek haar met een enigszins verdwaasde blik aan. 'Zijn vrouw, zei hij, alsof ik een vreemde ben.'

'O Dafydd, je hebt het nooit begrepen, is het wel?' zei Angharad, die hem dwong te gaan zitten. 'Je hebt het altijd te druk gehad met je tegen hen af te zetten om het te zien.'

Dafydd keek haar aan, de schok van de confrontatie begon af te nemen. 'Hoe bedoel je?' vroeg hij.

Angharad zweeg een ogenblik, terwijl ze zich afvroeg hoe ze het het beste kon uitleggen. Ze keek naar haar handen en speelde afwezig met de ring die haar ouders haar hadden gegeven voor haar veertiende verjaardag.

'Mama en papa houden ongetwijfeld van ons,' zei ze ten slotte. 'Maar ik ben me er altijd van bewust geweest dat er een deel van hen was dat los van ons stond. Het is alsof ze een plek hebben waar alleen zij tweeën bestaan, en daar heb je hen vandaag naartoe gedreven.' Ze glimlachte half naar haar broer. 'Papa sprak zoals hij het voelde, omdat mama eerst en vooral zijn vrouw is. Ik weet dat jij van Efa houdt, en ik weet zeker dat ik zal leren om van Maredudd te houden, maar we zullen nooit hebben wat papa en mama hebben,' zei ze rustig.

Dafydd dacht zwijgend na, in een poging het te begrijpen. 'Hoe weet je dit?' vroeg hij.

Angharad haalde haar schouders op. 'Ik heb het altijd geweten, maar ik neem er dan ook genoegen mee om simpelweg bemind te worden, ik hoef niet te zoeken naar meer. Terwijl jij, mijn lieve broer, altijd de behoefte hebt gevoeld te bewijzen dat je hun liefde waard bent.'

Toen Dafydd in haar zilverblauwe, betoverende ogen keek, zag hij zijn zusje in een ander licht. 'En waarom denk je dat dat is,' mompelde hij.

Angharad haalde even haar schouders op. 'Misschien heb ik geen geesten om mee te wedijveren,' zei ze bedroefd.

Dafydd ontweek haar blik, die hem in verlegenheid bracht. 'Ik meende niet wat ik zei,' zei hij zacht.

Angharad gaf een kneepje in zijn hand. 'Dat weet ik.' Ze wachtte even. 'Ik ben ervan overtuigd dat mama het ook weet.'

Dafydd sloeg zijn arm om haar heen en drukte haar dicht tegen zich aan. 'Wat een geluk dat ik jou heb,' zei hij, en hij drukte een kus op haar kruin.

Rhys was Elen naar de bovenkamer gevolgd, waar zij haar tranen niet meer in bedwang kon houden.

'Laat ons alleen,' zei hij tegen haar kamermeisjes, die verschrikt naar Elen stonden te kijken. 'Laat wat wijn boven brengen,' zei hij tegen degene die het laatste vertrok. 'Hipocras.' Ze hadden allebei dringend behoefte aan drank, dacht hij, terwijl hij de deur sloot. 'Elen,' zei hij zacht. 'Elen, kijk me aan.'

Elen verfrommelde een zakdoek in haar handen en ijsbeerde door de kamer. Uiteindelijk keek ze hem aan met een blik die zijn adem deed stokken. Haar gezicht was vertrokken, en haar ogen waren vol verbijsterde pijn, alsof een lelijke waarheid eindelijk aan het licht was gekomen. Rhys stond in twee stappen naast haar.

'Elen, luister naar me,' zei hij, terwijl hij zijn handen op haar schouders legde. 'Je moet Dafydds uitbarsting zien voor wat het is. Gruffudds opstand heeft alles op zijn kop gezet. Dafydd is boos, van streek, hij gaat gebukt onder zijn eigen schuldgevoel, om welke reden dan ook. Wat hij zei, klopt niet. Het klopt niet.' En als hij je wilde kwetsen, dacht hij grimmig, dan had hij geen betere manier kunnen kiezen.

Er klonk een discreet klopje op de deur, en Rhys deed open om de bediende met de wijn binnen te laten, die het dienblad neerzette en zich vervolgens met een angstige blik op hen beiden haastig uit de voeten maakte. Rhys schonk voor hen allebei iets te drinken in, maar Elen wilde hem niet aankijken toen hij haar een beker overhandigde.

'Hij sprak de waarheid,' zei ze rustig.

'Nee, Elen, dat deed hij niet,' zei Rhys scherp.

Elen keek hem gekweld aan. 'Jawel,' zei ze met overslaande stem. 'Ik weet dat het waar is, ik heb het altijd geweten. Hierbinnen,' vervolgde ze, haar hand tegen haar buik. Haar ogen stonden vol tranen die ieder moment konden vallen, en ze dronk met onvaste hand.

'Zo moet je niet denken,' zei Rhys, die zijn hand naar haar uitstrekte.

'Raak me niet aan,' schreeuwde ze, en ze deinsde achteruit, zodat ze wijn morste. 'Hoe kun je me aanraken na wat ik heb gedaan?'

'Jezus, Elen, je hebt niets gedaan wat een willekeurige andere moeder niet zou hebben gedaan, als ze de kans had gekregen. Je hebt gehandeld om het kind te redden van wie je dacht dat het in gevaar verkeerde, je kon niet weten dat ze allebei in gevaar waren.'

'Je begrijpt het niet, Rhys, ik had het wél moeten weten. Ik had Morgan ook weg moeten sturen, maar ik stuurde alleen Dafydd weg. O lieve Heer, hij heeft gelijk. Ik heb tussen mijn twee zoons gekozen!' Ze onderdrukte een snik en zette haar lege beker met een klap op tafel neer. Plotseling keek ze Rhys aan. 'O God, Dafydd had al met jou gesproken, dat verklaart je gedrag van de afgelopen weken. Je bent het met hem eens en kunt het me niet vergeven, je kunt niet langer van me houden!' Haar tranen vielen in snelle, dikke druppels, en Rhys probeerde haar wanhopig tot bedaren te brengen.

'Ik heb niet met Dafydd gesproken,' zei hij. 'Zelfs als ik dat wel had gedaan, dan zou ik hem niet hebben geloofd, ik geloof hem niet. Mijn gedrag heeft niets met Dafydd te maken.' Hij streek met zijn handen door zijn haar, probeerde te bedenken wat hij nog meer kon zeggen om haar tot inkeer te brengen. Toen hij naar haar keek, kon hij zich niet herinneren dat hij haar ooit zo bang, zo verwilderd of zo kwetsbaar had gezien. Maar op hetzelfde moment wist hij dat hij haar wel zo had gezien, op de dag dat hij haar als zijn kersverse bruid mee naar huis had genomen. Bij het voelen van haar pijn loste de vraag die hem had gekweld plotseling op, en wist hij wat hij moest doen.

'Hou hiermee op, Elen,' zei hij zo scherp dat ze ophield met handenwringen en naar hem keek. 'Hou hiermee op,' zei hij vriendelijker. 'Het heeft geen zin.' Hij haalde diep adem voordat hij verderging. 'Denk nooit dat ik niet meer van je hou, want dat zou onmogelijk zijn. Als ik je nu zie, denk ik terug aan de dag dat ik je hier bracht, aan het paard dat jou op de grond gooide, en de uitdrukking op je gezicht toen ik bij je kwam kijken. Ik geloof dat ik vanaf dat moment van je hield, dus hoe kan ik nu stoppen terwijl je mijn hart al bezit sinds de eerste keer dat we elkaar hebben ontmoet.'

Elen had haar hand al uitgestoken naar de wijnfles, maar bleef onbeweeglijk staan toen de volle betekenis van zijn woorden tot haar doordrong. Ze was zich bewust van een ongelooflijke stilte, ze kon het vuur in de haard zien branden, maar de vlammen maakten geen geluid, de geluiden van buiten vervaagden tot niets. Het was alsof ze samen in een vacuüm bestonden, deel uitmaakten van de wereld, maar erbuiten. Haar hart bonsde, en ze had moeite met ademhalen. Langzaam sloeg ze haar ogen op en ontmoette de zijne.

'Ik heb je dagboek gevonden,' zei hij rustig. 'Ik zocht een aantal papieren, en het viel op de grond. Ik had het niet willen lezen, maar het viel open, en toen ik er eenmaal een blik op had geworpen, ja, toen moest ik alles wel lezen.'

Elen ging zitten, omdat ze er niet langer op durfde te vertrouwen dat haar benen haar zouden dragen. 'Dat licht eerder vandaag,' zei ze met onvaste stem. 'Ik vond het onheilspellend. Het is beslist een dag voor het onthullen van geheimen, maar ik weet niet zeker of ik hier nu mee om kan gaan.'

'Ik denk dat we wel moeten,' zei hij vriendelijk.

'Is het daarom dat je niet in mijn buurt wilde zijn? Denk je dat ik gek ben?' vroeg ze kalm.

'Daar heb ik aan gedacht, dat kan ik niet ontkennen, maar slechts heel eventjes. Nee, hoe meer ik las, hoe logischer alles werd. Je gedrag die eerste dag, de angst, de verbazing, de onhandigheid, de griezelige kennis die je had.' Hij stopte en schonk nog iets te drinken in voor hen beiden, en gaf haar een beker. 'Waarom heb je het me niet verteld?' vroeg hij zacht.

'O Rhys, dat wilde ik zo vaak, maar hoe kon ik?' antwoordde ze.

Rhys deed zijn mond open om iets te zeggen, maar bedacht zich toen en nam een grote slok.

'Dafydd had het helemaal mis, jij had het mis,' zei hij ten slotte met tranen in zijn ogen. 'Het is niet dat ik het niet kon verdragen om bij je te zijn, ik kon je niet onder ogen komen. Christus, Elen, het moet afschuwelijk zijn geweest. Hoe heb je me ooit kunnen vergeven?'

Elen keek hem niet-begrijpend aan, en toen drong langzaam tot haar door welke weg zijn gedachten volgden. 'Vind je dat jou schuld treft vanwege Morgan? Nee Rhys, nee. Je handelde op de enige manier die voor jou mogelijk was, want jij kon werkelijk niet weten dat koning John zo'n wrede daad zou begaan.'

'Maar begrijp je het niet, mijn lief. Iedere keer dat ik deze afgelopen weken naar je keek, zag ik steeds je gezicht op die dag, hoe je me dringend vroeg, me smeekte om hem niet mee te nemen. Je wist het, je wist het, en ik had naar je moeten luisteren.'

'Ja, ik wist het, en daarom zou Morgan nog steeds bij ons moeten zijn. Nee, Rhys, laat me uitpraten,' zei ze toen hij zijn mond opendeed om te protesteren. 'Ik dacht dat ik al mijn tranen had vergoten, alle verwijten had gemaakt, genoeg had gehaat. Ik dacht dat ik erin was geslaagd om het los te laten, om het niet meer aan ons te laten knagen. Maar vandaag heeft Dafydd me de waarheid doen inzien. Natuurlijk slaagde ik erin alle anderen te vergeven, want de schuld lag in werkelijkheid bij mij, en alleen bij mij.' Ze keek naar hem op met grote, bedroefde ogen. 'Ik was zo vastbesloten niet nóg een zoon te verliezen, en ik kon alleen aan Dafydd denken, ik heb nooit aan Morgan gedacht. Het spijt me zo,' zei ze, haar stem nauwelijks meer dan een fluistering.

Rhys knielde naast haar neer en pakte haar beide handen. 'Elen, je hebt niet tussen onze zoons gekozen, want je was je niet bewust dat er een keuze moest worden gemaakt.'

'Hoe kun je dit alles zo kalm opnemen?' vroeg ze.

'Omdat ik de afgelopen weken aan niets anders kon denken dan aan de onthullingen in je dagboek. Ik was gedwongen mezelf te vragen wat ik wist over gebeurtenissen die achthonderd jaar geleden hebben plaatsgevonden. Ik vind het opmerkelijk dat je zoveel over onze tijd weet, hoewel ik veronderstel dat sommige dingen zo wreed zijn dat zelfs de tijd ze niet uit kan wissen, maar dat betekent niet dat alle details bekend zullen zijn.'

'Maar het is niet alleen dat, is het wel?' onderbrak Elen hem kalm, terwijl ze naar haar handen keek. 'Als ik hier niet was gekomen, zou je je leven buiten Wales hebben voortgezet, dan zou je niet zo hoog zijn opgeklommen aan het hof van Llywelyn. En dan zou je niet zijn gevraagd om je zoon op te geven.'

'Elen, vind je niet dat dat een beetje arrogant klinkt?' zei Rhys licht verwijtend, terwijl hij haar gezicht optilde om haar te dwingen hem aan te kijken. 'Was ik niet in staat te handelen vanuit mijn eigen overtuiging, vanuit mijn eigen passie? Jij bent niet verantwoordelijk voor andermans daden, en je moet dit schuldgevoel loslaten. Morgan was nauwelijks meer dan een baby, hoe had jij kunnen weten dat hij gevaar zou lopen. Ik ben van deze tijd, ik ben volledig op de hoogte van de wreedheden van ons tijdperk, en toch geloofde zelfs ik niet dat zijn leven werkelijk op het spel stond. Dus als er schuld of onschuld moet worden verdeeld, dan krijgen we daar allebei gelijke porties van.'

'O Rhys,' zei ze terwijl de tranen vielen. 'Hoe moet het nu verder met ons?'

Voorzichtig veegde hij haar tranen weg, legde toen zijn handen op haar wangen en keek haar in de ogen. 'Zoals het altijd is geweest,' zei hij, een tedere glimlach om zijn lippen en een liefdevolle blik in zijn ogen. 'Elen, je bent en blijft de meest begeerlijke vrouw die ik ooit heb ontmoet, en ik ben zo blij dat ik eindelijk alles van je weet.'

Elen glimlachte door haar tranen heen. 'Het zal zo'n opluchting zijn niet langer een deel van mezelf voor jou verborgen te houden,' zei ze zacht.

Rhys hield haar blik gevangen, stond toen op en pakte zijn wijnbeker. 'Weet je wat er gaat gebeuren, ik bedoel tussen Llywelyn en Gruffudd?' vroeg hij.

Elen zuchtte. 'Ik weet het niet, eerlijk, ik weet het niet. Onze lessen behandelden slechts een deel van dit tijdperk. Afgezien van koning John, was het enige wat ik over Llywelyn wist, dat hij een van de machtigste prinsen van Wales was, dat hij tegen twee Engelse koningen zou vechten en zou zegevieren, en dat zijn heerschappij over Wales bijna totaal zou zijn. Dat is alles, over Gruffudds opstand weet ik niet meer dan jij. Ik spreek slechts als echtgenote en moeder omdat ik niet wil dat jij en Dafydd op het slagveld tegenover elkaar komen te staan. Je moet met hem praten, Rhys.'

'Dat doe ik later wel, hij zal niet vertrekken voordat ik met hem heb gesproken,' zei hij met het zelfvertrouwen van een man die gewend was om gehoorzaamd te worden. 'Bovendien heeft hij even tijd nodig om zijn uitbarsting te leren aanvaarden, want ik durf te wedden dat hij net zo van streek is als wij. Maar Elen, je weet toch wel dat ik hem er niet van kan weerhouden zich bij Gruffudd aan te sluiten, dit keer moet je het gewoon op zijn beloop laten.'

Elen knikte. 'Wil je erover praten, over mij, bedoel ik?' vroeg ze.

'Er is zoveel waarover we kunnen praten, maar nu nog niet,' zei hij, en hij kuste haar teder op de mond. 'Op dit moment wil ik deze vervloekte middag achter ons laten, en wil ik alleen zijn met jou, met je verleden en je heden.' Hij nam haar in zijn armen en liep met grote passen in de richting van hun bed, waar ze de hoog opgelopen emoties van de voorbije uren omzetten in de vurige passie die er altijd tussen hen was.

Later die avond zaten Rhys en Elen in bontdekens gewikkeld voor de haard in de bovenkamer. Iedereen had zich teruggetrokken voor de nacht, en er was een zachte stilte over het huis neergedaald. Elen nam een slok, genietend van de kruidige warmte van de wijn.

'Ik denk niet dat ik nog een dag met evenveel emoties als vandaag zou kunnen doorstaan, ik voel me zo leeg,' zei ze.

'Ach, het diner was in ieder geval relatief kalm,' antwoordde Rhys.

Elen hield zijn blik vast. 'Zelfs Dafydd,' zei ze zacht. 'Wat heb je tegen hem gezegd?'

Rhys tuurde in zijn wijn, en sloeg toen zijn ogen naar haar op. 'We hebben gepraat, en ik denk dat we elkaar nu begrijpen.' Meer dan dat wilde hij niet zeggen, en Elen drong niet verder aan. De onderliggende spanning die altijd onder de oppervlakte had gesmeuld, was verdwenen, en dat was het enige wat voor haar van belang was.

En toen praatten ze eindelijk vrijuit, werkelijk vrijuit, voor de eerste keer. Elen hoefde niet langer een deel van zichzelf diep in haar binnenste te begraven, en Rhys' ruimdenkende en nieuwsgierige geest kende geen grenzen.

'Is het heel erg anders?' vroeg Rhys, die met haar blote tenen speelde.

Elen dacht even na. 'Niet echt,' zei ze met een glimlach. 'Mensen hebben dezelfde gevoelens, dezelfde angsten, dezelfde hebzucht.'

'En Wales? Hoe vergaat het ons?' vroeg Rhys zacht, terwijl hij haar gespannen aankeek.

Elen zweeg bij het horen van de onuitgesproken vraag, want ook zij dacht aan de verloren levens, aan Morgan. Ze worstelde met haar gedachten terwijl ze zijn onderzoekende blik beantwoordde. Kijkend naar het gezicht waar ze zo van hield, wist ze dat ze niet kon liegen, maar ze wilde ook niet alles waarvoor hij had gevochten ontkrachten, al zijn hoop, al zijn dromen. Ze glimlachte teder naar hem.

'We spreken nog steeds Welsh hier,' zei ze zacht. 'Maar in Engeland wordt niet langer Frans gesproken, Engels zal de taal van het hof zijn.'

Rhys trok verbaasd zijn wenkbrauwen op, en toen brak er een glimlach van opluchting door op zijn gezicht. Hij dronk zijn beker leeg en vulde hem onmiddellijk weer bij.

'Is er iets wat je mist?' vroeg hij aarzelend.

Dit keer dacht Elen ingespannen na, een lichte frons op haar voorhoofd. 'Weet je, ik heb mezelf die vraag in de loop der jaren een aantal keren gesteld, en in het begin had ik je een lange lijst kunnen geven. Maar dat waren in feite allemaal slechts oppervlakkige zaken, en ik was ze al snel vergeten. Nee, wat ik werkelijk mis, stamt niet uit die tijd, maar het zijn eerder dingen uit de periode tussen hier en toen in. Zoals muziek die nog moet worden geschreven,' zei ze, denkend aan Strauss, Beethoven en Bach. 'En schrijvers die nog geboren moeten worden.'

Rhys keek naar haar gezicht, dat warm werd bij de herinnering eraan, en toen glimlachte ze naar hem.

'Maar aan de andere kant heb ik hier een schat aan dingen gevonden die ik anders niet zou hebben gekend.'

'Baart het je echter geen zorgen,' zei Rhys ernstig, 'dat we onze levens misschien steeds opnieuw blijven leven, en steeds dezelfde fouten maken.'

'O, maar dat doen we niet,' zei ze luchtig. 'Misschien hebben we één leven, of verscheidende levens, maar ze zijn allemaal anders. Het patroon is anders, begrijp je.' Ze zweeg even om haar gedachten te ordenen. 'Toen ik klein was, had ik een kokervormig stuk speelgoed. Je keek erin aan de ene kant, en aan het andere uiteinde waren felgekleurde stukjes glas die een patroon vormden. Je kon aan dit uiteinde draaien, en bij elke draai vielen de stukjes glas en vormden een ander patroon. Dezelfde kleuren, hetzelfde glas, maar een ander plaatje omdat elk stukje was omgeschud en naast een nieuw stukje kwam te liggen. Een caleidoscoop, heette het, en ik vond het prachtig.'

'Dus jij denkt dat we allemaal in zo'n caleidoscoop wonen, waarbij elke draai ons in een andere wereld en dus in andere omstandigheden laat vallen,' zei Rhys met een glimlach.

'Ja, ik geloof het wel. Hoe we de tijd ook zien, of deze nu vooruit of achteruit of enkel zijwaarts beweegt, de tijd brengt een oneindige verscheidenheid aan patronen voort, die allemaal rijk zijn aan kleur, eindeloos afwisselend, eindeloos veranderend.'

Rhys' ogen twinkelden ondeugend. 'Maar het probleem met deze theorie is uiteraard het feit dat jij hier bent.'

Elen lachte en nam nog een slok. 'O nee, dat bewijst mijn theorie juist. Ik geloof dat mijn grootmoeder gelijk had, en dat het patroon van het leven van de andere Elen en dat van het mijne zo precies op elkaar leken, dat we letterlijk in de verkeerde tijd zijn geboren. Daarom kon ik altijd zo duidelijk tot in deze tijd kijken, de band was te nauw om dat niet te doen. Ik moest hier komen.'

'En ik dank iedere kracht in het universum omdat je dat hebt gedaan,' zei Rhys, die dichter naar haar toe schoof. Hij pakte haar hand en kuste deze teder. 'Spijt?' vroeg hij.

'Nee,' antwoordde ze onmiddellijk, zonder over de vraag na te hoeven denken. 'Van alles wat me hier is overkomen, de gelukkige tijden en de tragische, weet ik niet of het in mijn andere leven anders zou zijn geweest. Ik twijfel er niet aan dat er moeilijke tijden zouden zijn geweest, er zijn nog steeds dodelijke ziekten, en mensen begaan nog steeds wreedheden. Ik zou mijn kinderen nog steeds hebben kunnen verliezen, alleen de tijd kent daar de antwoorden op. Maar één ding weet ik wel, ik ben voorbestemd om bij jou te zijn.' Ze legde haar hand op zijn wang en keek hem liefdevol in de ogen. 'Als ik dit leven nooit had gekend, zou ik tevreden zijn geweest, ik zou zeer waarschijnlijk gelukkig zijn geweest. Maar met jou, mijn lief, ben ik compleet.'

Epiloog

1239

'O mama,' zei Angharad met tranen in haar ogen toen ze haar moeders dagboek dichtdeed. Ze legde het op haar schoot en streelde het omslag met haar lange, tere vingers. Starend uit het raam van haar moeders slaapkamer, keek ze neer op haar kinderen die beneden op de binnenplaats speelden. Met het boek dicht tegen zich aan gedrukt, overdacht ze in haar hoofd alles wat ze had gelezen.

'Angharad,' riep Dafydds stem zacht vanuit de deuropening. Toen hij geen reactie kreeg, ging hij naar haar toe en raakte haar schouder even aan.

'Dafydd,' zei ze, terwijl ze zich omdraaide. 'Ik had je niet horen binnenkomen.'

'Zit je aan mama te denken?' vroeg hij zacht.

Ze knikte en drukte het boek dichter tegen zich aan.

'Ze staan op het punt mama's kist te verzegelen,' vertelde hij kalm. 'Wil je haar nog zien voordat ze dat doen?'

'Ja, voor een laatste afscheid,' zei ze terwijl ze een traan wegveegde.

'Ik zal je een paar minuten geven,' zei Dafydd tegen haar toen ze de ingang van de kapel naderden.

Angharad stond in de koele ruimte van de kapel en staarde neer op het lichaam van haar moeder. 'Nou, mama, u blijft verbazen,' fluisterde ze, voorzichtig haar moeders haren aanrakend. Ze keek naar het boek dat ze nog steeds vasthield. 'Ik had het waarschijnlijk niet moeten lezen, maar u kent me, altijd nieuwsgieriger dan goed voor me is. Maar ik denk dat ik het beter aan u kan toevertrouwen.'

Terwijl ze het boek behoedzaam onder haar moeders handen legde, boog Angharad zich voorover en kuste haar voorhoofd, koel als albast.

Toen ze overeind kwam, zag ze dat Dafydd nog steeds in de deuropening stond te wachten, en ze voegde zich bij hem. Hij knikte naar de mannen dat ze de kist mochten verzegelen, schoof Angharads arm door de zijne en liep naar buiten, het zonlicht tegemoet. Ze begaven zich naar Elens tuin, waar de narcissen in volle bloei stonden.

'Mama's favorieten,' zei Angharad, en ze streelde de gele trompetten.

Broer en zus gingen op de bank zitten vlak bij het lapje grond waar de struiken die Elen bij hun geboorte had geplant het nog steeds goed deden.

'Ik kan niet geloven dat ze zo snel na papa is gegaan,' zei Angharad. 'Ik bedoel, papa was bijna negenenzestig toen hij stierf, ik dacht dat ze net zo lang zou leven als hij, of nog langer. Maar het is nog niet eens een jaar geleden.'

Dafydd gaf een kneepje in haar hand. 'Och, Angharad, ze leefden niet alleen mét elkaar, ze leefden vóór elkaar. Heb jij me niet ooit eens iets dergelijks verteld?'

'Ik vond dit tussen haar spullen,' zei Angharad, terwijl ze hem een verschoten perkament overhandigde.

Dafydd vouwde het open en keek zwijgend naar de houtskooltekening van hem en Hywel, hangend over Elens schouders. 'Ik zal haar missen,' zei hij zacht.

Zijn stem haperde toen hij sprak, zodat Angharad naar hem opkeek. Met verbazing zag ze dat er tranen in zijn ogen stonden.

Hij slikte in een poging de brok in zijn keel kwijt te raken. 'Weet je, als ik naar mijn kinderen kijk, dan weet ik dat er niets is wat ik niet zou doen om hen te beschermen.' Hij wachtte even, zoekend naar de juiste woorden. 'En ik was mama's kind,' zei hij ten slotte, terwijl hij met zijn vingers over de smoezelige lijnen streek.

'Dus je hebt geleerd haar te vergeven,' zei Angharad zacht.

Dafydd schudde zijn hoofd. 'Dat hoefde niet. Ik realiseerde me uiteindelijk dat ik niet boos was op haar, maar op die kleine jongen die ze van de dood heeft gered. Ik moest leren hém te accepteren en te vergeven.'

'En is het je gelukt?' vroeg ze.

Dafydd keerde zich naar haar, en deed geen poging de tranen te bedwingen die nu vrijelijk over zijn wangen stroomden. 'Ja,' fluisterde hij. 'Maar waarom kon ik het mama niet vertellen.'

'O Dafydd,' zei Angharad, en ze sloeg haar armen om hem heen. 'Dat hoefde niet, mama wist het wel.'

'Denk je?' vroeg hij.

Angharad knikte. 'Mama was een heel bijzonder mens,' zei ze. 'Nou,' vervolgde ze kordaat. 'Ik neem aan dat Efa en jij naar de bovenkamer zullen verhuizen?'

'Heb je er bezwaar tegen?' zei Dafydd.

'Natuurlijk niet, zo hoort het ook. Ik zal verdergaan met het inpakken van mama's spullen,' zei ze.

Alleen in de bovenkamer, voltooide Angharad het uitzoeken van Elens eigendommen, om vervolgens op het kristal te stuiten dat altijd in de kinderkamer had gehangen. Ze hield het omhoog in een straal zonlicht, liet het ronddraaien en glimlachte toen het verschillende gekleurde patronen maakte op de stenen muren. Plotseling werd ze zich bewust van een warmte die haar omhulde.

'Mama?' zei ze zacht. Ze bleef stil zitten luisteren, bijna alsof ze verwachtte een stem te zullen horen, en toen voelde ze dat de aanwezigheid zich verwijderde. 'Ga je nu alweer, mama?' fluisterde ze, en ze keek om zich heen. Het volgende moment was het gevoel verdwenen, en was ze alleen in de kamer. De zon was achter een wolk verdwenen, en er dansten geen kleuren meer op de muren. Ze keek naar het doffe kristal in haar hand en bracht het naar haar lippen.

'Dag mama,' zei ze zacht. Terwijl ze opstond, gooide ze het kristal in de lucht en zei met een lachje: 'Tot een volgende keer.'